Werner Spirig

DER BESUCH DES SCHUHMACHERS

Werner Spirig

DER BESUCH
DES
SCHUHMACHERS

Roman

Appenzeller Verlag

Das im Roman verwendete «ş» *spricht sich als «sch» aus. Ayşe ist* *also «Aysche».*

© 2003 Appenzeller Verlag, CH-9101 Herisau

Alle Rechte der Verbreitung,
auch durch Film, Radio und Fernsehen,
fotomechanische Wiedergabe,
Tonträger, elektronische Datenträger und
auszugsweisen Nachdruck sind vorbehalten.

Umschlaggestaltung: Anna Furrer
Satz und Druck: Appenzeller Druckerei, Herisau
Bindung: Schumacher AG, Schmitten
ISBN: 3-85882-354-6

www.appenzellerverlag.ch

Mehmets Erwachen

An diesem Tag wurde der zehnjährige Mehmet Zeuge eines Vor-
falles, der ihn in ausserordentlicher Weise aufwühlte und gleichzeitig seine Neugierde weckte.

Dabei hatte der Tag wie jeder andere begonnen.

Dann, am Nachmittag dämmerte Mehmet mit halbgeschlossenen Augen vor sich hin. Der Raum, in welchem er sich befand,
war angenehm kühl. Draussen herrschte eine mitsommerliche
Hitze. Mehmet war müde. Seit dem frühen Morgen war er
unterwegs mit seinem Vater, einem fliegenden Händler und
Marktfahrer. Mit dem Rücken an die Wand gelehnt, sass er auf
einem Kissen am Boden. Er betrachtete seine nackten Beine, die
bis zum Saum der kurzen Hose braun gebrannt waren. Sie liess
einen schmalen Streifen seiner blassen Haut frei. Mehmet war
stolz auf die Bräunung, als er den Unterschied zur winterlichen
Blässe sah. Im Dämmerzustand hatte er das unwirkliche Gefühl,
zwischen Körper und Geist zu schweben. Die Stimmen um ihn
herum und das Scheppern in der Küche schienen sich in weiter
Ferne abzuspielen.

«Wie war der heutige Tag, Hasan?», fragte Erbest, der Gastgeber, Mehmets Vater und schenkte Tee nach.

«Vielen Dank, Erbest. Nicht so schlecht.»

Mehmets Augendeckel fielen herunter.

«Aber das Geschäft läuft auch nicht mehr wie früher»,
bemerkte sein Vater und schlürfte heissen Tee. «Hast du gesehen, wann Halit heute Morgen auf dem Dorfplatz angekommen
ist?»

«Er war schon da, als ich nach Tagesanbruch aufs Feld ging.»

«Hm. ... Reçep, mein Ältester, hatte heute Morgen wieder
Magenkrämpfe», fuhr der Vater besorgt fort. «Ich darf mich
deswegen nicht mehr aufhalten lassen, sonst schnappt mir Halit
noch die ganze Kundschaft weg.»

Mehmet öffnete die Augen, obwohl sich seine Augendeckel
schwer wie Blei anfühlten. Irgendetwas war plötzlich anders. Es

5

dauerte eine Weile, bis er herausfand, dass die behagliche Stimmung umgeschlagen hatte. Eine Spannung lag in der Luft. Aus den Augenwinkeln nahm Mehmet den alten Hund wahr. Er lag immer noch träge draussen vor der Türe, den Kopf zwischen die Vorderpfoten gelegt, und genoss das Sonnenbad. Mehmet schloss die Augen und horchte.

«Wenn ich nur wüsste, was der Bub hat. Immer diese Krämpfe. Der Arzt kommt erst wieder in zwei Wochen nach Hêlineqertel. Ich muss in Zukunft wieder vor Tagesanbruch hierher aufbrechen. Es ist auch angenehmer, in der Morgenfrische den steilen Weg hinter sich zu bringen. Mein Esel ist auch nicht mehr der jüngste.»

Es kam nicht oft vor, dass Mehmet seinen Vater klagen hörte. Mehmet machte sich auch Sorgen um seinen älteren Bruder. Ob er ernsthaft krank war? Er öffnete die Augen und schaute zur Tür, wo der Hund immer noch an der Sonne lag.

Der Hund, dachte Mehmet. Er ist plötzlich anders.

Mehmet war seit gut einer Viertelstunde mit seinem Vater in Erbests Haus. Erbest und seine Frau hatten am Morgen auf dem Dorfplatz Faden, Nadeln, eine Schere, Messer, Gabeln, Löffel und Geschirr für die bevorstehende Hochzeit ihrer Tochter eingekauft. Da sie kein Geld mehr übrig gehabt hatten, hatte Mehmets Vater in einen Tausch eingewilligt. Er hatte sich Brot, Butter und Eier und eine Mahlzeit versprechen lassen. Jetzt war Mehmet hungrig. Aus der Küche drang der Geruch gebratener Butter, den er besonders gerne roch.

Der Hund, dachte Mehmet wieder. Seit er hier drinnen sass, hatte das Tier mit dem buschigen Fell immer wieder den Kopf gehoben und ihm zugeblinzelt, als ob er ihm komplizenhaft zu verstehen gegeben hätte, auf ihn aufzupassen.

Jetzt aber starrte der Hund angestrengt in eine Richtung. Mehmet glaubte, ein leises Knurren zu hören. Als das Haustier den Kopf leicht zu Mehmet drehte, sah er, wie sich seine Pupillen unruhig bewegten. Dann drang von draussen ein Geräusch zu Mehmet, das ihm wie ein näher kommendes Stimmengewirr vorkam. Mit einem Ruck schnellte das Tier hoch, das braungraue Fell sträubte sich. Ein wütendes Gebell fing an. Sonderbarerweise bewegte er sich nicht von der Stelle. Es war, als ob er gleichzeitig Angst hätte. Mit einem Schlag war Mehmet hellwach. Ein lähmendes Gefühl fesselte ihn an den Ort, wo er war. Im selben Augenblick verstummte das Gespräch zwischen seinem Vater und dem Gastgeber.

«Ist da was?», fragte sein Vater Erbest besorgt. «Erwartest du jemanden?»

«Nein.»

Erbests Haus stand etwas abseits vom Dorfe. Mehmet fiel auf, dass die beiden Männer auf einmal nicht mehr Kurdisch, sondern nur noch Türkisch sprachen. Jetzt vernahm Mehmet deutlich Männerstimmen und Schritte, die näher kamen. Er horchte auf und sah seinen Vater fragend an. Dieser reagierte nicht und sah mit starrem Blick zur Tür. Eine etwas zittrige Stimme sprach draussen, ebenfalls auf Türkisch, auf das Tier ein, um es zu beruhigen. Dann hob ein gereizter, tiefer Bass an und fluchte mit dem Hund, der ausser sich geraten war. Das Bellen hörte auf und ging in ein Winseln über. Der Hund wich zurück. Erschrocken erhob sich Erbest und sah nach, was sich vor seiner Türe abspielte. Noch ehe er sie erreichte, erschien der Dorfvorsteher, der in Kurdistan Muchtar genannt wird. Ein alter Mann von kleinem Wuchs. Er ging mit gebeugtem Rücken an einem Stock.

«Einen schönen guten Tag, Erbest, dürfen wir eintreten?», fragte der Muchtar hastig auf Türkisch.

«Sei willkommen, Bager», antwortete der Hausherr. «Ich stehe zu deinen Diensten», fügte er schnell und mit einem leichten Beben in der Stimme hinzu.

Fortan sprachen alle nur noch Türkisch. Mehmet hatte das Gefühl, dass eine unfassbare Angst den Wechsel vom Kurdischen zum Türkischen herbeigeführt hatte, war es im Dorf doch üblich, Kurdisch, die Muttersprache, zu sprechen.

Mehmet schoss der Gedanke an seinen ersten Schultag durch den Kopf. Er war jetzt zehn Jahre alt. Einige Jahre waren verflossen, seit er damals verstanden hatte, dass Kurdisch in der

Schule verboten war. Der Lehrer hatte gefragt: «Wer weiss, wie euer Dorf heisst?»

«Hêlineqertel»

«Kartalyuva heisst das Dorf!», hatte der Lehrer Mehmet angeschrien. «Von jetzt ab wird hier nur noch Türkisch gesprochen.»

Die Ohrfeige war für Mehmet ein Schock gewesen. Er hatte sie für eine Erziehungsstrafe gehalten und hatte dem weiteren Schulunterricht mit Bangen entgegengesehen.

Ein halbes Jahr später sprach Mehmet fliessend Türkisch. Den Ortsnamen Hêlineqertel strich er trotz der strafenden Zurechtweisung nicht aus seinem Wortschatz. Er hütete sich lediglich in der Schule, das Wort, das auf Deutsch Adlerhorst bedeutet, in den Mund zu nehmen.

Er wurde aus seinen Gedanken gerissen, als hinter dem Muchtar zwei uniformierte Gendarmen auftauchten. Ihre finsteren Mienen schüchterten Mehmet ein. Der ältere war klein, dick und fluchte immer noch wegen dem Hundegebell, das wieder angehoben hatte. Seine Schultern waren breit und unbeweglich, und an einer hatte er sogar ein Gewehr umgehängt. Warum lässt er dieses ungemütliche Ding nicht draussen?, fragte sich Mehmet. Der jüngere Kollege war hager und hatte eine Spur weichere Gesichtszüge. Schüchtern erhoben sich Mehmet und sein Vater.

«Allah sei gegrüsst», sagte Hasan zaghaft.

Mehmet schwieg und versteckte sich hinter seinem Vater. Aber nur der Muchtar erwiderte Hasans Gruss. Die Spannung wuchs. Mehmet suchte eine Erklärung für die schier unerträgliche Atmosphäre in den Uniformen und Waffen. Vielleicht mussten die Gendarmen eine unangenehme Nachricht überbringen. Eigenartigerweise fragte keiner der Erwachsenen nach dem Grund ihres Besuches. Nicht einmal Erbest in seiner Eigenschaft als Hausherr wagte es, das Thema anzusprechen. Er war bloss damit beschäftigt, eilfertig für das Wohlbefinden der Besucher zu sorgen. Seiner Frau und der erwachsenen Tochter, die von der Küche aus durch eine Luke in den Raum spähten, warf er einen gebieterischen Blick zu. Er breitete die Arme aus, schaute auf die in der Ecke aufgestapelten Decken und Kissen und machte mit dem Kopf eine Bewegung in die Richtung der Landpolizisten. Die Frauen nickten beflissen.

Nach ein paar Augenblicken trugen sie zusammen ein schweres, bunt besticktes Kissen herbei. Zögerlich, mit kleinen Schritten und ungewöhnlich ernsten Gesichtern bewegten sie sich den beiden Besuchern entgegen. Wie bei einem Ritual knieten sie auf den Boden und legten es hinter den älteren Gendarmen. Dann holten sie ein weitere Sitzunterlage für den anderen. Geräuschvoll liessen sich die beiden nieder, ohne die anderen eines Blickes zu würdigen. Schliesslich bekam auch der Muchtar ein Sitzkissen. Vorsichtig setzte er sich zwischen die Ordnungshüter und den Hausherrn.

Mehmets Gedanken beschäftigten sich mit dem Anblick der Tochter. Wie hübsch sie war, und wie leicht und geschmeidig sie sich bewegte! Und wie modern sie gekleidet war! Die frechen roten Tupfen auf der weissen, knapp wadenlangen Hose und der tiefe Ausschnitt des Hemdes fielen aus dem Rahmen und verliehen ihrer Erscheinung einen fröhlichen, fast zigeunerhaften Anstrich. Aus dem tiefroten, um den Kopf gebundenen Seidentuch quoll ein Kranz schwarzer Haare, und an den Ohren prangten goldene Ringe.

Nach einer Weile brach der ältere Gendarm das schwer im Raum lastende Schweigen und befahl gereizt: «Bringt uns zu essen, wir haben Hunger!»

Mehmets Vater und Erbest fuhren zusammen. Auch Mehmet fuhr der Schreck in die Glieder. Er duckte sich wie vor einem niedersausenden Peitschenhieb. Es fiel ihm auf, dass nur der Muchtar gefasst blieb. Wiederum erteilte Erbest wortlos, nur mit Blicken und Gebärden den Frauen den Befehl, die ungebetenen Gäste zu bewirten. Nach einer Weile tauchte die Tochter auf und stellte ein Tablett mit Fladenbrot aus Mais, einem Glas Yoghurtgetränk, Zwiebeln und Käse auf den niedrigen Tisch. Sofort eilte sie in die Küche zurück und kehrte bald darauf mit einer Pfanne voll brutzelnder Eier zurück.

Mehmet und sein Vater atmeten auf. Die Stimmung hatte sich merklich entspannt. Sie freuten sich auf das – wenn auch verspätete – Mittagessen, als ihnen der unwiderstehliche Duft der gebratenen Butter in die Nase stieg. Die Mienen der Gendarmen verharrten in ihrer Starrheit. Der ältere rümpfte die Nase und brüllte den Muchtar an:

«Was glaubst du, wen du vor dir hast? Damit kannst du einen Bettler füttern! Du Sohn eines Esels! Ihr ehrlosen Gesellen! Wisst ihr nicht, wie man Gäste bewirtet?»

Mit einer wuchtigen Armbewegung fegte er alles vom Tisch. Mehmet schrie auf, als die heisse Butter auf seine nackten Knie spritzte. Der aufgebrachte Gendarm erhob sich trotz seiner Unbeweglichkeit rasch. Und auch der Muchtar stellte sich so schnell er konnte auf die Beine. Kaum standen sie sich gegenüber, klatschten die kräftigen Gendarmeriehände schallend auf das Gesicht des schmächtigen Muchtars. Mehmet war aufgewühlt und erwartete einen Kampf.

Aber nichts dergleichen geschah. Der Muchtar, leichenblass, schluckte die Demütigung hinunter. Sein ganzer Körper begann zu zittern, und er atmete keuchend. Kein Wort brachte er heraus. Mit gesenktem Blick stand er da. Wie um seine verlorene Ehre wiederherzustellen, schrie er Erbest an:

«Ich hab dir doch gesagt, ihr sollt ein Schaf schlachten.»

Ohne eine Sekunde zu zögern verschwand Erbest. Er wagte nicht, die zwei Ordnungshüter noch mehr reizen. Von Panik ergriffen eilte Erbests Frau herbei, machte alles sauber, um sich sofort wieder in die Sicherheit ihrer Küche zurückzuziehen. Die schöne Tochter legte kühlende Tücher auf Mehmets Beine. Dann umwickelte sie die Knie mit Verbänden. Trotz dem brennenden Schmerz und der Angst, welche ihm der Zorn des Gendarmen eingejagt hatte, fühlte sich Mehmet wie ein Prinz, als er die Hände der jungen Frau auf seiner Haut spürte.

Das Mittagessen war karger als erhofft. Wie Bettler kamen sich Mehmet und sein Vater vor, als ihnen die Bäuerin Yoghurt und ein paar Maisfladenbrötchen brachte. Hastig assen sie. Mehmet schielte immer wieder zu den Gendarmen. Er verwünschte sie innerlich und hoffte, sie würden nie wieder aufstehen können. Der ältere schlief mit geöffnetem Mund, auf dem Boden sitzend und mit dem Rücken an die Wand gelehnt. Der jüngere lag daneben. Unterdessen hatte Erbest draussen ein Lamm geschlachtet. Als Hasan vor dem Haus zwei Brotlaibe mit Nüssen und Weinbeeren, ein halbes Kilo Butter und ein Dutzend Hühnereier von Erbests Frau bekam und die Ware vorsichtig in der Seitentasche des Esels verstaute, waren Erbest und ein Nachbar damit beschäftigt, das geschlachtete Tier auszuweiden. Der Körper baumelte an einem Strick von einem Ast des Kirschbaums herab. Immer noch tropfte Blut auf den Boden und versickerte.

Hasan und Mehmet traten den Rückweg an. Schweigend gingen sie nebeneinander her. Manchmal warf Mehmet einen Blick auf seine Verbände und dachte daran, wie nah er eben der bildschönen Frau gewesen war. Als sie in sicherer Entfernung vom Dorfe waren, fragte er:

«Warum waren die Gendarmen so böse?»

«Sie sind immer so, es ist eine schlechte Angewohnheit», antwortete sein Vater abweisend.

«Warum bringt der Muchtar schlechte Männer ins Haus?», drang Mehmet in ihn.

«Er tut lediglich seine Pflicht. Er ist es, der die Gendarmen zu den Leuten führen muss, wenn sie es wünschen. Denn er weiss, wo sie wohnen.»

«Warum hat er sich nicht gewehrt, als der Gendarm ihn schlug?»

Der Vater verlangsamte den Schritt und hielt schliesslich ganz an. Er lehnte sich an den Esel und blickte starr in die Weite, zur anderen Talseite. Dort sah man Hêlineqertel, ihr Dorf, das wie ein Schwalbennest am Abhang klebte. Lange sprach der Vater kein Wort. Als er das Gesicht seinem Sohn zuwandte, sah Mehmet einen traurigen Schimmer in seinen Augen.

«Mein Sohn», sagte er stockend, «frag nicht so viel. Das ist unser Leben. Dem Schicksal kann man nicht entfliehen. Es gibt

Schlimmeres auf der Welt als kleine Demütigungen. ... Hü», sagte er und schlug mit dem Stock auf den Rücken des Esels.

Sie gingen weiter. Seit dem Aufstieg in das Dorf war fast ein Tag vergangen. Die ersten Abendschatten breiteten sich von den Anhöhen über die Berghänge aus. Mehmet wagte nicht, seinem Vater weitere Fragen zu stellen. Nachdenklich betrachtete er ihn. Er ging gebückter als sonst, und dieser Anblick berührte Mehmet auf eine Weise, die er seit seiner frühen Kindheit nicht mehr bemerkt hatte. Er beschleunigte seine Schritte, bis er beim Vater war und griff nach seiner Hand. Und als sein Vater den Händedruck erwiderte, wusste Mehmet, dass er froh war, seinen kleinen Sohn bei sich zu haben.

Für Mehmet stimmte die Welt nicht mehr. Die Erinnerung an das Erlebnis frass sich wie Säure in sein Bewusstsein. Und er stellte sich Fragen. So leuchtete ihm nicht ein, warum Männer in Uniform Erwachsene schlagen durften und sie davon abhalten konnten, so zu reden, wie ihnen der Schnabel gewachsen war. Es kam ihm auch ungeheuerlich vor, dass es den Uniformierten gestattet war, sich wie Räuber zu benehmen, ohne im Geringsten Widerstand befürchten zu müssen. Auch Mehmets bisheriger Glaube, dass man in der Schule Türkisch sprechen musste, damit die Schüler jene Sprache erlernten, die im ganzen Lande als gemeinsames Verständigungsmittel diente, wurde erschüttert.

In den folgenden Tagen und Wochen war Mehmet darauf aus, seine Neugier zu stillen, Antworten auf jene Fragen zu erhalten, die sein Vater nicht beantworten, ja nicht einmal hören wollte. Auch sonst sprach niemand gerne darüber, obwohl in Hêlineqertel, abgesehen vom Lehrer, nur Kurden und Kurdinnen wohnten. Trotzdem fand Mehmet heraus, dass das selbstherrliche und gewalttätige Verhalten der Gendarmen damit zusammenhing, dass in der Türkei nur das türkische Staatsvolk offiziell anerkannt war. Die Menschen, die im Alltag Kurdisch sprachen, galten bloss als Teil davon, der in den Bergen lebte und als Bergtürken verspottet wurde. Ohne eigene Existenzberechtigung.

Langsam begriff Mehmet, warum in der Schule nur Türkisch gesprochen werden durfte. Das Verbot beruhte nicht auf einer Lernmethode, wie er gemeint hatte, sondern die Kinder sollten das Kurdische vergessen. Auch dämmerte es ihm, dass zwischen Türken und Kurden eine weitverbreitete Feindschaft bestand. Er lernte das Wort Unterdrückung, unter welcher die Kurden litten, kennen. Zum ersten Mal nahm er bewusst einen Hass wahr, der zwischen den Volksgruppen herrschte. Die Entdeckung verwirrte ihn, denn die türkischen Händler in Ormanlar, bei denen sein Vater einzukaufen pflegte, waren immer freundlich.

Die dunkle Seite zwischen den beiden Völkern, ja die wahren Ausmasse der Unterdrückung, dem sein Volk ausgesetzt war, wurden Mehmet immer bewusster. Es war wie ein Zusammensetzspiel, das sich zu einem hässlichen Bild zusammenfügte.

Der nächste Teil des Puzzles kam hinzu, als Onkel Remzi spurlos verschwand. Sein eiliger Weggang aus dem Dorf bedeutete für Mehmet nicht nur eine abrupte Trennung von einem Menschen, den er mochte und verehrte. Mehmet wurde dieser Mensch weggenommen, ohne dass er sich von ihm hätte verabschieden können. Es war, als stürbe ein Teil von ihm selbst.

Remzi lebte in Hêlineqertel. Für Mehmet war er ein grosses Vorbild. Er war der Einzige im Tal, der im Gymnasium gewesen war. Voller Ehrgeiz hatte er in einer Kaserne, weit weg von Hêlineqertel, die Offiziersschule angefangen.

Als Onkel Remzi das erste Mal auf Urlaub kam, stand das ganze Dorf Kopf. Er war der Stolz der einfachen Leute. Die frisch gebügelte Uniform und der Duft von Lavendelseife verwandelten ihn und verliehen seiner früher vernächlässigten Erscheinung nicht nur einen gehörigen Schuss Ordentlichkeit, sondern sogar Glanzvolles. Die Bartstoppeln waren abrasiert. Sogar seine dichten Kopfhaare waren ordentlich gekämmt und nicht mehr zerzaust, als hätte ihn eben jemand daran gepackt und geschüttelt. Remzis Mund umspielte ein stolzes Lächeln, wenn er durch das Dorf ging. Die jungen, unverheirateten Frauen umringten ihn und betasteten ehrfürchtig seine elegante Uniform.

Aber schon beim zweiten Urlaub vom Wehrdienst wirkte Remzi bedrückt und nervös. Es war, als hätte jemand die Einstellung der Beleuchtung verändert. Er strahlte nicht mehr, sondern war blass wie der Mondschein. Noch häufiger als sonst sah man ihn mit einer brennenden Zigarette zwischen den Lippen unterwegs, eine Spur von Zigarettenstummeln hinter sich zurücklassend. An manchen Stellen lagen Dutzende der braunweissen Kippen.

Der dritte Urlaub liess lange auf sich warten. Als Remzi endlich wieder zu Besuch kam, fehlte die Uniform. Er sprach kaum ein Wort und war missmutig. Und wenn jemand es trotz der abweisenden Haltung wagte, ihn anzusprechen, schimpfte er unablässig über die Offiziersschule, die Regierung und die Türken. Auch gegenüber Mehmet verhielt er sich verschlossen.

Aber Mehmet konnte nichts verheimlicht werden, über das im Dorf geklatscht wurde. Sein Zimmer im oberen Stock des zweigeschossigen Elternhauses befand sich direkt neben dem Dorfbrunnen. Dort holten die Frauen und Mädchen das kostbare Wasser, denn in den Häusern gab es kein fliessendes Wasser. Oft vertrieb Mehmet seine Zeit damit, die Gespräche beim Dorfbrunnen hinter dem Fenster zu belauschen. Er blieb unentdeckt, weil eine Schirmpinie die Sicht zu ihm hinauf verdeckte. So war er stets über die brennenden Themen der Leute auf dem Laufenden. Seit sich Remzi untätig und vergrämt herumtrieb, horchte Mehmet noch öfter als sonst. Auch die Wasserträgerinnen sprachen häufig von ihm.

So erfuhr der heimliche Zuhörer den Grund für Remzis Gesinnungswandel.

Die alte Oya, Remzis Grossmutter, kam einmal mit ihrem Urenkelkind zum Brunnen. Narin hatte einen leeren Tonkrug bei sich. Oya gestikulierte gebückt mit dem Stock und wies das Mädchen an, den Topf unter den Wasserstrahl zu stellen.

Während das Wasser den Krug füllte, stand Narin daneben, von ihrer Grossmutter abgewandt und schob mit der Hand die gewellte Haarlocke beiseite, die ihr neckisch ins Gesicht fiel. Mehmet bemerkte zum ersten Mal das zarte Rouge auf den Schmolllippen. Sie war nur ein Jahr älter als er. Ihr kastanienbraunes Haar, das sie hinten zu einem Knopf gebunden hatte, verlieh ihr ein elegantes Aussehen, das sie im Vergleich zu den anderen Mädchen ihres Alters reifer erscheinen liess. Aus dem Haar ragten zwei Büschel wie kleine geschwungene Federn.

Oya unterhielt sich mit Medine, der Frau des Ammans.

«Remzi ist nicht mehr zu helfen», sagte Medine spitz und strich mit der Zunge flüchtig über die Unterlippen. «Nur einfach so herumhängen, wie Gesindel!» Sie machte mit der Hand eine Bewegung, um ihre Geringschätzung anzudeuten.

«Der ist aus der Armee abgehauen. Damit will er nichts mehr zu tun haben», entgegnete Oya und verzog ihr Gesicht zu einer wichtigen Miene.

«Aber so was! Wie schade, dass er keine Uniform mehr trägt. Sie stand ihm wirklich grossartig. So jemanden werden wir hier lange nicht mehr sehen», sagte die Ammansfrau und verdrehte die Augen.

«Es ist ein Trauerspiel. Er war zu vorlaut. Ganz offen, für die Autoritäten gar unverhohlen, hat er im Kreise seiner Kollegen gegen die Rechtlosigkeit der Kurden gewettert.» Oya blickte vorsichtig um sich und ging näher zu Medine. «Er hat sich nicht nur über das Verbot empört, dass wir nicht so sprechen dürfen, wie uns der Schnabel gewachsen ist. Er hat auch bemängelt, dass man bei uns nie investiert, uns keine Fabriken gibt und keine richtigen Strassen baut.»

«Ein mutiger Mann, aber gefährlich», sagte Medine gedämpft, von Oyas Vorsicht angesteckt.

«So war es. In der Kaserne hat man Remzi nicht lange gewähren lassen. Man hat ihm vorgeworfen, die Wehrkraft des Landes zu zersetzen. Acht Wochen Einzelarrest. Es wurde ihm nicht einmal ein Prozess gemacht. Die haben das einfach unter sich so geregelt. Und jetzt hat er den Glauben an den Staat verloren.»

Mehmet lauschte mit angehaltenem Atem. Kalt lief es ihm den Rücken hinunter. Gleichzeitig wuchs sein Stolz auf den Onkel, mit dem ihn auch ein grosses Mitgefühl verband. Der Tonkrug war längst voll und lief über.

«Schütte ein wenig Wasser weg und stell den Krug auf den Kopf!», befahl Oya Narin.

«Ich machs ja schon.»

Mit unverminderter Spannung spähte Mehmet zum Brunnen. Er sah Narin gerne. Sie neigte sich nach vorne und beugte die Knie. In der Hocke schob sie den Wasserbehälter zur Seite, hielt ihn leicht schräg und stellte ihn mit beiden Händen auf den Kopf. Dann stand sie auf, ohne das Gleichgewicht zu verlieren. Trotz der Last bewegte sie sich mit eleganter Leichtigkeit. Ihr Körper war biegsam wie eine Weidenrute. An der Seite der gebeugten Tante entfernte sie sich, ihr immer einen Schritt voraus.

Die untergehende Sonne hatte das Dorf inzwischen in ein warmes Licht getaucht. Über den Bergkamm auf der anderen Seite des Tales stülpte sich ein gelbroter Streifen. In dessen Widerschein verwandelte sich Narin in eine tanzende Silhouette, anmutig den Tonkrug aus der Hüfte ausbalancierend.

Mehmet zog sich vom Fenster zurück und legte sich aufs Bett, in Gedanken abwechselnd bei Narin und Remzi. Er erfreute sich an Narin und sorgte sich um seinen Onkel, der im Militär nicht sagen durfte, was ihm auf der Zunge brannte. Draussen zogen die Vögel ihre Kreise, wie sie es oft taten, aus einem Grund, der Mehmet immer ein Rätsel blieb. Wenn einer nahe am Fenster vorbeiflog, nahm er die Flügelschläge wahr, die ihn mit der Zeit weit weg ins Universum trugen.

Remzis Überzeugung, ungerecht behandelt worden zu sein, führte zu einer folgenschweren Veränderung in seinem Leben. Nicht nur den Streitkräften, sondern auch dem Staat kehrte er den Rücken zu. Die revolutionäre Glut erfasste ihn. Er schloss sich einem kurdischen politischen Zirkel an, aus dem später die

Arbeiterpartei Kurdistans hervorgehen sollte, welche die Gründung eines eigenen kurdischen Staates anstrebte. Im ganzen Land breitete sich ein Klima des Aufruhrs aus, nicht nur im Siedlungsgebiet der Kurden. Auch in den übrigen Landesteilen waren viele Menschen mit den Zuständen unzufrieden, wenn auch nicht aus den gleichen Gründen wie die Kurden, und lehnten sich gegen die staatliche Autorität auf. Es kam zu Protesten und Gewalttaten, welche die Herrschenden noch schürten, um einen Grund zu schaffen, Ruhe und Ordnung wieder herzustellen. Eine Machtübernahme der Militärs lag in der Luft.

An jenem Tag im September 1980, als die Geduld der Generäle erschöpft war, erwachte Mehmet früh. Von draussen drangen aufgeregte Männerstimmen in sein Zimmer. Mit verschlafenen Augen spähte er aus dem Fenster. Beim Dorfbrunnen hatten sich Männer und auch einige Frauen versammelt. Gebannt verfolgten sie die Rede eines Mannes, die im Radio übertragen wurde.

«Die Armee hat ab sofort für das Wohl und die Unteilbarkeit des Landes die Macht übernommen», verkündete die Stimme schneidend, um dann pathetisch fortzufahren: «Um Blutvergiessen zu vermeiden, bitte ich meine Landsleute, sich nicht aufhetzen zu lassen. Verhalten Sie sich ruhig! Gehen Sie bis auf weiteres nicht auf die Strasse!»

Es war die Rede des Oberkommandierenden aller Streitkräfte, der eben gegen die zivile Regierung geputscht hatte. Der selbst ernannte Staatschef sprach ausführlich und mit tragender Stimme über die Gründe und die Notwendigkeit der neuen Ordnung. Dann meldete sich eine jüngere, monotone Stimme:

«Sie hörten soeben die Rede des Generalstabchefs und Präsidenten des Sicherheitsrates. Seit heute um fünf Uhr früh ist ein Ausgehverbot verhängt. Niemand darf seine Wohnung oder seinen Aufenthaltsort verlassen. Unterstützten Sie die Armee, den Stützpfeiler des türkischen Volkes.»

Abrupt erklang Marschmusik, und ein Chor aus Männerstimmen sang:

17

«Meine Mutter hat mir die Fahne anvertraut und mich dem Schutz Gottes übergeben. Sie sprach: Arbeite und diene dem Vaterland! Schlage deinen Feind oder meine Milch soll dich vergiften. Stets voran, ein Diener des patriotischen Volkes blickt nicht zurück!»

Den Sinn aller Worte begriff Mehmet nicht. Was er aber sah, war die Wirkung, welche sie auf die versammelte Menge, die immer grösser wurde, ausübte. Viele Gesichter zeigten Ratlosigkeit, andere Schrecken und offenes Entsetzen.

Plötzlich sah Mehmet eine Staubwolke auf der Zufahrtsstrasse zum Dorf. Sie kam immer näher und zog einen grauen Schleier vor die goldgelben Felder. Bald erkannte Mehmet einen dunklen Kleinbus, der am Dorfeingang vor der Schule anhielt. Ein Mann mit einem breitkrempigen Hut sprang heraus und stürzte herbei. Als er die Umstehenden entdeckte, stiess er atemlos hervor: «Wo ist Remzi?»

Einige drehten sich gleichzeitig um. Mehrere Arme wiesen in dieselbe Richtung, ins Zentrum der Menschentraube. Ein Mann löste sich heraus. Erst jetzt bemerkte Mehmet seinen, wieder wie früher unrasierten Onkel, der nun mit dem Ankömmling flüsterte. Remzi wirkte zerfahren, bleich und angespannt. Er saugte unentwegt an seinem Zigarettenstummel, als litte er unter Atemnot, und nickte mehrmals. Dann warf er die letzte Zigarette weg, umarmte schnell einige der Umstehenden. Anderen schüttelte er die Hand. Ein Raunen ging durch die Gruppe. Remzi stürzte mit seinem Begleiter davon.

«Onkel Remzi, Onkel Remzi, wohin gehst du? Wann kommst du zurück?» Mehmets Rufe verhallten ungehört. Was hetzte den geliebten, bewunderten Onkel, dass er ihm nicht erklären konnte, was vor sich ging? Zählte wirklich jeder Augenblick? Nicht einmal Zeit für einen Blick zum Abschied hatte er für Mehmet übrig. Wie gerne hätte er es gehabt, wenn sich Remzi ihm zugewandt hätte, wenn auch nur für den Bruchteil einer Sekunde, um ihn mit einer stummen Botschaft zu beruhigen: Mach dir keine Sorgen, mein kleiner Mehmet, wir werden stark werden und zurückkommen! Du wirst sehen!

Aber nichts dergleichen. Verständnislos und voller Angst blieb Mehmet wie angewurzelt im Zimmer stehen. Er fühlte sich von seinem Onkel im Stich gelassen und war traurig. Jetzt war Remzi beim Schulhaus angekommen. Mehmet sah ihn in das Fahrzeug springen. Schnell wendete das Auto auf dem kiesbedeckten Boden und fuhr davon, ins Tal hinunter. Zitternd vor Aufregung blickte Mehmet der Staubwolke nach, die sich diesmal in die andere Richtung ausdehnte. Sie schob sich wie ein Vorhang vor eine Kulisse und versperrte den Blick auf das schicksalhafte Geschehen. Lange Zeit erfuhr niemand den Grund, warum und wohin Remzi wie ein Dieb geflüchtet war. Nur einmal hörte Mehmet aus den Gesprächen der Wasserträgerinnen, was der Ankömmling mit dem breitrandigen Hut Remzi ins Ohr geflüstert haben soll:

«Operation Rückzug tritt sofort in Kraft.»

Remzi war plötzlich, ohne Vorwarnung, aus Mehmets Leben und aus jenem des Dorfes verschwunden wie eine Wolke, die vorüberzog, ohne eine Spur zu hinterlassen. Aber sein Verschwinden sollte Unglück über seine Familie bringen.

Einige Jahre verstrichen. Die Arbeiterpartei Kurdistans, die PKK, wie sie bald nur noch genannt wurde, wandelte sich von einem Debattierklub in eine politische Partei mit einem bewaffneten Arm. Irgendwann zündete der Funke. Die Keimzelle der entstehenden Aufstandsarmee griff im Schutze der Nacht einen Posten der Polizei auf dem Lande an. In den Reihen der Gendarmerie gab es Tote. Niemand nahm Notiz von den ersten Anzeichen eines Bürgerkrieges. Der Regierungschef in Ankara liess sich nicht beim Essen stören, als ihm ein Stabsoffizier die dringende Depesche des Generalstabs überbringen wollte und Instruktionen einforderte.

In der Presse las man bloss vom Bandenwesen, welches das Land seit alters her sporadisch heimsuche. Aber die Überfälle wiederholten sich. Die Guerillakommandos tauchten aus dem Nichts auf, schlugen zu, schossen, töteten, zerstörten, raubten

Waffen und zogen sich zurück, verschwanden wie Fische im Wasser. Sie versuchten, einen überlegenen Sicherheitsapparat, der immer brutaler antwortete, zu bezwingen. Die Spirale der Gewalt setzte sich in Bewegung, drehte sich immer schneller und traf auf beiden Seiten täglich mehr Unschuldige, wenn auch in ungleich grösserem Ausmass die Opfer unter den Kurden zu finden waren.

Als Ersten in Mehmets Sippe traf es Remzis Bruder Ömer. Mehmet wurde Zeuge eines Ereignisses, das ihn zutiefst aufwühlte und dem Puzzle der etappenweise Einsicht in den dunklen Teil seiner Lebenssituation ein weiteres Teilchen hinzufügte. Das Schauspiel, das sich vor dem Schulhaus abspielte, liess die demütigende Ohrfeige, welche der Gendarm dem Muchtar einst verabreicht hatte, als Geringfügigkeit erscheinen. Der Vorfall warf fortan einen noch bedrohlicheren Schatten über Mehmets Leben.

Es begann im Morgengrauen.

In Kurtsürü, dem Nachbardorf auf der gleichen Talseite, geschah ein Mord. Der Dorflehrer, ein Türke, wurde beim Gebet in der Moschee von PKK-Kämpfern umgebracht. Die Antwort der Sicherheitskräfte liess nicht lange auf sich warten. Schon am nächsten Tag rückten Soldaten von allen Seiten in die Ortschaft ein, durchsuchten jeden Winkel und errichteten am Dorfrand ein Lager. Von weitem sah Mehmet die weissen Zelte, in Reih und Glied, als handle es sich um ein wohl geordnetes Jugendferienlager.

Ein paar Tage nach dem Mordanschlag, noch vor Anbruch der Dämmerung, weckten Schüsse Mehmet aus dem Schlaf. Nur er und seine beiden Schwestern Cemile und Güldeniz waren in der Wohnung im ersten Stock, weil die Eltern mit Reçep zum Arzt in die Stadt gegangen waren. Unten schliefen die Grosseltern. Als Mehmet zum Fenster hinausblickte, bemerkte er die Lichtkegel von Taschenlampen, die über Hauswände und Steinplatten der Wege glitten. Das Getrampel von schweren Schuhen ertönte. Schattenhafte Menschengestalten stürmten über die engen Wege. Es herrschte ein hektisches Durcheinander von Schreien und Rufen. In der Ferne ertönte eine Stimme, die durch einen Lautsprecher übertragen wurde. «Besammelt euch sofort auf dem Schulhof!», rief sie immer wieder.

Dazwischen vernahm Mehmet Hundegebell, verschreckte Hühner gackerten, rannten und flatterten irrsinnig in irgendein Versteck, und ein Hahn krähte, als gäbe es Menschen, die noch schlafen könnten und geweckt werden müssten. Langsam wurde Mehmet klar, dass sein Dorf von Soldaten besetzt war, dass sie Haus um Haus durchsuchten. Panische Angst erfasste ihn. Güldeniz und Cemile klammerten sich an ihn.

Unten wurde heftig an die Haustüre geschlagen und eine Männerstimme verlangte drohend Einlass. In seinem Zimmer hörte Mehmet, wie der Grossvater der Grossmutter befahl, die Männer hereinzulassen. Dann vernahm er das Geräusch des Riegels, der zurückgeschoben wurde. Ein heftiger, dumpfer Schlag folgte, der vermutlich von einem Fusstritt an die Türe herrührte. Die Grossmutter schrie und stöhnte, da sie von der Wucht der aufgestossenen Türe zu Boden geworfen wurde. Dann vernahm Mehmet die ruhige Stimme seines Grossvaters:

«Hier ist niemand mehr im Haus ausser unseren Grosskindern Mehmet, Güldeniz und Cemile. Sie sind erst im Schulalter. Lassen Sie sie in Ruhe, mein Herr, bitte», flehte er.

«In zwei Minuten seid ihr alle auf dem Schulhausplatz», drohte die schneidende Stimme.

Und dann gab sie Befehle, wie: «Du gehst da hinein! Halte die beiden in Schach und ihr drei durchsucht den oberen Stock!» Mehmet horchte und hielt den Atem an. Cemile und Güldeniz starrten ihn zu Tode erschreckt an.

«Sie tun euch nichts. Sie schiessen nicht. Man hört keine Schüsse», flüsterte er und drückte die Schwestern an sich.

Jetzt hörte er Schritte auf der Aussentreppe, die zu ihnen führte. Krachende Geräusche drangen in das Zimmer. Sie machen die wunderbaren Blumentöpfe der Grossmutter kaputt, dachte Mehmet.

Ein Soldat riss die Türe auf. Mehmet sass auf dem Boden und starrte ihn an, während seine Schwestern ihre Gesichter in seinem Schoss vergruben. Alle drei zitterten. Zum ersten Mal sah sich Mehmet einem Soldaten direkt, von Angesicht zu Angesicht, gegenüber. Es war ein junges, schwarz bemaltes Gesicht, teilweise verdeckt von einem Stahlhelm. Das riesige Gewehr hielt er direkt gegen Mehmet gerichtet. Zwei andere Soldaten in schweren Schuhen stürmten an ihm und seinen Schwestern vorbei und durchsuchten jeden Winkel auf dem ganzen Stock. Sie durchwühlten alles. Was nicht festgeschraubt war, verschoben sie oder stiessen es um.

Weil die Soldaten nichts Verdächtiges fanden, verliessen sie das Haus wieder. Bevor auch der junge Anführer ihnen nach draussen folgte, wandte er sich an Mehmet. Er wartete, bis das Gepolter der Kollegen aufgehört hatte. Als er den am ganzen Leib zitternden Jungen sah, der neben der Türe inmitten einer unbeschreiblichen Unordnung kauerte und seine beiden Schwestern festhielt, zögerte er. Das Gewehr richtete er nicht mehr gegen Mehmet. Dachte er an seinen eigenen Sohn?

«Auch du musst mit deinen Schwestern auf den Schulplatz mitkommen!», befahl er schliesslich mit weniger Stahl in der Stimme. Mehmet stand auf und stiess seine wimmernden Schwestern vor sich her. Was erwartet uns auf dem Dorfplatz?, fragte er sich voller Furcht.

Jedes Haus wurde gründlich durchsucht. Sogar in den niedrigen Ställen, die sich in den Erdgeschossen der kleinen Häuser befanden, leuchteten die Soldaten in jede Ecke und jeden Spalt. Niemand blieb unentdeckt, und keiner wurde vom Gang zum Schulhaus verschont. Die Schule war das grösste Gebäude des Dorfes. Aber in einem Dorf, das nicht mehr als dreihundert Einwohner zählte, war es immer noch klein. Es stand am Eingang der Bergsiedlung, direkt an der einzigen Zufahrtsstrasse, die vor dem Schulhaus endete. Hier mussten Fahrzeuge, sofern sie den Weg hierher fanden, parkieren, denn die holprigen Wege im Dorf selber waren zu schmal für sie. Zudem lagen überall sperrige Holzhaufen, das Brennholz für den Winter. Da und dort ragten von Pfeilern gestützte, mit Blumen verzierte, niedrige Balkone über die schmalen Wege.

Alle Menschen, die das Pech hatten, die zu Ende gehende Nacht im Dorf verbracht zu haben, standen schliesslich auf dem Kiesplatz, wo eine stehende Kolonne schwarzer Militärfahrzeuge endete. Männer, Frauen und Kinder unter zwölf Jahren mussten getrennt voneinander warten. Zuletzt schleppten Soldaten den Abwart aus dem Schulgebäude. Drei Wehrmänner hielten ihn fest. Er wehrte sich als Einziger und schlug mit Händen und Füssen wild um sich. Wäre die Situation nicht so bedrohlich gewesen, hätte er sich mit seiner Strampelei zum Gespött der Schuljugend gemacht.

Plötzlich war es still, so ruhig, dass man das Wachsen der Disteln hätte hören können. Alle Augen waren auf den Kommandanten mit der blauen Mütze gerichtet. Rechts und links von ihm standen Männer mit dunklen Jacken mit auffallend vielen Aussentaschen. Ihre Kleider sahen nicht wie Uniformen aus. Einer trug am rechten Oberarm eine weisse Binde. Mehmet hatte den Eindruck, dass sie mit modernsten Gewehren ausgerüstet waren. Zwei von ihnen richteten die Gewehrläufe direkt auf die wehrlose Menge.

Der Kommandant war schätzungsweise vierzig. Er war gross, schlank und trug einen Mantel mit grossen Knöpfen. Seine kalten Augen tasteten die Umgebung ab, als würde er die Köpfe zählen. Wie eine Statue stand er vor dem Schuleingang auf dem obersten Tritt der drei Stufen. Seine rechte Hand umklammerte einen dünnen Holzstab, den er leicht und rhythmisch an seine schwarzen Stiefel schlug. Aus seiner Brusttasche zog er ein Papier, entfaltete es mit einer theatralischen Gebärde und befahl:

«Setzt euch auf den Boden!» Dann: «Remzi Yalvaç hierher!» Es hörte sich an, als liefe jede Silbe einzeln an der makellosen Zahnreihe des Offiziers entlang.

Niemand regte sich. Die Spannung wuchs. Hochmütig liess der Kommandant den Blick nochmals über den Platz streifen. Er hob den Arm, hielt das Blatt erneut vor sich hin und rief spitz:

23

«Ömer Yalvaç!»

Ömer war Onkel Remzis Bruder. Er war nur ein Jahr jünger als dieser. Aus der Menge der Männer löste sich langsam die Gestalt Ömers. Er war Bauer, und sein Körper wirkte steif. «Das kommt von der harten Arbeit auf dem Felde», pflegte Mehmets Vater zu sagen. Mehmet wunderte sich, warum der Befehlshaber gerade Ömer auswählte. Hatte er sich in die Politik eingemischt? Aber Mehmet hatte Ömer noch nie über politische Themen reden gehört.

«Wo ist dein Brüderchen Remzi?», fragte der Befehlshaber lauernd.

Ömer stand mit gesenktem Kopf vor ihm, als ob er seine Hinrichtung erwartete. «Ich weiss es nicht, mein Herr. Ich habe ihn seit dem neunten Monat nicht mehr gesehen.»

Alle wussten, dass mit dem neunten Monat die Machtübernahme der Generäle gemeint war.

«Du lügst! Wir wissen, dass er euch Besuche abstattet!», brüllte der Offizier.

Das Wort Besuche zog er in Anspielung auf die bewaffneten Überfälle der PKK betont in die Länge. Er hob seinen rechten Arm, und bevor sein Opfer ausweichen konnte, sauste sein Stab auf die Schulter von Ömer nieder, der lautlos zusammenzuckte. Als einige Kinder zu schreien anfingen, hieben die Soldaten mit den Gewehrläufen auf sie ein. Die Schreie verstummten, und wieder breitete sich Grabesstille auf dem Kiesplatz aus, wo der erste Akt eines makabren Schauspiels begann.

Der Tag war inzwischen angebrochen, die ersten Sonnenstrahlen fielen auf das Schulhaus. Irgendwo im Dorf krähte ein Hahn, ein Esel brüllte sein langgezogenes Iiiaaa. In der Dorfmitte hob ein Entengeschnatter an, so als ob wenigstens die Federtiere gegen das Treiben der Soldaten protestierten.

«Wir wollen mal sehen, ob du es wirklich nicht weisst, wo dein Terroristenbruder ist», fuhr der Offizier mit leiserer Stimme fort.

Er winkte einen schwergewichtigen Untergebenen herbei.

«Setz dich auf diesen Hurensohn und lass dich dreimal im

Kreis herumtragen», ordnete er an und kehrte auf den Treppen-absatz zurück.

Vor den verängstigten Dorfbewohnern musste Ömer den Soldaten im Kreis herumschleppen. Erst jetzt fiel Mehmet auf, dass der Lehrer fehlte. Der Rest der Soldaten lachte und grunzte hämisch, machte gemeine und anrüchige Sprüche und stiess Flüche aus. Einer zog geräuschvoll den Schleim von der Nase in den Mund und spuckte ihn auf Ömer.

«Zeig endlich, dass du nicht mehr in den Windeln steckst! Für einmal musst du dich nicht nur beim Ficken anstrengen!»

Ömer war bärenstark und an schwere Arbeit mit dem Pflug gewohnt. Jetzt aber schleppte er keuchend und mit zunehmend flauen Knien den zentnerschweren Soldaten im Kreis auf dem Platz herum. Dieser schnitt Grimassen und schlug mit den Schuhen auf Ömer ein, als ob er ihm die Sporen gäbe. Als das seltsame Paar nach der dritten Umkreisung vor dem Komman-danten innehielt, stiess der reitende Soldat mit einer Gebärde voller Verachtung den Kopf Ömers nach unten und rutsche über den Rücken und Kopf hinunter. Der geschundene Landwirt stürzte wie ein Sack Kartoffeln zu Boden. Schweissgebadet und keuchend blieb er liegen. Ein kahlgeschorener Soldat mit einem kindlichen Gesicht versetzte ihm einen Fusstritt und hiess ihn barsch aufzustehen. Ömer erhob sich schwerfällig. Mehmet ver-spürte einen Stich in der Brust, er litt, als würde er selbst gedemütigt.

«Hast du dich inzwischen erinnert, wo dein Bruder ist?», herrschte ihn der Kommandant mit schneidender Stimme an.

«Keiner von uns weiss, wo mein Bruder ist, mein Herr.»

Federnd stieg der Offizier die Stufen hinunter, gab Ömer beim Vorbeigehen eine schallende Ohrfeige und stiess ihn brüsk beiseite. Er schritt auf die Frauen zu, die zurückwichen. Wie ein Dirigent den Taktstock hob der Hauptmann seinen Stab. Kon-zentriert blickte er in die Frauenschar und stiess ihn pfeilschnell gegen das Gesicht von Hatçe. Sie schrie auf und wich zurück, das Gesicht von Todesangst gezeichnet. Der Stock berührte Hatçe jedoch nicht, sondern verharrte lediglich dicht vor ihrer

Nase, leicht vibrierend, wie eine züngelnde Schlange, die jederzeit tödlich zubeissen konnte.

«Hast du eine Katze zu Hause?», fragte sie der Offizier, entzückt über seinen Einfall.

«Ja», antwortete Hatçe. Zischend fügte sie hinzu: «Und einen Kater.»

Einige Kinder, darunter Mehmet, kicherten.

«Antworte, was ich dich frage!», schnauzte der Offizier sie an und warf den Kindern einen drohenden Blick zu. «Hast du noch andere Tiere?»

«Ja, einen Esel, ein Schwein und ein paar Hühner.»

«Hol die Katze oder den Kater. Wenn du in fünf Minuten nicht zurück bist, erschiessen wir dein Vieh!»

Hatçe stand sofort auf und eilte so schnell sie konnte zu ihrem Haus. Dieses befand sich um die Ecke am Dorfeingang neben der Schule. Immer wieder blickte sie ängstlich zurück, als befürchtete sie, hinterrücks erschossen zu werden. Der Offizier kehrte zu Ömer zurück, der am ganzen Leib zitterte.

«Wir werden dir ein bisschen nachhelfen, dein löchriges Gedächtnis aufzufrischen.»

Einem Soldaten flüsterte er etwas ins Ohr. Dieser nickte, eilte zu einem Militärfahrzeug und kehrte mit einem Bündel zurück. Er gab es dem Kommandanten. Es entpuppte sich als Jutesack. Der Kommandant streckte ihn Ömer entgegen und befahl:

«Schlüpf da hinein!»

Mit dem gestreckten Daumen deutete er auf die Sacköffnung wie ein römischer Konsul, der das Todesurteil über einen besiegten Gladiator verkündete. Ömer gehorchte mit unbewegtem Gesicht. Er setzte einen Fuss nach dem anderen in den Sack und stülpte ihn langsam über die Beine. Als Hatçe mit ihrer Katze zurückkehrte, stand er bis zu den Hüften darin. Das grosse, schneeweisse Tier sah verwundert um sich. Ein Soldat entriss es Hatçe und stiess sie zur Seite. Zwei kräftige Wehrmänner nahmen Ömer auf ein Zeichen des Offiziers in die Mitte.

«Hände hinter den Rücken!»,

Ömer liess den Sack, den er bisher mit beiden Händen auf Hüfthöhe gehalten hatte, los und kreuzte seine Hände auf dem Rücken. Plötzlich, ohne Vorwarnung, zogen die beiden Soldaten den Sack über Ömers Kopf. Bevor Ömer wusste, was ihm geschah, stand er da, umklammert von zwei Muskelprotzen. Blitzschnell schob ein dritter Soldat mit einem festen Griff die zappelnde Katze zu Ömer in den Sack und verschnürte den Zipfel über seinem Kopf.

Der Sack machte einen gespenstischen Eindruck. Auf engstem Raum war Ömer einer verzweifelten, wild um sich schlagenden, jaulenden und kratzenden Katze ausgesetzt. Der bizarre Kampf zwischen dem eingeschlossenen Tier und dem ebenso gefangenen Menschen bewegte den Sack wie eine unsichtbare Kraft. Das Bündel fiel zu Boden und schob sich wie von Geisterhand bewegt über den Kiesboden.

Wiederum belustigte das makabre Schauspiel die Soldaten. Einer rollte ihn wie ein Fass vor sich her. Langsam bildeten sich auf der Jute einzelne rote Flecken. Die Frauen und die Kinder rückten näher aneinander. Manche schlossen vor Entsetzen die Augen. Mehmet sah schmerzverzerrte Gesichter und spürte, wie in ihm eine ohnmächtige Wut hochstieg. Als ein Soldat nach einer bangen Viertelstunde die Schnur löste, sprang ihm die Katze fauchend mitten ins Gesicht. Vergeblich versuchte er, sie festzuhalten. Beissend und kratzend wand sie sich aus seinem Griff und entwischte. Im Zickzack sprang sie über den Kiesplatz und verschwand. Ömer kroch aus seinem qualvollen Gefängnis und schnappte nach Luft. Hände und Gesicht waren blutverschmiert. Von Schweiss und Blut verklebte Haarbüschel ragten chaotisch in alle Richtungen.

«Na, hat dir die Katze die Flausen aus dem Kopf getrieben?», fragte der Kommandant hämisch.

«Was wollen Sie von mir, mein Herr?», stammelte Ömer.

«Wer hätte gedacht, dass du so hartnäckig sein kannst.»

Obwohl der Offizier Ömer zwei Stunden lang quälte, brachte er nichts über Remzis Aufenthalt aus ihm heraus. Wütend rissen die Soldaten ihm die Haare aus dem Schnurrbart.

«Du bist es nicht wert, wie ein Mann auszusehen!», höhnten sie. Dann zwangen sie ihn, Schuhe und Socken auszuziehen. Der Kommandant fragte, wer zu Hause schon ein Feuer mit Kohlen angefacht habe. Als sich eine Frau meldete, musste sie die glühende Kohle holen. Dann trieben die Soldaten Ömer barfuss über einen glühenden Teppich. Wieder auf dem Kiesboden angelangt, brach Ömer ohnmächtig zusammen.

Nun ging die grausame Inszenierung, mit welcher die Dorfbevölkerung eingeschüchtert werden sollte, über zum zweiten Akt, mit neuer Rollenbesetzung auf Seiten der Opfer. «Wo ist die Frau des Terroristen?», rief der Kommandant, der jetzt wieder zuoberst auf der Treppe stand. Niemand regte sich. «Wo ist seine Mutter?»

Ein paar Köpfe drehten sich zu Semra. Sie hielt die Hände vor dem Gesicht, die Schultern hochgezogen, ein nasses Nastuch in der Hand.

«Steh auf und komm hierher!»

Semra war Ömers Mutter. Sie erhob sich. Die Frauen rutschten zur Seite, sodass sich ein schmaler Durchgang bildete. Semra näherte sich dem Kommandanten.

«Ist deine Mutter hier?»

Semra zeigte auf eine alte, bucklige Frau, die einen knorrigen Holzstock vor sich aufgepflanzt hatte. Es war Oya, Remzis Grossmutter und Narins Urgrossmutter. Narin kauerte neben ihr, die Augen vor Schreck weit aufgerissen, den Mund zu einer schmalen Linie zusammengepresst. Mehmet dachte an ihre rot geschminkten molligen Lippen und die Locke, die über ihr Auge gefallen war, als er sie am Dorfbrunnen beobachtet hatte.

Der Kommandant winkte Oya zu sich. Sie humpelte heran.

«Wo im Hause habt ihr den Terroristen versteckt?»

«Euer Ehren, mein Sohn ist nicht hier», sagte Semra schluchzend.

«Geht in euer Haus und sucht ihn.»

Der Kommandant gab zwei Soldaten mit dem Kopf ein Zeichen, die Frauen zu überwachen. Semra und Oya gingen ins Dorf, hinter ihnen die beiden Soldaten. Der Offizier befahl ein paar Männern, Holz einzusammeln und vor Semras Haus aufzuschichten. Als ihm ein Untergebener meldete, der Holzhaufen sei bereit, begab sich der Offizier in Begleitung von drei Soldaten dorthin.

Semras Häuschen stand mitten im Dorf. Ein Soldat goss Benzin über den Holzhaufen und warf ein Streichholz darauf. Als das Brennholz mit einem dumpfen Knall Feuer fing, rief der Offizier in schrillem Ton:

«Wenn ihr nicht mit Remzi aus dem Haus kommt, bevor das Feuer aufhört, werde ich das ganze Haus mit euch zusammen in Brand stecken und euch bei lebendigem Leib schmoren lassen.»

Das Feuer wurde grösser, das brennende Holz knackte. Noch bevor die Flammen erloschen, stürzte Semra aus dem Haus.

«Meine Mutter hat einen Schock!», schrie sie verzweifelt. «Sie ist gestürzt, und jetzt liegt sie ohnmächtig im Haus! Bitte ruft einen Arzt, schnell!»

Vergeblich flehte sie die Soldaten an. Sie waren die einzigen, die hätten helfen können. Gleichgültig drehten ihr der Offizier und seine Untergebenen die Rücken zu und marschierten zum Schulhausplatz zurück. Dort befahl der Kommandant einigen Soldaten, den Namen Remzi Yalvaç überall im Dorf an die Hauswände zu pinseln. Diese fragten, wer zu Hause weisse Farbe, Pinsel und Kübel habe. Als niemand antwortete, schlugen sie mit den schweren Schuhen gegen die Männer in der vordersten Reihe. Schliesslich meldete sich Aslan, ein Bauer, im Nebenberuf Maler. Ein Soldat befahl ihm, den Befehl sofort auszuführen. Dann wandte sich der Offizier an die Menge:

«Wer den Namen Remzi Yalvaç auswischt, erleidet das gleiche Schicksal wie sein feiger Bruder Ömer. Niemand darf einem Terroristen helfen. Wer es trotzdem tut oder seinen Namen übermalt, ist selbst ein Terrorist. Terroristen sind Schlangen, man muss ihnen den Kopf abschlagen.»

Der Kommandant warf einen letzten Blick auf die Menschen, stieg die Treppen hinunter und gab seiner Truppe den Befehl zum Rückzug. Die ersten Motoren der Militärfahrzeuge heulten auf. Ein ohrenbetäubender Lärm setzte ein.

Nur die Männer mit den dunklen Jacken blieben zurück. Einer von ihnen legte neben Ömer, der noch immer bewusstlos auf dem Platz lag, ein Gewehr hin. Ein anderer fotografierte ihn mit der Waffe. Mehmet schaute fragend zu den Erwachsenen. Aber niemand erwiderte seinen Blick. Irgendetwas hatte das Fotografieren zu bedeuten, aber was? Es verging wohl eine halbe Stunde, bis Aslan, der Maler, zurückkehrte. Er habe an sieben Stellen den Namen Remzi Yalvaç angebracht, vermeldete er eingeschüchtert. Zwei Lederjackenmänner entfernten sich mit ihm, um seine Arbeit zu kontrollieren. Als sie zurückkamen, zogen alle Sicherheitsleute ab. Sie setzten sich in die Fahrzeuge, die ganz gewöhnlich aussahen und in keiner Weise an Militärfahrzeuge erinnerten. Erst jetzt fiel Mehmet auf, dass sie sogar mit normalen Polizeikennzeichen ausgestattet waren. Die Männer fuhren derart brüsk weg, dass die Kieselsteine gegen die Menschen geschleudert wurden. Ein paar davon trafen auch Mehmet.

Nur zögerlich leerte sich der Schulplatz. Inzwischen war es warm geworden. Am Himmel zogen einige Wolkenfetzen vorüber und ein leichter Wind wehte. Die Menschen zogen sich schweigend und verstört in ihre Häuser zurück.

«Wann werden sie Ömer im Fernsehen als Terroristen mit einem Jagdgewehr zeigen?», hörte Mehmet Ekrem, den Nachbarn seiner Familie, sagen.

Mehmet blieb sitzen. Das Erlebnis dieses Tages hatte ihn gelähmt. Er hatte der Fratze des Grauens ins Antlitz geschaut.

Plötzlich spürte er, wie von hinten eine Hand sanft seinen Kopf berührte. Er drehte sich um, ohne aufzustehen. Sein Blick glitt entlang Männerhosen nach oben. Vor ihm stand sein Grossvater.

«Komm, Mehmet. Es ist vorbei», sagte er und wandte sich zum Gehen. Mehmet lief hinter ihm her, gefolgt von seinen Schwestern Güldeniz und Cemile. Bald trafen sie auf die Grossmutter, die neben dem Schulhaus wartete.

Bevor sie den Platz verliessen, drehte sich Mehmet nochmals um. Ömer blieb als einziger auf dem Platz zurück. Ohnmächtig lag er dort, inmitten der Spuren der Gewalt. Aus Furcht, selbst als Terrorist misshandelt zu werden, wagte es niemand, dem Geschundenen beizustehen. Neben dem leblos anmutenden Körper sah Mehmet die schwarze, verkohlte Fläche. Der Kiesboden wies Blutflecken auf. Als sie vor dem Haus angelangt waren, befahl der Grossvater den Schwestern, mit der Grossmutter im Hause zu warten. Dann fasste er Mehmet an der Hand und führte ihn zum Dreschplatz am oberen Rande des Dorfes.

Der Werkplatz war kreisrund, hier war Mehmets Lieblingsort. An warmen Tagen sass er oft da und liess den Blick in die Ferne schweifen. Von hier aus sah man das ganze Tal. Er liebte es besonders, auf den von der Sonne gewärmten Granitplatten zu sitzen und die Beine baumeln zu lassen. So genoss er den Duft von Thymian, Rosmarin und Oregano. Aus der Vogelperspektive glich der kleine Platz mit den schräg gestellten Platten am Rand einer Blumenkrone. Mehmet setzte sich auf seinen Lieblingsplatz. Der Grossvater liess sich neben ihm nieder.

«Ich habe mit dir noch nie über Politik gesprochen», begann der Grossvater. «Nun muss ich es tun. Ich habe immer gehofft, dass dein Leben in eine Zeit des Friedens fällt. Mit dem heutigen Tag ist diese Idee zerstört, denn nur im Krieg können Menschen andere ungestraft derart quälen, wie wir es heute Vormittag erlebt haben.»

Der alte Mann stockte. Eine flinke, hellgrüne Eidechse huschte vorüber und scheuchte einen kleinen Vogel auf. Mehmet wartete und schwieg. Der Grossvater erzählte Mehmet die Geschichte seines Volkes, auf eine Weise, wie Mehmet sie noch nie gehört und ganz anders, als sie der Lehrer in der Schule vermittelt hatte.

«Der Staat, in dem wir leben, ist mit unserer Hilfe entstanden», fuhr der Grossvater fort. «Die Befreiungsarmee, welche die europäischen Besetzer vertrieben hat, bestand aus türkischen und kurdischen Soldaten. Auch ich kämpfte mit.» Mehmet sah seinen Grossvater mit grossen Augen an. «Nachdem wir die Europäer besiegt hatten, verriet uns Mustafa Kemal und degradierte uns zu einem Stamm der Türken. Er selbst änderte seinen Namen Kemal in Atatürk, Vater der Türken.» In der Stimme des Grossvater schwang ein Hauch von Bitterkeit mit. «Ja, dieser Atatürk entfachte gegen unser Volk einen regelrechten Krieg, weil wir auf unsere Rechte pochten. In einer Kette von Aufständen erhoben sich die Kurden zuletzt in Dersim. Die Türken, unterstützt von bezahlten Verrätern aus unserem eigenen Volk, töteten alle, die sie erwischten. Viele Frauen stürzten sich in den Fluss, um den Mördern nicht lebend in die Hände zu fallen. Der Fluss war mit Leichen bedeckt und vom Blut unserer Brüder und Schwestern rot verfärbt.»

Das Schaudern erfasste Mehmet erneut. Er rückte näher zu seinem Grossvater.

«Mahabad», murmelte dieser. «Mahabad war eine kurdische Republik in Iran, kurz nach dem Zweiten Weltkrieg. Ein Hoffnungsschimmer am Horizont.»

«Und was ist daraus geworden?», fragte Mehmet, obwohl er nicht wusste, was eine Republik war. Er dachte an etwas Schönes, Kostbares.

«Nichts, nur ein Augenblick der Geschichte. Nach etwas mehr als einem Jahr wurde sie zerschlagen, von den Freunden im Stich gelassen.»

Der Grossvater schaute in die Ferne, als ob dort Bilder aus seinem Leben vorbeiziehen würden. Zum ersten Mal sah Mehmet, wie sehr sein Grossvater von einem abgrundtiefen Gefühl des Schmerzes, der Trauer und der Enttäuschung bedrückt wurde. Hatte dieser Mann wirklich gehofft, Mehmet würde ein besseres Leben als er haben?

Mit der von der harten Feldarbeit gezeichneten Hand streichelte der alte Mann über Mehmets schwarzes, glattes Haar. Mehmet fühlte sich verlassen und schmiegte sich an seinen Grossvater. Leise schluchzte er. Dann schlief er ein.

Er träumte, er gehe durch einen finsteren Wald. Es ist ein Urwald. Die riesigen Bäume stehen dicht nebeneinander. Ihre

Kronen bilden zusammen ein unendlich grosses Dach, durch welches nur wenig Sonnenlicht dringt. Bei einem mächtigen Stamm mit mannshohen Bretterwurzeln bleibt Mehmet stehen. Weit über seinem Kopf, am Baumstamm, sieht er einen gelben, leuchtenden Punkt. An einer Liane nahe dem Stamm klettert er hoch. Der gelbe Punkt entpuppt sich als kleine, schlafende Schlange voller Anmut, die sich zusammengeringelt hat. Mehmet klettert weiter hinauf. Hoch oben, dicht unter dem Kronendach, trifft er auf ein Geflecht von Ästen, die nicht zum Baum gehören. Sie wachsen um den Stamm herum und umschlingen ihn. Es sind Würgefeigen.

Sie wachsen um den Wirtsstamm, von oben nach unten, und umklammern ihn dabei immer fester, bis sie ihn erwürgen und töten. Mehmet spürt, dass der Baum bereits leidet. Er kann kaum mehr atmen und ist dem Tode geweiht. Plötzlich kommt sein Grossvater dazu und sagt: «Wenn wir nichts unternehmen, wird es dem kurdischen Volk ergehen wie diesem Baum, der von den Würgefeigen zu Tode erdrückt wird.»

Als Mehmet aufwachte, lehnte er immer noch an seinem Grossvater. Die Sonne stand im Zenit, und Mehmet hatte heiss. Der Himmel über den beiden war wolkenlos. Mehmet wischte sich den perlenden Schweiss von der Stirne und erzählte seinem Grossvater den Traum. Die schlafende Schlange schilderte er zärtlich als Lichtblick im dämmrigen Licht des Urwaldes.

«Im Traum hätte ich so gerne die gelbe Schlange nochmals gesehen», sagte er mit Wehmut in der Stimme.

«In Träumen sieht man oft sich selbst. Vielleicht warst du die gelbe Schlange.»

Mehmet gefiel die Traumdeutung seines Grossvaters.

Den ganzen Tag herrschte eine unheimliche Stille. Der Schrecken sass überall tief, und alle befürchteten, der Kommandant und seine Truppe könnten jederzeit zurückkehren. Kein Bewohner wagte sich aus dem Haus. Es war eine Stimmung wie in einem verlassenen Dorf, in welchem nur die Tiere zurückgelassen worden sind. Eine gespenstische Geräuschkulisse. Von irgendwo her hallte immer wieder das Bellen eines Hundes von den Häuserwänden, um sich dann in der friedhofartigen Ruhe zu verlieren. Auch kein Besucher näherte sich dem Flecken, als wüsste alle Welt, was sich in Hêlineqertel abgespielt hatte. Erst im Schutze der Dunkelheit holten Semra und einige Helfer Ömer ins Haus. Am nächsten Tag war das Dorf nicht mehr das gleiche wie vorher. Nicht nur deshalb, weil die Soldaten Ömer verletzt hatten und Oya als Gelähmte an den Stuhl gebunden war. Das ganze Dorf, insbesondere die Männer, waren in ihrem Stolz gebrochen worden. Niemand wagte, die Hauswände von den Inschriften «Remzi Yalvaç» zu säubern. Für Mehmet waren sie bescheidene, aber umso leuchtendere Heldendenkmäler.

Neben den offenen, sichtbaren Zeichen des Terrors machte sich ein allgemeines Gefühl der Unsicherheit breit. Es war, als ob irgendwo in der Ferne ein riesiger Brand lodere, der sich jederzeit Hêlineqertel in rasendem Tempo nähern könnte, um es gänzlich auszulöschen. Über die Geborgenheit, welche früher das Dorfleben geprägt hatte, senkte sich fortan ein unheimlicher Schatten. Die verzehrende Qual eines permanenten Angstzustandes hielt Einzug in das Leben der Menschen.

Auch die Wasserträgerinnen nahmen sich in Acht. Wenn sie ihre üblichen Gespräche führten, liessen sie viele Neuigkeiten, die den sich anbahnenden Krieg betrafen, weg, obwohl sie ihnen auf den Zungen brannten. Nur die gelähmte Oya nahm gegenüber ihren Besuchern kein Blatt vor den Mund. Sie taufte den Kommandanten Schlächter von Hêlineqertel, obwohl er niemanden hatte töten lassen.

«Er wird noch töten», sagte Oya.

Mehmets Familie blieb nicht mehr lange im Dorf. In den Zeiten des Krieges sei Hêlineqertel kein Platz mehr für sie, fand sein Vater und beschloss die Übersiedlung in die Stadt. Mehmet war über den Wohnortswechsel nicht unglücklich, zumal er seinem Vater das Versprechen abgerungen hatte, in Hêlineqertel Ferien zu verbringen, so oft und so lange er es wünschte.

«Du darfst», stimmte der Vater bei, «wenn und so lange die Umstände nicht dagegen sprechen.»

Neben der Unsicherheit infolge des Krieges gab es auch geschäftliche Gründe für den Umzug. Der Hausier- und Markthandel brachte immer weniger ein, es reichte kaum mehr zum Leben. Mehmets Vater griff sofort zu, als er einen Hinweis bekam. Vom Sohn eines Kunden, der nach Otuzgöl, eine Grossstadt, gezogen war und dort in einem Hotel arbeitete, bekam er die Adresse eines Schusters, der eine Hilfskraft benötigte. Hasan besuchte den Schuhmacher und kam mit der Nachricht zurück, er könne auf Probe sofort beginnen.

Ein paar Tage später kehrte er nach Otuzgöl zurück, um sein Glück zu versuchen. Hasan war sehr geschickt und konnte sich rasch in das neue Handwerk einarbeiten. So behielt ihn der Schustermeister am Ende der ersten Woche und bildete ihn innerhalb einiger Monate zu einem richtigen Schuhmacher aus. Bald fand Hasan auch eine Wohnung.

An einem Frühlingstag machte sich auch der Rest der Familie für die Übersiedlung nach Otuzgöl bereit. Ein frischer Wind wehte, wie so oft in Hêlineqertel. Am Himmel hing ein gitterartig geformtes Wolkengebilde. Mehmets Mutter Nuran hatte das Nötigste in einige Koffer gepackt. Der Rest sollte allmählich geholt werden.

Gegen Mittag fanden sich Mehmet, sein Vater Hasan, die Mutter Nuran, Reçep, Güldeniz und Cemile reisefertig beim Dorfbrunnen ein. Allen fiel es schwer, sich von Hêlineqertel zu verabschieden. Die Koffer standen bereit, in einer Reihe aufgestellt. Sogar der Esel stand daneben. Fast das ganze Dorf hatte sich zum Abschied eingefunden. Zuletzt trugen Ömer und Semra die bucklige Oya herbei. Viele brachten kleine Abschiedsgeschenke mit. Einige gaben Esswaren mit auf die Reise: Brot, Würste, Käse und dergleichen. Alle wünschten für die Zukunft Glück, manche mit Tränen in den Augen.

Auch Narin war gekommen. Zu Mehmets Abschied hatte sie sich besonders hübsch gemacht. Verlegen kam sie auf ihn zu und schenkte ihm ein Foto. Mehmet schaute es an. Es zeigte Narins ganze Familie, stehend vor einem schweren, orangefarbenen Vorhang, eingerahmt von Vasen mit Strohblumen.

«Damit du mich nicht vergisst», sagte Narin.

Mehmet freute sich riesig, überwand seine sonstige Zurückhaltung und gab ihr einen Kuss auf die Wange. Beide erröteten. «Ich werde zurückkommen und hier meine Ferien verbringen», sagte er schnell, um die Schwermut, die beide befiel, zu vertreiben. «So oft ich kann», fügte er mit einem wehmutsvollen Blick hinzu.

Nach einer Weile schlich Mehmet unbemerkt in sein Zimmer zurück. Er wollte von seinem heimlichen Horchposten einen letzten Blick auf die Schirmpinie und den Platz beim Dorfbrunnen werfen. Messerscharf hoben sich die Berge vom blauen Himmel ab, der in diese Richtung durch keine Wolke getrübt war. Beim Anblick des Schulhauses verharrte Mehmet eine Weile und dachte an jenen Augenblick, als Remzi und der Mann mit dem breitrandigen Hut im Auto verschwunden waren. Bald würde auch er in das Fahrzeug auf dem Schulplatz steigen, um das Dorf zu verlassen, um auszuwandern.

Die Menschenmenge machte sich zum Schulhaus auf. Als sein Vater Mehmet rief, verliess er sein Zimmer und rannte zu den anderen zurück. Die Gruppe kam ihm wie eine seltsame Mischung aus Trauerzug und ausgelassener Festgemeinde vor. Die einen schnitten bekümmerte Gesichter, die anderen lachten, machten sogar Witze, und bei manchen stellte Mehmet beides fest: Die bedrückte Stimmung schlug in Fröhlichkeit um und umgekehrt. Als er zurückblickte, stand der Esel einsam neben dem Brunnen, im Schatten der Schirmpinie, nur manchmal den Schwanz in die Höhe werfend. Mehmet hörte in dem langgezogenen Iiiaaa etwas Wehmütiges.

Auf dem Schulplatz wartete ein Sammeltaxi, ein alter Volkswagen-Bus, der Mehmets Familie samt dem Gepäck zur nächsten Bushaltestelle fuhr. Auf der Fahrt dachte Mehmet an seinen Grossvater und Narin. Dass ihm sein Grossvater fehlen würde, wusste er. Davor hatte er am meisten Angst. Dass er auch Narin auf eine besondere Weise in sein Herz geschlossen hatte, hatte er sich bisher noch nie eingestanden. Seine Schüchternheit hatte ihm immer im Wege gestanden, ihr seine Zuneigung offen zu zeigen. Er dachte an das Gefühl, das er empfunden hatte, als seine Lippen beim Kuss ihre Wangen berührt hatten. Wie weich sich die Haut angefühlt hatte! Wie gut sie gerochen hatte! Auf dem Busbahnhof von Otuzgöl erwartete sie Hasans Arbeitgeber, der Schuhmachermeister. Hinter ihm stand seine ganze Familie, die Frau und ein Knabe in Mehmets Alter. Seine beiden Schwestern waren älter. Der Schuhmacher überreichte Nuran einen Blumenstrauss und hiess die Neuankömmlinge aus Hêlineqertel willkommen. Seine Worte tönten wie eine kleine Begrüssungsansprache. Alle waren gerührt. Mit einem Taxi fuhren sie zur neuen Wohnung.

Mehmet gefiel es nicht in der Stadt, die ihm gross, hektisch, hässlich und anonym vorkam. Hêlineqertel bewahrte er in seinem Inneren wie einen kostbaren Schatz. So viele Leute am neuen Ort, und kaum jemanden kannte er! Zuerst hatte das fehlende Wohlgefühl damit zu tun, dass die Wohnung spärlich eingerichtet war. Es war eine gähnende Leere um ihn herum, welche auch Narins Foto nicht auszufüllen vermochte. Aber auch dann, nach etwa einem halben Jahr, als alle Möbel aus Hêlineqertel nach Otuzgöl gezügelt waren, fand sich Mehmet in seiner neuen Umgebung nicht richtig zurecht. Das neue Zuhause war klein und dunkel. Zudem befand es sich in einer grossen Mietskaserne. Auf der einen Seite sah man auf eine breite Strasse und auf der anderen Seite auf einen Hinterhof, wo achtlos Abfälle hingeworfen wurden, Autos herumstanden und um dessen Zustand sich niemand zu kümmern schien. Er vermisste vieles, das er in Hêlineqertel gehabt hatte: das Zimmer, die manchmal im Flüsterton geführten Unterhaltungen der Wasserträgerinnen, Narin und den Dreschplatz, auf dem er sich so oft von der Sonne hatte wärmen lassen und wo er bei vielen Gelegenheiten zum Träumen angeregt worden war. Er dachte jeden Tag an seinen Grossvater, und vielfach kamen ihm die Worte in den Sinn, die dieser über das Leben während dem Schlaf ausgesprochen hatte: «Träume sind das Tor zum schlummernden Teil des Lebens.»

Eine engere Freundschaft schloss er mit Birgül, seiner Cousine, die auch in Otuzgöl wohnte. Sie wurden regelmässige Spielkameraden. Mehmet besuchte die Grosseltern in Hêlineqertel, so oft er konnte. Vielfach reiste er mit seinen Geschwistern hin. Manchmal fuhr er sogar alleine, obwohl die Militärs jedes Mal mehr Kontrollposten errichteten. Auf dem Weg kam er immer an einer riesigen, künstlichen Grasnarbe an einem Hang vorbei. Es war das überdimensionierte Wappenzeichen der Türkei, der Halbmond und die Inschrift: Ich bin stolz, ein Türke zu sein. Der Spruch mitten im Siedlungsgebiet der Kurden erinnerte Mehmet daran, dass er kein Kurde sein durfte.

In Hêlineqertel verbrachte Mehmet viele Stunden an der Seite seines Grossvaters. Je schwächer das Augenlicht des alten Mannes wurde, desto länger pflegte er vor dem Haus auf einem niedrigen, zweibeinigen Holzstuhl, den er meistens an einen Baum lehnte, zu sitzen. Die Grossmutter knetete neben ihm den Teig für die Fladenbrote. Der Grossvater liebte es, wenn der Wind in die Baumkronen blies und das Laub zum Rascheln brachte. Dann war es, als ob die Klänge der Saz Grossvaters Abendstunden ausfüllten.

Für die Menschen, die in Hêlineqertel zurückblieben, wurde das Leben immer unerträglicher. Überall lauerten Gefahren. Etwas Dunkles, Unsichtbares, Spannungsvolles warf einen immer längeren Schatten über das Dorf.

Etwa ein halbes, vielleicht dreiviertel Jahr, nachdem Ömer auf dem Schulhausplatz gepeinigt worden war, kehrten die Soldaten zurück, nicht nur für einen Vormittag, sondern stationär. Im Schulhaus errichteten sie ihr Quartier. Die Schule wurde geschlossen, der Lehrer nach Hause geschickt.

Vom Schulgebäude aus organisierte ihr Befehlshaber, der Schlächter von Hêlineqertel, den Aufbau einer paramilitärischen Dorfwehr. Ein Gesetz verpflichtete die Männer in den

Dörfern, als Wächter Dienst zu tun, wenn es von ihnen verlangt wurde. Sie wurden Dorfschützer genannt und erhielten Waffen und Lohn. Abgesehen von ein paar, die sich mehr oder weniger freiwillig fügten, wollte sich niemand dazu hergeben, die kurdische Guerilla mit Waffengewalt vom Dorf fernzuhalten. Der Kommandant, der mit der Zeit auch mit seinem Namen Kendal Tepe bekannt wurde, hatte es auf die wehrfähigen Jungen abgesehen. Er zwang die kaum erwachsen gewordenen Männer, nächtelang barfuss, auch im Winter und bei eisiger Kälte, rund um das Dorf Wache zu schieben.

Mit der Übersiedlung nach Otuzgöl hatte Mehmets Familie ein Zeichen gesetzt. Es begann die Zeit der Auswanderung. Das Dorf leerte sich allmählich. Immer mehr Häuser standen leer. Wer keine Verwandten im Dorf oder in der Nähe zurückliess und die Häuser nicht verkaufen konnte, liess sie zerfallen. Zuerst zogen die jungen, wehrfähigen Männer weg, um in einer nahegelegenen Stadt unterzutauchen, wo es keine Dorfschützer gab. Dann zogen ganze Familien aus, dorthin, wo Verwandte lebten. Wer Geld hatte oder sich solches durch den Verkauf von Hab und Gut beschaffen konnte, wanderte weiter: Nach Diyarbakir, in die heimliche Hauptstadt Kurdistans, und in die Grossstädte des Westens, Adana, Ankara, Izmir und Istanbul. Istanbul wurde zum Flaschenhals der kleinasiatischen Migration nach Europa. Hier war das Sprungbrett in den Westen. Eine grosse Migrationswelle innerhalb des Landes und aus dem Land setzte ein.

In Hêlineqertel blieben beinahe nur noch Mütter mit ihren heranwachsenden Kindern und Alte zurück, die sich an ihrem Lebensabend nicht mehr von ihrer Heimat trennen mochten. Zu dieser Schar der Verwurzelten gehörte unfreiwillig auch Ömer, der auf Befehl des Kommandanten an den Ort, von den Soldaten scharf beobachtet, gebunden war. Täglich musste er sich im Schulhaus melden und seine Unterschrift in ein Buch eintragen. Das Dorf durfte er nur in Begleitung zweier Soldaten verlassen.

Die Zeit verging, bis sich an einem Tag der Schleier über Remzis Schicksal lüftete. Mehmet weilte bei seinen Grosseltern in den Ferien. Er war sechzehn Jahre alt.

Es wurde ein kurzes Wiedersehen, als Remzi zurückkehrte. Und was für ein Wiedersehen es war! Kürzer, kälter und niederschmetternder hätte es nicht sein können. Es gab, abgesehen von einem kurzen, verstohlenen Blickwechsel, keinen Kontakt zwischen Mehmet und seinem Onkel. Mehmet war zum Schweigen und Zusehen verurteilt. Nicht nur er, auch alle anderen Dorfbewohner befanden sich in der gleichen Rolle. Das Wiedersehen verlängerte den Schatten der Schwermut und Verzweiflung über dem Dorf. Die Luft zum Atmen wurde noch dünner. Danach wusste Mehmet wieder ein Stück mehr über die Lage seines Volkes.

Es war an einem Spätsommertag, der wie jeder andere begann:

Mehmet sass mit seinen Grosseltern bei Tisch. Ein böiger Wind vertrieb die regenschwangeren Wolken nach Westen. Durch das Fenster sah Mehmet einen Teil des Himmels, der sich aufhellte. Ein milchiger Schleier blieb. Mehmet hatte gerade sein Glas Ayran leer getrunken, als an die Türe geschlagen wurde. Es waren zwei Soldaten, die ihnen den Befehl erteilten, sich auf dem Schulhausplatz einzufinden. Mehmet dachte sofort an den Tag, als Ömer gefoltert worden war. Er sah den Grossvater fragend an.

«Das gehört bei uns jetzt zur Tagesordnung», sagte dieser ruhig.

Mehmet und die Grosseltern gingen zur Schule hinunter. Es dauerte nicht lange, bis alle aus dem Dorf versammelt waren. Sie mussten auf einer Hälfte des Platzes stehen. Die andere Hälfte blieb frei. Auch kein Fahrzeug hatte darauf parkiert. Der Kommandant Kendal Tepe, der Schlächter von Hêlineqertel, hatte sich zuoberst auf den Treppenabsatz hingestellt, genau wie damals, als Mehmet direkt aus dem Bett hierher geholt worden war. Mehmet spürte die Hitze. Schlagartig wurde ihm bewusst, wie sich das Dorf in den letzten Jahren verändert hatte: kaum mehr Männer im arbeitsfähigen Alter. An ihrer Stelle fremde

Soldaten, die im Schulhaus wohnten. Mehmet warf einen Blick zu den Frauen: eine grosse Gruppe im Vergleich zu den Männern. Er entdeckte Narin, mit versteinertem Gesicht. Unter ihrem Leibchen zeichneten sich die Brüste ab. Neben ihr sass mit offenen Mund auf einem Stuhl die bucklige Oya.

Jetzt kamen auch die Dorfschützer, eine kleine Truppe von vier Männern, die Mehmet irgendwie kläglich vorkamen. Uniformen, welche ihnen erst Glanz und Macht verliehen hätten, fehlten gänzlich. Ihre Gewehre sahen schmächtig aus im Vergleich zu den modernen, schweren Schusswaffen der Soldaten, die zudem mit prallen Patronengürteln ausgerüstet waren.

Etwa eine halbe Stunde lang geschah nichts. Nur banges Warten der zwangsweise Versammelten, sichtliche Langeweile auf Seite der Soldaten. Manchmal knackte es aus dem Walkie-Talkie des Kommandanten, dann hörte man ein Stimmengewirr. Der Kommandant sprach etwas, meist nur kurze Sätze oder vereinzelte Wörter, wobei er die Hand vor den Mund hielt.

Vom Tal her, hinter seinem Rücken, hörte Mehmet ein knatterndes Geräusch in der Luft. Rasch kam es näher. Der Kommandant und die Soldaten erwachten aus ihrer Lethargie und reckten ihre Köpfe nach dem Motorengeräusch. Eine Mischung aus Erwartung und Nervosität machte sich bei ihnen breit.

Mehmet drehte sich um und sah einen Helikopter. Wie ein flatternder Riesenvogel bewegte er sich direkt auf das Schulhaus zu, blieb schliesslich über den Köpfen der Menge stehen und senkte sich langsam herunter. Panik machte sich unter den Dorfbewohnern breit. Aber die Soldaten richteten die Gewehrläufe auf die Menge, sodass niemand auch nur einen Schritt zu weichen wagte. Mehmet spürte, wie seine Kehle trocken wurde und wie sich das Gefühl der Angst, das ihn seit dem Erscheinen der Soldaten befallen hatte, verstärkte. Er schaute zum Grossvater, der als einer der wenigen Menschen scheinbar gefasst neben ihm stand.

Ein Soldat winkte den Helikopter auf die freie Platzhälfte. Der Propeller lärmte ohrenbetäubend, als die Flugmaschine sich dem Erdboden näherte. Die Wucht der Windböen wirbelte Kies und Erde auf wie die Mühle das Mehl und liess die Kinder, die sich nicht an den Erwachsenen festhalten konnten, zu Boden stürzen, eines nach dem anderen, wie umfallende Kegel. Dann setzte der Helikopter auf dem Kiesplatz auf. Als der Motorenlärm verklungen war, öffnete sich die Einstiegsluke. Zwei kräftig gebaute Männer mit dunklen Jacken sprangen heraus. Der Kommandant begrüsste sie kurz. Mehmet schossen die Bilder jener Männer durch den Kopf, die vor sechs Jahren die gleiche Kleidung getragen hatten. Sie hatten damals die Waffe neben den bewusstlosen Ömer gelegt und Fotos gemacht. Sie hatten sich als letzte mit Personenautos entfernt.

Mehmet rieb sich in den Augen. Durch die getrübte Luft sah er etwas, das wie ein schwerer Mehlsack aus der Luke herausfiel. Als er wieder klar sehen konnte, stellte er fest, dass es ein menschlicher Körper war. Auf dem noch nassen Kiesplatz blieb er liegen. Die Hände waren auf dem Rücken mit einem Strick zusammengebunden. Mühsam erhob sich die Kreatur und schaute mit irren Augen in die wartende Menge. Als ihr Blick auf Mehmet fiel, leuchteten die Augen kurz auf.

Mehmet erschrak. Der Fremde war Remzi. Er erkannte ihn an der gebogenen Nase und den dichten zerzausten Haaren. Sonst hatte er sich gänzlich verändert. Nicht nur war er magerer. Seine Gesichtszüge zeugten von einer gewaltigen inneren Anspannung, die Haut war blass und faltig.

«Wer ist dieser Mann?», fragte Kendal Tepe, der Kommandant, den Chef der Dorfschützer.

Es war Nazif Dilan, ein Mann gegen die sechzig.

«Ich kenne ihn nicht», erwiderte er.

Der Kommandant wandte sich an Ömer, der von zwei Soldaten bewacht wurde.

«Kennst du diesen Mann?»

Ömer schaute Remzi an. Nur kleine Zuckungen an den Nasenflügeln, den Augenlidern und den Schultern verrieten seine innere Erregung. Augenfällig zögerte er die Antwort hinaus, bemüht, sich den Anschein angestrengten Nachdenkens zu geben. Warum stellte der Offizier ihm diese Frage? Erkannte er den Gefangenen denn wirklich nicht? Jedermann unter den Leuten wusste doch, dass dieser gebrochene Mann Remzi war.

«Ich freue mich, Bruder, dich zu sehen», erlöste Remzi seinen jüngeren Bruder vom qualvollen Ringen um eine Antwort.

«Remzi, mein Bruder, wo warst du so lange?», stiess Ömer hervor.

«Haltet das Maul!», fuhr der Kommandant dazwischen.

Jetzt hat der Schlächter von Hêlineqertel meinen Onkel!, durchfuhr es Mehmet mit lähmendem Schrecken. Er ahnte, welche Qualen seinem Onkel noch bevorstanden. Für Kendal Tepe, den Kommandanten, war nun offensichtlich der letzte Beweis erbracht, dass er endlich den Terroristen Remzi vor sich hatte.

Schnaubend vor Wut wandte er sich an Nazif Dilan, den Chef der Dorfschützer:

«Warum hast du diesen Mann nicht erkannt?»

Dilans von der Sonne gebräuntes Gesicht wurde mit einem Schlag grau wie sein borstiger Schnurrbart, und seine Beine, Hände und Lippen zitterten. Er stand verdutzt, unsicher und schweigend vor dem Armeekommandanten. Der Offizier verlor seine Beherrschung.

«Du hast uns jahrelang erzählt, Remzi treibe sich in dieser Gegend herum. Du beschuldigst ihn zudem unermüdlich, hier im vorigen Jahr einen Mann umgebracht zu haben. Nun erkennst du ihn nicht einmal. Du bist ein Lügner und führst uns nichts als an der Nase herum. Das wird Konsequenzen haben», schleuderte Kendal Tepe seinem unehrlichen Gehilfen zornig entgegen.

Ein Raunen ging durch die Menge, und alle Köpfe drehten sich verständnislos zu Nazif Dilan, dann wieder zum Kommandanten. Auch Mehmet war verwirrt. Warum sollte Nazif Remzi eines Mordes vom vergangenen Jahr bezichtigen, wenn Remzi doch all die Jahre nicht mehr in dieser Gegend gewesen ist? Das gleiche Rätsel stand den anderen Leuten ins Gesicht geschrieben. Fragen zu stellen, wagte niemand. Während sich ein Geheimnis lüftete, legte sich der Schleier über ein neues.

Wütend über Nazif Dilans Irreführung befahl der Kommandant seinen Untergebenen, Remzi mit dem Helikopter in das Verhörzentrum in Diyarbakir zu fliegen. Die zwei Männer mit den dunklen Jacken schoben den nun identifizierten Gefangenen in den Helikopter zurück. Dann schwangen sie sich selbst hinein und schlossen die Türe. Mit lautem Geknatter hob sich der Helikopter und verschwand hinter dem Bergkamm auf der anderen Seite des Tales. Nazif Dilan stahl sich als Erster davon. Mit einer Handbewegung, als ob er Fliegen verscheuchte, entliess der Kommandant die Menschen.

Der Wind hatte einige schwarze Regenwolken zurückgebracht, die sich zu einem Unwetter zusammenbrauten. Die ersten Regentropfen fielen, als Mehmet mit seinen Grosseltern nach Hause ging. Keiner sagte ein Wort. Trauer und Furcht machten sie stumm.

Remzis Gefangennahme milderte den Druck auf das Dorf und besonders auf Remzis Sippschaft nicht. Im Gegenteil. Dass Kendal Tepe Remzi, in dem er den politischen Meinungsführer des Bergdorfes und damit den gefährlichsten Mann sah, hinter Schloss und Riegel wusste, bedeutete nicht das Ende der Wachsamkeit. Für den Kommandanten war der Gefangene der sichtbare Beweis dafür, dass dessen Familie, ja seine ganze Sippschaft, vom Bazillus des Terrorismus und Separatismus befallen waren. Wer damit infiziert war, musste der Kommandant herausfinden, dazu war er hierher beordert worden, in diesen verlassenen Winkel der Erde.

Mehmet verbrachte noch eine Nacht in Hêlineqertel. Am nächsten Morgen brachte ihn der Grossvater zum Busbahnhof in die Kreisstadt Ormanlar. Beim Abschied sagte er zu ihm:

«So lange der Terror andauert, darfst du nicht mehr in unser Dorf zurückkehren. Du bist kein Kind mehr. Du bist jetzt sechzehn Jahre alt. Als Jugendlicher kannst du jederzeit selbst zur Zielscheibe der Staatskräfte werden. Ihr Feldzug gegen uns wird immer grausamer und trifft immer mehr unschuldige Leute, auch so junge wie dich.»

Er begleitete Mehmet in den Bus und wies ihm zuhinterst am Fenster einen Platz an. Bevor sich Mehmet setzte, umarmte ihn der Grossvater und drückte ihm auf jede Wange einen Kuss. Die Geste seines Grossvaters berührte Mehmet. Bedrückt trat er die Heimreise nach Otuzgöl an. Jetzt war es so weit: Hêlineqertel, das Tal und die Berge, die Welt seiner Kindheit, wurden zu einem abgeschlossenen Kapitel seines Lebens. Mehmet musste davon Abschied nehmen. Eine neue Seite wurde aufgeschlagen. Er spürte ganz deutlich einen Schmerz in der Brustgegend. Als er daran dachte, was der Lehrer einst in der Geschichtsstunde gesagt hatte, befiel ihn eine unendliche Traurigkeit:

«Kriege dauern oft länger als ein Menschenleben.»

Mit diesen Worten hatte der Lehrer versucht, die zeitliche Dimension des Krieges zu erklären. Mehmet dachte über den Krieg nach. War es überhaupt ein Krieg, konnte man das, was sich in Kurdistan abspielte, Krieg nennen? Je mehr er sich damit beschäftigte, umso verwirrlicher kam ihm alles vor. Die Regierung gab vor, mit den Soldaten den Terrorismus zu bekämpfen. Aber die Soldaten, nicht Leute wie Ömer und Remzi, die zu den Terroristen gezählt werden, erschreckten ihn.

«Dem sagen wir nicht Krieg, was wir hier haben, sondern Terror, nichts als blanker, künstlich erzeugter Terror», hatte Mehmets Grossvater einmal gesagt.

Weil die Ferien in Hêlineqertel, der Heimat seines Herzens, wegfielen, wandte sich Mehmet der Arbeitswelt seines Vater zu und machte sich zielstrebig mit dem Schuhmacherhandwerk vertraut. Dort ereilte Mehmets Familie neues Unheil.

Er lernte, wie das kurdische Volk zum Opfer des kollektiven Hasses wurde. Zu einer Art Freiwild. Jede verbrecherische Tat blieb ungesühnt.

Der Schlachtruf gegen die kurdische Bevölkerung erscholl am helllichten Tag. Mehmet war nicht bei seinem Vater, als ein aufgepeitschter, fanatisierter türkischer Pöbel, bewaffnet mit Äxten, Schaufeln, Gabeln und Messern in die Werkstatt eindrang und ihn niederschlug. Die aufgestaute Wut der Türken gegen die Kurden machte sich in einem Blutbad Luft. Hasan hatte Glück im Unglück. Die Schläge verletzten ihn nur. Die Habgier der entfesselten Männer sorgte dafür, dass sie ihn nicht töteten. Sie hatten es eilig, die Regale zu plündern. Jeder befürchtete, um die Beute betrogen zu werden und wollte möglichst viel davon ergattern. So liessen sie Hasan liegen und machten sich mit dem Raubgut aus dem Staub.

Als Hasan beim Nachtessen nicht erschien, trug die Mutter Mehmet auf, nach ihm zu suchen. Er fand seinen Vater in einer Ecke der Werkstatt, blutverschmiert und bewusstlos, inmitten einer unbeschreiblichen Unordnung. Mehmet glaubte zuerst, sein Vater sei tot. Aber er lebte noch.

Hunderte waren umgekommen. Dass der Vater mit dem Leben davongekommen war, schrieb er einer Mischung aus göttlicher Fügung und der wochenlangen Fürsorge seiner Frau zu. Sie rief rasch einen Arzt herbei und legte ihm dann unermüdlich Wickel mit Heilkräutern auf die Wunden. So kam er langsam wieder auf die Beine.

Mehmets Vater erholte sich nicht mehr ganz von den verheerenden Folgen des Angriffes. Am meisten litt sein Rücken an den Folgen der Schläge. So verliess er mit seiner Familie Otuzgöl, eine Stadt, über welche in seinen Augen der ewige Fluch hereingebrochen war. Hasan begann an einem anderen, kleineren Ort noch einmal ein neues Leben. Es war ein Ort mit etwas städtischem Flair.

Hier, in Tilkini, gefiel es Mehmet besser als in Otuzgöl. Tilkini war kleiner, überschaubarer, und seine Familie wohnte in einem eigenen kleinen Haus. Mehmets Familie gewann ein Stück Normalität zurück, wenn auch der bedrohliche Schatten der Herkunft aus Hêlineqertel bis an den neuen Wohnort reichte. Mehmet unternahm oft Streifzüge in die Umgebung und entdeckte bald den kleinen See in der Nähe. Rasch lernte er schwimmen. Daneben vertrieb er im Kreis der neu gewonnenen Kameraden seine Zeit damit, kleine, flache Steine zu sammeln und sie so ins Wasser zu werfen, dass sie ein paar Mal auf der Wasseroberfläche hüpften, bevor sie im See verschwanden. Oder sie sammelten Holz, um daraus ein Feuer zu machen, in dessen Glut sie Kartoffeln und Würste brieten. Das Städtchen lag an einer wichtigen Fernstrasse. Diese Lage brachte Betriebsamkeit und vermittelte ein Gefühl, im Kontakt mit der Welt zu sein.

Unter grossen Mühen und Anstrengungen baute Hasan seine zweite Schuhmacherwerkstatt auf. Die Schwäche seines Vaters veränderte Mehmets Stellung in der Familie. Er wurde zu einer wichtigen Stütze und war für den Lebensunterhalt mitverantwortlich. So wurde Mehmet ein geschickter Schuhmacher, schneller, als er sich das gedacht hatte. Nur seine bevorstehende Wehrdienstzeit hielt seinen Vater davon ab, sich trotz seiner zunehmenden Gebrechlichkeit frühzeitig aus dem Arbeitsleben zurückzuziehen.

Endlich schien es, als ob Allah Mehmet wieder ein beschaulicheres Leben gönnen würde. Er fühlte sich so wohl wie nie seit dem Weggang aus Hêlineqertel. Seine Augen strahlten erneut vor Tatendrang. Ein Jahr, in Mehmets achtzehntem Altersjahr, bevor er in den Wehrdienst einberufen wurde, erhielt die ganze Familie die Einladung zu Birgüls Hochzeit. Die Einladungskarte seiner Cousine und einstigen Spielgefährtin von Otuzgöl war liebevoll gestaltet. Das Foto mit Birgül und ihrem Zukünftigen weckte in Mehmet die Lust auf Reisen. Es sah aus, als ob sie durch ein rundes Schiffsfenster auf das Bild gebannt worden wären. Die beiden standen nah beieinander, im Hintergrund sah man ein Gewirr von Masten, Seilen und Segeln. Der Bräutigam lachte breit in die Kamera, und Birgül, kleiner als er, schielte scheu und verliebt zu ihm hinauf.

Mehmet war der Einzige in der Familie, der die Einladung annahm. Die anderen wollten durch eine Reise nach Otuzgöl nicht mehr an den unglückseligen Schicksalstag erinnert werden, als Hasan beinahe in der Werkstatt umgebracht worden wäre. Mehmet aber hatte gerade seine Jugendzeit hinter sich gelassen und stand an der Schwelle zum Erwachsenenleben. Für ihn war es eine Frage des Lebensgefühls, sich nicht von den düsteren Schatten der Vergangenheit einholen zu lassen. Er war Optimist, und das Leben erschien endlos.

Die hübsche Einladungskarte enthielt nichts von jener neuen Saat des Ungemachs, die an diesem Tag ausgestreut wurde. Für das Hochzeitsfest zog Mehmet sein bestes Kleid an: einen schwarzen Leinenanzug mit einem Mao-Kragen. Sein dichtes, schwarzes Haar scheitelte er mit Pomade derart, dass er vermied, übertrieben ordentlich auszusehen. Es regnete in Strömen. Unterwegs, im Bus, dachte er über Birgül nach. Würde sie sich je an das strenge religiöse Leben als Sunnitin gewöhnen, nachdem sie sich von den Aleviten abgewandt hat? Hatte ihr Bräutigam ein Kopfgeld bezahlen müssen? Wenn ja, muss Birgül sehr teuer gewesen sein, denn sie war jung und schön.

Gegen Mittag kam er in Otuzgöl an. Der Regen hatte aufgehört. Mehmet ging direkt zum Ort des Festes. Niemand beachtete ihn, als er langsam und etwas verlegen den quadratischen, mit Steinplatten ausgelegten Innenhof durchquerte. Zu seiner Überraschung herrschte eine betriebsame Atmosphäre, die nicht an ein Fest erinnerte. Mehmet wusste, dass er sich spät auf den Weg gemacht hatte. Die Trauung in der Moschee war bereits vorüber. Zwei Männer trugen einen Tisch, ein paar andere Stühle und Bänke aus dem Inneren des Gebäudes in den Hof. Jemand wischte mit einem Besen.

Mehmet betrat den Gasthof durch eine Türe mit weit offen stehenden Flügeln. Er blickte in einen Raum, der offensichtlich der Festsaal war. Er war kreuzförmig, sodass man von der Türe aus nicht alles auf einmal überblicken konnte. Ohne lange zu suchen, entdeckte Mehmet seine Cousine. Artig sass sie beinahe unbeweglich auf einem rot gepolsterten Stuhl in der Nähe der Türe, bekleidet mit einem weissen Hochzeitskleid, um die haselnussbraunen Haare ein farbenfroher Kranz aus Blumen. Mehmet hatte Birgül noch nie so passiv erlebt. Sie kam ihm wie ein Schmuckstück vor, bewacht von einem Kreis von Frauen, die immer wieder besorgte Blicke auf sie warfen, als könnte ihr jederzeit etwas zustossen.

48

«Schön, dass du gekommen bist», sagte sie zu Mehmet, zog ihren gestickten weissen Handschuh aus und gab ihm einen Kuss auf die Wange. «Wie hübsch du dich gemacht hast.» Mehmet errötete, drehte den Kopf zur Seite und tat, als ob ihn ein Insekt belästigte.

«Ein fröhliches Fest zur rechten Zeit ist genau das, was ich jetzt brauche», sagte er.

Im gleichen Moment bereute er seine Worte, mit denen er seine Befindlichkeit, die nicht die beste war, angedeutet hatte.

Birgül, aus ihrer Passivität erwacht, zeigte lebhaft auf eine Gruppe von Männern, die alle in sonntäglicher Aufmachung, mit Blumen im Knopfloch, unweit neben der Frauengruppe standen.

«Dort ist Metin, mein Mann. Du erkennst ihn an der roten Rose am Revers. Willst du ihn kennen lernen?»

Der Bräutigam war in ein Gespräch vertieft. In der Mitte des Saales erblickte Mehmet eine grob gezimmerte Holzkiste mit einem schmalen Schlitz im Deckel. Ein alter Mann schob einen verschlossenen Umschlag durch die Öffnung. Mehmet griff in seine Brusttasche und zog seinerseits einen Umschlag heraus, welcher die Geldspende für das frisch vermählte Hochzeitspaar enthielt.

«Damit ich das nicht vergesse», erklärte er mit einer Handbewegung, die besagen sollte, dass er sich seiner Verpflichtung als Geladener gleich entledigen wollte.

Die Begrüssung von Metin fiel kurz aus. Von allen Seiten sprach man auf den Bräutigam ein. Mehmet ging weiter. Vor dem mit Sonnenblumen geschmückten Getränketisch stand eine Gruppe von Männern, die sich lebhaft unterhielten.

«Die Eheschliessung geht den Staat nichts an», sagte ein Mann mit einem hellbraunen Rollkragenpullover.

Mehmet liess sich von einer Frau, die eine weisse Schürze und ein Häubchen trug, ein Glas Traubensaft geben.

«Die religiöse Trauung genügt, das ist auch meine Ansicht», stimmte jemand bei, dessen Gesicht Mehmet nicht sah, da er ihm den Rücken zukehrte.

«Genau. Man muss diese Sache aus praktischer Sicht betrachten», sagte eine weibliche Stimme. Erst jetzt bemerkte Mehmet, dass sich auch eine Frau unter die Männergruppe gemischt hatte. Sie war bisher durch den Mann, der ihm halb den Rücken zukehrte, verdeckt gewesen. Sie war nicht mehr jung und trug ein hübsches, marineblaues Jackett. Sie fuhr fort: «Die Heirat ist ein gesellschaftliches Ereignis, und damit hat es sich.»

«Wenn man sich rechtzeitig in die staatlichen Register eintragen lässt, hat es den Vorteil, dass man beweisen kann, wie alt man ist», schaltete sich ein weiterer Mann ein, den Mehmet in den Vierzigern schätzte. «Ein Onkel von mir, der nach Europa ausgewandert ist, hat uns geschrieben, er habe bei der Einreise ein falsches, niedrigeres Alter angegeben. Deshalb habe er in einem aufwendigen Gerichtsverfahren sein wahres Alter feststellen lassen müssen, sonst hätte er seine staatliche Altersrente nicht rechtzeitig erhalten.»

«Warum wollte der Onkel jünger erscheinen?», schaltete sich der Mann mit dem Rollkragenpullover wieder ein.

«Es war reine Gewohnheit. Sein Vater hat ihn von allem Anfang an jünger gemacht, ohne die Geburt je beim Zivilstandsamt gemeldet zu haben. Er wollte den Militärdienst seines Sohnes hinausschieben.»

«Wenn man hier nur religiös heiratet, hat es im Ausland auch Vorteile», sagte der Mann mit dem Rollkragenpullover. Lächelnd fügte er hinzu: «Dann kann man nämlich in Europa nochmals heiraten, ohne sich vorher scheiden zu lassen. Ein Onkel von mir hat es jedenfalls so gemacht.»

«Ich bin gegen die Auswanderung», verkündete die Frau mit den kurzen Haaren. «Wir Kurden und Kurdinnen dürfen unser Volk nicht künstlich dezimieren. Wir alle werden hier für den Kampf gebraucht.»

Mehmet fühlte sich zunehmend unbehaglich, da er sich weder mit Politik noch mit Recht befasste. Für einen Moment bereute er es, der Einladung gefolgt zu sein. Mit düsterer Miene trat er von einem Bein auf das andere. Er dachte über das, was er soeben gehört hatte, nach. Auswandern war für ihn ein neuer Gedanke. Zwar hatte er schon davon gehört. Sogar einer seiner besten Freunde, Mustafa, war mit seinen Eltern nach Deutschland ausgewandert und später wieder zurückgekehrt. Wäre Emigration eine Lösung, um Erniedrigung und Leiden zu entgehen?

Mehmet wurde aus seinem Grübeln herausgerissen, als ihn jemand von der Seite am Revers zupfte. Er blickte um sich. Vor ihm stand Tante Khesal, die Schwester seines Onkels Remzi, der aus Hêlineqertel spurlos verschwunden und dann aus der Luft im Helikopter wieder aufgetaucht war.

«Sieh mal einer an, auch du bist hier, Mehmet!», rief Khesal aus.

Auch Mehmet war überrascht. Er hatte sie schon lange nicht mehr gesehen. In Hêlineqertel waren sie sich nie besonders nahe gewesen.

«Weisst du etwas Neues von Onkel Remzi?», fragte er mit gespannter Neugier. «Ist er immer noch in Haft?»

«Setzen wir uns doch in den Innenhof», antworte Khesal, fasste Mehmet am Arm und zog ihn mit sich, als wollte sie ihn auf eine Nachricht von aussergewöhnlicher Bedeutung vorbereiten.

Khesal fand einen leeren Tisch an einem schattigen Platz, abseits vom festlichen Treiben, das sich inzwischen entwickelt hatte. Auch heiss war es geworden. Dort erfuhr Mehmet, was mit Remzi zwischen seinem abrupten Weggang und jenem Tag, als er mit dem Helikopter zur Identifikation nach Hêlineqertel gebracht wurde, geschehen war.

«Er war mit Gesinnungsfreunden geflohen», berichtete Khesal. «Gegen seinen Wunsch kam er ins Hauptquartier der PKK in Syrien, wo er für den Einsatz in einem Guerillakommando ausgebildet wurde. Er war gegen den bewaffneten Kampf und die politische Unterweisung, die er als Indoktrination betrachtete, und floh in den Irak, wo er sich der Barzani-Partei anschloss. Der Irak befand sich im Krieg gegen den Iran. Am

Rande des Kriegsschauplatzes schufen die Barzani-Partei und andere mit Hilfe der iranischen Revolutionswächter ein grosses befreites Gebiet. Dann aber machte sich Sadam Hussein an dessen Rückeroberung und griff Halabja mit Gasbomben an. Remzi befand sich in der Nähe und musste wieder fliehen. Es blieb ihm nichts anderes übrig, als in die Türkei zurückzukehren. Als er die Grenze überquerte, wurde er vom türkischen Geheimdienst festgenommen.»

«Wie lange war er im Gefängnis?», wollte Mehmet wissen.

«Ein Jahr», antwortete Khesal. «Obwohl er seine Parteimitgliedschaft von Anfang an eingestand, wurde er in den Verhören schwer gefoltert. Falaka und dergleichen mehr. Du kannst dir gar nicht vorstellen, wie er ausgesehen hat, als ich ihn das erste Mal besuchen durfte. Sogar brennende Zigaretten hatten sie auf seiner nackten Haut ausgedrückt.» Khesal bewegte die Hand, wie um eine Rauchwolke zu vertreiben. «Auch wäre er beinahe in einem eiskalten Wasserbad erfroren. Schliesslich stellte man ihn auch noch unter einen tropfenden Hahnen. Die Wassertropfen zerspritzten auf seinem Schädel und trieben ihn in Anfälle des Wahnsinns.»

«Mein armer Onkel», murmelte Mehmet.

«Als ob derartiges Leid nicht genug wäre», fuhr Khesal fort, «beschuldigte ihn Nazif Dilan, du kennst ihn ja, den Chef der Dorfschützer, auch noch, nach dem Militärputsch einen Mann auf dem Acker erschlagen zu haben. Es stellte sich heraus, dass der Ermordete just der geheime Liebhaber von Nazifs Frau war. Nun wurde klar, warum Nazif beharrlich behauptet hatte, Remzi habe jahrelang immer wieder das Dorf heimlich besucht. So konnte Nazif, der feige Mörder, den Verdacht von sich abund heimtückisch auf Remzi lenken.»

«Hat man Nazif Dilan verhaftet und vor Gericht gestellt?»

«Natürlich nicht», antwortete Khesal empört.

Mehmet spürte, wie auch ihn eine ohnmächtige Wut erfasste. Er erinnerte sich an den Tag, als Remzi mit einem Helikopter nach Hêlineqertel gebracht worden war, weil man nicht sicher war, wer er überhaupt war. Wie hat sich Nazif doch feige davongeschlichen, als er Remzi nicht erkannt und der Offizier ihm die falsche Mordanschuldigung zum Vorwurf gemacht hat.

«Wo ist Onkel Remzi jetzt?»

«Ich weiss es nicht», seufzte Khesal. «Niemand von uns hat eine Ahnung. Nach seiner Freilassung stand er in seinem eigenen Haus in Diyarbakir faktisch unter Hausarrest. Als ich ihn besuchte, erzählte er, ein seltsamer, fremder Mann habe sich im Nachbarhaus eingemietet, um ihn rund um die Uhr zu bewachen. Aus Angst, Remzi würde jemanden kontaktieren, der ohne sein Wissen bei der Guerilla war, sprach er mit niemanden ausser mit seiner eigenen Familie und uns Geschwistern. Gleichzeitig hatte er eine entsetzliche Angst vor der Rache der Partei, die er doch in deren Augen verraten hatte. Schliesslich hielt er es nicht mehr aus und verschwand. Seither ist er untergetaucht.»

Als Khesal die Geschichte zu Ende erzählt hatte, sagte Mehmet nichts. Er hatte Zweifel, ob Remzi überhaupt noch am Leben war, obwohl er die Kunst des Überlebens wie kein anderer beherrschte. Mehmet dachte mit Schrecken an die Bilder von Halabja. Die Leichen, die nach dem Gasangriff in der ganzen Stadt verstreut herumlagen, ohne Spuren der Gewalt, als wären es schlafende Menschen gewesen.

Inzwischen hatten sich andere Gäste an den Tisch gesetzt, an dem Mehmet und Khesal in ihre Unterhaltung vertieft waren. Das Zentrum des Festes hatte sich in den Innenhof verlagert. Viele hatten zu essen begonnen. Mehmet verspürte Hunger. Einmal knurrte sogar sein Magen. Er hatte kaum gefrühstückt.

Er liess den Blick wandern. Am Nebentisch hatte sich eine Gruppe eingefunden, die immer lauter miteinander diskutierte, sodass er die Unterhaltung, ohne es zu wollen, mitbekam. Wiederholt fielen die Vornamen Cumhur und Ayşe. Mehmet kannte niemanden, der so hiess. Mit der Zeit begriff er, dass über ein Ehepaar verhandelt wurde. Mit grossem Engagement, wie es Mehmet erschien, wurde darüber gerätselt, warum Cumhur nach Europa emigriert war und seine Frau zurückgelassen hatte. Schon wieder das Thema Auswanderung, grübelte Mehmet und merkte, dass er hellhörig wurde. Er blieb sitzen, obwohl er eben noch etwas zum Essen hatte holen wollen.

In der Mitte des Tisches, an der Längsseite mit dem Gesicht Mehmet zugewandt, sass eine beleibte Frau, die ihr Haar zu einem kunstvollen Gebilde geflochten hatte, das Mehmet an ein Schlangennest erinnerte.

«Cumhur ist doch auf Geheiss seines Vaters ausgewandert», verkündete sie so heftig gestikulierend, dass ihre Halsketten, Ohr- und Armringe rasselten.

«Ach was, das ist doch nicht wahr», widersprach ihr ein Mann mit einem zu engen Brillengestell. «Der Vater von Cumhur hat genug Geld. Er hat es nicht nötig, seinen Sohn nach Europa zu schicken, um so zu Reichtum zu gelangen. Sein Baugeschäft läuft gut. Der Grund liegt in der Krise zwischen Ayşe und Cumhur. Durch die Auswanderung erhalten die beiden eine Besinnungsfrist.»

«Da ist nichts mehr zu retten», schaltete sich eine alte Frau mit zittriger Stimme ein. «Die Ehe ist zerrüttet. Nur um diese Schande zu verdecken, ist Cumhur ausgewandert.»

Empört und fassungslos, wie es Mehmet schien, schnalzte sie mit der Zunge und schüttelte den Kopf. Die Unterhaltung verstummte schlagartig. Augen wurden verdreht, Finger tippten auf Lippen und Köpfe wandten sich scheinbar zufällig zur Seite. Mehmet spürte, dass sich hinter seinem Rücken jemand, der das plötzliche Schweigen verursachte, dem Tisch näherte.

Er drehte sich um. Vor ihm stand eine Frau die ein oder zwei Jahre jünger sein musste als er. Sie kam auf den Tisch zu. Zuerst nahm Mehmet nur ihr rotes Kleid und darüber die schwarze Weste wahr, überall an ihrem Körper glitzerte es. Ihr pechschwarzes Seidenhaar fiel offen auf ihre Schultern. Aufgeregt blickte die Frau mit dem Schlangennest um sich und hielt den rechten Zeigefinger auf den Mund.

«Psst!», machte sie nochmals. «Wenn man vom Wolf spricht, kommt er.»

54

Es war offensichtlich, dass es Ayşe sein musste, das Thema des Tischgesprächs. Mehmet gefiel sie auf den ersten Blick. Sie war mittelgross, hatte einen dunklen Teint, und ihr Gesicht war schmal, mit lebhaften Augen unter grossen Wimpern. Mehmet betrachtete sie. Ihr Reiz lag nicht nur in ihrem anziehenden Aussehen, sondern auch in ihrem leichten, federnden Gang. Ihre ganze Gestalt erschien Mehmet wohltuend, ungekünstelt, natürlich. Neben der dicken Frau mit dem Schlangennest blieb sie stehen.

Ayşe sah die Tischrunde mit munteren, die Aufgeregtheit freundlich verspottenden Augen an. Vermutlich hatte sie gemerkt, dass man über sie geredet hatte.

«Hallo, Ayşe!», rief Remzis Schwester und winkte die Frau stürmisch herbei.

«Khesal, du bist auch hier?», erwiderte sie mit offensichtlicher Verwunderung.

Ihre Stimme klang angenehm und frisch. Sie ging auf Khesal zu und schritt dabei gelassen der Längsseite des Tisches entlang, an dem die Gerüchte herumgeboten worden waren. Ihr Mund stand leicht offen, und ihre Augen strahlten. Dann stand sie vor Khesal und Mehmet.

«Welche Überraschung, dich hier zu treffen», sagte Ayşe. Neugierig musterte sie Mehmet.

Khesal bemerkte es und stellte ihr Mehmet vor:

«Darf ich dich mit meinen Neffen Mehmet bekannt machen. Er kommt auch aus Hêlineqertel.»

Ayşe reichte Mehmet die Hand. Er spürte, wie sein Herz schneller schlug, und es war ihm, als dürfte er sich dieser Frau gegenüber nicht die geringste Blösse geben.

Umso gründlicher missriet sein Auftritt, er war zu gespannt. Schon beim Händedruck kam er sich unbeholfen und völlig verkrampft vor. Ausser einem knappen, verlegenen Gruss brachte er nur ein paar alltägliche Worte über die Lippen. Ayşe setzte sich neben Khesal. Sofort entspann sich zwischen ihnen eine lebhafte Unterhaltung. Sie redeten über Personen, die Mehmet nicht kannte. Mit immer noch pochendem Herzen hörte Mehmet zu, wagte nicht, sich einzuschalten. Unentwegt betrachtete er Ayşes Gesicht. Wenn sie lebhaft ihren Kopf bewegte, sah Mehmet die kleinen silbernen Nadeln mit feinen Ornamenten, die in einem Ohrläppchen steckten.

Das Gespräch mit Khesal und Ayşe wurde durch Davuds Erscheinen beendet. Erst später wird Mehmet erkennen, dass sich in diesem Augenblick ein schicksalshafter Bruch in seinem Leben anbahnte. Davud war Mehmets Cousin. Sein Atem roch ein wenig nach Alkohol. Er war bei bester Laune. Sie hatten bisher nicht viel miteinander zu tun gehabt, da zwischen ihnen ein paar Jahre Altersunterschied lagen. Bis vor wenigen Jahren hatte Davud in Hêlineqertel gelebt. Dann war er weggezogen. Niemand wusste genau Bescheid, womit er seine Zeit verbrachte. Manche berichteten mit grosser Vorsicht, er sei bei der Kurdenguerilla aktiv.

Davud setzte sich umständlich neben Mehmet auf die Bank. Er war dicker geworden. Sein fleischiger Mund bewegte sich fast pausenlos. Entweder kamen Worte heraus oder etwas Essbares verschwand darin. Davud strahlte etwas Geselliges, Unkompliziertes und Zugängliches aus. Mehmet fühlte sich erleichtert.

«Wie geht es dir, mein Cousin?», fragte Davud und schlug Mehmet mit der Hand komplizenhaft auf den Oberschenkel.

«Wir wohnen jetzt in Tilkini. Mein Vater hat wieder eine Schuhmacherwerkstatt eröffnet.»

«So», sagte Davud und schob sich einen Bissen in den Mund, der auf der Platte in der Mitte des Tisches gelegen hatte. «Ich habe nicht gewusst, dass dein Vater umgesattelt hat. Und was machst du?»

«Bin ebenfalls Schuhmacher», antwortete Mehmet und verbarg nicht seinen Stolz.

«So», sagte Davud nochmals, diesmal nachdenklich, schob den Unterkiefer leicht nach vorne und wölbte die Lippen, wie um dem «So» Gewicht zu verleihen. Er sass kerzengerade neben Mehmet, die kräftig gebauten Arme verschränkt. «Läuft das Geschäft? Wo ist es überhaupt?»

«Ja, wir haben genug Arbeit. Danke für die Nachfrage.»

«Geschäftstüchtige Familie», lobte Davud. «Hast du schon gesagt, wo es ist?»

«Nein.»

Mehmet gab Davud die Adresse des Geschäfts. Er dachte, dass Davud ein möglicher Kunde sei und ertappte sich dabei, wie er auf dessen Schuhe spähte und innerlich die Grösse mass. Er kam auf Nummer vierundvierzig. Er hob den Blick zu Davuds Gesicht. Dieser neigte den Kopf nach hinten, wie um seinem gestreckten Körper mehr Fülle zu geben. Das Kinn, das von der Seite wie eine Bergspitze aussah, bewegte sich leicht auf und ab. Irgendetwas muss ihn beschäftigen, sagte sich Mehmet. Ohne hinzuschauen, griff Davuds rechte Hand nach einem Fleischstück, das auf dem Teller lag.

«Schuhe macht ihr. Nützliche Dinge», sagte er anerkennend und verschlang das Fleischstück.

Sie sprachen noch länger miteinander. Über die Schuhe wollte Davud mehr erfahren. Schliesslich lenkte er die Aufmerksamkeit auf die Kurdenguerilla. Ungefragt, entschieden und wortreich nahm er für sie Partei, redete der Notwendigkeit des kurdischen Volkskrieges gegen die repressiven Staatskräfte das Wort und betonte den unschätzbaren Wert der Solidarität des Volkes mit den Freiheitskämpfern, der einzigen historischen Kraft, welche wirksam für ein besseres Los der Kurden kämpfe.

Davud redete so auf Mehmet ein, dass ihm nach einer Weile der Kopf brummte. Als Davud schliesslich wegging, war Mehmet erleichtert. Es dauerte aber nicht lange, bis er zurückkam.

«Falls du mehr über uns, du weisst schon, wissen willst», flüsterte er ihm ins Ohr, «stehe ich dir jederzeit zur Verfügung.» Er blinzelte Mehmet zu. «Du kannst dich jederzeit bei Khesal nach mir erkundigen. Ich selbst bin viel unterwegs.»

Inzwischen hatte sich eine Musikergruppe eingefunden. Tische und Stühle im Hof wurden weggeschoben, um Raum zum Tanzen zu schaffen.

Den ganzen Nachmittag und Abend dachte Mehmet immer wieder an Ayşe. Er ertappte sich dabei, wie er nach ihr Ausschau hielt, wenn er sie aus den Augen verloren hatte. Wie gerne er sie zum Tanzen aufgefordert hätte! Dazu brachte er aber den Mut nicht auf. Nur einmal, als Frauen und Männer einen Kreis bildeten, sich an den Händen hielten und ausgelassen einmal nach rechts, dann nach links hüpften, um dann den Kreis gegen das Zentrum zu verkleinern, dort zu stampfen, und den Kreis rückwärts laufend wieder zu vergrössern, geriet Mehmet zwischen Ayşe und Khesal, aber auch nur, weil Khesal ihn stürmisch herbeigewinkt hatte. Als Mehmet Ayşes Händedruck spürte, ihr sogar so nahe kam, dass er ihren Körper, das Becken, die Schultern berührte, wünschte er sich, der Augenblick möge ewig dauern. Dies verhinderte bald eine Verwandte ihres Ehemanns, die sich plötzlich von hinten zwischen Ayşe und Mehmet drängte und ihre Hände trennte. Die neue Tanzpartnerin war von Kopf bis Fuss in ein weisses Kleid gehüllt und bewegte sich ekstatisch. Mehmet liess sich von ihrer Begeisterung anstecken und verlor seine Zurückhaltung. Die wilden Bewegungen liessen ihre grossen Brüste unter dem straff gespannten Stoff ihres Kleides im Rhythmus der Musik auf und ab wippen.

Bis zum Morgengrauen dauerte das Fest. Als Mehmet sich vor Müdigkeit kaum noch auf den Beinen halten konnte, verabschiedete er sich. Auch Ayşe näherte er sich schliesslich, um ihr umständlich zu erklären, dass er nach Hause gehe. Sie nach ihrer Adresse zu fragen, wagte er nicht. So vergewisserte er sich nur, ob Khesals Zuhause das gleiche geblieben war. Wenn es sein muss, kann ich von ihr Ayşes Aufenthaltsort erfahren, tröstete er sich über seine Scheu hinweg.

Er nahm den ersten Bus nach Tilkini. Irgendwo zwitscherten Vögel. Die Luft war frisch. Kaum hatte der Chauffeur den Motor angelassen, schlief Mehmet erschöpft, aber zufrieden ein.

Ihm blieben nur noch ein paar Monate, bis er in die Armee eingezogen wurde.

Als der Tag kam, trat er die weite Busreise zur Kaserne mit einer Mischung aus Widerwillen und Neugierde an. Abscheu vor jeglichem Wehrdienst kam auf, wenn er daran dachte, wie grausam seine Onkel Ömer und Remzi von den Soldaten misshandelt worden waren. Ausgerechnet in die Reihen der Unterdrücker sollte er hineingestellt werden! Auf der anderen Seite stand er an der Schwelle zum Erwachsenenleben und blickte der Dienstzeit mit einem gewissen Interesse entgegen. Wer weiss, wofür die Kriegskunst einmal nützlich sein kann, sagte er sich insgeheim.

Die Kaserne lag weitab vom Siedlungsgebiet der Kurden. Je weiter sich Mehmet von Tilkini entfernte, umso weniger entdeckte er Anzeichen des Krieges. Auch die Gespräche im Bus drehten sich nur um gewöhnliche, alltägliche Dinge. Die Wirklichkeit des Kasernenlebens löschte aber bald jeglichen Anflug von Begeisterung aus. Die ersten Monate des Wehrdienstes waren quälend langweilig. Vom Kriegshandwerk brachte man ihm so gut wie nichts bei, dafür umso mehr Disziplin. Nicht einmal ein Gewehr gab man ihm, als er als Infanterist ins Kampfgebiet versetzt wurde. Mehmet befürchtete, wehrlos auf ein Schlachtfeld gegen sein eigenes Volk gehetzt zu werden.

Zum Glück kam es anders. Er wurde in einem Bergdorf stationiert und musste die Einfahrt eines Parkplatzes für Militärfahrzeuge bewachen. Mit den türkischen Soldaten, die man ihm zur Seite stellte, hatte er im Allgemeinen ein friedliches Verhältnis. Schlimm waren nur die Momente am Abend, wenn die anderen Soldaten von ihren Patrouillengängen im Dorf zurückkehrten. Vor den Einsätzen zitterten sie, weil sie sich vor Heckenschützen fürchteten. Nachher aber reagierten sie ihre ausgestandenen Ängste ab und überschütteten die kurdischen Soldaten mit Hohn und Spott.

«Nicht einmal im Wehrdienst taugt ihr Kurden zu etwas», tönte es bissig.

Als Mehmet nach anderthalb Jahren entlassen wurde, fühlte er sich vom Staat verschaukelt und als Mensch gedemütigt. Achtzehn Monate seines Lebens hatte er für nichts vertrödelt. Der Wehrdienst hatte ihn nicht zum Manne, sondern zum Raucher gemacht. In der Kaserne und vor dem Parkplatz im kurdischen Bergdorf empfand er das Inhalieren des Rauches als Bereicherung seines Alltags. Er konnte den Tag nicht mehr verbringen, ohne alle paar Stunden eine Zigarette zu rauchen.

Aber er hatte trotz allen Widerwärtigkeiten das Gefühl, fortan für sich selbst verantwortlich zu sein. Die Jugend war endgültig vorbei.

Eine Reise wie keine andere

Das Leben ist wie ein Fluss, der an einer Stelle gleichförmig fliesst, um an einem anderen Punkt überraschend zu einem reissenden Sturzbach zu werden, der sich seinen Weg durch tiefe, furchterregende Schluchten bahnt, um schliesslich tosend über eine Schwelle zu brechen. Es ist der gleiche Fluss. Dasselbe Leben.

Nach dem Wehrdienst hatte Mehmet sein Alltagsleben an der Werkbank in Tilkini wieder aufgenommen. Die Tage waren gleichförmig gewesen. Dann war er an die Schwelle gelangt, unerwartet, mit schwindelerregender Wucht war er in die Tiefe gestürzt. Auf einen Schlag hatte ihm das Schicksal sein gewohntes Leben entrissen und ihm nur das Leben, die Freiheit, die quälende Erinnerung und die Hoffnung auf eine bessere Zukunft gelassen.

Mehmet befand sich vor der letzten, entscheidenden Phase seiner Rettung aus der gefährlichen Lage. Er war zu beschäftigt, um mit sich zu hadern. Dazu würde er noch genügend Zeit haben. Es war noch nicht der letzte Schritt in die endgültige Sicherheit, aber ein notwendiger, unausweichlicher, der nicht misslingen durfte.

Das, was geschehen war, vor allem in den vergangenen drei Wochen, trug Mehmet mit sich herum, wie eine zentnerschwere Last. Manchmal war es auch, als drücke ihm ein gewaltiger Schraubstock die Rippen ein. Kein Blick zurück, wenn schon, dann nur so weit, als der Gedanke an das Vergangene ihn vorwärtstrieb.

Es war ein lauer Frühlingsabend, der vierte Tag des islamischen Opferfestes. Mehmet blickte schweigsam zum Himmel, in das Gesicht der Nacht. Er sass an einem Tisch, gegenüber von Birgül, seiner einstigen Spielgefährtin und ihrem Mann Metin, dem frommen Sunniten. Es war ein Abend von atemberaubender Schönheit. Kein Stern, keine noch so ferne Milchstrasse, verbargen sich hinter einer Wolke. Messerscharf stach der sich füllende Mond aus dem Dunkel der Nacht hervor.

Der Fluss, der über die Felskante wie ein weisser, ausgebreiteter oder zusammengeschobener Vorhang stürzt, bietet ein atemberaubendes Schauspiel, wenn man es von ferne, aus sicherer Distanz betrachten kann. Und Mehmet befand sich in einem atemberaubenden Schauspiel seiner letzten Nacht in der Türkei, umgeben von Menschen in ausgelassener Feststimmung. Als Alevite war er kein frommer Mensch. Aber das islamische Opferfest liess keinen Menschen gleichgültig, es war ein überwältigender Brauch. An diesem Abend gab es den Takt an, im vibrierenden Leben dieser Grossstadt, an der Nahtstelle zwischen Europa und Asien.

Mehmets Stimmung wechselte immer wieder, wie jemand, der nicht weiss, ob er das grossartige Schauspiel eines Wasserfalls bewundern oder sich vor dem furchtbaren Erlebnis, von den herabstürzenden Wassermassen in die Tiefe gerissen zu werden, fürchten solle. Morgen würde er zum grossen Sprung nach Europa ansetzen, in die Sicherheit, aber auch in eine ungewisse Zukunft.

Seit ein paar Tagen befand er sich in Istanbul. Abgesehen von diesem Abend, nicht im Glanz der einstigen Kaiser- und Sultanstadt, sondern in der bescheidenen Wohnung seiner Cousine Birgül und ihres Mannes Metin. Sie waren nach ihrer Hochzeit an die Stadt am Bosporus gezügelt. Zusammen betrieben sie einen kleinen Lebensmittelladen in Güngören, einem gewöhnlichen, von der byzantinischen und osmanischen Pracht abgeschnittenen Aussenquartier von Istanbul.

Die letzten anderthalb Jahre von Mehmets Leben lagen wie eine dunkle, undurchdringliche Wolke hinter ihm. Das Dunkel warf den bedrohlichsten Schatten, den er jemals gespürt hatte, auf sein Leben. Ohne sich von seiner Familie verabschiedet zu haben, hatte er sich vor fünf Tagen heimlich aus Tilkini entfernt und war in einer Nacht mit einem Fernbus nach Istanbul gefahren. Er hatte die Entscheidung, nach Europa auszuwandern, in grosser Not, höchster Eile und einer bedrückenden Einsamkeit gefällt, welche nur durch Mustafas Hilfsbereitschaft erträglich gemacht worden war. Niemandem, ausser diesem treuen

Freund, hatte er von seinem Entschluss erzählt. Nur ihm hatte er das Geheimnis anvertraut, das er monatelang mit seinem Vater Hasan geteilt hatte, und das ihm schliesslich zum Verhängnis geworden war und ihn nun aus dem Land seiner Geburt vertrieb.

Mustafa hatte ihm unschätzbare Dienste geleistet. Er hatte ihm Geld für die Reise geliehen und alle Vorbereitungen getroffen: die Fahrt nach Istanbul und die Verhandlungen mit den Menschenschmugglern. Und Mustafa hatte ihm erzählt, wie er in Europa Fuss fassen könne. Er müsse dort, wo er ausgeladen würde, nur ein Wort sagen: «Asyl».

Morgen in der Frühe würde Mehmet den ersten Fahrer treffen. Mehmet war gewarnt. Er wusste, dass er sich in die Hände eines mafiaartig organisierten Rings begeben würde. Aber zum Glück gab es diesen Erwerbszweig. Morgen würde er sich genauso aus der Türkei entfernen, wie er sich aus Tilkini weggestohlen hatte: unerkannt. Er würde für seine Reise einen falschen Pass benutzen. Es wäre zwecklos gewesen, beim Passbüro einen Pass zu beantragen. Mehmet trug als Kurde aus Hêlineqertel, als Verwandter seiner Onkel Remzi und Ömer das Brandmal des Staatsfeinds auf seiner Stirn.

Mehmet hatte den ganzen Tag damit verbracht, das geliehene Geld, das er nicht für den Pass und des ersten Teil der Reise brauchen würde, in seine Kleider einzunähen. Mustafa hatte ihm diesen Ratschlag gegeben.

Mehmet betrachtete Birgül, während ein frischer, angenehmer Luftzug in sein Gesicht wehte. Wie unbeschwert sie heute Abend ist! Der Alltagsernst ist aus ihrem Gesicht gewichen. In den vergangenen Tagen war nur ein einziges Mal die Andeutung eines Lächeln über ihre angestrengten Gesichtszüge gehuscht. Sie hatte Mehmet das Zimmer gezeigt. Mehmet erinnerte sich in seinen Gedanken an den Tod, als er die schwarzen Möbel zum ersten Mal gesehen hatte. Unwillkürlich hatte er nach einer aufgebahrten Leiche gesucht. Birgül aber hatte mit der Hand über ihren Bauch gestrichen und mit strahlendem Lächeln erklärt, das Zimmer sei für ihr Kind vorgesehen.

Jetzt erinnerte ihn Birgül, die sich lachend mit Metin unterhielt, wieder an die gemeinsame Kindheit in Otuzgöl. Wie unbeschwert hatten sie damals im grossen, unwirtlichen Hinterhof ihres Mietshauses miteinander Ball gespielt. Wie ernst war Birgül dann an ihrer Hochzeit gewesen. Inzwischen war sie zu einer frommen Sunnitin konvertiert. Mehmet hatte sie fast nicht mehr erkannt, als er sie vor fünf Tagen am Busbahnhof erblickt hatte. Er hatte sich an ihr seidenes, dunkelblaues Kopftuch und das hellgraue mantelförmige Kleid, das ihr bis zu den Fussknöcheln reichte, gewöhnt. Er hatte auch gesehen, welch arbeitsames Leben sie an Metins Seite führte.

Ein junger Musikant in einem schwarzen Anzug näherte sich und vertrieb Mehmets Trübsinn. Er spielte Geige und führte eine Gruppe Musiker von Tisch zu Tisch. Am Nachbartisch fixierte er eine hübsche Frau und liess sein Instrument vor ihrem Kopf tanzen. Ein breitschultriger, kräftiger Mann mit einem schwarzen, weit aufgeknöpften Hemd sass mit gespreizten Beinen auf einem Stuhl und schlug mit seiner Hand rhythmisch auf eine Trommel, die er zwischen die Oberschenkel klemmte. Er sang seine Lieder mit Inbrunst, oft schloss er dabei schmachtend die Augen.

Jetzt kamen sie an Mehmets Tisch. Der Geigenspieler sah Birgül an. Ihre Augen lachten. Mehmet war sehr gerührt. Warum muss ich gerade jetzt von seinem Land Abschied nehmen? Welch aufregendes Schauspiel!

Der dritte Zigeuner mit schulterlangen Haaren spielte auf einem dreieckigen Saiteninstrument. Flink drehte er mit einem Metallschlüssel an den Schrauben, um die Tonart immer wieder zu verändern. Neben ihm sass ein weiterer Musikant mit ernstem Gesicht und zupfte an den Saiten, die über einen bauchförmigen Resonanzkasten gespannt waren. Schliesslich sah Mehmet ein schmales Blasinstrument, das immer wieder über die Köpfe der Gruppe hinausragte und steil gegen den Himmel zeigte, bevor es sich plötzlich wieder nach unten neigte und für eine Weile hinter den anderen Spielern verschwand. Es gehörte einem kleinen Zigeuner. Abwechselnd bückte und beugte sich dieser nach hinten, um den Tönen und Melodien freien Lauf zu lassen.

Als das Essen auf silbern glänzenden Tabletts serviert wurde, griff Mehmet zu. Die Speisen dufteten nicht nur herrlich, sondern waren auch eine Augenweide. Der in olivfarbene Weinblätter eingewickelte und in grüne und rote Peperoni gefüllte Reis, gewürzt mit Zimt, Zucker und gespickt mit Pinienkernen, Zwiebeln und Rosmarinen schmeckte Mehmet neben dem Lammkotelett besonders gut. Dazu gab es gedämpfte Tomaten und Bohnen.

Jetzt sang eine Gruppe an einem Tisch ein populäres türkisches Lied. Plötzlich dachte Mehmet an das Hochzeitsfest seiner Cousine. Damals hatten ein Geiger und ein Sazspieler kurdische Liebeslieder gesungen. Am nächsten Tag hatte die Polizei die Musikanten festgenommen und der separatistischen Propaganda bezichtigt.

Rund um Mehmet herrschte eine zunehmend ausgelassene Stimmung. Die Menschen unterhielten sich immer lauter. Sie sangen noch mehr Lieder. Tischrunden prosteten sich stürmisch zu. Wann immer Mehmet mit seinem Weinglas anstossen musste, trank er nur kleine Schlucke. Er wollte sich für den nächsten Tag keinen Kater antrinken. Morgen konnte eine Unachtsamkeit schwerwiegende Folgen haben.

Erst nach Mitternacht kehrte er mit Birgül und Metin heim. Sofort legte er sich ins schwarze Bett und fiel in einen unruhigen Schlaf.

Es war eine kurze Nacht. Mehmet hatte geträumt, dass er sich in einer Grossstadt in einem Gewirr von Hochhäusern verirrt hatte. Die Situation hatte ihm entsetzliche Angst eingejagt.

Noch vor dem Sonnenaufgang weckte ihn Birgül. Mehmet streckte seine steifen Glieder und sprang aus dem Bett. Er wusch sich. Zum Frühstücken fehlte ihm vor Aufregung der Appetit. Birgül bot ihm an, ihm etwas Proviant auf die Reise mitzugeben. Er nahm dankbar an.

Als er mit Birgül vor das Haus trat, lag das Quartier noch im Schlaf. Nichts regte sich. Es dämmerte, und ein frischer Wind wehte. Ein einsames Auto fuhr vorüber. Ein Mann stiess einen Schubkarren vor sich her. Bei der gleichen Haltestelle, wo er vor sechs Tagen angekommen war, warteten sie auf den Bus. Sie fuhren zu demselben Fernbusbahnhof, auf dem er angekommen war. Dort fanden sie in einer Ecke des U-förmig gebauten Bahnhofes das Café-Restaurant Edessa. Sie betraten einen orange gestrichenen Raum und setzten sich an einen kleinen Tisch.

Bei einem Kellner mit einer gerümpften Adlernase, an der entlang er ständig auf die Welt hinabzublicken schien, bestellte Birgül zwei Kaffees. Der Kellner hatte die Hemdsärmel bis zu den Ellenbogen zurückgeschlagen, an seinem behaarten rechten Arm prangte eine goldene Uhr.

Birgül erblickte bald einen Mann, der nach ihrem sicheren Instinkt der Oberkellner sein musste: schwarze Hose, weisses Hemd, beide frisch gebügelt, graue Seidenweste und dunkle Krawatte. Sie rief ihn herbei und fragte nach Xemgin, dem Namen, den Mustafa Mehmet telefonisch genannt hatte. Der Kellner musterte sie von oben bis unten und winkte einen Mann herbei, der mit drei jüngeren an einem Tisch sass.

Betont gelassen kam er auf Birgül und Mehmet zu. Die anderen folgten ihm in gemessenem Abstand. Mehmet hatte das Gefühl, als starrten einige Augenpaare neugierig auf sie. Der Mann, der Mehmets Körperfülle mindestens dreimal übertraf, trat nahe an Mehmet heran. Halblaut, vorsichtig um sich blickend, sagte er:

«Alles ist startbereit. Ihr seid zu fünft. Meinen Anteil brauche ich sofort.»

Mit den Fingern machte er eine Bewegung, als zerriebe er Sand. Mehmet machte ein überraschtes Gesicht. Er hatte gedacht, dass er nur eine Anzahlung machen müsse. Wer gibt mir sonst die Garantie, dass ich nicht hereingelegt werde?

«Kredit ist in unserer Branche nicht üblich, du verstehst schon. Die Reise bis über die Grenze kostet dich erstmals tausend Mark. Nach jedem weiteren Grenzübertritt werden das

Auto und der Fahrer ausgewechselt. Der neue Lenker muss immer für seinen Teil im Voraus bezahlt werden. Ich hoffe, ich habe mich klar ausgedrückt.»

Diskret, aber unabweislich öffnete er seine rechte Hand.

«Aber den Pass bekomme ich wenigstens jetzt», verlangte Mehmet gereizt.

Der Mann zog vier Pässe aus der Innentasche seiner Jacke. «Hier sind sie. Die bleiben während der Reise bei den Fahrern.» Mehmet begriff, dass er keine andere Wahl hatte, als die Bedingungen anzunehmen, eingeschlossen den Zeitpunkt der Zahlung. Verhandeln war zwecklos. Er war am kürzeren Hebel. Flüchtig überlegte er, warum der Fahrer nur vier Pässe zeigte, obwohl er von fünf Mitfahrern gesprochen hatte.

Er holte den Briefumschlag aus seiner Jackentasche, in dem sich tausendfünfhundert Mark befanden und entnahm daraus fünfhundert. Den Rest übergab er im Umschlag dem Fahrer. Schnell griff dieser danach und drehte Mehmet und Birgül den Rücken zu. Halblaut zählte er das Geld. Als er sich wieder Mehmet und Birgül zuwandte, konnte Mehmet die Zufriedenheit in seinem Gesicht ablesen.

«Gut», kam über seine ausladenden Lippen, hinter denen angefaulte Zähne zum Vorschein kamen.

«Wohin bringst du uns?», fragte Mehmet, obwohl er bisher den Eindruck gewonnen hatte, dass er kaum eine genaue Antwort erwarten durfte.

«Das werdet ihr schon noch rechtzeitig erfahren. Fragen werden keine gestellt! Wir bringen euch nach Europa.»

Alle anderen nickten eifrig. Daraus schloss Mehmet, dass die drei Männer, die mehr oder weniger in seinem Alter waren, seine Reisegefährten waren. Zwei sahen kurdisch aus. Bei einem war er nicht sicher. Es konnte auch ein Iraker sein. Vielleicht dachten sie, Europa sei ein Land. Mehmet selbst kannte sich in der europäischen Geographie nicht gut aus. Er wusste nur ungefähr, wo sich Deutschland befand, weil Mustafa ihm oft davon erzählt hatte.

Draussen, gleich vor dem Restaurant stand ein dunkelblaues

Auto. Ein Mann, der wie ein Türke aussah, stand daneben. Der Fahrer öffnete die Wagentüre und wies Mehmet und die drei, die mit ihm im Restaurant gewesen waren, an, sich auf den Hintersitz zu setzen. Der Türke war der fünfte Mann. Er war offensichtlich für den Vordersitz bestimmt.

«Vielen Dank für alles, Birgül, auch für die gestrige Einladung», sagte Mehmet und reichte ihr die Hand zum Abschied. Obwohl sie die alte Freundschaft am Vorabend wieder ein wenig hatten aufleben lassen, so fühlte er sich ihr doch nicht mehr so nahe wie früher. Er begnügte sich deshalb mit einem Händedruck. Kein Gefühl liess er aufkommen, dagegen hatte er sich in den vergangenen zwei Wochen so gut als möglich imprägniert. Mehmet zwängte sich als Letzter in das Fahrzeug. Trotz der beachtlichen Grösse des Autos war es eng. Die Tasche hielt er auf den Knien fest, entschlossen, sie nie loszulassen. Darin befand sich auch ein kleines Küchenmesser, mit dem er die Fäden durchtrennen wollte, wenn er Geld brauchte.

Der Fahrer setzte sich ans Steuer und fuhr weg. Mehmet blickte zurück. Birgül winkte ihm zu. Schnell verloren sie sich aus den Augen, als sie um die Ecke bogen.

Die dritte Phase der Flucht nahm ihren Lauf. Zuerst war es das Versteck bei Mustafa gewesen, dann die Fahrt nach Istanbul. Jetzt der grosse Sprung nach Europa. Er dachte nur daran, dass er an diesem Tag alle Brücken hinter sich abbrechen würde. In Europa würde er nicht mehr auf persönliche Kontakte zählen können. Obwohl ihn der Abschied von seiner Heimat im Innersten schmerzte, dominierte das Gefühl der Erleichterung.

Denn er entfloh einer Heimat, die zum Gefängnis zu werden drohte.

Mehmet hatte sich vorgestellt, sie würden den ganzen Weg mit einem einzigen Auto transportiert. Doch es kam anders.

Sie überquerten die erste Grenze. Er hatte ein mulmiges Gefühl im Magen, als der türkische Grenzbeamte seinen Pass prüfte. Der Zufall wollte, dass er als Erster drankam. Er wusste nicht einmal, auf welchen Namen er darin eingetragen war. Aber alles wirkte abgekartet, auch die einvernehmlichen Blicke zwischen dem Fahrer und dem Grenzbeamten. Dieser sah Mehmet an, als ob er ein Frachtgut wäre. Eine Art lebende Sardine, eingezwängt auf dem Hintersitz eines Fahrzeuges, zusammen mit drei anderen. Als der Grenzbeamte mit dem Kopf auf den fünften Mann neben dem Fahrer deutete, beobachtete Mehmet, wie blitzschnell Geldscheine aus der Hand des Fahrers in die Hände des Grenzwächters wanderten. Dieser warf einen kurzen Blick auf das Bündel und liess es unauffällig in der Seitentasche seiner Uniformjacke verschwinden. Die Hand blieb eine Weile in der Tasche. Der gespannte Gesichtsausdruck und die Haltung der Hand verrieten, dass er die Geldscheine zählte. Dann zog er die Hand heraus und gab mit einem zufriedenen Kopfnicken die Weiterfahrt frei. Er strengte sich augenfällig an, gleichgültig zu wirken und jede komplizenhafte Gestik zu vermeiden.

Der Türke konnte die Grenze ohne irgendwelche Papiere passieren. Als Mehmet über seine Beobachtung nachdachte, erinnerte er sich wieder, dass der Fahrer im Restaurant nur vier Pässe gezeigt hatte. Der Grenzübertritt des papierlosen fünften Passagiers war offensichtlich eine Extradienstleistung.

Der Fahrer fuhr nicht mehr weit. Auf offener Strasse hielt er auf einmal hinter einem anderen Auto an. Schnell mussten alle Mitfahrer in das bereit stehende Fahrzeug wechseln. Der Fahrer verabschiedete sich nicht, sondern stieg hastig wieder in sein Auto hin und fuhr zurück in die Türkei.

Warum der Türke fliehen musste, erfuhr Mehmet nie. Er wurde sich bewusst, dass nicht nur Kurden aus der Türkei flohen. Auch Türken hatten ihre Probleme mit der Regierung. Überhaupt gaben sich alle verschlossen. Was die anderen drei betraf, konnte Mehmet lediglich ihre Herkunft und Volkszugehörigkeit erfahren. Er hatte richtig vermutet. Alle waren Kurden, zwei aus der Türkei, einer aus dem Irak. Aber Genaueres erfuhr er nicht. Auch er hütete sich, von sich zu erzählen.

Die nächsten beiden Fahrer sprachen weder Türkisch noch Kurdisch. Trotzdem kannten sie ein paar türkische Worte wie:

«Şimdi para verme!» (Jetzt zahl!), «Burada bekleme!» (Warte hier!), «Orada toilete gelebilirsiniz.» (Da könnt ihr aufs Klo gehen.), «Hiç bir konusma!» (Jetzt kein Wort sprechen!) Die Bezahlung der Rate war immer das Erste, das sie erledigen mussten. Ohne Vorauszahlung lief nichts.

Die Pässe hüteten die Fahrer wie kostbare Schätze. Keiner zeigte sie, auch dann nicht, wenn sie darum gebeten wurden. Nach dem zweiten Grenzübertritt nutzte Mehmet die Unvorsichtigkeit des Fahrers aus. Geplagt von Hunger und Durst hielt dieser vor einem Wurststand an und liess die abgewetzte Lederjacke mit den Pässen in der Innentasche zurück. Er stieg aus, um eine Büchse Coca-Cola und etwas zum Essen zu holen. Mehmet und die anderen Mitfahrer blieben im Fahrzeug. Mehmet brachte allen Mut auf und griff in die Tasche, wo die Pässe waren. Er zog einen heraus, zufällig seinen eigenen. Er blätterte ihn rasch durch. Er war als Demirçi Yasar auf Reisen, auf dem Papier auf den Tag genau um zwei Jahre verjüngt. Bevor der Chauffeur zurückkam, schob Mehmet das Dokument in die Tasche zurück. Er prägte sich seinen falschen Namen, das Geburtsdatum und den Ausstellungsort Yenişehir ein. Der Fahrer kam mit Coca-Cola-Büchsen und Hotdogs zurück. Es gab für jeden etwas.

Während der Fahrt auf schnurgeraden Strassen, die nie enden wollten, schlug Mehmet der Langeweile ein Schnippchen und bereitete sich vor. Er malte sich aus, wie sein Leben mit dem Pass, den er so teuer erkauft hatte, sein könnte. Seinen fiktiven Namen und Vornamen, das erfundene Geburtsdatum und den Namen seines angeblichen Heimatortes Kizlari rief er sich immer wieder in Erinnerung. Er stellte sich Szenen vor, in denen er seine falsche Identität bekannt geben musste. Einmal malte er sich ein luxuriöses Hotelzimmer aus, wie er es im Fernsehen gesehen hatte. Mit Television und Fernbedienung. Er stellte sich vor, dass frühmorgens ein Polizeibeamter hereinstürzt, ihn aus dem Schlaf reisst und nach seinem Namen fragt. Blitzschnell ruft Mehmet alle Angaben auf Kurdisch aus dem Gedächtnis ab. Als er sich eine Personenkontrolle an einer

Strassensperre vorstellte, vergass er seine Reisegefährten und sprach so laut vor sich hin, dass die anderen ihn verwundert ansahen und fragten:

«Was hast du eben gesagt?»

«Ich, nichts. ... Ich muss wohl im Traum gesprochen haben.»

Eine weitere Gelegenheit, den Pass zu studieren, ergab sich nicht. Mehmet hätte gerne nochmals hineingeschaut, da er keine Zeit gehabt hatte, zu prüfen, ob auch die Namen der falschen Eltern aufgeführt waren.

Die erste Nacht verbrachten sie im Auto. Mehmet konnte lange nicht einschlafen. Stundenlang streifte er in der unmittelbaren Gegend, in welcher das Auto stand, herum. Es regnete nicht und es war eine mondhelle Nacht. Das Fahrzeug war am Strassenrand parkiert, neben einem Wald. Einmal huschte ein Tier unter dem Gebüsch weg, als er dem Waldrand entlangging.

Am zweiten Tag passierten sie eine weitere Grenze. Gegen Abend sah Mehmet plötzlich das Meer. Darauf war er nicht vorbereitet, weil er dachte, sie würden im Landesinneren nach Europa fahren. Mustafa hatte ihm gesagt, von der Türkei nach Europa gäbe es zwei Möglichkeiten: entweder auf dem Seeweg mit einem Frachtschiff von Izmir nach Italien oder auf dem Landweg von Istanbul entlang irgendeiner Route ebenfalls nach Italien. Kein Weg führe an Italien und an der Schleppermafia vorbei, hatte Mustafa zu berichten gewusst. Das Endziel Italien sei nicht ratsam, da es kein richtiges Asylrecht habe. Es gäbe zwar viele Illegale, die auch, meistens schwarz, arbeiten könnten. In den italienischen Städten seien ganze Stadtquartiere von Illegalen bevölkert und ganze Branchen, vor allem in der Landwirtschaft, hingen von ihnen ab. Weiter nach Europa vorzustossen, sei eine Frage des Geldes. Wo man am Schluss lande, würden die Fahrer entscheiden, je nach Lage. Mehmet war verwirrt. Den Fahrer konnte er nicht um eine Erklärung bitten, da der Mann nicht Türkisch sprach. Die anderen wussten auch nicht mehr, und Mehmet selbst merkte, dass er sich lediglich an einigen wenigen Worten von Mustafa orientierte.

Zum ersten Mal in seinem Leben erblickte er Wasser, so weit

sein Auge reichte. Der Anblick des Meeres vertrieb die trüben Gedanken. Bald bogen sie in eine Strasse ein, die direkt dem Ufer entlang verlief. Noch nie hatte er das Rauschen der Brandung gehört und so hohe Wellen gesehen. Das Wasser roch ungewohnt nach Salz. Hinter den sich brechenden Wellen spiegelte sich verzerrt die untergehende Sonne. Der Anblick der riesigen Wassermenge überwältigte Mehmet. Diese Meeresfläche, die sich bis zum Horizont erstreckte, war nicht zu vergleichen mit der Bucht, die er in Istanbul für ein paar Augenblicke gesehen hatte.

Mitten in der Nacht bestiegen Mehmet und seine Gefährten ein leicht schaukelndes Fischerboot. Das Meer war ruhiger geworden. Es war eine Vollmondnacht. Die riesige Wasserfläche bewegte sich nur noch leicht. Überall glitzerte es. Es kam Mehmet vor, als habe das Meer eine durchsichtige Haut, die nicht richtig gespannt war. Im Lichtkegel der Bordlampe sah er, dass der hölzerne Bug und die kleine Kabine bunt bemalt waren. Im Boot lagen überall und ungeordnet Seile, Plastikbehälter und Fischernetze. Als ein Mann den Motor anspringen liess und in die pechschwarze See stach, hatte Mehmet kalt. Er fürchtete sich vor dem Meer, seinen unvorstellbaren Tiefen und den unheimlichen Bewohnern, die unter dem Boot schwammen. Er hatte panische Angst vor Stürmen und malte sich aus, wie das Meer brüllte, bevor die Sturmfluten das Boot zerschellen liessen.

Als sich keine Lichter mehr auf dem Meer spiegelten, und auch die Beleuchtungen am Ufer zu winzigen tanzenden Punkten geschrumpft waren, verzehrte Mehmet Brot und Käse und legte sich auf den Boden. Er wickelte das Fischernetz um sich und lauschte in die Nacht hinein, die sich noch nie in solch schicksalhafter Weise über ihm ausgebreitet hatte. Er hatte keinen Boden mehr unter den Füssen und dachte daran, dass er dem Fischkutter auf Gedeih und Verderben ausgeliefert war. In dieser ängstlichen Stimmung war er dankbar für das monotone Knattern des Motors, eine Geräuschkulisse, die er sonst in dieser Lautstärke verabscheute. In dieser Nacht nahm Mehmet

Zuflucht zum Gebet. Er flehte zu Allah, er möge dafür sorgen, dass der Motor nicht ausfalle. Ansonsten sie alle verloren wären.

Nach ein paar Stunden wurde Mehmet endlich vom Schlaf überwältigt. Er erwachte aber immer wieder, um sich des vertrauten Motorengeräuschs zu versichern. Das Meer blieb ruhig. In dieser Nacht brüllte es nicht.

Als die Sonne am Horizont auftauchte, erwachte Mehmet aus der letzten kurzen, sehr tiefen Phase des Schlafes und erblickte das Ufer. Es war eine menschenleere Bucht mit einem halbkreisförmigen Sandstrand auf der einen Hälfte. Auf der anderen Seite türmten sich Felsklötze auf. Am Ende ragte ein mächtiger Felsrücken ins Meer. Seemöwen zogen kreischend weite Kreise in der Luft. Plötzlich hielt das Boot an, der Motor setzte aus. Es schaukelte gespenstisch auf den Wellen.

Der Bootsführer schrie etwas in einer für Mehmet unverständlichen Sprache. Sein Schreien zerriss die Stille. Mit ausgestrecktem Arm, das Kinn nach vorne geschoben, wies der Bootsführer, der Mehmet jetzt mehr denn je als Ganove erschien, arrogant zum Ufer. Dort sah Mehmet ein Fahrzeug stehen und daneben einen Mann, der mit einem Fernglas in ihre Richtung schaute. Plötzlich winkte er ihnen zu. Der Ganove hob beide Arme und schwenkte sie.

Fassungslos starrte Mehmet ihn an. Wie ein gefangener Fisch lag er im Durcheinander des Fischernetzes. Mit seinen kräftigen Armen ahmte der Bootsführer linkisch Schwimmbewegungen nach. Die Gebärde war klar: Sie mussten sofort aussteigen und an Land schwimmen. Am Ufer wartete offensichtlich der nächste Fahrer. Immer wieder schaute der Bootsführer aufgeregt in eine Richtung meerwärts. Mehmet konnte nichts sehen, da die Kabine ihm die Sicht versperrte.

Mehmet zitterte vor Angst. Er fürchtete sich vor dem Sprung ins Meer. Der Bootsführer stiess den ersten Passagier, der neben ihm stand, ins Wasser. Mehmet sah, wie sich der irakische Kurde wie bei einer Gymnastikübung mit dem Rücken tief rückwärts neigte und mit einem lang gezogenen, dumpfen Schrei hinter dem Schiffsrand verschwand. Er hörte, wie der schwere Körper klatschend ins Wasser fiel. Während Mehmet sich aus den Verstrickungen des Fischernetzes zu winden versuchte, drangen ein Pusten und Gurgeln an seine Ohren. Jetzt hatte sich Mehmet auf die Beine gestellt. Sein linker Fuss hatte sich immer noch im Netz verfangen. Fieberhaft zog er an dem Bein und riss mit den Händen am Netz, das sich aber nur noch fester um den Fuss wickelte. Zwischendurch blickte er schräg zur Seite. Jetzt war der Zweite dran. Es hörte sich wie ein Kampf an. Dann dasselbe klatschende Geräusch. Das ganze wiederholte sich noch zweimal.

Jetzt war Mehmet an der Reihe. Der Bootsführer schaute wieder in ins offene Meer hinaus. Mehmet glaubte, ein Motorengeräusch zu vernehmen. Der Bootsführer wandte sich Mehmet zu. Er schien zu allem entschlossen zu sein. Mehmet kam sich vor wie ein Fuchs, der seine Pfote auf ein Treteisen gesetzt hat, das ihn jetzt mit eisernem Griff festhielt. Schon sah er, wie er im Wasser hinter dem Boot hergezogen wurde, während der Ganove ins Meer zurückstach. Mehmet spürte, wie der Wind den salzigen Geruch des Meeres in sein Gesicht blies. Seine Kehle war trocken, und er atmete flach. Der Bootsführer kam tänzelnd, langsam und unaufhaltsam auf Mehmet zu. Mehmet wich zurück und zeigte auf seinen Fuss. Er hörte Stimmen.

Die anderen vier waren also nicht ertrunken. Ihre Köpfe ragten aus der Wasseroberfläche. Mehmet konnte wieder klarer denken. Mit dem rechten Schuh drückte er gegen die linke Ferse und zog den Fuss aus dem eingewickelten Schuh. Jetzt konnte er sich wieder frei bewegen. Rückwärts sprang er zur Seite, packte im letzen Moment seine Tasche und hängte sie sich um. Blitzschnell setzte er sich auf den Bootsrand und liess sich ins Wasser gleiten, die Tasche fest an sich gedrückt. Er hielt den Atem an. Er tauchte ins Wasser. Das Salzwasser drang in seine Nase, und Mehmet spürte, wie das kalte Nass langsam seinen Körper zum Frieren brachte. Er empfand seinen Körper als etwas Fremdes, mit dem etwas Ungewöhnliches geschah. Bald stand er auf festem Boden. Mit dem Fuss ohne Schuh spürte er den weichen Untergrund. Er stiess vom Boden ab und tauchte wieder auf. Er klammerte sich am Rand des schaukelnden Schiffes fest. Der Schock ob dem jähen Wasserbad liess ihn immer noch daran zweifeln, ob er sich nicht doch an einer Stelle mit gefährlicher Tiefe befand.

Über sich sah er den Bootsführer. Breitbeinig stand er im Boot. Mehmet schloss die Augen, da er von der aufsteigenden Sonne geblendet wurde. An den Fingern empfand Mehmet plötzlich einen qualvollen Schmerz: Der Bootsführer trat mit seinem Schuh darauf, so wie jemand eine Kakerlake zerquetscht. Mehmet schrie auf und liess das Schiff los.

Das andere Boot war schon ganz nah. Der Ganove drehte um und fuhr ins offene Meer hinaus. Polizei!, ging es Mehmet blitzartig durch den Kopf. Er hatte keine andere Erklärung für den brutalen Entschluss des Bootsführers, sie plötzlich ins Meer zu stossen. Mehmet überkam eine panische Angst. Er sah bereits die Szene vor sich, wie die Seepolizei ihn den türkischen Grenzbehörden übergab.

Mit äusserster Kraftanstrengung bewegte er sich dem Ufer entgegen. Immer wieder sah er sich nach dem Boot um, das sich der kleinen, fünfköpfigen Gruppe, von der jeder brusttief im Wasser watete, näherte. Mehmet sah zwei Männer im Boot. Sie hatten keine Uniformen. Sie sahen sich suchend um. Auf einmal drehten sie ab und fuhren weiter, dem Ufer entlang. Mehmet war erleichtert. Er dachte an Drogenhändler, die einen geeigneten Landeplatz suchten und sie nur als störende Zeugen betrachteten.

Er kämpfte sich unentwegt vorwärts. Immer wieder spürte er, wie ihn eine kräftige Strömung an den Füssen ins Meer zurückzerren wollte. Er schlug mit Zehen und Schienbeinen an glitschige Steine. Die Zehen des Fusses, der keinen Schuh mehr hatte, schmerzten besonders. Er musste über grosse Steine kriechen, mit Händen und Füssen sich weiter tastend.

Vor ihm lag das rettende Festland, ungewiss wie die andere Seite eines Berges, von dem er jetzt nur den imaginären Gipfel sehen konnte. Ist es der Ort Europas, wo mein zukünftiger Bestimmungsort liegt?, fragte er sich.

Entkräftet erreichte er schliesslich das Ufer. Er hatte den hintersten türkischen Kurden überholt. Er ging weiter und überquerte die Muschellinie auf dem sandigen Strandboden. Die nassen Kleider und die Tasche hingen wie eine tonnenschwere Last an seinem Körper. Auf einer Strasse erwartete sie der Mann mit dem Feldstecher, der während der Landung und dem gefährlichen Gang durchs Wasser neben dem Auto gestanden und ihnen Zeichen gegeben hatte. Sonst war keine Menschenseele weit und breit zu sehen. Das bedrohlich wirkende Boot war hinter dem Felsen verschwunden.

Es war wieder ein neuer Fahrer, mit nochmals einer anderen Sprache. Sie kam Mehmet besonders melodiös vor. Der neue Fahrer gönnte ihnen keine Zeit, die Kleider zu trocknen. Er streckte ihnen einen Zettel entgegen, auf dem die Zahl 800 stand. Alle verstanden: Erneut zahlen!

Der Mann sagte noch etwas, das wieder keiner von ihnen verstand. Er wartete und machte mit den Fingern Bewegungen, als ob er jemanden kitzeln wollte. Mehmet verstand: Es eilte. Er wandte sich ab, klaubte aus dem klatschnassen Bündel in der Tasche das Messer heraus und schnitt die Fäden seiner geheimen Brusttasche auf der Innenseite des Hemdes durch. Daraus entnahm er die fällige Tranche. Die DM-Geldscheine waren tropfnass und klebten aneinander. Der Fahrer sammelte die Bündel ein und schüttelte sie. Er prüfte jedes Bündel. Dass sie nass waren, machte ihm nicht das Geringste aus. Vier hatte er bereits zu sich genommen.

Der Türke wühlte aufgeregt in seinem Reisebündel und durchsuchte fluchend alle Taschen seiner Kleider, die er trug. Er fand kein Geld. Er habe im Meer das Portemonnaie und die Brieftasche mit der gesamten Barschaft verloren, jammerte er. Da der Fahrer ihn nicht verstand, kehrte er die Innenseiten der Taschen heraus. Der Fahrer begriff. Er schüttelte den Kopf, öffnete die Türen des Autos und gab zuerst Mehmet, dann den anderen Kurden zu verstehen, dass sie einsteigen sollten. Den Türken liess er stehen.

Mehmet fühlte sich elend, den Mann an der Schwelle zu

Europa im Stich zu lassen. Aber er konnte nichts für ihn tun. Alle waren in Not. Er konnte keine Mark erübrigen. Er musste sich zwischen seinem eigenen Glück und jenem des Schicksalsgenossen, mit dem ihn der Zufall zusammengeführt hatte, entscheiden. Er sah, dass es den anderen ähnlich erging. Der Fahrer setzte sich sofort ans Steuer und fuhr los. Als der Wagen wendete, sah Mehmet den Türken nochmals. Er wagte nicht, ihm zuzuwinken. Er stand da wie ein Schiffbrüchiger. Verzweifelt.

Zuerst fuhren sie auf einer schmalen Strasse. Nach einer Weile erreichten sie eine Autobahn. Der Fahrer schaltete das Autoradio ein und summte munter zu der Musik, die Mehmet fremd und heiter vorkam. Mit der Zeit gewöhnte er sich an die Melodien und Lieder, die er nicht verstand. Einmal sang eine Frau ein Lied auf eine anklagende Art, die ihm in die Knochen fuhr.

Nach etwa zwei Stunden hielt der Fahrer am Ende eines Fichtenwäldchens an. Die Sonne schien, und es war beinahe heiss. Irgendwo sangen Vögel. Hinter dem Auto breitete er auf der Wiese eine grosse Wolldecke aus und legte die nassen Geldscheine darauf, um sie zu trocknen. Mehmet und seine Reisegefährten taten es ihm nach. Mehmet schnitt sein letztes geheimes Fach an der Innenseite der Hose auf und legte die Banknoten auf sein Hemd, das er während der Fahrt aus dem offenen Fenster gehalten und im Fahrtwind getrocknet hatte. Den Rest der Kleider, die Hose, die er trug, und die Ersatzkleider in der Tache, breitete er daneben aus. Manchmal kam es ihm vor, als ob eine Handvoll Köche in Badekostümen auf riesigen Herdplatten immer wieder ihre kleinen, kargen Bratstücke umdrehen würden. Nach etwa anderthalb Stunden war alles trocken.

Den Rest ihrer Tagesstrecke legten sie ohne grösseren Unterbruch zurück. Gegen Abend erreichten sie eine riesige Stadt. «Milano», sagte der Fahrer, als sie an den ersten Häuserreihen vorbeifuhren.

Mehmets erster Eindruck war, dass auch diese Stadt von der Natur aufgegeben worden war. Es war wie in Güngören, Birgüls

Vorstadtquartier von Istanbul. Auch hier sah Mehmet kein Grün. In der Nähe eines Bahnhofs, in einer engen Gasse mit Häusern, deren Fassaden feucht und schwarz wirkten, hielt der Fahrer an und parkte den Wagen halb auf dem Trottoir, halb auf der Strasse. Überall vor den Fenstern und auf Seilen, die zwischen den Häusern gespannt waren, hing Wäsche zum Trocknen. Zwei Frauen sprachen miteinander über die Gasse von ihren kleinen Balkonen im ersten Stock. Die Sprache kam Mehmet ebenso schnell und melodiös vor wie die Lieder, die er während der Fahrt gehört hatte.

Der Fahrer begleitete die Flüchtlinge in eine Pension. Vom Eingang führte eine Treppe hoch. An der Wand des Zwischenpodestes hing ein grosser Spiegel. Darin erblickte Mehmet das Spiegelbild einer alten Frau, die am Ende der Treppe auf sie wartete. «Burada beklemek!» (hier warten!), befahl der Fahrer in einem kaum verständlichen Türkisch.

Das Zimmer war einfach und alt wie die ganze Pension. An den Wänden blätterten die Tapeten ab. Eine Türe war mit Brettern vernagelt. Die Matratzen lagen direkt auf dem Boden. Es gab kaum Platz zum Gehen und Stehen. Trotzdem empfand Mehmet die Absteige als Luxus. Zum ersten Mal, seitdem er Birgüls Wohnung verlassen hatte, konnte er sich richtig waschen.

Er nahm sofort eine Dusche im Etagenbadezimmer. Die Brause war verkalkt, sodass nur ein paar wenige harte Strahlen ihn bespritzten. Das störte ihn wenig. Er genoss das warme Wasser. Hauptsache war, dass er vom Schmutz der letzten Tage und dem klebrigen, eingetrockneten Meersalz befreit wurde. Er fühlte sich wie neugeboren, als er aus der Dusche trat. Der Iraner wartete bereits ungeduldig.

Im Zimmer schlüpfte Mehmet in die Ersatzkleider, die Mustafa ihm eingepackt hatte. Sie rochen nach Salz. Aber die getragenen Kleider stanken entsetzlich nach Schweiss. Als die Dusche wieder frei war, wusch er die Kleider und hängte sie zum Trocknen über den Fenstersims. Die Sonne schien.

Zufrieden legte sich Mehmet auf eine Matratze, die direkt unter dem Fenster lag. Neben ihm sass ein Kurde. Der andere schlief bereits. Der Iraner hatte sich auf den Fenstersims gesetzt. Mehmet legte den Kopf auf seine Handflächen und lehnte die gestreckten Beine fast senkrecht an die Wand. Sein Blick fiel auf ein zerkritzeltes Bild, das über ihm an der tapezierten Wand hing und Amsterdam aus der Vogelschau zeigte. Dahinter stand Amerika. Mehmets Gedanken schweiften in die Ferne. Für einen Moment hatte er das Gefühl, als ob er auf einer gewöhnlichen Reise wäre. Er dachte daran, dass sie nicht mehr weit entfernt vom Meer sein konnten, das Amerika und Europa trennt. Jedenfalls wies das Bild in Richtung Westen. Er fragte sich, wie der unbekannte Zeichner den Blick nach Osten, nach jener Richtung, aus der er kam, dargestellt hätte. Wahrscheinlich hätte er auf die gleiche Art Istanbul gemalt. Dahinter Kurdistan und Tilkini.

Als ein Mann ins Zimmer trat, den er noch nie gesehen hatte, wurde Mehmet aus seiner Tagträumerei geweckt. Der Ankömmling machte einen rastlosen Eindruck. Er musste in den Dreissigern sein. Mehmet sah sogleich, dass er Kurde war. Der Mann setzte sich auf eine Matratze neben ihn. Erst jetzt fiel Mehmet auf, dass dort schon Kleider, ein paar Esswaren und eine Tasche lagen. Er stützte sich auf die Ellbogen und zählte die Matratzen. Es waren fünf. Der Mann musste hier drinnen vor ihnen Quartier bezogen haben. Er fing sofort an zu reden. Er sprach Türkisch.

«Vor ein paar Tagen wollte ich über die grüne Grenze in die Schweiz», sagte er. «Die Schweizer haben mich erwischt und postwendend den Italienern übergeben. Die haben mir ein Papier in die Hand gedrückt, mit einer türkischen Übersetzung. Darauf steht, ich hätte vierzehn Tage Zeit, Italien zu verlassen.»

«Sind wir in Italien?», fragte Mehmet.

Der andere sah ihn erstaunt an.

«Was hast du denn gedacht?»

Mehmet schämte sich, dass er nicht wusste, dass Mailand in Italien und die melodiöse Sprache Italienisch ist.

«Bleibst du hier oder gehst du weiter?», fragte der Kurde schnell.

«Wir alle gehen weiter.»

«Wohin?»

«Das weiss ich nicht.»

«Die Pensionsbesitzerin hat mir gesagt, ihr hättet noch Platz im Auto. Einer sei auf dem Weg ausgestiegen.»

«Das kann man so sagen», erwiderte Mehmet. Er hatte keine Lust, dem Neuen die Umstände, unter denen sie ihren türkischen Reisegefährten im Stich gelassen hatten, zu schildern. Er fragte sich, was aus ihm geworden war. Irgendwo in ihm nagte immer noch ein Schuldgefühl, den Mann seinem elenden Schicksal überlassen zu haben. Hat er sich alleine durchschlagen können oder ist er von der italienischen Polizei aufgegriffen worden? Mehmet erinnerte sich an das, was Mustafa gesagt hatte: Italien habe kein richtiges Asylrecht. Dafür schaffe die Polizei niemanden aus. Italien habe kein Geld dazu. Man könne deshalb leicht untertauchen und, wenn man Glück habe, Schwarzarbeit finden. Dieser Gedanke machte es ihm leichter, an den unglücklichen Reisegefährten zu denken.

Auch fand er erst jetzt die Musse, darüber nachzudenken, warum ein Türke, der nicht Kurde war, fliehen musste. Aber vielleicht war er gar kein Flüchtling, sondern ein Glücksritter auf Arbeitsuche. Aber warum hat er dann keinen Pass gehabt? Es schien Mehmet, als ob die Welt immer komplizierter werde. Kein Stein in seinem Leben blieb auf dem anderen.

Der Kurde hantierte an seiner Tasche. Mehmet sah, dass er an der rechten Hand nur vier Finger hatte. Dieser musste Mehmets Blick spüren, denn er sagte:

«Diese Hand ist von einem Hund verstümmelt worden. Die Soldaten hetzten das Tier auf mich, als sie unser Dorf von Terroristen, wie sie sagten, säuberten.»

Die Hand war schwer verstümmelt. Der Hund hatte neben dem Finger auch einen Teil der Hand weggebissen. Die anderen Finger waren kaum beweglich und standen in einem stumpfen Winkel zum Handballen.

Mehmet war betroffen. Er gab ihm insgeheim den Spitznamen «Vierfinger», obwohl er ob seiner Grausamkeit ein schlechtes Gewissen bekam. Gleichzeitig wurde er sich bewusst, dass er nicht einer der Ersten war, die wider Willen unterwegs aus der Türkei nach Europa waren. Er wusste immer noch nicht, in welches Land er gebracht werden sollte. Der letzte Fahrer hatte nur gesagt «yarın». Morgen also. Dabei hatte er den letzten Vokal mit einem auffälligen Akzent, als helles i, ausgesprochen, anstatt eines dunklen ö.

Die Türe öffnete sich. Die alte Besitzerin stand unter der Türe und machte ein Handzeichen, dass alle ihr folgen sollten. Durch den Gang auf dem gleichen Stock führte sie die Männer zum Esszimmer, vorbei an einem laufenden Fernseher, vor dem ein Mann und eine Frau sassen und die Tagesschau verfolgten.

Es gab Pizza mit Käse, Tomaten, Zwiebeln und ein paar Schinkenhäppchen. Dazu ein Glas Rotwein, das Vierfinger beisteuerte. Sie assen schweigend. Im Hintergrund hörte man Stimmen und Geräusche aus dem Fernseher.

Nach dem Essen fühlte sich Mehmet müde. In einem Schrank fand er eine Wolldecke. Kurz nach Einbruch der Dunkelheit legte er sich in seinen Kleidern schlafen und zog die Wolldecke über sich. Er wollte am Morgen ausgeruht sein, wenn sie für die Weiterfahrt geweckt würden. Als er im Dunkeln lag, hörte er, wie es zu regnen begann. Irgendwann schlief er ein.

Ein metallisches Geräusch weckte ihn. Zuerst wusste Mehmet nicht, wo er war. Es brauchte eine Weile, bis er sich erinnerte, dass sie sich in Mailand in einer Pension aufhielten. Er horchte. Es war ein klopfendes Geräusch, als ob jemand draussen mit einem Hammer auf Metall schlagen würde. Mehmet wurde misstrauisch. Ein Anflug von Angst befiel ihn. Er richtete sich sofort auf. Die Uhr zeigte halb sechs. Der Tag war bereits angebrochen. Die anderen schliefen noch.

Mehmet sprang auf und blickte zum Fenster hinaus. Jetzt war das Geräusch ein paar Meter über ihm. Er sah nur eine angerostete Feuertreppe, die nahe am Fenster vorbeiführte. Plötzlich sah er Beine, welche sich schnell die Stufen der Feuertreppe hinunter bewegten. Er schaute ihnen erschrocken nach. Ganz unten sprang ein Mann in den Hof und rannte weg.

Mehmet atmete auf und legte die Hand auf die Brust. Der Schreck war verflogen. Wie ängstlich er inzwischen geworden war! Ein harmloser Zechpreller vermutlich, der sich über die metallene Feuertreppe aus dem Staub machte. Bald verschwand er um die Ecke.

Der Hof sah trostlos aus. Nur fensterlose, hohe, graue Hausmauern, Antennen auf den Dächern, die mit Ziegeln oder Blechplatten bedeckt waren. Ein Stück weiter weg ein schlanker Baukran und ein Fernmeldemast, an dem Schüsseln für die Telekommunikation montiert waren. Auf einer Aussentreppe standen braune Blumentöpfe mit niedrigen Grünpflanzen, die einzige Zier in der unwirtlichen Umgebung.

Sie warteten den ganzen Tag. Mehmet gelang es, der alten Besitzerin verständlich zu machen, dass er neues Schuhwerk brauchte. Es war eine freundliche, geduldige und bescheidene Frau, geschickt im Umgang mit fremdsprachigen Gästen. Sie kam mit ein Paar Schuhen zurück. Mehmet prüfte sie mit den Augen seines Berufes. Es war ein gut erhaltener, elegant geformter Halbschuh. Solide genäht. An der Innenseite war er mit «Salvatore Ferragamo» angeschrieben. Der Markenschuh passte wie angegossen.

Mehmet war glücklich, die nächste Etappe seiner Flucht wieder mit zwei Schuhen antreten zu können.

«Jetzt muss ich nur noch eine Nacht auf der Matratze am Boden verbringen», redete er sich zu.

Dann gehen Sie zum Zahnarzt!

Der neue Fahrer, ein mittelgrosser Mann mit hoher glänzender Stirne und ungekämmten, krausen und schwarzen Haaren, erschien bereits um zwei Uhr morgens. Er war ebenso jung wie Mehmet, schlank und machte ein freundliches Gesicht, als er auf Türkisch sagte:

«Geliyoruz!»

Wir fahren weiter, dachte Mehmet mit grosser innerer Aufgewühltheit. Er fuhr hoch und stellte sich mit einem Ruck auf die Beine. Die Müdigkeit, die von der schlaflosen Nacht noch wie ein schwerer Klumpen in ihm steckte, spürte er erst, als er neben der Matratze stand. Er brauchte sich nicht anziehen, da er die Kleider nicht ausgezogen hatte. Nach etwa einer Viertelstunde waren alle bereit. Jetzt war Mehmet hellwach.

Draussen empfing sie Dunkelheit. Nur ein paar Fenster in der Gasse waren erleuchtet. An ihrem Ende sah er das schwache Licht einer Strassenlampe. Es war merklich kühler als am Vortag. Der Regen hatte aufgehört. Der Fahrer machte ein Zeichen, dass sie das Geld geben sollten. Auf Türkisch sagte er:

«Elli Yüz» (Fünfhundert).

Alle zahlten. Mehmet gab sein letztes Geld her. Dann stiegen sie in das Auto: Mehmet, die zwei türkischen Kurden, der Iraker und Vierfinger. Mehmet durfte auf dem Vordersitz Platz nehmen.

Nach einer Fahrt, die ungefähr zwei Stunden dauerte, hielt der Fahrer auf einem holprigen Strässchen an. Sofort löschte er die Scheinwerfer. Es begann zu dämmern. Der Fahrer stieg aus, suchte mit den Augen die Gegend ab und machte ein Zeichen, dass alle aussteigen sollten. Er zeigte in die Richtung eines Waldes, der an einem sanft ansteigenden Abhang lag. Dazu sagte er etwas. Mehmet vermutete, dass sie zu Fuss eine Grenze überqueren mussten. Weil er nicht sicher war, schüttelte er den Kopf. Das taten auch die anderen. Der Fahrer machte ein Zeichen zu warten. Er ging zurück in das Auto und kam mit einem Blatt Papier und einem Kugelschreiber zurück. Mit ein paar

Strichen deutete er Bäume an und rahmte sie ein. Er zeigte wieder auf den Wald. Mehmet verstand. Die Zeichnung sollte einen Wald darstellen. Alle drängten sich um den Fahrer. Das Dämmerlicht reichte knapp, um die Zeichen auf dem Blatt zu erkennen. Jetzt zeichnete der Mann eine Wellenlinie durch den Wald, zeigte mit der Spitze des Kugelschreibers auf Mehmet und die anderen und machte mit den Fingern Bewegungen, die Schritte andeuten sollten. Mehmet begriff. Sie sollten den Wald auf einem Weg durchqueren, der mittendurch verlief. Dann zeichnete der Fahrer mit ein paar Strichen unbeholfen ein Haus mit einem Giebeldach und daneben ein Auto. Wiederum deutete er mit dem Kugelschreiber auf die Gruppe und dann auf das Fahrzeug auf dem Blatt. Bei der Scheune sollte also der Treffpunkt sein. Vierfinger nickte als Erster. Mehmet holte seine Tasche aus dem Auto.

Er überlegte sich, warum sie die Grenze nicht wie bisher im Auto überquerten. Vermutlich brauchte es dazu ein Visum, das die Fahrer nicht bekommen hatten. Eine plötzliche Unruhe befiel ihn. Vielleicht sind wir nahe am Ziel. Wenn jetzt etwas schief geht, bei Allah! Mehmet erinnerte sich an das Gespräch mit Vierfinger in der Gruppe gleich nach der Ankunft in der Pension in Mailand. Hat er nicht gesagt, dass man ihn an einer Grenze erwischt hat!

Der Fahrer deutete mit einer Handbewegung, dass sie losgehen sollten. Vierfinger marschierte zuvorderst. Sie gingen rasch. Sie fanden den Waldweg. Niemand war zu sehen. Es ging leicht aufwärts. Es roch nach feuchter Erde. Manchmal fiel ein Tropfen Wasser von den Bäumen herab. Es war ein Mischwald. Nadel- und Laubbäume.

Es passierte nichts.

Nach etwa einer halben Stunde kamen sie aus dem Wald und erblickten ein Haus. Sie gingen sofort darauf zu. Es war ein verlassenes, verwahrlostes Gehöft, gebaut aus Steinen und Tannenholz. Aus einer Wand ragte schräg ein rostiges Kaminrohr, nur durch einen Draht am Umstürzen gehindert. Neben dem Eingang lehnte ein Schubkarren an der Wand, vor einem Stoss

Winterholz lagen einige Kübel herum. Etwas weiter entfernt bemerkte Mehmet unordentliche Bretterhaufen und einen verrostenden Traktor.

Nach etwa fünfzehn Minuten näherte sich ein Auto. Alle huschten hinter den Schopf. Vierfinger spähte um die Ecke. Er gab ein Zeichen hervorzukommen. Es war der Fahrer von vorhin.

Nach weiteren zwei oder drei Stunden Reisezeit hielt der Wagen plötzlich am Strassenrand an, ohne dass der Fahrer den Motor abstellte. Er machte eine Kopfbewegung in die Richtung einer grauen, eingezäunten Holzbaracke, die hinter einem Parkplatz stand.

«Çık!» (Hinaus!), befahl er und fügte bei: «Asyl.»

Seine Stimme klang scharf. Aus der Brusttasche seines Hemdes zog er einen Zettel und streckte ihn zu Mehmet auf dem Beifahrersitz hin. Auf dem zerknitterten Papier waren die Buchstaben UFR gekritzelt. Der Fahrer hielt den gespreizten Daumen und den Zeigefinger der rechten Hand vor seine Augen und führte sie in einer gedachten Linie gegen die Windschutzscheibe. Er zeigte auf den Zettel und sagte: «UFR, Asyl.»

Mehmet zögerte und drehte sich um. Die Bewegung fiel ihm schwer, denn seine Glieder fühlten sich von der tagelangen Bewegungslosigkeit während der Reise steif an. Mehmet sah Vierfinger fragend an. Wie eine Sardine sass er zwischen den anderen. Er nickte.

«Steigen wir aus», sagte er. «Wir sind am Ziel. Wir müssen wohl in der Fahrtrichtung weitergehen, immer auf diese drei Buchstaben achten und dann dort, wo wir sie finden, Asyl verlangen.»

«Werden wir uns nicht verirren?», fragte Mehmet besorgt.

«Kaum. Es kann nicht weit sein.»

Der Fahrer stiess Mehmet mit dem Ellbogen an und wiederholte: «Çık!» Seine Stimme klang noch schärfer als vorher. Mehmet hatte keine Wahl. Mechanisch fasste er nach seiner Tasche, die vor seinen Füssen lag, und stieg als Erster aus. Die Männer auf dem Hintersitz kamen sich beim Zusammensuchen ihrer Sachen gegenseitig in die Quere. Mehmet hörte ein Fluchen und Stöhnen.

Endlich standen alle fünf neben dem Auto. Der Fahrer lehnte sich über den Beifahrersitz, zeigte mit dem Finger in die Richtung, wo sich die Holzbaracke befand, öffnete das Fenster und sagte etwas auf Italienisch, das Mehmet nicht verstand. Es klang im Vergleich zu den harten Befehlen erleichtert und versöhnlich. Vielleicht wünscht er uns viel Glück. Plötzlich fiel Mehmet ein, dass er seinen Pass nicht zurückerhalten hatte.

«Passaport!», schrie er den Fahrer an und streckte seinen Arm durch das Fenster.

Der Fahrer zuckte mit den Schultern und gab Gas. Mehmet begann zu laufen, die anderen folgten ihm und riefen auch «Passaport!», jedes Mal wütender aus der Kehle gepresst. Der Fahrer hielt an und warf etwas aus dem Fenster. Mehmet war schon nach kurzer Zeit atemlos und konnte nicht erkennen, was es war. Er liess vom Auto ab und bückte sich danach. In diesem Moment fuhr das Auto mit grossem Tempo weg. Es waren aber keine Pässe, die Mehmet vom Boden aufhob, sondern fünf Geldscheine im Wert von je zehn D-Mark. Mehmet wurde wütend und wollte die Verfolgung des Fahrers aufnehmen. Er blieb aber stehen, als er sah, dass das Fahrzeug schon zu weit entfernt war.

Die Männer sahen sich an. Jeder sah die Empörung, die er selbst empfand, im Gesicht der anderen. Mehmet wusste, was alle dachten. Eben waren sie wieder aus einem Vehikel vertrieben worden, wie damals vor der europäischen Küste aus dem Boot. Zudem waren sie ihrer Pässe beraubt worden. In Istanbul hatte ihnen der erste Fahrer versprochen, dass sie am Ende der Reise die Pässe erhalten würden. Aus Verzweiflung und Wut hätte Mehmet am liebsten mit den Füssen auf den Boden gestampft. Statt dessen gab er den anderen je einen Zehn-Markschein und ging weiter. Er hatte sich ja selbst in die Hände der Mafia begeben. Die anderen folgten ihm.

Wie nackt kam er sich vor. Die Reise hatte ihn zum Bettler gemacht. Sein Geldvorrat war erschöpft und er besass nur noch wenige Habseligkeiten. Nach ein paar hundert Schritten stiessen sie auf eine grosse helle, rechteckige Hinweistafel. Daneben Gestrüpp und davor ein Abfallkübel. Mehmet zog den kleinen Handzettel aus seiner Hosentasche und verglich die drei Buchstaben mit jenen auf der Hinweistafel. Auf einer Linie stand tatsächlich UFR. Daneben stand «Ufficio Federale dei Rifugiati». Darüber OFR - «Office Fédéral des Réfugiés» und BFF - «Bundesamt für Flüchtlinge».

Sie mussten am Ziel sein. Mehmet verstand die geschriebenen Worte nicht. Er hatte nicht die leiseste Ahnung, was ihn erwartete. Er wusste nur, dass er Asyl sagen musste, damit er bleiben konnte. Aber an wen sollte er dieses Wort richten, das Zauberwort, mit dem man die Türe in ein fremdes Land aufstossen konnte? Und was kam danach? Würde man von ihm wissen wollen, warum er hierher gekommen war? Was sollte er dann sagen?

Mehmet sah zur Baracke. Das Gittertor stand offen. Weiter hinten, vor dem Eingang zum Holzgebäude, wartete eine Menschentraube. Beim Näherkommen sah Mehmet, dass es Menschen aus allen Herren Länder waren. Lauter Bettler, wie ich, die ausser ein paar Habseligkeiten nichts besitzen, dachte Mehmet voller Scham. Aber rasch bezwang er dieses Gefühl und ging mit ausholenden Schritten auf die Wartenden zu, und es war ihm, als schreite er. Die anderen folgten ihm. Es wurde kaum gesprochen. Alle starrten auf eine Türe, die man über einen Gitterabsatz erreichte.

Von Zeit zu Zeit öffnete sie sich und ein Mann in einer blauen Uniform liess ein paar Menschen hinein. Langsam rückte Mehmet näher an den Eingang. Er beobachtete die Wartenden. Bei einem Mann gleichen Alters hatte er das Gefühl, dass es sich um einen Kurden handle. Er nahm allen Mut zusammen und sprach ihn an:

«In welchem Land sind wir?»

«In der Schweiz», antwortete der Mann, bei dem keine Spur von Niedergeschlagenheit zu spüren war.

«Ach so.»

Mehmet hatte schon von der Schweiz gehört, im Zusammenhang mit Gipfeltreffen von Staatschefs in Genf. Er war mit der Entscheidung der Mafiosi zufrieden. Nachteiliges über dieses Land hatte er noch nie gehört. Er fragte sich, welche Sprache hier gesprochen würde.

Mehmet kam mit seinem Nachbarn ins Gespräch. Er war tatsächlich ein Kurde aus Diyarbakir. Er wusste, in welchem Land er war, weil er hier einen Onkel hatte, der in den achtziger Jahren als Arbeiter eingewandert war. Mehmet sah, dass er in seiner Hand einen Pass hielt. Er wurde stutzig, denn er hatte kein Reisepapier.

«Braucht es das?», fragte er mit unsicherer Stimme, mit einer Kopfbewegung auf den Pass deutend.

«Mein Onkel hat mir geraten, ihn abzugeben. Man werde dann besser behandelt.»

«Scheisse», zischte Mehmet. «Diese Ganoven haben mir den Pass geklaut.»

«Dann kannst du ja nichts dafür», beruhigte ihn der andere. «Sei froh. Den eigenen Pass freiwillig wegzugeben, ist wie sein Zuhause abzuliefern.»

Von seinen Mitfahrern stieg Mehmet als Erster die drei Gitterblechstufen der Empfangsstelle hinauf und blieb neben einer Frau mit dunkelbrauner Hautfarbe stehen, die dort schon eine Weile gestanden haben musste. Er wusste nicht, dass es eine Tamilin war.

Mehmet überlegte sich, was er sagen sollte, wenn er durch die Türe gegangen sein würde. Aber er kam über das Wort «Asyl» nicht hinaus und fragte sich, auf welchem Vokal hier die Betonung lag. Dieses Wort würden wohl alle anderen auch sagen.

Als nach einer halben Stunde die Türe aufging, lief alles einfacher ab, als er es sich vorgestellt hatte. Er musste gar nichts sagen. Am Schalter bekam er einen Fragebogen, als hätte man ihn erwartet. Er war sogar auf Türkisch geschrieben. An einem Tisch sitzend konnte er ihn ausfüllen, während um ihn herum ein stetiges Kommen und Gehen herrschte. Dann zeigte ihm ein Mann ein Mehrbettzimmer. Zuhinterst neben dem Fenster war für ihn ein oberes Kajütenbett frei.

Es war Freitag, der fünfzehnte April. Die Uhr im Aufenthaltsraum zeigte auf zehn Uhr.

Mehmet sah sich um und fand einen Innenhof. Dort rauchte er eine Zigarette. Es war ihm, als würde er eine stille Siegesfeier veranstalten. Er spürte neue Kräfte und Energien in sich aufkeimen. Er dachte an seine Familie. Jetzt ist es an der Zeit, ihr mitzuteilen, dass ich ausser Landes und unversehrt in der Schweiz angekommen bin. Als Erstes organisierte er sich schweizerisches Kleingeld. Er liess sich von einem Kurden den Weg zur nächsten Tramhaltestelle erklären und fuhr als blinder Passagier zum Bahnhof. Dort wechselte er die zehn Mark, welche der Fahrer aus dem Fenster geworfen hatte, gegen Franken ein. Sofort telefonierte er von einer Glaskabine aus seinem Freund Mustafa. Er gab ihm nur die Telefonnummer des Telefonapparates, den er gerade benutzte, durch und bat ihn, sofort zurückzurufen. Ungeduldig wartete er in der Kabine. Zum Glück wartete draussen niemand. Die Leute hasteten lediglich vorüber. Es dauerte fünf Minuten, bis das Telefon klingelte. Mehmet war erleichtert. Es war Mustafa. Kurz beschrieb Mehmet ihm den Verlauf seiner Reise, besonders die nächtliche Überfahrt über das Meer, und dass er schliesslich in der Schweiz gelandet sei. Er konnte es nicht unterlassen, über den Verlust des Passes zu jammern. Er bat seinen Freund, seiner Familie zu sagen, wo er war.

Am nächsten Tag untersuchte ihn ein Arzt und verabreichte ihm ein paar Impfungen. Ein Fotograf knipste Bilder von ihm, und jemand nahm ihm die Fingerabdrücke ab. In Gesprächen erfuhr Mehmet mehr über seine neue Lage. Ein kleiner Kurde mit einem schmalen Gesicht und einer dünnrandigen Brille wusste am meisten. Er setzte Mehmet auseinander, dass sie sich in einer Empfangsstelle des Bundesamtes für Flüchtlinge befänden. Es sei ein Sammellager für alle Migranten und Flüchtlinge. Wer sich hier einfinde, müsse Asyl beantragen. Jeder würde in einem kurzen Verhör über seine Familienverhältnisse, den Reiseweg und den Grund für seine Einwanderung befragt. Man müsse sich kurz fassen. Dann bekäme man einen Ausweis mit

Foto und würde einem anderen Ort im Lande zugewiesen. Das ganze Prozedere sei dann noch nicht fertig. Asyl bekomme man, wenn überhaupt, erst viel später und auch dann nur, wenn man in seinem Land wegen der Politik Probleme mit der Polizei oder dem Militär gehabt habe. Genaueres wusste der Gesprächspartner nicht zu berichten.

Nun begriff Mehmet, dass er sein Geheimnis, von dem nur sein Vater und Mustafa wussten, würde lüften müssen. Vermutlich würde es einige Tage dauern, bis er zum Verhör bestellt würde. Er hatte also Zeit, sich seine Aussage zu überlegen. Mehmet begriff, dass er nun rechtlich, für die Beamten, ein Fall war.

Im Hof rauchte er eine Zigarette. Erst jetzt bemerkte er, dass die Erde mit Zigarettenstummeln übersät war. In der Nacht hatte es geregnet. Die Erde, die am Vortag festgetrampelt war, war jetzt aufgeweicht. Dann legte sich Mehmet aufs Bett. Was sollte er als Begründung für seinen Asylantrag angeben?

Er versuchte, die Wolke, die in seinem Kopf den Blick auf die Vergangenheit versperrte, wegzuschieben und Licht in seine Geschichte zu bringen. Er dachte an den Fremden, dessen Name er nie erfahren hatte und der ihm das ganze Problem eingebrockt hatte. Eines Tages war er in seiner Werkstatt aufgetaucht und hatte tausendfünfhundert Paar Schuhe für die kurdische Guerilla verlangt. Mehmet dachte an die qualvollen Minuten, in denen er mit sich gerungen hatte, bis er Ja sagte zu seinem Beitrag «für den Sieg der glorreichen Guerilla», wie sich der Fremde ausgedrückt hatte.

Dann, nach ein paar Monaten, wie ein Blitzschlag aus heiterem Himmel, der Telefonanruf seines Onkels Sedrettin:

«Du musst abhauen, die Polizei sucht dich.»

Von einem Lidschlag auf den anderen brach Mehmets bisheriges Leben ein. Wie eine Eisschicht, die unter den Füssen nachlässt. Dann der Sturz ins kalte Grauen. Nur wenige Minuten später verliess Mehmet seine Werkstatt. Für immer. Er versteckte sich zwei Wochen bei Mustafa. Dann reiste er mit dem Bus von Tilkini nach Istanbul, wo er bei seiner einstigen Spielgefährtin Birgül für ein paar Tage Unterschlupf fand. Noch auf der Reise erfuhr er von Mustafa, dass sein Cousin Davud mit seinen Schuhen erwischt worden war und dass er Mehmets Namen als Lieferanten der Schuhe preisgegeben hatte. Die Polizei hätte Mehmet um ein Haar erwischt.

Doch, worin bestand seine Geschichte, die er als bedrückendes Geheimnis in sich herumtrug und welche ihn ins Herz von Europa getrieben hatte? Es war nicht nur eine Geschichte mit einem äussern Ablauf. Da waren auch die verzehrenden Gefühle, die Ängste, die Alpträume, die ihn aus dem Schlaf schreckten und niederdrückten. Wird er darüber reden können? Wird man zuhören? Wo hat seine Asylgeschichte angefangen? Als der Muchtar vom Gendarmen geohrfeigt worden ist? Als er Ömers Qualen hat mitansehen müssen? Als Remzi aus dem Helikopter gefallen ist? Als er selbst das erste Mal verhört und geschlagen worden ist?

Der Anfang seiner Verfolgungsgeschichte erschien Mehmet ebenso verschwommen wie das Ende seines Asylverfahrens.

Die Tage im Zentrum vergingen langsam. Das Wichtigste war, dass Mehmet einen Zufluchtsort gefunden hatte, dass er seinen Häschern entwischt war. Eine gehörige Portion Glück hatte mitgespielt.

Im Zentrum befand er sich unter Seinesgleichen: Es war ein Sammelplatz, ein Schmelztiegel von Menschen, die in diesem Aufnahmeland nichts besassen, keiner Arbeit nachgingen und Wohlfahrtsempfänger waren. Ein Dach über dem Kopf, ein Bett, fliessendes Wasser, alles sauber, nichts von ins Auge springendem Elend, wie man es sich von Flüchtlingslagern der Dritten Welt her gewohnt war. Drei Mahlzeiten pro Tag, eine garantierte ärztliche Versorgung im Krankheitsfall. Pro Tag gab die Schweizer Regierung vierzig Franken für diese Menschen aus, die sie später zurückverlangen würden. Die Bewohner waren keine Versteckten mehr. Die Regierung wusste, dass sie hier waren. Sie waren angemeldet, für Mehmet eine Wohltat, die er nach seinen Versteckspielen in der Türkei schätzte.

Von etwas hatten alle viel: Zeit. Die Kehrseite davon war das Warten. Wie Zootiere kamen Mehmet die Menschen manchmal vor, wenn sie in diesem Mikrokosmos, wo Menschen aller Hautfarben, meistens jüngere Männer, seltener Frauen und vereinzelt ältere, ergraute Menschen, auf engem Raum zusammenlebten, im Innenhof auf und ab gingen, grübelten, stehend oder sitzend vor sich hinstarrten, dem Rauch ihrer Zigaretten nachsahen oder hungrig, manchmal missmutig ob der ungewohnten Speisen, vor ihren Tellern und Bechern sassen.

Im Zentrum hatte man eine Aufgabe: Jeden Morgen am Anschlagbrett nachzusehen, ob die erste Anhörung angesetzt war. Am entsprechenden Tag durfte das Zentrum nicht verlassen werden, bevor diese beendet war.

Mehmets Anhörung fand nach fünf Tagen in einem kleinen Zimmer statt. Durch den zugezogenen Vorhang sah man in den Hof, wo ein paar Männer nachdenklich auf und ab gingen. Es war wie ein Stummfilm mit dem Thema Langeweile, und Mehmet stellte sich vor, dass der Beamte diese Szene oft beobachtet haben musste. Das weiss gestrichene Zimmer war aufgeräumt und verströmte den Geist von Effizienz, ein wenig gemildert durch das Holz, das dem Raum etwas Wärme gab und unaufdringlich auf etwas Unvollendetes hinwies. An einer Längswand hingen zwei Landkarten von Nordafrika und der Türkei, mit Stecknadeln befestigt. Ihnen gegenüber befand sich ein Gestell für Akten und Bücher, daneben hing ein Bild, das eine liebliche Landschaft zeigte.

Der Übersetzer, ein untersetzter Mann mit einem gütigen Gesicht, dessen Haare an den Rändern seiner Glatze wie Hörner abstanden, begrüsste Mehmet freundlich und mit einem Händedruck. Der Befrager sass bereits vor dem Bildschirm, als Mehmet eintrat. Er war jung, geordneter Scheitel im Haar, ungefähr in Mehmets Alter, trug ein blaues Hemd ohne Krawatte und blickte nur kurz auf, um Mehmet zu begrüssen. Mehmet war angenehm überrascht. Er hatte einen förmlichen Beamten mit einer dunklen Krawatte erwartet.

Die Befragung war kurz. Ausführlicheres könne er an einer späteren Befragung erzählen, wurde Mehmet beschieden. Die Erstbefragung verlief nicht unangenehm. Abgesehen von einer Art Kulturkampf, der sich streckenweise zwischen dem Beamten und Mehmet abspielte. Schweizerisch-bürokratischer Sinn für zielgerichtete Ordnung gegen kurdisch-ländliche Gemächlichkeit. Der Beamte reagierte ungeduldig, wenn Mehmet eine Antwort gab, welche nicht präzis auf die Frage zugeschnitten war, die ihm der Computer vorgab. Zwar sah Mehmet nicht auf den Bildschirm. Er sass dem Beamten schräg gegenüber und sah dessen Gesicht, welches mit dem Bildschirm ein beständiges inneres Zwiegespräch zu führen schien. Daran konnte Mehmet ablesen, ob der Beamte mit seiner Antwort zufrieden war. Das war so, wenn der Befrager die Antwort in das Frageschema eintippen konnte. Unzufrieden, leicht missmutig reagierte er aber, wenn Mehmet etwas sagte, das der Beamte als «kompliziert» bezeichnete. So etwa, als Mehmet nicht auf Anhieb seinen letzten Wohnsitz angeben konnte, sondern sein Elternhaus, das Versteck bei Mustafa, dessen Name er nicht nannte, und die Wohnung von Birgül gleichzeitig ins Spiel brachte. Der Beamte fragte mit Nachdruck nach dem «letzten Wohnsitz» und nicht nach den «letzten Aufenthaltsorten», wie er mit noch grösserer Bestimmtheit verlauten liess.

Die meiste Zeit ging es um Personaldaten von Mehmet selbst, seinen Eltern und Geschwistern. Hätte Mehmet schon Verwandte in Europa gehabt, wäre er nicht überrascht gewesen, wenn der Beamte ihn ausgiebig auch noch über sie ausgefragt hätte.

Vom Bildschirm blickte der Beamte nur auf, wenn er Mehmets «komplizierte» Antworten abwartete, manchmal mit den Fingern nervös auf den Tisch trommelnd. Einmal, als Mehmet Auskunft über die Reiseroute geben sollte, und er mit einem schmalen Lächeln auf den Lippen eingestand, er wisse nur, dass er über Italien in die Schweiz geflohen sei, warf ihm der Beamte einen prüfenden, ja, wie es Mehmet schien, ungläubigen Blick zu.

In der Aussage zur Sache gab sich der Beamte mit einem groben Abriss von Mehmets Geschichte zufrieden. Da er nur wissen wollte, was Mehmet zu seiner «Ausreise veranlasst» habe, fing Mehmet bei seinen Verhören an und liess die Vorgeschichte weg.

Zweimal sei er im letzten Jahr von der Gendarmerie festgenommen und verhört worden, erzählte er. Das erste Mal im August. Das erste Mal habe die Festnahme drei Tage, das nächste Mal einen Tag gedauert. Im folgenden März, also dieses Jahr, habe er von seinem Onkel plötzlich einen Telefonanruf bekommen. Dieser habe ihm eröffnet, dass die Polizei ihn suche. Später habe er herausgefunden, dass es wegen der Schuhe gewesen war, die er der PKK gegeben habe. Die Polizei habe sie entdeckt. Er habe sich dann bei einem Freund versteckt, um seine Flucht zu organisieren. Dann sei er nach Istanbul geflohen.

Im Unterschied zu den Amtsstuben, die Mehmet in der Türkei kennen gelernt hatte, hatte hier alles seine Ordnung. Mehmets Aussagen wurden in einem Protokoll festgehalten. Jedes einzelne Blatt musste er unterschreiben. Als der Befrager von Hand zwei Korrekturen anbrachte, musste Mehmet sogar noch diese mit seiner Unterschrift beglaubigen. Mit einer freundlichen Handbewegung, ohne sich zu erheben, entliess ihn der Beamte. Der Übersetzer verabschiedete sich wieder mit einem Händedruck.

Zurück im Wohntrakt der Baracke schaute Mehmet auf die Uhr. Es war gut Viertel nach zwei. Er schätzte, dass die Befragung nicht mehr als dreiviertel Stunden gedauert hatte. Er begab sich sofort in den Hof, um eine Zigarette zu rauchen.

Bevor Mehmet zwei Tage später die Empfangsstelle verliess, gab ihm der Wachmann eine Fahrkarte, ein wenig Kleingeld und ein Blatt Papier mit der Adresse eines Amtes, bei dem er sich melden müsse. Dort würde er der nächsten Unterkunft zugewiesen. Auf der Rückseite war ein Stadtplan von seinem Reiseziel.

Als er die Empfangsstelle verliess, fuhren zwei schwere Lastwagen vorüber. Die Sonne schien. Am Himmel schwebte eine pilzförmige weisse Wolke. Sonst war der Himmel blau wie das Meer, das er auf der Flucht überquert hatte. Als die Lastwagen vorüber waren, war es still.

Mehmet fühlte sich wohl und lachte der Sonne entgegen.

Er stand im Bahnhof. Zum ersten Mal, seit er dieses Land betreten hatte, fühlte er sich als freier Mensch. Bisher war der Rahmen vorgegeben gewesen. Nun konnte er alleine, auf sich gestellt, reisen. Alles kam ihm hervorragend organisiert vor. Mühelos fand er den Zug nach Bern. Die Abfahrtszeit und den Bestimmungsort kannte er bereits. Man hatte es ihm aufgeschrieben.

Als er den Zug bestieg, war er ziemlich aufgeregt. Während der Fahrt hatte er das erste Alltagserlebnis mit der einheimischen Bevölkerung. Es gab kein freies Abteil mehr. Er setzte sich gegenüber einem Mann, der eine Zeitung las, zündete eine Zigarette an und blies den Rauch diskret gegen das Fenster. Sogleich legte der Mann die Zeitung weg und blickte entrüstet zu Mehmet. Mit einer Miene, die seine Missbilligung ausdrückte, fächerte er die Rauchschwade weg, die sich gegen den Zeitungsleser hin ausbreitete.

Mehmet begriff, dass sein Genuss den Mann störte. Er wollte die Zigarette auslöschen. Aber er fand keinen Aschenbecher. Der Mann wies mit dem Zeigefinger schräg nach hinten, gegen die Glasscheibe, welche den Wagen in zwei Abteile trennte. Dort entdeckte Mehmet den roten Strich, der eine weiss gemalte Zigarette und die Räuchlein darüber in einem blauen Feld durchkreuzte. Er erblickte hinter der Trennscheibe zwei Frauen, die lebhaft diskutierten, lachten und genüsslich rauchten.

Mehmet entdeckte, dass sein Gastland zwischen Rauchern und Nichtrauchern unterschied und dass er in einem Nichtraucherabteil sass. Mit einer entschuldigenden Geste stand er auf, ohne die Zigarette auszulöschen. Er wechselte ins Raucherabteil und setzte sich zu den Frauen, die immer noch in ein Gespräch vertieft waren und seine Ankunft kaum wahrnahmen.

Er lauschte auf das rhythmische Schlagen der Zugsräder. Er, beladen mit dem Gewicht seiner Vergangenheit, bewegte sich in einem fremden Land. Hier gab es keine Spuren aus seinem bisherigen Leben. Er würde keine Strasse entlanggehen, kein Haus ansehen und auf keinem Platz gemütlich verweilen können, überhaupt auf nichts treffen, das mit Erinnerungen verbunden war. Er überlegte sich, auf was er in einer Welt, in welcher er nicht einmal die Sprache verstand, achten musste, damit er nicht völlig hilflos war. Ein Ballett, das er einmal im Fernsehen gesehen hatte, kam ihm in den Sinn. Was die Tänzer und Tänzerinnen ausdrücken wollten, musste der Zuschauer anhand der Mimik, den Bewegungen, der Rhythmik und der Spannkraft ihrer Körper sowie den Klängen der Begleitmusik ergründen. Genauso muss ich ab jetzt vorgehen.

Und so lernte er das Wort Zucker kennen, sein erstes deutsches Wort: Der Verkäufer der fahrbaren Minibar zog einen Plastikbecher aus einem schiefen Stapel heraus, wirbelte ihn durch die Luft, fing ihn auf und hielt ihn unter den Hahn des Behälters, aus dem Kaffee floss. In einem weiten Bogen setzte er den gefüllten Becher auf das Gestell vor dem Fenster und fragte: «Zucker?»

Der Mann, der das Getränk bestellt hatte, nickte bloss, unbeeindruckt von den theatralischen Gebärden. Der Verkäufer griff in eine Schale, warf einen kleinen Gegenstand gegen die Wagendecke und fing ihn mit einer eleganten Handbewegung auf. Mit Schwung legte er das winzige Ding neben den Kaffeebecher. Es waren zwei eingepackte Zuckerwürfel.

Um fünf Uhr fuhr der Zug in den Bahnhof Bern ein. Auch hier halfen ihm Pläne weiter. Er fand das Amt kurz bevor es geschlossen wurde. Dort gab man ihm eine neue Adresse und einen neuen Plan, in dem seine Unterkunft markiert war. Auch eine kleine, plastifizierte Faltkarte wurde ihm in die Hand gedrückt. Auf einer Seite stand N-Ausweis. Daneben die Zahl 365 631. Unter beidem war sein Passfoto eingeklebt.

Mehmet war erleichtert und überwältigt. Nun hatte er einen Personalausweis. Ein kostbarer Besitz, denn er gab ihm ein verlorenes Gefühl der Sicherheit zurück. Dann stellte er sich 365 631 Menschen vor. War vor ihm schon mehr als eine Drittelmillion Menschen durch diese Prozedur geschleust worden? Andächtig las er seinen Namen. Er war wieder Mehmet Kayguzuz, der Alte. Er dachte von sich selbst, als wäre er zweigeteilt. Die Lektüre war wie das Erlebnis einer Wiedergeburt. Den falschen Namen Demirçi Yasar, seine Reiseidentität, hatte er noch nicht vergessen. Vielleicht wurde mit dem falschen Pass, den er bezahlt hatte, schon ein anderer aus der Türkei nach Europa geschleust. Es musste einen Grund geben, dass man ihm den Pass nie ausgehändigt hatte. Er dachte nicht ohne Wut daran, dass die Schlepper einträgliche Geschäfte machten, wenn sie mit den gleichen Pässen immer wieder andere Personen, die jedes Mal wieder voll zahlten, aus der Türkei nach Europa schmuggelten. Es kam ihm vor, wie wenn er mit dem Ende seiner Reise einer Geisterwelt entronnen sei.

Die Nacht verbrachte er mit acht anderen Männern, von denen drei schnarchten, in einem unterirdischen Raum, der aus kahlen Betonwänden und einer Decke bestand, die wie ein riesiger Sargdeckel knapp über seinem Kopf hing. Zuoberst, über sechs Weissen und zwischen zwei Afrikanern schlief er schlecht, weil er meinte, er bekomme nicht genügend Luft zum Atmen, und weil jedes Mal, wenn sich einer umdrehte, sein Bett geschüttelt wurde, als ob ein Erdbeben im Gange wäre.

Zwei Monate blieb er in der unterirdischen Anlage, wohin sich die Stadtbevölkerung im Krieg, im Falle von Naturkatastrophen und Atomunfällen flüchten sollte. Hier bekam man das Essen und musste beim Putzen mithelfen.

Nach langen acht Wochen kam Mehmet in eine oberirdische Unterkunft. Es war eine U-förmige Holzbaracke, die am Stadtrand an einer viel befahrenen Strasse stand, ein wenig verdeckt von einem grünen Gebüschstreifen. Auf einer Seite war ein geteerter Platz mit einer anderen Baracke. Auf zwei Seiten lag eine Wiese, dreimal so gross wie ein Fussballfeld.

Die Unterkunft war spartanisch eingerichtet. In jedem der

kleinen Zimmer gab es sechs Betten, je zwei übereinander, aber immerhin so angeordnet, dass man nie direkt neben jemanden anders liegen musste, weil die Betten an der Wand standen. Jede Person besass einen abschliessbaren, schmalen Blechschrank.

Es gab einige Neuerungen in der Gestaltung des Alltags, was es erforderlich machte, das Leben in Teilbereichen neu zu organisieren. Für Mehmet waren das neue Herausforderungen, die er gerne annahm, denn sonst hätte er gar nichts zu tun gehabt, ausser den Ausgang seines Asylverfahrens abzuwarten.

Fortan wurde das Essen nicht mehr aufgetragen. Jeder musste selbst einkaufen, kochen, abwaschen und alles in Ordnung halten. Mehmet erhielt einen Kochtopf, eine Bratpfanne, einen Teller, ein Glas, eine Tasse, ein Messer, eine Gabel, einen Löffel und Bettzeug, alles Gebrauchtware. Diese müsse er zurückgeben, wenn er dereinst die Baracke verlasse, sagte ihm der Mann, der ihn am Tag seiner Ankunft einführte und sich durch Worte und Gesten geschickt zu verständigen wusste. Sonst müsse er bezahlen. Der Mann zeigte auf die Preisanschrift, die an der Pfanne klebte. Dann bückte er sich und zeigte Mehmet ein kleines Schliessfach unter dem grossen Kochherd in der Mitte der Küche. Der Mann öffnete es, ergriff die Bratpfanne und stellte sie hinein. Er drehte den Schlüssel um, zog ihn heraus und steckte ihn in Mehmets Hosentasche mit einer Geste, die besagen sollte, dass er seine Sachen so am besten vor Dieben schützen könne. Mehmet lachte. Der Mann war ihm sympathisch.

Den Rest erfuhr Mehmet von seinen Zimmergenossen. Sein Zimmer, das in der Ecke der Baracke lag, war voll besetzt. Alle waren Kurden aus der Türkei, dem Irak und Iran, ausser einem Mann aus Afrika. Alle mochten sich gegenseitig. Streit gab es nur, wenn der Iraner auf dem Boden kniend seine Gebete verrichtete. Dann durfte ihn niemand stören. Und wenn es jemand trotzdem tat, fielen böse Worte.

Für jeden Tag bekam jeder Insasse neun Franken fünfzig Rappen. Mit knapp 270 Franken pro Monat musste man auskommen. Wer mehr haben wollte, konnte eine Arbeit im Lager verrichten. Je unangenehmer sie war, umso besser wurde sie bezahlt. Aber in jedem Fall kam man mit einem Ämtli nie mehr als über ein paar wenige Franken hinaus. Das Geld wurde alle vierzehn Tage ausgezahlt. Man nannte die Baracke Durchgangszentrum.

Im Mittelpunkt standen Erika und Kurt, die sich tagsüber im Turnus ablösten. Daneben gab es Nacht- und Wochenendwachen. Durch ihre offene Art schufen Erika und Kurt eine familiäre Atmosphäre. Sie verkehrten mit allen im Lager per du. Die Türkisch sprechenden Insassen gaben Kurt manchmal den Spitznamen Wolf, was auf Türkisch «kurt» heisst.

Das Lagerleben machte Mehmet zuerst noch hilfloser als er es bisher gewesen war, weil er nicht kochen konnte. Er begriff, dass er bisher in Bezug auf die Ernährung ein Muttersohn gewesen war. Zu Hause hatte er sich einfach an einen gedeckten Tisch setzen können.

Der Supermarkt in der Nähe des Lagers erleichterte zunächst sein Los. Als er ihn zum ersten Mal betrat, empfand er die prall gefüllten Regale, auf denen für jedes Bedürfnis gleich mehrere verschiedene Produkte bereitstanden, als märchenhaft. Obwohl er sich nur mit Brot, Käse, Wurst und Ähnlichem ernährte, verschätzte er sich in seinem Budget gründlich. Das erste Monatsgeld war schon nach einer Woche aufgebraucht. Schuld daran war auch sein Zigarettenkonsum.

Dann ging er haushälterischer mit dem Geld um und lernte kochen, weil er es überdrüssig wurde, nur Kaltes zu sich zu nehmen. Er schaute vor dem Kochherd in der Küche den anderen über die Schultern und schrieb sich einige Menüs mit Bulgur, Reis, Bohnen, Tomaten, Auberginen, Zucchini, Paprika und Kartoffeln auf. Einmal pro Woche kaufte er Fleisch. Er war stolz, als er sein erstes selbst gemachtes Patlıcan Musakka, ein Eintopfgericht aus Auberginen, Tomaten und Hackfleisch vom Lamm auf dem Teller vor sich hatte. Es schmeckte, fast wie zu Hause.

Obwohl Mehmet ein Dach über dem Kopf hatte und obwohl für seinen Lebensunterhalt und die Krankenversicherung gesorgt war, beschäftigte ihn das Geld. Vor allem jenes, das er nicht hatte. Den Zigarettenkonsum reduzierte er durch eine Selbstüberlistung drastisch. So oft es ging, rauchte er die Zigarette nur halb, drückte sie dann aus und schob sie in die Schachtel zurück, um sie das nächste Mal anstelle einer ganzen Zigarette anzuzünden.

Mit den Geldsorgen war er nicht allein. Kaum jemand kam mit dem knappen Budget zurecht. Nicht nur die Raucher bangten um ihren Zigarettennachschub. Frauen klagten, dass sie kein Geld für ihre Tampons hatten. Eines Tages entdeckte er, dass es auch Flüchtlinge gab, die sich auf andere Weise zu helfen wussten.

Als er an einem regnerischen Nachmittag auf seinem Bett lag, kam ein Mann aus dem Balkan in sein Zimmer und bot ihm für zwanzig Franken eine neue Jeanshose an. Mehmet kaufte sie nicht, weil er knapp bei Kasse war. Als er später bei einem Kleiderladen vorbeiging und im Schaufenster eine Jeanshose sah, blieb er stehen und prüfte den Preis. Er betrug eine Mehrfaches von dem, was der Mann verlangt hatte. Daraus schloss Mehmet, dass dieser die Hose gestohlen haben musste. Fortan mied er ihn, warf aber gleichzeitig auch ein Auge auf ihn. Obwohl der Mann Mehmet kein Angebot mehr machte, fuhr er mit seinen gelegentlichen Geschäften weiter. Die Versuchung war für Mehmet gross, billige Hehlerware zu kaufen. Aber er widerstand ihr.

In der Küche vertrug man sich im Allgemeinen gut. Es ergab sich in der Regel, dass nie alle zur gleichen Zeit kochen wollten. Viele waren ohnehin oft abwesend, da sie ihre Verwandten besuchten.

Aber es gab auch hier manchmal Streit. Ali, ein Muslim und Türke, hatte zur Zeit des Ramadans das Ämtli der Abfallbeseitigung übernommen. Dazu gehörte auch das Wegräumen der leeren Bier- und Weinflaschen. Die liess er stehen und wollte für seine Arbeit den Lohn einkassieren. Erika aber verlangte, dass er seine Arbeit vollständig erledige und die leeren Bier- und Weinflaschen in die Glassammlung werfe. Ali weigerte sich. Es kam zu einem heftigen Streit zwischen ihm und Erika. Beim erregten Wortwechsel kam heraus, dass Ali aus religiösen Gründen während dem Ramadan nichts anfasste, was mit Alkohol zu tun hatte. Er war ein strenggläubiger Moslem. Sein Glaube verbot ihm den Alkoholkonsum. Am Schluss einigten sie sich auf einen Kompromiss: Ali bekam den vollen Lohn gegen das Versprechen, die Alkoholflaschen nach dem Ramadan zu beseitigen.

Er blieb bei seiner strikten Auffassung, dass das Alkoholverbot auch das Berühren von Alkoholflaschen bedeute und entfachte in der Küche sogar einen Streit mit einem irakischen Kurden, der mit einer leeren Bierflasche den Teig auswalzte.

An einem Spätnachmittag im Frühsommer kam Mahmut, ein junger Kurde und ein Zimmergenosse von Mehmet, aufgewühlt in die Baracke zurück und erzählte, dass er von zwei Kurden, die er für Mitglieder der PKK hielt, verfolgt worden sei. Es war zu einer dramatischen Verfolgungsjagd gekommen. Mahmut konnte die beiden Verfolger nur abschütteln, weil er sich an den Türgriff eines Autos klammerte, das vor einem Lichtsignal bei einer Kreuzung wartete. Mahmut zeigte im Zimmer seine Schuhe, deren Sohlen seitlich abgeschliffen waren, weil er vom Auto mitgeschleift worden war.

Mehmet wusste, dass Mahmut von der PKK desertiert war.

Auch Bülent befand sich im Zimmer, als Mahmut den Vorfall erzählte. Bülent war ein engagierter Anhänger der PKK und griff Mahmut vehement wegen seiner Fahnenflucht an. In der Folge kam es zu einem scharfen Wortgefecht zwischen Bülent und Baran. Baran war in der Türkei Lehrer gewesen und hatte sich bei der Rizgari engagiert, welche gegen den bewaffneten Aufstand war. In dem Moment, als Baran Bülent als Salonlöwen, der im Grunde genommen nicht besser als die Kemalisten sei, abkanzelte, flog die Zimmertüre mit einem heftigen Knall auf. Ein paar maskierte Polizeigrenadiere stürmten mit einem Hund herein. Blitzschnell stellten sie sich vor die Gruppe. Die Pistolenhalter baumelten an ihren Hüften. Einer befahl:

«Sofort aufstehen, Hände hoch und umdrehen!»

Die anderen beiden standen breitbeinig da, die rechte Hand

zum Griff nach der Pistole bereit. Mehmet wurde aschfahl. Er spürte einen Impuls, den Polizisten vor ihm anzuspringen und ihm die Pistole zu entreissen. Der Polizist liess ihn nicht aus den Augen, und so tat Mehmet, was man von ihm verlangte. Er erinnerte sich an jenen frühen Morgen, als die Soldaten ihn und seine Schwestern aus dem Haus geholt hatten. Bülent schnappte nach Luft und stiess einen Fluch über die Polizisten aus. Zu seinem Glück verstanden sie ihn nicht. Baran liess die Zigarette fallen und achtete darauf, Bülent nicht zu nahe zu kommen. Mit der Schuhsohle zerdrückte er den glühenden Zigarettenstummel. Mahmut sprang vom Bett auf und stellte sich neben Baran. Alle standen wie angewurzelt.

Einer der Grenadiere tastete jeden nach Waffen ab. Dann mussten sie alle Taschen leeren. Bei einem Kurden fielen mehrere Münzen klirrend auf den Boden, der bald mit Nastüchern, Zigarettenschachteln, Agendas, Geldbörsen, Kaugummis und Pariser übersät war. Einer nach dem anderen mussten sie nach draussen marschieren, vorbei an Kurt, der ihnen betrübt nachsah, wie ein besiegter General, der den Abzug seiner geschlagenen Truppe an der Seite der Sieger mitverfolgt. Es wimmelte von Grenadieren, die zwei Spürhunde an der Leine führten. Draussen befahl einer von ihnen allen, auf dem Vorplatz zu warten, bis die Operation abgeschlossen sei.

Schliesslich wurde ein schlanker Afrikaner mit einem kahlgeschorenen Schädel in Handschellen abgeführt. Die Polizei hatte bei ihm Drogen gefunden. Mehmet wusste, dass er sich als Flüchtling aus Sierra Leone ausgab. In Wirklichkeit hatte er einen holländischen Pass und besass in Paris eine Luxuswohnung. Mehmet wusste, dass er den Pass in einem Zimmer, in dem nur Frauen wohnten, versteckt hatte.

So kam Mehmet mit den Schattenseiten des Lagerlebens in Berührung. Er begriff, dass ein internationaler Drogenring einen Drogendealer in ihre Mitte eingeschleust hatte. Auch wurde ihm mit der Zeit klar, dass die Polizei Afrikaner äusserst schnell im Verdacht hatte, in den Drogenhandel verwickelt zu sein. Sie mussten mehr Kontrollen auf der Strasse über sich ergehen lassen als jede andere Volksgruppe. Schliesslich begriff Mehmet mit der Zeit, dass Politiker aus dem rechten Lager mit Fingern auf die Asylcamps zeigten und behaupteten, sie seien gefüllt mit Gesetzesbrechern aller Art. Asylbewerber hatten einen schlechten Ruf und mussten immer von neuem begründen, warum sie sich in ihrem Zufluchtsland aufhielten.

An einem Tag mitten im ersten Sommer, den Mehmet in der Schweiz verbrachte, wurde er wieder an den eigentlichen Zweck seines momentanen Daseins erinnert. Er erhielt eine eingeschriebene Vorladung von der Fremdenpolizei.

Man wollte also noch mehr von ihm wissen.

Sie haben heute Gelegenheit, Ihre Fluchtgründe ausführlich darzulegen», sagte die Beamtin und wartete, bis der Dolmetscher übersetzt hatte.

Mehmet sass in einem düsteren Zimmer, das er über eine schmale Treppe erreicht hatte. Er sass der Beamtin direkt gegenüber, die sich hinter einer hohen Schreibmaschine zu schaffen machte. Sie trug eine perfekte Frisur, bei der kein Haar es wagte, gegen die strenge Ordnung zu verstossen. An der Schmalseite des Tisches hatte der Übersetzer, ein Mann, der seine langen, braunen Haare zu einem Pferdeschwanz zusammengebunden hatte, Platz genommen.

Durch das Fenster sah man auf einen Fluss. An der tapezierten Wand hing ein Kalender, der den fünfzehnten August anzeigte. Daneben, auf einem grossen Plakat sprang ein Pinguin von einer Eisscholle ins Meer. Ein anderer, eine Figur aus Alabaster, stand auf dem Aktenschrank.

«Ich will heute alle Angaben sammeln, um die Behandlung ihres Gesuches zu ermöglichen», fuhr die Beamtin fort. «Aber nicht ich werde schliesslich den Entscheid fällen, sondern jemand vom Bundesamt für Flüchtlinge. Ob dieses die Akten als genügend erachtet, muss dort entschieden werden, insbesondere, ob eine erneute Befragung notwendig sein wird.» Die Befragerin dehnte ihren auf Mehmet ruhenden Blick auf die zweite Frau aus, die auf einem Stuhl an der Wand sass. «Diese Dame ist von einem anerkannten Hilfswerk. Ihre Aufgabe besteht darin, zu überwachen, dass alles korrekt abläuft.» Die beiden Frauen nickten sich freundlich zu. «Die Dame hat natürlich keinen Einfluss auf den Ausgang des Verfahrens. Aber sie darf Fragen stellen, sofern sie der Abklärung des Sachverhaltes dienlich sind», fuhr die Befragerin fort. «Sie, Herr Kayguzuz, können sich im Übrigen frei äussern, da alle Beteiligten einer strengen Verschwiegenheitspflicht unterstehen.»

Die Hilfswerkvertreterin nahm einen Schreibblock aus ihrer Mappe.

«Ihre Aufgabe besteht darin, den Beweis zu erbringen, dass sie ein Flüchtling sind, zumindest müssen Sie diese Eigenschaft glaubhaft machen», erklärte die Beamtin. «Sie sind verpflichtet, uns die Wahrheit zu sagen, die Beweismittel, sofern sie welche haben, uns vorzulegen und uns jede künftige Adressänderung mitzuteilen, damit Sie immer und jederzeit für die Behörden ohne Probleme erreichbar sind.» Die Beamtin warf einen prüfenden Blick zu Mehmet. «Verstehen Sie den Übersetzer gut?»

«Ja.»

«Bestens, dann können wir beginnen.»

Zuerst musste Mehmet erneut über sich, den Militärdienst und seine Familie Auskunft geben. Die Beamtin sprach langsam, Satz für Satz. Bevor sie innehielt, sah sie den Dolmetscher mit grossen Augen an. Auch dieser sprach ohne Hektik. Die Übersetzung schloss er immer mit einem «Hm» ab, das Mehmet galt und besagen sollte, er solle weiterfahren. Als Mehmet sein Geburtsdatum nannte, musterte ihn die Beamtin. Mehmet beantwortete ihren Blick mit einem halben Lächeln auf den Lippen.

Die Frage, weshalb er sein Heimatland verlassen habe, beantwortete Mehmet ausführlicher als in der Empfangsstelle. Er begann mit dem Zeitpunkt, als er der Guerilla die Schuhe zu liefern anfing. Dabei vergass er nicht, den Preis von siebentausend D-Mark für seine Flucht zu erwähnen.

Kurze, genaue Fragen zu Mehmets beruflicher Tätigkeit folgten.

«Wie viele solcher Werkstätten gibt es in Tilkini?»

«Viele.»

«Und Sie haben die Schuhe von A bis Z selbständig angefertigt?»

«Ja.»

«Welche Art von Schuhen?», fragte die Beamtin mit einem Blick unter den Tisch.

«Sie waren speziell fürs Berggebiet geeignet, Bergschuhe», antwortete Mehmet in der Meinung, er werde nach den Schuhen gefragt, die er der Guerilla lieferte. Dass er auch Halbschuhe gemacht hatte, liess er unerwähnt.

«Mit welchen Sohlen?»

«Gummi», erwiderte Mehmet und fragte sich, weshalb seine berufliche Tätigkeit so viel Raum einnahm.

«Haben Sie die Schuhe mit Ihrem Namen versehen?»

«Nein», antwortete Mehmet und wollte beifügen, dass seine Werkstatt keine Markenschuhe produzierte. Dazu kam er aber nicht.

«Womit haben Sie das Material gekauft?», kam ihm die Beamtin zuvor.

«Aus der eigenen Tasche.»

«Wie lange hatten Sie an so einem Paar Schuhe?»

«Eine halbe Stunde», gab Mehmet stolz zur Antwort. Erst, als die Beamtin die Augenbrauen hob, merkte er, dass er übertrieben hatte.

«Eine halbe Stunde benötigten Sie, um neue Bergschuhe selber herzustellen?»

«Nein, für Bergschuhe brauchte ich anderthalb bis zwei Stunden … höchstens, … dann waren sie fixfertig», berichtigte Mehmet kleinlaut.

Mit einem kleinen Pinsel korrigierte die Beamtin einen Schreibfehler und trocknete die Korrekturflüssigkeit, indem sie auf das Blatt blies.

Die weiteren Fragen betrafen Mehmets Verhöre in der Gendarmerie, den Grund, weshalb er gezwungen war, für seine Flucht Geld auszuleihen, die Umstände der Verhaftung seines

Cousins Davud und die Einzelheiten seiner Flucht. An den Zeitpunkt, wann er in der Gendarmerie festgenommen und verhört worden sei, konnte er sich nicht mehr genau erinnern und nannte den August des vergangenen Jahres.

«Ist auf dem Posten irgendetwas geschehen?», war die nächste Frage, welche die Beamtin mit den ersten Anzeichen der Ermüdung am Mehmet richtete.

«Ein- oder zweimal wurde ich geschlagen, sonst ist nichts passiert. Als ich einen Schlag bekam, wackelten alle meine Zähne im Oberkiefer», antwortete Mehmet grimmig. Ohne es zu wollen, machte er Kaubewegungen und zeigte seine Zähne.

Die Beamtin sah ihn erschrocken an.

«Und jetzt geht es Ihnen besser?»

«Ich habe Schmerzen.»

«Dann gehen Sie zum Zahnarzt!»

Mehmet nickte, ohne diese Möglichkeit ernsthaft in Betracht zu ziehen, da er nicht wusste, wer die Rechnung bezahlen würde.

«Weshalb haben Sie von diesen Schlägen hier nicht von sich aus gesprochen?»

«Sie haben mich nicht danach gefragt, darum habe ich nichts gesagt.»

Die Hilfswerkvertreterin, die immer wieder Notizen in ihr Heft auf ihrem Schoss gemacht hatte, schüttelte den Kopf, als die Beamtin sie fragte, ob sie Fragen habe. Die Beamtin atmete sichtlich auf, als ob sie froh wäre, dass es ihr gelungen war, alleine alles abgeklärt zu haben.

Wie schon in der Empfangsstelle las auch hier der Übersetzer das Protokoll vor. Gelegentlich sah der Dolmetscher zu Mehmet auf, um auf seinem Gesicht nach Zeichen des Einverständnisses für die Formulierungen zu forschen. Einwendungen erhob Mehmet nie. Ihm fiel nur auf, dass die Befragerin einmal sein stummes Kopfnicken protokolliert hatte. «Der Asylbewerber nickt», las ihm der Übersetzer vor.

Die Hilfswerkvertreterin füllte während der Rückübersetzung ein Formular aus.

Mehmet setzte seine Unterschrift auf den unteren Rand einer

jeden Seite: zwölfmal. Im Vergleich zu jenem in der Empfangsstelle hatte sich die Seitenzahl dieses Protokolls verdoppelt. Aus einem Mehmet nicht bekannten Grund betrachtete er seine Unterschrift einige Augenblicke, vielleicht weil er die schicksalhafte Bedeutung dieses Momentes unbewusst spürte. Sein Schriftzug war unleserlich, jeder Buchstabe von links nach rechts lag höher als der vordere, wie von einer unsichtbaren Kraft nach oben geschoben. Auf der letzten Seite las Mehmet einen Namen: Perreta A. Das muss der Name der Befragerin sein, mutmasste er. Es war der erste Familienname, dem er in der Schweiz begegnete. Er fragte sich, wie er ausgesprochen würde. Vom Übersetzer erfuhr er es nicht, weil er ihren Namen ausliess.

Die Befragung war fertig. Perreta A. lochte Mehmets zweites Asylprotokoll und legte es sorgfältig in die Aktenmappe.

Als Mehmet die schmale Treppe hinunterstieg, dachte er daran, wie unterschiedlich die Gewohnheiten hier und in seinem Land waren. In Tilkini ist er zweimal verhört worden. Nie hat er auch nur die Spur eines Protokolls gesehen. Und hier ist jedes Wort wichtig genug, um aufgeschrieben zu werden.

Mehmet ahnte nicht, dass die zu Papier gebrachten Aussagen – und auch solche, die er noch machen sollte –, parallel zu seinem wirklichen Leben ein Eigenleben entwickeln würden. Verflossenes und Kommendes sollten sich zwischen den zwei grauen Kartondeckeln seiner Asylakte auf eigentümliche Art und Weise verzahnen und von seinem Leben ein schicksalsbestimmendes Bild malen, das als Grundlage für die Asylentscheidung dienen würde. Mehmets Aussage etwa, er habe Geld für seine Flucht ausleihen müssen, weil das Sparkonto «irgendwie eingefroren» worden sei, barg wegen ihrer Ungenauigkeit die Möglichkeit eines Missverständnisses in sich.

Ein Missverständnis – neben anderen – von grosser Tragweite. Doch davon ahnte Mehmet nichts.

Er stand wieder vor dem Verwaltungsgebäude. Er blickte auf die Uhr. Es war elf Uhr. Zwei Stunden hatte diese zweite

Befragung gedauert, mehr als doppelt so lange wie die erste. Offenbar hatte es in der Zwischenzeit geregnet. Die Pflastersteine waren nass. Vom nahen Brunnen, der inmitten parkierter Fahrzeuge und Fahrräder stand, vernahm Mehmet ein plätscherndes Geräusch. Zwei Wasserstrahlen schossen aus einem schmiedeeisernen, affenähnlichen Gesicht.

Mehmet stand immer noch vor der Türe. Ob man nun genügend über ihn wusste? Unentschlossen blickte er um sich. Gegenüber befand sich ein Fitness-Center. Drinnen stemmte ein Mann mit einem dicken Bauch in einem hautengen, glitzernden Kostüm unermüdlich eine Gewichtsstange in die Höhe.

Mehmet spürte, wie die Befragung ihn ermüdet hatte. Sein Mund und seine Kehle fühlten sich trocken an. Er schaute zum Himmel. Er sah nur einen schmalen Himmelsstreifen, in welchen der gotische Kirchturm und zwei weisse Kamine ragten. Ein bizarres Wolkengebilde zog langsam vorüber und versperrte den Sonnenstrahlen hartnäckig den Weg zur Erde.

Mehmet überkam das Gefühl, ein schicksalhaftes Ereignis hinter sich zu haben. In solchen Augenblicken versuchte er, die Zeichen der Natur zu deuten. Jemand hatte ihm einmal erzählt, wie ein Naturvolk, dessen Name er vergessen hatte, anhand eines nächtlichen Kometenschweifs am Himmel die Eroberung durch ein fremdes Heer vorausgeahnt hatte. Standen die schwarzen Wolkenknäuel für eine getrübte Zukunft im neuen Land? Oder deuteten die spärlichen Sonnenstrahlen, die jetzt wie goldene Schwerter die Wolkendecke durchstiessen, auf einen neuen glücklichen Lebensabschnitt hin?

Mehmet machte ein paar Schritte. Bewegung würde ihn auf andere Gedanken bringen. Es machte keinen Sinn, sich mit all diesen Gedanken zu zermürben. Alles würde seinen Lauf nehmen. Als er wieder dem Laubengang entlangging, blieb er vor dem Schaufenster eines Musikladens stehen. Eine Harfe und eine Gitarre sprangen ihm in die Augen. Er dachte an seinen Freund Mustafa, der Gitarre spielte. Als Mehmet an jenem dramatischen Vormittag, nach dem Telefonanruf von seinem Onkel Sedrettin, der ihm mitgeteilt hatte, dass die Polizei ihn suche, zu

Mustafa gegangen war, hatte ihn Mustafa gefragt, wie viele Schuhe er der PKK geliefert habe. Mehmet hatte es nicht gewusst. Zum Glück hatte er im letzten Moment noch jenen Brief mitgenommen, auf dessen Rückseite er für jedes gelieferte Paar Schuhe Striche gemacht hatte. Den Brief hatte ihm einmal ein zufriedener Kunde geschickt. Die Striche waren die einzigen Spuren seiner Zusammenarbeit mit der Guerilla gewesen. Gut getarnt, denn sie hätten das Ergebnis eines Kartenspiels sein können. Mehmet hatte Mustafa diesen Brief übergeben. Mustafa hatte sie gezählt und in einer Weise kommentiert, die für ihn typisch war. Deshalb konnte sich Mehmet die Zahlen einprägen. Es waren hundertachtundsechzig Striche gewesen, ein Mehrfaches einer Oktave in der Musik. Mehmet ging mit einem stillen, vergnügten inneren Lächeln weiter, als eine Frau mit einem grossen, eingepackten Instrument aus dem Laden trat.

Das Verhör beschäftigte ihn immer noch. Plötzlich überkamen ihn Zweifel, ob er glaubwürdig gewirkt habe. Hatte die Beamtin nicht auch von Beweisen, Beweismitteln gesprochen? Er müsse seine Geschichte, ja seine Identität beweisen. Der Gedanke daran liess ihn nicht mehr los.

Zugleich machte sich in ihm ein beklemmendes Gefühl breit. Seit seiner Ankunft in diesem Land war ein gutes Vierteljahr vergangen. Er hatte sich alles viel schneller und einfacher vorgestellt. Nun wurde ihm bewusst, dass er sich auf ein langes Warten einstellen musste. Hatte die Befragerin nicht von einer dritten Anhörung gesprochen? Sein Leben kam ihm wie eine Grammophonplatte mit einem Kratzer vor. Irgendwie ging es nicht vorwärts, er blieb immer am gleichen Punkt hängen.

Er wollte etwas dagegen tun. Er wusste nur nicht, was. Er war ratlos und kehrte in die Unterkunft zurück. Als er dort ankam, fühlte er sich leer und legte sich aufs Bett. Er hatte das Gefühl, dass er nicht am Leben teilnahm, sondern dass es sich rund um ihn herum abspielte. Und um das Häuflein von Flüchtlingen, die eigentlich nur nutzlos herumstanden, war alles in Bewegung, herrschte geschäftiges Treiben von Menschen, die in ihrem Alltag einen unmittelbaren Sinn sahen. Mehmet fühlte sich, als ob er den Sinn für die Wirklichkeit verloren hätte, als ob er nicht mehr unterscheiden konnte, wer sich bewegte und wer bewegt wurde. Es war wie damals, als er das erste Mal in einen Zug gestiegen war und zum Fenster hinausgeschaut hatte: Die Wagen auf dem Nebengeleise fahren langsam vorbei, und man glaubt, sein eigener Zug setze sich in Bewegung.

Mehmet dachte sich, dass die Frau, die ihn befragt hatte, das Protokoll einer Fachperson bei der Flüchtlingsbehörde übergeben würde. Diese würde entscheiden, sicherlich bald, und gewiss ein Mann, denn eine Frau konnte er sich an jener Stelle nicht vorstellen. Er machte sich Hoffnungen auf ein gutes Ergebnis, die Befragerin hat ihn ja so freundlich behandelt. Die Sprödheit, die sie auch verbreitet hatte, übersah er gerne. Sie war gewiss ein Ergebnis der Routine. Wie viel von der mehr als einer Drittelmillion Menschen, die hier Asyl gesucht haben, hatte sie wohl befragt? Er betrachtete seinen Nummern-Ausweis und sah seine Vorgänger und Vorgängerinnen vor sich: 365 631. Wenn man sie sich in einer Reihe dachte, ergäbe es eine Menschenschlange von fast hundert Kilometern.

Dann schlief er ein und träumte. Alles geriet in seinem Traum durcheinander und wirkte auf vielfältigste Art bedrohlich. Der Traum drehte sich in diffuser Weise um Papier, Akten, Bücher, Schreibmaschinen, Computer, einfach um alles Erdenkliche, was mit dem geschriebenen Wort zusammenhing. Alles stürzte über ihm zusammen und begrub ihn unter sich.

Auch in den folgenden Tagen kreisten Mehmets Gedanken um das Asylgesuch. Manchmal verharrte er in stundenlangem Grübeln, getrieben von gegensätzlichen Stimmungen. Einmal konnte er am Morgen nicht aufstehen. Er fühlte sich niedergeschlagen, ein dumpfes Gefühl, keine Zukunft zu haben, bedrückte ihn. Es weitete sich zu einem entsetzlichen Grauen aus. Gegen Mittag kehrte die Hoffnung zurück, und er konnte aufstehen. Er wünschte sich, sein Dossier möge in die Hände eines Beamten geraten, der sein Land kannte und wie ein Spurenleser vorging: Spurenleser versetzen sich in das Tier hinein, dessen Fährte sie verfolgen.

Unerwartetes Wiedersehen

Mehmet litt unter der Einsamkeit. Es war schwer, Freundschaften zu knüpfen. Aus Gewohnheit und sprachlichen Gründen kamen von all den Menschen, denen er begegnete, ohnehin nur Kurden, vielleicht auch der eine oder andere Türke, in Frage. Es passierte Mehmet regelmässig, dass er sich mit jemandem anfreundete und dass dieser nach einiger Zeit bereits wieder umquartiert wurde. Mit wenig Geld war es so gut wie unmöglich, den Kontakt weiterhin aufrechtzuerhalten. Deshalb verliefen Freundschaften meistens im Sande.

So ging es ihm mit Zinar. Einige Wochen, nachdem sie das erste Mal bei einem Mittagessen miteinander geredet hatten, unternahmen sie entlang der Aare einen Spaziergang. Es war ein lauer Herbstnachmittag. Die Luft roch nach Wasser und frisch gemähtem Gras. Es war das erste Mal seit seiner Flucht, dass sich Mehmet einem Menschen so nahe fühlte und ihm auch genügend vertraute, sodass er es wagte, freimütig aus seinem Leben zu erzählen. Zinar erwiderte die Offenheit und weihte Mehmet seinerseits in persönliche Geheimnisse ein. Vielleicht war er ihm früher sogar schon einmal begegnet, denn Zinar kam aus Otuzgöl, jener Stadt, in welcher Mehmets Vater einst beinahe von der aufgebrachten Menge erschlagen worden wäre.

Mehmet entdeckte mit Erstaunen, dass Zinar Ähnliches widerfahren war wie ihm selbst. Er, Mehmet, war nicht der Einzige, der die Kurdenguerilla unterstützt hatte und deswegen nun büssen musste. Zinar hatte es jedoch ungleich härter getroffen.

Sie setzten sich auf eine Bank. Vor ihnen schwammen einige Enten.

Zinar hatte in Otuzgöl eine kleine Schneiderei betrieben. Gelegentlich, nicht so regelmässig wie Mehmet, gab er einem Verwandten, von dem er wusste, dass er bei der Guerilla war, Kleider, die er genäht hatte. Eines Tages nahm ihn die Polizei deswegen fest und folterte ihn fünf Tage lang. Das Schlimmste war das Wasserbad. In einem eiskalten Wasserbecken musste Zinar nackt zwei schwere Sandsäcke herumtragen. Als die Polizei aus ihm nichts herausbrachte, drückten sie seinen Kopf unter Wasser, bis er fast erstickte. Als er endlich aus dem Becken steigen durfte, spritzte ihn ein Mann mit einem harten Wasserstrahl ab. Nur dank guten Verbindungen eines Verwandten zu einem Polizeioffizier, der ein starker Raucher war, kam Zinar nach einer Woche frei. Nebst Geld gab ihm der Verwandte einige Kisten kubanischer Zigarren.

Zinars Schicksal stimmte Mehmet zufrieden. Er war noch glimpflich davongekommen.

Ein paar Monate später musste Zinar das Zentrum verlassen. Mehmet bekam nur noch eine Ansichtskarte von ihm. Er schrieb, er lebe hinter einem grossen Berg, den er mit dem Zug in einem Tunnel durchquert habe. Er wohne in einem Haus am Rande von Acquacalda, einem kleinen Dorf, in einem sonnigen Tal. Es gebe dort heisse Quellen. Die Ansichtskarte zeigte eine kleine, wunderschöne mittelalterliche Kirche, die am Berghang in einer Waldlichtung stand und der heiligen Jungfrau Maria geweiht war. Oben links stand «Bleniotal».

Immer wieder schwirrte das Wort «beweisen» durch Mehmets Kopf. Es nahm von ihm Besitz. Genauso wie damals die Schuhe, die Guerilla und die Sicherheitskräfte, die zu einer Obsession geworden waren. Er ging die Asylbefragungen durch und glaubte sich zu erinnern, dass er schon in der Empfangsstelle danach gefragt worden war. Auch die Beamtin mit der Dauerwelle hatte ihn ausdrücklich wieder darauf angesprochen.

Für Mehmet wurde es immer unerträglicher, dass er mit leeren Händen dastand. Empfindet man seine Behauptungen in den Amtsstuben nicht als leer?

In der ersten Nacht nach Zinars Abreise träumte Mehmet, er werde das dritte Mal verhört. Der Beamte, der ihn befragt, trägt eine Krawatte, auf die ein Krokodil gestickt ist. Immer, wenn der Beamte ihm eine Frage stellt, sieht Mehmet nur noch das Krokodil, das eine dreidimensionale Gestalt annimmt und nach ihm schnappt, wenn er die Antwort gegeben hat. Einmal muss er brüsk zurückweichen, um nicht gebissen zu werden, sodass er mit dem Stuhl nach hinten kippt. Vom Schlag auf den Boden schmerzt der Kopf. Der Beamte fährt fort, als ob nichts geschehen wäre. Am Schluss des Verhörs erwischt das Krokodil einen seiner Füsse, hebt ihn hoch und schleudert Mehmet in weitem Bogen weg. Krachend fliegt er durch die Fensterscheibe und landet nach einem langen Flug durch eine frostige Wolke in einem heissen Thermalbad. Als Mehmet gurgelnd und nach Atem schnappend aus dem Wasser auftaucht, steht sein einstiger Freund Zinar mit Frack und Zylinder am Rand des Bassins und serviert ihm freundlich Tee.

Am nächsten Morgen erfuhr Mehmet von seinen Zimmergenossen, dass er geschrieen und mit den Beinen gestrampelt habe. Jetzt musste er handeln und dabei umsichtig vorgehen. Noch am gleichen Tag telefonierte er Mustafa. Er gab ihm die Nummer der Unterkunft und hängte wieder auf. Am nächsten Vormittag, gegen zehn Uhr, rief Mustafa zurück. Mehmet bat ihn, seinem Vater mitzuteilen, er brauche einen Beweis, um Asyl zu bekommen. Es müsse irgendetwas Offizielles sein, worauf schwarz auf weiss stehe, dass er polizeilich gesucht werde. Er solle ihm das Papier ohne Absender zuschicken. Mustafa versprach, sein Möglichstes zu tun. Mehmet war zufrieden und schöpfte ein wenig Hoffnung. Als er sich nach seiner Familie erkundigte, antwortete sein Freund ungewohnt wortkarg und ausweichend. Mehmet war überzeugt, dass er ihm etwas vorenthielt. Das Einzige, was er preisgab, war, dass die Polizei die Werkstatt mitsamt Werkzeugen, Werkstoffen und fertigen Schuhen verschlossen und versiegelt habe. Das überraschte Mehmet keineswegs, entsprach dieses Vorgehen doch der ruinösen Strategie der Sicherheitskräfte. Aber trotzdem traf ihn die Neuigkeit mit voller Wucht. Die Schuhwerkstatt war die wirtschaftliche Grundlage seiner Familie gewesen. Mehmet wusste sofort, dass sein Vater sein Geschäft nicht ein drittes Mal an einem anderen Ort eröffnen würde. Sein Bruder Reçep war drei Jahre jünger als er. Er musste jetzt als Ernährer in die Bresche springen. Er hatte sich nie für den Schuhmacherberuf interessiert. Mitte des vergangenen Jahres hatte er bei einem Schmied eine Lehrstelle gefunden. Vielleicht würde er dort bald voll verdienen.

Aber irgendetwas stimmte zu Hause nicht.

Mehmet fragte sich oft, wie es seiner Familie ging. Er hatte seinen Angehörigen noch nie geschrieben. Auch telefoniert hatte er nur äusserst selten. Dabei war wenig gesprochen worden. Es waren nicht mehr als eine Art gegenseitiger Klopfzeichen von Eingesperrten. Spartanische Botschaften, dass sie noch am Leben waren. Er hatte ihnen nur verraten, dass er sich in Europa aufhalte.

Jetzt zweifelte er am Sinn seiner Zurückhaltung. Wovor schütze ich mich und meine Familie? Er kam zu keinem Ergebnis. Seine Gedanken bewegten sich in einem Teufelskreis. Er spürte nur eine brennende Ungeduld. Er beschloss, am nächsten Tag seine Eltern anzurufen und mit ihnen offener zu reden. Er wollte es nicht gleich tun, sondern noch eine Nacht darüber schlafen.

Am nächsten Morgen nach dem Frühstück ging Mehmet in die Telefonkabine und rief zu Hause an. Jemand meldete sich mit «Ja».

Mehmet erkannte die Stimme seines Vaters.

«Guten Tag Vater, ich bins, Mehmet.»

Sein Vater schwieg lange. Er brachte kein Wort heraus.

«Ich bin in der Schweiz. Wie geht es euch?»

«Du bist es Mehmet!», sagte sein Vater mit matter Stimme. «Es ist gut, deine Stimme zu hören. Wie geht es dir?»

«Bei mir ist alles in Ordnung. Und bei euch?» Sein Vater sagte wiederum nichts. Mehmet vernahm nur einen leisen Seufzer.

«Deine Mutter ist nicht zu Hause. Willst du mit Güldeniz sprechen?»

«Ja sicher.»

Mehmet hörte, wie sein Vater nach Güldeniz rief.

«Du hast lange auf dich warten lassen, Mehmet», sagte Güldeniz. «Wir waren alle in grosser Sorge um dich.»

«Mir geht es gut. Und euch?»

«Hier ist die Hölle los», sagte sie mit schluchzender Stimme. «Die Polizei fragt immer wieder nach dir. Sie quälen Vater und

114

Reçep. Sie haben das ganze Haus durchsucht. Es war furchtbar. Sie haben sogar mit Messern in die Matratzen gestochen. Dann haben sie uns alle mitgenommen.»

«Mitgenommen?», fragte Mehmet aufgeregt.

«Ja, aber nicht so lange wie dich. Wir konnten am gleichen Tag wieder nach Hause.»

Die Treibjagd ist im vollen Gange, dachte Mehmet. Seine Befürchtungen bestätigten sich.

«Haben sie euch etwas angetan?»

«Uns Frauen und Vater nicht. Nur Reçep», wimmerte Güldeniz.

«Ist noch jemand zu Hause?»

«Nein, nur Vater und ich. Ich bin gerade am Kochen. Vater hat es sicher nicht gern, wenn ich dir alles erzähle. Für ihn ist die Hauptsache, dass du in Sicherheit bist. Lass wieder mal etwas von dir hören, Mehmet.»

«Grüss die anderen.»

Mehmet spürte, dass er das Gespräch beenden musste. Er hielt es nicht länger aus.

«Leb wohl, Güldeniz», sagte er und hängte auf.

Eine Weile noch stand Mehmet wie gelähmt in der Kabine. Er fühlte sich schuldig für das ganze Leiden, das man seiner Familie seinetwegen zufügte.

Draussen wartete schon seit einer Weile eine Tamilin. Mehmet verliess die Kabine und rauchte eine Zigarette. Er entschloss sich, spazieren zu gehen. Ein heftiger Wind blies und zerzauste ihm die Haare. Es sah aus, als ob es am Nachmittag regnen würde. Mehmet nahm die Jacke unter den Arm.

Seine Vergangenheit hatte ihn erneut eingeholt.

Ein Jahr verging, ohne dass sich in Mehmets Leben etwas Aussergewöhnliches ereignete. Der Sommer war kurz und heiss, und der Herbst zeigte sich von seiner milden Seite. Zum ersten Mal in seinem Leben nahm Mehmet die Veränderungen in der Natur bewusst war. Vor allem das farbige Laub der Bäume kam ihm wie ein Wunder vor. Er hatte einen kalten Winter erwartet. Zu seiner Überraschung fiel wenig Schnee, und es gab viele Tage, an denen er mit leichten Kleidern spazieren gehen konnte. Aber es regnete oft, und die trüben Tage drückten auf seine Stimmung.

Während dieser Zeit bekam er weder Post von zu Hause noch von der Flüchtlingsbehörde. Es herrschte überall Schweigen, und Mehmet wusste nicht warum. Sein Vater deutete am Telefon nur an, dass bezüglich des von ihm gewünschten Beweismittels etwas im Gange sei.

Zu Hause ging die Suche nach ihm weiter. Der Druck auf die Familie, vor allem auf den Bruder Reçep wurde aufrechterhalten, wie er von Mustafa erfuhr. Zum Glück konnte Reçep seine Stellung in der Schmiede verbessern. Sein Meister anerkannte seine Fortschritte und zahlte ihm einen höheren Lohn.

Dann kam der Frühling.

Im Juni erfuhr Mehmet, dass an einem Samstag auf dem Bundesplatz in Bern etwas los sei. Der alljährliche Flüchtlingstag finde statt.

Auf dem Platz vor dem Bundeshaus stand eine grosse Holzbühne. Es war angenehm warm. Am Himmel zeigten sich nur vereinzelte schneeweisse Wölkchen, die an Wattebäusche erinnerten. Es herrschte ein reges Treiben. Die Morgensonne warf ihre langen Schatten. Überall gab es Marktstände, wo Flüchtlinge aus der ganzen Welt Esswaren, Bücher und Broschüren verkauften. Hinter einer grossen Pfanne, in dem ein Curry-Gericht zubereitet wurde, standen Sikhs, die farbenfrohe Turbane trugen. Eine Gruppe aus Chile verkaufte im Olivenöl gebratene Teigtaschen, die mit scharf gewürztem Hackfleisch, Zwiebeln und Bohnen gefüllt waren. «Chili con carne», rief eine kleine Frau mit einer tiefen, rauchigen Stimme, als Mehmet vorbeiging. Weiter hinten stand ein Türke neben einem Döner Kebab. Mit einem langen, spitzen Messer schnitt er kleine Stücke vom Spiess ab, legte sie auf eine Brotschnitte, während eine Frau Münzen aus ihrem Portemonnaie klaubte.

Gerade als Mehmet beim Stand der Tibeter, die Frühlingsrollen feilboten, angekommen war, wurde per Lautsprecher der offizielle Teil der Festlichkeit in mehreren Sprachen, auch in Türkisch, angekündigt. Erst jetzt sah Mehmet, dass sich auf der Holzbühne Leute eingefunden hatten. Den Hintergrund bildete die mit Geranien geschmückte Fassade des Bundeshauses.

Der erste Redner war der Vertreter des Staates. Während seiner Rede, die er mit feierlicher, manchmal pathetischer Stimme vortrug, schob er immer wieder die fein geränderte Brille, die den Nasenrücken hinuntergerutscht war, zurück. Manchmal hob er den Blick vom Blatt und sah in die bunt zusammengewürfelte Zuhörerschar, um einem Gedanken Nachdruck zu verleihen. Ein paar Dolmetscher nutzten die Redepause und übersetzten, vielfach nur zusammenfassend, aber immer bemüht, den Tonfall wiederzugeben. Mit sonorer Stimme erinnerte der Autoritätsträger an die Ideale der Brüderlichkeit und Freiheit, denen sein Land immer schon, auch in schwierigen Zeiten, verpflichtet gewesen sei. Mit dem feierlichen Gelöbnis, sein Land werde allen wahrhaftig Verfolgten Schutz gewähren, woher sie auch kämen, beendete er die Rede. Ein kurzer Applaus begleitete ihn auf dem Weg an seinen Platz zurück.

Dann stellte sich eine Frau hinter dem Rednerpult auf, an dem Mehmet jetzt ein Plakat auffiel. Es zeigte eine Wandinschrift «Refugee go home». Darunter der Text: «He would if he could.» Mehmet verstand die Worte nicht.

Die Vertreterin der weltlichen und religiösen Flüchtlingshilfeorganisationen begann zu sprechen. Mit schriller Stimme prangerte sie die Staatsoberhäupter an, welche die Menschenrechte am offensichtlichsten mit Füssen traten. Es war eine lange Liste, darunter die Türkei, überhaupt alle Länder, in denen sich die angestammten Siedlungsräume der Kurden befinden. Von den anderen Ländern kam Mehmet nur Mexiko bekannt vor. Dann warb die Rednerin beim Schweizervolk um Verständnis für die Aufnahme der Flüchtlinge, auch wenn sie in Strömen kämen. Die weltweite Zwangsmigration sei die Kehrseite der Globalisierung. Sie verlangte vom Staat in der Asylpolitik mehr Distanz zu jener wankelmütigen, leicht beeinflussbaren Volksmeinung, welche das Asylrecht einschränken wolle. «Auch in unruhigen Zeiten brauchen wir mehr Treue der Regierung zum Asylgesetz», rief sie aus. «Ansonsten verkommt es zu einer scheinheiligen Fassade und legitimiert eine Politik, die nur einen Namen kennt: Niccoló Machiavelli!»

Tosender Beifall.

«Saluti dal principe!», schrie jemand in der Menge, von dem Mehmet nur den hochgestreckten, schwarz behaarten Arm und die Faust sah.

Es trat noch ein dritter Redner auf, ein Mann mit einem schwarzen Anzug, darunter ein ebenso schwarzes Hemd mit einem schwarzweissen Stehkragen. Mehmet hörte ihm nicht mehr zu, da er Hunger hatte und am chilenischen Stand ein Chili con carne kaufte. Auch ihm wurde heftig Beifall geklatscht, nachdem seine Rede in verschiedene Sprachen übersetzt worden war. Auch Mehmet, der sich der Tribüne wieder genähert hatte, schloss sich dem Applaus an. Ein paar junge Männer vor ihm blickten auffällig schräg nach oben. Erst jetzt bemerkte Mehmet die Schaulustigen, die unter den Fenstern der Gebäude standen, die den Platz umgaben.

Nach den Reden führten Frauen Tänze auf der Bühne vor. Mehmet gefiel eine südamerikanische Musikergruppe besonders. Mit zwei Panflöten, einem Charango, dessen Resonanzkasten aus dem Panzer eines Gürteltieres bestand, einer Gitarre und einer südamerikanischen Harfe begleiteten sie den Sänger, der ein Lied von Victor Jarra sang. Zum Rhythmus eines nachfolgenden Liebesliedes tanzten Frauen in bunten, langen Röcken, während die Männer schwarze Hosen, reich bestickte Westen aus Baumwolle und weisse Hemden trugen.

Nach einem Kinderchor aus Kosovo trat eine kurdische Tanzgruppe auf. Die Reihe der kurdischen Frauen mit langen, okerfarbenen Röcken und marineblauen Kopftüchern sah Mehmet zuerst nur von hinten. Ihnen gegenüber standen die Männer, von denen Mehmet nur die blau und rot karierten Turbane sah, welche über die Frauen hinausragten. Dann begann der Tanz. Die Reihen der Männer und Frauen näherten sich einander, entfernten sich wieder und lösten sich auf, sodass sich neue Tanzpaare formierten. Jetzt zeigten sich auch die Männer mit grasgrünen Hemden, Pluderhosen und dunkelbraunen, über der Brust gekreuzten Schärpen. Die Frauen umkreisten sie. Dabei streckten sie einen Arm in die Höhe und berührten sich an den Fingerspitzen.

Auf einmal blieb Mehmets Blick an einer Frauengestalt hängen. Die Art, wie sie sich bewegte, machte ihn zuerst neugierig, dann stutzig. Irgendwie kam sie ihm bekannt vor.

Plötzlich spürte Mehmet, wie sein Herz zu pochen anfing. Ist es Ayşe? Die Frage zuckte durch seinen Kopf und sein Herz raste. Bilder von Birgüls Hochzeit flimmerten vor der Hitze seines inneren Auges. Er drängte sich näher an die Bühne heran, hin und her gerissen, ob sie es war. Jetzt war er bis auf einige Meter an der Bühne herangetreten.

Sie war es, Ayşe, leibhaftig, in greifbarer Nähe.

Mehmet liess sie nicht mehr aus den Augen. Endlich hörte die Musik auf. Begeistert klatschte er mit. Strahlend kam die Gruppe von der Bühne herunter. Nun stand Ayşe direkt vor Mehmet. Sie reagierte nicht, obwohl ihr Blick ihn streifte.

«Guten Tag, Ayşe», sagte Mehmet zum Gruss.

Ayşe zögerte, hielt einen Finger an den Mund, wie um ihrer Erinnerung einen Halt zu geben, und schüttelte leicht den Kopf.

«Damals … an Birgüls Hochzeit … haben wir uns das erste Mal gesehen», sagte Mehmet und geriet ins Stottern. Er spürte seine Enttäuschung und konnte sie kaum verbergen.

«Ach wirklich, Augenblick mal …», sagte sie.

«Es war unsere einzige Begegnung …», versuchte Mehmet, ihrer Erinnerung nachzuhelfen.

«Ach natürlich, du bist Khesals Neffe», rief Ayşe endlich aus und lachte. «Welche Überraschung, dich hier zu treffen! Aber deinen Namen habe ich vergessen.»

«Ich bin Mehmet … Kayguzuz.»

Ayşe musterte ihn aufmerksam. Es entstand eine Pause.

«Jetzt erinnere ich mich. Das ist aber lange her, seit Birgül geheiratet hat. Gehen wir doch weg von hier, in ein Café», schlug Ayşe kurz entschlossen vor. «Dann können wir uns in Ruhe unterhalten. Warte hier, ich muss mich zuerst noch umziehen.»

Sie liess Mehmet stehen und verschwand hinter der Bühne. In Gedanken verweilte Mehmet an jenem Hochzeitstag. Er sah Ayşe in ihrem roten glitzernden Kleid vor sich. Warum ist sie plötzlich hier? Ist sie immer noch mit Cumhur zusammen?

«Da bin ich wieder», sagte Ayşe und sah ihn lächelnd an. Sie trug eine weisse Hose und rote Schuhe. Unter der offenen, violetten, mit Nelken verzierten Bluse bemerkte Mehmet ein schwarzes, eng anliegendes Leibchen aus Baumwolle. Sie sah gut aus.

«Kennst du einen Ort, wo wir in Ruhe sprechen können?», fragte Mehmet.

«Ja, komm!»

Sie bahnten sich einen Weg durch die Menge. Durch eine schmale Gasse kamen sie zur Marktgasse. Von links, aus dem Durchgang des Bärenturms, nahte sich ein grünes Tram und versperrte ihnen den Weg. Sie bogen nach rechts unter die Lauben. Am Ende hielt Ayşe an und zeigte durch ein Fenster in das Innere eines Raumes. Neben ihnen stand eine Strassenmusikantin und spielte auf einer Querflöte. Mehmet beobachtete einen Moment ihr lebhaftes Gesicht.

«Hier ist ein Café. Da könnten wir hineingehen», schlug Ayşe vor.

Mehmet nickte und warf einen Blick ins Innere des Cafés. Er sah nur wenige Gäste. Beim Eintreten schlug ihnen der Geruch von frischer Farbe entgegen. Ayşe und Mehmet setzten sich in eine Ecke neben eine antike Kaffeemaschine. Touristen scherzten lautstark miteinander, in einer auch für Ayşe unverständlichen Sprache.

Ein indischer Kellner nahm die Bestellung auf. Ayşe verlangte die Getränkekarte. Ayşe blätterte unschlüssig darin. Mehmet wunderte sich darüber, dass hier Getränkekarten wie wertvolle Bücher in Leder eingebunden waren. Er war glücklich, Ayşe ganz für sich zu haben, wenigstens für eine Viertel- oder halbe Stunde, wie er dachte. Der Zufall hat uns zusammengebracht. Mehmet dachte darüber nach, ob Zinar Recht hatte. Er hatte Mehmet immer wieder erklärt, es gäbe keine Zufälle. Alles habe seinen Sinn. Das Leben des Menschen sei vom Schicksal vorbestimmt.

Ayşe winkte den Kellner herbei und bestellte ein Glas Orangensaft.

«Ich darf dich doch einladen, Mehmet?», sagte sie.

«Ich sage nicht nein.»

«Was hat dich hierher gebracht?», fragte Ayşe und blickte Mehmet direkt in die Augen, als wolle sie seine Stärken und Schwächen einschätzen.

Mehmet rückte den Stuhl vom Tisch weg, um sich Luft zu verschaffen. Diese Frage berührte ihn immer noch unangenehm. Es fiel ihm auch sonst nicht leicht, über sich selbst zu sprechen. Über die Zeit seit seinem Engagement für die Guerilla hatte er, ausser mit Zinar, dem geflohenen Schneider, noch nie ohne äusseren Anlass gesprochen. Mustafa hatte er alles freimütig, aber nur unter dem Zwang seiner damaligen Notlage mitgeteilt. Birgül und Metin hatten ihn nie nach Einzelheiten gefragt. Und hier hatte er sich über seine Geschichte nur im Rahmen von Verhören geäussert.

Mehmet wusste, dass er Ayşe die gleiche Frage stellen würde, denn er kannte ihre Gründe, die sie in die Schweiz geführt hatten, ebenso wenig wie sie die seinen. Er spürte, ohne dass er es hätte in Worte fassen können, dass er Ayşe vertrauen konnte.

So begann er zu erzählen. Er fing an bei Birgüls Hochzeit. Ayşe stellte ab und zu eine Zwischenfrage. Meistens aber hörte sie zu, umfasste manchmal das Glas mit beiden Händen. Hie und da hob sie es hoch und nippte daran. Manchmal hatte Mehmet das Gefühl, Ayşes nachdenkliche Blicke ruhten auf seinem Gesicht, und mehr als einmal dachte er, wenn ihr Blick sich zur Decke richtete, dass seine Geschichte in ihr das Bedürfnis auslöste, nach ähnlichen Bildern in ihrer eigenen Erinnerung zu forschen. Als Mehmet zu Ende gekommen war, sagte er:

«Jetzt bin ich aber neugierig, zu erfahren, was dich hierher gebracht hat.»

«Das wirst du gleich wissen. Ich habe immer gedacht, Cumhur sei der Einzige, der Glück im Unglück gehabt hat. Zu dieser Sorte gehörst auch du, wie ich eben vernommen habe. Wenn ich mir vorstelle, was euch beiden passiert wäre, wenn sie euch erwischt hätten.»

«Wer ist Cumhur?», fragte Mehmet mit gespielter Neugier, als höre er den Namen zum ersten Mal. Dabei erinnerte er sich nur allzu gut an Birgüls Hochzeit in Otuzgöl und an den Nachbartisch, an dem über die beiden geklatscht worden war.

«Das ist wahr. Du kennst ihn ja gar nicht, er ist mein Mann. Er war nicht an der Hochzeit.»

«Ach so», brachte Mehmet matt heraus. Er gestand sich ein, dass er gehofft hatte, die Ehe wäre wirklich auseinander gebrochen, wie jemand am Tisch behauptet hatte. Er gab sich innerlich einen Ruck: «Du spannst mich gewaltig auf die Folter. Sag mir, was passiert ist!»

Ayşe zögerte einen Moment. Ihr Gesicht verlor die Heiterkeit. Sie presste ihre Lippen zusammen und holte tief Luft, als müsse sie gegen einen inneren Widerstand kämpfen.

Doch dann vertraute sie Mehmet die Geschichte ihrer Flucht an. Es war eine Geschichte aus einer Welt, die Mehmet wenig kannte.

«Eines Abends, als sich Cumhur auf einer Geschäftsreise befand, drang ein Militärkommando in unsere Wohnung ein. Wir wohnten unter dem gleichen Dach wie Cumhurs Vater», begann Ayşe. «‹Wo ist der Cumhur, der Landesverräter?›», schrie mich der kommandierende Offizier an. ‹Irgendwo auf einer Geschäftsreise›, stammelte ich. Ich wusste nicht, weshalb Cumhur Landesverrat begangen haben sollte. Die Soldaten durchsuchten das ganze Haus. Als sie Cumhur nicht fanden, nahmen sie seinen Vater, einen angesehenen Bauunternehmer mit, schlugen ihn und befahlen ihm, sich auf dem Gendarmerieposten zu melden, sobald er wisse, wo sein Sohn sei.»

«Haben sie dich auch geschlagen?», fuhr Mehmet dazwischen und dachte an seine eigenen Familienangehörigen, die seinetwegen bedrängt wurden.

«Nein. Mich haben sie nicht angerührt. Am gleichen Abend rief mich Cumhur an. Auch er wusste nicht, warum ihm als Unteroffizier Landesverrat vorgeworfen wurde. Er kontaktierte sofort einen hochgestellten Militär, mit dem er befreundet war. Dieser musste seinerseits Informationen einholen. Und dann, nach Tagen der Ungewissheit, kam folgende Geschichte heraus.»

Ayşe hielt kurz inne, seufzte und bestellte ein neues Glas Orangensaft. «Willst du auch noch etwas zu trinken?», fragte sie Mehmet. Dieser schüttelte den Kopf und sah zu der Touristengruppe hinüber. Alle redeten gleichzeitig in gebrochenem Englisch auf den Kellner ein, damit er ein Foto von ihnen schiesse.

«Damals, unmittelbar bevor die Generäle die Macht übernommen haben», fuhr Ayşe fort, «ist Cumhur in ein militärisches Geheimnis eingeweiht worden. Ungewöhnliche militärische Bewegungen in der Hauptstadt waren im Gange: Truppenteile wurden in die Kasernen der Hauptstadt verlegt, überall waren militärische Wach- und Kontrollposten aufgestellt. Sein Chef arbeitete für den Generalstab, der den Militärputsch vorbereitete. Cumhur war sein Chauffeur. Während einer Dienstfahrt sprach Cumhur seinen Vorgesetzten auf die ungewöhnlichen Vorgänge an. Da verriet ihm der Offizier den Putschplan der Armeeführung und den Zeitpunkt seiner Realisierung.»

Mehmets Gedanken schweiften für einen Moment ab. Er überlegte, dass Cumhur erheblich älter sein musste als Ayşe. Er dachte an den Tag, als Remzi während der Rede des Generalstabchefs verschwunden war. Ayşe musste damals wie er ein Kind gewesen sein.

«Cumhur selbst war nicht politisch tätig. Aber er interessierte sich für Politik. Ein Onkel, der ihm nahe stand, machte in der Dev Sol mit. Das ist eine illegale Splitterpartei mit einem militärischen Arm. Cumhur warnte seinen Onkel sofort, worauf sich dieser ins Ausland absetzte. Irgendwo musste er einen Asylantrag gestellt haben, der Jahre später abgelehnt wurde. Jedenfalls wurde der Onkel aus Europa in die Türkei zurückgeschafft. Auf dem Flughafen nahm man ihn fest und folterte ihn, bis er seinen Informanten, eben Cumhur, verriet. Das Geständnis brachte die Fahndung nach Cumhur ins Rollen.»

«Warum muss uns immer die Verwandtschaft ins Verderben stürzen, bei Cumhur der Onkel, bei mir der Cousin?», warf Mehmet ein.

«Cumhur konnte eben das Maul nicht halten, so wie du, als du deinem Cousin vom Schuhmachergeschäft erzählt hast.»

«Und wie verlief seine Flucht?»

«Man kann sich die Geschichte fast selbst zu Ende denken. Stell dir vor, die hätten Cumhur erwischt, und er hätte unter der Folter den Offizier verraten! Dann wäre dieser als Landesverräter drangekommen. Das wusste er sehr genau. Seit dem Putsch war er in der Armee aufgestiegen. Jetzt bangte er um seine berufliche Stellung, und seine Freiheit stand auf dem Spiel. Militärischer Geheimnisverrat ist für die Militärs das Schlimmste!»

Mehmet wiegte skeptisch den Kopf: «Es gibt noch Schlimmeres ... »

Aber Ayşe ging nicht darauf ein.

«Der Offizier befahl Cumhur, das Land sofort zu verlassen. Er war äusserst aufgebracht, sogar wütend und drohte meinem Mann mit Vergeltung, sollte er ihn je als Quelle seiner damaligen Information verraten. Um seinen eigenen Kopf zu retten, besorgte er meinem Mann einen Pass und wies einen Vertrauten an, ihn in Izmir durch die Grenzkontrolle auf ein Schiff zu schleusen, das ihn nach Italien brachte.»

Mehmet dachte an Mustafa, welcher den Seeweg als zu riskant betrachtet hatte. Man sei die ganze Zeit im Bauch eines Schiffes eingeschlossen, hatte er behauptet. Wenn Cumhur die Flucht gelang, hätte nicht auch er den billigeren Seeweg nehmen sollen?

«Und was hast du gemacht?», fragte Mehmet.

«Ich blieb im Land. Ich wollte meine Ausbildung als Grundschullehrerin beenden. Ich musste zwei Pflichtjahre in der Schule eines kurdischen Dorfes absolvieren. Du bist Kurde, nehme ich an?»

«Ja, du doch auch!»,

«Ich selbst bin nicht im kurdischen Teil unserer Landes aufgewachsen. Ich habe nur zur Hälfte kurdisches Blut in mir.»

«Von wem?»

«Mein Vater ist Kurde. Aber das türkische Blut, das heisst der Einfluss meiner Mutter auf mich war lange Zeit stärker. Die Mutter hat meine Jahre der Kindheit und Jugend geprägt. Erst im Praktikum als Lehrerin bin ich mir meiner kurdischen Wurzeln bewusst geworden, zuerst über meinen Verstand, dann über meinen Bauch», erläuterte Ayşe stolz.

«Haben dich die beiden Welten nicht durcheinander gebracht?»

«Natürlich. Der Riss geht mitten durch mein Herz. Ich bin jetzt daran, das alles nochmals durchzuschütteln. Ich will auch Schweizerin werden. Ich bin von meiner Abstammung und meinem Schicksal her ein ausgesprochenes Patchwork.» Ayşe zwinkerte Mehmet zu und fuhr fort: «Du bist auch schon auf dem Weg zur zweiten Identität.»

«Das ist auf jeden Fall noch nicht ausgemacht. Ich weiss nicht, ob ich hier bleiben darf.»

«Willst du noch etwas trinken?», fragte Ayşe mit einem Blick auf sein leeres Glas.

Mehmet nickte.

«Als ich einmal an der Beerdigung eines Schülers teilnahm, der sich der Aufstandsarmee in den Bergen ...» Ayşe beendete den Satz nicht und machte eine Pause, die Mehmet künstlich und seltsam anmutete. «Wie heissen die Kämpfer doch?», fragte sie dann.

«Wohl die PKK?»

«Ja richtig, ... der PKK hatte er sich angeschlossen. Nach seiner Rückkehr ins Dorf war der Junge ermordet worden. Der Friedhof war von der Armee umstellt, ein Geheimdienstler filmte die Beerdigung mit einer Videokamera. Als ich den Friedhof verliess, warnte mich ein Offizier, ein weiteres Mal an einer ähnlichen Veranstaltung teilzunehmen.»

Der Kellner servierte Mehmet den Tee. Ayşe hob ihr Glas, nahm daraus einen Schluck und stellte es geräuschlos auf die Papierserviette zurück.

«Die unverhohlene Drohung des Kontrollpostens hat mich radikalisiert. Ich schloss mich einer Lehrergewerkschaft an, die für den nationalen Dialog mit der kurdischen Guerilla eintritt.»

«Grossartig, wie mutig von dir», entfuhr es Mehmet.

«Ich bin ja auch Kurdin. Eine innere Kraft drängte mich dazu.»

«Hast du dich von der Drohung wirklich nicht beeindrucken lassen?», wollte Mehmet wissen.

«Vorerst nicht. Ich engagierte mich weiter bei der Gewerkschaft. Bis zu jenem Tag, als mich zwei Agenten in Zivil vor dem Gewerkschaftslokal erwarteten. Sie sagten zu mir: ‹Du gehörst doch zu uns. Wir verstehen nicht, warum du dich um Leute kümmerst, die mit den Terroristen gemeinsame Sache machen. Wenn du schon Interesse an der Politik hast, arbeite für unsere gerechte Sache. Wenn du mir regelmässig darüber berichtest, was sich in deinem Dorf ereignet, du weisst schon, werden wir dich fürstlich belohnen. Du verstehst uns doch, nicht war? Es wäre schön von dir, wenn du in zehn Tagen zusagen würdest.›

Als ich ein paar Tage später mit Cumhur telefonierte, beschwor er mich, endlich zu ihm zu kommen. Ich war damals unentschlossen, ja hin und her gerissen. Mein Pflichtgefühl drängte mich, an meiner Schulstelle zu bleiben und meinen Lebensweg, der sich inzwischen langsam zu einem Kampf entwickelte, weiterzuführen. Ich spürte aber auch die Sehnsucht, nach Jahren der Trennung Cumhur zu folgen. Nach zwei schlaflosen Nächten schrieb ich einen kurzen Abschiedsbrief, den ich nach dem Unterricht auf meinem Pult liegen liess.»

Ayşe hielt ein paar Augenblicke inne. Es war, als ob sie den Brief vor sich sähe. Dann atmete sie tief durch und fuhr mit ungewohnter Hast fort, als wolle sie schnell über das Thema hinwegkommen.

126

«Ich kam mir feige, verantwortungslos vor, als ich das Schulgebäude verliess, ohne meinen Schülern den Grund für mein Weggehen erklärt zu haben. Wie eine Diebin stahl ich mich noch am gleichen Tag aus dem Dorf, bestieg den Nachtbus nach Yüzgöl und fuhr zu meinen Eltern. Welch schlechtes Beispiel war ich meinen Schülern gewesen! Ich hatte immer von ihnen Rechenschaft für ihr Tun gefordert. Nun war ich einfach verschwunden, ohne mich im Geringsten zu erklären.»

«Aber Ayşe, das ist kein Grund für ein schlechtes Gewissen», tröstete sie Mehmet mit einer Entschiedenheit, die ihn selbst überraschte, da ihn Ayşes Vorgehen, ohne zu wissen warum, eigenartig anmutete. «Wie müsste ich mich schlecht fühlen, wenn ich so dächte wie du. Ich bin ja auch in einer Notsituation geflohen, um mein Leben zu retten. Du warst in Gefahr. Na also.»

Ayşe machte eine Pause. Mehmet war stolz, zum ersten Mal seit seiner Flucht jemanden trösten zu können. Erst jetzt fiel ihm auf, dass die Touristen weggegangen waren.

«Hast du nie daran gedacht, für dein Volk zu kämpfen?», fragte Ayşe unerwartet.

«Du meinst, … zur PKK … in die Berge zu gehen?»

«Ja, genau das meine ich.»

«Ich bin nicht fürs Soldatenleben geschaffen», antwortete er unwirsch und wich ihrem forschenden Blick aus.

«Wirklich nicht?», setzte Ayşe nach. «Arbeitest du hier etwa politisch für sie?»

«Nein, wie kommst du darauf? Nach all dem, was ich erlebt habe.» Mehmet sah Ayşe vorwurfsvoll an.

«Es war nur so ein Gedanke, es könnte ja sein.»

«Bisher bin ich in der Schweiz jedem Kontakt mit diesen Leuten aus dem Weg gegangen. Und so wird es auch bleiben», sagte Mehmet mit einer Entschiedenheit, die keine Widerrede zuliess.

Ayşes Augen nahmen einen merkwürdigen Ausdruck an, den Mehmet nicht deuten konnte.

«Wann bist du geflohen?», wollte Mehmet wissen.

Ayşe überlegte einen Moment, bevor sie antwortete: «Es ist etwas mehr als ein Jahr her.»

«Dann müssen wir fast gleichzeitig abgehauen sein.»

«Das ist wohl richtig.»

Das Gespräch geriet ins Stocken. Beide hingen mit gesenkten Blicken ihren eigenen Gedanken nach. Mehmet war von Ayşes Offenheit berührt. Der Zufall hatte einen Menschen in sein Leben treten lassen, mit dem ihn ein ähnliches Schicksal verband. Das Schweigen fühlte sich plötzlich schwer an. Mehmet war versessen darauf zu erfahren, wie es um Ayşe jetzt stand.

«Ich bin froh, nun die wahre Geschichte zu kennen», sagte er in Anspielung auf die Gerüchte, die über Ayşe an der Hochzeit seiner Cousine Birgül herumgeboten worden waren.

«Hast du schon etwas anderes über mich gehört?», fragte Ayşe überrascht.

«Man hat so manches über euch an Birgüls Hochzeit gemunkelt.»

«Das ist aber interessant. Erzähl!»

Mehmet zögerte. Plötzlich hatte er Zweifel, ob er die Sache richtig anpacke.

«An alle Einzelheiten kann ich mich nicht mehr erinnern», log er.

«Ach was, leg schon los! Wer A sagt, muss auch B sagen.»

«Nun, … die redeten etwas von … schlechtem Geschäftsgang und … Ehekrise. Aber da ist wohl nichts dran», mutmasste Mehmet und verbarg seine Hoffnung, das Gegenteil möge wahr sein, nur schlecht.

Aber Ayşe lächelte bloss und liess Mehmet im Unklaren. Ihr Blick schien in weiter Ferne zu verharren.

«Du musst unbedingt zu uns nach Hause kommen», schlug sie stattdessen vor. «Wie wäre es mit nächstem Mittwochabend? Da hat Cumhur meistens frei.»

«Ich bin nie in Zeitnot, gerne, abgemacht.»

Ayşe nahm aus der Handtasche ein dünnes Buch mit einem farbigen Stoffüberzug, riss ein leeres Blatt heraus und schrieb

Mehmet ihre Adresse und Telefonnummer auf. Auf einem Bierdeckel machte sie eine grobe Lageskizze.

«Vielen Dank. In welcher Sprache liest du eigentlich?», fragte Mehmet.

«Du meinst das hier?», Sie zeigte auf das dünne Buch mit dem farbigen Einband. «Das ist mein Tagebuch. Ich schreibe einmal auf in Türkisch, dann in Deutsch, je nach Lust und Laune.»

Sie legte das Tagebuch in die Tasche zurück. Für einen flüchtigen Augenblick überlegte Mehmet, auch Tagebuch zu führen. Vielleicht bekäme sein Alltag dadurch wieder mehr Sinn. Sogleich aber schob er den Gedanken wieder beiseite. Eine derartige Beschäftigung war ihm zu anstrengend.

Sie gingen zum Festplatz zurück. Dort stellte sich ihnen ein kleiner Mann mit schwarzen, schulterlangen Haaren, die zu einem Rossschwanz zusammengebunden waren, in den Weg. Er wandte sich an Ayşe:

«Guten Tag, Madame. Ich kann mir dieses farbige Armband, mit Ihrem Namen drauf, um kein schöneres Handgelenk vorstellen», schmeichelte er und zeigte ein marineblaues Band, worauf der Name «Simon Bolivar» gestickt war.

«Wirklich schön», rief Ayşe entzückt aus. «Willst nicht du so ein Armband?», wandte sie sich an Mehmet.

«Das ist nichts für mich», wehrte er ab.

Der Verkäufer hatte Ayşe bereits für sein Produkt eingenommen. Sie feilschten nur noch um den Preis. Als sie sich auf einen, von Ayşe geschickt heruntergehandelten Preis geeinigt hatten, sagte Ayşe zu Mehmet:

«Ich schenke dir ein Armband. Sag mir, was er darauf sticken soll.»

Als Mehmet keinen Vorschlag machte, mischte sich der Verkäufer ein:

«Ihr Freund ist sicherlich noch nicht lange hier, sonst könnte er ja mit mir sprechen. Ist er Flüchtling?»

«Ja.»

«Ich bin auch Flüchtling, inzwischen anerkannt und zwar

dank diesem Mann.» Er zeigte eine kleine schwarze Stofffigur. Die Kopfbedeckung liess einen schmalen Streifen mit zwei blauen Augen frei. Sie hielt ein Gewehr. «Subcommandante Marcos», sagte er stolz. «Ich bin Mexikaner und habe fünf Jahre auf die Anerkennung als Flüchtling gewartet, eine lange Zeit.»

Mehmet brauchte keinen Spiegel, um zu wissen, dass er ein erschrockenes Gesicht machte, nachdem Ayşe für ihn übersetzt hatte. Für ihn war schon ein Jahr eine Ewigkeit. Aber fünf Jahre?

«Jetzt habe ich eine Idee», platzte Ayşe zu Mehmet gewandt heraus. «Das Armband soll jedes Jahr eine neue Markierung bekommen. Wir schreiben das Datum deiner Ankunft hier drauf und jedes Jahr sticke ich dir einen Strich mit einer anderen Farbe. Das erste Jahr hast du ja bereits hinter dir, der erste Strich ist grün, die Farbe der Hoffnung.»

«Wenn du meinst», sagte Mehmet.

«Meine Zeitrechnung hier begann letztes Jahr am 15. April.»

Ayşe wandte sich an den Lateinamerikaner. «Gut, sticken Sie darauf: 15. April und dahinter einen senkrechten, grünen Strich.»

«Fehlt da nicht eine Jahrzahl?», erkundigte sich der Lateinamerikaner, der die Diskussion zwischen Ayşe und Mehmet nicht verstanden hatte.

«Das Jahr ist nicht wichtig», antwortete Ayşe.

«Wissen Sie, wie die Azteken, unsere Vorfahren, jenes Jahr gekennzeichnet haben, das der Entdeckung ihres Reiches durch die Spanier folgte?»

«Davon habe ich noch nie gehört», lachte Ayşe.

«1-Schilfrohr.»

Ayşe übersetzte für Mehmet. Er war damit einverstanden. Sie gab dem Mexikaner grünes Licht. «Geht in Ordnung, sticken Sie es so.»

Ayşe erfuhr, dass sich im Jahre 1519, dem Jahr 1-Schilfrohr, der Untergang des Aztekenreiches angebahnt hatte. Eine Weile schlenderten Ayşe und Mehmet den Auslagetischen und Marktständen entlang, bis der Mexikaner das Armband fertig gestellt hatte. Ayşe band es Mehmet um das Handgelenk.

Als Mehmet mit seinem neuen Armschmuck in die Unterkunft zurückging, durchströmte ihn ein Gefühl der Zufriedenheit. Er fasste den Entschluss, mit grösseren Anstrengungen als bisher Deutsch zu lernen. Ayşe hatte ihn stark beeindruckt, als sie mit dem Mexikaner verhandelt hatte. Und wie gut sie nach etwas mehr als einem Jahr in der Schweiz Deutsch spricht!, rief er sich voll Bewunderung in Erinnerung.

Zum ersten Mal dachte er anders über die Zeit, die vor ihm lag. Er begann, wenn auch zaghaft, vage Zukunftspläne zu schmieden.

Am Abend gönnte sich Mehmet etwas Ungewohntes: Er setzte sich auf eine Bank vor der Baracke, zündete eine Zigarette an und schaute in die Weite. Aus einem Fenster ertönte Opernmusik. Eine Frauenstimme kletterte in der obersten Oktave mit Vibrato rauf und runter. Neben einem kleinen Berg hatte sich eine Regenfront gebildet. Vor dem Hintergrund der schwarzen Wolken zuckten grelle Blitze auf. Manche sahen aus wie das Geflecht von Adern im menschlichen Körper. Dann folgte Donnergrollen, das sich wie das Knurren eines riesigen Tieres, das irgendwo im Erdinnern hauste, anhörte. Nach einer halben Stunde war das Gewitter vorüber, in der Mitte der Wolke bildete sich ein Loch. Es war, als ob man durch ein Fenster ins Universum blickte. Die Wolke sah jetzt aus wie ein riesiger weissgoldener Wattebausch.

Als sich Mehmet schlafen legte, wurde ihm bewusst, dass die Unterhaltung mit Ayşe seine Vergangenheit wieder wachgerüttelt hatte. Er konnte lange nicht einschlafen und träumte vom Gendarmen, der ihm einen Kinnhaken versetzte.

Am Mittwochvormittag wusch Mehmet seine Kleider im Waschraum und trocknete sie auf dem Fenstersims an der Sonne. Er wollte sich am Abend bei Ayşe und Cumhur von der besten Seite zeigen.

Dann erkundigte er sich bei Kurt, wann der nächste Deutschkurs beginne. Ein neuer Kurs war in zwei Wochen angesagt. Mehmet schrieb sich ein.

Mehmet stand im Halbdunkel vor dem Hauseingang. Die Glühbirne, die von der Decke herunterhing, funktionierte nicht. Die Suche nach der Klingel war schwierig. Er musste den Kopf ganz nah an die Namensschilder halten. Er ging sie von oben nach unten durch. Auf manchen Schildern stand nur ein Buchstabe mit einem vollen Familiennamen, bei anderen ein, zwei oder sogar drei ausgeschriebene Vornamen neben dem Familiennamen. Es herrschte ein Kunterbunt von Volkszugehörigkeiten.

Ayşe und Cumhur wohnten im dritten Stock. Ihr Schild war mit A. und C. Demioğlu-Haco beschriftet. Mehmet läutete. Er freute sich auf die Begegnung mit Ayşe. Er war ziemlich nervös. Das Zusammentreffen mit Cumhur stellte er sich schwierig vor.

«Bist dus, Mehmet?»

«Ja hallo, Ayşe.»

«Komm rauf, du kannst den Lift links am Ende des Flurs nehmen.»

Mehmet stieg zu Fuss die Treppen hoch, um sein Herzklopfen zu dämpfen. Aus einer Türe im ersten Stock drang Marschmusik. Der Rhythmus beschwingte ihn. Ayşe erwartete ihn unter der Wohnungstüre. Sie trug eine verwaschene Jeans und ein hautenges violettes Baumwolloberkleid.

«Sei willkommen, Mehmet. Ich freue mich auf unseren gemeinsamen Abend», sagte sie.

Mehmet empfand ihren Händedruck als bestimmt und herzhaft und befürchtete, dass seine schwitzende Hand Ayşe unangenehm berühre.

Es war eine eher karg eingerichtete Dreizimmerwohnung mit Küche und Bad. Im Wohnzimmer herrschte mustergültige Ordnung. Die Türe zu einem schmalen Balkon stand halb offen. Von draussen drang der Lärm spielender Kinder herein.

Cumhur sass auf einem Diwan und schaute fern. Vor ihm standen ein dickwandiges Glas Wein und eine Flasche. Cumhur war wie erwartet um einige Jahre älter als Ayşe. Im Fernsehen kamen türkische Nachrichten. Ayşe stellte Mehmet Cumhur vor. Sie begrüssten sich, ohne dass Cumhur sich vom Sitz erhob.

«Willst du auf dem Diwan Platz nehmen», sagte Ayşe mit einer einladenden Geste. «Möchtest du auch portugiesischen Portwein? Es ist ein Geschenk von Cumhurs Chef.»

«Und gut, sehr gut», liess sich Cumhur vernehmen und trank einen Schluck.

«Ich kenne Portwein nicht. Probieren tue ich ihn gerne», sagte Mehmet.

Mehmet liess sich auf den anderen Diwan fallen. Ayşe holte ein Glas aus der Küche, setzte sich neben Mehmet und stiess mit ihm an. Cumhur schaute weiter fern und prostete den beiden zu. Vorsichtig, voller Skepsis, nahm Mehmet einen kleinen Schluck.

«Sehr süss, schmeckt vorzüglich», sagte er und stellte das Glas auf den Rauchtisch.

Ayşe nahm das Fernbedienungsgerät und senkte die Lautstärke des Fernsehers.

«Schön habt ihr es hier», lobte Mehmet.

Neben der Balkontüre, vor dem Fenster, befand sich ein runder, gedeckter Esstisch mit vier schwarzen Plastikstühlen. Gegenüber der Couch, an deren Ende Cumhur sass, stand ein Büchergestell an der Wand. Unter den spärlichen Büchern fielen Mehmet ein dickes Wörterbuch und ein dünner Sprachlehrgang auf. Die Leere an den Wänden sprang ihm ins Auge. Nirgends hing ein Bild, überall nur gestreifte hellbraune Tapeten. Das moderne, mit Fernbedienung ausgerüstete Fernseh- und Videogerät empfand Mehmet als Kontrast zur übrigen Wohnungseinrichtung.

«Wenn ich es mir leisten könnte, würde ich euch gerne ein Wandbild schenken», sagte er aus dem Gefühl heraus, dass den beiden ein guter Freund fehle, der sie auf die Leere hinwies.

Seinen Vorschlag übergingen die Gastgeber. Ayşe sprach stattdessen über die Schwierigkeiten der Anpassung an die neuen Verhältnisse. Wie hart Cumhur arbeite, immer spät von der Arbeit nach Hause komme, und wie wenig Zeit sie füreinander hätten. Ayşe erwähnte, wie schwer sie in der neuen Umgebung zurechtkomme, was wohl ein Grund dafür sei, dass sie noch nie den Wunsch nach einem Bild an der Wand verspürt habe.

Cumhur machte auf Mehmet einen strebsamen und tatkräftigen Eindruck. Dass Ayşe auf die schwierigen Seiten ihres Lebens hinwies, überraschte ihn. Seit ihrer ersten Begegnung in der Schweiz hatte er den Eindruck, dass Ayşe sich hier gut zurechtfand, sich wohl fühlte und deshalb schnell Deutsch gelernt hatte.

Nach einer Weile liess Ayşe die beiden Männer allein und ging in die Küche. Mehmet hätte gerne eine Zigarette geraucht. Aber er getraute sich nicht, da er den Eindruck hatte, dass Cumhur und Ayşe Nichtraucher waren. Beide schauten auf den Fernseher, wo nur Bilder ohne Ton zu sehen waren. Cumhur drehte die Lautstärke auf. Es war eine Komödie des türkischen Fernsehens. Aus der Küche tönte ein schepperndes Geräusch. Mit einem schwer beladenen Tablett kehrte Ayşe in das Wohnzimmer zurück.

«Darf ich euch zu Tisch bitten?», sagte sie.

Cumhur schien zu neuem Leben zu erwachen. Schnell erhob er sich, stellte den Fernseher ganz ab und legte eine Compactdisk mit diskreter Hintergrundmusik auf. Zielstrebig ging er zum Tisch und setzte sich. Begeistert rieb er sich die Hände und legte die Serviette auf seinen Schoss. Mehmet folgte ihm zögernd. Draussen war es jetzt dunkel. Mehmet nahm nur eine ferne Geräuschkulisse, die von Fahrzeugen stammen musste, wahr.

Es gab Lammfleisch am Spiess, Fladenbrot, Reis, eine Jogurtsauce und eine scharfe Tomatensauce, dazu einen grünen Salat mit Peperoni. Fortwährend schenkte Ayşe Rakı nach, den sie im Verlaufe des Abends mit Jogurt verdünnte. Das Gespräch drehte sich um das Essen und um alltägliche Dinge. Zeitweilig versiegte es. Im Hintergrund erklangen melancholische Lieder aus der Türkei.

Plötzlich sagte Cumhur Mehmet:

«Erzähl doch mal, warum du fliehen musstest!»

Mehmet fühlte sich unbehaglich. Cumhurs Stimme klang unbeteiligt, und in seinen Augen lag etwas Kaltes. Hatte ihm Ayşe seine Geschichte nicht schon erzählt? Obwohl Cumhur auch Flüchtling war, kannte Mehmet seine Einstellung zum

Kurdenproblem nicht. Er war Türke, nicht Kurde. Er hatte plötzlich Angst, sein Bericht könnte zu einem unangenehmen Streit über Politik führen.

«Ich habe mich unvorsichtig in eine Affäre verstrickt, welche der Polizei nicht passte», erwiderte er abwartend.

Cumhur wiegte leicht den Kopf hin und her.

«Was ist dir denn wirklich, ganz konkret, zugestossen?»

«Es ist so vieles. Ich kann nicht gut darüber sprechen», beharrte Mehmet. «Ich habe Angst vor mir selber, … es geht mir schlecht, wenn ich alles wieder auffrische.»

Plötzlich dachte er daran, dass Cumhur auch im Militär gewesen war. Er hatte zwar einen Verwandten rechtzeitig gewarnt. Aber er hatte keinem Kurden geholfen. Mehmet empfand einen zusätzlichen Widerwillen, vor Cumhur über sein Problem zu sprechen. Er spürte, wie ihn neben der Angst auch eine Wut ergriff. Seine Hände und Beine wurden von einer inneren Unruhe erfasst. Bald zitterten sie. Er fühlte sich seinen aufbrechenden Gefühlen hilflos ausgeliefert.

«Kannst du mir eine Zigarette geben?», bat er Ayşe, um sich zu beruhigen.

«Natürlich.»

Ein Paket, das in einem silbern glänzenden Zierbehälter steckte, lag auf dem Rauchtisch. Ayşe zog es hervor, klopfte eine Zigarette heraus und hielt sie Mehmet hin. Dieser zog sie zitternd heraus, erhob sich schwerfällig, bückte sich nochmals nach der Streichholzschachtel, die auf dem niedrigen Tisch lag und ging leicht schwankend auf den Balkon hinaus.

Ein frischer Luftzug wehte ihm entgegen. Er zündete die Zigarette an und zog den Rauch tief in die Lungen. Er lehnte sich an die Wand. Ayşe und Cumhur blieben irritiert sitzen.

Mehmet spürte, wie ihn die letzten Tage durcheinander gebracht hatten. Es wurde ihm bewusst, wie gut er bisher alles ertragen hatte, wie eisern er seine Gefühle im Griff gehalten hatte: der Schrecken nach dem Telefon, die abschiedslose Trennung von seiner Familie, die abenteuerliche Flucht, die Verhöre, das Warten in der Fremde. Irgendetwas hatte sich in den letzten

Tagen verändert. Es war ihm, als spüre er eine Seite seines Lebens, die bisher verschüttet gewesen war. Diese Einsicht öffnete einen tiefen Abgrund: Eine unendlich Trauer überwältigte ihn.

Leise schluchzte er vor sich hin, das Gesicht dem Dunkel der Nacht zugewandt. Mit einem Taschentuch wischte er die Tränen weg. Auf einmal spürte er eine Hand auf seiner Schulter. Es war Ayşe, die hinter ihm stand. Jetzt wusste er noch deutlicher, was sich verändert hatte. Es war das Gefühl, dass ihm jemand zuhörte und sich in einer Weise um ihn kümmerte, wie er es seit mehr als einem Jahr nicht mehr kannte.

Es war eine neue Art menschlicher Wärme.

Mehmet drehte sich um. Ayşe zog ihre Hand vorsichtig zurück.

«Es geht schon wieder», sagte er. «Vielen Dank.»

Ayşe machte einen Schritt rückwärts und ging ins Wohnzimmer zurück. Cumhur sass wie erstarrt auf seinem Platz. Schliesslich setzte sich auch Mehmet wieder zu seinen Gastgebern.

«Bitte entschuldigt meinen Ausbruch, ich habe mich zu stark gehen lassen», brachte er mit einiger Anstrengung hervor.

Mit beiden Händen drückte er seine Oberschenkel zusammen. Er hoffte, so die Regungen seines Körpers unter Kontrolle halten zu können. Cumhur sah ihn fragend an. Schliesslich zwang er sich, Cumhur über die Beweggründe seiner Flucht ins Bild zu setzen. Er wollte nicht, dass er ihm gegenüber sein Gesicht verlor, obwohl er davon ausging, dass Ayşe ihm schon alles erzählt hatte. Aber Cumhur hatte sich so nach seinem Schicksal erkundigt, als wisse er noch nichts. Mehmet beschränkte sich auf das Notwendigste.

«Du hast mir nichts Neues erzählt», sagte Ayşe, als Mehmet zu Ende war. Sie war augenfällig gerührt. «Aber jetzt ist mir so richtig bewusst geworden, welches Privileg wir mit unserer Aufenthaltsbewilligung geniessen. Wir müssen nicht mehr wie du befürchten, eines Tages abgeschoben und unseren Verfolgern ausgeliefert zu werden», sagte sie. «Du kannst jederzeit auf uns zählen. Wenn du Hilfe brauchst, sag es uns einfach!»

«Vielen Dank, Ayşe», antwortete Mehmet. «Ich werde schon zurechtkommen.»

Verlegen schaute er auf den Boden. Aus Angst, Cumhur, der stumm da gesessen hatte, könnte sein Einverständnis verweigern, mied er seinen Blick.

«Ich meine es ernst», bekräftige Ayşe und blickte Cumhur fragend an.

«Ja, sicherlich werden wir helfen», stimmte Cumhur mit einer Stimme bei, die wenig überzeugend klang.

Mehmet nickte langsam und warf zuerst Ayşe, dann Cumhur einen dankbaren Blick zu.

«Möchtest du Kaffee oder Tee?», fragte Ayşe.

«Tee», antwortete Mehmet. «Kaffee weckt mich um diese Zeit.» Er schaute auf die Uhr. Es war schon bald zehn.

«Bringst du mir einen Kaffee?», fragte Cumhur.

Ohne eine Antwort zu geben, ging Ayşe in die Küche. Die Fröhlichkeit kehrte nicht mehr in die kleine Runde zurück. Mehmet fühlte sich überflüssig. Er entschloss sich bald zum Gehen. Ayşe begleitete ihn vor das Haus. Sie gaben sich zum Abschied die Hand. Dann wandte sich Mehmet zum Gehen. Ayşe fasste ihn am Arm und hielt ihn zurück.

«Es ist mir wirklich ein Bedürfnis, dir beizustehen, wenn du mich brauchst.»

«Ich werde daran denken, Ayşe.»

Es war eine dunkle, mondlose Nacht. Auf dem Weg zur Busstation begegnete er einem langsam fahrenden Auto. Der Lenker spähte durch das offene Fenster in jeden Winkel, offensichtlich einen Parkplatz suchend. Im Lichtkegel des Scheinwerfers, der über den blechernen Müllcontainer strich, sah Mehmet eine farbenfrohe Kinderzeichnung: eine grosse, gelbe Sonne mit einem Strahlenkranz und die Andeutung eines lachenden Frauengesichts.

Die Begegnung mit Ayşe hauchte seinem Leben einen neuen Sinn ein, so wie die Kinderzeichnung Farbe in die Unwirtlichkeit des Vorstadtquartiers brachte. Er spürte, dass seine Lebensfreude zurückgekehrt war, wenigstens ein Stück weit.

Auf Glatteis

Einen Monat später bekam Mehmet den Brief. Er fühlte sich nach dem Mittagessen müde. Er hatte die vergangene Nacht nicht gut geschlafen. Zuerst war es in seinem Zimmer unruhig gewesen. Dann plagten ihn diffuse Zukunftsängste. Zudem hatte er wieder einmal zu viel gegessen. Die Bratwurst mit Senf und der Kartoffelsalat hatten ihm geschmeckt. Kurt, der Heimleiter, stand plötzlich bei ihm und hielt einen grauen, zerknitterten Umschlag in die Höhe wie jemand, der für ein kleines Kind eine Überraschung bereithält und es vergeblich danach greifen lässt. Mehmet sah, dass der Briefumschlag eine weite Reise hinter sich haben musste und schnappte ihn Kurt mit einer flinken Handbewegung aus der Hand. Kurt lachte und klopfte ihm auf die Schulter.

Auf der Rückseite stand nur Tilkini. Brennend vor Neugier riss Mehmet den Umschlag auf und zog den Inhalt heraus. Es waren zwei Blätter, beide mit Maschine beschrieben: Oben lag der Brief seines Vaters. Das andere Blatt wies unter dem Text, der nur aus ein paar Linien bestand, zwei undeutliche Stempel auf. Darunter die Unterschrift des Staatsanwaltes «Hasan Kolusari». Mehmet machte einen kleinen Luftsprung. Er hielt das Beweismittel, das er seit bald einem Jahr ersehnte, in den Händen.

Mit pochendem Herzen überflog er kurz den Text. Das Schreiben war an die Antiterrorarabteilung der Polizei gerichtet. Mehmet las halblaut vor sich hin. Der Brief verlangte von der Polizei seine Festnahme und Überstellung. Er, Mehmet, wurde als Helfershelfer und Komplize der verbotenen PKK bezeichnet. Unter diesem Text stand Mehmets Name. Als Angeklagter. Und seine Adresse sowie die Namen seiner Eltern.

Der Brief enthielt ein Datum. Der erste April des vergangenen Jahres. Mehmet versuchte sich zu erinnern, wo er damals gewesen war. Er musste bei Mustafa, vielleicht schon in Istanbul gewesen sein. Er konnte sich nicht mehr genau erinnern.

Mehmet betrachtete die Unterschrift des Staatsanwaltes. Die

Buchstaben des Vornamens Hasan lagen eng hintereinander und erinnerten an eine Kolonne ineinander verkeilter Autos. Der Familienname Kolusari dagegen zog sich mit grossartigen, ausholenden Schriftzeichen in die Länge, als müssten sie die schmalen Buchstaben des Vornamens ausgleichen.

«Staatsanwalt!», murmelte Mehmet leise vor sich hin. «Anwalt von was für einem Staat! Von einem Schurkenstaat, der mich vertrieben hat.»

Der runde Stempel mit dem Symbol der Republik in der Mitte war verschmiert. Nicht ohne Neid dachte Mehmet an die tadellos gestalteten Briefe des Flüchtlingsamtes. Neben der Unterschrift des Staatsanwaltes befand sich eine fünfstellige Nummer, die Mehmet nicht einordnen konnte.

Er betrat den Aufenthaltsraum und liess sich auf einen Stuhl nieder. Er wollte es sich bequem machen, um den Brief seines Vaters zu lesen. Noch nie zuvor hatte er eine geschriebene Zeile von seinem Vater bekommen. Sein Vater war Analphabet. Er hatte nie eine Schule besucht.

Als Mehmet die ersten Zeilen las, sah er das Zentrum von Tilkini vor seinem inneren Auge. Hinter dem Amtsgebäude gab es eine Reihe von aneinander gebauten, kleinen Bretterkabinen. In jeder sass ein Mann hinter einem Tisch, vor sich eine Schreibmaschine, und nahm gegen Entgelt Schreibaufträge entgegen. Wie oft hatte Mehmet gelauscht, was da zu Papier gebracht wurde: Nicht nur ernste Angelegenheiten wie Eingaben an Gerichte, Bittschriften an Magistratspersonen, Verträge und Übereinkommen zur Erledigung von Streitigkeiten. Oft hatte er auch Männer und Frauen beobachtet, die unter Tränen ihre intimsten Gefühle dem Schreiber anvertrauten. Wer nicht selbst genügend geschickt formulieren konnte, delegierte die Wortwahl an den erfahrenen Auftragnehmer.

Mehmet zündete eine Zigarette an und las die Zeilen durch. Sein Vater klagte über Rückenschmerzen, an denen er seit dem Pogrom in Otuzgöl litt. Er habe immer noch keinen Mut gefunden, sein Geschäft ein drittes Mal zu eröffnen. In seinem fortgeschrittenen Alter, mit seinen Gebrechen und ohne Mehmet traue er sich einen Wiederbeginn nicht mehr zu. Mit Hilfe von Reçep und den Schwiegersöhnen könnten er und seine Frau sich einigermassen über Wasser halten.

Dass sein Vater von Schwiegersöhnen schrieb, stellte Mehmet vor ein Rätsel. Bedeutet das, dass meine Schwestern verheiratet sind oder will mein Vater lediglich ausdrücken, dass er auf die Hilfe von zukünftigen Schwiegersöhnen zählt? Die geschriebenen Worte berührten Mehmet mehr als die kurzen Telefongespräche, die er in unregelmässigen, allzu grossen Abständen mit seinem Vater führte. Die auf Papier gebrachten Worte seines Vaters hatten grösseres Gewicht, vielleicht deshalb, weil er sie so oft lesen konnte, wie er wollte.

Sein Vater erklärte mit keinem Wort, wann und wie er zum Schreiben des Staatsanwaltes gekommen war. Hatte er dafür etwas bezahlen müssen? Hoffentlich ist es echt, dachte Mehmet flüchtig. Er glaubte nicht ernsthaft daran, sein Vater könnte irgendeine Fälschung organisiert haben. Gratis aber dürfte er es kaum erhalten haben. Mehmet machte sich Gedanken über die Echtheit des Dokumentes, weil in der Flüchtlingsunterkunft oft Klagen zu hören waren, wonach die Asylbeamten Beweismittel gerne als gefälscht bezeichneten. Die geringste Abweichung von der Norm genügte, und schon meinten die Beamten, sie hätten es mit einer Fälschung zu tun. Kaum jemand war in der Lage, das Gegenteil zu beweisen.

Mehmet atmete trotzdem auf. Nun besass er ein offizielles Schreiben aus der Feder eines Staatsanwaltes, das bewies, dass er von der Polizei gesucht wurde. Dass so viel Zeit verstrichen ist, mehr als ein Jahr, seit ich mit Mustafa telefoniert habe, muss als gewichtiges Indiz für die Echtheit gelten, überlegte er. Hätte es mein Vater auf irgendwelchen Wegen bei Fälschern bezogen, wäre es viel schneller gegangen. Dann hätten sie wohl auch ein neueres Datum gewählt. Ein kalter Schauer durchlief ihn, als er daran dachte, dass die Antiterrorabteilung der Polizei, die politische Polizei, hinter ihm her war. Jetzt hatte er es schwarz auf weiss, dass er als Terrorist betrachtet wurde.

Mehmet holte eine Tasse Kaffee mit Milch. Zerstreut warf er

140

drei Würfelzucker hinein. Er setzte sich wieder an seinen Platz. Am Tisch sass ein alter Tamile, der in Sri Lanka Polizist gewesen war. Er las in einer Zeitung mit schnörkelhaften Schriftzeichen. Mehmet wischte mit der Hand die Speisereste vom Tisch und überlegte sich, wie dieser alte Mann eine derartige Ruhe und Würde ausstrahlen konnte. Er war knapp einem Attentat entgangen und war dabei an der Schulter verletzt worden.

Mehmet rührte mit dem Löffel im heissen Kaffee und begann in Gedanken, einen Text zu entwerfen, mit welchem er dem zuständigen Beamten sein Beweismittel zuschicken würde. Er wusste noch nicht, an wen und wohin er den Brief richten sollte. Aber Ayşe würde sicherlich Rat wissen. Im Verfassen offizieller Briefe hatte er keine Erfahrung. Sicherlich musste man höfliche Worte finden und kurz auf das Schreiben des Staatsanwaltes hinweisen. Auch dachte er daran, sich um eine Übersetzung seines Beweismittels zu kümmern. Er sah das Bild von Ayşe vor sich, wie er sie auf der Bühne wieder entdeckt hatte. Er fasste den Entschluss, zuerst den Begleitbrief zu entwerfen und dann Ayşe um die Übersetzung von beiden Schreiben zu bitten.

Bevor er dazu kam, wurde er zur dritten Asylbefragung vorgeladen. Sie würde in zehn Tagen stattfinden.

«Du kannst den Brief des Staatsanwalts dann gleich mitnehmen», riet Kurt.

Die Vorladung enthob ihn von der Bürde, dem Amt einen Brief zu schreiben. Sie erfüllte ihn aber auch mit Sorge. Schon zweimal habe ich ausgesagt, einmal kurz und einmal ausführlich. Mehr habe ich nicht zu sagen.

Er entschloss sich zu einem Spaziergang. Er brauchte Bewegung, um die Gedanken zu ordnen und die Spannung abzubauen. Er trat vor die Baracke. Es sah nach wechselhaftem Wetter aus. Die letzten Tage war es kalt gewesen. Er ging in Richtung Stadt. Überall motorisierter Verkehr. Kaum jemand ging zu Fuss. Von einer Telefonkabine aus rief er Ayşe an und fragte sie, ob sie ihn zur Vorladung begleiten würde. Er hatte erfahren, dass Asylbewerber eigene Übersetzer mitnehmen durften. Ayşe sagte sofort zu, was Mehmet beruhigte.

Bald werde ich Gelegenheit erhalten, dem entscheidenden Beamten gegenüber zu sitzen und ihn von der Notwendigkeit des politischen Asyls zu überzeugen. Und alles zusammen mit Ayşe!, jauchzte es in ihm.

Die kommenden Tage bescherten Mehmet ein Wechselbad von Gefühlen und Stimmungen. Zuversicht, Hoffnung. Aber auch Spannung und Angst, zu scheitern. Je näher die Befragung kam, desto mehr nahmen die negativen Gefühle überhand. Er spürte eine entsetzliche Angst, am Montag etwas falsch zu machen und sich seine Zukunft zu verbauen. Er beschloss, das Wochenende trotz dem schlechten Wetter aktiv zu verbringen, um sich innerlich vorzubereiten. Er unternahm aufs Geratewohl ausgedehnte Spaziergänge und merkte sich markante Punkte, um den Weg zurückzufinden. Einmal verirrte er sich.

Am Sonntagabend versuchte er, sich mit einem Videospielfilm abzulenken.

Der hohe Vorraum des Bundesamtes für Flüchtlinge verbreitete eine kühle Atmosphäre. Ayşe und Mehmet nahmen auf Stühlen neben zwei Männern unterschiedlichen Alters Platz. Vermutlich Kurden, dachte Mehmet sofort. So war es. Der ältere, um die fünfzig, wandte sich ihm zu.

«Ich bin der Onkel von Sadik.»

Mit dem Kopf machte er eine leichte Drehbewegung auf die andere Seite, wo sein Neffe, der um die zwanzig sein musste, unbeweglich und kerzengerade dasass.

«Ich begleite ihn zur Asylbefragung», fuhr der Onkel nach einer Pause fort. «Man muss aufpassen, dass hier alles genau untersucht und protokolliert wird.»

Mehmet nickte, obwohl er bisher nicht der Ansicht war, seine Aussagen seien nur lückenhaft protokolliert worden.

«Ich habe einen Verwandten, dem die Gendarmen in den Fuss geschossen haben. Die Beamtin hat sich geweigert, die Verletzung anzusehen. Da hat mein Cousin Schuh und Socken ausgezogen und den verletzten Fuss in die Höhe gestreckt.»

142

«Hat es was gebracht?», fragte Mehmet mit flüsternder Stimme.

«Eben nicht. Wegen dem Schweissgeruch hat die Beamtin nur die Nase gerümpft und der Protokollführerin diktiert, der Asylbewerber hebe sein Bein in die Höhe, statt die Verletzung zu beschreiben. So etwas soll meinem Neffen heute nicht passieren.»

«So etwas sollte gar nie vorkommen.»

Das metallische Geräusch hinter Mehmet, das vom Umdrehen eines Schlüssel stammte, brachte den Onkel zum Verstummen. Unter einer Türe erschien ein mittelgrosser, schlanker Mann in einem Rollkragenpullover und einer schwarzgrau karierten Hose und warf einen prüfenden Blick auf die Wartenden.

Es war Rudolf Klingler, Sachbearbeiter im Bundesamt für Flüchtlinge. Er war Jurist und jung. Vor etwa zwei Wochen hatte er die Protokolle der beiden bereits durchgeführten Befragungen von Mehmet Kayguzuz durchgelesen. Er hatte den Eindruck gewonnen, dass sie als Grundlage für eine Entscheidung nicht genügten. Mehmet Kayguzuz war kein Deserteur, da er Militärdienst geleistet hatte. Aber irgendwie hatte Klingler trotzdem das Gefühl bekommen, dass Kayguzuz den Schuhmacherberuf ausgewählt haben könnte, um daraus eine eigenartige Verfolgungsgeschichte zu konstruieren. Irgendetwas an der Behauptung, der Guerilla in den Bergen eine derart grosse Anzahl Schuhe versprochen zu haben, konnte nicht stimmen. Dann einen Cousin ins Spiel zu bringen, der sich mit den Schuhen erwischen liess und unter Folter den Schuhmacher verriet. Sodann im Handumdrehen abzuhauen, mit Hilfe von Menschenschmugglern, die Wucherpreise verlangten. Die Geschichte mutete Klingler ziemlich fantastisch an. Er nahm sich vor, Kayguzuz gerade in Bezug auf sein Berufsleben auf den Zahn zu fühlen.

Rudolf Klingler war seit ein paar Jahren Sachbearbeiter. Vorher war er Gerichtsschreiber bei einem Strafgericht gewesen. Er hatte dann eine längere Reise durch Asien gemacht. Bei der

Rückkehr hatte ihn ein Freund auf die offenen Stellen im Bundesamt aufmerksam gemacht. Er hatte sich sofort gemeldet, da ihn die Arbeit mit Menschen aus anderen Kulturkreisen interessierte.

Als er die Stelle angetreten hatte, war die Asylpolitik ein heiss umstrittenes Thema gewesen. Das neue Asylgesetz, das Anfang der Achtzigerjahre geschaffen worden war, war schon ein paar Mal revidiert worden. Zuerst ging es darum, die steigenden Asylbewerberzahlen durch den Abbau von Verfahrensrechten für Asylbewerber zu stoppen. Dann entbrannte eine heftige Diskussion um Asylbewerber und Drogen. Das Parlament räumte in einem gesetzgeberischen Schnellverfahren der Polizei das Recht ein, Asylbewerber, die im Verdacht standen, mit Drogen zu handeln oder vor der Ausschaffung unterzutauchen, neun Monate einzusperren. Gleichzeitig ging es darum, erfolglose Asylbewerber, die keine Identitätspapiere vorzeigten und nicht an der Vorbereitung ihrer Ausschaffung mitwirkten, gefangen zu nehmen.

Die Asylthematik war beherrscht vom weit verbreiteten Gefühl, dass zu viele Asylbewerber kamen, dass die meisten logen und viele mit Drogen handelten, und dass diejenigen, die gehen mussten, nicht gingen. Entweder, weil sie ihre Papiere vernichteten und nicht sagten, wer sie waren. Oder weil sie so lange in der Schweiz waren und sich so verwurzelt hatten, dass ihre Ausschaffung unmenschlich erschien.

Anfänglich war Klingler bemüht gewesen, die Asylgesuche nach den im Recht üblichen Grundsätzen zu prüfen wie Angelegenheiten in anderen Rechtsverfahren. Aber in letzter Zeit ertappte er sich immer öfter dabei, wie er mit dem weit verbreiteten Missmut gegenüber Asylbewerbern sympathisierte und sich auch immer mehr den Anforderungen der Chefetage unterzog, Asylgesuche möglichst schnell zu entscheiden.

Schnelligkeit im Asylprüfungsverfahren bedeutete, den Asylbewerber auf jeder Aussage zu behaften, den Blick aufs Ganze zu vernachlässigen.

Die Befragung fand in einem kleinen, von einer Neonlampe grell beleuchteten Raum statt. Über einem braunen Aktenschrank mit einer halb geöffneten Schiebetüre hing eine grosse Karte Asiens. Stecknadeln mit grünen Plastikfähnlein markierten die Grenzen des Kurdengebietes. Die Spitze des Blattes einer immergrünen Zimmerpflanze, dem einzigen Ziergegenstand, zeigte auf Diyarbakir. Ein Wirrwarr von Kabeln neben dem Schreibtisch und ein paar Fettflecken um die Türklinke brachten das Bild der Ordentlichkeit, das in diesem Raum herrschte, ein wenig durcheinander.

Fast das gleiche Szenario wie vor einem halben Jahr: der Befrager an der Breitseite des Tisches, rechts neben ihm der Übersetzer, der durch seine Grösse auffiel und an einen Eishockeyspieler erinnerte. Das Hilfswerk wurde wiederum durch eine Frau vertreten, die dem Übersetzer gegenüber sass. Diesmal sass Ayşe auf einem Stuhl an der Wand. Daneben die Sekretärin, die vor dem Computer sass und das Protokoll schrieb.

Rudolf Klingler stützte beide Ellbogen auf den Tisch, die Finger aneinander gelegt. Ohne jemanden anzublicken, eröffnete er die Anhörung, indem er Mehmet die Anwesenden vorstellte und sie auf ihre Pflichten, vor allem jene der Verschwiegenheit, hinwies. Deshalb würde Mehmets heimatlichen Behörden nichts zu Ohren kommen, versicherte er. Sein Blick wanderte jetzt von Gesicht zu Gesicht.

«Hatten Sie irgendwelche Schwierigkeiten in Ihrem Heimatland?»

Die Frage irritierte Mehmet, sodass er mit der Antwort zögerte. Weiss der Beamte noch gar nichts über mich? Erst als er seinen eigenen Namen auf dem Aktenbündel sah, das vor Klingler lag, kam er darauf, dass diese Frage nicht so gemeint sein konnte. Mehmet spürte, dass Klingler ungeduldig wurde. Ein bohrender Blick ruhte auf ihm. Er beeilte sich, seine Gründe darzulegen und wiederholte, was er schon einmal ausführlich dargelegt hatte. Er begann wieder mit dem Tag, als der Fremde auftauchte und schilderte den Gang der Ereignisse bis zu dem

Tag, als er vor der Empfangsstelle ausgeladen worden war. Das Gefühl, sich ständig zu wiederholen und den Beamten zu langweilen, stürzte ihn in eine gewisse Hast. Zweimal betonte er, dass es ihm in der Türkei finanziell gut gegangen sei. Klingler hörte zu, warf immer wieder einen Blick auf ein voll geschriebenes Blatt neben sich und machte sich von Zeit zu Zeit Notizen.

«Sind Sie als Schuhmacher ausgebildet?»

«Ja, ich wurde von meinem Vater angelernt.»

«Was haben Sie für Schuhe gemacht?»

«Bergschuhe.»

«Wie hoch gingen sie?»

«Ungefähr zehn Zentimeter über die Knöchel.»

«Sind die Schuhe rundherum geschlossen?»

«Ja, mit Reissverschlüssen.»

«Aus welchem Material bestehen sie?»

«Aus Leder, mit Gummisohlen.»

«Wie lange halten solche Schuhe durchschnittlich?»

«Eineinhalb bis zwei Jahre, je nachdem wie oft sie getragen werden.»

«Sind solche Schuhe mit unseren Wanderschuhen, die man bei uns in den Schuhgeschäften sieht, vergleichbar?»

«Ja, ähnliche habe ich schon in Schaufenstern gesehen», gab Mehmet zur Antwort und blickte unter den Tisch. Sowohl Klingler wie der Übersetzer trugen Halbschuhe, auf die Mehmet nicht zum Vergleich hinweisen konnte.

Mehmet wunderte sich, weshalb man sich hier, noch eingehender als bei der früheren Befragung, für alle Einzelheiten seiner Berufstätigkeit interessierte. Flüchtig hatte er das Gefühl, eine Art Verkaufsgespräch zu führen. Weitere kurze, präzise Fragen folgten. Dann geschah etwas, das für Mehmet neu war. Zweifel wurden angebracht, zuerst nur andeutungsweise, dann offen. Allmählich geriet Mehmet auf Glatteis.

Rudolf Klingler blätterte in seinem Dossier und fragte nach dem Preis, den Mehmet für seine Schuhe verlangt hatte. Mehmet nannte die Preisspanne, worauf Klingler sich nach seinem durchschnittlichen Monatsverdienst erkundigte. Mehmets Antwort liess Klinglers Miene verfinstern. Er drehte sich um, schob den fahrbaren Stuhl seitlich nach hinten und beugte sich zu seinem Schreibtisch hinüber. Er ergriff einen schwarzen Gegenstand, der aussah wie ein etwas flaches Brillenetui. Er zog einen Deckel weg. Es war ein elektronischer Taschenrechner. Klingler legte den Rechner neben sich und drückte auf einige Tasten.

«Diese tausendfünfhundert Paar Schuhe hätten einem Gehalt von ungefähr zwei Jahren entsprochen», sagte er mit schriller Stimme. «Weshalb haben Sie der PKK diese Summe geschenkt? Das sind ja enorme Beträge.»

«Das stimmt so nicht.»

«Wie kommen Sie darauf?» Empört sah Klingler zur Hilfswerkvertreterin hinüber.

«Ich habe der Guerilla nur jenes Geld geschenkt, das in den Anschaffungskosten der Schuhe steckte. Diese betrugen nur etwa einen Sechstel des Verkaufspreises. Der Rest war meine Arbeit.»

Mehmet schaute auf seine Hände und dachte an die anderthalb Jahre, die er im Militär vergeudet hatte. Wie viel Geld hätte er in dieser Zeit verdienen können! Die Hilfswerkvertreterin schenkte ihm ein Lächeln. Klingler blickte wieder in das Dossier.

«Für ein Paar Bergschuhe brauchten Sie eine halbe Stunde für die Herstellung?»

«Ja», sagte Mehmet nicht ohne Stolz und wunderte sich gleichzeitig, woher diese Zeitangabe stammte.

Klingler unterbrach die Sitzung und ordnete eine viertelstündige Pause an. Mehmet schaute auf die Uhr. Es war kurz vor elf Uhr. Dann warf er Ayşe einen Blick zu. Sie hatte die ganze Zeit hinter ihm in der Ecke gesessen, so lautlos, dass er sie beinahe vergessen hatte. Die Sekretärin öffnete das Fenster. Frische Luft strömte herein. Klingler erhob sich. Schnell trat der Dolmetscher neben ihn. Er musste sich leicht zu ihm hinunterbücken.

Das Gespräch, das sich zwischen den beiden nun entspann, verstand Mehmet nicht. Er sah bloss, dass Ayşe und die Hilfswerkvertreterin gespannt zuhörten. Er hatte das Gefühl, dass es

um ihn ging. Das Geflüster der beiden klang irgendwie bedrohlich. Mehmet spürte, wie sie sich immer wieder kurz nach ihm
umsahen oder zu ihm hinüberschielten. Klingler nickte fortlaufend und hatte in seinem Blick etwas Missbilligendes.

Am Ende der Unterhaltung streckte der Dolmetscher seinen
Rücken, wie jemand, der gerade aufgewacht war. Da mischte
sich die Hilfswerkvertreterin ein. Zwischen ihr und Klingler
entbrannte ein kurzes, aber heftiges Wortgefecht. Beide redeten
schnell, fielen sich gegenseitig ins Wort. Klingler verzog den
Mund und machte eifrig Notizen.

Mehmet und Ayşe mussten den Raum verlassen. Klingler
führte sie in den Vorraum zurück. Der kurdische Onkel mit seinem Neffen war nicht mehr da. Die Empfangsdame nickte den
beiden freundlich zu. Ayşe und Mehmet tranken schweigend
einen Becher Kaffee aus dem Automaten. Er verbreitete einen
überraschend guten Geruch.

Nach einer Viertelstunde holte sie Klingler zurück. Als sie
sein Büro betraten, unterhielten sich der Übersetzer, der Protokollführer und die Hilfswerkvertreterin angeregt miteinander.

Als der zweite Teil des Verhörs begann, erkundigte sich
Klingler zuerst danach, wer als Nachfolger des Vaters im
Geschäft vorgesehen gewesen war. Dann wollte er wissen, wie
viele Schuhe wer von den beiden PKK-lern jeweils mit welcher
Verpackung und auf welche Art und Weise wegtransportiert
hatte und wohin sie gebracht worden waren. Die Beantwortung
dieser Fragen bereitete Mehmet keine Schwierigkeiten.

Dann aber geriet das Verhör auf ein Terrain, das für Mehmet
noch gefährlicher als vor der Pause wurde, weil er nicht zwischen Tatsachen und Vermutungen zu unterscheiden wusste. Es
fing eigentlich harmlos an. Und wenn Mehmet kühl überlegt
hätte, wäre er nicht in eine Situation geraten, in der Klingler
ihm hätte das Messer an den Hals halten können.

Klingler erkundigt sich nach der Zahl der Schuhe, die sein
Cousin Davud jeweils am Samstag mitgenommen hatte. Mehmet sagte, dass er jeweils sechzehn Paar Schuhe, in zwei Pakete
verpackt, mitgegeben habe.

Gereizt fragte Klingler: «Ist das nicht offensichtlich, wenn jemand sechzehn Paar Schuhe transportiert, dass diese für die PKK bestimmt sind?»

Natürlich war es nicht offensichtlich. Es konnte irgendjemand eine grössere Menge bei ihm eingekauft haben. Aber diese Antwort fiel Mehmet nicht ein, da die Frage so gestellt wurde, dass Klinglers Zweifel am Wahrheitsgehalt durchschimmerten. Und diese Zweifel verunsicherten Mehmet.

«Davud selbst wurde ja sowieso als Guerillakämpfer gesucht, nicht wegen der Schuhe», antwortete er trotzig. «Wenn sie bei ihm dann halt noch Schuhe gefunden haben ... ?», fügte er gedankenlos und achselzuckend bei.

Klingler blätterte fieberhaft und mit zusammengepressten Lippen in den Akten. Als er aufblickte, hatte sich sein Gesicht aufgehellt. Mehmet glaubte, darin etwas Triumphierendes wahrzunehmen.

«Beim früheren Protokoll auf Seite sieben haben Sie gesagt, Ihr Cousin sei verhaftet worden, nachdem er die Schuhe verteilt habe. Eben haben Sie das Gegenteil behauptet ... »

Mehmet spürte, wie er sich anspannte. Er geriet ins Schwitzen und sein Gesicht fühlte sich heiss an, als ob ein Feuer in der Nähe brennen würde. Er wusste nicht, worauf Klingler hinaus wollte und hatte das Gefühl, dieser spiele mit ihm. In seinem Kopf drehten sich die Räder. Für ihn war entscheidend, dass Davud bei der PKK war und dass er deswegen festgenommen worden war. Die Umstände der Festnahme kannte er nicht. Ob und auf welche Art seine Schuhe Davud allenfalls belasteten, wusste er ebenfalls nicht. Irgendwie war die Polizei jedenfalls wegen der Schuhe auf ihn aufmerksam geworden. Und mit Sicherheit stand fest, dass die Polizei zuerst nach Davud gefahndet hatte und anschliessend nach ihm und seinen Schuhen. Er versuchte sich zu erinnern, was Mustafa ihm darüber am Telefon gesagt hatte. Er hatte weder eine deutliche Erinnerung noch kam ihm ein klarer Gedanke.

Klingler trommelte mit den Fingern auf die Tischplatte und sah Mehmet an, als würde er ihn mit den Augen auffressen.

«Nein», sagte Mehmet aufs Geratewohl.

«Sondern …?», fragte Klingler lauernd.

«Ich habe früher das Gleiche gesagt wie heute», wiederholte Mehmet aus der Überzeugung heraus, dass Davud noch Schuhe aus seiner Werkstatt auf sich getragen haben musste, als man ihn festgenommen hatte. Er betrachtete sich in diesem Sinne als zufälliges Opfer der polizeilichen Fahndung. Aber irgendwie musste er auf Klinglers Frage reagieren. Er kam nicht auf den Gedanken, sich seine frühere Aussage vorlesen zu lassen. Er dachte nicht an die Möglichkeit, dass Klingler ihn vielleicht falsch zitierte. In der Hitze des Gefechts erschien ihm Klinglers Einwand als logisch.

«Wie soll man bei ihm unsere Schuhe gefunden haben, wenn er sie doch verteilt hatte?», sagte er in der Überzeugung, es vor anderthalb Jahren wahrscheinlich richtig gesagt zu haben.

«Nach Ihren Angaben, die sie vor ein paar Minuten gemacht haben, hatte Ihr Cousin aber alle Schuhe bei sich, als er verhaftet wurde», beharrte Klingler.

Mehmet geriet in Panik. Noch mehr Verwirrung machte sich breit. Er hatte das Gefühl, dass Klingler ihn irgendwie festnagelte, ohne dass er wusste, worum es ging. Nochmals versuchte er, ordnend in seine Vergangenheit zu blicken. Je mehr er sich anstrengte, sich zu vergegenwärtigen, was er heute und die beiden anderen Male betreffend Davud und die Schuhe, die er jetzt verfluchte, gesagt hatte, desto grösser erschien ihm sein eigenes Durcheinander. In seiner Erinnerung gerieten Davud, das Telefongespräch mit Mustafa und die Schuhe an den Füssen der PKK-Kämpfer noch mehr durcheinander, und alles flimmerte in der Hitze in seinem Kopf.

«Ja, er hatte alle Schuhe bei sich», sagte Mehmet kraft- und willenlos.

Er fühlte sich schwindlig und legte die eine Hand an seine Stirn, auf der Schweisstropfen perlten. Das verbale Gefecht um die Schuhe, die sein unglückseliges Schicksal heraufbeschworen hatten und seinen Lebensweg weiterhin störten, kam zum Stillstand.

Mehmet atmete tief durch. Klingler liess die aufgestaute Luft aus seinen Lungen. Er lehnte sich zurück und wartete, bis der Protokollführer Mehmets letzte Antwort notiert hatte.

«Bei der wie vielten Zeile stehen wir?», fragte Klingler mit spitzem Mund.

«Vierundachtzig.»

Klingler nickte zufrieden. Mehmet drehte sich zu Ayşe um. Sie sass bleich wie Mehl in der Ecke. Es war ihr anzusehen, dass sie mit ihm litt.

Das Verhör ging unerbittlich weiter. Jetzt wollte Klingler wissen, wann und wie lange Mehmet festgenommen worden war. Jetzt, im Oktober seines zweiten Jahres in der Schweiz, lagen die Verhöre gut zwei Jahre zurück. Ausserdem rächte es sich, dass Mehmet die Kerkerhaft im Kellergeschoss der Gendarmerie in seinem Gedächtnis unbedeutender gemacht hatte, als sie wirklich gewesen war. Damals hatte er das unangenehme, schmerzhafte Erlebnis möglichst schnell vergessen wollen. Was sind ein paar Tage Kerkerhaft gegen das, was anderen widerfährt?, pflegte er sich angesichts der vielen schweren Folteropfer und Verschwundenen einzureden.

Mehmets Antwort, es sei im September und Oktober gewesen, fiel nicht nur ungenau aus, wie er gleich feststellen musste. In einem Atemzug mit diesen Monaten gab er die Dauer der ersten und zweiten Festnahme mit je einem Tag an. Klingler hielt ihm sofort seine Aussagen in der Empfangsstelle vor, wo er gesagt habe, er sei im August zuerst drei und dann einen Tag lang festgenommen worden. Als Mehmet zum Beweis, dass er auf jeden Fall verhört worden war, hinzufügte, der Gendarm habe mit einem Faustschlag sein Gebiss beschädigt, ging Klingler nicht darauf ein.

«Dann ist es wenigstens richtig, dass Sie bloss zweimal Probleme mit der Polizei gehabt haben?», forschte er stattdessen mit tonloser Stimme weiter.

«Nein, später verbot mir die Polizei, mich politisch zu betätigen und drohte mir für den Fall, dass ich es trotzdem tun würde.»

Klingler zeigte sich überrascht und sah mit offensichtlicher Irritation zur Hilfswerkvertreterin hinüber. «Davon habe ich in den Akten bisher nichts gelesen!», entfuhr es ihm.

«Bisher hat mich auch niemand danach gefragt», erwiderte Mehmet.

«Ja, was ist vorgefallen?»

Zum ersten Mal in seinem Asylverfahren erzählte Mehmet von jenem schrecklichen Tag bei Mustafa, als zwei Agenten erschienen waren, um Mustafa vor der Teilnahme am Newroz-Fest zu warnen. Es war keine Fahndung gewesen, und ebenso wenig hatte eine Identitätskontrolle stattgefunden. Mustafas Name gab Mehmet Klingler nicht preis, denn er hatte seinem Freund versprochen, seinen Unterschlupf unter keinen Umständen zu verraten.

«Schreiben Sie mir Namen, Vornamen und Adresse des Mannes auf, der Sie versteckt hat!», verlangte Klingler in barschem Tonfall. Von seinem Schreibblock riss er ein Blatt weg und schob es Mehmet mit einem Kugelschreiber über den Tisch zu.

«Ich darf Ihnen diese Angaben nicht liefern, da ich es meinem Freund versprochen habe, darüber nicht zu sprechen», erklärte Mehmet und schob das Schreibzeug von sich weg.

Klingers Gesicht nahm finstere Züge an. «In diesem Verfahren sind Sie zur Mitwirkung bei der Aufklärung des Sachverhaltes verpflichtet», erklärte er unwirsch. «So verlangt es das Gesetz. Ich fordere Sie erneut und mit dem nötigen Nachdruck auf, mir die verlangte Auskunft zu geben. Tun Sie es nicht, kann Ihre Weigerung für Sie Nachteile bei der Asylgewährung haben.»

Mehmet blieb trotz der möglichen Verschlechterung seiner Asylchancen stumm. Den Mund zu halten, war für ihn Ehrensache.

Klingler warf seinem Protokollführer Blicke zu, die Mehmet wie eine Mischung aus Empörung und Triumph zugleich vorkamen. Dann blätterte Klingler in Mehmets Akten.

«Ein letztes Thema, Herr Kayguzuz, möchte ich kurz streifen. Was hatten Sie für Gefühle, als Sie von der Polizei misshandelt wurden?»

Diese Frage hatte Mehmet nicht erwartet. Er dachte an den ersten Abend mit Ayşe und Cumhur, als er deswegen zum ersten Mal geweint hatte. Er war weder ein Held des kurdischen Widerstandes noch ein rührseliger Mensch.

«Ich hatte Angst. Ich fürchtete um meine Gesundheit und mein Leben», kam es über seine Lippen.

Klingler machte Anstalten, das Verhör zu beenden. Mit einer förmlichen Redewendung erteilte er der Hilfswerkvertreterin, deren Name er nie aussprach, die Gelegenheit, Anschlussfragen zu stellen. Diese fuhr mit der Hand durch ihre Stirnfransen. Sie holte auf eine Art Luft, die verriet, dass sie innerlich mit sich rang.

Mehmet wusste nicht, dass sie seine beiden früheren Protokolle gelesen hatte. Auch war er sich nicht im Klaren darüber, was ihre Aufgabe in diesem Verfahren war. Er ahnte nicht, dass die Frau protokollierte Aussagen gelesen hatte, welche von Klingler als unvereinbar mit seinen heutigen Aussagen ausgelegt werden konnten. Klingler selbst hatte Mehmet damit nicht konfrontiert und hatte offensichtlich auch nicht die Absicht, dies zu tun. Sie aber musste als Hilfswerkvertreterin die Interessen der Asylsuchenden vertreten. Das Dilemma machte ihr augenfällig zu schaffen. Sollte sie nach vergrabenen Hunden suchen? Mit dem Risiko, Klingler damit erst recht Argumente zu liefern, um Mehmets Asylgesuch ablehnen zu können? Oder würde sie Mehmet die Chance geben, Unklarheiten zu beseitigen?

Mehmet machte sich auf weitere unerfreuliche Überraschungen gefasst. Alles in ihm zog sich zusammen. Misstrauisch betrachtete er die Frau, als sie sich mit ihrer Frage an ihn wandte:

«Sie haben früher angegeben, Sie hätten das Geld für die Flucht nicht vom Bankkonto Ihres Vaters abheben können, weil es gesperrt gewesen sei. Heute haben Sie erklärt, es sei viel zu gefährlich gewesen, das Geld abzuheben. Was sagen Sie dazu?»

Mehmet verstand den Unterschied nicht. Aber er war erleichtert, hatte er doch erwartet, es würde ihm ein weiterer Datensalat vorgehalten. Die anscheinende Verwirrung um das

Geld, das auf der Bank blieb, liess sich leicht klären, war er überzeugt.

Er dachte an die kleine Bank, wo man grossen Wert auf Sicherheit legte. Durch einen schmalen Durchgang, der wie ein halbierter Lift anmutete, gelangte man in den Raum. Dort war es muffig. Hinter einer Abschrankung arbeiteten drei Angestellte, oft in mürrischer Laune. Auch wenn eine lange Schlange davor wartete, bediente nur ein Mann mit einem grauen Büroüberkleid und blauen, geflickten Ärmelschonern. Hinter ihm sass ein anderer Angestellter mit gekrümmtem Rücken. Auf seinem Schreibtisch türmten sich Akten- und Papierberge. Mehmet hatte oft versucht, sich die Arbeit dieses Menschen vorzustellen. Jedes Mal kam er zum Ergebnis, dass der Mann die Papiertürme nur umschichtete und sie um seine Pausenäpfel herum neu arrangierte. Ihm gegenüber, hinter den Papierbergen, arbeitete eine Frau, immer den Telefonhörer am Ohr.

«Von unserem Konto konnten weder ich noch mein Vater in jenen Tagen Geld abheben. Es war zu riskant», sagte Mehmet.

Die Fragestellerin nickte befriedigt und stellte eine zweite Frage. Sie wollte in Erfahrung bringen, ob Mehmet schon in Tilkini oder erst in Istanbul erfahren hatte, dass die Polizei ihn auch zu Hause gesucht hatte. Seine bisherigen Aussagen dazu seien nicht klar.

Mehmet erinnerte sich schwach, dass Mustafa erzählt hatte, dass die Polizei auch zu seiner Familie gegangen war.

«Es ist so, wie ich es heute erzählt habe», lautete seine Antwort. «In Istanbul habe ich erfahren, dass die Polizei mich auch zu Hause gesucht hat. Aber als ich beim Kollegen versteckt war, war es für mich bereits klar, dass ich gesucht wurde, deshalb ging ich ja auch nicht nach Hause.»

Die Hilfswerkvertreterin legte die Stirn in Falten und blätterte hastig in ihren Papieren. Klingler lehnte sich zurück. Sie gab ihm mit einem Handzeichen zu verstehen, dass sie keine weiteren Fragen hatte.

Klingler wollte noch wissen, ob Mehmet Beweismittel habe. Mehmet nickte bedeutungsvoll und zog das Dokument des

Staatsanwaltes aus der Brusttasche seiner Jacke. Mit einer betont gewichtigen Geste legte er es auf den Tisch. Wortlos ergriff es Klingler und prüfte es zwischen den Fingerkuppen wie jemand, der ein Kleid kauft. Dann schob er das Schreiben zwischen die Aktendeckel und fragte, von wem Mehmet es erhalten habe und ob es echt sei.

Mehmet spürte, wie sich in ihm eine grosse Enttäuschung darüber breit machte, dass der Beamte sein Beweismittel mit keinem Wort würdigte. Er fragte bloss, wer es ihm geschickt habe.

Dann stellte Klingler die letzte Frage:

«Herr Kayguzuz, was würde passieren, wenn Sie in Ihr Heimatland zurückkehren müssten?»

«Ich würde sofort festgenommen», antwortete Mehmet in düsterem Tonfall, empört darüber, dass Klingler das Wort Heimat benutzte. Bin ich nicht heimatlos geworden! Mit einer Bewegung des Kopfabschneidens deutete er an, dass er das Schlimmste befürchtete.

Klingler erklärte die Sitzung für beendet. Der Übersetzer las Mehmet das Protokoll vor. Er wies Mehmet an, jede vorgelesene Seite zu unterzeichnen. Als Mehmet die letzte Seite unterschrieben hatte, spürte er seine Erschöpfung. Ayşe warf er einen stummen Blick zu. Er konnte nicht erraten, was in ihr vorging. Sie wirkte angestrengt.

Dann kündigte Klingler an, Mehmet werde von ihm den Entscheid über sein Gesuch erhalten. Wann das sein werde, wisse er noch nicht. Er werde sich bemühen, dies baldmöglichst zu tun.

Klingler seufzte und erhob sich. Er reichte Ayşe und Mehmet die Hand und führte sie die Treppen hinunter in den Vorraum zurück. Die Empfangsdame lächelte ihnen zu.

Als Ayşe und Mehmet durch die Glastüre ins Freie traten, schlug es vom nahen Kirchturm ein Uhr. Die Wolkendecke, die am Morgen bleiern über der Stadt gelegen hatte, zeigte da und dort sonnengelbe Risse. Es war deutlich wärmer als am Morgen. Mehmet war zu erschöpft, um am Himmel nach Zeichen für seine Zukunft zu forschen.

Die dritte Befragung hatte vier Stunden gedauert. Kraft- und willenlos wie ein Schosshündchen lief Mehmet hinter Ayşe her. Sie überquerten den Vorplatz und gingen dem Park entlang, an der Heiliggeistkirche vorbei, bis sie an eine Strassenkreuzung kamen. Dort bogen sie in die Bundesgasse ein. Vor dem Haupt- eingang des Bundeshauses stand eine grosse, dichte Menschen- traube. Ayşe und Mehmet kamen nur langsam vorwärts. Die Leute unterhielten sich in einer Sprache, die beiden fremd war. Ein paar Schritte hinter der Gruppe blieb Ayşe stehen.

«Wohin gehen wir eigentlich?», fragte sie, Mehmet aus sei- ner Apathie herausreissend.

«Mach einen Vorschlag, ich bin zu müde fürs Denken.»

«Gut, ruhen wir uns hinter dem Bundeshaus auf der grossen Schanze erst einmal aus.»

Sie gingen ein Stück weiter, bogen nach dem Hotel Bellevue nach links ab. Mehmet sah ein Stück weiter vorne ein vorbeifah- rendes Tram mit einer riesigen Coca-Cola-Reklame. Er hatte Durst. Ayşe ging immer noch voraus, bog nochmals um die Ecke, bis sie auf die Schanze kamen. Auf jeder Bank sass eine Person. Sie gingen weiter, bis sie vor dem Weltpostdenkmal standen. Davor war eine Sitzbank frei.

Ayşe und Mehmet hatten auf dem Weg kaum ein Wort mit- einander gesprochen. Mehmet starrte auf die fünf menschen- grossen Figuren, die sich als Boten jedes Kontinentes, um eine kupferne Erdkugel gruppierten. Als Mehmet sah, wie eine krausköpfige Afrikanerin einen Briefumschlag in der Hand hielt, schweifte er in Gedanken ab zu dem Brief seines Vaters, in wel- chem das Schreiben des Staatsanwaltes gesteckt hatte. Nun war er ein ganzes und ein halbes Jahr in diesem Land und hatte mit seinen Aussagen dreimal sein eigenes Land an den Pranger gestellt. Jetzt hatte er Klingler sogar ein Schriftstück anvertraut. Ein kalter Schauer lief ihm den Rücken hinunter, als er sich die Wut der Polizei und des Staatsanwaltes in der Türkei vorstellte, sollten sie je davon erfahren.

Irgendwie beunruhigte ihn der Gedanke, dass irgendetwas über sein Asylverfahren in die Türkei durchsickern könnte. Er

156

dachte an die Zusicherungen, welche ihm gegenüber abgegeben worden waren:

«Alle Anwesenden unterliegen einer strengen Verschwiegenheitspflicht. Nichts, was hier ausgesagt wird, wird den heimatlichen Behörden mitgeteilt.»

Ayşe riss ihn aus seinen Gedanken.

«Das Verhör war ganz schön anstrengend», sagte sie. Mit einer Stimme, die eine gute Laune ausdrücken sollte, fuhr sie fort: «Manchmal habe ich mich an meine Schulstunden erinnert. Meine Schulklasse sah oft ähnlich mitgenommen aus wie du jetzt. Es kam vor, dass ich meine Schüler und Schülerinnen in der Geschichtsstunde überfordert habe. Neben der Vermittlung der offiziellen Geschichtsschreibung habe ich gelegentlich subversiven Stoff unterrichtet.»

«Ich hätte viel darum gegeben, meinen Platz heute Morgen mit einem deiner Schüler zu vertauschen», erwiderte Mehmet mit matter Stimme, «vor allem in den Geschichtsstunden.»

Mehmet errötete leicht und dachte an den Grossvater, der ihm auf dem Dreschplatz über die Geschichte der Kurden erzählt hatte.

«Vergangene Zeiten», lachte Ayşe etwas wehmütig, wie es Mehmet erschien. Sie starrte abwesend zum Himmel.

«Wie war es? Habe ich meine Geschichte genügend überzeugend dargelegt?», fragte Mehmet mit der ihm geboten erscheinenden Vorsicht.

Er dachte an ihr bleiches Gesicht, das er in einem schwierigen Moment des Verhörs bemerkt hatte.

Ayşe antwortete nicht sofort.

«Ich weiss nicht, ob überzeugend das richtige Wort ist. Du musst glaubwürdig sein, und das ist eine schwierige Sache», sagte Ayşe, die Betonung auf «würdig». Sie sprach fast mehr zu sich als zu Mehmet.

Er hatte den Eindruck, dass sie ein inneres Bild vor sich sah. Er blickte zum Himmel. Eine grosse Wolke sah aus wie ein Riesenkrokodil. Durch die Ränder des langen Mauls schimmerte die Sonne.

«Würde verbinde ich mit einem hohen Amt oder hohem Ansehen», sagte Mehmet nach einigem Nachdenken. «Solchen Leuten glaubt man. Ich sehe nicht, wie ich in dieser Weise würdig sein kann.»

«Cumhurs Asylgesuch wurde abgelehnt, weil man ihm schrieb, das Militär habe keine eigene Fahndungsabteilung», erzählte Ayşe. «Man glaubte ihm nicht, dass er nicht von der Polizei, sondern von der Armee gesucht worden war. Man erklärte ihm: ‹Dein Onkel hat gar nichts verraten müssen, weil damals ein Militärputsch in der Luft lag. Alle haben die Machtübernahme der Generäle erwartet. Deshalb brauchte dein Onkel keine Warnung, um sich aus dem Staub zu machen und seine Haut zu retten?›»

Mehmet brauchte eine Weile, bis er Ayşe verstand. Er erinnerte sich, dass Ayşe ihm im Café erzählt hatte, Cumhur sei von einem hohen Offizier über den Putschplan informiert worden und habe seinen Onkel gewarnt, der bei einer linken Organisation tätig war. Beide schwiegen. Ayşe betrachtete Mehmet von der Seite. Der Wind blies ihm die Haare ins Gesicht.

«Du hast dich bei der Befragung redlich geschlagen. Ich würde dir aber keineswegs die beste Note geben.»

Mehmet schaute Ayşe enttäuscht an.

«Du hättest deine Hausaufgaben erledigen müssen.»

«Welche Hausaufgaben?»

«Zum Beispiel hättest du dir ein für alle Mal überlegen können, wann und wie lange du bei der Gendarmerie festgehalten worden bist, anstatt dieses Durcheinander anzustellen.»

Mehmet war sprachlos und aufgebracht.

«Du schimpfst wie eine Lehrerin mit mir. Zahlen und Daten waren noch nie meine Stärke, und über die Untaten der Gendarmen wollte ich am allerwenigsten Buch führen.» Mehmet schüttelte verständnislos den Kopf.

«Denkfaulheit nennt man das», doppelte Ayşe mit unverminderter Strenge nach. «Und ausserdem hättest du auch Nachhilfestunde im Formulieren nötig.»

«Wie kommst du darauf?»

«Wegen dieser Bankengeschichte. Du hättest dir vorher überlegen können, mit welchen Worten du hier erklären willst, warum du das Geld nicht abheben konntest. Konto gesperrt, oder Angst, das Geld abzuheben.»

«Bravo, Frau Lehrerin», knurrte Mehmet. «Seit wann darf man eine Blume nicht zuerst von unten und dann von oben beschreiben. Die Blume bleibt immer noch die Blume, obwohl man Verschiedenes sieht.»

Ayşe schüttelte müde den Kopf und gab ihm, die Schlagfertigkeit anerkennend, einen sanften Klaps auf den Oberschenkel.

«Hast du eigentlich mitbekommen, was Klingler und die Frau in der Pause besprochen haben?», fragte Mehmet in versöhnlicherem Ton. «Gab es Streit zwischen ihnen?»

«Ja. Der Dolmetscher setzte Klingler auseinander, du könnest unmöglich ein Schuhmacher sein. Er selbst habe Schuhe aus der Türkei importiert. Diese seien aber viermal teurer gewesen als du behauptet habest. Zudem könne man nicht in einer halben Stunde ein Paar Schuhe machen, wie du habest weismachen wollen. Dazu brauche es einen Tag. Die Hilfswerkvertreterin protestierte dann gegen das Vorgehen des Übersetzers. Sie warf ihm vor, er überschreite seine Kompetenzen. Als Dolmetscher müsse er nur neutral übersetzen und damit basta. Er könne sich nicht noch als Branchenexperte aufspielen, und erst noch zu deinen Ungunsten.»

«Was hat der Beamte dazu gesagt?»

«Nichts, er hat sich einfach alles notiert.»

«Scheisse!» Mehmet erregte sich und spuckte auf den Boden. «Was versteht der Übersetzer schon von meinen Schuhen! Der soll bei seinen Leisten bleiben und mich nicht in ein derart schiefes Licht rücken!», schrie er.

«Deswegen musst du nicht so schreien.»

Ayşe hatte Recht. Er benahm sich unmöglich.

«Vielen Dank übrigens, dass du mitgekommen bist. Ohne dich hätte ich mich sehr alleine und noch ausgelieferter gefühlt. So ging es mir viel besser», sagte er.

Ihre Blicke begegneten sich. Er fühlte sich im Blick ihrer

lachenden Augen wieder aufgehoben. Zum ersten Mal entdeckte er feine Falten, die wie Sonnenstrahlen an den Augenwinkeln zum Vorschein kamen. Sie blickte auf ihre Uhr.

«Jetzt muss ich leider in meinen Sprachunterricht gehen. Hoffentlich schlafe ich nicht ein nach dieser Anstrengung.»

Ihr Blick glitt nachdenklich über ihn hinweg wie der Schatten eines Schilfrohrs und zerbarst in tausend flüchtigen Funken.

«Ist etwas nicht in Ordnung?», fragte Mehmet irritiert.

«Nein, nein. Ich repetiere nur einige Wörter. Heute ist der Wortschatz rund um den menschlichen Körper dran.»

«Von der Frau oder dem Mann?»

«Ist doch egal.»

«Fast.»

«Wenn du es nur in deinem Asylverfahren so genau nähmest», lachte Ayşe. «Weisst du was? Warum schreibst du eigentlich nicht auch Tagebuch? Ab heute und in der Rückblende, damit du mal Ordnung in dein löchriges Gedächtnis bringst.»

«Meinst du das ernst?»

«Ja, sicher. Lass es dir mal gründlich durch den Kopf gehen. Du musst ja nicht in zwei Sprachen schreiben wie ich. Auf Wiedersehen.»

«Machs gut.»

Ayşe ging schnellen Schrittes in Richtung Dreifaltigkeitskirche. Mehmet blickte ihr verträumt nach, bis sie hinter einem kahlen Gestrüpp verschwunden war.

Ein wärmender Sonnenstrahl fiel auf sein ermattetes Gesicht.

Gehen Sie diskret vor!

«Ich habe euch heute zwei besonders wichtige Mitteilungen zu machen», sagte Edgar Goldmann.

Er sass an der Breitseite eines Tisches, dem Fenster gegenüber. Die ausgelöschte, noch halbgefüllte Tabakpfeife und der Beutel der Tabakmarke «Ering More» lagen vor ihm. Auf beiden Längsseiten des Tisches waren seine Mitarbeiter versammelt. Dazu gehörte auch Rudolf Klingler. Es war Mittwoch, der neunundzwanzigste Oktober, halb neun.

Edgar Goldmann leitete die wöchentliche Sitzung seines Dienstes im Bundesamt für Flüchtlinge. Etwa die Hälfte seiner zehn Mitarbeiter und Mitarbeiterinnen, die alle Asyldossiers aus dem Nahen und Fernen Osten bearbeiteten, waren Juristen und Juristinnen. Die andere Hälfte bestand aus einem Sekundarlehrer, einer Ethnologin, einem Islamwissenschaftler, einem Historiker und einem Makroökonomen. Goldmann selbst hatte in Geschichte und Philosophie abgeschlossen.

Edgar Goldmann war der Dienstälteste im mittleren Kader. Er hatte noch zur Zeit des Kalten Krieges bei der Flüchtlingsbehörde angefangen. Damals hatte sich nur eine kleine Gruppe mit Asylfragen befasst. Man entschied mit Augenmass auf dem Raster des West-Ost-Konfliktes. Die Asylpolitik schlug keine grossen Wogen in der öffentlichen Meinung und in der Politik. Die Flüchtlinge aus den von der Sowjetunion geknebelten kommunistischen Satellitenstaaten waren im Grossen und Ganzen willkommen, zumal viele zugleich qualifizierte Arbeitskräfte waren. Das Asylrecht wurde grosszügig ausgelegt. Wenn ein Flüchtling lediglich Mühe mit den Kommunisten hatte, von ihnen aber nicht tatsächlich verfolgt wurde, hatte man Verständnis für seine Flucht und nahm ihn wegen seiner «inneren Zwangslage» auf.

Die freundliche Stimmung fand ein vorübergehendes Ende mit dem Militärputsch in Chile. Das blutige Regime von Augusto Pinochet trieb viele Chilenen und Chileninnen, die für den vom Volk gewählten marxistischen Präsidenten Salvador

Allende gearbeitet hatten, ins Ausland. Die Machtergreifung im fernen Chile war das erste Rauchzeichen einer sich anbahnenden radikalen Änderung. Die Migration fand nicht mehr nur von Osteuropa in den Westen statt. Neue Migrationbewegungen aus der Dritten Welt nach Westeuropa entstanden. Der Begriff der «neuen Flüchtlinge» machte die Runde.

Der Putsch in Chile fiel in Goldmanns Studentenzeit. Er engagierte sich in der Bürgerbewegung, welche den chilenischen Flüchtlingen Unterkünfte bei Familien, Wohngemeinschaften und Einzelpersonen organisierte. Die «Freiplatzaktion» war eine Bewegung an den Behörden vorbei und widerspiegelte den ersten scharfen Konflikt in der Asylpolitik der schweizerischen Nachkriegszeit. Die Auseinandersetzung gab gleichzeitig den Anstoss, das Asylrecht, das bisher nur aus Regeln bestanden hatte, welche die Regierung gemacht hatte, auf die Grundlage eines modernen Gesetzes zu stellen. Zugleich sollte mit dem neuen Asylgesetz eine Wiederholung einer menschenrechtswidrigen Flüchtlingspolitik vermieden werden: Die Schweiz sollte als Zufluchtsland für Flüchtlinge offen bleiben, und sich nicht zunehmend abschotten wie damals gegen die Juden.

Seit Beginn der Achtzigerjahre wurde die kleine Asylgruppe, der Goldmann angehörte, sukzessive aufgestockt. Die aus einer handvoll Beamten bestehende, für Flüchtlingsfragen zuständige Stelle wurde zu einem grossen Apparat mit mehreren hundert Beamten ausgebaut. Die Asylpolitik wurde zum permanenten politischen Zankapfel. Das Bundesamt für Flüchtlinge steht im Brennpunkt dieser Auseinandersetzungen. Ihm wurde per Gesetz die Aufgabe aufgebürdet, in rechtsstaatlichen Einzelverfahren die echten Flüchtlinge von den unechten zu unterscheiden. Eine schwierige Aufgabe, wenn bedacht wird, dass die Zwangsmigranten in einem Spitzenjahr eine mittlere Schweizer Stadt füllen.

Edgar Goldmann war in der Flüchtlingsbehörde in eine leitende Stellung aufgestiegen. Der Aufstieg bedeutete auch, dass er sein Engagement für die Flüchtlinge dämpfen musste. Er schielte auf seine Tabakpfeife. Er hätte am liebsten auch während der Sitzung geraucht. Aber Rauchen im Sitzungszimmer war verboten. Jemand hatte das Schild «Rauchen verboten – Danke für Ihr Kulturverständnis» angebracht.

«Die Mitteilungen betreffen zwei Neuerungen», fuhr Goldmann fort. «Unser Amt hat das Aussenministerium davon überzeugen können, dass wir in unseren Botschaften in den wichtigsten Migrationsländern Verbindungsbeamte stationieren. Die Aufgabe unserer Diplomatie besteht darin, uns via diese Verbindungsbeamten bei der Abklärung von Asylgesuchen Amtshilfe im betreffenden Land zu leisten. Als Pilotland ist die Türkei bestimmt worden. Der Beamte ist bereits ernannt. Er befindet sich schon seit einiger Zeit in Ankara.»

Goldmann machte eine Pause. Erstaunte Gesichter blickten ihn an.

«Wer ist es?», riefen einige gleichzeitig.

«Klaus.»

Alle schwiegen. Sie wussten, wer er war. Es gab nur einen Klaus im Amt.

«Die zweite Mitteilung geht euch persönlich an. Ihr wisst, dass wir pausenlos im Schussfeld der Kritik stehen. Deshalb hat der Direktor auf Druck der Kirchen und Hilfswerke beschlossen, eine interne Qualitätskontrolle einzuführen.»

«Was soll das heissen?», rief Sabine Knellwolf, die Ethnologin, dazwischen.

«Das heisst, dass wir, die Leiter der Dienstabteilung, jedes Jahr von jedem Mitarbeiter über einen Fall eingehender als sonst informiert werden müssen. Das bedeutet, dass jeder von euch mich dann konsultieren muss, wenn ihm oder ihr das Dossier zugeteilt wird. Wir unsererseits sind verpflichtet, dem Abteilungsleiter Bericht zu erstatten, damit er über unsere Arbeitsweise besser im Bilde ist. Zuletzt lässt sich der Direktor selbst informieren.»

«Wer wählt den Fall aus?», wollte Arthur Bandli, der ehemalige Sekundarlehrer, wissen.

«Ihr.»

«Wenigstens das», antwortete er mürrisch.

Goldmann spürte, dass das Projekt des Direktors bei seinen Mitarbeitern nicht besonders gut ankam. Er hatte Verständnis dafür, dass viele es so sahen, dass man mit ihnen persönlich nicht zufrieden war.

«Ich möchte, dass jeder von euch mir bis Ende nächster Woche mitteilt, welchen Fall ihr mir präsentieren wollt. Weil das Jahr sich bald dem Ende zuneigt, ist es ausnahmsweise auch möglich, dass ihr in dem vorzulegenden Fall die Befragung schon durchgeführt habt.»

Rudolf Klingler dachte an Mehmet Kayguzuz. Innerlich hatte er ihn bereits als den «Schuhmacherfall» etikettiert. Er beschloss, dieses Dossier Goldmann vorzulegen.

«In Bezug auf den Verbindungsmann möchte ich heute mit euch ein kleines Brainstorming durchführen», sagte Goldmann. «Habt ihr schon Ideen, wie euch der Mann in Ankara behilflich sein könnte?»

«Meines Erachtens sollte der Mann gute Recherchen machen und uns pro Jahr einige Berichte über die Situation der Menschenrechte zustellen, wenn möglich differenziert nach Regionen», schlug Sabine Knellwolf vor.

«Ich finde, er sollte fallbezogene Abklärungen tätigen und Zeugen befragen», meldete sich Fred Bühlmann zu Wort. «Mich interessiert zum Beispiel in einem Fall brennend, ob die Polizei wirklich das Elektrogeschäft des Asylbewerbers geschlossen hat, weil er Spenden für den türkischen Menschenrechtsverein gesammelt hat.»

«Ich meine, der Verbindungsmann sollte Kontakt mit dem türkischen Menschenrechtsverein und anderen humanitären Organisationen aufnehmen. Die könnten dann für uns Abklärungen treffen», warf Pascal Dupont, ein Jurist, der früher als Rotkreuzdelegierter gearbeitet hatte, ein. «In Chile haben wir damit gute Erfahrungen gemacht. Unsere Botschaft hat regelmässig die Vicaria de la Soridadad, die erzbischöfliche Rechtshilfestelle, konsultiert. Diese hat die Menschenrechtsverletzungen ziemlich umfassend dokumentiert.»

«Das sind gute Ideen», lobte Goldmann. «Man müsste vor allem ausprobieren, was das Archiv des Menschenrechtsvereins hergibt.»

«Da bin ich pessimistisch», sagte Sabine Knellwolf entschieden. «Ich für meine Person halte es für ergiebiger, wenn der Verbindungsmann allgemeinere Ereignisse, die in den Asylgeschichten eine Rolle spielen, überprüft. Ich denke zum Beispiel daran, ob eine Demonstration, an welcher jemand verhaftet worden sein will, stattgefunden hat. Solche Details findet man vielfach nur in der lokalen oder regionalen Presse.»

Rudolf Klingler sagte entgegen seiner Gewohnheit nichts. Sonst war er oft der Erste, der sich in einer Diskussion zu Wort meldete. Seine Fälle gingen ihm durch den Kopf. Am Vortag hatte er gerade ein Dossier abgeschlossen. Es betraf einen kurdischen Bauern. Obwohl er kaum eine Schulbildung erhalten hatte, hatte er behauptet, wegen Artikeln, die er für eine Zeitung geschrieben habe, als Staatsfeind verfolgt worden zu sein. Die ganze Geschichte klang wenig glaubhaft.

Klingler versuchte, sich das Gefühl zu vergegenwärtigen, das er gegenüber diesem Mehmet Kayguzuz am vergangenen Montagvormittag gehabt hatte. Unmittelbar nach der Befragung hatte er einen klaren Eindruck gehabt: Die Geschichte kann nicht stimmen! Die Weigerung des angeblichen Schuhmachers, den Namen des Beherbergers und Freundes bekannt zu geben, hatte ihn zu alldem noch äusserst unangenehm berührt. Ja, sie war nichts weniger als eine Verhöhnung des Staates und seiner Asylidee. Immer öfter hatte Klingler in letzter Zeit das Gefühl gehabt, Asylbewerber würden zunehmend dreistere Geschichten ersinnen. Ob dieser Kayguzuz überhaupt etwas von Schuhen verstand, bezweifelte Klingler in höchstem Masse.

Aber er wusste, dass er sich nicht allein auf sein Gefühl verlassen durfte. Er war sich bewusst, dass seine Wahrnehmung der Persönlichkeit der Asylbewerber stark durch die Übersetzer beeinflusst wurde. Aufpassen musste er vor allem dann, wenn die Übersetzer unbewusst Position für oder gegen die Asylbewerber bezogen. Klingler hatte oft das Gefühl, dass sich zwischen ihn und den Asylbewerber ein Schleier der Undurchdringlichkeit schob. Vielfach sprachen sie zudem mit monotonen, deprimierten Stimmen, denen er kein spontanes Gefühl entnehmen konnte.

Dann dachte Klingler an das Schreiben des Staatsanwaltes, das ihm der Asylbewerber übergeben hatte. Er ergriff das Wort, als Sabine Knellwolf, der er nicht mehr richtig zugehört hatte, zu Ende geredet hatte.

«Sehr hilfreich wäre, wenn unser Mann in Ankara Wege fände, die Echtheit von Dokumenten zu überprüfen», sagte er. «Ich habe einen Fall, bei dem mir ein Kurde ein Schreiben übergeben hat, das von einem Staatsanwalt stammen soll.»

Goldmann strich sich nachdenklich mit den Fingern über die Wangen.

«Alles ist denkbar. Wir müssen jeden Vorschlag von Fall zu Fall prüfen», sagte er. «Wählt eure Dossiers aus und kommt damit zu mir.» Er schaute auf die Uhr. Es war halb zehn. Er teilte seinen Mitarbeitern noch die wichtigsten Anordnungen der Amtsleitung mit. Um zehn Uhr war die Sitzung beendet.

Klingler wandte sich sofort an Goldmann. Er erklärte ihm, er wolle mit ihm das Dossier bearbeiten, bei welchem er gerade die dritte Anhörung hinter sich gebracht habe. Sie verabredeten sich für zwei Uhr.

Klingler ging in sein Büro zurück und begann als Erstes, das Dossier von Mehmet Kayguzuz zu bearbeiten. Er schaltete seinen Computer ein und erstellte eine erste Liste von Aussagen, die sich widersprachen. Das war das übliche Vorgehen: Wer vom Staat Asyl bekommen will, muss eine Geschichte vortragen, die weder Widersprüche, Ungereimtheiten noch Behauptungen enthält, die mit dem gewöhnlichen Lauf der Dinge unvereinbar sind.

Klingler las seine Notizen, die er während der Befragung und in der Pause gemacht hatte. Manche Wörter konnte er nach zwei Tagen kaum mehr entziffern. Ist Kayguzuz wirklich ein Schuhmacher? Er erinnerte sich, dass der Übersetzer in der Pause gewichtige Zweifel in dieser Hinsicht geäussert hatte. Die

Preise und die Produktionszeiten seien unrealistisch tief, hatte er gemeint. Klingler las die Protokolle unter diesem Gesichtspunkt nochmals durch. Irgendwie hatte er auch das Gefühl, dass Kayguzuz von dem Geschäft kaum eine Ahnung hatte. Er kam auf drei Unstimmigkeiten.

Dann die Arbeit, die einem Lohnverzicht von zwei Jahren gleichkommt, murmelte Klingler halblaut vor sich hin. Er schüttelte den Kopf, als er die vierte Unstimmigkeit in seine Liste eintrug. Wie dumm ist eigentlich die türkische Polizei? Warum hat sie den Schuhmacher nicht zu Hause oder im Geschäft gesucht? Weshalb sollte sie als Erstes beim Onkel nachforschen? Irgendwo in seinem Inneren kam eine Wut hoch, denn Rudolf Klingler liess sich nicht gerne anlügen. Dann all diese Widersprüche! Er dachte an die Hilfswerkvertreterin, die ihn noch auf zwei, auf die er nicht selbst gekommen war, aufmerksam gemacht hatte. Er machte sich deswegen Vorwürfe, denn er war ehrgeizig.

Jetzt stellte er den Datensalat zu den angeblichen Festnahmen auf einer Liste zusammen. Daran hatte er zuerst gedacht. Dann ging es ihm durch den Kopf, wie Kayguzuz im Netz seiner Fragen und Vorhalte hilflos gestrampelt hatte. Nicht einmal die Umrisse eines klaren Bildes von den Umständen der Festnahme des Cousins Davud sind sichtbar. Es macht doch einen Unterschied, ob dieser Cousin mit oder ohne die Schuhe verhaftet worden ist! Es ist diesem Schuhmacher aus Kurdistan auch nicht gelungen, die Fragen der Hilfswerkvertreterin überzeugend zu beantworten. Warum muss er zwei Begründungen angeben, um zu erklären, dass er die Ersparnisse nicht von der Bank abheben konnte? Schliesslich muss man als Verfolgter wissen, wann man wo gesucht wird. Für Klingler machte es einen Unterschied, ob Kayguzuz schon im Versteck in Tilkini oder erst später in Istanbul erfahren hatte, dass er nicht nur im Geschäft, sondern auch zu Hause gesucht worden war. Auch diesen Punkt hatte die Hilfswerkvertreterin scharfsinnig herausgearbeitet.

Klingler zählte. Er war bei neun Zweifeln angelangt. Dass sich dieser angebliche Schuhmacher weigerte, Name und Adresse seines zweiwöchigen Beherbergers in Tilkini anzugeben, machte die ganze Geschichte noch unwahrscheinlicher. Er presste die Lippen zusammen und übersah die Liste seiner Zweifel auf dem Bildschirm. Sie umfasste jetzt zehn Punkte. Es war eine lange, zu lange Liste. Er druckte sie aus.

Jemand klopfte an die Tür. Klingler speicherte die Datei und rief «Herein». Paolo Massara, der hausinterne Briefträger, trat ein. Er legte einen Papierstoss auf den Aktenschrank. Klingler erhob sich und schaute die Post durch. Massara ging rasch wieder hinaus und schloss die Türe hinter sich. Es war ein neues Dossier, das Klingler bestellt hatte, und die Übersetzung des Schreibens des Staatsanwaltes, das ihm Mehmet Kayguzuz am Montag übergeben hatte. Klingler war erleichtert, sie noch rechtzeitig vor der Besprechung mit Goldmann erhalten zu haben.

Er zog das Original aus dem Dossier hervor. Der Text stand zwischen drei Stempeln, davon einer, oben links, verschmiert. Dann kamen ein Titel und ein Text, der aus einem einzigen, sich über drei Zeilen erstreckenden Satz bestand. Darunter das Datum.

Klingler las die Übersetzung. Hasan Kolusari, der geschwollen als Staatsanwalt der Republik bezeichnet wurde, schrieb an das Amt zur Bekämpfung des Terrorismus. Klingler musste den Satz zweimal lesen. Er wunderte sich, wie kompliziert man sich in der Türkei ausdrückte. Er hatte immer geglaubt, schon das Amtsdeutsch in seinem Land sei schwerfällig. Die Türken übertreffen uns bei weitem, lästerte er für sich. Zumindest, wenn man die Übersetzung liest. Gerne hätte Klingler gewusst, ob sich der Text im Türkischen eleganter las. Er musste den fürchterlichen Schachtelsatz, der allen grammatikalischen Regeln der deutschen Sprache zuwider lief, mehrmals laut sich selbst vorlesen:

Um das Festnehmen und die Auslieferung an unsere Staatsanwaltschaft ... des der verbotenen PKK-Organisation Angehörigen ... und für die Organisation als Helfershelfer/ Komplize Tätigen, ... an der unten aufgeführten Adresse wohnenden und auf strenge Art und Weise Gesuchten ... wird gebeten.

Die Lektüre verursachte Klingler Kopfzerbrechen. Nicht nur wegen dem holprigen Stil und der Missachtung deutscher Grammatikregeln. Was, wenn dieses Schreiben echt ist? Dann wäre sein ganzer Katalog von Zweifeln nicht das Papier wert, auf dem er geschrieben steht!

Klingler beschloss, das Schreiben der Dokumentationsabteilung zur Begutachtung vorzulegen. Er machte sich sofort auf den Weg. Mitten im Flur stiess er auf Fritz Kägi, der sich am Kopierautomaten zu schaffen machte.

«Fritz, ich habe ein Schreiben, das von einem Staatsanwalt in der Türkei verfasst worden sein soll. Könntest du es mal anschauen, ob es echt ist?»

«Sicher. Was ist deine Meinung?»

«An seiner Geschichte ist nicht viel dran. Ich will aber sicher sein.»

«Gut. Ich werde mal schauen.»

«Kannst du mir so schnell wie möglich Bericht geben? Am besten schriftlich. Eine kleine Aktennotiz?»

«Bis wann brauchst du das Resultat.»

«Bis heute um zwei Uhr. Dann habe ich eine Besprechung mit Goldmann.»

Kägi blickte auf die Uhr. Es war schon gegen halb eins. Er schaute Klingler vorwurfsvoll an.

«Du hast Glück», sagte er dann. «Ich arbeite heute über Mittag durch, weil ich früher gehen will. Ich brauche kaum mehr als eine halbe Stunde.»

«Kann ich das Resultat kurz vor zwei Uhr abholen?»

«Geht in Ordnung.»

Klingler verabschiedete sich. Er spürte Hunger und ging in die Kantine. Heute wollte er sich mit etwas Leichtem begnügen.

Um Viertel vor zwei verliess er das Personalrestaurant und kehrte in die Dokumentationsabteilung zurück. Er traf Kägi wieder vor dem Kopierautomat.

«Gefälscht», sagte dieser und deutete mit dem Kinn auf einen Tisch, auf dem eine blaue Sichtmappe lag.

«Du sagst mir nichts Neues», sagte Klingler.

Irgendwie war er erleichtert, dass die Liste der Widersprüche mit Kägis Befund übereinstimmte.

«Ich habe die Fälschungsmerkmale aufgeschrieben.»

«Vielen Dank für die prompte Erledigung.»

Klingler nahm die Sichtmappe und verliess die Abteilung eilig. Auf dem Weg zu Goldmann warf er einen Blick auf Kägis Notiz. Er erkannte sofort, dass Kägi drei Gründe gegen die Echtheit des Schreibens anführte. Es spiegle ein amtsinternes Schreiben vor und sei auf einem Papier von unüblicher Qualität geschrieben. Auch die gebräuchlichen Dienstvermerke fehlten.

Punkt zwei Uhr klopfte Klingler an die Türe zum Büro seines Dienstchefs. Er vernahm ein knarrendes Geräusch, bevor ein «Herein» an sein Ohr drang. Edgar Goldmann begrüsste seinen Mitarbeiter mit einem breiten Lachen auf dem Gesicht.

«Du bist der Erste, mit dem ich einen Fall gemäss der neuen Qualitätskontrolle bespreche.»

«Jemand muss anfangen», erwiderte Klingler, nicht ohne Stolz auf seine Pionierrolle.

«Ich bin gespannt, wie dein Fall aussieht. Schiess los!»

«Es handelt sich um einen jungen Kurden, angeblich einen Schuhmacher, der aus politischen Gründen gesucht sein will. Ich habe schon eine Liste von zehn zweifelhaften Behauptungen zusammengestellt, weshalb an der Geschichte vermutlich nichts Wahres dran ist. Auf dem Weg hierher hat mir Kägi von der Dokumentationsabteilung zudem noch mitgeteilt, dass ein Beweismittel gefälscht ist.»

«Du gehst aber rasant ran», sagte Goldmann und machte eine Geste, als müsse er sich Luft verschaffen. «Warum zweifelst du an der Geschichte?»

«Er hat sich viermal widersprochen», antwortete Klingler und zog das Blatt mit der Liste heraus, die er vor dem Mittagessen zusammengestellt hatte. «Fünfmal hat er Ungereimtes erzählt und einmal hat er seine Mitwirkungspflicht verletzt.»

Goldmann zog die Schublade des Schreibtisches hervor und nahm daraus die Tabakpfeife. Er begann sie zu stopfen.

«Ein Asylfall ist wie ein zerbrochener Spiegel. Wenn man hineinschaut, sieht man entweder nur die Bruchlinien oder das Bild. Du hast mit den Bruchlinien angefangen. Ich glaube dir gerne, dass die Geschichte wegen einer Menge von Zweifeln nicht stimmt. Aber erzähl sie mir mal aus der Sicht des Asylbewerbers.»

Darauf war Klingler nicht gefasst. Er hatte sich am Vormittag überlegt, warum die Geschichte nicht stimmen konnte. Nun verlangte Goldmann genau das Gegenteil. Das brachte ihn aus der Fassung.

«Wenn es unbedingt sein muss», brachte er gedämpft über die Lippen..

Goldmann zündete die Pfeife an.

«Mehmet Kayguzuz sagt, er habe als Schuhmacher im Geschäft seines Vaters gearbeitet. Eines Tages sei ein Mann der Guerilla bei ihm aufgetaucht und habe von ihm tausendfünfhundert Paar Schuhe für die Kämpfer verlangt. Dieser und ein Cousin hätten dann jede Woche eine Anzahl Schuhe geholt. Plötzlich habe er aus heiterem Himmel von einem Onkel einen Telefonanruf ins Geschäft erhalten. Der Onkel habe ihm mitgeteilt, dass die Polizei nach ihm fahnde. Kayguzuz tauchte sofort, ohne seine Familie nochmals zu sehen, bei einem Freund unter und floh nach einem halben Monat nach Istanbul. Dort blieb er ein paar Tage, bevor er zu uns kam.»

«Und warum glaubst du, dass die Geschichte erfunden ist?», fragte Goldmann.

«Es fängt schon beim Beruf an. Er wusste zum Beispiel nicht, woher das Material kam, mit dem er seine Schuhe hergestellt haben will.» Klingler machte eine unwirsche Handbewegung. «Aber das Pikanteste ist, dass er ein Paar Schuhe in einer halben Stunde fertig gestellt haben will. Für mich ist das Zauberei. Zudem nannte er einen viel zu billigen Preis, wie mir der Übersetzer, der etwas vom Exportgeschäft versteht, überzeugend dargelegt hat.»

«Es ist schon ungewöhnlich, den Beruf in Zweifel zu ziehen», bemerkte Goldmann trocken.

«Dieser Mann behauptet immerhin, er habe die Kurdenguerilla mit nicht weniger als tausendfünfhundert Paar Schuhen
unterstützen wollen. Einen kleineren Teil habe er schon geliefert. Der Verkaufswert der Schuhe hätte einem Verdienst von
zwei Jahren entsprochen! Das ist doch nicht glaubhaft!», rief
Klingler aus und unterstrich seine Empörung mit einem heftigen Kopfschütteln.

«Hat die Guerilla immer noch so viele Kämpfer unter ihrer
Fahne?», fragte Goldmann, um sich Raum zum Nachdenken zu
verschaffen. «Hat er Beweismittel abgegeben?»

«Ja, ein Schreiben der Staatsanwaltschaft von Otuzgöl. Ich
habe eben von Kägi Bescheid bekommen, dass es gefälscht ist.»

«Wie kann man das feststellen?»

Klingler reichte Goldmann Kägis Aktennotiz. Goldmann las
sie aufmerksam durch, den Kopf hin und her wiegend.

«Was hast du Kägi gesagt, als du ihn um die Echtheitsprü-
fung ersucht hast?», fragte er.

«Ich habe heute Vormittag mit ihm gesprochen. Ich sagte
ihm, weshalb ich meine Zweifel habe.»

«Das kannst du das nächste Mal ruhig unterlassen», fuhr ihn
Goldmann mit strenger Miene an. «Die Dokumentationsabteilung soll die Beweismittel unbeeinflusst prüfen.» Goldmann
schaute Klingler direkt in die Augen, nach einem Schimmer von
Einverständnis suchend.

«Ich habe verstanden», murmelte Klingler.

«Ob in der Türkei alle das gleiche Papier verwenden?», sagte
Goldmann mit sanfter Stimme, mehr zu sich selbst als zu Klingler. «Ich habe das Gefühl, wir brauchen einen Schiedsrichter»,
entfuhr es ihm, Klingler direkt zugewandt.

Einen Moment legte sich eine Stille über die beiden. Sie
sahen Goldmanns Rauchwolke nach, wie sie aufstieg und sich
auflöste. Das Wort Schiedsrichter klang in Klinglers Ohren wie
ein Zauberwort. Jetzt erinnerte er sich, dass er selbst schon in
diese Richtung gedacht hatte. Nachdem er aber die vielen
Widersprüche gesehen hatte, hatte er die Idee verworfen.

Klingler brach das Schweigen als Erster.

«Ja, wir schalten unseren Verbindungsmann ein. Er soll das letzte Wort haben. Daran denkst du wohl auch?»

Goldmann nickte.

«Wir müssen unseren Auftrag an ihn formulieren.»

«Er könnte bei der Staatsanwaltschaft von Otuzgöl nachfragen lassen, ob das Schreiben von dort stammt.»

«Ist das nicht zu riskant?», gab Goldmann zu bedenken.

«Warum?»

«Vielleicht hat sich der Staatsanwalt eine goldene Nase dabei verdient, als er es herausgegeben hat. In der Türkei ist die Korruption weit verbreitet. Um Schwierigkeiten aus dem Weg zu gehen, wird er vielleicht behaupten, es sei gefälscht.» Goldmann sog gespannt an der Tabakpfeife. «Wir könnten Klaus, unseren Mann in Ankara, fragen, ob er herausbekommt, ob dein Schuhmacher – respektive dein Möchte-gern-Schuhmacher – wie auch immer – irgendwo registriert ist.»

«Woran denkst du?»

«Ich denke an ein Archiv einer Menschenrechtsorganisation. An unserer Gruppensitzung hat Pascal Dupont an das Archiv des Erzbischofs von Santiago de Chile erinnert.»

«Das klingt nicht schlecht», stimmte Klingler zögernd zu. «Ob es so etwas Ähnliches in der Türkei gibt? Ich habe meine Zweifel. Könnte man nicht direkt die Polizei anfragen?»

Goldmann wehrte mit einer Handbewegung ab und blies den Rauch kräftig in die Luft.

«Natürlich dürfte das nicht direkt erfolgen. Wir müssen einfach im Hintergrund bleiben. Jemand muss das diskret für uns erledigen», präzisierte Klingler.

«Wir können das offen lassen. Im Grunde genommen muss diese Entscheidung der Botschafter selbst treffen. Ich glaube, wir sollten den Auftrag so formulieren, dass er in erster Linie versuchen soll, die Situation des Schuhmachers durch Menschenrechtsorganisationen abklären zu lassen. Vielleicht kann man auch mit dem Vater des Schuhmachers reden. Erst in zweiter Linie soll er andere Kanäle benutzen. Wir müssen ein vertrauenswürdiges Resultat erhalten.»

«Gut. Ich werde einen Auftragsentwurf schreiben», kündigte Klingler an.

Er kehrte in sein Büro zurück. Es war halb vier. Im Gang versperrte eine Reinigungsequipe den Weg und er musste widerwillig einen Bogen um sie machen.

Im Büro setzte er sich an seinen Schreibtisch und stellte den Computer an. Er dachte an Goldmanns Mahnung, Experten nicht durch Fragestellung und Informationsvorgabe zu beeinflussen. Er bemühte sich um eine objektive und distanzierte Zusammenfassung von Mehmets Angaben. Er hatte den Eindruck, dass Goldmann seinen Vorschlag, auch das Schreiben des Staatsanwaltes der Botschaft zu übergeben, weder gutgeheissen noch abgelehnt hatte. Irgendwie war das im Gespräch mit Goldmann offen geblieben. Also darf ich, schloss Klingler, als er die Fragen formulierte:

Können Sie herausfinden, ob Mehmet Kayguzuz' Behauptungen zutreffen? Ist er vorbestraft? Wird er polizeilich gesucht? Ist das beiliegende Dokument der Staatsanwaltschaft von Otuzgöl echt oder gefälscht? Bitte gehen Sie diskret vor und arbeiten Sie, wenn immer möglich, mit Menschenrechtsorganisationen zusammen.

Als er seinen eigenen Brief nochmals durchlas, kam es ihm befremdend vor, Klaus, seinem ehemaligen vertrauten Arbeitskollegen, einen förmlichen Brief zu schreiben. Aber Goldmann hatte verlangt, den Brief an den Botschafter zu richten.

Die definitive Fassung liess Klingler dem Departement für auswärtige Angelegenheiten zukommen. Von dort ging der Auftrag per diplomatischen Kurier an die schweizerische Botschaft in Ankara.

Klaus Heimgartner begann am einunddreissigsten Oktober seinen Arbeitstag um acht Uhr morgens mit der Durchsicht der Post. Über der türkischen Hauptstadt lag Nebel, und es war kühl. Der Brief aus Bern von seinem früheren Kollegen Rudolf Klingler fiel Klaus Heimgartner sofort auf.

Es war Freitag. Seit gut einem Monat befand er sich im diplomatischen Dienst im Rang eines Attachés, ausgestattet mit Diplomatenpass und Immunität gegen jegliche Strafverfolgung in der Türkei. Zu Botschafter Pietro Rossi hatte er, wenn es erforderlich war, direkten Zugang. Heimgartners Büro befand sich nicht in der Botschaft selbst, sondern in ihrer Nähe in einer Dépendence.

Den ersten Monat in Ankara hatte er damit verbracht, sein Büro und seine Wohnung einzurichten und das Botschaftspersonal kennen zu lernen. Er war zum ersten Mal in seinem Leben in der Türkei. Auch hatte er sich zu einem Türkischkurs angemeldet. Man hatte ihm gesagt, die Sprache sei schwierig zu erlernen, aber derart logisch aufgebaut, dass sich Esperanto, die internationale Kunstsprache, daran orientiere.

Der Brief seines Kollegen Rudolf Klingler war der Startschuss für die Aufnahme der täglichen Arbeit. Als er die Anfrage las, griff er sofort zum Telefon. Die Angelegenheit erschien ihm zu delikat, um alleine zu handeln. Er musste sie mit dem Botschafter besprechen. Die Botschaftssekretärin erklärte, ihr Chef könne Heimgartner erst am nächsten Dienstag am Nachmittag um zwei Uhr empfangen.

«Guten Tag Herr Heimgartner, ich habe Sie gar nicht richtig bemerkt», begrüsste der Botschafter, von seiner Lektüre aufsehend, Klaus Heimgartner, als dieser schon fast vor seinem Schreibtisch stand. «Die Teppiche wirken wie Luftkissen. Es ist, als ob mir die Mitarbeiter lautlos entgegenschweben würden.»

Heimgartner lächelte matt. Diese Besprechung war sein zweites Zusammentreffen mit dem Botschafter. Er sah auf den prächtigen, handgewobenen und mit Pflanzenstoffen gefärbten Wollteppich, der auf dem Parkettboden ausgelegt war. Er stand

175

mitten auf einer blutroten Fläche, auf welcher sich fantasievolle weisse Strichfiguren tummelten, die Heimgartner an ein Gemälde von Joan Miró erinnerten. Botschafter Rossi strich über den gewölbten Rücken der Keramikschildkröte, die auf seinem Schreibtisch stand.

«Sie stammt aus Mexiko», sagte er, Heimgartners interessierten Blick bemerkend. «Ich habe sie auf einer Reise an der Pazifikküste erworben. Sie ist ganz schön alt. Ein Künstler der Zakateken hat sie zweihundert bis fünfhundert Jahre vor Christus hergestellt.»

Heimgartner trat einen Schritt näher und bewunderte den Ziergegenstand.

«Schildkröten sind wie Diplomaten», fuhr Rossi fort. «Sie sind dauernd auf Wanderschaft. Wissen Sie, dass Wasserschildkröten zweitausendfünfhundert Kilometer zwischen Ascención und dem brasilianischen Festland hin und her schwimmen?»

Heimgartner schüttelte verwundert den Kopf, ohne den Blick von der Vase zu wenden.

«Sie haben einen ausgezeichneten Orientierungssinn. Sie richten sich nach dem Duft des Meeres. Strömungen transportieren Teile des vulkanischen Gesteins.»

«Erstaunlich», kommentierte Heimgartner mit betonter Höflichkeit.

«Nun denn, was führt Sie zu mir?», fragte der Botschafter mit ernster Miene. Erst jetzt erhob er sich, ging auf Heimgartner zu und schüttelte seine Hand. «Setzen wir uns da drüben zum Salontisch», forderte er ihn mit einer kaum wahrnehmbaren Geste der Hand auf.

Der Botschafter setzte sich Heimgartner gegenüber. Ein gläserner Rauchtisch, der von einem aus Holz geschnitzten Löwen getragen wurde, trennte die beiden.

«Der Gegenstand meines Anliegens», begann Heimgartner, an das Migrationsverhalten der Wasserschildkröten anknüpfend, «befindet sich auch auf Wanderschaft. Im Unterschied zu Ihren Meeresbewohnern handelt es sich um Menschen.»

«Richtig, die Sekretärin hat mich kurz über den Brief aus

Bern informiert. Ein Flüchtling, nicht war?» Rossi schlug ein Bein über das andere.

«Ja.»

«Ich muss Ihnen sagen, dass das Migrationsproblem in den letzten Jahren eine enorme Bedeutung gewonnen hat. Ich bin sehr froh darum, dass das Aussenministerium diese Attachéstelle zu meiner Entlastung geschaffen hat, die Sie nun als Erster bekleiden. »

Heimgartner verbarg seinen Stolz hinter einer verlegenen Handbewegung, wie um Staub von seinem Anzug zu wischen. Er nahm Klinglers Brief aus der Mappe und legte ihn auf die Glasplatte über die Löwenmähne.

«Ein Kollege aus meinem Bundesamt fragt, ob wir in der Lage sind, die Geschichte eines kurdischen Asylbewerbers aus der Türkei auf ihren Wahrheitsgehalt zu überprüfen. Ob wir insbesondere abklären können, ob der Mann vorbestraft ist und ob nach ihm gefahndet wird. Auch liegt hier ein Dokument einer Staatsanwaltschaft in der Provinz bei, das wir auf seine Echtheit überprüfen sollen.»

Der Botschafter stopfte Tabak in die Pfeife und zündete ihn mit einem silbern glänzenden Feuerzeug an.

«Der kubanische Tabak stört Sie nicht etwa?» Mit ausgestrecktem Arm fuhr er fort: «Zeigen Sie mir den Brief.»

Heimgartner tat wie befohlen. Rossi las den Brief durch.

«Den Strafregisterauszug zu bekommen, ist noch das Leichteste. Aber die Geschichte überprüfen ... ?» Botschafter Pietro Rossi schnitt eine Grimasse, hob die Schultern und machte mit einer Hand eine Geste, die seine Zweifel unterstrich. Er blickte nachdenklich auf das Blatt, das er immer noch in der Hand hielt. «Wir müssen einen Weg zur Polizei finden», fuhr er fort und beugte sich leicht vor: «Obwohl Sie als akkreditierter Attaché ein Diplomat sind und meines Wissens noch nie in der Strafverfolgung gearbeitet haben, wissen Sie so gut wie ich, dass jeder Kriminalpolizist die Fahndungslisten am liebsten nicht herausgibt. Ebenso wenig seine sonstigen Ermittlungsunterlagen. Die politischen Abteilungen der Polizei haben auch Staatsschutzinformationen, Fichen und dergleichen.» Rossi lehnte sich zurück. «Sie sind ja übrigens Historiker?»

Heimgartner nickte, etwas verblüfft über den Themenwechsel.

«Lesen Sie Kriminalromane?», fragte Rossi und blies einen vollendet geformten Rauchring aus. Es sah aus, als schwebe ein silbernes Armband durch die Luft, gerade über Heimgartners Kopf hinweg.

«Mit grosser Begeisterung! ... Camilleri, Mankell und Donna Leon.»

«Dann müssen Sie mit mir einverstanden sein. Die Polizei und die Verbrecher spielen immer Katz und Maus miteinander. Wir müssen demzufolge jemanden finden, der uns diese Informationen vermitteln kann. Die Polizei untersteht hier dem Innenministerium. Also müssen wir Kontakt zu einem Mann aus dem Umfeld des Innenministers herstellen. Ich kann natürlich nicht selber vorstellig werden. Die Daten sind ja unter Umständen sensibel, wenn es sich um wirkliche Regimegegner handelt. Wie ich höre, soll das nicht allzu oft der Fall sein, dass der offiziellen Polizei ein Regimegegner in unser Land entwischt.»

«Die Anerkennungsquote meines Amtes beträgt im Durchschnitt fünf, wenn es hoch kommt zehn Prozent.»

«Der Rest sind Arbeitssuchende?»

«Ein schöner Teil davon. Ein anderer Teil sind Bürgerkriegsflüchtlinge, Gewaltflüchtlinge und humanitäre Fälle.»

«Kommen wir zur Sache zurück», sagte Rossi und sog ein paar Mal an der Pfeife. «Ich will mal schauen, ob wir mit einem unserer Vertrauensanwälte einen Kontakt zur Polizei herstellen können.»

«Mein Kollege Rudolf Klingler bittet darum, dass wir in erster Linie mit einer Menschenrechtsorganisation zusammenarbeiten. Er erwähnt das erzbischöfliche Archiv, das während der chilenischen Diktatur gute Dienste geleistet habe, als Vorbild. Gibt es hier nichts Vergleichbares?»

Rossi schüttelte den Kopf. Eine gut aussehende Sekretärin trat ein und servierte Kaffee, während draussen Motorenlärm ertönte. Sie schloss das Fenster. Draussen sah man Bäume, darunter einen riesigen Kastanienbaum mit braun verfärbten Blättern und eine Reihe von Weiden. Mit ihren abgesägten Ästen, aus denen feine Zweige sprossen, sahen sie aus wie Struwwelpeters gespreizte Finger mit überlangen Fingernägeln.

«Sie nehmen sicherlich eine Tasse Kaffee. Es ist echter italienischer Capuccino», zwinkerte der Botschafter Heimgartner zu.

«Mit grösstem Vergnügen.» Klingler genoss den Duft des Kaffees, der ihm wie eine Liebkosung vorkam.

«Sie sehen, ich bin trotz meinem langjährigen Einsatz in diesem Land kulinarisch ziemlich unangepasst. Von meiner Zeit in Rom habe ich gewisse Gewohnheiten beibehalten. Dieses dunkle Spülwasser, das sich hier Kaffee nennt, behagt mir nicht, zumal ich am Schluss immer die Hälfte des Kaffeesatzes aus Unachtsamkeit mitgeschluckt habe. Mein Magen verträgt das Gesöff ganz und gar nicht.»

Ein heiteres Lächeln huschte über Heimgartners Gesicht. Pietro Rossi fuhr mit ernsterer Stimme fort:

«Sehen Sie, Herr Attaché. Hier gibt es nichts Vergleichbares. Die chilenische Vicaria de la Solidaridad ist mir wohl bekannt. Der damalige helvetische Botschafter war mein Freund. Wir haben oft über die Strategien des wehrhaften Staates miteinander diskutiert und unsere Erfahrungen ausgetauscht. In Rom und Madrid ist auch etwas los. Wegen der Mafia und der ETA-Militar. Die chilenische Rechtshilfestelle war eine Einrichtung des Erzbischofs von Santiago de Chile. In Lateinamerika ist die katholische Kirche ein politischer Machtfaktor, egal ob demokratische oder diktatorische Verhältnisse herrschen. Die Rechtshilfestelle war für Pinochet im Wesentlichen unantastbar. Er selber ging regelmässig in die Kirche. Er konnte die Anwälte der Kirche weder wegen staatsfeindlicher Propaganda vor Gericht stellen lassen noch irgendwelche geheimdienstliche Aktionen gegen sie befehlen. So hat die Vicaria ein umfassendes Archiv über die Menschenrechtsverletzungen aufgebaut. Zumal das Volk in die Rechtshilfestelle grosses Vertrauen hat und ihre Anwälte über Menschenrechtsverletzungen informiert.»

Der Botschafter hob die Kaffeetasse, nahm genüsslich einen Schluck und stellte sie lautlos über das linke Löwenohr auf den Tisch.

«Hier ist es völlig anders. Es gibt nur den türkischen Menschenrechtsverein und die türkische Menschenrechtsstiftung. Es sind dieselben Leute. Die Verselbständigung der beiden Organisationen ist nur ein juristischer Schachzug, um sich vor Angriffen der Regierung zu schützen. Sie wird nicht durch eine Macht wie eine Kirche gestützt. Ihre Exponenten werden angegriffen, Filialen werden geschlossen. Alles ist unsicher. Für uns kein verlässlicher Partner.»

«Was schlagen Sie vor?», wollte Heimgartner ernüchtert wissen.

«Ich werde noch heute einen unserer Vertrauensanwälte beauftragen, im Innenministerium diskret, das heisst, im eigenen Namen, zu sondieren. Ich werde ihn ermächtigen, in den Verhandlungen auch einen gewissen Geldbetrag ins Spiel zu bringen, wenn es anders nicht geht.» Der Botschafter verzog die Mundwinkel. «Damit wir Ihrem Bundesamt die erhofften Dienste erbringen können, brauchen wir etwas Glück. Sie verstehen mich, Herr Heimgartner. Danach werden wir weitersehen.»

«Sollten wir den Anwalt nicht mit der Abklärung zweier Fälle betreuen? Einen Fall müssten wir so auswählen, dass wir aufgrund einer gerichtlichen Verurteilung sicher sind, dass es ein Regimegegner ist. Auf diese Weise testen wir, ob unsere Quelle im Innenministerium korrekte Angaben macht oder ob sie blufft», schlug Heimgartner vor. «Die Türkei ist kein Musterknabe in Sachen Rechtsstaatlichkeit.»

«Das scheint mir eine kluge Idee zu sein», lobte der Botschafter. «Gewissermassen eine Kontrollgruppe wie beim Testen eines Medikaments.»

«Was machen wir mit dem Schreiben des Staatsanwaltes?», fragte Heimgartner.

«Hat es das Bundesamt nicht geprüft?»

«Ich weiss nicht, vermutlich schon», erwiderte Heimgartner auf dem Hintergrund seiner Erfahrung. «Aber trotzdem ist man

180

sich der Sache dort nicht sicher. Sonst hätte man nicht uns eingeschaltet.»

«Sie haben wohl Recht.»

«Vielleicht kann unser Vertrauensanwalt auch einen Blick darauf werfen, obwohl er vermutlich kaum mit weit entfernten Provinzstaatsanwaltschaften verkehrt.»

«Gut. Ich werde Ihnen den Kontrollfall besorgen», sagte Heimgartner. Bevor er ging, bedankte er sich für den italienischen Kaffee.

Rossi liess sich mit seinem Vertrauensanwalt verbinden.

«Guten Tag, Herr Rechtsanwalt.»

«Allah sei gegrüsst, Eure Exzellenz.»

«Hören Sie, Herr Koca, ich habe Ihnen einen delikaten Auftrag.»

«Ja.»

«Eine Verwaltungsstelle, die Asylgesuche abklärt, will herausfinden, ob zwei Männer vorbestraft und bei der Polizei fichiert sind, inklusive bei der … politischen Polizei. Sie verstehen. … Können Sie uns da weiterhelfen?» Rossi sagte nichts über das Schreiben des Staatsanwaltes. Er wollte es noch in der Reserve behalten.

«Oh, … fürwahr eine ungewöhnliche Anfrage.» Koca räusperte sich. «Warten Sie mal … Ich kenne einen ehemaligen Studienkollegen, der im Innenministerium arbeitet. Er hat sogar einige Semester in Bern dass schweizerische Zivilgesetzbuch studiert. Ich könnte bei ihm sondieren.»

«Ausgezeichnet. Wir dürfen als Auftraggeber aber auf keinen Fall in Erscheinung treten. Wenn es sein muss, erfinden Sie einen. Absolute Diskretion ist oberstes Gebot, verstehen Sie. Wir wollen nicht genannt werden», wiederholte der Botschafter mit Nachdruck.

«Wie soll ich das verstehen, Eure Exzellenz?» Kocas Stimme klang dünn.

«Na ja, es braucht wohl nicht viel Fantasie, sich den Grund für unsere Zurückhaltung vorzustellen, Herr Rechtsanwalt.»

«Verzeihen Sie, Eure Exzellenz, ich habe keine Erfahrung mit ... Asylfragen. Bei uns gibt es so etwas nicht, jedenfalls nicht, dass ich es wüsste.»

«Ach, ich verstehe. Daran habe ich nicht gedacht. Wir haben eben strenge Datenschutzgesetze. Wir müssen mit Personendaten sehr vorsichtig und zurückhaltend umgehen.»

«Sie sprechen immer noch in Rätseln.»

«Wenn jemand in unserem Land um Asyl nachsucht, tut er das unter dem Schutz des Amtsgeheimnisses. Auch im zwischenstaatlichen Verkehr sind wir daran gebunden.»

«Jetzt sehe ich klarer.»

«Dazu kommt Folgendes», fügte der Botschafter hinzu. «Es ist gut vorstellbar, dass sich die Sache ausweiten wird. Unsere Asylverwaltung kann gut und gerne auf die Idee kommen, Ihnen eventuell weitere Aufträge zu erteilen, um andere Aspekte aus den Asyldossiers abzuklären, Anfragen bei Privaten, Zeugen und so weiter.»

Der Rechtsanwalt zuckte zusammen, als habe er alles andere erwartet, nur nicht, dass jemand ihm ein derartiges Mandat offerierte. Blitzschnell erfasste er die Brisanz des Auftrages. Er spürte einen Kloss im Hals und hustete. Er hatte in ausländischen Zeitungen gelesen, welche Anschuldigungen die Auswanderer in Europa gegen die Sicherheitsdienste seines Landes erhoben. Er war drauf und dran, zu einer Art Staatsanwalt im Dienste einer fremden Macht ernannt zu werden, um herausfinden, was von diesen Vorwürfen wahr sei. Schon sah er sich mit der Anklage konfrontiert, als Agent des Auslandes Spionage zu betreiben, ja sich des Hochverrats schuldig zu machen. Der Auftrag berührte die nationale Sicherheit seines Landes und konnte ihn sein Anwaltspatent kosten.

«Wäre meine neue Aufgabe meiner Regierung bekannt?»

«Im Prinzip ja. Unser neuer Flüchtlingsattaché, der in meiner Botschaft diesen Aufgabenkreis wahrnimmt, ist bei Ihrem Aussenministerium formell akkreditiert.»

«Besteht zwischen unseren Ländern ein entsprechendes Rechtshilfeabkommen oder zumindest eine gemeinsame Regierungsabsprache, worauf sich diese Recherchen abstützen?», forschte Koca weiter.

«Nein, wir haben einfach unseren Flüchtlingsattaché angemeldet. Das genügt. Sein Pflichtenheft liegt in der Natur der Sache.»

Koca zögerte immer noch. Bisher hatte er mit Botschafter Rossi gute Erfahrungen gemacht. Diese Zusammenarbeit wollte er nicht aufs Spiel setzen. Sie war auch ausserordentlich gut bezahlt.

«Haben Sie denn schon einen konkreten Fragenkatalog?»

«Ja natürlich. Das erste Mal geht es nur darum, ob ein Mann, beziehungsweise zwei Männer fichiert sind.»

Hasan Koca war erleichtert. Diese Abklärung konnte er sich vorstellen. Insgeheim beschloss er, einen ausländischen Auftraggeber zu erfinden.

«Diesen Auftrag nehme ich gerne an», stimmte er schliesslich zu.

«Das freut mich, Herr Rechtsanwalt, … noch etwas, … sollte Ihre Kontaktperson im Innenministerium eine Entschädigung, sozusagen eine administrative Schreibgebühr verlangen, können Sie ruhig zusagen», ergänzte Rossi.

«Ist in Ordnung. Ich werde Sie informieren, wenn es so weit ist.»

«Den Fragenkatalog werde ich Ihnen sicherheitshalber durch einen Kurier überbringen lassen. Es wird eine bis anderthalb Wochen dauern. Auf Wiederhören, Herr Rechtsanwalt.»

Rossi hängte auf und machte sich ein paar Notizen zum bevorstehenden Gespräch mit seinem Attaché und dem Vertrauensanwalt. Er rief die Sekretärin herein und wies sie an, ein neues Dossier mit dem Stichwort Asylabklärungen zu eröffnen.

Heimgartner kehrte auf direktem Weg in sein Büro zurück. Es regnete erneut, und ein scharfer Wind blies ihm ins Gesicht. Zum Glück hatte er vorsorglich einen Regenschirm mitgenommen. Einen Augenblick war er versucht, in einem kleinen Restaurant, in welchem er oft zu essen pflegte, einen Kaffee zu trinken. Das leichte Magenbrennen, das ihm Rossis Cappuccino verursacht hatte, hielt ihn jedoch davon ab. Auf der breiten Strasse herrschte reger Autoverkehr. Kaum ein Fussgänger war zu sehen.

Im Büro schrieb er sofort einen Brief an Rudolf Klingler und bat ihn, ihm dringend Angaben aus einem weiteren Asyldossier zu liefern, in welchem sich verlässliche Unterlagen zu einer gerichtlichen Verurteilung befänden. Der Brief wurde ein paar Tage später mit dem diplomatischen Kurier nach Bern gebracht.

Rechtsanwalt Koca rief seinen alten Studienkollegen Ünlücay an. Dieser hatte wenig Zeit und verband ihn mit einem Juristen aus der Rechtsabteilung des Innenministeriums. Sie vereinbarten einen Termin, der in anderthalb Wochen um neun Uhr stattfinden sollte.

Rudolf Klingler fand Heimgartners neuen Auftrag am Donnerstag in seinem Postablagefach. Er hatte sofort ein brauchbares Dossier zur Hand und teilte Heimgartner die gewünschten Angaben am nächsten Tag mit. Er verzichtete darauf, seinen Chef Goldmann um seine Meinung zu fragen. Die ergänzende Information an Heimgartner lag in der Natur der Sache.

Der Kontrollfall betraf einen Asylbewerber namens Güngor. Er war von einem Staatssicherheitsgericht wegen Mitgliedschaft in der Rizgari, einer verbotenen Organisation, zu drei Jahren Gefängnis verurteilt worden. Das schriftliche Urteil befand sich in den Akten.

Im Aussenministerium wurde der Brief am Dienstag telegraphisch nach Ankara an die Botschaft übermittelt, ebenfalls verschlüsselt.

Heimgartner erhielt die Informationen zum Kontrollfall am Montag. Es war der elfte November. Er listete die Personalien von Mehmet Kayguzuz und Ahmet Güngör auf je einem separatem Blatt auf und schob die Papiere in einen grossen Umschlag. Diesen versah er mit der Adresse von Koca Hasan.

Am Montag sollte die Post dort ankommen.

Frühzeitig machte sich Rechtsanwalt Koca auf den Weg, zum Treffen mit dem Juristen im Innenministerium, wie er annahm. Er benutzte das Taxi, da er sich im Stadtteil, in welchem sich die Rechtsabteilung des Innenministeriums befand, nicht auskannte. Die Fahrt im regen Verkehr verlief stockend. Viele Ampeln standen auf rot. Es war kühl. Die Sonne schien matt. Der Fahrer war jung und ein äusserst nervöser Raucher. Bei jeder Ampel, die auf Rot stand, fiel er über die Stadtverwaltung her, welche den Autoverkehr durch unnötige Regeln behindere und dafür Steuern erhebe.

Nach zwanzig Minuten bog das Taxi vor einer U-Bahnstation in eine Seitenstrasse. Es war die Osmanenstrasse. Sie wirkte ausgestorben. Links war ein riesiger, lang gezogener Gebäudekomplex. Rechts kleinere, unbelebt anmutende Häuser. Koca musste zur Hausnummer 59. Der Chauffeur kannte die Strasse nicht. Er fuhr langsam, um die Hausnummern lesen zu können. An einer Wegkreuzung stand eine Hinweistafel: Osmanenstrasse 21–80. Die Nummer 59 aber fehlte. Sie erreichten die nächste Tafel 81–140. Der Chauffeur machte kehrt, hielt vor dem Hotel Universal. Es war frisch renoviert und hatte ein elegantes Vordach, das dem alten Bau aufgepfropft worden war. Er verschwand im Eingang. Bald erschien er mit einem schwarz gekleideten Mann. Es war der Hotelportier, der mit den Armen in die Richtung, aus der sie gekommen waren, ruderte.

Die Fahrt dauerte noch zwei Minuten. Koca musste sich eine neue Schimpftirade auf die Stadtverwaltung anhören. Vor einem russgeschwärzten Baukasten hielt der Fahrer an.

«Hier muss es sein. Viel Glück», sagte er mit einem schiefen Lächeln auf den Lippen.

Koca stieg aus und bezahlte. Dann streckte er dem Fahrer das Trinkgeld hin. «Da nehmen Sie, aber nur wenn Sie es versteuern.»

Der Chauffeur starrte Koca irritiert an. Koca zwinkerte ihm zu.

«Dort hinter diesem Tor ist die Nummer 59», rief der Chauffeur Koca diensteifrig nach.

Der Anwalt bemerkte ein rostiges, verbeultes und mit Kinderzeichnungen bemaltes Ölfass, aus dem ein dünnes Gehölz ragte. Es musste ein klägliches Überbleibsel einer Begrünungskampagne der Stadtgärtnerei sein. Ein paar Meter weiter weg sah Koca eine breite und hohe Einfahrt, die mit einem Eisentor geschlossen war. Er ging näher heran.

«Was wünschen Sie?», fragte ein Mann in Uniform, der lautlos hinter dem Gitter wie aus dem Nichts aufgetaucht war.

«Ich suche die Hausnummer 59. Dort habe ich eine dienstliche Verabredung», erwiderte Koca erschrocken.

Der Uniformierte musterte ihn misstrauisch. «Warten Sie», sagte er in schroffem Ton.

Der Mann verschwand. Koca schaute um sich. Links neben dem Tor stand eine Tafel, auf der in grossen Buchstaben «Verwaltungsgebäude» stand. Darüber eine Überwachungskamera. Durch die Gitterstäbe sah er in einen grossen Innenhof. Am gegenüberliegenden Ende befand sich ein siebenstöckiges, graues Gebäude mit einem Flachdach und vielen Antennen darauf. Der Eingang war mit einer Blickschranke aus gewellten, übereinander geschichteten Betonplatten abgeschirmt. Daneben wehte die Landesfahne. Der türkische Halbmond. Es ging ein schwacher Wind. Irgendwo stand ein Kastanienbaum. Auf dem Erdboden lagen die gefallenen Früchte. Sonst war alles ziemlich öd.

«Herr Koca ... Hasan?»

Erst jetzt bemerkte Koca den Uniformierten hinter dem Tor wieder.

«Wie bitte?», antwortete der Anwalt. Er war verblüfft, dass der Mann seinen Namen wusste, ohne sich ihm vorgestellt zu haben.

«Ja, Sie sind doch Koca Hasan, Rechtsanwalt, nicht wahr?»

«Gewiss doch, mit Verlaub.»

«Kommen Sie herein. Sie werden erwartet.» Der Wachmann zog einen Torflügel nur so weit auf, dass Koca mit eingezogenem Bauch knapp hindurch schlüpfen konnte. Dann zeigte er mit dem Finger zum Eingang mit den Betonblickschranken. «Dort werden Sie erwartet.»

Koca winkte zum Zeichen des Dankes und überquerte den Hof. Ein Mann, der eine schwarze Mappe trug und ganz in Gedanken versunken war, kreuzte Koca, ohne ihn zu beachten. Dann stand er in einer Empfangshalle, wo ihn wieder ein Mann in Uniform herbeiwinkte. Es war der Concierge. Mit teilnahmsloser Miene verlangte er einen Ausweis. Koca hatte keine Papiere bei sich und bot seine Visitenkarte als Ersatz an. Der Concierge schüttelte den Kopf und griff zum Telefonhörer. Koca sah, wie er plötzlich erbleichte. Er sagte nur: «Ach so, dann ist das nicht nötig. Wie Sie meinen.»

Er legte den Hörer hastig auf, erklärte Koca in deutlich freundlicherem Ton, einen Augenblick zu warten, und bot ihm einen Stuhl an. Koca bedankte sich und blieb stehen. Gedankenverloren sah er um sich. Sein Blick blieb am einzigen Bild im Raum haften. Ein Stilleben mit Blumen in einer Vase, darum herum Früchte auf einem Holztisch.

Nach wenigen Minuten kam ein Mann mit einem fliehenden Kinn die Treppen herunter. Ein paar schwarze, pomadisierte Haare ragten verloren in die kahlen Stellen seines Schädels, vorbei an einer grossen Warze. Seine Beine bewegten sich schnell und federnd, als ob er in einen beständigen Kampf gegen die Zeit verwickelt wäre. «Herr Rechtsanwalt Koca. Bitte folgen Sie mir», sagte er.

Koca nickte und folgte dem Mann wortlos. Auf dem Weg warf er, mit zunehmender Missbilligung, verstohlene Blicke auf seinen Führer. Zuerst fiel ihm der silbern glänzende Ohrring auf, dann die schwarze, abgewetzte Lederjacke und die ausgefransten Jeanshosen. Zu Fuss gingen sie fünf Stockwerke hoch. Koca kam ins Keuchen. Oben angekommen, mussten sie an einem Wachmann, der hinter einem Tisch sass, vorbeigehen. Das ganze Sicherheitsdispositiv mutete Koca für eine Rechtsabteilung des Innenministeriums eigenartig an. Jetzt ging es durch einen langen, fensterlosen Gang. Am Ende, vor der letzten Türe stiessen sie auf fünf Männer.

«Warten Sie hier», sagte der Begleiter zu Koca und wies mit der Hand auf einen Stuhl, der verloren an der Wand stand.

Koca setzte sich. Er fühlte sich aus einem unerklärlichen Grund unbehaglich und betrachtete die Männer. Sie mussten sich gut kennen, denn sie plauderten und lachten miteinander. Einer vertrieb sich die Zeit mit einer braunen Kranzkette. Lässig lehnte er an der Wand. Ein erloschener, fast gänzlich eingespeichelter Zigarettenstummel tanzte zwischen seinen Lippen. Mit dem Daumen verschob er einzeln die Holzkügelchen an der Kette. Zwischendurch liess er die Kette spielerisch um sein Handgelenk kreisen. Alle sassen um einen kleinen Tisch herum. Jetzt begannen sie mit einem Kartenspiel.

«Der Chef hat die Fahrt um eine Stunde verschoben», rief Kocas Begleiter den Männern zu.

«Geht in Ordnung», sagte einer gelangweilt.

Dann winkte der Begleiter Koca zu sich. Beide standen vor der Türe. Der Begleiter klopfte. Aus dem Inneren ertönte ein bellendes «Herein». Der Begleiter öffnete die Türe und deutete Koca mit einer Geste an, als Erster einzutreten. Mit einer Mischung aus Neugier und Behutsamkeit trat Koca ein. Der andere kam hinterher.

Es war ein grosser Raum. Hinter einem Schreibtisch sah Koca einen Mann, der in einem weiss-schwarz gestreiften Bürostuhl mit einer grossen Rückenlehne sass. Koca trat näher heran. Jetzt erhob sich ein bulliger Mann mit einem stechenden Blick. Er ging auf Koca zu, indem er ihm schon von weitem den rechten Arm zum Grusse hinstreckte. Mit ausgesuchter Höflichkeit und einem spitzen Lächeln auf den Lippen begrüsste er Koca.

«Willkommen, Herr Rechtsanwalt. Es freut mich, Sie kennen zu lernen. Darf ich Sie bitten, sich zu mir zu setzen. Mein Name ist Ibrahim Bozkurt.»

Mit beiden Händen ergriff er Kocas rechte Hand, drückte sie so stark, dass ein Fingerknochen knackte. Koca spürte einen leichten Schmerz. Dann schüttelte der Mann die bereits schmerzende Hand mehrmals, sodass er ihn am liebsten mit einem Karategriff in die Knie gezwungen hätte.

«Ich dachte, ich würde mit einem Herrn namens Capar sprechen», stotterte er stattdessen.

«Ach, wir haben ganz vergessen, Sie darüber zu informieren, dass diese Besprechung in meinen Zuständigkeitsbereich fällt. Ich bin Ibrahim Bozkurt, Generalpolizeipräsident.»

Hinter seinem Rücken vernahm Koca ein vielstimmiges Lachen und ein Poltern. Die Männer vor der Türe sind Leibwächter!, schoss es ihm durch den Kopf.

«Sehr angenehm ... ich freue mich auch, Sie zu sehen», erwiderte er mit etwas zittriger Stimme.

Seine Irritation konnte er nicht verbergen. Dass er unerwartet vor dem nationalen Polizeichef stand, verunsicherte und ehrte ihn gleichzeitig. Er wusste nicht, welches Gefühl im Augenblick stärker war. Er spürte, wie ihm der Schweiss ausbrach.

«Darf ich mich meinerseits vorstellen», sagte er und fügte schnell hinzu: «Koca Ha ... »

«Völlig unnötig», unterbrach ihn Bozkurt. «Ich weiss, wer mich heute besucht», sprudelte es jovial aus dem Mund des Generalpolizeipräsidenten. «Ihnen geht der Ruf eines eloquenten Strafverteidigers voraus. Es ist mir eine Ehre, Sie kennen zu lernen.»

«Ganz meinerseits.»

Die Begrüssung schmeichelte Koca und liess ihn wieder Tritt fassen. Er atmete geräuschvoll wie ein Blasebalg aus und wischte sich mit einem Taschentuch den Schweiss von der Stirne.

«Sie staunen vielleicht», fuhr Bozkurt fort, «dass Sie nicht von unserem juristischen Mitarbeiter in unserer Rechtsabteilung empfangen werden, sondern von mir selbst. Der Grund dafür ist, dass mein Führungsprinzip darin besteht, dass ich mich regelmässig auch mit Angelegenheiten befasse, die an sich in den Zuständigkeitsbereich meiner Untergebenen fallen. Es ist also mehr oder weniger Zufall, dass Sie heute mit mir sprechen.»

«Ich verstehe», flüsterte Koca und fächerte sich mit der Hand frische Luft zu. «Eine interessante Führungsmethode ... und natürlich ist es mir eine Ehre, Ihre Bekanntschaft zu machen.»

Mit der Zunge schnalzte Bozkurt zweimal und gab dem Leibwächter mit der Hand ein Zeichen. Dieser schob Koca sogleich einen gepolsterten, mit grünem Plüsch überzogenen Stuhl zu. Um keinen protokollarischen Fehler zu begehen, setzte sich Koca erst, als Bozkurt hinter seinem aufgeräumten Schreibtisch Platz genommen hatte.

Nun sassen sie einander direkt gegenüber. Der Leibwächter verharrte hinter Bozkurt. Der Polizeichef lehnte sich in dem schwarzweiss gestreiften Ledersessel zurück. Es sah aus, als liege er auf dem Rücken eines Zebras, das einen Hügel hinaufsteigt.

Bozkurt und Koca sahen sich an. Bozkurt lächelte. Er hielt die Fingerspitzen in der Höhe seiner Lippen aneinander. Der Leibwächter stand schräg hinter Bozkurt und fixierte Koca, als müsse er einen Schwerverbrecher bewachen. Koca fühlte sich deswegen unbehaglich. Er rieb sich die Hände, legte ein Bein über das andere und liess den Blick durch den grossen, karg eingerichteten Raum schweifen. Die Fenster zur Strasse waren schmutzig. Der Lärm der vorbeifahrenden Autos drang bis in den fünften Stock. Er betrachtete die beiden Porträts, die an der Wand hingen. Zu seiner Linken lächelte Staatsgründer Atatürk dem Staatspräsidenten Kenan Evren an der Wand gegenüber zu. Das Porträt des Staatsgründers war von einem üppig verzierten Rahmen eingefasst. Das Gesicht des Putschgenerals war in einen schlichten Aluminiumrahmen gezwängt.

Bozkurt schien Kocas Irritation wegen seinem Leibwächter zu bemerken. Zweimal klatschte er in die Hände und zeigte mit dem Finger zur Türe, ohne sich zum Leibwächter umzudrehen. Stumm und ergeben nickte dieser und setzte sich mit gemessenen Schritten in Bewegung. Vor der Türe drehte er sich auf den Absätzen um die eigene Achse, wie ein Ehrengardist bei einer Wachablösung. Koca blickte der theatralisch abtretenden Wache nach.

Da blieb sein Blick an einem Porträt haften, das grösser war als die anderen zwei. Es war keine Fotografie, sondern die Kopie eines Ölbildes. Er hatte es bisher nicht bemerkt, da es hinter seinem Rücken hing. Es dauerte eine Weile, bis er darauf Niccolò Machiavelli erkannte. Koca hatte das Gefühl, dass der noch

190

junge Tag aus lauter Überraschungen bestand. Zuerst wurde er zu einem der mächtigsten Männer im Innenministerium gebracht. Dann blickte er in das Porträt seines Lieblingsautors. Und zwar an einem Ort, wo er es zuletzt erwartet hätte. Er spürte, wie es um sein Herz wärmer wurde.

Koca kannte neben Machiavellis «Fürst» auch seine «Discorsi» vom Gymnasium her. Er hatte Deutsch gelernt und war auf Machiavelli gestossen. Aber wie kommt ein Polizist auf die Idee, Machiavelli zu lesen?

Die Türe fiel ins Schloss. Der Leibwächter war verschwunden. Als Koca sich wieder Bozkurt zuwandte, blickte er in ein Gesicht, das in den wenigen Augenblicken einen anderen Ausdruck angenommen hatte. Jetzt spiegelte sich darin eine perlende Verzückung.

«Gefällt Ihnen das Bild?», fragte Bozkurt. Er hatte sich im Stuhl aufgerichtet und stützte die Ellbogen auf den Schreibtisch.

«Sehr …» Koca wollte etwas über Machiavelli sagen.

Aber Bozkurt fiel ihm ins Wort.

«In Florenz habe ich sein Arbeitszimmer im Palazzo Vecchio mehrmals aufgesucht. Dort hängt das Original.»

«Richtig. Sie kennen Florenz?»

«Ja», antwortete Bozkurt, um schnell beizufügen: «Ich bin dort als Tourist gewesen.»

Koca wusste nicht, dass Bozkurt log. Er hatte nämlich eine Zeitlang in Italien für den Geheimdienst gearbeitet. Bozkurts Aufgabe hatte darin bestanden, die Taktik der Sicherheitsdienste im Kampf gegen die studentische 68er-Bewegung, die Roten Brigaden und die kommunistische Partei zu studieren. Der Terrorismus der irregulären Teile des italienischen Staates bestand unter anderem darin, verdeckt Gewalttaten durch agents provocateurs begehen zu lassen. Die Strategie der Spannung bezweckte, der Linken den Zutritt zur Macht zu verwehren.

«Dann haben wir ein gemeinsames Interesse», sagte Koca. «Ich habe in meinem Büro das Porträt, das sich in seinem Landgut in der Toskana befindet, aufgehängt. Darauf sieht man ihn als ganze Person.»

Bozkurt nickte zustimmend und erhob die Hand, als gebiete er Koca Einhalt.

«Ein wunderbares Buch ‹der Fürst›», erklärte er in einem Anflug von Begeisterung. «Wenn es nur mehr Machiavellis gäbe, welche die Wirklichkeit so zutreffend beschreiben, wie der Meister der italienischen Renaissance es getan hat! Und wenn den Regierungen nur vermehrt so gute Ratschläge erteilt würden! Machiavelli war einer der Ersten, welche die Vision eines geeinten Italiens verkündet hatten. Damals noch eine verwerfliche Idee.»

Bozkurt betrachtete das Bild liebevoll, während Koca sich im Raum umsah. Sein Blick glitt über einen museal anmutenden Glaskasten, in dem unter anderem Polizeimützen und silberne Ehrenmedaillen mit eingravierten Fahnenträgern und rotweissen Schleifen ausgestellt waren. Was für ein Gegensatz, dachte er. Hier die Trophäen einer Polizistenlaufbahn. Dort die Geisteswelt der Renaissance.

«Sie haben den ‹Fürst› gelesen?», fragte er mit gespielter Überraschung.

«Nicht nur einmal», erwiderte Bozkurt mit unverhohlenem Stolz.

«‹Der Fürst› stellt wohl einen etwas engen Blick von Machiavellis Schaffen dar», sagte Koca in der Annahme, Bozkurt habe die anderen, nicht ins Türkische übersetzten Schriften nicht gelesen. «Machiavelli hat diesen Fürstenspiegel im Exil geschrieben, um sich bei der Medici-Dynastie zu rehabilitieren. In den ‹Discorsi›, ‹den Gedanken über Politik und Staatsführung› hat er wieder zu republikanischem Gedankengut zurückgefunden.»

Die Heiterkeit in Bozkurts Gesicht erlosch, sodass Koca innehielt. Bozkurt blickte finster zu Machiavellis Portrait. Mit einer kaum wahrnehmbaren nervösen Geste der Finger forderte er seinen Gesprächspartner auf, weiterzufahren.

«Machiavelli schrieb zum Beispiel, dass der römische Adel einmal auf die Einsetzung von Volkstribunen mit einer Sperrung der sizilianischen Getreideeinfuhren reagierte. Es gab eine

Hungerrevolte, die Machiavelli als gerecht billigte und meinte, die Verfassung müsse ein Ventil für die Wut des Volkes vorsehen.»

«Was meinte er damit?», fragte Bozkurt scharf.

«Der Wortführer des Adels, Coriolan, sollte sich deswegen vor Gericht verantworten.»

«Man kann einzelne Passagen in Machiavellis Werken nicht aus dem Zusammenhang reissen», unterbrach Bozkurt den Anwalt in ärgerlichem Tonfall. In seinen Augen war eine grosse Unruhe und Unlust, sich auf eine Diskussion über die Prinzipien des Staatsaufbaus einzulassen, abzulesen. «Womit kann ich Ihnen behilflich sein?», fragte er mit einem nachdrücklichen Blick auf die Armbanduhr.

Koca verspürte einen Impuls, das Thema nicht fallen zu lassen. Aber er war Diplomat und erklärte:

«Sie stimmen sicherlich mit mir überein, dass ein Arbeitgeber das Bedürfnis hat, seine Arbeiter vor einer Einstellung auf Herz und Nieren zu überprüfen. Dabei interessiert ihn vor allem, wie es mit der Gesetzestreue steht. Man stellt nicht gerne Leute ein, die mit der Polizei Probleme haben. Könnten Sie meinem Auftraggeber Einblick in Ihre Register geben?»

Der Anwalt musterte Bozkurt. Dessen wieder hartes, wie aus Wachs geknetetes Gesicht zeigte keinerlei Regung.

«Sie können Ihrer Klientschaft raten, einen Strafregisterauszug zu verlangen», entgegnete er und strich die herabfallende schwarze Haarlocke aus der Stirn.

Bozkurts ausweichende Antwort hatte Koca vorausgesehen.

«Das ist sicherlich kein schlechter Rat», gab er ihm Recht, setzte aber dagegen: «Urteile sind sicher wichtig. Aber sie enthüllen nur einen Teil der Persönlichkeit. Um sich vor bösen Überraschungen zu verschonen, muss ein Arbeitnehmer wissen, ob die Polizei gegen seinen zukünftigen Arbeitnehmer ermittelt … oder ihn sogar schon im Auge hat, ihn sozusagen im Vorfeld der Straftat beobachtet. Sie verstehen schon!»

«Ich verstehe das Informationsbedürfnis Ihres Mandanten durchaus. Leider lässt sich dieses Anliegen nicht mit der Polizeiarbeit vereinbaren. Die Preisgabe der laufenden Fahndungen und Observierungen warnt die Betroffenen und ermuntert sie geradezu zur Flucht. Sie verlangen von mir etwas Kontraproduktives.»

Koca hatte auch diesen Einwand vorausgesehen.

«In dieser Beziehung kann ich Sie beruhigen», sagte er mit einer beschwichtigenden Geste der Hand. «Mein Auftraggeber befindet sich im Ausland. Dasselbe trifft für die Arbeitsplätze zu, die besetzt werden sollen, wenn die Eignungsprüfungen erfolgt sind.»

«Worin besteht der Unterschied zwischen in- und ausländischen Arbeitsplätzen?»

«Ganz einfach. Die Aspiranten für die Arbeitsplätze sind schon im Ausland und können demzufolge Ihren Fahndern und Observierern nicht mehr entfliehen. Sie sind gleichsam schon geflohen.»

«Wir können ihre Auslieferung verlangen, wenn wir sie festnehmen und vor Gericht bringen wollen.»

«Ja und nein», gab Koca zurück. «Unser Land ist mindestens über zwei Generationen ein Emigrationsland. Demzufolge haben viele Türken und Türkinnen inzwischen eine ausländische Staatsbürgerschaft erworben, obwohl ihre Spuren hier noch nicht völlig verwischt sind.» Mit Bedacht vermied Koca die Worte Kurden und Kurdinnen.

«Diese Gruppe dürfte immer noch in der Minderzahl sein.»

«Sicherlich. Es ist Ihnen wohl kaum entgangen, dass die europäischen Staaten immer wieder Argumente finden, uns Leute nicht auszuliefern, weil sie etwa sagen, wir wollten sie aus politischen Gründen haben, oder unsere Gefängnisse seien zu wenig menschenwürdig und so weiter.»

«Leider haben Sie zu einem grossen Teil nicht Unrecht», sagte Bozkurt und zog die Stirne kraus. «Das westliche Ausland ist mit uns sehr ungerecht. Wer ist übrigens Ihr Auftraggeber?»

«Seriöse Firmen, die in einem Branchenverband zusammengeschlossen sind», erwiderte Koca schulterzuckend. Dann beugte er sich vor und versuchte, dem Generalpolizeipräsidenten, dessen Blick an Kocas Nasenspitze hing, sein Anliegen mit übergeordneten Interessen schmackhaft zu machen: «Ich darf gerne davon ausgehen, dass Sie auch an das wirtschaftliche Wohl unseres Landes denken. Je mehr Arbeitsplätze von Türken im Ausland besetzt werden, umso mehr Transferzahlungen in harter Währung springen für unsere Bevölkerung und auch die Wirtschaft heraus. Ein Teil dieses Geldes fliesst in Form von Steuern in die Staatskasse. Da ist es schon wichtig, dass die richtigen Leute die Beschäftigung ausüben.»

Koca machte eine Pause, um seinem Argument mehr Gewicht zu geben. Schliesslich fügte er beiläufig bei, indem er ein Auge halb zukniff.

«Meine Klientschaft ist selbstredend bereit, Ihre Aufwendungen zu entschädigen.»

«Als oberster Verantwortlicher für die Polizeiarbeit in meinem Land muss ich die Interessen meines Korps und damit der staatlichen Gemeinschaft im Auge behalten», erwiderte Bozkurt pathetisch. «Geben Sie mir ein paar Muster der Auskunftsbegehren. Ich werde dann Ihr Anliegen prüfen und Ihnen so bald wie möglich schriftlich Bescheid geben.»

«Ein guter Vorschlag», antwortete Koca.

Irgendwie war er überzeugt, dass er den Polizeichef überzeugt hatte. Beschwingt öffnete er seinen schwarzen Aktenkoffer und zog ein Blatt hervor. Darauf befanden sich zwei Namen:

Ahmet Güngör, geboren 3. April 1950, des Ramazan und der Ceyda, Bauer, aus Hanımköy, zuletzt wohnhaft in Bingöl.

Mehmet Kayguzuz, geboren 1. Februar 1970, des Hasan und der Nuran, Schuster. Aus Kartalyuva. Zuletzt wohnhaft in Tilkini.

Darunter die Fragen: Sind diese Personen polizeilich erfasst und allenfalls zur Fahndung ausgeschrieben?

Bozkurt nahm das Blatt entgegen. Aufmerksam las er es durch. Manchmal zuckte er mit einem schiefen Grinsen kaum wahrnehmbar mit den Schultern. Schliesslich legt er das Blatt beiseite und erklärte:

«Sobald ich diese Angelegenheit entschieden habe, erhalten Sie meine Antwort.»

Koca nickte verständnisvoll und lächelte zufrieden vor sich hin.

«Es würde mich freuen, wenn wir auf Ihre wertvolle Mithilfe zählen könnten. Vergessen Sie nicht, die Rechnung für Ihre geschätzte Arbeit beizulegen», sagte er.

Elegant wie ein Kartenspieler zog er aus der Brusttasche seines Anzuges seine Visitenkarte heraus und legte sie auf den Schreibtisch. Goldene Lettern auf schneeweissem Papier glänzten Bozkurt entgegen. Sogar das Familienwappen, ein sitzender Musikant mit einer Bratsche, fehlte nicht. Bozkurt warf einen raschen Blick darauf. Die Andeutung eines Lächelns spiegelte sich in seinem Gesicht.

«Das hängt vom Zeitaufwand unserer Bemühungen ab», sagte er und stand auf, die Arme gegen den Schreibtisch stemmend. «In der Verwaltung ist alles gebührenpflichtig, wie Sie richtig gesagt haben. ... Zur Entlastung des Steuerzahlers, ... selbstredend.»

Als der Anwalt gegangen war, kehrte Bozkurt an seinen Schreibtisch zurück, setzte sich, lehnte sich zurück und liess die Rückenlehne weit nach hinten sinken. Er betrachtete Machiavellis Bild. Manchmal führte er mit ihm Zwiegespräche. So wie der Meister, den er in solchen Augenblicken «Machia» nannte, während der Verbannung auf seinem Landgut in Sant' Andrea in Percussina, umgeben von lieblichen Weinbergen, auch Zwiegespräche mit den Porträts seiner Geistesfürsten, den römischen Schriftstellern, geführt hatte.

Bozkurt schloss die Augen und sah Machiavellis Arbeitszimmer vor sich. Als er vor Jahren dessen ehemaliges Landgut besucht hatte, hatte er sich an den Tisch gesetzt, an dem Machia jeden Abend vier Stunden lang am «Fürsten» geschrieben hatte. Er hatte sich in das Gästebuch eingetragen.

Bozkurt erinnerte sich genau an seinen Eintrag, den er an einem 8. Dezember gemacht hatte, kurz nachdem der Putschversuch von Valerio Borghese in Rom fehlgeschlagen hatte. Bozkurt hatte einfach geschrieben: «Wie schade, Machia, dass Valerio heute nicht Fürst geworden ist.»

196

Bozkurt berauschte sich am Fluss seiner Erinnerung und dem Gedanken an die bevorstehende Begegnung mit Ruken Zelal. Sie war eine Abschwörerin und arbeitete im Staatsschutzarchiv als Analystin. Ihr Spezialgebiet waren die illegalen Parteien. Dazu war sie als ehemaliges Mitglied des PKK-Zentralkomitees besonders geeignet. Er dachte daran, sich noch am gleichen Tag von ihr ins Fichenarchiv führen zu lassen.

Bei diesem Gedanken lächelte er lautlos eines seiner seltenen Lächeln.

Sie haben uns telefonisch mitgeteilt, dass Sie bei der Polizei nachgefragt haben», sagte Botschafter Pietro Rossi zu Rechtsanwalt Koca, nachdem sie sich am Löwentisch einander gegenüber gesetzt hatten.

Neben dem Botschafter sass sein Flüchtlingsattaché Klaus Heimgartner.

«Ich habe mit dem Generalpolizeipräsidenten persönlich Ihr Anliegen besprochen», sagte Koca und sah triumphierend in die Runde. Als er aber sah, dass der Botschafter zusammenfuhr, fügte er bei: «Selbstverständlich mit der nötigen Diskretion, das heisst, ohne ihm auch nur den geringsten Hinweis zu geben, in wessen Auftrag ich verhandelt habe.»

Rossi war erleichtert. Mit einem zufriedenen Lächeln in den Mundwinkeln öffnete Koca seinen schwarzen Aktenkoffer und zog einen Briefumschlag heraus. Auf der Rückseite war ein aufgebrochenes Siegel.

«Der Generalpolizeipräsident schrieb mir, was über unsere Fälle unter anderem im Fahndungsbuch und den Polizeifichen steht ... beziehungsweise nicht steht.»

«Können Sie uns den Brief übersetzen?»

«Selbstverständlich. Fangen wir von hinten im Alphabet an. ... Mehmet Kayguzuz ist ... nicht vorbestraft. Auch in den Staatsschutzakten findet sich über ihn ... kein Eintrag. Schliesslich läuft gegen ihn keine Fahndung.»

«Und wie steht es beim anderen?», fragte Rossi und warf

Heimgartner einen Blick zu, der eine erwartungsvolle Spannung verriet.

«Ahmet Güngör ist … vorbestraft wegen Mitgliedschaft in der Rizgari. In den Fichen ist er … als unbequeme Person verzeichnet. Gesucht wird er nicht.»

Rossi liess sich den Brief geben. Heimgartner stand auf und blickte dem Botschafter über die Schultern. Mit den Fingerkuppen fuhr Rossi den Büttenrändern entlang. Lange betrachtete er den Stempelabdruck. Die Inschrift «Generaldirektion für Sicherheitsfragen» umrahmte den türkischen Halbmond in der Stempelmitte. Rossi hielt den Briefbogen ins Gegenlicht des Fensters, um ihn auf ein Wasserzeichen zu prüfen. Sogleich war das Bild eines Widders sichtbar. Im Rumpf standen die Initialen I.B. für Ibrahim Bozkurt, der Name des Generalpolizeipräsidenten.

«Der Polizeipräsident muss unter dem Sternzeichen des Widder geboren worden sein», bemerkte Heimgartner.

«Der Widder symbolisiert die Kraft des Frühlingserwachens. Diesem Mann verdanken wir ein wirksames Instrument bei der Wahrheitsfindung in den Asyldossiers», rief Rossi begeistert aus.

«Der Widder hat aber auch einen sprunghaften, cholerischen Charakter», hielt Heimgartner dagegen. Er setzte sich und richtete an Koca die Frage: «Herr Rechtsanwalt, können wir uns auf die Auskunft des Polizeichefs verlassen? Sagt man Ihnen dort die Wahrheit?» Heimgartner dachte an den Fichenskandal, der Jahrzehnte lang geheim gehaltene Archive ungeheuren Ausmasses in der Schweiz ans Tageslicht gebracht hatte.

«Ich habe keinen Grund, das Wort eines Spitzenbeamten unserer Regierungsorganisation anzuzweifeln», antwortete Koca geschwollen und durch die Zweifel unangenehm berührt.

«Dann können wir ja beruhigt sein», mischte sich der Botschafter ein.

Heimgartner, dem in diesem Gespräch die Rolle des Zweiflers zugedacht war, zog das Schreiben der Staatsanwaltschaft von Otuzgöl aus der Mappe und legte es auf den Salontisch.

«Dieses Schreiben der Staatsanwaltschaft von Otuzgöl hat

Mehmet Kayguzuz in Bern abgegeben. Als Beweis, wie er behauptet, dass er hier politisch verfolgt wird.»

Koca beugte sich vor und nahm das Blatt in die Hand.

«Ich nehme an, dass man in Bern dieses Schreiben als gefälscht betrachtet.»

«Wie kommen Sie darauf?», fragten Rossi und Heimgartner gleichzeitig.

«Ansonsten hätte man Sie und mich nicht um Hilfe ersucht.»

«Kann sein, wir wissen es nicht», sagte Rossi nachdenklich. «Was halten Sie davon?»

«Es ist ein Dokument, das, … wenn es echt wäre, … in der Ermittlungsphase erstellt worden wäre. Diese ist geheim.»

«Was heisst das?», fragte Heimgartner.

«Es kann nicht überprüft werden, ausser man hat gute Beziehungen zur Polizei oder zur Staatsanwaltschaft.» Koca rieb den Daumen und Zeigefinger, um anzudeuten, dass Schmiergeld eine Rolle spielte. «Otuzgöl ist weit weg von hier.» Heimgartner lehnte sich nach vorn und sah den Anwalt fragend an. «Ich habe diese Beziehungen nicht. Verstehen Sie. Und ich muss Ihnen sagen, dass ich das Schreiben ohnehin nicht als echt betrachte.»

«Wie kommen Sie dazu?», fragte Heimgartner.

«Ganz einfach. Der Generalpolizeipräsident hat mir eine Auskunft erteilt, die sich mit diesem Schreiben nicht verträgt.» Koca machte mit den Händen eine Geste, die besagen sollte, dass von ihm nichts Weiteres mehr erwartet werden konnte.

Rossi erhob sich zum Zeichen, dass auch er die Unterredung als beendet betrachtete.

«Ich danke Ihnen für Ihre Bemühungen, Herr Rechtsanwalt. Hat der Generalpolizeipräsident etwas verlangt?»

«Bis jetzt noch nicht. Aber das wird noch kommen. Das steht im Brief. Ich habe Ihnen dieses kleine Detail vorhin nicht übersetzt.»

Koca verabschiedete sich. Der Botschafter kehrte an seinen Arbeitstisch zurück. Ermattet liess er sich in den Ledersessel fallen.

«Mehr können wir wohl nicht machen», seufzte er und wies

Heimgartner an, Kocas Befund Bern mitzuteilen. «Die Formulierung des Briefes überlasse ich Ihnen. Vergessen Sie nicht, zu erklären, warum wir nicht den Menschenrechtsverein konsultiert haben. Unsere Informanten, unser Vertrauensanwalt und überhaupt, wie wir das alles bewerkstelligen, bleiben unser Geheimnis, gegenüber jedermann und allen Amtsstellen. Aus unseren Akten geht nichts an Ihr Bundesamt. Nur Ihr zusammenfassender Bericht. Schauen Sie, dass Sie mir diesen in den nächsten Tagen zur Unterschrift vorlegen können.»

Heimgartner nickte zum Zeichen des Einverständnisses.

Es war am dritten Dezember, am Dienstagvormittag, als Rudolf Klingler die Antwort aus Ankara erhielt. Er trank Kaffee und hatte gerade das Fenster geöffnet, um frische Luft in sein Büro zu lassen, als Paolo Massara, der amtsinterne Kurier, mit einem Stoss Akten in sein Büro trat. Klingler hielt in der rechten Hand den Plastikbecher mit dem Kaffee. Mit der linken nahm er von Massara die Post entgegen. Dabei verschüttete er etwas Kaffee auf das Bündel.

«Zum Glück habe nicht ich den Kaffee verschüttet, sonst müsste ich Ihnen schmutzige Papiere abliefern», scherzte Massara.

Unter dem Aktenstoss befand sich die Antwort aus Ankara zum Schuhmacherfall. Klingler las ihn sofort. Er atmete auf. Der Bericht bestätigte seine eigene Einschätzung, dass Mehmet Kayguzuz seine Geschichte erfunden hatte. Nun hatte das Schiedsgericht, wie sie die Botschaft in Ankara nannten, entschieden. Der Schuhmacher ist ein schlechter Geschichtenerzähler, nichts als ein Glücksritter, dachte Klingler nicht ohne Zorn.

Weil ihm kalt wurde, schloss er das Fenster. Die Sicht war grau. Über den Dächern türmte sich ein regenschwangeres Wolkengebilde. Klingler entschloss sich, das Schreiben aus Ankara gleich Goldmann zu zeigen. Anschliessend würde er mit dem Entwurf der Asylverfügung beginnen. Es war ihm zwar bewusst, dass er Kayguzuz über die Ergebnisse aus Ankara informieren musste. Der Rechtsstaat verlangt, dass sich Kayguzuz dazu äussern darf. Stichhaltige Argumente gegen das Wort aus Ankara erwartete er nicht. Bald würde er den Fall abgeschlossen haben.

Klingler war guter Laune, als er durch den Korridor ging.

Die Türe zu Goldmann stand offen. Dieser sass an seinem Schreibtisch und korrigierte einen Text. Seine Füsse hatte er auf den Schreibtisch gelegt.

«Du bist es, Rudolf», rief er Klingler zu, der unter dem Türrahmen stand. «Komm herein!»,

«Grüss dich, Edgar. Ich dachte, ich komme rasch bei dir vorbei. Ich habe nämlich die Antwort aus Ankara in meinem Schuhmacherfall erhalten.»

«Setz dich. Ich erinnere mich.» Goldmann zog die Füsse vom Tisch und schob einen Stoss Papiere beiseite. «Und was sagt unser Schiedsgericht?»

«Hier ist der Brief. Er ist nicht lang. Willst du ihn lesen?»

«Sicher, zeig mal.»

Während Goldmann las, betrachtete Klingler das spanische Stierkampfplakat an der Wand.

«Nun haben sie in Ankara doch nicht den türkischen Menschenrechtsverein gefragt, wie wir gewünscht haben», sagte er und verbarg seine Enttäuschung und Verärgerung nicht.

«Die Gründe sind ausführlich dargelegt. Mir leuchten sie ein», sagte Klingler. «Zudem habe ich die Verlässlichkeit der Auskünfte mit meinen Kontrollfall getestet. Man kann wohl nicht mit einem privaten Verein wie dem türkischen Menschenrechtsverein zusammenarbeiten, der zu wenig bekannt ist und nicht über ausreichendes Material verfügt.»

«Der Botschafter hätte es zumindest versuchen können», begehrte Goldmann auf. «Es hätte auch die Nebenwirkung gehabt, diese Leute aufzuwerten. Was meinst du übrigens mit Kontrollfall? Warum steht da noch etwas über Ahmet Güngör?»

«Ich habe aus Zeitgründen dich nicht darüber informiert. Klaus hat Fragen aus einem Dossier, in welchem wir über einen direkten Beweis, ein politisches Gerichtsurteil, verfügen, verlangt.»

«Und, war die Antwort stimmig?»

«Ja. Güngör ist zum Beispiel fichiert als unbequeme Person. Und wir wissen, dass er aus politischen Gründen zu drei Jahren Gefängnis verurteilt worden ist.»

«Kluge Idee. Wen hat der Botschafter eigentlich gefragt, als er ... ?»

« ... fragen lassen», stellte Klingler klar. «Die Sache wurde diskret abgeklärt. Von einem Vertrauensanwalt.»

Goldmann las den Brief nochmals durch. «Das bedeutet, dass wir dem türkischen Staat von nun an sozusagen ins Décolleté schauen können ...», witzelte Goldmann gekünstelt.

Klingler brach in ein schallendes Gelächter aus.

« ... das heisst, wir schauen vorderhand nur in ein Décolleté, und zwar in jenes der Polizei», spann Goldmann den Faden weiter. «Hat dieser Schuhmacher nicht gesagt, er sei zweimal von der Gendarmerie verhört worden? Wurde er nicht einmal sogar mehrere Tage festgehalten? Und hat er nicht gesagt, er sei mit einem falschen Pass gereist, weil er einen echten nicht bekommen habe?»

«Richtig», erwiderte Klingler bange. «Worauf willst du hinaus?»

«Ich frage mich, ob es genügt, wenn wir wissen, dass die Polizei ihn weder fichiert hat noch ihn sucht. Wir könnten zusätzlich überprüfen lassen, ob er Probleme mit der Gendarmerie gehabt hat und ob er ein Verbot hat, ins Ausland zu reisen.»

Klingler machte ein Gesicht, das unschwer verriet, wie wenig begeistert er von Goldmanns Idee war. Weitere Nachforschungen würden die Bearbeitung des Falles in die Länge ziehen.

«Die Gendarmerie und die Polizei sind meines Wissens das Gleiche», warf er ein. «Die Gendarmerie ist die Polizei auf dem Lande. Und die Pässe werden sowieso auf Veranlassung der Polizei gesperrt. Also was bringt es, wenn wir auch noch bei diesen Stellen nachfragen lassen?»

«Ich sehe das anders. Im kurdischen Konfliktgebiet ist die

202

Gendarmerie eine Hilfstruppe der Armee. Deshalb untersteht sie dort dem Verteidigungsministerium. Die Polizei ist dem Innenminister unterstellt. Das sind in der Türkei zwei verschiedene Paar Schuhe. Du weisst ja selbst, wie viele Fichenarchive in unserer Verwaltung angelegt worden sind. Zu einem grossen Teil haben die Ficheure das alles voreinander versteckt.»

«Vielleicht hast du Recht. Wir sollten wohl auf Nummer sicher gehen.»

Schweren Herzens schwenkte Klingler auf Goldmanns Linie ein.

«Du bist auf dem Weg, ein guter Polizist oder Staatsanwalt zu werden», lobte Goldmann. «Ein guter Strafverfolger bringt einen Fall mit mehr als nur einem Beweis vor Gericht. Erst dann hat er Aussicht auf eine überzeugende Beweislage.»

Als der Attaché Klaus Heimgartner Klinglers Brief las, reagierte er verärgert. Er hatte gedacht, dass die beiden Fälle Güngör und Kayguzuz abgeschlossen seien.

«Rudolf Klingler verlangt eine Extrawurst», sagte Heimgartner halblaut vor sich hin. Am liebsten hätte er auf das Blatt gespuckt. Die zusätzlichen Abklärungen machten seine Arbeit komplizierter und zeitraubender. Inzwischen waren weitere, ähnliche Anfragen aus Bern eingetroffen. Er liess sie durch Rechtsanwalt Koca Hasan bearbeiten. Der Kontakt lief nun nicht mehr über den Generalpolizeipräsidenten persönlich, wie ihm dieser erklärt hatte. Der Polizeichef habe die Anfragen direkt an die Leute im Staatsschutzarchiv delegiert. Die Zusammenarbeit zwischen Koca und den Ficheuren klappe ausgezeichnet.

Pietro Rossi beauftragte Ende Februar, nach seiner Rückkehr aus der Schweiz, wo er die Teilnahme an der Botschafterkonferenz mit Skiferien im Averstal verband, seinen zweiten Vertrauensanwalt mit diesem Teil der Abklärungen.

Rechtsanwalt Semsettin Gözlük war ein hagerer Mann mit

einem Spitzmausgesicht und einer hohen Stirn. Obwohl er nicht älter als vierzig Jahre war, hatten sich auf beiden Seiten seines Mundes tiefe Falten gebildet. Er war Strafverteidiger und Versicherungsrechtler.

Zuerst informierte Rossi Gözlük über den Fall Mehmet Kayguzuz. Er trug ihm auf, sich mit der Gendarmerie von Tilkini in Verbindung zu setzen, um herauszubekommen, ob gegen Kayguzuz ermittelt und nach ihm gefahndet werde. Rossi sagte auch, dass Kayguzuz nach seiner eigenen Aussage zweimal von der Gendarmerie verhört worden war. Dann sollte Gözlük sich beim zuständigen Passbüro erkundigen, ob gegen Kayguzuz eine Passsperre verhängt worden sei. Rossi wusste nicht, wo für die Einwohner von Tilkini Pässe ausgestellt wurden. Die gleichen Anweisungen gab er zum Kontrollfall Ahmet Güngör.

Rossi schärfte auch Gözlük ein, weder die Schweiz im Allgemeinen noch die Botschaft im Besonderen als Auftraggeber zu erwähnen. Er überliess es seinem Einfallsreichtum, notfalls einen Auftraggeber zu erfinden.

Der Botschafter sagte Gözlük nichts über den Kontakt, den die Botschaft durch Rechtsanwalt Koca Hasan zum Generalpolizeipräsidenten hergestellt hatte. Er hoffte, dass auch Koca seinem Anwaltskollegen nichts ausplaudern würde.

Gözlük akzeptierte den Auftrag sofort. Er einigte sich mit Rossi, die Resultate in etwa drei Wochen vorzulegen.

Gegen Ende der zweiten Märzwoche, am Donnerstagnachmittag, kam Gözlük dazu, den Auftrag des schweizerischen Botschafters zu erledigen. Ihm blieb eine Stunde, bevor ein Klient eintreffen würde. Gözlük liess sich von seiner Sekretärin die Telefonnummern der zuständigen Amtsstellen zusammenstellen: zuerst die Gendarmerie von Tilkini und das Passamt von Otuzgöl betreffend die Akte Kayguzuz, dann die Gendarmerie von Kalma und das Passbüro von Arkadaş bezüglich des Güngör-Dossiers. Als Erstes rief er die Gendarmerie von Tilkini an. Es war besetzt. Er wählte die Nummer des Passamtes von Otuzgöl. Eine Männerstimme mit einem kratzenden Tonfall meldete sich.

«Toprak, Sie wünschen?»

Gözlük drückte sofort seine Zigarette aus, da ihn die kratzende Stimme an alle möglichen Lungenkrankheiten erinnerte. Er steckte sich einen Bleistift in den Mund.

«Gözlük, Rechtsanwalt. Ich hätte gerne von Ihnen gewusst, ob Mehmet Kayguzuz aus Tilkini von Ihrem Amt einen Pass erhalten kann.»

«Ist er zur Fahndung ausgeschrieben?»

«Nein.»

«Dann kann er ein Reisepapier erhalten. Er muss hier persönlich vorsprechen und zwei Passfotos mitbringen.»

«Geben Sie ihm auch einen Pass, wenn er politisch gegen die Regierung agiert?», forschte Gözlük weiter und versuchte, einen kleinen Holzspan, den er vom Bleistift weggebissen hatte, aus den Zähnen hervorzuklauben.

«Hören Sie mal, Mann. Wir sind in einem freien Land. Sind Sie Kommunist?»

«Wo denken Sie hin», widersprach Gözlük mit einem gepressten Lachen. «Können Sie auf meine Frage präziser antworten?»

«Können Sie Ihre Frage genauer stellen? Worauf wollen Sie hinaus?»

«Kann eine Staatsschutzstelle Ihnen verbieten, jemandem … zum Beispiel … Mehmet Kayguzuz, einen Pass auszustellen?»

«Uns hat niemand etwas zu befehlen, auch nicht der Geheimdienst. Wir arbeiten so, wie es vom Gesetz vorgeschrieben ist», dröhnte die Kratzstimme. «Warum wollen Sie all das überhaupt von mir wissen?»

Gözlük war erstaunt, dass diese Frage erst jetzt kam.

«Ich arbeite im Auftrag eines Reisebüros. Dieses will wissen, ob es Flugbillette für Oppositionspolitiker und regierungskritische Medienvertreter buchen kann, noch bevor sie im Besitz von Pässen sind.»

«Ihr Auftraggeber muss es mit eiliger Kundschaft zu tun haben. Von mir aus können die Politiker und die Zeitungen sagen und schreiben, was sie wollen. Ich höre mir weder ihre

Reden an, noch lese ich diese Zeitungen», zischte der Beamte. Mit einem leicht drohenden Unterton fuhr er fort: «Aber was unsere Arbeit betrifft, da kann ich Ihnen etwas versichern: Nur die Sezessionisten und die anderen gewöhnlichen Verbrecher geraten ins Räderwerk der Justiz, denn unser Land bleibt unteilbar, bis in alle Ewigkeit. Eine politische Justiz suchen Sie in unserem Land ebenso vergeblich wie Elefanten. Haben Sie verstanden?»

«Gewiss», gab Gözlük höflich zur Antwort, bedankte sich für die Auskunft und hängte auf. Er lehnte sich zurück und zündete eine Zigarette an.

Die telefonische Verbindung mit der Gendarmerie von Tilkini kam sofort zustande. Gözlük gab sich als Vertreter einer internationalen Autovermietungsfirma aus und erklärte, Mehmet Kayguzuz habe sich um einen Parkplatzwachposten beworben. Einmal wurde er weiterverbunden. Dann rief ein Mann einen Kollegen ans Telefon. Dieses Gespräch dauerte noch weniger lang als jenes mit dem Passbüro. Mit einem Mehmet Kayguzuz aus Tilkini habe man hier noch nie zu tun gehabt. Und bei der Gendarmerie sei er auch nicht zur Fahndung ausgeschrieben.

Sofort rief Gözlük die Gendarmerie von Kalma an. Der Beamte konnte sich aus dem Stand noch an den Rizgari-Prozess erinnern und bestätigte, dass Ahmet Güngör vorbestraft sei. Eine aktive Fahndung laufe nicht, da er die Strafe inzwischen verbüsst habe.

Das letzte Gespräch mit dem Passbüro von Arkadaş musste Gözlük auf den Nachmittag verschieben. Sein Klient war unterdessen eingetroffen. Er wollte ihn nicht warten lassen.

Gleich nach dem Mittagessen erreichte Gözlük das Passbüro von Arkadaş, wo man ihm beschied, Ahmet Güngör unterliege selbstverständlich keinen Reisebeschränkungen ins Ausland.

Als Gözlük den Bericht für Botschafter Rossi abfasste, fragte er sich, warum sein Gesprächspartner Toprak vom Passbüro Otuzgöl so schnell erklärt hatte, Mehmet Kayguzuz unterstehe keiner Passsperre. Es kam ihm eigenartig vor, ohne dass er auf

Anhieb sagen konnte, warum. Er wusste, dass viele Landsleute ins Ausland emigrierten. Sein Land hat keinen eisernen Vorhang wie die kommunistischen Staaten während dem Kalten Krieg. Aber irgendwie traute er der Sache nicht und entschied, noch an einer anderen Stelle nachzufragen. Aus einem plötzlichen Einfall heraus rief er in der zentralen Gendarmeriekommandantur in Ankara, die sich im Verteidigungsministerium befand, an und fragte, ob Mehmet Kayguzuz dort verzeichnet sei. Er stellte sich wieder als Vertreter einer Autovermietungsfirma vor. Hier verband man ihn mehrmals. Gözlük musste sich zusammennehmen, um nicht die Geduld zu verlieren. Am Schluss sagte ihm jemand, man führe Kayguzuz Mehmet nicht in den Registern.

Gözlük stellte den Bericht für Rossi sofort fertig und legte ihn zur Seite. Er würde ihn bei der nächsten Besprechung mitnehmen. Für einen kurzen Moment versuchte er sich Mehmet Kayguzuz vorzustellen. Warum verbreitete er im Ausland solche Lügen?

Ein Telefon riss ihn aus seinen Gedanken. Es war ein Klient, der eine Besprechung vor der nächsten Gerichtsverhandlung verlangte. Er wurde beschuldigt, mit Drogen gehandelt zu haben. Er bestritt es vehement und behauptete, die Drogen seien ohne sein Wissen in die Türen seines Wagens eingebaut worden. Er habe die Drogen unwissentlich transportiert. Gözlük überlegte sich, wem er glauben sollte. Er wusste es noch nicht.

Am nächsten Dienstag, den fünfzehnten März, hatte Gözlük eine Besprechung mit Botschafter Rossi. Nach dem Mittagessen übergab er ihm den Bericht über die Ergebnisse seiner Recherchen. Rossi nahm ihn entgegen, ohne darüber mehr als ein paar Worte zu verlieren. Als er ihn las, nickte er ein paar Mal.

«Zwei Glücksritter», sagte er bloss. Auf Gözlüks Lippen zeichnete sich ein dünnes Lächeln ab.

Noch am gleichen Nachmittag, nach der Kaffeepause, wies Rossi seinen Attaché Heimgartner per Telefon an, alle Anfragen aus Bern, die noch pendent waren und in Zukunft eintreffen würden, bei mindestens drei Stellen überprüfen zu lassen.

«Es ist eine niet- und nagelfeste Methode», sagte er zu Heimgartner.

Der Botschafter lehnte sich zurück, zufrieden, im Besitz der Wahrheit zu sein. Als er an die kommende Rechnung dachte, stopfte er die Pfeife.

In der Schuhmacher-Akte gibt es nichts Neues: keine Fiche bei der Gendarmerie, keine Fahndung, ... auch keine Passsperre», rapportierte Klingler an Goldmann.

«Nicht einmal beim anderen, wie heisst er ...?», fragte dieser mit grossem Erstauen.

«... Güngör.»

«Genau.»

«Und, auch bei ihm wirklich nichts?»

«Nein, du erinnerst dich. Er hat nur die polizeiliche Fiche als unbequeme Person. Bei der Gendarmerie existiert aber kein Eintrag über ihn. Da er die Strafe abgesessen hat, darf er auch ins Ausland reisen», sagte Klingler und schob Heimgartners Brief über den Schreibtisch. Mit einer unwirschen Handbewegung griff Goldmann darnach.

«Da kann man wohl nichts dagegen machen», sagte er resigniert.

«Wie meinst du das?»

«Du weisst, ich hätte es vorgezogen, wenn die Botschaft den Menschenrechtsverein beigezogen hätte, so wie in Chile.»

«Wie die das machen, ist nicht unser Bier. Hauptsache, Klaus, unser Attaché, hat etwas herausgefunden, das uns weiterhilft.»

Goldmann fuhr sich ein paar Mal mit dem Bleistift durchs Haar.

«Du erinnerst dich, wir haben gedacht, wir brauchen für deine schwierige Beweislage einen Schiedsrichter. Ein Papier des Staatsanwaltes auf der einen Seite, Widersprüche und Ungereimtheiten auf der anderen Seite. Nun haben wir einen Schiedsrichter, von dem wir nicht viel wissen. Ich hätte vielleicht einen Lügendetektor vorschlagen sollen», sagte Goldmann und zwang sich zu einem Lächeln.

«Immerhin, die Auskünfte stammen von der Polizei, der Gendarmerie und dem Passbüro.»

«Das bezweifle ich nicht. Aber wer sind die Polizei, die Gendarmerie, das Passbüro? Ich sehe keine Gesichter.» Goldmann öffnete die Schublade und zog seine Pfeife und einen flachen Tabaksbeutel hervor. Er sah Klingler an, während er die Pfeife stopfte. Klingler zuckte mit den Schultern und spreizte die Hände.

«Irgendjemand hat den wahren Sachverhalt für uns herausgefunden. Das steht fest», sagte er. «Die Botschaft hat sicherlich jemanden mit guten Kontakten beauftragt. Fichenarchive sind nicht so verschlossen, wie wir uns das vorstellen. Damit wird auch gearbeitet. Wer Beziehungen hat, wird mit den nötigen Informationen versorgt. Wichtige Leute erhalten Dossiers, womit sie andere unter Druck setzen können. Ich mach mir da nichts vor.»

Goldmann machte eine Pause, während er die Pfeife anzündete.

«Hast du dir schon überlegt, wie du jetzt im Schuhmacherfall weiterfährst?»

«Ich muss den Mann über die Ergebnisse informieren und ihn zu einer schriftlichen Stellungnahme auffordern», antwortete Klingler, erstaunt über Goldmanns Frage, die nicht über die tägliche Routine hinausging.

«Hast du dir schon über die Wortwahl Gedanken gemacht?»

«Nicht im Einzelnen. Aber das ist wohl kein Problem.» Klingler wurde ungeduldig.

«Ich meine, du musst dir überlegen, wie du die Sache mit der Fiche mitteilen willst. Du kannst natürlich gegen aussen nicht das Wort Fiche gebrauchen, wenn du damit die Glaubwürdigkeit des Schuhmachers in Zweifel ziehst.»

«Wie kommst du denn darauf? Du machst wohl einen Scherz. Von einem Verbot, bestimmte Wörter, eingeschlossen Fremdwörter, zu verwenden, habe ich bisher nichts gehört.»

«Wer spricht von Verbot. Es gibt taktische Überlegungen», gab Goldmann zu bedenken. «Wir leben in einer Zeit, in der die Fiche für eine ungehörige Schnüffelei während des Kalten Krieges steht. Zudem hat sich herausgestellt, dass da viel unwahres Zeug drin steht. Der Begriff ist politisch vorbelastet und weckt nur unselige Erinnerungen. Wenn wir jetzt auch noch mit der Fiche daherkommen, um unsere Asylentscheide zu begründen, werden sie mit den Fingern auf uns zeigen. Ich sehe schon die negative Schlagzeile vor mir: Bundesamt für Flüchtlinge fischt mit Fichen in trüben Gewässern.»

«Welches andere Wort schlägst du vor?»

«Wie wärs mit Karte oder Kärtchen?

«Soll ich schreiben, der Schuhmacher sei nicht auf der Karte oder dem Kärtchen verzeichnet?»

«Jetzt, wo du es so konkret formulierst … Nein, es ist zu vieldeutig, zudem klingt es wie im Geographieunterricht. Ich suche ein genaueres Wort. … Wie wärs mit Datenzettel?»

«Zettel klingt abschätzig und schweizerdeutsch. Man müsste besser von einem Datenblatt schreiben, damit uns auch alle mit deutscher Zunge verstehen», schlug Klingler vor.

«Du hast den Nagel auf den Kopf getroffen, Rudolf!», rief Goldmann aus und stiess mit dem Finger ein Loch in die Luft. «Das Wort klingt sachlich.»

Klingler wandte sich zum Gehen. Kurz bevor er hinter sich die Türe schloss, rief Goldmann ihn zurück.

«Rudolf, gerade ist mir noch etwas in den Sinn gekommen. Du bist Jurist. Geht das eigentlich in Ordnung, wenn unsere Botschaft die Recherchen für uns an einen privaten Anwalt delegiert? Ich habe doch etwas von Vertrauensanwalt gehört, nicht wahr?»

Klingler schloss entnervt die Türe.

«Willst du mir eine Doktorarbeit verpassen! Ich habe den Verbindungsmann nicht eingesetzt. Das muss von irgendeiner Rechtsabteilung, sei es von unserer, von jener des Aussenministeriums oder der Botschaft, abgeklärt werden. Es ist jedenfalls nicht unsere Sache, sondern, wenn schon, etwas, das in der

Chefetage entschieden wird. Wir sind nur Sachbearbeiter, Befehlsempfänger oder … Gefolgsleute, wenn du willst», antwortete Klingler, unsäglich entrüstet über Goldmanns Ansinnen.

«Du hast wohl Recht», sagte Goldmann versöhnlich. «Vergiss meine Frage! Das Pflichtenheft unseres Verbindungsmannes ergibt sich eigentlich von selbst. Man kann nicht einen Zimmermann anstellen und zugleich verbieten, dass Bäume gefällt werden.» Er blickte auf die Uhr. «Oh Gott, schon halb zehn. Heute ist der vierte April. Ich muss zur Pressekonferenz.»

«Deshalb trägst du heute eine Krawatte», rief Klingler Goldmann nach, als er aus dem Büro stürmte.

Das Geschenk beim Auspacken nicht zerbrechen!

Während Rudolf Klingler und Edgar Goldmann – dieser mit etwas mehr Geduld – bei der Bearbeitung von Mehmets Asylgesuch im Sinne eines Musterfalles neue Wege erprobten, ohne dass Mehmet etwas davon ahnte, verbrachte dieser selbst seinen zweiten Winter im Exil.

Es war im Allgemeinen weniger kalt und es fiel weniger Schnee, als er erwartet hatte. In der Türkei hatte Mehmet geglaubt, die ganze Schweiz bestehe aus Bergen, weil im Fernsehen oft Skirennen übertragen wurden.

Auch der zweite Winter brachte keine grossen Veränderungen. Selim, ein kaum erwachsener Kurde aus dem Irak, der gleich neben Mehmet schlief, hatte einen ausgedienten Fernseher mit einem Videogerät in das Zimmer gestellt. Er hatte die Geräte an einem Abend am Strassenrand im Müll entdeckt. Bald hatte Selim auch einige Videofilme zur Hand. Stundenlang, auch an Nachmittagen, wenn draussen die Sonne schien, schaute er sich Dokumentarfilme an. Sie handelten vom Leben der kurdischen Guerilla und Dorfbewohner in den Bergen. Manchmal vertrieb sich auch Mehmet die Zeit mit diesen Filmen. Am besten gefielen ihm die Szenen, in denen Männer vor den Häusern tanzten und sangen. Dann befiel ihn jedes Mal eine Sehnsucht nach seiner Heimat, obwohl er selbst in Kurdistan nur selten getanzt und gesungen hatte. Dass er gerade beim Anblick von tanzenden und singenden Kriegern in eine Heimwehstimmung geriet, überraschte ihn selbst. Vielleicht hatte es damit zu tun, dass ihn eine männliche Seite anzog, die in ihm selbst brachlag, ohne dass er sich dessen bewusst war. Vielfach weckte der Gesang die Erinnerung an seinen Grossvater, wie er stumm den Geräuschen der Natur gelauscht hatte, als hätte er Musik gehört.

Das Leben im Barackenlager gab Mehmet eine minimale Geborgenheit. Es war eine Schicksalsgemeinschaft, mit immer wieder wechselnden Gesichtern. Er war zusammen mit ein paar anderen am längsten hier. Die Gemeinschaft der Flüchtlinge bildete nur einen dünnen Nährboden für Mehmets Lebensgefühl. Zu wenig vertraut wurde man untereinander. Und überall waren das Leiden, die Einsamkeit, das Gefühl des Nichtstuns, des Abgestumpftwerdens, die Angst vor der Zukunft und vor dem Abgeschobenwerden spürbar. Manche versanken in tiefe Depressionen und magerten ab, weil sie kaum mehr assen. Andere waren leicht reizbar und wurden wegen Kleinigkeiten aggressiv, nicht selten sogar handgreiflich.

Mehmet fühlte sich oft auf sich selbst zurückgeworfen. Er war alleine und einsam, ohne Arbeit, ohne Familie, ohne Heimat. Es war ihm manchmal, als ob er in einem Erdloch, wie ein Maulwurf hauste. Oft dachte er an Ayşe. Irgendwann im November telefonierte er ihr und bedankte sich nochmals für ihre Begleitung zur dritten Befragung. Eigentlich war es mehr ein Vorwand, um mit ihr etwas abzumachen. Sie sagte zu, ihn vor Weihnachten zu treffen. Auf ihren Vorschlag unternahmen sie an einem Nachmittag einen Spaziergang an der Aare.

Mehmet nahm einmal pro Woche am Deutschunterricht teil. Kurt und Annemarie, eine Aushilfsbetreuerin, wechselten einander als Lehrer ab. Mehmet hatte als Erwachsener noch nie eine Fremdsprache erlernt. Als Kind war er in seine erste Fremdsprache, das Türkische, hineingewachsen, es war einfach die Sprache des Lehrers gewesen – und der Gendarmen.

Im Deutschen dagegen fand er sich nur mühevoll zurecht. Weder Kurt noch Annemarie sprachen Türkisch. Die Kursteilnehmer waren eine bunt zusammengewürfelte Gruppe. Es war eine seltsame Mischung von Frauen und Männern verschiedener Hautfarbe, unterschiedlicher kultureller Herkunft, sozialer Stellung und Alters, die sich jeden Donnerstag zwischen zwei und halb vier Uhr nachmittags im Speisesaal der Unterkunft versammelte. Bauern, Bäuerinnen, Schuhmacher, Buschauffeure und andere Handwerker sassen neben Lehrern, Lehrerinnen, Polizeioffizieren, Ärzten und Ärztinnen. Die Unterrichtssprache war Deutsch. Niemand verstand sie richtig. Mehmet gab sich damit zufrieden, wenn er, vielfach anhand von Bildern, lernte, alltägliche Dinge beim Namen zu nennen. In der Grammatik kam die Gruppe nicht über die Beugung der Verben in der Gegenwart, der Zukunft und der Vergangenheit hinaus. Einige betrieben Selbststudium und drangen tiefer in die Geheimnisse der deutschen Sprache ein. Den richtigen Satzbau konnte Mehmet nur erahnen, denn zwischen der deutschen und türkischen Denkweise liegen Welten. Im Türkischen wird der Satz durch das Aneinanderhängen und Dazwischenschieben von Worten gebaut. «Ich hoffe, dass du mich morgen besuchen wirst», wird im Türkischen, wörtlich übersetzt, wie folgt ausgedrückt: «Morgen Dein Besuchen hoffe ich.» Worte, die im Deutschen selbständig sind, werden im Türkischen teilweise zusammen geschrieben, was dann beispielsweise aussieht wie «DeinBesuchen» und «hoffeich».

Trotz allen Schwierigkeiten besuchte Mehmet den Sprachunterricht gerne. Einen Teil der Motivation dazu schöpfte er aus dem Bestreben, Ayşe nachzueifern, deren Sprachkenntnisse er bewunderte. Manchmal war er neidisch auf sie. Tief in ihm verborgen schlummerte die Hoffnung, dass sie ihn eines Tages nicht wegen seiner Denkfaulheit tadeln, sondern ihn für seine Fortschritte im Deutschlernen loben würde. Er dachte daran, sich bei Gelegenheit ein Buch zum Selbststudium zu kaufen.

In diesem Winter, während Botschafter Pietro Rossi die Fäden zu den Dunkelkammern der türkischen Sicherheitsdienste spann, machte Mehmet mit zwei weiteren Frauen Bekanntschaft.

Im Januar, an einem Abend, kam er spät in die Baracke zurück. Er hatte im nahe gelegenen Wald einen Spaziergang gemacht und hatte anschliessend einen Vortrag im «Zentrum 5», einem Treffpunkt für Asylbewerber, besucht. Ein gelehrter Kurde aus Paris, der am dortigen Kurdeninstitut arbeitete, hielt einen Vortrag über die Geschichte Kurdistans. Mehmet war eigentlich nur wegen Ayşe hingegangen. Sie hatte ihm telefoniert und ihn auf die Veranstaltung hingewiesen. Der Titel des Vortrages lautete: «Die Kurden, das betrogene Volk».

Der Titel hatte Mehmet abgeschreckt, weil er Angst hatte, das Thema würde ihn mit seiner eigenen unangenehmen Erfahrung konfrontieren. Er hatte sich in das Gewebe des Aufstands einbinden lassen und musste mit dem Gang ins Exil teuer bezahlen. Als Ayşe ihm den Besuch des Vortrags vorgeschlagen hatte, hatte Mehmet gespürt, wie in ihm die Wut auf Davud hochkam.

Er war dann doch hingegangen und war erschüttert, wie die Hoffnungen der Kurden immer wieder zerschlagen worden waren.

Als Mehmet nach dem Vortrag in die Baracke kam, war niemand dort ausser einer Frau. Sie war ihm wegen ihrem beweglichen und anmutigen Körper schon öfters aufgefallen. Ihr Gang war leicht und elegant. In seinem Zimmer war schon über sie gesprochen worden. Selim hatte behauptet, sie sei eine Zirkuskünstlerin und stamme aus Russland. Mit dem Asylgesuch wolle sie ihren Aufenthalt im Westen verlängern.

Im Augenblick, als er aus dem Waschraum trat, kam sie auf ihn zu. Und es schien Mehmet, als ob sie auf ihn gewartet hätte.

«Psst», machte sie, hielt den Finger vor die nach vorne gestülpten Lippen und sagte in gebrochenem Deutsch: «Willst du …?»

Sie lächelte. Den gestreckten Zeigefinger der einen Hand führte sie durch den Kreis, welche sie mit dem Daumen und Zeigefinger der anderen Hand formte. Obwohl die obszöne Geste Mehmet abstiess, spürte er, wie erregt er war. Er stand unentschlossen im Gang, unweit von der Barackentüre entfernt. Von draussen drang das Motorengeräusch vorbeifahrender Autos herein. Das Licht ihrer Scheinwerfer, gedämpft durch die Gebüsche, welche den Vorplatz von der Strasse abschirmten, strich wellenartig über den Fussboden und der Wand entlang.

«Für dich, dreissig Franken», sagte die Frau und blinzelte verführerisch mit einem Auge. Mit der Zunge fuhr sie langsam der Ober- und Unterlippe entlang.

Mehmet schüttelte stumm den Kopf und überlegte sich, ob er sich wegen dem Preis so schnell entschlossen hatte, das attraktive Angebot auszuschlagen. Die Frau trat näher an ihn heran, streckte ihren Körper und fuhr mit beiden Händen über ihre

Brüste. Der erotische Anblick liess Mehmets Widerstand zusammenbrechen und brach seiner Lüsternheit Bahn.

Er nickte. Sie machte mit dem Finger ein Zeichen, ihm zu folgen. Wie in Trance lief er hinter ihr her. In ihrem Zimmer war niemand. Sie drehte den Schlüssel um und verlangte von Mehmet das Geld. Mehmet zahlte. Sie legte sich auf das unterste Bett und schob den Pullover über ihre Brüste. Mehmet starrte wie gebannt auf die Brustwarzen. Dann öffnete sie den Hosenbund und schob die Hose hinunter bis zu den Knien.

«Steig auf.»

Sie winkte Mehmet zu sich hinunter. Mehmet zog seine Hosen aus und legte sich auf die Frau. Sein Glied war bereits steif, und er stiess es sofort hinein, ohne einen Laut von sich zu geben. Anstatt lustvoll mit Stössen ihre Schenkel aufzuwühlen und mit der Zunge über ihre Brüste zu fahren, waren seine Stossbewegungen mechanisch. Er spürte nur einen enttäuschend schwachen Orgasmus. Bald stiess ihn die Frau weg, rückte ihre Kleider zurecht und wies ihn mit einer kalten Geste aus dem Zimmer.

Das gekaufte Liebesabenteuer hatte nicht mehr als zehn Minuten gedauert. Mehmet fühlte sich elend, als er sich durch den dunklen Gang zu seinem Zimmer tastete. Er hatte sich ein aufregendes erotisches Erlebnis vorgestellt und kam sich jetzt vor, als habe er ein Bewegungsprogramm absolviert. In seinem Zimmer schliefen alle. Einer schnarchte. Mehmet konnte lange nicht einschlafen. Er dachte an Ayşe und schämte sich für seine ungezügelte Begierde.

Während diese Bekanntschaft flüchtig und unliebsam ausfiel, war die Begegnung mit Martha Hugentobler ein Erlebnis gänzlich anderer Art.

Anfang November, eine Woche nach der dritten Asylbefragung, hatte sich Mehmet in eine Liste arbeitssuchender Lagerinsassen eingetragen. Als wärmere Tage und die Knospen an den Bäumen den Frühling ankündigten, rief Kurt Mehmet in sein Büro. Kurt zeigte ihm einen Zettel mit einer Adresse.

«Arbeit», verkündete er vielsagend.

«Für mich?»

«Ja, zumindest für einige Tage ... Gartenarbeit.»

Mehmet freute sich so, dass er Kurt·am liebsten umarmt hätte.

Genau Mitte April, an einem Montag, machte er sich nach dem Mittagessen auf den Weg zu seinem temporären Einsatz in einem Garten einer Berner Vorstadtvilla.

Mit pochendem Herzen stand er vor einem schwarzen, schmiedeisernen Tor und drückte auf die Klingel mit dem Schild «Martha Hugentobler–Zimmermann». Die Sonne schien von einem wolkenlosen Himmel herab. Es dauerte eine Weile, bis sich im Garten etwas regte. Eine Gestalt mit einem Sonnenschirm und einem Spazierstock kam langsam auf ihn zu. Als eine alte Dame hinter dem schwarzen Gittertor stand, betrachtete sie Mehmet neugierig. Ihr Gesicht war schmal, von vielen Falten durchfurcht. Der braune, mit einem gelben Seidenband verzierte Filzhut lag auf einem Kranz grauer, leicht gewellter Haare. Ringe mit kleinen bunten Vogelfedern baumelten an den Ohren. Die lebhaften Augen hinter der auffallend grossen goldgeränderten Brille zeigten Interesse, gepaart mit Furcht.

«Wer sind Sie?»

Die Stimme klang höflich, konnte aber eine gespannte Unruhe nicht verbergen. Mehmet stotterte leicht vor Aufregung, als er mit den Fingern einer Hand auf seine Brust zeigte:

«Ich aus Kurdistan, Flüchtling bin ich und Sie helfe im Garten.»

«Sie sind das!», stiess die Frau hervor. Ihr Gesicht hellte sich auf. «Ich bin froh, dass Sie kommen, Herr Kayguzuz. Es wartet viel Arbeit auf Sie.»

Sie klappte den Schirm zu und schloss – ein wenig zittrig – das Tor mit einem grossen, angerosteten Schlüssel auf, den sie aus ihrer Rocktasche gekramt hatte. «Mein Name ist Martha Hugentobler.» Sie schüttelten sich unter dem Tor die Hände. Mehmet trat in den grossen Garten. Der Boden war mit niedrigem Gras überwachsen. Überall lag Laub. Der Garten machte auf Mehmet einen vernachlässigten Eindruck. Das Laub war zum Teil schon verfault.

Vom Tor führte ein breiter Kiesweg zum Haus. Unter einer Linde befand sich neben einem kleinen Teich ein runder Ziehbrunnen aus groben Steinen. Ein Rosenstrauch rankte sich um drei gebogene Eisenstangen, die wie das Gerüst eines Indianerzeltes anmuteten. Eine braune runde Masse bewegte sich in Richtung eines kleinen Teichs. Erst als Mehmet näher kam, erkannte er eine Schildkröte, die schnell den Kopf unter ihrem Panzer verschwinden liess.

Mehmet empfand für die alte Frau sofort grosse Sympathie. Mit rührender Geduld erklärte sie ihm die Arbeit, die er in den nächsten Tagen zu verrichten hatte. Er musste das Laub, das über den Winter liegen geblieben war, zusammenrechen und die Erde der Blumen- und Gemüsebeete umstechen. Die grösste Arbeit bestand darin, den abblätternden Farbanstrich des Gartenhäuschens abzukratzen und es neu zu streichen. Auch zeigte Martha Hugentobler auf die Schildkröte, der er einen neuen Unterschlupf zimmern sollte.

Mehmet machte sich sofort an die Arbeit. Aber schon nach zwei Stunden erschien die Hausherrin wieder. Sie trug ein Holztablett herbei, das wie ein glänzendes Schachbrett aussah. Darauf waren zwei Teetassen und ein Krug. Sie setzte sich auf eine Bank und mit einer winkenden Handbewegung lud sie Mehmet ein, sich neben ihr auszuruhen. Aus einer mit bunten Stoffresten genähten Tasche zog sie ein Fotoalbum heraus. Stolz blätterte sie in dem vergilbten Band mit einem weich gepolsterten, goldig verzierten Deckel. Auf einigen Bildern stand sie vor einem Teich mit einem Springbrunnen neben einem Mann.

«Istanbul», sagte Martha Hugentobler und sah Mehmet erwartungsvoll an.

Mehmet nickte und betrachtete konzentriert die Bilder. Hinter Martha Hugentobler, ihrem Mann und dem Springbrunnen stand die Blaue Moschee. Ihr Mann trug braune Khaki-Hosen und einen breitrandigen, mexikanischen Strohhut mit einem bunten Band. Die beiden standen, die Arme über die Schultern gelegt, am Rande des Wassers. Sie lachte über das ganze Gesicht, während das Antlitz des Mannes im Hutschatten undeutlich war. Links neben dem Paar befand sich eine Gruppe Frauen, alle von Kopf bis Fuss in Tücher eingehüllt. Aus den Schlitzen funkelten lustige blutjunge Augen.

«Das ist mein Seliger. Er war Ingenieur bei einem Maschinenbaukonzern», erläuterte Martha Hugentobler. «Er ist vor einem Jahr gestorben. Deshalb die ganze Unordnung im Garten. Ich habe alles ein wenig fahren lassen.»

«Ja, wissen Sie», fuhr sie nach einer Weile fort, obwohl Mehmet gerade den Mund geöffnet hatte, um etwas zu fragen. «Ich bin mit meinem Ehemann oft in der Welt herumgereist. Immer wenn eine neue Niederlassung im Ausland errichtet wurde, musste mein Mann die erste Zeit dabei sein. Und wir waren auch in Ihrem Land. Deshalb habe ich gerne Kontakt mit Fremden», fuhr sie fort und betrachtete wiederum Mehmets Gesicht, als würde sie an seinem Ausdruck prüfen, ob er alles verstanden hatte.

Mehmet begriff den Sinn ihrer Worte und rief schnell und voller Freude aus:

«Dann kennen Sie Kurdistan!»

«Nein, wir sind oft auf dem Weg in den Fernen Osten über das Gebiet geflogen. Die schneebedeckten Bergketten, die gelben Kornfelder, der blaue, zergliederte Atatürk-Stausee und der ruhige Van-See waren ein unvergesslicher Anblick aus der Luft», schwärmte die Witwe. «Ihr Land mit den schneebedeckten Bergen und den Seen ist wunderschön, die Schweiz Asiens.»

Mehmets Zuneigung zu Frau Hugentobler wuchs. Sie muss eine Freundin meines Volkes sein, dachte er. Geduldig harrte er aus, bis sie alle Fotos betrachtet hatten. Dann arbeitete er weiter.

Für Mehmet waren es glückliche Tage in Frau Hugentoblers Garten, der jeden Tag ordentlicher aussah.

Der Brief aus dem Bundesamt für Flüchtlinge war nicht länger als zwei Seiten, was Mehmet überraschte. Er hatte gedacht, endlich, nach einem Jahr, würde er den Asylentscheid erhalten. Aber es war nicht der Entscheid, sondern eine Anfrage. Sie war kompliziert geschrieben, weshalb er Ayşe zu Rate zog.

Mehmet war verwirrt, nicht nur wegen dem Brief, auch wegen Ayşe. Er hatte sie mitten in einer Yogaübung in ihrer Wohnung angetroffen. Sie sass auf dem Sofa, ein Bein hatte sie angewinkelt, das andere lag quer zum Becken auf das Sofa. Sie trug eine hautenge, leichte Baumwollhose, die bis zu den Waden reichte. Mehmet dachte voller Scham an sein erotisches Abenteuer mit der Zirkuskünstlerin, während er Ayşes schöne Beine betrachtete. Wie anmutig sie ihre Glieder reckte.

«Sehr geehrter Herr Kayguzuz», las sie vor. «wir haben Ihr Schreiben der Staatsanwalt von Otuzgöl einer amtsinternen Prüfung unterzogen. Wir erachten es als gefälscht. Die Gründe können wir Ihnen nur summarisch bekannt geben. Beim vorliegenden Originaldokument handelt es sich um ein amtsinternes Schreiben. Die Papierqualität entspricht nicht derjenigen, die in der Türkei üblich ist. Schliesslich fehlen dem Schreiben die üblichen ‹Dienstvermerke.›

Zudem haben wir nach diskreten Abklärungen, welche unsere Botschaft in Ankara vor Ort veranlasst hat, festgestellt, dass über Sie in Ihrem Heimatland weder ein politisches noch ein gemeinrechtliches Datenblatt existiert. Sie werden weder auf nationaler Ebene noch auf regionaler Ebene von der Polizei oder der Gendarmerie gesucht. Schliesslich existiert gegen Sie weder ein Reise- noch ein Passverbot.

Abgesehen davon ist gemäss Nachforschungen des BFF der Herstellungspreis für Bergschuhe in der Türkei von Ihnen entschieden zu tief angesetzt worden. Zudem braucht die Herstellung solcher Schuhe mindestens einen Tag. Hiermit erhalten Sie Gelegenheit, sich innerhalb von zehn Tagen zu diesen Punkten zu äussern. Diese Stellungnahme ist in einer der Landessprachen (Deutsch, Französisch oder Italienisch) abzufassen.»

Auch Ayşe verstand nicht alles auf Anhieb. Gemeinsam rätselten sie darüber, was übliche Dienstvermerke sind. Es fiel Ayşe auf, dass das Wort in Anführungs- und Schlusszeichen gesetzt war. Auch das türkisch-deutsche Wörterbuch half nicht weiter, da Dienstvermerk nicht vorkam, nur Dienstbote, Diensteifer, Dienstmädchen und Dienstverpflichtung. Vermerk stand zwischen vermengen, vermenschlichen und vermessen, vermiesen. Unter Dienstvermerk müsse man sich wohl einen Geheimcode vorstellen, meinte Ayşe.

Ayşe und Mehmet bemühten sich lange, den Inhalt des Briefes zu verstehen. Was ist ein gemeinrechtliches Datenblatt im Unterschied zu einem politischen? Was werden sie dem Analysebericht zum Schreiben des Staatsanwaltes, der Auskunft der türkischen Polizei, der Gendarmerie und des Passamtes, Mehmet sei weder registriert, noch gesucht noch mit einer Passsperre belegt, entgegensetzen können? Was dem Argument, der Staatsanwalt habe ein unübliches Papier verwendet?

Erst nach geraumer Zeit erfassten sie die Brisanz des Inhaltes: Im Bundesamt zweifelte man nicht nur an seiner Verfolgung durch die Gendarmerie und die Polizei, sondern auch an seinem Beruf.

«Warum schlägst du dem Amt nicht vor, dass man dir die Möglichkeit einräumt, deinen Beruf durch eine Tat statt nur durch das Wort zu beweisen?», schlug Ayşe vor und schenkte Tee nach.

«Eine gute Idee», antwortete Mehmet.

«Lass dir die Antwort durch den Kopf gehen und gib mir spätestens in einer Woche deinen Briefentwurf. Ich werde ihn übersetzen und mit der Maschine ins Reine schreiben.»

«Du meinst es gut mit mir», antwortete Mehmet. Er presste die Lippen zusammen, weil er daran dachte, wie schwierig es für ihn sein würde, einen förmlichen Brief zu schreiben. Er war sich solches nicht gewohnt.

Ayşe bot ihm an, ihn zur Bushaltestelle zu begleiten. Draussen empfing sie eine kühle Nacht. Hinter den Fenstern der Häuser brannte fast überall Licht. Oft war es nur ein blau gefärbtes Flackern, da viele Menschen vor den Fernsehern sassen. Im Haus gegenüber schloss eine Nachbarin mit Lockenwicklern in den Haaren die Läden.

Bald erreichten sie eine breite Strasse. Fast pausenlos fuhren Autos vorbei. Aus einem Sportwagen, der am Strassenrand anhielt, um einen Mann aussteigen zulassen, ertönte laute Rockmusik. Der Fahrer hatte das Fenster heruntergelassen und warf einen brennenden Zigarettenstummel auf die Fahrbahn. Dicht vor den beiden fiel er auf den Gehsteig. Mehmet trat mit dem Absatz darauf.

«Jetzt lasse ich dich allein. Ich gehe zurück», sagte Ayşe, als sie die Haltestelle erreicht hatten.

«Vielen Dank für deine Hilfe.»

«Keine Ursache. Benachrichtige mich, wenn du so weit bist.»

Als sie sich zum Abschied die Hand gaben, spürte Mehmet, dass er darüber enttäuscht war, dass er ihr keinen Kuss auf die Wangen gab.

«Werter Herr Klingler, da Ihnen offensichtlich noch nie ein Schuhmacher aus Kurdistan über den Weg gelaufen ist, erachte ich es als das Beste, Sie lassen mich eine Probe aufs Exempel statuieren», schrieb Mehmet auf ein kariertes Blatt.

Er sass auf seinem Bett. Es war Sonntagnachmittag. Niemand sonst war im Zimmer. Die letzten Tage hatte er bei Martha Hugentobler gearbeitet und sich immer wieder neue Formulierungen für den Brief an das Bundesamt durch den Kopf gehen lassen. Unermüdlich drehte und wendete er die Worte in seinem Kopf. Einen früheren Entwurf hatte er auf eine schöne Ansichtskarte von Bern gekritzelt und sie an sich selbst geschickt. Aber auch dieser Text hatte ihm nicht mehr gefallen, als er ihn gelesen hatte.

Von seinem Bett aus sah er durch das Fenster einen Ahornbaum. Ein leichter Wind streifte durch die dünnen Äste, die sich kaum merklich bewegten.

Beim Durchlesen des neuen Textes war er wieder enttäuscht. Alles strich er wieder durch, riss das Blatt vom Block, zerknüllte es und schleuderte es zu Boden. Er dachte an Ayşe. Sie war seine Zensurbehörde. Sicherlich würde dieser Stil bei ihr nicht durchgehen. Und ihrem Tadel wollte er sich nicht nochmals durch einen groben Fehler aussetzen. Der Text war einfach zu vorwurfsvoll abgefasst.

In seinem Inneren hörte Mehmet Ayşes Stimme: «Der Beamte bezichtigt dich nicht der Hochstapelei. Du darfst nicht so aggressiv zurückschiessen. Du musst eine zurückhaltendere Formulierung wählen.»

Auch durfte er nicht mit dem Thema beginnen, das im offiziellen Brief am Schluss stand. Er musste die Reihenfolge einhalten. Mehmet schrieb erneut. Aber auch die nächste Formulierung gefiel ihm nicht. Er kam nicht über den ersten Satz hinaus. Wieder strich er ihn durch und warf das zerknüllte Blatt wütend weg. So ging es weiter. Bald war der Boden mit Papierknäueln übersät.

Wie immer er auch die Buchstaben und Silben in seinem Kopf und zwischen seinen Lippen drehte und wendete, seine Blätter blieben bis auf den ersten Satz immer leer. Frustriert schloss er die Augen, um seinen Gedanken freien Lauf zu lassen. Schliesslich ordnete er sie in einer imaginären Rede neu.

Er sah einen Gerichtssaal vor sich. Er war noch nie in einem derartigen Raum gewesen. Nur einmal hatte er in der Zeitung eine Foto gesehen. Darüber hatte ein Bericht über einen kurdischen Bauern gestanden, der nur Kurdisch gesprochen hatte und angeklagt worden war, für die Spaltung der Türkei eingetreten zu sein. Weil sich der Richter geweigert hatte, im Protokoll zu vermerken, dass der Angeklagte nur Kurdisch sprach, hatte sich der Artikel nicht mehr bloss um die eigentliche Anklage gedreht, sondern auch darum, ob es ein kurdisches Volk mit einer eigenen Sprache gebe. Damals hatte Mehmet die Eloquenz der Sprache von Staatsanwalt und Verteidiger bewundert. Der Staatsanwalt hatte behauptet, die Sprache des Bauern würde aus siebzehn Wörtern bestehen, der restliche Wortschatz sei aus anderen Sprachen entlehnt. Deshalb würde der Angeklagte gar keine Sprache sprechen, welche diese Bezeichnung verdiene. Der Verteidiger hatte versucht, die Behauptung des Staatsanwalts durch den Hinweis zu entkräften, dass sogar Hühner sich mit mehr als siebzehn Lauten verständigen. Die beiden hatten sich gegenseitig nicht persönlich beleidigt und trotzdem ihre Argumentation auf die Spitze getrieben!

Mehmet musste eine ähnliche Vorgehensweise finden.

Auf der Richterbank, die er vor seinem inneren Auge sah, erblickte er den Beamten Rudolf Klingler. An seiner Seite einen Gerichtsschreiber. Mehmet ist durch eine Anwältin vertreten: Ayşe. Mit einem Handzeichen erteilt ihr Klingler das Wort. Ayşe erhebt sich. Beim Aufstehen wippt ihr zusammengebundenes Haar, wie ein Büschel glänzender, schwarzer Seide.

«Herr Richter», beginnt sie, feierlich und ohne Manuskript. «In einer ersten Würdigung der Tatsachen zweifeln Sie am Geschäftsgebaren meines Mandanten. Dies betrifft zunächst die Preispolitik eines kleinen Unternehmers. Sie werfen ihm vor, er verkaufe seine Produkte zu billig. Sie halten seinen Produktionsrhythmus für unrealistisch, da Sie die Meinung vertreten, er würde pro Tag zu viele Schuhe herstellen. Dazu berufen Sie sich auf einen Dolmetscher. Es ist aber allgemein bekannt, dass zwischen einem tiefen Verkaufspreis und einem schnellen Produktionsrhythmus ein sachlogischer Zusammenhang besteht. Für ein besseres Verständnis muss man sich das Gegenteil vorstellen. Würde mein Mandant Massschuhe anfertigen, hätte er längere Produktionszeiten und müsste den Schuh teurer verkaufen.»

Ayşe hält einen Moment inne und nimmt einen Schluck Wasser aus einem Glas, das auf ihrem Rednerpult steht. Mehmet ist stolz auf den überzeugenden Vortrag seiner Anwältin und wirft Klingler einen triumphierenden Blick zu.

«Es kommt noch ein weiteres Moment dazu», fährt Ayşe fort. «Mein Klient stammt aus der Provinz und produzierte nicht für den Weltmarkt. Auch musste er die Werkstoffe und Zwischenprodukte nicht auf dem globalisierten Markt einkaufen. Deshalb darf man die Preise der Schuhe meines Mandanten nicht mit jenen vergleichen, die Ihr Übersetzer bezahlt, wenn er Schuhe aus den grossen Schuhfabriken unseres Landes einkauft, ganz abgesehen davon, dass er auch die Transporte bezahlen muss. Lassen Sie mich nun zum zweiten Punkt kommen, dem

Produktionsrhythmus. In dieser Beziehung ist nur eines sicher: Es gibt keine allgemein gültigen Aussagen. Damit Sie sich ein wirklichkeitsnahes Bild von den beruflichen Fähigkeiten meines Mandanten machen können, beantrage ich Ihnen die Zulassung zum Tatbeweis. Setzen sie meinen Mandanten an eine Werkbank und geben sie ihm, was er verlangt. Er wird Ihnen beweisen, dass er ein Paar Schuhe in kurzer Zeit, sogar im Rekordtempo von einer halben Stunde, anfertigen kann!»

Ayşe legt wieder eine kurze Pause ein. Ihr Blick ruht auf dem Sekretär, welcher den Beweisantrag im Wortlaut mit der Feder schnörkelreich niederschreibt.

«Was schliesslich die Echtheit des Schreibens des Staatsanwaltes Hasan Kolusari betrifft», fährt Ayşe mit ihrem Plädoyer fort, «beantrage ich, es bei ihm direkt zu überprüfen. Nach diesen Beweisaufnahmen werden Sie sich selbst überzeugen können, dass den weiteren diskret gesammelten Abklärungsergebnissen, namentlich den angeblich nicht vorhandenen Fichen, der Boden entzogen ist.»

Ayşe setzt sich. Nun hat Klingler das Wort.

«Asyl ist nichts anderes als eine Wohltat des Staates», beginnt er leise, auf jedes Wort das Gewicht feierlicher Bedeutung legend. «Es ist, mit anderen Worten, ein Geschenk. Ein Geschenk des helvetischen Staates an unsere leidenden Mitmenschen, die nicht das Glück gehabt haben, als Landeskinder geboren zu werden.» Klingler schaut auf einen Punkt im Raum, als sei dort der Quell seiner Inspiration. «Die Kunst des Beschenkten besteht darin», fährt er mit gesenktem Blick fort, die Fingerspitzen auf der Höhe seiner Lippen aneinander gelegt, «das Geschenk beim Auspacken nicht zu zerbrechen.»

Klingler, der sich an seinen eigenen Worten zu berauschen scheint, sieht Mehmet, der erwartungsvoll da sitzt, prüfend an. Zum Zeichen, dass er mit seinen Ausführungen am Ende angelangt ist, klappt er seine Akten zusammen und gibt dem Sekretär mit einem Kopfnicken ein Zeichen.

«Das Gericht zieht sich zur Beratung zurück», verkündet der Sekretär.

«Vergessen Sie nicht, Herr Vorsitzender», hört Mehmet Ayşe rufen, «dass Ihre Religion demnach auf einem Geschenk beruht. Maria und Josef sind mit Ihrem zukünftigen Religionsstifter vor Herodes geflohen, der alle Neugeborenen abschlachten liess. In einem Stall bekamen sie Asyl.»

Klingler wirft seinen Kopf herum. Sein kalter Blick trifft Ayşe. Langsam, mit erhobenem Haupt, die Akte an seine Brust drückend, schreitet er aus dem Gerichtssaal, gefolgt vom Protokollführer, der Mehmet ebenfalls einen Blick zuwirft, der nichts Gutes verheisst.

Das Knarren der aufgehenden Zimmertüre riss Mehmet aus seiner Tagträumerei. Er öffnete die Augen. Unter ihm stand Kanyon, ein Afrikaner aus Liberia, der vor einer Woche in das Zimmer eingezogen war, weil ein Kurde die Schweiz verlassen hatte. Mit einer Mischung aus Neugierde und Entrüstung zeigte er auf die herumliegenden Papierknäuel.

«Ich muss einen Brief an das Flüchtlingsamt schreiben», beeilte sich Mehmet zu erklären und merkte gleichzeitig, dass es zwischen ihm und Kanyon keine gemeinsame Sprache gab.

Mehmet zeigte ihm den Block, schrieb einige Worte darauf, kratzte sich am Hinterkopf, strich den Satz durch und warf Kanyon den Papierknäuel lachend zu. Dieser fing den Knäuel auf, hob zum Zeichen, dass er verstanden hatte, den gestreckten Daumen in die Höhe und verschwand unter Mehmet. Dort befand sich sein Bett.

Obwohl Mehmet das Gefühl hatte, dass Ayşe in seinem Tagtraum besser gesprochen hatte, als er formulieren konnte, war er jetzt zur Niederschrift der endgültigen Fassung genug angeregt. Die Angst vor dem leeren Blatt war überwunden.

«Sehr geehrter Herr Klingler», schrieb Mehmet langsam und im Bewusstsein, dass Ayşe den Text lesen würde, in einer Schrift, die deutlicher als gewöhnlich war. «In Ihrem Schreiben ersuchen Sie mich, Ihre Einwände zu entkräften. Was das Schreiben aus Otuzgöl betrifft, erachte ich es als das Beste, wenn Sie sich direkt mit dem Staatsanwalt Hasan Kolusari in Otuzgöl in Verbindung setzen. Er kann sagen, ob der Inhalt des Schreibens den Tatsachen entspricht oder nicht. Was die Schuhe anbetrifft, bitte ich Sie um einen Test. Stellen Sie mir das Material zur Verfügung und ich bin bereit, die Schuhe in einer halben Stunde herzustellen. Im Übrigen bin ich bereit, auf alle anstehenden Fragen zu antworten. Ich danke Ihnen für Ihre Mühe. Mit freundlichen Grüssen. M. Kayguzuz»

Mehmet besah das Blatt, das wegen den grossen Buchstaben, den paar unvermeidlichen Korrekturen und den grossen Abständen bis zu den Seitenrändern fast vollgeschrieben war. Er war stolz, das leere Blatt endlich gefüllt zu haben. Auch mit der Qualität des Textes war er zufrieden. Per Post schickte er den Entwurf Ayşe.

Auch Ayşe zeigte sich befriedigt.

«Du bist offenbar überzeugt, dass du Klinglers Zweifel entkräften kannst», lachte sie, als sie sich im Stadtpark trafen.

«Ich hoffe nur, dass er nicht noch weitere Zweifel im Hinterkopf hat.»

«Schwer zu sagen. Du wirst es bald erfahren.»

Mehmet unterschrieb.

Es war Frühling geworden, endgültig, wie es schien, nachdem es in den vergangenen Wochen immer wieder Kälteeinbrüche gegeben hatte. Die Ereignisse in Mehmets Leben überschlugen sich nun.

Noch im April hatte er die Auftragsarbeit bei Martha Hugentobler zu Ende gebracht: den Garten vom herumliegenden Laub gesäubert, das Unkraut zwischen den Kieselsteinen des Weges ausgerissen, die Gemüse- und Blumenbeete umgestochen. Das Gartenhäuschen erstrahlte in neuem grünen Glanz. Der Schildkröte hatte Mehmet aus Brettern, die er im Gartenhaus gefunden hatte, ein Heim gezimmert, ihr ein Erdloch ausgehoben und es liebevoll mit Stroh ausgelegt, damit sie sich dort verkriechen konnte.

Martha Hugentobler war mit Mehmets Arbeit zufrieden. Zum Abschied lud sie ihn zu einem Gläschen spanischen Süsswein ein. Der Moscatel mundete ihm ausgezeichnet. Er bekam seinen ersten Arbeitslohn im Exil. Martha Hugentobler rundete grosszügig auf.

Zwei Wochen später rief Kurt Mehmet in sein Büro. Er sagte, Mehmet müsse die Flüchtlingsunterkunft bald verlassen. In einer Wohngruppe auf dem Lande sei ein Platz frei geworden. Dort sei es komfortabler. Mehmet werde ein eigenes Zimmer bekommen.

Mehmet freute sich über die Ankündigung der Veränderung. Nach fast einem Jahr hielt er die Enge in dem kleinen Zimmer mit sechs Bewohnern und den Mangel an Rückzugsmöglichkeiten kaum mehr aus. In letzter Zeit hatte er öfters den Wunsch gehabt, schreiend aus der Unterkunft zu rennen. Er überlegte sich, ob der Wechsel auch bedeute, dass er in der Schweiz bleiben könne. Als er Kurt danach fragte, meinte dieser, er sei über den Stand des Asylverfahrens nicht im Bilde. Mehmet glaubte ihm nicht ganz.

Die neue Unterkunft war ein altes Haus, eine halbe Fahrstunde von der alten entfernt. Es gab eine Postautoverbindung. Der ehemalige Landgasthof Zur Krone befand sich ausserhalb des Dorfes, in einer weit ausholenden Kurve an einer Überlandstrasse, in der Nähe eines kleinen Moorsees. Es gab nur ein Nachbarhaus, einen Bauernhof. Zu Fuss brauchte man eine Viertelstunde ins Dorf.

An der Hausfront hing noch immer eine Krone an einem schmiedeisernen Arm. Die Buchstaben der alten Inschrift schimmerten noch durch die Farbschicht, mit der sie übermalt worden waren.

Jetzt gehörte Mehmet zu einer Art Grossfamilie. Wieder waren es Menschen aus allen Kontinenten. Und alle waren für Mehmet neu. Nur Balwinder Singh, der Sikh mit den ungeschnittenen Haaren unter dem Turban, war gleichzeitig mit ihm hierher verlegt worden.

Die Barriere der unterschiedlichen Sprachen verunmöglichte es Mehmet, sich mit allen über ihre Lebensgeschichten zu unterhalten und ihnen von sich selbst zu erzählen. Mit Amal, einer Kurdin aus Syrien, ging er nach dem ersten Gespräch eine Zeitlang auf Distanz, weil sie behauptet hatte, Abdullah Öcalans PKK hätte in Syrien mit den Sicherheitskräften bei der Verfolgung der kurdischen Minderheit zusammengearbeitet. Er sträubte sich dagegen, die unterschiedliche Lage der Kurden in den verschiedenen Ländern differenziert zur Kenntnis zu nehmen. Mit der Zeit überwand er seinen Widerwillen und liess sich auf Gespräche mit Amal ein. Er entdeckte eine gewitzte und gescheite Frau. Ihr Name bedeutet Hoffnung.

Mit anderen konnte er sich nur in gebrochenem Deutsch unterhalten. Dazu gehörte die alleinerziehende tamilische Mutter Rana. Ihre beiden aufgeweckten Kinder, Mohana und Ravi, sorgten mit ihrer Lebhaftigkeit für viel Betriebsamkeit in dem alten Haus. Rana hingegen wirkte oft sehr schwermütig. Die indischen Interventionstruppen in Sri Lanka hatten ihren Mann auf einem Fussballfeld exekutiert, weil sie ihn für einen Tamil Tiger, die dort als Terroristen gelten, gehalten hatte. Mehmet hätte gerne mehr über Sri Lanka erfahren, aber für Rana war es schwierig, darüber zu erzählen.

Am neuen Ort herrschte eine ländliche Atmosphäre. Die früheren Besitzer mussten Tierfreunde gewesen sein. Bilder von Wölfen, Affen, Zebras und Schlangen, angeschrieben mit ungewohnt klingenden lateinischen Namen, hingen an den Fichtenholzwänden der Zimmer und Gänge. Es gab kaum Lärm vom Strassenverkehr. Vom nahen Bauernhof war das Gackern der Hühner und das Schnattern der Enten, Hundegebell, das Miauen der Katzen, das Muhen der Kühe und das Wiehern der Pferde zu vernehmen, vielfach begleitet vom rhythmischen Klopfen der Spechtschnäbel. Der Moorsee war umrahmt von Fichten, Rottannen und Bergföhren, ein Paradies für Spechte. Es brauchte lange, bis Mehmet auf seinen Spaziergängen herausfand, warum dicht neben den Baumstämmen immer Haufen von zernagten Tannenzapfen lagen. Als er sie entdeckte, die Spechte, wie sie die Tannenzapfen in die Risse der Stämme klemmten, um so aus ihnen die Samen herauszupicken, verbrachte er Stunden damit, die Tiere zu beobachten.

In der Wohngruppe gab es keine Betreuer. Jeder war auf sich selbst gestellt, und alle zusammen mussten das Haus in Ordnung halten. Alle vierzehn Tage konnten jene Asylbewerber, die nicht arbeiteten, und das war die überwiegende Mehrzahl, das Sozial-geld auf der Post abholen. Mit der Zeit wurde dieser Gang zum Spiessrutenlaufen, da es im Dorf Leute gab, welche die Asylbe-werber Müssiggänger und Schmarotzer schimpften. Manchmal, wenn Mehmet am Schalter stand und das Geld in Empfang nahm, glaubte er, missgünstige Blicke zu spüren.

Der Brief aus dem Flüchtlingsamt kam schon in der zweiten Woche. Der Postbote, der so gross war, dass es auf den ersten Blick schien, er käme auf Stelzen daher, übergab ihn Mehmet.

Mehmet konnte den Absender, die nationale Flüchtlings-behörde, unschwer ausmachen. Er begriff auch ohne Überset-zungshilfe, dass der Brief sein Asylentscheid war. Die entschei-dende Passage auf der letzten Seite verstand er von selbst: Sein Asylgesuch werde abgelehnt, er müsse die Schweiz verlassen und zwar spätestens bis zum einunddreissigsten Juli.

Mehmet geriet in Panik. Es war ihm, als ob seine Brust zuge-schnürt würde. Tausend unfassbare Gedanken schossen ihm durch den Kopf. Was sollte er tun? Darauf hatte er keine Ant-wort. Er wusste nur eines: Um keinen Preis würde er aus freien Stücken in die Türkei zurückkehren. Ebenso wenig würde er sich von der Polizei ergreifen lassen, um gewaltsam dorthin deportiert zu werden. Das stand für ihn fest. Aber welche Alter-nativen hatte er? Mehmet fühlte eine grosse Hitze in seinem Kopf. Schweisstropfen perlten auf Stirne und Nacken.

Plötzlich kam ihm in den Sinn, dass es gegen derartige Ent-scheide ein Rechtsmittel gibt. Nochmals warf er einen Blick auf die letzte Seite. Tatsächlich entdeckte er in einem Satz das Wort Beschwerde, das er schon öfters gehört hatte. Er hatte dreissig Tage Zeit. Mehmet warf einen Blick auf die Datumsanzeige sei-ner Uhr. Es war der fünfundzwanzigste Mai.

Mehmet steckte den Brief in die Tasche und rief Ayşe an. Sie war zu Hause. Er teilte ihr die niederschmetternde Neuigkeit mit. Ayşe nahm die Nachricht gefasster auf als Mehmet.

«Morgen Abend habe ich Zeit. Komm mit dem Papier bei mir vorbei», hörte er sie sagen.

Ayşes Hilfsbereitschaft beruhigte ihn vorerst ein wenig. Plötzlich wurde ihm klar, dass er alle Hoffnungen, einen Ausweg zu finden, in sie setzte.

Als Mehmet vor Ayşes Haustüre stand, steckte der Schrecken, den ihm der negative Asylentscheid am Vortag eingejagt hatte, immer noch in den Knochen. Vor allem sein Gesicht fühlte sich wie eine unbewegliche Maske an. Mehmet wagte kaum zu läuten. Er machte sich Sorgen, dass er in diesem dunklen Moment seines Lebens abstossend auf Ayşe wirken könnte. Sicherlich sieht man in meinen glanzlosen, leeren Augen, wie trübselig mir zumute ist. Sein Herz pochte, als er klingelte. Was wollte er eigentlich von ihr? Sollte sie ihm den langen Asylentscheid übersetzen? Eine innere Stimme sagte, dass er von Ayşe Abschied nehmen müsse. Da war aber auch die Hoffnung, sie werde ihm einen Weg weisen.

Ayşe öffnete. Für einen langen Moment konnte Mehmet sein Auge nicht von ihr abwenden, so sehr war er von ihr hingerissen. Ayşe wirkte frisch, entspannt und trug einen Trainingsanzug. Die hellen, grünen und blauen Farbstreifen auf ihrem T-Shirt waren für Mehmet Hinweise, dass das Leben doch noch farbige Seiten haben konnte. Die schwarzen Baumwollhosen, die bis knapp unter die Knie reichten, und ihre schwarzen Seidenhaare waren der Rahmen des farbenfrohen Kleides.

«Ich war gerade daran, meine täglichen Yogaübungen zu machen», sagte sie mit einer Handbewegung auf ihre Bekleidung, wie um sich dafür zu entschuldigen, dass sie sich Mehmet im sportlichen Dress zeigte.

«Nein, nein», wehrte Mehmet ab. «Es steht dir gut.»

«Komm herein», setzte sie hinzu und winkte ihn zu sich. «Es ist niemand zu Hause», fügte sie bei, Mehmet ein warmes Lächeln schenkend.

Das Wohnzimmer war als Übungsraum hergerichtet. In der Mitte lag eine Wolldecke. Daneben standen eine brennende

Kerze und eine Kanne Tee. Die Möbel waren zur Seite geschoben. Ayşe setzte sich auf die Wolldecke und forderte Mehmet auf, es ihr gleich zu tun. Sie fragte ihn, ob er Tee wolle. Mehmet nahm das Angebot dankbar an.

Ayşe verlangte sofort den Brief des Bundesamtes und begann ihn zu lesen. Lange sagte sie nichts, manchmal schüttelte sie den Kopf. Mehmet betrachtete sie von Zeit zu Zeit verstohlen, während er seinen Tee schlürfte. In seinen Gedanken schweifte er ab zu dem Bild, das er sich von ihr gemacht hatte, als er auf dem Bett sitzend den Brief an das Flüchtlingsamt vorbereitet hatte. Er dachte daran, wie er sie in seiner Fantasie als Anwältin gesehen hatte. Fast erschrak er, als er sich Rechenschaft darüber gab, welche Erwartungen er heimlich in sie setzte. War er nicht daran, ihre Freundschaft zu strapazieren? Er sinnierte über die Worte nach, die er Rudolf Klingler in den Mund gelegt hatte: Die Asylgewährung sei eine Wohltat, ein Geschenk des Staates. Mehmet solle aufpassen, das Geschenk beim Auspacken nicht zu zerbrechen. Nun hatte er es also zerbrochen. Und Ayşe war gerade dabei, sich von den Scherben ein Bild zu machen.

«Weisst du was», sagte sie, nachdem sie tief Luft geholt hatte. «Alleine kommen wir da nicht weiter. Die Richtung, welche das Amt mit dem ersten Brief an dich eingeschlagen hat, wird hier weiterbeschritten. In diesem Brief ist die Rede von einem ganzen Rattenschwanz von Widersprüchen und Ungereimtheiten. Ich kann den Text nicht so genau lesen, dass ich dir jede Einzelheit erklären könnte. Dazu müsste ich viel mehr Zeit haben und viele Wörter nachschauen. Ich glaube, das hat keinen grossen Sinn. Wir müssen die Angelegenheit einem Rechtsanwalt übergeben. Ich bin der Meinung, dass in deiner Asylangelegenheit noch nicht das letzte Wort gesprochen sein muss. Ich kenne das Problem von Cumhurs Asylverfahren her. Der Anwalt kann alle Protokolle anfordern und dann genau prüfen, ob es stimmt, dass du so verschiedene, sich widersprechende und unrealistische Angaben gemacht hast.»

«Man glaubt mir also nicht?»

«Du sagst es.»

Mehmet sagte nichts, den traurigen Blick auf die ruhige Flamme der Kerze auf dem Boden gerichtet. Das Einzige, was ihn in diesem Moment tröstete, war das Wort wir, das Ayşe soeben ausgesprochen hatte: Wir kommen nicht weiter, wir müssen die Angelegenheit einem Anwalt übergeben. Es zeigte, dass Ayşe ihm weiterhin beistehen würde.

«Wo soll ich das Geld für einen Anwalt hernehmen? Und überhaupt, ich kenne keinen.»

«In der Schweiz gibt es das Armenrecht.»

«Was meinst du damit?»

«Wenn jemand einen Anwalt braucht und ihn nicht bezahlen kann, bezahlt ihn der Staat. Und wenn das nicht klappt, werden wir dir beistehen. Wir sind deine Freunde.»

Mehmet verstummte vor Rührung. Ayşe bot ihm Cumhurs Freundschaft an.

«Glaubst du mir nicht?», fragte sie.

«Du arbeitest nicht. Ist denn Cumhur damit einverstanden?»

In diesem Moment ging die Wohnungstüre auf. Cumhur kehrte von seiner Arbeit zurück. Er war schlecht gelaunt, grüsste Ayşe und Mehmet nur knapp und wollte gleich fernsehen. Mehmet hatte wieder das Gefühl, dass Cumhur ihn mit einem missbilligenden Blick betrachtete.

Ayşe und Mehmet zogen sich in die Küche zurück. Sie setzten sich an den Tisch. Mehmet grübelte vor sich hin. Plötzlich erhob sich Ayşe und ging ins Wohnzimmer. Mehmet hörte, wie sie mit Cumhur sprach. Dann erschienen beide unter der Türe.

«Cumhur, sag Mehmet, dass du ihm beistehst!», forderte Ayşe ihren Mann auf.

«Wenn es nicht anders geht, kannst du auf uns zählen», antwortete Cumhur trocken und blickte Mehmet kurz an, nicht mehr ganz so kalt. Der Stimmungsumschwung dauerte nicht lange. «Ich habe heute viel gearbeitet und muss morgen früh aufstehen. Gute Nacht», sagte er mit müder Stimme, kehrte Ayşe und Mehmet den Rücken und verschwand.

«Glaubst du mir jetzt?», fragte Ayşe.

Mehmet wich einer direkten Antwort aus.

«Ich werde euch alles zurückzahlen, solltet ihr wirklich für mich Geld auslegen.»

Ayşe stand auf, öffnete das Fenster und lehnte sich hinaus. Kühle Luft strömte herein.

«Willst du nicht auch frische Luft schnappen?»

Er trat neben sie. Beide blickten schweigend in die glasklare Nacht hinaus.

«Ist er nicht wunderbar, dieser Sternenhimmel?», sagte Ayşe leise, mit dem Finger auf die hellen Punkte weisend, und sog die Luft tief in sich hinein.

«Ja. Wenigstens ist der Himmel überall gleich. Er und die Sterne sind das gemeinsame Dach einer Welt, in der es so viel Böses gibt.»

Ayşe legte Mehmet die Hand auf die Schulter. Mehmet fühlte sich Ayşe so nah wie noch nie zuvor. Er getraute sich aber nicht, die Berührung zu erwidern. Der Gedanke an Cumhur und der Respekt vor der Ehe hinderten ihn daran.

«Noch ist nicht alles verloren Mehmet», versuchte sie, Mehmet aufzumuntern. «Das ist der Emigrantenkoller. Jeder muss da durch. Auch Cumhur ist das Gefühl, keine Zukunft vor sich zu haben, nicht erspart geblieben. Für ihn ist es genauso schrecklich gewesen wie für dich jetzt. Ich verstehe dich deshalb gut. Auch wir müssen immer wieder Hoffnung schöpfen, sonst verkümmern wir.»

Es war ein Abend voller Süsse und Schwermut.

Dass man ihm nicht glaubte, führte Mehmet zu einem Entschluss. Er wollte Ordnung in seine Lebensgeschichte bringen und ein Tagebuch führen, wie Ayşe es ihm immer wieder riet. Im Dorfladen kaufte er sich ein Heft. Als er an einem Gestell mit Schuhen vorbeiging, packte ihn eine riesige Wut. Er blieb stehen und bebte. Der Wutanfall galt dem Beamten und richtete sich auch gegen sich selbst, da er sich auf die Zusammenarbeit mit der Guerilla eingelassen hatte. Am liebsten hätte er alle Schuhe, einen nach dem anderen, ergriffen und irgendwohin geschleudert. Nur der argwöhnische Blick der Verkäuferin hinter der Kasse hielt ihn davon ab, seiner Zerstörungslust freien Lauf zu lassen. Am Nachmittag machte er seinen ersten Eintrag im Tagebuch. In der Gewissheit, dass er nur für sich selbst schrieb, verspürte er nicht mehr jene Angst, die ihn beim Verfassen des Briefes an Rudolf Klingler so lange blockiert hatte. Er schrieb sich seine Seele aus dem Leibe. Er fand bittere Worte für seine Enttäuschung, dass er die Anerkennung als Flüchtling nicht bekommen hatte, und goss in hastig hingeschriebene Worte ein düsteres und angstvolles Bild seiner Zukunft.

Mehmet schöpft neue Hoffnung

Fürsprecher Pierre Ferrier stöhnte innerlich, als Ayşe ihn am Telefon bat, den Fall ihres Bekannten Mehmet Kayguzuz zu übernehmen. Der Telefonanruf kam am frühen Nachmittag. Der Anwalt war eben von einem gemeinsamen Mittagessen mit einem Berufskollegen ins Büro zurückgekehrt. Er hatte zu viel gegessen und kämpfte gegen die Müdigkeit.

Ayşes Bitte verstärkte zuerst den Anflug der nachmittäglichen Trägheit wie ein homöopathisches Medikament das Krankheitssymptom. Anfragen zur Übernahme von Asylmandaten waren für Ferrier oft Augenblicke, in denen es ihm war, als werfe ihm jemand Wasser in verschiedenen Temperaturen an, von eiskalt bis brühend heiss. Das Böse der Welt schien dann leibhaftig über ihm zu schweben und trieb ihm kalte Schauer über den Rücken.

Ferrier bestand jeweils darauf, sofern der Mensch am anderen Ende des Drahtes Deutsch oder Französisch sprach, schon am Telefon grob über den Hintergrund des Auftrages, der ihm angetragen wurde, ins Bild gesetzt zu werden. Zur Not konnte er auch eine Konversation in Italienisch bestreiten.

Vielfach bekam Ferrier bei solchen Telefongesprächen keine leicht fassbare Geschichte zu hören. Vielmehr drang – öfter als ihm lieb war – zuerst ein zertrümmertes Konstrukt von Wortfetzen, Worten, halben und ganzen Sätzen an sein Ohr, gesprochen von einer Person, welche mit einer bedrückten, heiseren Stimme sprach und einen Akzent hatte, der in einen fernen Kulturkreis wies. In solchen Momenten fühlte sich Ferrier elend, als Mensch, der seine Muttersprache liebte. Er würde den Gesprächspartner in einem ersten Impuls am liebsten auffordern, das erste Kontaktgespräch besser einem ausgebildeten Übersetzer anzuvertrauen.

Doch regelmässig sah Ferrier ein, dass er einen Beruf gewählt hatte, der ihn in Kontakt mit Menschen brachte, die in Not waren und Beistand suchten. Diese Einsicht und seine Vorliebe für das Kriminalistische brachten ihm die Geduld zurück, sich auf den Menschen einlassen, der mit ihm sprach.

Sobald Ferrier der Spur nach das Anliegen verstanden zu haben glaubte, fragte er, warum die Asylbehörden den Asylantrag abgelehnt hätten. Mit bedrückender Regelmässigkeit bekam er zu hören, dass man die Geschichte nicht geglaubt habe, dass Widersprüche oder Ungereimtheiten geltend gemacht würden. Und regelmässig wurde dem Anwalt beteuert, dass es sich um keine echten Widersprüche handle, sie hätten sich aus Unerfahrenheit oder Unvorsichtigkeit in die Protokolle geschlichen. Es kam Ferrier vor, als entfesselten diese Worte regelmässig einen Krieg gegen ihre Urheber.

Es dauerte eine kurze Weile, bis sich Pierre Ferrier an Ayşe erinnerte. Als ihm bewusst wurde, mit wem er am Telefon sprach, verflog seine Müdigkeit. An sie erinnerte er sich gerne. Er hatte ihren Mann Cumhur im Asylverfahren vertreten. Ferrier erinnerte sich, wie skeptisch er anfänglich seiner Geschichte gegenüber gestanden hatte. Erst mit der Zeit gewann er die Überzeugung, dass Cumhur ein echter Flüchtling war. Cumhur wartete dann jahrelang auf den Asylentscheid. Der Entscheid war negativ. Das Flüchtlingsamt glaubte ihm nicht. Da er bereits seit mehr als einem Jahr in einem Restaurant arbeitete, konnte er sich einen Anwalt für das Beschwerdeverfahren leisten. Auch der Rekurs wurde abgelehnt.

Dank Verbindungen zu einem prominenten Politiker, die Cumhurs Zimmervermieterin hatte, erhielt er jedoch nach dessen Intervention eine humanitäre Aufenthaltsbewilligung.

Pierre Ferrier war erleichtert, dass es Ayşe war, welche ihm Mehmets Geschichte kurz schilderte. Er war überrascht, wie gut sie in rund zwei Jahren Deutsch gelernt hatte. Ferrier beschied ihr, dass er ihrem Freund helfen könne, wenn er ihm die Wahrheit sage und wenn sein Problem einen inneren Bezug zum Asylgedanken habe.

«Mehmet entspricht Ihren Anforderungen», versicherte Ayşe selbstbewusst.

Pierre Ferrier wies Ayşe an, direkt beim Flüchtlingsamt die

Akten zu bestellen und sie in die Besprechung mitzunehmen. Sie vereinbarten einen Termin für Donnerstag, den vierundzwanzigsten Mai, um zwei Uhr nachmittags.

Als Ferrier den Hörer auflegte, liess er Ayşes Worte auf sich wirken. Sie hatte angedeutet, ihrem Freund würden eine Menge Widersprüche vorgehalten. Mit einem Blick auf seine Notizen vom Telefongespräch rief er sich das, was er eben erfahren hatte, in Erinnerung.

Eine gewisse Skepsis gegenüber der Geschichte schien Ferrier angebracht, denn viele Flüchtlinge waren Glieder in einer Migrationskette. Er hat schon oft gestaunt, wie gross Immigrantensippschaften sein können. Kann es nicht sein, dass Ayşe und Cumhur diesen Schuhmacher in die Schweiz geschleust haben?

Ferrier versuchte, sich die Sicht eines misstrauischen Beamten vorzustellen. Ist es nicht zu einfach, aus einem Schuhmachergeschäft einen Zulieferbetrieb für die Guerilla zu machen? Hat sich der Schuhmacher eine zu bequeme Geschichte ausgedacht, denn schliesslich musste er keinen Schritt aus dem Geschäft machen, um die Schuhe der Guerilla zu übergeben. Konnte sich der Schuhmacher wirklich innerhalb von zwei Wochen seit der fehlgeschlagenen Polizeifahndung einen gefälschten Pass organisieren? Und woher hatte er das Geld?

Anfänglich sah Mehmet der Besprechung mit dem Anwalt mit grosser Hoffnung entgegen. Er war froh, dass er dank Ayşe bald und vor allem rechtzeitig auf anwaltliche Hilfe würde zählen können. Ayşe schrieb für ihn den Brief, mit welchem er die Protokolle beim Flüchtlingsamt anforderte.

Je näher der Termin rückte, umso mehr überkamen Mehmet auch Ängste, dass der Anwalt ihn als Klienten ablehnen könnte, dass er es nicht schaffen würde, ihn von seiner Ehrlichkeit zu überzeugen. Vielleicht würde sich der Anwalt von den zwölf Argumenten, die gegen ihn angeführt wurden, beeindrucken lassen. Umso wichtiger würde Ayşes Anwesenheit sein.

Die Nacht vor dem vierundzwanzigsten Mai schlief Mehmet

kaum. Am Vortag waren die Protokolle per Post eingetroffen. Im Verlauf der Nacht weitete sich die innere Unruhe zu einem gewaltigen inneren Lärm aus. Er stellte sich vor, wie Ferrier ihn Schwindler und Betrüger schimpfte und aus dem Büro jagte. Um sich abzulenken, übersetzte Mehmet in seinem Geiste türkische Worte ins Deutsche. Jeden Schlag der Kirchturmuhr, den er als entfernten tiefen Ton wahrnahm, zählte er in zwei Sprachen mit. Gegen Morgen konnte er einschlafen. Das Klopfen eines Spechtes weckte ihn.

«Frau Demioğlu», sagte Fürsprecher Pierre Ferrier. «Sie wissen, dass ich Asylfälle übernehme, wenn ich den Eindruck habe, dass ich von Herrn Kayguzuz die Wahrheit erfahre und sofern er ein Problem gehabt hat, das auf unser Asylrecht zugeschnitten ist.»

«Davon bin ich immer noch felsenfest überzeugt, wie ich Ihnen schon am Telefon gesagt habe», antwortete Ayşe und schob Ferrier das Bündel mit Mehmets Protokollen zu. «Ich habe Mehmet vor Jahren in der Türkei kennen gelernt. Damals wohnte er in einem kleinen Dorf in den Bergen. Ein Onkel machte bei der PKK mit und wurde von den Sicherheitskräften gesucht. Dies hat mir jedenfalls damals die Schwester des Onkels erzählt. Dann haben wir uns aus den Augen verloren. Den Grund, der Mehmet zur Flucht gezwungen hat, habe ich erst hier erfahren. Ich nehme nicht an, dass Mehmet mich belügt.»

Ferrier nickte. «Ich lese kurz den Sachverhalt durch.»

An dem Besprechungstisch sass Ayşe Mehmet gegenüber. Ferrier hatte zwischen ihnen, an der Breitseite, Platz genommen. Ayşe blickte direkt auf ein mit Büchern vollgestopftes Gestell. Vor dem Fenster stand ein Schreibtisch mit einem Computer. Daneben lagen einige aufgeschlagene Bücher und Akten. Am Stuhl hing die Jacke eines schwarzen Anzugs.

«Das Flüchtlingsamt hegt eine Menge Zweifel an der Glaubwürdigkeit Ihres Freundes», unterbrach Ferrier stirnrunzelnd die Stille. «Insgesamt zwölf habe ich gezählt. Was sagen Sie dazu? Kennt Herr Kayguzuz die Gründe bereits, warum er nicht als Flüchtling anerkannt worden ist?» Ferrier liess den Blick seiner dunklen Augen auf Ayşes Gesicht ruhen.

«Ich weiss, Herr Ferrier», sagte sie mit einem Ton in der Stimme, der um Verständnis warb. «Ich habe den Entscheid überflogen. Grob habe ich auch Mehmet ins Bild gesetzt. Ich muss gestehen, dass ich nicht alles verstanden habe.»

«Das Flüchtlingsamt zweifelt daran, ob Herr Kayguzuz überhaupt ein Schuhmacher sei. Es führt dazu vier Gründe an.»

Ferrier ging mit Ayşe und Mehmet die Zweifel durch. Zwei waren bereits im ersten Brief erwähnt worden. Mehmet habe den Selbstkostenpreis und die Produktionszeit der Schuhe unrealistisch tief angegeben. Dass Mehmet nicht Schuhe im Wert von zwei Jahreslöhnen an die Guerilla verschenkt haben könne, kam Ayşe und Mehmet ebenfalls bekannt vor, weil Rudolf Klingler den Verkaufserlös schon während der Befragung auf den Lohn umgerechnet hatte. Neu war für die beiden lediglich, dass Mehmet nicht in der Lage gewesen sei, die Lieferanten der Schuhmacherwerkstatt anzugeben.

«Dass das Flüchtlingsamt so weit geht, Ihren Beruf anzuzweifeln, ist wirklich sonderbar», sagte Ferrier nachdenklich, ohne den Blick vom Blatt abzuheben. Mit seinen Fingern fuhr er spielerisch über seinen spitzen Kinnbart. «Sind Sie wirklich ein Schuhmacher?»

«Ich bin ein Schuhmacher», rief Mehmet aus, ohne Ayşes Übersetzung abzuwarten.

Plötzlich liess eine Idee seine Augen aufleuchten. Er rückte seinen Stuhl ein Stück weit vom Tisch weg, schob sein Becken bis zum vorderen Rand der Sitzfläche und streckte sich, sodass es aussah, als ob sein Rücken mit einem Bügeleisen geglättet worden wäre. Mit einem Blick zu Ayşe und Ferrier vergewisserte er sich, dass sie seinem Schauspiel zusahen. Ayşe starrte ihn mit offenem Mund an, Ferrier zog seine Augenbrauen prüfend empor. Mehmet führte die rechte Hand zum Mund, die Kuppen des Daumens und Zeigefingers der linken Hand aufeinandergelegt. Er öffnete den Mund, tat, als ob er etwas hineinschieben würde und biss die Zähne aufeinander, ohne die Lippen zu

240

schliessen. Ayşe und Ferrier betrachteten Mehmets Vorführung mit wachsendem Erstaunen.

«Da zwischen den Zähnen ist mein Vorrat an Nägeln», erklärte Mehmet undeutlich und mit gerümpfter Nase, drückte die Oberschenkel zusammen, genau so, als würde er in seiner Werkstatt in Kurdistan einen Schuh zwischen sie klemmen, hob die rechte Faust und liess sie, Hammerschläge andeutend, gegen das Knie sausen. Mit der linken Hand entnahm er nach jedem Schlag einen imaginären Nagel aus dem Mund. Diese beiden Bewegungen wiederholte er routiniert und schnell. Dann lockerte er die Oberschenkel und vollführte mit beiden Händen eine schnelle Drehbewegung, als nähme er den eingeklemmten Schuh heraus und platziere ihn neu. Mehmet entspannte sich und zog den Stuhl zum Tisch zurück. Seine Wangen waren leicht gerötet von der Anstrengung, als er fertig war. «So habe ich die Schuhe gemacht.»

«Derart genau und geschickt kann sich nur ein wahrer Schuhmachermeister bewegen», rief Ayşe begeistert aus und sah Ferrier mit einem herausfordernden Blick an.

«Da haben Sie wohl Recht!», stimmte dieser bei.

«Ich wünschte, ich könnte noch mehr von meiner Arbeitsweise in einer Schusterwerkstatt zeigen», fuhr Mehmet dazwischen.

Ayşe fragte Ferrier, ob es eine derartige Möglichkeit gäbe. Auch wies sie ihn darauf hin, dass Mehmet diesen Vorschlag bereits schriftlich dem Flüchtlingsamt unterbreitet habe.

«Eine solche Vorführung hätte von Herrn Kayguzuz einen anderen Eindruck hinterlassen müssen», stimmte Ferrier bei. «Aber wir können das ja nachholen. Wir könnten zusammen in eine Schuhreparaturwerkstatt gehen, die ich hier in der Nähe kenne. Vielleicht lässt sich dort etwas machen.»

Ayşe übersetzte. Mehmet schaute Ferrier dankbar und voller Hoffnung an.

«Morgen um halb zwei können wir dorthin gehen. Die Werkstatt liegt auf meinem Arbeitsweg. Sie müssen auch dabei sein», sagte Ferrier.

Er schrieb ihr die Adresse auf. «Dann brauchen wir die vier Punkte, mit denen der Beruf von Herrn Kayguzuz angezweifelt wird, nicht zu besprechen. Das wird sich hoffentlich durch den Tatbeweis erledigen.»

Mehmet wurde von einer Euphorie erfasst. Er hatte das Gefühl, das Fundament seiner Asylgeschichte bereits verankert zu haben. Dazu noch praktisch ohne Worte. Wenn ich Schuhmacher bin, dann ist es zumindest nicht aus der Luft gegriffen, dass ich die Guerilla mit meinen Schuhen versorgt habe.

Mit Ferrier die Vorgeschichte zu seinem eigentlichen Schicksalsschlag zu besprechen, bereitete Mehmet grosse Schwierigkeiten. Die Erinnerung hatte ihm bereits einen bösen Streich gespielt, indem er weder die Daten noch die Dauer der beiden Gendarmerieverhöre in den Befragungen übereinstimmend geschildert hatte. Als er die Fragen des Anwaltes beantwortete, wurde ihm bewusst, dass die Verhöre gleichsam aus seinem Leben gefallen waren. Er sah ein, dass er beginnen musste, die Erinnerung daran Stück für Stück wieder zusammenzufügen. Er durfte nicht fortfahren, diese Erfahrungen, die mit Ängsten und Schmerzen verbunden waren, beiseite zu schieben. Er musste die Erinnerung daran in sein Leben zurückrufen, auch wenn sie für ihn schwer erträglich waren. Die Schwierigkeit, sich zu erinnern, hatte auch damit zu tun, dass er die Erfahrungen innerlich abwertete. Was sind schon ein, zwei, drei Tage Arrest in der Gendarmerie in einem Land, im dem Leute gefoltert und getötet werden, redete er sich ein. Er war nicht der Typ, sich zu einem Helden des Freiheitskampfes hochzustilisieren.

Das Gespräch mit dem Anwalt war nur der Anfang für die Reise in seine eigene Vergangenheit.

Ja, er sei zuerst drei Tage in Haft gewesen, dann einen, sagte Mehmet. Man habe ihn wegen Ömer, nicht weil er selbst eine Straftat begangen habe, verhört. Er sei dabei geschlagen worden und sein Gebiss habe deswegen Schaden gelitten.

Ferrier gab Ayşe die Adresse einer Zahnarztpraxis. Dort sollte sich Mehmet untersuchen und behandeln lassen. Ferrier würde einen Bericht anfordern.

«Wieso hat die Polizei Herrn Kayguzuz zuerst bei seinem Onkel und nicht sofort in seiner eigenen Werkstatt gesucht?»

«Das weiss ich auch nicht», erwiderte Mehmet schulterzuckend.

«War Ihr Cousin Davud bei der PKK?»

«Mit Bestimmtheit.»

«Und Ihr Onkel hiess auch Kayguzuz zum Nachnamen?»

«Ja.»

«Dann könnte es sein», mutmasste Ferrier, «dass Ihr Cousin der Polizei absichtlich die Adresse des Onkels gegeben hat, damit dieser Sie warnen konnte. Vermutlich war er als politischer Profi so geschult worden.»

«Eine einleuchtende Erklärung», kommentierte Ayşe und übersetzte für Mehmet, der erleichtert nickte.

«Und die weiteren Widersprüche?», fragte Ferrier.

«Irren ist menschlich», ergriff Ayşe mit Nachdruck für Mehmet Partei, um gleich mit einem strengen Blick zu Mehmet fortzufahren: «Mehmet hat sicher da und dort einen Fehler gemacht. Er hat wie wir alle kein filmisches Gedächtnis. Auch Ungeschicklichkeiten sind ihm unterlaufen. Aber aufs Ganze gesehen, verstehe ich nicht, wie man seine Geschichte deswegen anzweifelt, ohne ihm eine faire Chance zu geben, sein berufliches Können zu beweisen.»

Mehmet fühlte sich von Ayşe auf unangenehme Art ins Rampenlicht gezerrt, als seine ungeschickten Erklärungen zum Bankkonto, von dem er kein Geld abheben konnte, zur Sprache kamen. Er dachte mit Unmut an die Hilfswerkvertreterin, welche in der letzten Befragung diesen Aspekt angesprochen hatte.

Auf das Konto dieser Frau ging auch ein weiterer Widerspruch, den ihm jetzt das Bundesamt vorhielt. Er habe einmal behauptet, vor der Flucht aus Tilkini auch zu Hause gesucht worden zu sein, um später zu erklären, diese Fahndung habe erst stattgefunden, nachdem er Tilkini verlassen habe. Als Pierre Ferrier die Protokolle genau analysierte, spürte Mehmet an Ayşes missbilligendem Blick erneut, dass er es hätte besser machen können. Es war Ferrier, der für Mehmets Lage Verständnis aufbrachte. Im ersten Protokoll hatte er sich so kurz fassen müssen, dass seine Geschichte nicht mehr als zwölf Sätze umfasste. Darunter waren zwei, die sich als Stolperstein herausstellten: «Ich wusste, dass die Polizei mich auch zu Hause suchte. In der Folge habe ich Tilkini verlassen und bin nach Istanbul geflüchtet», war vor mehr als zwei Jahren, einige Tage nach Mehmets dramatischer Flucht, protokolliert worden.

«Diese beiden Sätze», erklärte Ferrier «enthalten Worte, die wohl kaum von Mehmet stammen dürften. ‹In der Folge› ist eine typische Formulierung unserer Schriftsprache. Auf diese Weise wurde die Reihenfolge ‹Flucht aus Tilkini› und ‹Nachricht von der Fahndung zu Hause› ins Gegenteil verkehrt.» Mehmet erinnerte sich, dass er erst in Istanbul von der Fahndung zu Hause erfahren hatte.

«Zwölf, zwölf … » jammerte Mehmet. «Diese verfluchte Zahl zwölf. In nur zwölf Sätzen musste ich meine ganze Geschichte erzählen, kaum dass ich in der Schweiz angekommen war. Nach zwei Jahren findet man zwölf Haare in der Suppe, die mich als Asylbetrüger abstempeln. Hätte ich nur nicht hundertachtundsechzig Paar Schuhe geliefert, das sind ja auch vierzehn mal zwölf.»

Als sie auf das Thema zu sprechen kamen, warum das Bundesamt Mehmet nicht glaubte, dass Davud verhaftet worden war, konnte Mehmet in Ayşes Augen wieder ein Stück Terrain gutmachen. Als Ferrier die verschiedenen Protokollstellen dazu verglich, stellte sich heraus, dass Mehmet konsequent ausgesagt hatte, Davud habe Schuhe verteilt und sei dann mit Schuhen verhaftet worden.

«Also hatte Davud noch nicht alle Schuhe verteilt, als er verhaftet wurde», erläuterte Ferrier. «Der Befrager änderte diese Aussagen ab, indem er ein Wort hinzufügte. Er machte aus ‹Schuhen› ‹die Schuhe›, sodass Davud nach diesem Dreh ohne Schuhe verhaftet wurde.»

Ayşe und Mehmet starrten Ferrier verblüfft an.

«Der Sachbearbeiter hat Herrn Kayguzuz am Schluss der Befragung Folgendes gefragt», fuhr Ferrier fort und hielt den

Finger auf die entscheidende Protokollstelle. «Ich zitiere», betonte er: «‹Sie haben in einer früheren Aussage gesagt, nachdem Ihr Cousin die Schuhe verteilt habe, ging er ins Dorf und dort wurde er verhaftet.›»

«Was habe ich darauf geantwortet?», fragte Mehmet sofort, als Ayşe mit dem Dolmetschen fertig war.

«Wohl, weil der Sachbearbeiter Davud mit leeren Händen vor den Sicherheitsleuten erscheinen liess, haben Sie geantwortet: ‹Wie soll man bei ihm unsere Schuhe gefunden haben, wenn er sie doch verteilt hatte?› Als der Befrager Sie auf den scheinbaren Widerspruch hingewiesen hat, haben Sie Ihre Haltung bekräftigt: ‹Ja, er hatte alle Schuhe bei sich.›»

Nun sah Mehmet klar. Das Gefühl der Verwirrung, das ihn in der letzten Befragung schier erstickt hatte, verschwand. Es fiel ihm wie Schuppen von den Augen.

«Der Beamte hat Mehmet eine eigentliche Falle gestellt!», empörte sich Ayşe und schlug mit der Faust auf den Tisch.

Ferrier blickte sie ob der Heftigkeit ihrer Reaktion überrascht an.

«Wenn Sie so wollen», antwortete er. «Ich kenne den Beamten nicht persönlich.»

Die Besprechung dauerte nicht mehr lange. Als Mehmet das Anwaltsbüro verliess, hatte er den Eindruck, dass er Ferriers Unterstützung genoss. Ayşes Empörung klang noch lange nach.

Am folgenden Tag warteten die beiden vor der kleinen Schuhreparaturwerkstatt. Die Bäckerei von nebenan verströmte den betörenden Duft von frisch gebackenem Brot. Es war ein warmer Frühlingstag. Ferrier traf fünf Minuten nach halb zwei Uhr ein. Der Inhaber der Werkstatt war Armenier und sprach Türkisch. Als sie in den Laden eintraten, verstaute eine alte Frau ihre Schuhe in ihrer Einkaufstasche und bezahlte. Es war ein schmaler, lang gezogener Raum. Links hinter dem Eingang befand sich eine Theke. Die Wand war von einem Gestell bedeckt. Darauf standen die abholbereiten Schuhe, versehen mit Etiketten.

Ferrier hatte offensichtlich den Besuch mit Mehmet und Ayşe angekündigt. Der Ladeninhaber, in einen blauen, verschmutzten Arbeitsmantel gekleidet, schüttelte Ayşe und Mehmet die Hand und lud Mehmet ein, sich hinter der Theke umzusehen. Die elektrische Nähmaschine sprang Mehmet sofort ins Auge. Er sah sogleich, dass die Werkstatt nicht annähernd seiner eigenen in Tilkini entsprach. Als er den Ladeninhaber darauf hinwies, erkundigte sich dieser nach der Ausstattung seiner Werkstatt. Zum ersten Mal in der Schweiz hatte Mehmet Gelegenheit zu einem Erfahrungsaustausch unter Kollegen.

«Dieser Mann ist ein Schuhmacher», bemerkte der Inhaber zu Ferrier. «Aber er kann hier sein Können nicht vorzeigen, weil die Werkstatt ungeeignet ist.»

«Schade», antwortete Ferrier.

«Hier ist nichts zu machen», sagte Mehmet mit matter Stimme, als sie draussen auf dem kleinen Vorplatz standen. Er sprach laut, um den Lärm des Strassenverkehrs zu übertönen.

«Ich muss schauen, dass ich zu Werkzeug und Material aus Kurdistan komme», bemerkte Mehmet zu Ayşe.

«Das ist eine gute Idee. Da fällt mir gerade ein», hakte Ayşe sofort ein, ohne richtig darüber nachgedacht zu haben, «dass Cumhur einen Arbeitskollegen hat, der schon seit vielen Jahren hier wohnt und aus deiner Gegend stammt. Er besucht seine Verwandten regelmässig. Wir könnten ihn bitten, deine Sachen mitzunehmen. So viel ich weiss, geht er demnächst nach Hause in die Sommerferien.»

Mehmet wiegte den Kopf leicht hin und her und stiess die Luft aus.

«Die Sache hat einen verflixten Haken. Die Polizei hat unsere Werkstatt geschlossen und versiegelt. Da ist nichts mehr rauszuholen.»

Ayşe liess enttäuscht den Kopf hängen und übersetzte für Ferrier.

«Bei uns wird ganze Arbeit geleistet», kommentierte sie trocken. Zu Mehmet gewandt sagte sie: «Kennt ihr denn keinen Schuhmacher, der dir ein paar Sachen überlassen könnte?»

246

«Doch, ein entfernter Onkel von mir. Der würde mir sicher helfen.»

Als Ayşe für Ferrier übersetzte, klang in ihrer Stimme Begeisterung mit.

«Gut, dann klären Sie das ab», stimmte Ferrier zu. «Wenn das Material hier angekommen ist, kann er mir den Arbeitsablauf in meinem Büro demonstrieren. Ich werde die Einzelheiten fotografisch dokumentieren.»

Ayşe fragte Ferrier, ob der Staat ihn bezahlen würde. Ferrier meinte, er könne ein Gesuch um unentgeltliche Rechtspflege einreichen. Er müsse aber die Garantie haben, dass sein Honorar auch dann beglichen werde, wenn das Gesuch abgelehnt würde. Ein entscheidender Punkt sei, dass die Rekursschrift in den Augen der Richter nicht als chancenlos erscheinen dürfe. Zudem müsse die anwaltliche Hilfe notwendig sein. Ayşe versprach Ferrier, dass sein Honorar von Cumhur bezahlt werde, falls er vom Staat nichts bekäme. Ferrier bat Ayşe, eine Bescheinigung des Sozialamts über Mehmets finanzielle Hilfsbedürftigkeit einzuholen und sie ihm so bald als möglich zu schicken. Mehmet flüsterte Ayşe etwas zu. Sie nickte und wandte sich an Ferrier.

«Mehmet fragt, ob er zur Gerichtsverhandlung vorgeladen werden wird und ob er hier bleiben kann, so lange diese Beschwerde hängig ist.»

«Gut, dass Sie das ansprechen», erwiderte der Advokat. «Dass Herr Kayguzuz von der Kommission selbst auch noch angehört wird, ist nicht üblich, aber ausnahmsweise möglich.»

«Hoffentlich wollen mich die Richter sehen», warf Mehmet ein.

«Natürlich können Sie hier auf den Ausgang des Verfahrens warten.»

«Abwarten und Tee trinken», meinte Ayşe.

«Herr Kayguzuz ist sozusagen ein schwebender Schuhmacher», nahm Ferrier Ayşes Galgenhumor auf und klopfte Mehmet aufmunternd auf die Schulter.

«Wie kommen Sie darauf?»

«Das Verfahren ist in der Schwebe, sagen die Juristen. Deshalb sind Sie der schwebende Schuhmacher.»

«Ach so, ich verstehe», erwiderte Ayşe lachend.

Ayşe übersetzte Mehmet. Zuerst schnitt er ein säuerliches Gesicht. Dann machte er gute Miene zum bösen Spiel.

«Es gab eine Zeit», fügte Ferrier hinzu, «als man die Akten an eine Schnur hängte, wenn man sie nicht gerade brauchte. Deshalb spricht man noch heute von einem hängigen beziehungsweise schwebenden Fall oder Verfahren.»

«Sie haben Humor, Herr Ferrier», gestand ihm Ayşe heiter zu. Mit ernster Miene ergänzte sie: «Den Ursprung für diesen Spruch übersetze ich lieber nicht. Die Assoziation könnte Mehmet makaber vorkommen. In unserem Land werden nicht Papiere aufgehängt, ... sondern Menschen ... während der Folter. Wir sind aus einem schwarzen Staat geflüchtet.»

«Schwarzer Staat», murmelte Pierre Ferrier. «Was meinen Sie damit?»

Der schwarze Staat

Fürsprecher Pierre Ferrier dachte oft darüber nach, ob es wirklich zutreffen könne, dass in der Türkei über seinen neuen Klienten Mehmet Kayguzuz weder Fichen noch Aktennotizen irgendwelcher Art angelegt worden seien, wie das Bundesamt behauptete. Hat die Polizei die Fahndung wirklich eingestellt, den Schuhmacher womöglich gar nie gesucht? Hätte er sich in der Tat problemlos einen Pass beschaffen können?

Ferrier rechnete nach. Mehmet befand sich seit mehr als zwei Jahren in der Schweiz. Die Verhöre durch die Gendarmerie von Tilkini mussten fast drei Jahre zurückliegen. Die Gendarmerie hatte Mehmet damals offenbar nicht im Verdacht gehabt, aktiv bei der Guerilla mitzumachen. Sie hatte vielmehr seinen Onkel Ömer gesucht, der aus dem Bergdorf, das er nicht verlassen durfte, entwischt war. Aber Mehmet war immerhin tagelang festgehalten worden. Da Mehmet keine Auskunft über den Aufenthalt seines Onkels gab, sei es, dass er ihn nicht kannte oder nicht kennen wollte, musste er bei der Gendarmerie zumindest ins Zwielicht geraten sein. Vielleicht hatte man ihn von nun an sogar in Verdacht gehabt, heimlich die Guerilla unterstützt zu haben. Im Leben eines südostanatolischen Menschen spielt die Sippschaft eine wesentliche Rolle.

Also muss es Fichen geben, wenn Mehmet nicht ein Glücksritter ist und ihn, Ferrier, täuschen will. Auch nach der erfolglosen Fahndung müssen Akten angelegt worden sein. Ferrier erinnerte sich plötzlich, dass er versäumt hatte, seinen Klienten zu fragen, ob ihn die Polizei in der Meinung, er befinde sich noch in der Türkei, während den vergangenen zwei Jahren gesucht habe. Vielleicht haben ihm ja der Vater und der Bruder davon erzählt. Es ärgerte ihn, dass er nicht alles ausgeforscht hatte.

Der Bericht der Botschaft, dass es über Mehmet Kayguzuz keine Fichen gebe und auch nie eine aktive Fahndung stattgefunden habe oder noch laufe, hatte auf Ferrier grossen Eindruck gemacht. Er hatte sich im ersten Moment von der Wucht der

Beweislage wie erschlagen gefühlt und mit dem Gedanken gespielt, das Mandat wegen Aussichtslosigkeit abzulehnen. Es hatte sich in ihm eine Ohnmacht breit gemacht. Wie würde ein Anwalt je das Gegenteil beweisen können? Anderseits war vielleicht die Tatsache, dass die Botschaft das Schreiben des Staatsanwaltes nicht bei diesem selbst überprüft hatte, ein Zeichen der Schwäche. Was sprach dagegen, das Papier der Staatsanwaltschaft vorzulegen? Wenn seine ehemalige Klientin Ayşe Demioğlu Mehmet wirklich in die Schweiz gebracht hatte, warum hatte sie ihn nicht besser instruiert, ihn nicht auf die Stolperdrähte im Asylverfahren vorbereitet? Ein paar Ratschläge dieser intelligenten Frau, die ja auf die Erfahrungen ihres Mannes zurückgreifen konnte, hätten seine Geschichte widerspruchsfrei machen müssen.

Je mehr Ferrier darüber nachdachte, umso stärker wuchsen seine Zweifel, ob die schweizerische Botschaft wirklich ehrlich über den Inhalt der Polizeiarchive informiert worden war. Offensichtlich hat sie einen Mittelsmann eingeschaltet, denn es war von diskreten Abklärungen die Rede. Was Ferrier besonders erstaunte, war die Art und Weise, wie die Ergebnisse der Abklärung präsentiert wurden: Da war nicht die Rede, jemand habe zum Beispiel gesagt, es gebe keine Fichen. Das Resultat kam vielmehr schlicht und einfach im Gewande einer feststehenden Tatsache daher: Es existierten keine Fichen.

Ferrier dachte an die Entdeckung der polizeilichen und militärischen Archive, die in aller Heimlichkeit und zu einem grossen Teil illegal in den vierzig Jahren des Kalten Krieges in der Schweiz über echte und vermeintliche Staatsfeinde angelegt worden waren. Eine Welle von politischen Skandalen hatte das Land Ende der Achtzigerjahre erschüttert. Und wie heimlich die Ficheure vorgegangen waren! Als die Existenz des riesigen Archivs im Polizei- und Justizministerium bereits bekannt geworden war, war der Verteidigungsminister noch von seinen eigenen Leuten belogen worden. Man hatte ihm gesagt, in seinem Haus seien keine Fichen angelegt worden. Dann waren sie doch publik geworden. Warum um Himmels willen sollten die türkischen Sicherheitsdienste Privatpersonen ihre Geheimnisse preisgeben?

Als Ferrier versuchte, sich eine Vorstellung davon zu machen, in welchem Umfang Staatssicherheitsdienste das eigene Volk ausspionieren können, ging ihm der Staatssicherheitsdienst der Deutschen Demokratischen Republik durch den Kopf. Die DDR-Stasi hat bei einem Personalbestand von hunderttausend offiziellen Angestellten, unterstützt durch das Fünffache informeller Mitarbeiter, mehr als 35,6 Millionen Karteikarten angelegt, also für jeden DDR-Bürger mehr als zwei Karten. Nach dem Zusammenbruch der DDR sind trotz der Aktenvernichtungsaktionen immer noch hundertachtzig Regalkilometer Unterlagen übrig geblieben. Und die Stasi hat Biographien gefälscht. Ist die Türkei nicht ein Überwachungsstaat, welcher der ehemaligen DRR in nichts nachsteht? Wenn Mehmet Kayguzuz wirklich ein Flüchtling war, wenn er nicht als falscher Flüchtling den Versuch unternahm, den Schweizern eine Scheinbiographie vorzugaukeln, dann hatte jemand Mehmets Lebensgeschichte neu geschrieben. In der Schweizer Presse zirkuliert das Wort vom schwarzen Staat, wenn die Zustände in der türkischen Republik beschrieben werden.

Was ist gemeint mit dem schwarzen Staat?

Als neben Pierre Ferrier das Telefon läutete, war er immer noch in Gedanken versunken.

«Sind Sie Rechtsanwalt Ferrier?», fragte eine männliche Stimme auf Hochdeutsch mit fremdländischen Akzent, der in die Türkei wies.

«Ja, am Apparat, wie kann ich Ihnen behilflich sein?», fragte Ferrier zurück.

«Sie erinnern sich an Ihren Klienten Aziz?»

An Aziz erinnerte er sich auf Anhieb. Es war eine denkwürdige Begegnung gewesen. Damals, vor etwa einem Jahr, hatte er Strafverteidigerpickettdienst gehabt. Der Untersuchungshäftling hatte ihn gebeten, ihn sofort im Gefängnis zu besuchen. Noch am gleichen Tag, einem Samstagnachmittag, hatte sich

Ferrier auf das Schloss begeben, wo sich das kleine Regionalgefängnis befand.

In dem Besprechungszimmer, mit dem Rücken zum vergitterten Fenster, sass er stundenlang einem Türken gegenüber, der etwas über dreissig war. Ferrier fühlte sich dem Rauch ausgeliefert, welcher der kräftig gebaute Mann mit den schwarzen, nach hinten gekämmten Haaren verbreitete, ohne sich von Ferriers Abneigung gegen Zigarettenrauch stören zu lassen. Zuerst gab sich Aziz verschlossen und beschränkte sich in seinem erstaunlich guten Deutsch auf das, was ihm wesentlich und wichtig erschien. Erst mit der Zeit gab er einiges über sich preis. Er beklagte sich über sein linkes Bein, das immer einschlafe, und war besorgt, im Gefängnis nicht mit genügend Zigaretten versorgt zu werden.

Aziz hatte schon fünf Tage in der Untersuchungshaft verbracht, weshalb ihm nach den Vorschriften der Strafprozessordnung ein amtlicher, vom Staat bezahlter Verteidiger beigeordnet werden musste. Es traf Pierre Ferrier.

Es war schon fast ein Jahr vergangen, seit die Schweizer Polizei im Keller eines Privathauses Aziz mit drei Männern und einer Frau festgenommen hatte. Sie alle waren Agenten des türkischen Geheimdienstes. Sie hatten von ihrer Organisation den Auftrag, im Keller eine Telefonleitung anzuzapfen, um die Gespräche eines dort wohnenden Mitglieds der PKK abzuhören. Dieser koordinierte deren politischen Aktionen in Mitteleuropa. Die Agenten hatten im Keller zu viel Lärm gemacht, sodass die alleinstehende, ängstliche Mieterin im Erdgeschoss die Polizei alarmierte. Die Gruppe reagierte psychologisch äusserst geschickt, als die Polizei im Keller auftauchte. Ein Agent und eine Agentin gaben vor, ein Liebespaar zu sein. Glücklicherweise hatten sie die Fenster des Kellers abgedunkelt, sodass der Raum wie ein Liebesnest aussah. Einem dritten Agenten, der im Hausgang Wache hielt, gelang es, eine Herzattacke vorzutäuschen. Er tat so, als ob er das Liebespaar auf frischer Tat ertappt hätte und mit ihm in eine heftige Auseinandersetzung verwickelt wäre. Die Polizei fiel auf die List herein, rief die

Ambulanz herbei und liess die drei nach einer Kontrolle ihrer Papiere laufen.

Die Polizei nahm nur Aziz fest, denn er hatte den Koffer mit den Abhörgeräten und den Werkzeugen dabei. Der Koffer war als Diplomatenkoffer getarnt. Obwohl er folgerichtig einen Diplomatenpass mit dem gefälschten Namen Mesut Kul auf sich trug, wurde er wegen Hausfriedensbruch, Verwendung eines gefälschten Ausweises und verbotenem Nachrichtendienst angeschuldigt. Die Schweizer Presse berichtete über die Festnahme in grossen Überschriften. Als Ferrier mit Aziz zusammentraf, wusste Aziz schon, dass der türkische Geheimdienst ihn beschützte. Dieser hatte sofort interveniert und gegenüber der Schweizer Polizei eingeräumt, dass Aziz sein Agent war.

Der Sachverhalt, den das Gericht zu beurteilen haben würde, stand praktisch fest, als Ferrier sein erstes Gespräch mit Aziz führte. Dieser verlangte von ihm, seine baldige Freilassung zu erreichen und später die Verteidigung vor Gericht zu übernehmen. Es schien Aziz klar zu sein, dass er mit einer bedingten Strafe davonkommen würde. Nachdem er Ferrier seine Geschichte erzählt hatte, bat er ihn, Anfang der kommenden Woche wiederzukommen.

Am folgenden Dienstag stand Ferrier erneut in dem karg eingerichteten Zimmer im Schloss. Aziz empfing ihn äusserst nervös und wollte wissen, ob er in der Schweiz eine Chance habe, Asyl zu erhalten.

«Aus welchem Grund brauchen Sie Schutz vor politischer Verfolgung?», fragte Ferrier gestelzt, um seine Irritation zu verbergen.

«Zuerst muss ich mit Ihnen etwas klären», sagte Aziz. «Bleibt das, was ich Ihnen erzähle, unter uns?»

«Auf jeden Fall. Als Anwalt stehe ich unter strengster Schweigepflicht.»

Aziz musterte Ferrier scharf. In seinen Augen spiegelte sich etwas Bedrohliches. Ferrier trommelte mit den Fingern auf den Deckel seiner Mappe, die er auf den Knien hielt.

«Ich arbeite nicht nur für den türkischen Geheimdienst, sondern auch noch für die Yüksekova-Bande. Ich bin gewissermassen ein Doppelagent», sagte Aziz. Ruckartig wich Ferrier mit dem Stuhl vom Tisch weg und spürte, wie ihm der Schweiss auf die Stirne trat.

Es dauerte lange, bis Aziz seinem Verteidiger erklärt hatte, dass die türkischen Sicherheitsdienste von geheimen Zirkeln, die in der Presse zum Teil als Banden an den Pranger gestellt wurden, aus dem Hintergrund gelenkt wurden. Den Auftrag, den PKK-ler auszuspionieren, habe er genau genommen von der Yüksekova-Bande erhalten. Gleichzeitig sei er von der Söylemez-Bande nach Europa geschickt worden, um einen Agenten zu ermorden. Dieser habe die Drogentransportwege der Söylemez-Bande herausgefunden und damit deren Chef, den Generalpolizeipräsidenten Ibrahim Bozkurt, erpresst. Sollte seine Doppelagentschaft auf der einen oder anderen Seite auffliegen, würde er mit Sicherheit aus dem Wege geräumt werden.

«Wenn ich in Lebensgefahr bin, brauche ich politisches Asyl und einen schweizerischen Anwalt, nämlich Sie», schloss Aziz ohne Umschweife.

«Und wie kommen Sie nach Ihrer Freilassung in die Schweiz zurück?», fragte Ferrier voller Skepsis und trommelte mit dem Schreibstift auf der Schreibunterlage herum.

«Ich werde hierher zurückkommen, nämlich zu meinem Prozess. Bis dahin kann mir nichts geschehen, denn die Türkei braucht mich. Stellen Sie sich den weltweiten Skandal vor, wenn ich nicht am Prozess teilnehme!»

Ferrier hatte nicht alles verstanden, als er sich verabschiedete, aber er versprach, sich zur Verfügung zu halten. Als er den Hügel hinunterspazierte, während die Abendsonne das Schloss golden beschien, begleitete ihn eine dumpfe Befürchtung, dass dieses Mandat in den gefährlichen Sumpf der Geheimdienste führen könnte. Insgeheim hoffte er, Aziz würde nie in Lebensgefahr geraten.

Zwei Wochen später wurde Aziz freigelassen. Angehörige der türkischen Botschaft holten ihn am Gefängnistor ab und flogen ihn direkt in die Türkei zurück. Ferrier hörte lange nichts mehr von ihm. Vom Untersuchungsrichter erhielt er später ein Schreiben, wonach sein Mandat aufs Eis gelegt werde, da Aziz von Privatanwälten verteidigt würde. Die Akten standen Ferrier weiterhin zur Verfügung. Ferrier war über die Versetzung in den Wartezustand erleichtert.

Aber Aziz vergass er nicht.

«Aziz möchte Sie so schnell wie möglich treffen, am liebsten am Abend, für zwei Stunden», sagte die Stimme an Ferriers Ohr. Sie klang freundlich und bestimmt.

«Am Abend arbeite ich nicht.»

«Können Sie nicht eine Ausnahme machen, Herr Rechtsanwalt? Ihr Klient kommt direkt aus der Türkei.»

«Wann wäre es Ihnen recht?»

«Heute Abend?»

Ferrier schlug seinen privaten Terminkalender auf. Er hatte den Abend für einen Vortrag reserviert.

«Morgen Abend», schlug er vor.

«Gut, wenn es nicht anders geht. Kommen Sie um halb acht zur Loebecke. Ich habe eine Ausgabe der Cumhürriyet unter dem Arm. Welche Zeitung werden Sie tragen?»

«Den Bund.»

«Gut, dann morgen um halb acht. Vielen Dank.»

Bevor Ferrier fragen konnte, mit wem er spreche, drang der Summton an sein Ohr. Er wischte sich mit dem Taschentuch die Schweisstropfen ab, die ihm über das Gesicht rannen. Er öffnete seinen Kragen, weil er sich leicht benommen fühlte.

Was wird hier gespielt?, fragte er sich. Er versuchte, sich das Gesicht von Aziz vorzustellen, das hinter einer Rauchschwade im Schlosszimmer auftaucht. Es ist ein abgebrühtes Gesicht. Aber in den Augen, dem Spiegel der Seele, hatte Ferrier auch eine abgrundtiefe Furcht gesehen, als Aziz ihn gefragt hatte, ob er in der Schweiz politisches Asyl beantragen könne.

Diese Furcht und ein Schuss Neugierde brachten Ferrier dazu, sich am folgenden Abend um sieben Uhr der Loebecke zu nähern. Er war absichtlich eine halbe Stunde zu früh. Er stellte sich vor die Heiliggeistkirche und beobachtete den Eingang des Warenhauses. Es war Donnerstagabend. Alle Geschäfte waren geöffnet, und um die Loebecke herrschte eine Mischung aus Hektik und Gemütlichkeit. Menschen standen allein, zu zweit oder in Gruppen herum. Eine lateinamerikanische Musik spielte ein sehnsüchtiges Andenlied. Dazwischen gingen Leute in alle Richtungen.

Um halb acht tauchte ein Mann mit der türkischen Zeitung Cumhürriyet unter dem Arm auf der Rolltreppe auf, die von der Bahnhofunterführung heraufführte. Er stellte sich vor die Musikergruppe und sah sich um.

«Sie erwarten mich?», fragte Ferrier, als er einen Meter vor dem Mann stand.

«Rechtsanwalt Ferrier?»

«Genau. Wie ist Ihr werter Name?»

Der Mann überging die Frage.

«Gehen wir», sagte er stattdessen. «Ihr Klient Aziz erwartet Sie dringend.»

Es war tatsächlich Aziz, der ihn einer Wohnung in der Unterstadt, direkt an der Aare, erwartete. Er erklärte Ferrier, er sei in die Schweiz zurückgekehrt, weil sein Prozess in zwei Tagen beginne. Er stehe unter dauernder Überwachung von Kollegen des Geheimdienstes. Es sei ihm gelungen, sich unter einem Vorwand ohne seine Bewacher aus dem Hotel zu begeben. Er habe zwei Stunden Zeit. Dann müsse er zurück sein, ansonsten er mit Schwierigkeiten zu rechnen habe.

Aziz hatte ein Video mitgebracht, das er mit Ferrier ansehen wollte. Es dokumentiere eine äusserst geheime Zusammenkunft der Söylemez-Bande in Istanbul, die kürzlich stattgefunden habe. Die Aufnahme sei ohne Wissen der Bande gemacht worden.

«Vorsorglich», sagte Aziz und hob die Augenbrauen. «Das Video enthält genug Stoff, um meine geheimdienstliche Mitarbeit und … meine potenzielle Gefährdung zu beweisen», fügte er bei. «Ich möchte es sicherheitshalber bei Ihnen deponieren, für den Fall, dass Sie mich als politischen Flüchtling verteidigen werden.»

Ferrier nickte, unter anderem, weil er eine einmalige Chance witterte, den «schwarzen Staat» kennen zu lernen.

So war es. Aziz führte Ferrier nicht nur perfektes, mit deutschen Untertiteln versehenes Filmmaterial vor. Er schien einen unbeschränkten Zugang zu Ressourcen zu haben, die es ihm erlaubten, seine Vorhaben zu verwirklichen. Er erläuterte Ferrier die Hintergründe des Treffens, beschrieb dessen Ablauf, die Stimmung, die geherrscht hatte, und charakterisierte die Teilnehmer, ihre Vergangenheiten, Persönlichkeitsprofile, Funktionen und Rollen, die sie im Labyrinth des schwarzen Staates spielten. Und Ferrier, der unentwegt nachfragte, als müsste er eine Sonderuntersuchung führen, erwarb sich über das Strafverfahren ein weit gefächertes Wissen. In seiner Rolle als Pflichtverteidiger hätte er wohl nur einen Bruchteil davon erfahren. Ferrier machte sich im Halbdunkel des Hotelzimmers Notizen, die er später im Auftrag von Aziz zu einem Bericht zusammenfasste.

Schliesslich entstand ein geheimer Bericht, der das Folgende enthielt:

Ibrahim Bozkurt, so hatte Aziz beobachtet, wählte seinen Platz immer so, dass er nicht mit dem Rücken zur Türe sass. Er habe eine panische Angst davor, eine Kugel könnte ihn von hinten durchbohren, wenn er nicht im Blickkontakt zur Tür stehe, berichtete Aziz Rechtsanwalt Pierre Ferrier. So habe er auch an diesem Abend einen Platz ausgesucht, von dem aus er die Übersicht hatte.

Bozkurt verbrachte den Abend mit einem ausgesuchten Kreis von Männern an einem Tisch im Restaurant Sultan Selim I. Das Zimmer im zweiten Stock war ausschliesslich für sie reserviert. Der Besitzer des Lokals, ein weltgewandter Mann, war ein eifriger Sammler von Lampen. Die Decke war vollständig mit den Objekten seiner Leidenschaft bedeckt. Die kostbaren und zierlichen Leuchtkörper, viele vergoldet und versilbert, waren nur Zierde. Nur einige unter ihnen spendeten Licht. Der Rest bildete ein geschmackvolles und teures Dekor, zusammen mit weiteren antiken Ziergegenständen, darunter eine Pendeluhr.

Die Männer tranken einen Aperitif. Ibrahim Bozkurt nippte an einem Rakı. Durch das Fenster konnten sie das goldene Horn sehen. Draussen dämmerte es. Es fehlte nur noch eine halbe Stunde, bis sich die Nacht über Istanbul gesenkt haben würde. Es war ein angenehmer Abend im beginnenden Sommer. Die Galatabrücke war durch die Strassenbeleuchtung und die Scheinwerfer der Autos, die in endlosen Kolonnen darüber fuhren, in ein helles Licht getaucht. Auf dem gegenüberliegenden Ufer sah man direkt auf das Topkapı. Der ehemalige prunkvolle Palast der osmanischen Sultane bot einen prächtigen Anblick. Ibrahim Bozkurts Augen betrachteten den achteckigen zierlichen Bau des Revan Kiösk. Es war ein kleiner Pavillon, ein Kleinod und eine Art Triumphbau, den Sultan Murat nach der Eroberung der armenischen Hauptstadt Eriwan im Jahre 1635 hatte erbauen lassen.

Die Männer in diesem noblen, kleinen Speisezimmer des Restaurants Sultan Selim I waren durch das Band der Blutsbrüderschaft miteinander verbunden.

Ibrahim Bozkurt war seit ein paar Monaten Innenminister. Die Ministerpräsidentin, welche die Wahlen gewonnen hatte, hatte ihn, den damaligen Generalpolizeipräsidenten, als Innenminister in ihr Kabinett berufen. Als Regierungsmitglied war Ibrahim Bozkurt zugleich Mitglied des nationalen Sicherheitsrates. Dieser Rat ist das eigentliche Machtzentrum im ganzen türkischen Staatsgefüge. Er ist eine Art schwarzes Kabinett, denn die wahre Macht liegt bei ihm und nicht beim zivilen Regierungschef und seinen Ministern. In Fragen von zentraler nationaler Bedeutung muss das Kabinett sich der Unterstützung durch den Sicherheitsrat vergewissern. Wie das Licht einen Schatten wirft, so stehen hinter dem zivilen Kabinett die Generäle, die eigentlichen Hüter einer Verfassung, die sie dem Volk einmal aufoktroyiert hatten. Denn der nationale Sicherheitsrat wird von den Generälen dominiert. Die Militärs, welche die Verbände zu Lande, auf dem Wasser und in der Luft kommandieren, haben das Sagen im Lande.

Gegenüber Ibrahim Bozkurt sass Hasan Yilmaz. Er war breitschultrig und trug wie immer eine gefärbte Brille, als würde er, wo immer er sich auch befinde, von einem starken Sonnenlicht geblendet. Für einmal hatte er die Uniform zu Hause gelassen. Der marineblaue Anzug und das schwarzweiss gestreifte Hemd mit der geblümten Krawatte waren eine Vorsichtsmassnahme. Niemand ausser den Anwesenden und ihren Leibwächtern durfte von der Zusammenkunft wissen. (Ferrier hob in seinem Bericht hervor, mit welchem Stolz ihm Aziz berichtet hatte, dass er die versteckte Kamera im Restaurant Sultan Selim I im Auftrag der Yüksekova-Bande angebracht hatte.) Hasan Yilmaz hatte einen Teil seiner Leibwache vor seinem Privathaus in Ankara gelassen. Es sollte der Eindruck aufrechterhalten werden, dass er diesen Abend im Kreise seiner Familie verbringe.

Hasan Yilmaz war General der Gendarmerie. Viel wichtiger aber war, dass er dem Gendarmeriegeheimdienst angehörte. Dass die Gendarmerie, die ländliche Polizei, überhaupt über einen eigenen Geheimdienst verfügt, war noch nicht lange bekannt. Hasan Yilmaz hatte ihn gegründet und zu einer schlagkräftigen Organisation ausgebaut.

Links neben Ibrahim Bozkurt befand sich Hadi Dalan. Im Vergleich zu Hasan Yilmaz, der ihm gegenüber sass und ihn um einen Kopf überragte, war Hadi Dalan schmächtig von Statur. Er war der Typ des klassischen Geheimdienstlers. Er galt als vorausschauender Stratege. Zugleich bekleidete er in der Armee den Rang eines Infanterieoffiziers und gehörte dem Generalstab an. Seinen Führungsposten im nationalen Geheimdienst verdankte Hadi Dalan einer gesetzlichen Vorschrift, wonach ein Drittel der Führung des Geheimdienstes dem Militär angehören muss.

Für die Männer im Nobelrestaurant Sultan Selim I waren sein Wissen und vor allem sein Zugang zu den Staatsschutzinformationen von unschätzbarem Wert. Zwar verfügen alle

Sicherheitskräfte über ihre eigenen Geheimdienste. Aber Hadi Dalans Geheimdienst ist der älteste von allen. Er existiert seit 1927 und ist nur vier Jahre jünger als die türkische Republik selbst. Hadi Dalans Organisation verfügt unter allen Geheimdiensten über die weitaus grösste und ausführlichste geheime Personendatei.

Abdullah Önen hatte seinen Platz gegenüber Hadi Dalan und rechts von Hasan Yilmaz eingenommen. Er fiel durch seine bäuerliche Art auf. Er war tatsächlich Landwirt, aber kein alltäglicher. Er hatte die längste Reise nach Istanbul, da er im Osten der Türkei, nahe an der Grenze zu Syrien, wohnte. Er stammte aus einer alteingesessenen Grossgrundbesitzerfamilie. Abdullah Önen war das Haupt einer privaten Streitmacht, die aus Dorfschützern bestand. Bei den letzten Wahlen war Abdullah Önen zudem Mitglied des türkischen Parlaments geworden.

Osman Güzel sass auf der weich gepolsterten Wandbank an der Breitseite des weiss gedeckten Tisches zwischen Ibrahim Bozkurt und Hasan Yilmaz. Gedankenverloren, wie Ferrier in seinem Bericht anmerkte, sah er immer wieder dem elegant gekleideten Kellner zu, so zum Beispiel, als dieser zu Beginn der Zusammenkunft die Kerze anzündete, die auf dem Tisch stand. Osman Güzel war mit grossen Abstand der älteste in der Runde. Er war als Letzter eingetroffen. Er arbeitete im Generalstab und vertrat die Armeespitze im nationalen Sicherheitsrat. Zudem war er Vorsitzender der Spezialkriegsbehörde. Sie habe eine wechselvolle Geschichte, wie Aziz ausführte. Aziz' Wissen über das Herz des türkischen Sicherheitssystems sei erstaunlich, merkte Ferrier an. Jahrzehntelang sei die Spezialkriegsbehörde eine derart geheime Organisation gewesen, dass ihre Existenz nicht einmal den Regierungschefs bekannt gewesen sei. Als nämlich der Generalstabschef vom amtierenden Ministerpräsidenten ein paar Millionen Lira für dringende Aufgaben verlangt habe, habe man diesem beschieden, das Geld sei für den Spezialkrieg gedacht. Kurz darauf marschierten die türkischen Streitkräfte auf der Mittelmeerinsel Zypern ein und nahmen den Griechen handstreichartig die Hälfte der Insel weg.

In den Neunzigerjahren wurde in vielen westeuropäischen Staaten die Existenz von geheimen Widerstandsarmeen, den Gladio-Organisationen, bekannt. In der Türkei stellte sich heraus, dass die Spezialkriegsbehörde im Kampf gegen den Kommunismus tätig war. Die Kurden gaben ihr den Namen Konterguerilla. Dies war zu einem Zeitpunkt, als der Spezialkrieg gegen die PKK schon auf Hochtouren lief.

Die neuesten Entwicklungen in diesem Spezialkrieg waren der Grund, warum sich die durch das Band des eigenen Blutes auf Gedeih und Verderb zusammengeschweisste Runde an diesem Abend des neunzehnten Juni im «Sultan Selim I» zusammenfand. Die golden glänzenden Zeiger der Penduluhr, die im Video links oben sichtbar war, standen auf halb neun. Eine Zeit, zu der es draussen bereits dunkel war und Istanbul in einem atemberaubenden Lichtermeer erstrahlte, das sich auf der Oberfläche des Meeres spiegelte. Ferrier unterstrich, wie sehr Aziz von Istanbul schwärmte: Auf einen Blick kann man auf zwei Kontinente sehen.

Der Kellner servierte die Vorspeise. Mit einem grossen Löffel schöpfte er die Ziegenfüsschensuppe. Die Leibwächter, die jeder Teilnehmer mitgebracht hatte, hatten sich im und vor dem Haus verteilt. Die Runde fühlte sich sicher und unbeobachtet. Ferrier schrieb, wie sehr ihn immer wieder erstaunte, welche Einzelheiten der Zusammenkunft Aziz interessierten und wie gut er sie im Gedächtnis behielt.

Ibrahim Bozkurt hatte den Anstoss zur Versammlung gegeben, da er in grosser Bedrängnis war. Wenn er in die Ecke getrieben wurde, schwebte eine grosse Gefahr über allen. Er hatte den Ort und den Zeitpunkt des Zusammentreffens mit Bedacht ausgewählt. Auf das Restaurant Sultan Selim I war er gekommen, weil er ein Liebhaber von Machiavelli war, und dieser Autor hatte Sultan Selim I. in seinem «Fürst» in ehrenvoller Weise erwähnt. Machiavelli hatte geschrieben, dass Sultan Selim I. der einzige Fürst war, der sich nicht vor dem Volk fürchten musste, weil er eine eigene Leibwache von zwölftausend Fusssoldaten und fünfzehntausend Reitern besass.

Den Tag der Zusammenkunft, den neunzehnten Juni, hatte Ibrahim Bozkurt in Erinnerung an die erste Unabhängigkeitserklärung von Kemal Mustafa Pascha, dem späteren Gründer der Republik Türkei, ausgewählt. Damals, am neunzehnten Juni 1919, war der Grundstein für die Rettung der Türkei vor dem Zugriff des christlichen Europas gelegt worden. Das Osmanische Reich war ein Trümmerhaufen. Es war bis auf Anatolien geschrumpft. Dabei war es einst eine Weltmacht gewesen. Das Schwarze Meer war sein Binnenmeer gewesen. In Europa waren die osmanischen Truppen bis fast nach Wien vorgedrungen. Im Süden des Mittelmeeres hatte es sich bis nach Marokko ausgedehnt.

Nun hatten sich die Griechen, Armenier und Kurden, die in der Türkei wohnten, daran gemacht, dem osmanischen Leichnam auch noch Südostanatolien abzutrennen. Kemal Mustafa Pascha hatte diesen Leichenschändern Einhalt geboten, als er am neunzehnten Juni 1919 in der alten Hethiterfestung von Amasya die Unabhängigkeit der Türkei ausgerufen hatte.

Der Kellner räumte die Teller der Vorspeise ab. Wenig später erschien er mit einer grossen silbernen Platte. Der Duft von gebratenem und gewürztem Fleisch musste Ibrahim Bozkurt in die Nase gestiegen sein, denn auf dem Video war deutlich sichtbar, wie entzückt er auf die Platte sah. Auf dem Silbertablett lagen grosse Lammschulterstücke, mit geschmorten roten und grünen Peperoni und Tomaten. Ein zweiter Kellner stellte eine Schüssel mit weissem Reis und Bulgur und eine farbenprächtige Salatschüssel daneben. Ibrahim Bozkurts Gesicht erhellte sich, als der Kellner Osman Güzel fragte, ob er den Wein kosten wolle. Zuerst wehrte der General ab und blickte Ibrahim Bozkurt an. Dieser aber schüttelte den Kopf und nickte ihm aufmunternd zu. Ein schwaches Lächeln öffnete dem General die Lippen. Mit einem Fingerzeig forderte er den Kellner auf, das Glas zu füllen. Der Wein schmeckte sichtlich ausgezeichnet. Als der Kellner Osman Güzel die Etikette zeigte, strahlte dieser Ibrahim Bozkurt an: Es war ein italienischer Chianti der Marke «Niccolò Machiavelli».

262

Obwohl in der Männerrunde alle staatlichen Organe der inneren Sicherheit vertreten waren und sich gegenseitig informierten, wussten sie doch nicht alles über den Kampf gegen die bewaffneten kurdischen Rebellen und ihr Umfeld. Denn der Kampf gegen die Guerilla wurde nicht nur von der Armee, der Gendarmerie, der Polizei und den Dorfschützern geführt. Innerhalb der Reihen dieser Sicherheitsorgane waren verborgene Kräfte am Werk.

Und diese verborgenen Kräfte waren das Thema der Männerrunde. Ein Ereignis vor einigen Monaten und ein anstehender Gerichtsfall in Europa drohten alles vollständig durcheinander zu bringen. Zudem schnüffelte eine Kommission des Europarates in den Dienstbüros der türkischen Polizei und Gendarmerie herum und veröffentliche darüber Berichte, welche die Türkei diffamierten.

Für den Spezialkrieg gegen die kurdische Guerilla waren vor einigen Jahren in allen Sicherheitsorganisationen Sondereinsatzkommandos gebildet worden. Dies alles war bereits an die Öffentlichkeit gesickert, obwohl sich die betroffenen Stellen um grösste Heimlichkeit bemüht und bis zum Gehtnichtmehr abgestritten hatten, dass es die Sondereinsatzkommandos und den Gendarmeriegeheimdienst gab.

Der Vorfall, der sich vor ein paar Monaten ereignet hatte, war folgenschwer. Es war auf den ersten Blick ein Unfall gewesen. Abdullah Önen, eines der Opfer des Unfalles, war immer noch schwer davon gezeichnet. Er war schweigsamer als sonst. Für ihn war es ein Schock und ein Glücksfall zugleich gewesen. Als einziger Insasse des Mercedes hatte er den tragischen Unfall überlebt. Das Fahrzeug, in welchem er selbst, zwei Männer und eine Frau gesessen hatten, war zu schnell gefahren und mit zweihundert Stundenkilometern in einen Lastwagen gerast, der plötzlich von der Seite auf die Überlandstrasse gefahren war. Die Frau, eine Schönheitskönigin, die beiden Kollegen, einer Chef der Abteilung der Polizei für Terrorismusbekämpfung, der andere Leiter einer Polizeischule, sowie ein Zivilist waren ums Leben gekommen.

Es wäre ein Verkehrsunfall wie viele andere gewesen, wenn das Ereignis nicht sofort in die Schlagzeilen der Medien geraten wäre. Der Zivilist war äusserst prominent: Seit Jahren stand sein Name auf der Fahndungsliste von Interpol. Am Tag des Unfalls war er mit einem gefälschten Pass unterwegs, der von Ibrahim Bozkurt persönlich unterzeichnet worden war und ihn als Finanzinspektor auswies, obwohl er sich nur insofern mit staatlichen Finanzen befasste, als er daraus reichlich entlöhnt wurde. Angesichts der Medienberichterstattung über den Unfall konnte die Gendarmerie nicht verheimlichen, dass im Kofferraum ein ganzes Waffenarsenal versteckt gewesen war: fünf Pistolen, zwei Maschinenpistolen mit Schalldämpfern, gefälschte Nummernschilder für den Mercedes und eine gefälschte Zufahrtsberechtigung zum türkischen Parlament.

Es wunderte deshalb niemanden, dass sich die Journalisten fragten, warum ein Mann, der jahrelang wegen Drogenhandel im grossen Stil und Morden auf der Fahndungsliste der Interpol gestanden hatte, mit einem hohen Polizeioffizier, einem Parlamentsmitglied und einem Waffenarsenal unterwegs war. Der Zivilist hatte sich als bekannter Mafiaboss und Anhänger der Grauen Wölfe, einer rechtsradikalen, nationalistischen Gruppe entpuppt. Und die Presse stellte weiter die Frage, warum ein gesuchter Mafiaboss mit einem Diplomatenpass, der vom Innenminister Ibrahim Bozkurt persönlich unterzeichnet war, auf Reisen war.

Der Unfall brachte einen grossen Stein ins Rollen. Die Presse fand heraus, dass die Reisegesellschaft ein paar Stunden vor Antritt der unglücklichen Autofahrt ein Grundstück zur Errichtung eines Spielkasinos erworben hatte. Weiter berichteten die Medien, dass die drei Männer und die Frau die Absicht hatten, ein Mitglied einer Mafiabande zu treffen, um mit ihm Verhandlungen über die Beilegung eines Mafiakrieges zu führen, wie sie es nannten. Der Unfall rettete das Leben dieses Mannes. Als er nämlich am Tag nach dem Unfall aus der Presse erfuhr, wer ihn hatte treffen wollen, tauchte er unter, weil er befürchtete, umgebracht zu werden.

264

Der Verkehrsunfall hatte dem Volksmund ein weiteres Stichwort geliefert: Susurluk. An diesem Ort hatte er stattgefunden. Überall schrieb und sprach man von Mafiabanden, welche die Sicherheitsorganisationen, ja den Staat schlechthin, bis hinauf zu den höchsten Regierungsstellen unterwanderten. Und diese Banden waren der Grund, warum es für die Männerrunde unmöglich war, die Übersicht zu bewahren.

Ibrahim Bozkurt war Chef einer solchen Gruppe. Das Wort Bande benutzte er selbst nicht, da er diesen Ausdruck als nicht passend für eine patriotische Blutsbrüderschaft empfand. Der Druck auf ihn, als Innenminister zurückzutreten, war in letzter Zeit so gross gewesen, dass es für ihn nur noch eine Frage der Zeit war, ihm nachzugeben und das Ministeramt aufzugeben. Insgeheim würde er jedoch weiterhin seine Pflichten wahrnehmen, welche ihm sein patriotischer Sinn auferlegte.

Der Verkehrsunfall würde ihn also bald arbeitslos machen, zumindest gegen aussen. Nach dem Unfall hatte er erklärt, Önen Güzel und der Polizeioffizier seien daran gewesen, den Mafiaboss zu verhaften und ihn einer Polizeistation abzuliefern. In der Presse schrieb man darüber, dass er der Chef einer Mafiabande sei. Und man gab ihr sogar einen Namen: Söylemez, was auf Deutsch heisst: Er spricht nicht.

Verschwiegenheit war in der Tat das oberste Gebot der Männerrunde. Deshalb erhob sich Ibrahim Bozkurt und ging zur Türe. Für einen Moment verschwand er aus dem Videofilm. Der Kellner hatte eben den Dessert und den Kaffee serviert. Beim Hinausgehen hatte er offensichtlich die Türe nicht ganz geschlossen. Ibrahim Bozkurt musste das bemerkt und einen Blick in den Gang geworfen haben. Man hörte zwei Männer, offensichtlich Leibwächter, miteinander sprechen. Bozkurt ermahnte sie, ab jetzt besonders gut aufzupassen. Als er wieder auf dem Video erschien und auf seinen Platz zurückkehrte, blickte Bozkurt immer wieder zurück, als befürchte er, es könne ein ungebetener Gast plötzlich durch die Türe hereinkommen. Es war, als ob er auf der Hut vor seinem eigenen Schatten wäre.

Als er sich setzte, hatte Hasan Yilmaz den gesüssten Quittenkompott mit Sahne bereits aufgegessen. Äusserst unruhig nippte er an der Kaffeetasse. Es war neun Uhr, als Ibrahim Bozkurt den geschäftlichen Teil des Abends einleitete.

«Heute Abend sprechen wir über drei Themen», begann er. «Sofortmassnahmen gegen die negative Propaganda aus Strassburg, Zustand unserer Finanzen und Prozessstrategie im Schweizer Abhörfall.»

Die vier Männer nickten im Takt.

«Das europäische Komitee zur Verhütung von Folter», fuhr Ibrahim Bozkurt fort, «hat bereits viermal in unseren Polizei- und Gendarmeriestationen herumgeschnüffelt und uns in zwei Berichten in unerträglicher Art und Weise öffentlich vor der ganzen Welt an den Pranger gestellt. Man wirft unserer Polizei und Gendarmerie systematische Folter vor. Die Methoden werden im Einzelnen aufgezählt und ausführlich beschrieben.»

«Wie konnte es passieren», fuhr Hadi Dalan, der Geheimdienstler, der den Bericht offensichtlich gelesen hatte, entrüstet dazwischen, «dass das Komitee im Gebäude B des Hauptquartiers der Polizei in Istanbul eine Elektroschockmaschine entdecken konnte?»

«Es war ein unangemeldeter Besuch, ein so genannter Ad-hoc-Besuch, wie es im Jargon dieser Berichteschreiber heisst. Meine Leute sind völlig überrascht worden. Sie haben versucht, die Delegierten hinzuhalten, um die Verhöreinrichtungen, die als Folterwerkzeuge dienen, verschwinden zu lassen. Die Europäer haben sich aber nicht abwimmeln lassen», rechtfertigte sich Ibrahim Bozkurt. «Vielleicht könntest du dafür sorgen, dass dein Geheimdienst über die geplanten Besuche im Voraus erfährt», fuhr Ibrahim Bozkurt in leicht gereiztem Ton zu Hadi Dalan gewandt fort.

Hadi Dalan sah den Vorsitzenden erstaunt an.

«Dieser negativen, zersetzenden Kritik aus Europa müssen wir eine eigene Kampagne entgegensetzen», meldete sich Ozman Güzel zu Wort. Der General hatte bisher geschwiegen. «Im Generalstab haben wir diese Angelegenheit bereits besprochen. Wir haben eine schwarze Liste ausgearbeitet.»

«Wer ist darauf?», fuhr Hadi Dalan dazwischen, als könnte er es nicht länger ertragen, vom Inhalt keine Kenntnis zu haben.

«Alle Vertreter der Opposition, welche zum so genannten Thema Menschenrechte das grosse Wort führen», antwortete Ozman Güzel und zog aus seiner Rocktasche ein Papierbündel hervor. «Da ist die Liste», sagte er und entfaltete es. «Wir werden den Pressevertretern gezielt nützliche Informationen und pikante Indiskretionen über diese Leute zustecken. An oberster Stelle steht der Vorsitzende des türkischen Menschenrechtsvereins. Wir werden behaupten, ein hoher PKK-ler, den wir kürzlich in Syrien gekidnappt haben, habe gestanden, dass dieser Aktivist Kontakte zur PKK gehabt habe.»

Die Runde ging die Liste durch. Darauf standen, wie man selbst im Videofilm unschwer erkennen konnte, weil Ozman Güzel das Papier längere Zeit in die Höhe hielt, neben dem obersten Menschenrechtsaktivisten, der selbst Rechtsanwalt war, die Namen von weiteren Rechtsanwälten, von Journalisten, Abgeordneten, Geschäftsleuten und von Militanten aus Oppositionsparteien, gleichgültig ob sie verboten oder offiziell zugelassen waren.

«Der erste Teil der Strategie besteht darin, diese Leute mit unseren geheimdienstlichen Informationen in Misskredit zu bringen. Dann muss konkreter gehandelt werden. Einige müssen liquidiert werden», sagte der General. Die Männer in der Runde nickten.

«Ich werde die entsprechenden Aufträge meinen Jungs erteilen», sagte Ibrahim Bozkurt und liess sich von Hadi Dalan die geheime Liste des Generalstabs geben.

Der Kellner trat ein und füllte die Weingläser. In der Mitte des Tisches standen bereits zwei leere Weinflaschen. Ibrahim Bozkurt hatte sie so hingestellt, dass man im Videofilm das Portrait von Niccolò Machiavelli, der eine Mütze trug, auf der Etikette sehen konnte. Bevor der Kellner das Zimmer verliess, warf er einen fragenden Blick in die Runde. Niemand hatte einen Wunsch. Der Kellner ging hinaus. Als er die Türe hinter sich geschlossen hatte, ergriff Ibrahim Bozkurt nochmals das Wort:

«Das nächste brennende Thema ist der Zustand unserer Finanzen. Leider hat sich herausgestellt, dass wir in einer unserer Spezialeinheiten einen Verräter haben. Haval, ein Abschwörer der PKK, hat sich unserer patriotischen Vereinigung als unwürdig erwiesen und hat vor ein paar Monaten Aussagen vor dem Staatssicherheitsgericht gemacht. Ich vermute, dass er von unserer Konkurrenz abgeworben worden ist. Dabei konnten wir nicht verhindern, dass die Polizei zahlreiche Razzien gemacht und Waffen beschlagnahmt hat. Wir haben sehr viele Ausrüstungsgüter verloren», sagte Ibrahim Bozkurt und blickte den anderen vier Männern in die Augen, was seinen Worten ein besonderes Gewicht verlieh.

«Damit muss man doch immer rechnen, so etwas ist doch nichts Aussergewöhnliches», warf Abdullah Önen ein und massierte vorsichtig seine verletzte Schulter.

«Ein Unglück kommt selten allein», sagte Ibrahim Bozkurt mit einem bitteren Klang in seiner Stimme. «Ich habe sofort meine Einkaufsfront aktiviert und die Übernahme eines Lastwagens Heroin aus Afghanistan veranlasst. Irgendjemand von unserer Konkurrenz muss davon Wind bekommen haben. Die Fracht ist wie üblich nach Famagosta auf Zypern ins Zollfreilager unserer Firma transportiert und dort in Obstkisten verladen worden. Als der wie üblich plombierte Lastwagen in London angekommen ist, haben meine Leute statt Heroin Säcke voller getrockneter Rosinen ausgepackt.» Ein Raunen ging durch die Runde und Abdullah Önen verzog schmerzverzerrt sein Gesicht.

«Das darf doch nicht wahr sein», stiess Hadi Dalan aus. Das Entsetzen stand ihm ins Gesicht geschrieben. «Das bedeutet einen Verlust in Millionenhöhe für uns.»

«Gibt es keine Hinweise, wer uns die Fracht gestohlen haben könnte?», fragte Osman Güzel wie ein Pfeil.

«Nein, bis jetzt nicht. Die Nachricht ist auch brandneu», erwiderte Ibrahim Bozkurt. «Aber …»

«Ich kann mir vorstellen, dass die Yüksekova-Bande dahinter steckt», fuhr Hadi Dalan vom nationalen Geheimdienst dazwischen. (Ferrier notierte in seinem Bericht, welch spitzbübisches Gesicht Aziz an dieser Stelle des Videofilms schnitt.) «Ich werde die Sache an die Hand nehmen. Wir haben einen unserer Männer im zypriotischen Zollfreilager als Angestellten stationiert. Ich werde veranlassen, dass er eingeschaltet wird. Sicherlich gibt es eine heisse Spur, die seine Leute ausmachen können.»

«Wenn die Schuldigen feststehen, muss hart durchgegriffen werden», sagte Abdullah Önen mit erhobenem Drohfinger und sah Ibrahim Bozkurt an.

Mit zusammengepressten Lippen nickte dieser. Er schaute auf die Uhr. Die Zeiger standen auf zehn.

«Wir kommen zum letzten Thema von heute Abend», kündigte er an. «Es betrifft den Schweizer Spionageprozess.»

Gespannt sahen alle Ibrahim Bozkurt an. Und Aziz stiess Ferrier verschmitzt in die Seite, wie dieser in seinem Bericht bemerkte. An dieser Stelle hielt Pierre Ferrier fest, was man damals allgemein von der Verhaftung der fünf türkischen Geheimdienstagenten wusste, die ihren Lauschangriff in einem Vorort der Schweizer Hauptstadt nicht ausführen konnten. Er fügte auch bei, wie sehr es Aziz amüsiert hatte, dass er für die Schweizer Justiz ein Phantom war. Seine wahre Identität würde nie herauskommen, da die Schweizer Polizei nur seinen Diplomatenpass beschlagnahmt hatte. In der Schweizer Presse schrieb man bereits von einem Phantomprozess. Ein Bild war bisher nicht veröffentlicht worden. Er würde mit einem Tuch über den Kopf in den Gerichtssaal gehen.

Ferriers Bericht enthielt auch Insiderwissen. Die Schweizer Polizei hatte nämlich auch das Adressbuch von Aziz beschlagnahmt. Dieses barg ein Geheimnis, das Aziz sowohl im Schweizer Prozess wie auch in seiner Stellung als Doppelagent für die Sölemez- und Yüksekova-Bande gefährlich werden könnte. Der Auftrag der Söylemez-Bande, den erpresserischen Agenten in Europa zu ermorden, hatte eine winzige Spur in seinem Adressbuch hinterlassen. Unglücklicherweise hatte Aziz nämlich darin die Namen des PKK-lers, der belauscht, und des Agenten, der ermordet werden sollte, nebeneinander auf gleicher Höhe geschrieben. Die Seiten mit den Anfangsbuchstaben C und D befanden sich nebeneinander, wenn das Adressbuch aufgeschlagen war. Der Name des Agenten fing mit C an und stand auf der linken Hälfte. Der Anfangsbuchstabe des PKK-lers begann mit D und befand sich auf der rechten Hälfte. Hinter den Namen des Agenten, der getötet werden sollte, hatte Aziz einen Halbmond gezeichnet, sodass das Symbol auch neben dem Namen des PKK-lers zu stehen kam.

Aziz gebrauchte das islamische Zeichen des Halbmondes für den Tod, das heisst den geheimen Mordauftrag der Söylemez-Bande. Der PKK-ler und sein Anwalt hatten die Bedeutung des Zeichens richtig erkannt, es aber dem falschen Namen zugeordnet. Beide glaubten, der PKK-ler sollte ermordet werden. Der Anwalt verlangte, dass das Gericht einen Experten anhöre, welcher nicht nur die Bedeutung dieses Zeichens im Sinne eines Mordauftrages erläutere, sondern darüber hinaus darlege, welche verbrecherischen Strukturen und Praktiken sich in den türkischen Sicherheitsorganisationen gebildet hätten.

Damit wurde gegen Aziz nicht nur wegen Hausfriedensbruch, Verwendung eines gefälschten Ausweises und Spionage ermittelt, sondern neuerdings auch wegen Mordversuchs.

Damit drohte der Prozess in der Schweiz, der demnächst vor dem höchsten Gericht des Landes stattfinden würde, zu einem Forum zu werden, auf welchem auch die Türkei als Verbrecherstaat an den Pranger gestellt werden könnte. Aziz' Verteidigung konnte die Expertenanhörung nicht verhindern, weil die Schweizer Justiz der Türkei schon sehr weit entgegengekommen war, indem sie Aziz freigelassen hatte.

Im Videofilm sah man, wie Ibrahim Bozkurt in seine Westentasche griff und sein Mobiltelefon hervorzog. Er wählte eine Nummer.

«Bringt ihn hinauf!», befahl er und legte das Gerät vor sich auf den Tisch.

Der Kellner kam, mit stummen Blicken nach Wünschen Ausschau haltend.

«Bring uns Mineralwasser», sagte Ibrahim Bozkurt.

270

Der Kellner nickte und brachte nach ein paar Minuten zwei grosse Flaschen Wasser. Kaum hatte er den Raum verlassen, hörte man im Videofilm das Geräusch einer Türe, die geöffnet und dann wieder geschlossen wurde. Ein Mann trat ein. Es war einer von Ibrahim Bozkurts Leibwächtern. Hinter ihm erschien Aziz. Im Videofilm sah er bleich wie ein Mehlsack aus, als er einen kurzen Blick zur versteckten Videokamera warf.

«Setz dich!», befahl Ibrahim Bozkurt und machte mit dem Kinn ein Zeichen zum Stuhl am anderen Ende des Tisches. Mit einem Blick gab er dem Leibwächter zu verstehen, das Zimmer zu verlassen. «Wir wollen kurz mit dir sprechen, Aziz», begann Ibrahim Bozkurt und versuchte seiner Stimme einen milden Klang zu geben. «Du hast dich äusserst tapfer gehalten, als du weder der Schweizer Polizei noch Kahrahan Sabri, dem Chef unseres Geheimdienstes, etwas vom Auftrag erzählt hast, den du von uns bekommen hast. Dummerweise hast du in deinem Adressbuch den Namen deines Opfers mit einem Halbmond gekennzeichnet. Hast du eine Idee, wie du das dem Gericht erklären wirst?»

Aziz schüttelte Kopf, obwohl er sich eine Antwort ausgedacht hatte, wie er Ferrier gegenüber erklärte. Sein Schweigen war kalkuliert. Da das Treffen heimlich auf Video aufgenommen wurde, erhielt er auf diese Weise verschiedene Beweise. Einmal kam klar zum Ausdruck, dass er nur Befehlsempfänger war. Sodann konnte er Bozkurts Gefährlichkeit stichhaltig beweisen, sollte er in Europa politisches Asyl verlangen müssen.

«Hast du Kinder?», fragte Ibrahim Bozkurt.

«Nein.»

«Gut, im Prozess wirst du einen zwölfjährigen Sohn mit dem Namen Mahmut haben. Du wirst sagen, dass er einmal in dein Adressbuch gekritzelt hat und dass dieses Zeichen deshalb keine Bedeutung hat. Hast du verstanden?»

«Ja.»

«In Bezug auf die Abhöraktion wirst du sagen, dass du nur ein Befehlsempfänger gewesen bist und nicht gewusst hast, wer der Mann war, dessen Telefon du hättest anzapfen sollen.»

Aziz nickte.

«Du kannst dir vorstellen, dass über den türkischen Geheimdienst gespottet werden wird, weil ihr die Sache insgesamt so dilettantisch angestellt habt», fuhr Ibrahim Bozkurt mit einem Seitenblick auf Hadi Dalan fort. Dieser hob verlegen das Weinglas, nippte daran und tat, als würde er den Wein besonders geniessen. «Deshalb wirst du sagen, dass es dein erster Auftrag gewesen ist. Du bist erst ein paar Monate vorher zum Geheimdienst gestossen und hast vorher in der Steuerverwaltung deiner Provinz gearbeitet.»

Aziz nickte, und Hadi Dalan atmete auf.

«Die Fragen des Richters zu deinem Auftrag wirst du knapp beantworten», fuhr Bozkurt fort. «Dann wirst du so ausführlich, wie es nur geht, darauf hinweisen, dass du allgemein die PKK observierst und wirst sagen, wie gefährlich, bösartig und hinterlistig die PKK ist, und wie notwendig es ist, sie unter Kontrolle zu bringen und ihre Operationspläne, die in Europa nur Probleme bereiten, frühzeitig zu entdecken. Wir werden dir dazu noch Beispiele geben.»

Wieder nickte Aziz. Er wirkte bleicher als im Moment, in dem er hereingekommen war.

«Das ist alles. Du kannst wieder gehen», sagte Ibrahim Bozkurt.

«Ich habe noch eine Frage», sagte Aziz, zur sichtlichen Überraschung aller. «Was schaut für mich heraus, wenn ich in der Schweiz wunschgemäss aussage?»

Ibrahims Augen funkelten vor Zorn über die anmassende Frage seines Helfershelfers. Aber es war ihm klar, dass Aziz eine Trumpfkarte in der Hand hielt. Der bevorstehende Schweizer Prozess war für Aziz ein Schutz. Ibrahim Bozkurt griff in seine Westentasche und zog sein Scheckbuch heraus. Eilig kritzelte er etwas darauf und reichte es Hadi Dalan. Mit einem Kopfzeichen gab er ihm zu verstehen, es Aziz zu übergeben. Aziz nickte und verliess wortlos das Zimmer, nicht ohne dem versteckten Kameraauge nochmals einen komplizenhaften Blick zuzuwerfen. Der Kellner kam und fragte nach weiteren Wünschen.

272

«Noch eine Flasche Machiavelli», sagte Ibrahim Bozkurt und lächelte still in sich hinein.

Der Videofilm war zu Ende. Er hatte zwei Stunden gedauert.

Ferriers Bericht hielt fest, dass Aziz ihm eine Vollmacht übergab, mit welcher Ferrier im Bedarfsfall den Videofilm aus dem Safe einer Bank holen konnte. Aziz bestimmte, dass Ferrier den Film und den Bericht ausschliesslich zu seinen Gunsten verwenden durfte. Ferrier bemerkte, dass Aziz beim Abschied einen gelösteren Eindruck machte als zu Beginn des Treffens.

Dem Bericht fügte Ferrier einen Anhang bei, da er nicht sicher war, ob dieser Teil zu seinem Auftrag gehörte.

Dabei ging es um Folgendes:

Ferrier hatte Aziz am Schluss des Treffens eher beiläufig gefragt, ob Ibrahim Bozkurt sich noch in anderer Weise als mit diesem Phantomprozess mit der Schweiz befasse. Nach einigem Nachdenken erzählte Aziz von einer Begebenheit, die Ferrier aufhorchen liess. Aziz sagte, er sei an einem Nachmittag im unterirdischen Polizeiarchivraum gewesen und habe in Dossiers von Fichierten einige Akten abgelegt. In jener Zeit sei er mit der Observierung wichtiger Oppositioneller beauftragt gewesen. Plötzlich habe er in der anderen Hälfte des grossen Raumes Stimmen gehört. Als er seine Arbeit erledigt habe, sei er zum Ausgang des Archivraumes gegangen. Zu seiner grossen Überraschung habe er den Generalpolizeipräsidenten Ibrahim Bozkurt mit Ruken Zelal, einer reumütigen ehemaligen PKK-lerin, gesehen. Bozkurt sei sehr erregt gewesen. Zuerst habe er gedacht, es sei zu einem persönlichen Zerwürfnis zwischen Bozkurt und der Mitarbeiterin der geheimdienstlichen Dokumentationsabteilung gekommen. Damals habe das Gerücht zirkuliert, Bozkurt habe der Frau immer wieder ergebnislose Avancen gemacht. Aziz habe einen Moment lang dem Gespräch gelauscht. Dabei habe er gehört, wie Bozkurt auf eine Frage von Ruken Zelal ziemlich scharf reagiert habe.

«Asyl», habe er gesagt. «Dieser Terrorist ersucht in der Schweiz um Asyl. Und von uns wollen die Schweizer wissen, ob etwas gegen ihn vorliege.»

Ob er politisch verfolgt werde?, habe Ruken Zelal gefragt.

«Richtig. Was für die in Europa so genannt politisch ist, heisst im Klartext wohl, dass wir die Verbrecher sind. Für die ist die Sache wie eine Münze. Auf der einen Seite die Opfer. Auf der anderen Seite die Täter: wir.»

Bozkurt habe immer erregter gesprochen. So erregt, dass Aziz hinter der Türe hervorgespäht habe. Bozkurts Augen hätten im Widerschein des düsteren Lichts geradezu geflackert, sodass Ruken Zelal Angst bekommen und einen Schritt rückwärts gemacht habe. Die Unterredung habe Aziz in seinem Gedächtnis behalten, da sie ihm wirklich sonderbar vorgekommen sei. Ausserdem sei er darauf trainiert, sich Konversationen zu merken.

«Was versteht Europa schon von unserer Lage», sei Bozkurt fortgefahren. «Wir sind von Feinden umgeben. Im Norden die Sowjetunion, im Osten und Süden die Islamisten. Jedes Asyl, das einer unserer Landesverräter erhält, ist eine Anklage gegen uns, stellt uns vor den Augen der Weltöffentlichkeit als Verbrecher in ein schiefes Licht. Folter, Freiheitsberaubung ohne Anklage. So werden wir vor den Augen der Welt in den Schmutz gezogen. Unsere Staatsfeinde zwingen uns dazu, Machiavellisten zu sein», habe Bozkurt dann gesagt und aus der Westentasche ein kleines Büchlein mit dem Titel «Der Fürst» gezogen.

Aziz habe das Gespräch nicht länger belauschen können, weil er Schritte gehört habe. Daraufhin habe er sich sofort entfernt. Auf Ferriers Frage, wann er diese Unterredung mitbekommen habe, sagte Aziz, es müsse im vergangenen Spätherbst, Anfang Winter gewesen sein.

Damit schloss der Bericht von Fürsprecher Pierre Ferrier.

Wie eine Versicherungspolice

Nach dem Videoabend mit Aziz konnte Fürsprecher Pierre Ferrier lange nicht einschlafen, obwohl er auf dem Heimweg in einer Bar ein Bier und einen Cognac getrunken hatte. An diesem Abend versagten diese Getränke ihre einschläfernde Wirkung. Die Gesichter, die er im Videofilm gesehen und die Worte, die er in den Untertiteln gelesen hatte, verfolgten ihn. Schliesslich schlief Ferrier mit dem Gefühl ein, eine eindrückliche Vorstellung davon bekommen zu haben, was in der Türkei hinter den Kulissen vor sich gehe.

Am Morgen erwachte er mit dem Gedanken an das, was Aziz am Schluss gesagt hatte. Der Generalpolizeipräsident habe sich gegen Ende des vergangen Jahres im Archivraum der Polizei gegenüber einer Mitarbeiterin darüber empört, dass die Schweizer von ihm wissen wollten, ob etwas gegen einen Terroristen vorliege. Dabei sie das Wort Asyl gefallen. Der Generalpolizeipräsident habe sich über die Anfrage aufgeregt und die Gefahren für die innere und äussere Sicherheit der Türkei aufgezählt.

Ferrier konnte nicht mehr schlafen. Früher als sonst begab er sich in sein Büro und schlug das Dossier von Mehmet Kayguzuz auf. In den Akten sah er, dass das Bundesamt Mehmet im Frühling dieses Jahres mitgeteilt hatte, er sei nicht fichiert. Hat der Generalpolizeipräsident persönlich die Akte Mehmet Kayguzuz im Polizeiarchiv gesucht? Hat er sie gefunden?

Ferrier sah sein inoffizielles Mandat von Aziz in einem neuen Licht. Liegt ein möglicher Beweis, dass es über Mehmet Kayguzuz doch eine Fiche gibt, in Reichweite? Könnte er nicht Aziz beauftragen, für ihn im türkischen Polizeiarchiv nachzusehen? Wäre das nicht eine kleine Handreichung für einen Agenten, der offenbar zu allem Zugang hat? Zum ersten Mal wünschte sich Ferrier, Aziz würde ihn wieder kontaktieren. Er drängte die frühere Befürchtung in den Hintergrund, in den Sumpf der Geheimdienste gezogen zu werden.

Als Ferrier dann die Asylbeschwerde für Mehmet schrieb, vertrat er den Standpunkt, Mehmet habe, abgesehen von verständlichen Gedächtnislücken in zeitlicher Hinsicht, eine glaubhafte Verfolgungsgeschichte vorgetragen. Seine mangelnde Geschicklichkeit im Umgang mit Formulierungen und Protokollen könne seine Glaubwürdigkeit nicht beeinträchtigen. Ein Mal habe man ihn nicht richtig mit einer früheren Aussage konfrontiert.

In einem zweiten Teil der Beschwerde brachte Ferrier offen seine Zweifel am Wahrheitsgehalt der Angaben von Seiten der türkischen Sicherheitsdienste und des Passbüros an. Er schrieb, man könne vom Standpunkt der Logik her gesehen nicht generell von fehlenden Fichen sprechen, wenn nur die Polizei und die Gendarmerie angefragt worden seien. In der Türkei gebe es noch weitere Sicherheitsdienste wie den eigentlichen Geheimdienst, die Armee und den Generalstab, welche eigene Datenbestände über Regimegegner und Oppositionelle führten. Sodann äusserte Ferrier den Verdacht, dass die Vertrauensperson der schweizerischen Botschaft in Ankara getäuscht worden sei. Dass den türkischen Sicherheitsdiensten mit solchen Anfragen Informationen über den Aufenthaltsort der betroffenen Person geliefert würden. Dass die türkischen Sicherheitsdienste nicht Staatsgeheimnisse preisgeben, mit denen sie sich selbst politischer Verbrechen bezichtigen würden. Dass diese Sicherheitsdienste Gelegenheit erhalten würden, mit ihrer Antwort den Ausgang der Asylverfahren zu beeinflussen. Denn in einem Polizei- und Militärstaat wie der Türkei würden Recherchen von Vertrauensanwälten des Schweizer Botschafters nicht lange verborgen bleiben.

Ferriers Beschwerdeschrift kam Mehmet wie eine Versicherungspolice vor. Eine Police auf Zeit, die mindestens vorläufig Schutz vor einer Abschiebung bot. Eine Police mit der Option zeitlebens Schutz zu bieten, falls Mehmet als Flüchtling anerkannt würde. Am Ende der Laufzeit aber kann man als Asylbewerber zu einem Seiltänzer ohne Netz werden. Mehmet hatte schon einige Mal erlebt, wie die Polizei abgewiesene Asylbewerber plötzlich gesucht hatte.

Seit Mehmet wusste, dass er ein schwebender Fall war, stellte er sich manchmal vor, wie er wider Willen im Korb eines Luftballons von einem Windstoss weggetragen würde. Es war ihm, als ob er nur dank des schweren Papierbündels aus Ferriers Feder, das vierundzwanzig Blätter umfasste, nicht ins Universum abgleite und sich dort in Nichts auflöse.

Zwei Wochen nach der Anwaltsbesprechung erhielt Mehmet einen Brief. Darin teilte Ferrier mit, das Gericht sei nicht bereit, die Anwaltskosten zu übernehmen. Deshalb müsse er die Rechnung an Ayşe und Cumhur Demioğlu schicken. Die Rechnung selbst lag nicht bei. In Ferriers Brief stand noch mehr. Mehmet verstand den Sinn aber nicht. Er liess ein paar Tage verstreichen, bis er den Mut aufbrachte, Ayşe wegen der Rechnung zu telefonieren und sie zu bitten, ihm den Brief vollständig zu übersetzen.

Als er sie anrief, stand wieder der Flüchtlingstag bevor. Sie verabredeten, die Veranstaltung auf dem Bundesplatz gemeinsam zu besuchen.

Es war ein warmer Samstag im Frühsommer. Auf dem Bundeshausplatz sah es ähnlich aus wie in den vergangenen Jahren. Wieder stand eine Bühne am Rand des Platzes, jede Volksgruppe hatte einen Stand eingerichtet. Auf der mit Blumen geschmückten Bühne wurden wieder Reden gehalten und Tänze vorgeführt. Und überall verströmten die feilgebotenen Esswaren herrliche Düfte.

Äusserlich war es auch für Mehmet sehr ähnlich wie im vorigen Jahr. In seinem Inneren aber hatte sich etwas verändert. Er war nicht mehr so einsam wie vor einem Jahr. Dieser Flüchtlingstag war der erste Geburtstag seiner Freundschaft mit Ayşe. Mehmet genoss es, an ihrer Seite über den Platz zu streifen, da einen Blick in ein Buch zu werfen und dort die Nase über einen Topf zu halten. Viele Gerüche waren ihm unbekannt. Oft verstand er nicht, was in den Büchern stand. Manchmal konnte er nicht einmal die Schrift lesen. Von den fremden Schriften erkannte er nur die Arabische, die ihm wegen ihrer Eleganz besonders gut gefiel. Sonst betrachtete er die Bilder, welche gefolterte und verstümmelte Menschen, Gefängniszellen und die dämonischen Gesichter der Machthaber, die Schattenseite der Welt, das Böse der Menschheit zeigten. Manchmal dachte er daran, wie er vor einem Jahr Ayşe auf der Bühne entdeckt hatte. Dieses Mal trat sie nicht auf.

Auch der Mexikaner mit den langen schwarzen Haaren, der im vergangenen Jahr von Subcommandante Marcos erzählt hatte, war wieder da. Er konnte sich noch an Ayşe erinnern, aber nicht mehr an Mehmet. Ayşe beharrte darauf, Mehmets Armband den zweiten Gedenkstreifen anzufügen, zum Zeichen, dass er seit zwei Jahren in der Schweiz war. Mehmet hatte das Band das ganze Jahr getragen. Es sah ein bisschen mitgenommen aus. Die Farben waren blasser geworden. Er wählte orange. Seine Wahl war allein von seinem Geschmack bestimmt. Mit orange verband er kein Sinnbild wie letztes Jahr, als er grün, die Farbe der Hoffnung gewählt hatte. Als er mit Ayşe das Band betrachtete, 15. April 1-Schilfrohr, neben dem grünen und orangen senkrechten Streifen, musste er sich den Sinn des Datums und des Wortes nochmals erklären lassen. Er konnte sich nicht mehr erinnern, dass es sich auf den Untergang des Aztekenreiches bezog.

Ayşe und Mehmet besuchten nach ihrem Streifzug über den Bundesplatz das Café Roma. Sie fanden einen leeren Tisch in einer Ecke. Beide bestellten Kaffee. Mehmet zeigte ihr das letzte Schreiben, das er von seinem Anwalt erhalten hatte. Er bat sie, ihm den ganzen Text zu erklären. So erfuhr er, dass das Asylgericht von ihm vorläufig die Verfahrenskosten nicht verlange, ihm aber einen Armenanwalt verweigere. Ein Asylbewerber müsse nur das schildern, was er erlebt habe. Das sei eine einfache Sache, dafür brauche er keinen Anwalt, hiess es in der kurzen Begründung. Ferrier habe erklärt, die Argumentation, dass ein Asylbewerber nicht auf die Hilfe eines Anwaltes angewiesen sei, komme einer verdeckten Sparmassnahme gleich. Es sei eine Gedankenakrobatik, die man kaum nachvollziehen könne und mit dem Gesetz nicht vereinbar sei.

Als Mehmet darüber nachdachte, konnte er der Argumentation auch eine positive Seite abgewinnen. Es fiel ihm ein, dass der Anwalt gesagt hatte, man bekäme unter anderem keinen kostenlosen Prozess, wenn die Beschwerde aussichtslos sei. Aus der Begründung der Richter, dass ein Anwalt infolge der Einfachheit der Aufgabe unnötig sei, schloss er, dass seine Beschwerde doch noch gute Chancen habe.

Plötzlich erhob sich Ayşe und entfernte sich rasch samt ihrer Kaffeetasse. Erst jetzt bemerkte Mehmet, dass der niedrige Tisch, an dem sie sonst sassen, frei geworden war. Strahlend winkte Ayşe Mehmet zu sich. Beim Platzwechseln nahm sich Mehmet vor, Ayşe wegen des Anwaltshonorars und dem Transport der Werkzeuge aus Kurdistan anzusprechen. Unerklärlicherweise hatte Ayşe bisher noch nichts davon gesagt.

«Ist es euch immer noch möglich, die Rechnung zu bezahlen?», fragte er scheu, als er sich ihr gegenüber hingesetzt hatte. Verlegen rührte er den Kaffee mit dem Löffel.

«Ja natürlich», antwortete Ayşe erstaunt und suchte zu vermeiden, dass sich ihr Unbehagen verriet. «Wir haben mit Ferrier bereits abgemacht, die Rechnung in drei Raten zu begleichen.»

«Und wie steht es mit dem Transport? Du wolltest mit Cumhur darüber reden.»

«Ach, das ist eine mühsame Geschichte», sagte Ayşe und schaute auf die Uhr. «Der Arbeitskollege geht am siebzehnten Juli in die Ferien.»

«Hat er zugesagt?»

«Cumhur hat ihn noch nicht gefragt.» Ayşe streckte Mehmet ratlos die Handflächen entgegen.

«Es bleiben ja noch zwei Wochen», gab sich Mehmet voller Hoffnung.

«Das schon. Ich habe Cumhur schon ein paar Mal darauf angesprochen. Ich habe den Eindruck, dass es ihm widerstrebt, uns diesen Gefallen zu erweisen.»

Ein warmes Gefühl durchströmte Mehmet. Es berührte ihn, dass Ayşe davon sprach, ihr Mann wolle «uns» diesen Gefallen nicht erweisen. Gleichzeitig glaubte er, in Ayşes Gesicht einen Anflug von Niedergeschlagenheit zu erkennen. Das Lächeln in ihrem Gesicht war erloschen. Ob der Stimmungsumschwung mit Cumhur zusammenhing?

Mehmet machte ein Zeichen zum Zahlen in die Richtung des Kellners, der es jedoch nicht bemerkte schien. Mehmet wollte Ayşe einladen. Er hatte immer noch einen Teil seines Lohnes von der Gartenarbeit bei Frau Hugentobler.

«Mehmet», sagte Ayşe nach einem längeren Schweigen. «Hast du inzwischen Ordnung in deiner Erinnerung geschaffen?»

«Wie meinst du das?», fragte Mehmet mit einem bösen Blick.

«Ich meine die Sache mit deinen Verhören bei der Gendarmerie. Ich finde, wir sollten für unseren Anwalt das, was du erlebt hast, detaillierter aufarbeiten.»

Ayşe sah prüfend um sich. Die Hälfte des Cafés Roma war bis auf einen Gast, der in die Lektüre eines Buches versunken war, leer. Giora Feidmans Klarinette spielte eine wehmütige Melodie.

«Erzähle mir so ausführlich, wie es geht, was sich eigentlich abgespielt hat, ohne dich dabei um Daten zu kümmern», schlug sie vor.

Widerstrebend liess sich Mehmet auf Ayşes Vorschlag ein. Sie überzeugte ihn von der Notwendigkeit, seine Erinnerung aufzufrischen, auch wenn es belastend sein würde. Ausserdem hatte Ferrier die Möglichkeit angedeutet, dass Mehmet von der Kommission nochmals angehört werden könnte. Sofern es tatsächlich zu einer vierten Anhörung käme, würden die Richter über ein grosses Wissen über seine Vergangenheit verfügen. Es würde dann noch mehr auf Einzelheiten ankommen. Deshalb würde es besonders wichtig sein, dass Mehmet sich die Ereignisse so vollständig wie möglich in Erinnerung rief. Ayşe anerbot sich, Mehmets Erlebnisse aufzuschreiben. Mehmet war erleichtert, dass er das mühsame Schreiben nicht auf sich nehmen musste und übergab ihr sein Tagebuch. Dann ging er auf die Toilette.

Als er zurück kam, sah ihn Ayşe auf eine sonderbare Art und Weise an. Es schien, als prüfe sie jeden Winkel seines Gesichts. Dann lächelte sie Mehmet zu, direkt in sein fragendes Gesicht.

«Ich wollte eigentlich gar nicht in deinem Tagebuch lesen. Beim Durchblättern fiel mir auf, dass mein Name drin steht. Wiederum ohne zu wollen, habe ich gelesen, was du über mich geschrieben hast», sagte sie.

Mehmet errötete. Er hatte völlig vergessen, dass er so viel über seine Gefühle Ayşe gegenüber geschrieben hatte. Er erinnerte sich nicht mehr, wie er sie beschrieben hatte. Hatte er über seine Bewunderung, Schwärmerei oder sogar sein Anflüge von Verliebtheit geschrieben? Am liebsten wäre er im Erdboden versunken. Aus Verlegenheit bestellte er einen Kaffee.

Sie blieben noch zwei Stunden im Café Roma. Mit Ayşes Hilfe erforschte Mehmet seine Erinnerung. Am liebsten hätte er gar nicht darüber gesprochen, es lieber auf die Seite geschoben, so wie man Unangenehmes gerne verdrängt. Es wurde eine beschwerliche Reise in das Reich seines Gedächtnisses. An vielen Punkten drang Ayşe mit bohrenden Fragen in ihn ein. Um ihren Fragen Nachdruck zu verleihen, klopfte sie manchmal mit dem Kugelschreiber auf den Deckel des Notizbuches. Es kam sogar zu einem Streit zwischen den beiden, als Mehmet sich weigerte weiterzumachen. Es war an jener Stelle, als er über den Faustschlag erzählen sollte. Er fürchtete sich davor, die Angst, sogar den brennenden Schmerz von damals erneut zu spüren. Aber Ayşe liess nicht locker.

Über das, was sie vernahm, fertigte sie einen Eintrag im Tagebuch an. Er wurde eine minutiöse Durchleuchtung eines Lebensabschnittes. Zwar sah sich Mehmet auch gegenüber Ayşe nicht in der Lage, den Zeitpunkt seiner ersten Festnahme genauer zu bestimmen. Als Mehmet den Tagebucheintrag las, war es ihm, als ob ein Stück seiner Geschichte neu verpackt worden wäre. Zum ersten Mal in seinem Leben empfand er eine gewisse Distanz zu seinen schrecklichen Erlebnissen.

Liebevoll folgte er den zierlichen Schwüngen von Ayşes grüner Handschrift auf schneeweissem Papier:

Mehmet Kayguzuz: Tagebuch (aufgeschrieben von Ayşe Demioğlu)

Bern, den 2. August

Zwei Gendarmen waren es, die an einem frühen Vormittag vor der Tür standen. Es handle sich um ein paar Routinefragen, erklärt der eine. Ich lasse es nicht auf eine Auseinandersetzung ankommen und gehe mit. Auf dem Gendarmerieposten lässt man mich zuerst warten. Dann geht es los.

«Wo ist Ömer?» Die Frage des Chefs klingt hart wie Stahl.

«Wen meinen Sie damit?», frage ich zurück.

«Deinen Onkel.»

«Ja, ich habe einen Onkel mit diesem Namen. Er wohnt in He…»

Noch rechtzeitig korrigiere ich mich und spreche anstelle des kurdischen Namens den türkischen Kartalyuva aus.

«Wann hast du ihn das letzte Mal gesehen?»

«Vor ein paar Jahren, ich weiss es nicht mehr genau. Ich wohne schon lange nicht mehr in meinem Dorf.»

«Wo ist er jetzt?»

«In Kartalyuva … so viel ich weiss.»

«Dann weisst du wenig. Dort ist dein Onkel leider nicht mehr.»

«Wenn er nicht dort ist, kann ich Ihnen nicht weiterhelfen. Dann müssen Sie ihn selber fragen.»

«So was», sagt der Gendarm auf eine Art und Weise, die bei mir ein ungutes Gefühl hinterlässt. Der Offizier geht zur Türe, pfeift eine Melodie und klatscht zweimal in die Hände. Ich höre Schritte, die rasch näher kommen. Zwei weitere Gendarmen tauchen auf und stellen sich neben mir auf. Die Situation wirkt bedrohlich. Einer hält spielerisch eine schwarzes, schmales Tuch in den Händen. Wenn er es auseinanderzieht, tönt es wie eine Fahne im Wind. Das Kopfnicken des Offiziers ist das Zeichen, mir die Augenbinde anzulegen, wie mir erst im Nachhinein bewusst geworden ist.

282

Schnell legt der Gendarm die Binde um meinen Kopf und macht einen Knoten. Mit den Händen mache ich eine abwehrende Bewegung. Ich wage es aber nicht, mich mit aller Kraft zu widersetzen. Ich versuche aufzustehen, diesmal entschiedener als vorhin, werde aber von vier kräftigen Händen auf den Stuhl niedergedrückt. Ich schreie auf und spüre, wie die Binde gegen meinen Kopf drückt.

Nun sitze ich da. Ich sehe nichts mehr, es ist, als ob ich in eine stockfinstere Nacht hineinblicke. Ich kann nur noch hören und riechen. Der Stuhl hinter dem Schreibtisch wird quietschend zurückgeschoben. Der Chef steht auf und umkreist mich langsam. Ich folgte dem Geräusch: Schritte, gespenstische Stille, Schritte, wieder Stille. Der Gendarm hat einen schlechten Atem.

«Wo ist Ömer? ... Er kämpft doch in den Bergen, ... als Terrorist!»

Die Stimme des Chefs klingt um einen Grad bedrohlicher. Ich bleibe stumm. Ist Ömer auch zur Organisation gegangen? Ich denke wieder an den Tag, als Ömer wegen Remzi gefoltert worden ist. Jetzt packt mich die nackte Angst um mein Leben. Ich spüre, wie ich zittere, vor allem an den Lippen. Der Gendarm zündet eine Zigarette an, dicht vor mir. Ich vernehme deutlich das kratzende Geräusch, als das Zündholz kurz über die rauhe Fläche der Schachtel streicht und in das Zischen der Flamme übergeht. Dann der Geruch von Schwefel und Rauch in meiner Nase. Unheimliche Stille. Ich zittere noch mehr, am ganzen Körper.

«Ich spreche von deinem Onkel. Du weisst ganz genau, wo deine Verwandten sind! ... Soldat.»

Das Wort Soldat klingt wie Spott. Und die unmissverständliche Drohung liegt in der Luft. Sie hat einen Namen: Sippenhaft.

«Ich weiss es nicht. Ich habe ihn schon eine Ewigkeit nicht mehr gesehen», antworte ich gequält.

«Aber gesprochen hast du ihn schon, zum Beispiel am Telefon?»

«Nein, auch nicht. Ich habe keinen Kontakt mehr mit ihm,

seit ich nicht mehr nach He…, äääähhh Kartalyuva gehe. Er ist viel älter als ich. Er bedeutet mir nicht viel.»

Plötzlich, ohne Vorwarnung, fühle ich einen Schmerz im Gesicht, als durchbohre mich ein glühendes Eisen, das in der Mitte meines Kopfes explodiert und sich wellenartig in mir ausdehnt. Der Stuhl kippt infolge der Wucht des Faustschlages um, und ich stürze mit ihm zu Boden. Dieser fühlt sich kalt an. Ich betaste mit den Fingern meinen Mund und das Gebiss. Ich spüre, wie sich eine Stelle der oberen Zahnreihe bewegt. An den Händen klebt etwas Nasses. Blut!

«Steh auf! Das ist nur der Anfang.»

Ich erhebe mich mühsam, taste nach dem Stuhl und setze mich darauf. Ich habe jede Orientierung im Raum verloren.

Das Verhör ging noch eine Weile weiter. Es drehte sich ausschliesslich um Ömer. Schliesslich wurde ich an den Armen gepackt und vom Stuhl gezerrt. Kräftige Arme stiessen mich aus dem Zimmer, durch den Gang und dann eine Treppe hinunter. Da ich nichts sehen konnte, stolperte ich nach ein paar Stufen und stürzte hilflos den Rest der Treppe hinunter. Wieder rissen mich Hände hoch und schubsten mich vorwärts. Dann liessen sie mich stehen. Ich hörte, wie ein Schlüssel in das Schloss einer Türe gesteckt und umgedreht wurde. Eine knarrende Türe öffnete sich. Die unsichtbaren groben Hände schoben mich in einen Raum, der mir eng vorkam. Sofort schlug mir eine muffige, stickige Feuchtigkeit entgegen. Jemand riss mir die Augenbinde vom Kopf. Ich blickte für den Bruchteil einer Sekunde in das aufgedunsene Gesicht eines der Gendarmen, die mich hergeholt hatten. Krachend fiel die Türe ins Schloss. Wieder rasselte ein Schlüssel. Die Schritte entfernten sich rasch.

Und dann herrschte Totenstille.

Ich befand mich alleine in einem düsteren, beinahe dunklen Raum. Nur durch einige Ritzen drang ein wenig Tageslicht. Ich tastete mich den Wänden entlang. Mit dem Schienbein stiess ich an etwas Hartes. Ich berührte es mit den Händen. Es waren Bretter, sonst nichts, es musste meine Liegestatt sein.

Ich fuhr mit der Hand über die Fläche und über einige Spalten, die parallel zueinander verliefen. Das Holz fühlte sich staubig und grob an. Dann berührte ich die feuchte und kalte Mauer. Langsam, in kleinen Schritten, bewegte ich mich durch den Raum. In einer Ecke stank es nach Kot. Ich schätzte das Ausmass der Zelle auf nicht mehr als fünf Schritte in der Länge und drei in der Breite. Dann legte ich mich auf die nackten Bretter und horchte. Plötzlich fragte ich mich, wie die Gendarmerie mich gefunden hatte. Ich dachte an Ömers Folterung auf dem Schulplatz. Hatte man meinem Grossvater oder meiner Grossmutter etwas angetan? Ich sah vor meinem inneren Auge Nazif Dilan, den Chef der Dorfschützer von Hêlineqertel. Er und sein kleiner Trupp hatten ihre Augen und Ohren überall. Möglicherweise hatte der Dorfschützer herausgefunden, wo ich wohnte. In seinem Haus war der einzige Telefonanschluss in Hêlineqertel. Er musste ihn allen Leuten zur Verfügung stellen. So konnte er sich alles anhören, was am Telefon geredet wurde.

Stunden vergingen. Nichts geschah. Kein Laut. Irgendwann schlief ich ein. Als ich wieder aufwachte, hatte sich nichts verändert. Nur das Licht, das durch die Ritzen drang, war schwächer geworden. Dann wurde es ganz schwarz.

Ich fiel in einen unruhigen Schlaf. Als ich zum ersten Mal aufwachte, fröstelte ich leicht. Als wieder ein wenig Licht durch die Ritze drang, öffnete jemand die Türe und stellte ein Glas Wasser auf den Fussboden. Im Schein des Lichts, das durch die offene Türe fiel, sah ich in der Ecke, wo es stank, ein Loch. Es war ein Plumpsklo.

Die Stunden schleppten sich dahin, und irgendwann verlor ich jegliches Orientierungsgefühl für Zeit und Raum. Ich taumelte zwischen dem Gefühl entsetzlicher Angst und Apathie hin und her. Dazwischen spürte ich Hunger, sehnte mich nach Wasser, um mich zu waschen. Zum Glück hatten sie bei meiner Durchsuchung eine Zigarette in der Jackentasche übersehen. Ich genoss es noch mehr als im Militärdienst, den Rauch einzuatmen und in meine Lunge hinunterzuziehen.

Aber es gab nichts zu essen, nur ein wenig Wasser, gerade genug, um den ärgsten Durst zu löschen. Daran, sich damit auch zu waschen, konnte ich nicht denken. Ich spürte, wie sich auf meinem Gesicht, zwischen den Bartstoppeln, ein Blutkruste gebildet hatte. Manchmal betastete ich die Zähne. Ein Vorderzahn wackelte und schmerzte.

Ausserhalb meiner selbst gab es kein Leben, abgesehen von der Türe, die sich öffnete, um mich nicht verhungern oder verdursten zu lassen. Ab und zu hörte ich seltsame Geräusche, wie das Krabbeln von Mäusen und Ratten. Sie liessen mich erstarren vor Ekel. Alles in mir zog sich zusammen.

Als sich die Türe wieder einmal öffnete, war es einer der beiden mir schon bekannten Gendarmen. Ich erkannte ihn an seinem bleichen Gesicht, das mir im düsteren Licht des Kellers noch blasser als sonst erschien.

«Komm raus, du kannst nach Hause gehen», sagte er und machte mit einer Grimasse eine Handbewegung und eine kleine Verbeugung, die mich demütigten. Der Tonfall der Stimme, die meine Freilassung ankündigte, mass den Worten, «Du kannst nach Hause gehen», eine Bedeutungslosigkeit zu, als hätte ich hier nur kurze Zeit wegen einer Kleinigkeit gewartet. Taumelnd stürzte ich aus dem Gebäude. Es war taghell, als ich hinaus trat. Das Licht blendete mich. Es musste um die Mittagszeit sein. Vom Minarett ertönte ein Gebet.

Sofort machte ich mich auf den Weg nach Hause. Ich fühlte mich elend, und es grenzte an ein Wunder, dass ich es zu Fuss bis nach Hause schaffte. Die ganze Familie war versammelt, als hätte sie mich erwartet. Die Mutter und meine Schwestern weinten vor Freude, als sie mich wiedersahen. Sie warfen sich mir um den Hals. Reçep schimpfte zur Begrüssung wütend auf den Staat und schwor Rache. Mein Vater blickte mich forschend, aber liebevoll an und umarmte mich dann schweigend. Ich hatte diese Geste nicht erwartet. Seit ich erwachsen bin, gab ich meinem Vater höchstens die Hand, und auch das nur selten, denn keiner verliess den anderen für längere Zeit, ausser in Ausnahmefällen, wie damals, als ich in den Wehrdienst gefahren war. Ich sagte nichts.

Plötzlich spürte ich, wie hungrig ich war. Gierig trank ich,

286

noch im Stehen, einige Gläser Ayran leer. Dann setzte ich mich und verschlang ein paar Scheiben Maisfladenbrote mit salzigem Schafskäse. Jetzt machte sich eine bleierne Müdigkeit in mir breit. Ich verschwand in mein Zimmer und liess mich auf das Bett fallen. Sofort fiel ich in einen tiefen Schlaf, aus dem ich erst am nächsten Morgen erwachte.

Als ich aufstand, war es Sonntag. Draussen regnete es, und alles war grau. Ich hatte immer noch heftiges Zahnweh. Ich gab mir kurz Rechenschaft, wie lange ich im Verliess der Gendarmeriestation gewesen sein musste: Ich kam auf rund drei Tage. Heute bin ich mir dessen ziemlich sicher. Damals aber war mir die Zeit wegen der Ungewissheit, dem Alleinsein, den Entbehrungen, den Schmerzen und der Dunkelheit als Ewigkeit vorgekommen.

Aber jetzt hatte ich die Gefangenschaft überstanden. Am Mittagstisch, an welchem wieder die ganze Familie versammelt war, sprach ich nur ungern und kurz darüber. Ich erwähnte, dass ich nach Onkel Ömer gefragt worden war. Und ich klagte über meine Zahnschmerzen. Niemand sprach weiter darüber. Alle begriffen, dass es am besten war, wenn keiner zu viel wusste.

Meine Mutter ermahnte mich unentwegt, genug zu essen und mich zu stärken. Reçep klagte wieder über Magenschmerzen und schien die grössere Wut über meine Kerkerhaft zu verspüren als ich selbst. Er sprach sogar davon, einmal in die Berge zur Organisation zu gehen, wenn es so weitergehe. Güldeniz und Cemile, meine Schwestern, sahen mich nur immer wieder an, als wären sie immer noch nicht sicher, dass ihr Bruder zurückgekehrt war. Ich ahnte, dass sie an den Tag dachten, als sie sich in der Wohnung, vor Ömers Folterung, an mich geklammert hatten.

Ich wollte dieses schmerzhafte und demütigende Erlebnis so schnell wie möglich vergessen. Es war aber nicht so einfach, die Erfahrung wegzustecken. Sie war tiefer unter die Haut gegangen, als ich mir eingestehen wollte. Es war, als ob sich eine schleichende Angst in alle Poren meines Wesens eingenistet hätte. In den ersten Tagen fiel es mir schwer, den gewohnten

Rhythmus in meinem Alltag zu finden. Auf Geräusche reagierte ich oft schreckhaft. Das verzehrende Gefühl von Unsicherheit hatte nun auch mich mit Haut und Haaren erfasst. Wird man mich in Ruhe lassen?, frage ich mich immer wieder.

Nach zwei Monaten klopft es wieder an die Haustüre, als ich beim Frühstück sitze. Ich gehe und öffne. Dieselben Gendarmen. Die gleiche trügerische Freundlichkeit steht in ihre Gesichter geschrieben.

«Komm für ein paar Fragen auf den Gendarmerieposten mit.»

Ich protestiere und rufe laut nach meinem Vater. Hasan eilt herbei. Er begreift ohne weitere Erklärungen, was vor sich geht. Es hat keinen Sinn, sich zu widersetzen. Also kommt er mit und begleitet mich zum Gendarmerieposten. Vor dem Eingang wendet sich mein Vater an die Ordnungshüter:

«Hier werde ich so lange warten, bis mein Sohn wieder herauskommt.»

Niemand schlug mich dieses Mal. Ein wie immer mürrischer Gendarm stellte mir wieder Fragen zu Ömer, die ich schon kannte und auf die ich keine Antwort wusste. War es die Gegenwart eines alten Mannes, welche die Gendarmen milde stimmte? Oder ging es darum, meine Standfestigkeit zu prüfen? Ich weiss es nicht. Mit verlockenden Versprechungen versuchte man, mich zur Zusammenarbeit mit der Gendarmerie zu überreden. Ich würde es schöner und leichter als bisher in meinem Leben haben, wenn ich ihr gelegentlich meine Beobachtungen über Ömer und seine Kumpane mitteile, versprach man mir. Für brauchbare Informationen warte eine grosszügige Belohnung auf mich.

Schmutziges Geld aber interessierte mich nicht. Ich machte mir Sorgen, dass ich weiterhin im Verdacht stand, mit Ömer in Kontakt zu sein. Ansonsten hätten sie nicht versucht, mich anzuwerben. Nach zwei Stunden konnte ich wieder nach Hause gehen. Mein Vater war immer noch dort, wo er sich hingestellt hatte.

(Ayşe hatte notiert, dass sie in manchen Augenblicken Tränen in Mehmets Gesicht gesehen habe. Er habe sie sofort mit seiner Hand getrocknet. Auch habe sie bemerkt, wie sich sein Gesichtsausdruck manchmal fast unmerklich verändert habe. Der Schmerz und die Trauer seien ihr nicht entgangen.)

Was Ayşe nicht aufschrieb, war, dass sie ihm einmal den Arm auf die Schultern gelegt hatte. Was sie auch nicht zu Papier brachte, war, dass sie ihn am liebsten umarmt hätte.

Als Mehmet sein Tagebuch weggelegt hatte, fühlte er sich wie benommen. Er fragte sich bloss, warum Ayşe nicht von der «Guerilla», wie er sich ausgedrückt hatte, sondern von der «Organisation» geschrieben hatte. Die PKK war nicht seine Partei, weder damals noch heute.

Um ihn etwas aufzuheitern, schlug Ayşe vor, die gemeinsame Arbeit zu begiessen. Mehmet sträubte sich zuerst dagegen, konnte dann aber der Verlockung nicht widerstehen. Das alles ist ja nun hinter mir, munterte er sich auf. Das Glas Piña Colada, ein exotisches Gemisch aus Zuckerrohrschnaps, Ananassaft und Coca Cola, rieselte wie eine Erlösung durch seine Kehle. Ayşe erholte sich mit einen Alligator von der Anstrengung des Zuhörens und Schreibens. Dann tranken sie Kaffee. Sie bezahlte die teuren Cocktails, er den Kaffee. Ayşe gab Mehmet das Tagebuch zurück.

«Trag Sorge dazu, verliere es nicht!», ermahnte sie ihn.

Ayşes Idee, ihre entschlossene Art, die Tagebuchidee in die Tat umzusetzen und auch die betörende Wirkung der Piña Colada spornten Mehmet an, das Schreibprojekt weiter voranzutreiben. Am Abend, in der Einsamkeit seines Zimmers, schrieb er über seine Kindheit in Hêlineqertel. Es fiel ihm schwer, über Ömers Folter zu schreiben. Zum ersten Mal spürte er eine Wut auf Onkel Remzi. Dessen politische Tätigkeit hatte die Sicherheitskräfte auf den Plan gerufen und damit eine Entwicklung in Gang gesetzt, die am Ende zum unfreiwilligen Wegzug seiner ganzen Familie aus Hêlineqertel geführt hatte. Als Mehmet genug davon hatte, seine beschwerliche Vergangenheit zu Papier zu bringen, schrieb er über die angenehme Seite seines Lebens: die gemeinsamen Stunden mit Ayşe. Es war, als führte seine Hand den Kugelschreiber entlang der Linien auf dem Papier, wie von selbst, ohne Anstrengung.

Ayşes Engagement für Mehmet führte zu einer Verschlechterung ihrer Beziehung zu Cumhur. Es verstrich einige Zeit, bis Ayşe merkte, was dahinter steckte: Cumhurs Eifersucht. Mit den fadenscheinigsten Ausreden drückte er sich darum herum, seinen Arbeitskollegen um den Gefallen zu bitten, aus der Türkei Mehmets Schuhmachergegenstände in die Schweiz zu bringen. Er habe vergessen, mit seinem Kollegen darüber zu reden. Oder er sei krank. Es schien Ayşe, dass ihr Mann jedes Mal eine neue Ausrede erfand, wenn sie ihn daran erinnerte.

Als er seinen Arbeitskollegen auch am fünfzehnten Juli, zwei Tage vor dessen Abreise, noch nicht gefragt hatte, entschloss sie sich, selbst zu handeln. Am nächsten Tag, um die Mittagsstunde, machte sie sich zornentbrannt auf den Weg zu Cumhurs Restaurant. Es regnete.

Als sie mit dem nassen Regenschirm im Restaurant erschien, bediente Cumhur ein älteres Ehepaar. Ayşe sah zwei andere Kellner. Einer muss es sein, sagte sie sich. Ein tamilischer Küchengehilfe spritzte hinter dem Buffet heissen Dampf in ein Glas. Ayşe stellte sich vor das Buffet und wartete, bis Cumhur mit der Bedienung fertig war. Nervös sah er zu ihr hinüber. Sie warf ihm einen bösen Blick zu, kochend vor Wut.

«Zeig mir Ceylan! … Ich frag ihn selber», herrschte sie ihn an, als er ans Buffet kam.

Cumhur blieb stumm wie ein Fisch und wollte sich an ihr vorbeidrücken. Entschlossen stellte sie sich ihm in den Weg. Brüsk fasste er sie am Arm und stiess sie zur Seite. Ayşe stemmte sich dagegen und versuchte gleichzeitig, sich aus Cumhurs eisernem Griff zu lösen. Er liess sie erst los, als sie ihm mit dem nassen Regenschirm einen Stoss an sein Schienbein versetzte.

«Sei doch vernünftig, da ist er», zischte er, sich vor Schmerz das Schienbein massierend. Er gab seinen Widerstand auf und zeigte mit einer winzigen Geste seines Zeigefingers auf den Kellner, der zwei Meter von ihnen entfernt stand und dem Gezänk entsetzt zusah.

Ayşe warf den Kopf nach hinten und ging auf den Mann zu.

«Ich bin so froh, Sie noch anzutreffen», redete sie ihn an. «Ich habe schon befürchtet, es könnte zu spät sein.» Stockend fuhr sie fort: « ... Mein Mann, ... Cumhur, ... hat Ihnen sicherlich schon erzählt, ... dass ein Bekannter von mir froh wäre, ... Er ist in einer verzweifelten Notlage, ... Sie könnten ihm aus der Türkei etwas mitbringen. Es ist nichts Grosses.» Ayşe hielt den Atem an und lächelte dem Kellner zu.

«Heute Morgen hat Cumhur einmal kurz erwähnt, er müsse mir noch etwas sagen, bevor ich in den Sommerurlaub fahre. Morgen ist es so weit.» Der Kellner strahlte.

«Darf ich kurz mit Ihnen sprechen?».

«Im Moment ist es nicht gerade günstig. Könnten wir uns in etwa einer halben Stunde zusammensetzen, dann ist die hektische Mittagszeit vorbei, und ich habe eine kurze Pause?»

«Sehr gerne. Ich werde hier warten.»

«Abgemacht.»

Cumhur war an einem anderen Tisch mit dem Einkassieren beschäftigt. Ayşe setzte sich an einen leeren Tisch, der in einer Ecke stand und durch eine brusthohe Mattscheibe vom Nachbartisch abgeschirmt war. Zwei Männer mit schweren Mappen verliessen den Tisch. Eine Tageszeitung, die zwischen zwei Holzleisten eingeklemmt war, lag zwischen dem schmutzigen Geschirr und einer leeren Wein- und Mineralwasserflasche. Ayşe schlug sie auf und tat, als ob sie lese, obwohl sie sich eine ganze Weile nicht auf den Text konzentrieren konnte. Bei einem anderen Kellner bestellte sie ein Mineralwasser. Endlich gelang es ihr, einen Beitrag auf der letzten Seite zu lesen. Es ging um die Einführung des römischen Kalenders. Als sie las, wie ungenau man es mit den Lebensdaten von Jesus genommen hatte, dachte sie an Mehmets Datensalat. Der gelehrte Mönch Dionysius liess den christlichen Kalender nur scheinbar mit der Geburt von Jesus beginnen. Jesus war damals bereits sieben Jahre alt.

Nach einer halben Stunde kam Cumhurs Kollege zu Ayşe. Er war von mittlerer Statur und hatte ein offenes, liebenswürdiges Gesicht, in dem sich die Backenknochen deutlich abzeichneten.

«Nun habe ich ein bisschen Zeit für Sie», sagte er. «Heute war es trotz allem nicht so hektisch wie sonst», fuhr er fort und fügte schmunzelnd bei, «abgesehen von einem kleineren Zwischenfall.» Ayşe senkte schamhaft den Blick zu Boden. Der Kellner hatte eine beruhigende, tragende Stimme. Von seiner politischen Einstellung hatte sie keine Ahnung. Sie wusste nicht einmal, ob er Kurde oder Türke war. Vorsicht war deshalb angebracht.

«Ein entfernter Verwandter von mir will sich hier langfristig eine eigene wirtschaftliche Existenz aufbauen und eine Schuhmacherei eröffnen», log sie. «Sein Vater ist ebenfalls Schuhmacher. Er ist alt und hat kürzlich sein Geschäft aufgegeben. Mehmet, so heisst der Verwandte, hat hier noch keine Erlaubnis, um selbständig zu arbeiten, und will deshalb schrittweise vorgehen.» Ihre Hände zitterten, und sie vermied es, dass ihre Aufregung sich in ihren Worten verriet. «Zuerst braucht er nur das Nötigste, um für den Bekanntenkreis Schuhe zu reparieren und hie und da auch ein Paar Schuhe selbst herzustellen», schloss sie und wagte nicht, dem anderen in die Augen zu sehen.

«Für mich ist das kein Problem», erklärte der Kellner zu Ayşes unsäglicher Erleichterung. «Ich bringe meinen Verwandten sowieso immer viele Sachen mit, sodass ich auf dem Rückweg regelmässig weniger im Auto habe als auf der Hinfahrt. Ich werde diese Ausrüstung für den Schuster auf jeden Fall mitnehmen.»

«Da bin ich Ihnen aber sehr dankbar! Wann sind Sie wieder zurück?»

«Spätestens Mitte August.»

«Ich wäre Ihnen dankbar, wenn Sie mich dann direkt informieren würden, dass Sie wieder da sind. Sie verstehen mich.»

«Sie können sich auf mich verlassen.»

«Vielen Dank für Ihre Hilfsbereitschaft.»

Ayşe gab ihm Adresse und Telefonnummer von Mehmets

Familie. Eine Weile noch plauderten sie zusammen, von Cumhur argwöhnisch beobachtet.

Als Ayşe Mehmet telefonierte und ihm mitteilte, Cumhurs Arbeitskollege habe sich bereit erklärt, die Sachen in Tilkini abzuholen, freute sich Mehmet. Eine leichte Schwermut befiel ihn jedoch beim Vorhaben, den Besuch zu Hause anzukündigen. Er hatte Angst, erneut mit unangenehmen Nachrichten konfrontiert zu werden.

Nicht ohne Grund.

Es war wieder seine Schwester Güldeniz, die ihm die Situation schilderte. Die Polizei habe Reçep erneut auf den Posten geholt und ihn dort unter Druck gesetzt, Mehmets Adresse bekannt zu geben. Mehmet wusste, was unter Druck zu verstehen war.

Sein Vater sicherte ihm zu, die Werkzeuge und Werkstoffe von Onkel Bayram zu beschaffen. Mehmet zählte seinem Vater im Einzelnen auf, was er benötigte.

Mehmet schöpfte erneut Hoffnung.

In der Praxis von Doktor Cavalli legte sich Mehmet auf den modernen Behandlungsstuhl, der ihm wie das Innere eines Rennwagens vorkam. Ayşe stand hinter ihm. Bevor er seinen Kopf auf die Stütze senkte, hängte ihm die Arztgehilfin, eine kleine Frau mit lebhaften Augen, eine dünne Kette mit einer lachsfarbenen Papierserviette um den Hals. Aus den Lautsprechern ertönte klassische Musik. Die Querflöte wurde leiser und gab der Harfe Raum. Dann hob die sehnsüchtige Stimme einer portugiesischen Fadosängerin an, begleitet von Gitarren. Mehmet blickte über seine Schuhspitzen und das Gestänge der Zahnarzteinrichtung zum Fenster hinaus. Er sah ein Geflecht von Drahtseilen, welche dem Tram den Strom lieferten. Durch ein Fenster im gegenüberliegenden Haus fiel sein Blick auf einen Koch, der eine Pfanne mit beiden Händen hielt und etwas in die Luft warf, um es wieder aufzufangen.

Die unbekannte Stimme einer Frau hinter ihm riss ihn aus seiner Tagträumerei. Doktor Cavalli war eine kleine, etwas mollige Frau. Einige Knöpfe ihres grasgrünen Mantels waren geöffnet. Sie begrüssten einander. Dem bereitgelegten Dossier entnahm sie einen Brief von Pierre Ferrier, worin dieser einen Katalog von Fragen aufgelistet hatte.

«Jetzt den Mund aufmachen.»

Der Zahn, welcher vom Schlag des Gendarmen getroffen worden war, gab nach, als Doktor Cavalli ihn berührte. Mehmet fühlte nichts, er hörte nur das kratzende Geräusch der spitzen Sonde.

«Was ist mit diesem Zahn los?»

Ayşe übersetzte. Doktor Cavalli kritzelte murmelnd etwas auf eine linierte Karte.

«Der Gendarm hat mir einen Faustschlag gegeben», antwortete Mehmet mit weit aufgesperrtem Mund so undeutlich, dass Ayşe nachfragen musste. Sie sass neben ihm, ihr Kopf war vom Spülglas halb verdeckt.

Betroffen, wie es Mehmet schien, schüttelte Doktor Cavalli den Kopf. Sein unruhiger Blick sprang zwischen der Schürze der Ärztin und dem Schwenkarm des Zahnbohrers, der drohend über ihm hing, hin und her. Manchmal nahm er den Atem der Zahnärztin war, wenn sie sprach. Er roch nach salziger Zahnpasta.

«Der Zahn ist vermutlich abgestorben, und im Wurzelbereich eitert es.»

Mehmet war über die Diagnose nicht erstaunt. Die Zahnärztin nahm ein anderes Instrument zur Hand und forderte Mehmet auf, zu sagen, ob er etwas spüre. Sie mache einen Test mit elektrischem Strom. Am beschädigten Zahn spürte er nichts, im Gegensatz zu den anderen Zähnen, die mit einem durchdringenden Schmerz reagierten. Doktor Cavalli schritt gleich zur Behandlung, um das Fortschreiten der Entzündung zu unterbinden. Den lockeren Zahn stabilisierte sie provisorisch mit einer Wurzeleinlage und kündigte eine definitive Zahnverankerung an, sobald die Entzündung abgeklungen sei.

«Bitte spülen.»

Mehmet gurgelte mit Wasser und spuckte die Behandlungs-rückstände aus. Als er aufstand, bemerkte er auf der Karte die Notiz «Re 12».

«Wann ist denn dieser Schlag passiert?», fragte Doktor Cavalli.

Mehmet musste einen Moment nachdenken. Er spürte Ayşes strengen und warnenden Blick, sich in der Zeitangabe nicht mehr zu irren.

«Genau kann ich mich nicht mehr erinnern, es müssen bald zwei Jahre her sein.»

«Aha», erwiderte Doktor Cavalli. «Ich werde Ihrem Anwalt einen Bericht schicken. Zwar sehe ich dem Zahn nicht an, wer ihn auf welche Art und Weise beschädigt hat. Aber der Schaden kann meines Erachtens nur durch eine äussere Gewalteinwir-kung, entstanden sein kann. Die Frage der Urheberschaft muss deshalb aufgrund der weiteren, im Asylverfahren verfügbaren Informationen entschieden werden.»

Als Ayşe und Mehmet mit dem Lift hinunterfuhren, ging Mehmet die Notiz «Re 12» durch den Kopf. Schon wieder die Zahl zwölf! Vierzehn mal zwölf Schuhe hat er geliefert. In zwölf Sätzen zur Sache seine erste Aussage gemacht. Mit zwölf Wider-sprüchen ist sein Asylgesuch abgelehnt worden. Die Zwölf ist für ihn bisher fürwahr keine Glückszahl gewesen! Mehmet wusste nicht, dass «Re 12» den beschädigten Zahn beschrieb.

Wenn ihm dieser Zahn zum Asyl verhelfen wird, wird die Zwölf doch noch zur Glückszahl werden. Wenn …

Das schöne Sommerwetter hielt lange an. Vielleicht war es gerade deshalb, dass für Mehmet die Zeit so schleppend verging. Er zählte jeden Tag bis zum fünfzehnten August, dem Tag, an dem Cumhurs Kollege mit den Schuhmachersachen aus Kurdistan zurückkehren sollte. Zwei Tage vor dessen angekündigter Rückkehr jedoch erhielt Mehmet eine Nachricht, die ihn aufwühlte und erneut mit seiner Vergangenheit konfrontierte, ihm aber auch eine neue Chance eröffnete.

Es war nach dem Frühstück. Er war spät aufgestanden. Niemand befand sich im Aufenthaltsraum. Er hatte aber das Gefühl, dass noch jemand im Hause sei. Wer es war, wusste er nicht. In der Nacht hatte das Wetter umgeschlagen. Ein gewaltiges Gewitter hatte getobt. Mehmet war erwacht, als die zuckenden Blitze die Nacht für zehn Minuten in helllichten Tag verwandelten. Das Gewitter hatte die Luft abgekühlt.

Mehmet las die Zeitung Özgür Politika, die jemand liegen gelassen hatte. Auf der Frontseite blieb sein Blick am Bild eines alten Mannes mit einem weissen Vollbart und einer Wollmütze haften. Obwohl sein Grossvater keinen Bart hatte, erinnerte ihn das breite Gesicht an ihn. Im Brief, den Mehmet vor ein paar Wochen von seiner Familie erhalten hatte, stand geschrieben, dass Hêlineqertel im Frühling von der Armee zerstört worden sei. Seither hätten sie vom Grossvater und Grossmutter keine Nachricht mehr erhalten. Seine Familie hätte aber die Hoffnung nicht aufgegeben, dass die Vermissten noch am Leben seien.

Mehmet blätterte eine Seite um. Er schlürfte den Kaffee hinunter, ohne den Blick von der Zeitung zu wenden. Da sah er die Schlagzeile unter dem Bild eines Freiheitskämpfers mit einem Maschinengewehr, das er so in den Händen hielt, wie man ein kleines Kind trägt. «Feierliche Beerdigung für Kayguzuz», lautete die fette Überschrift. In der dritten Zeile stand auch der Name Davud.

Mehmet konnte es kaum fassen. Sein Cousin war tot, erschossen. Die Beerdigung hatte vor drei Tagen stattgefunden, am zehnten August. Mehmet konnte nicht mehr weiterlesen. Der Zeigefinger der rechten Hand verharrte wie ein verletzter, flatternder Vogel vor dem Blatt, das er mit der anderen Hand krampfhaft festhielt. Den letzten Schluck Kaffee spie er aus. Der braune Strahl traf die rechte Seite der Zeitung.

Mehmet wurde von einem derart lauten Hustenanfall geschüttelt, dass Balwinder Singh, nur notdürftig bekleidet, herbeisprang und Mehmet auf den Rücken klopfte. Er war gerade aufgestanden, und sein Turban bedeckte seine Haarschlange nur teilweise. Mehmet zeigte auf die Zeitung und sagte zu Balwinder:

«Mein Cousin ... tot.»

Balwinder begriff nur, dass Mehmet erschüttert war. Ohne etwas zu erwidern, mit behutsamen Schritten zog er sich in das Badezimmer zurück. Es dauerte eine Weile, bis Mehmet in der Lage war, den Bericht zu Ende zu lesen.

Der Journalist gab zuerst die Version der Polizei wider. Davud sei zusammen mit zwei anderen Häftlingen, die zwei verschiedenen kommunistischen Parteien angehörten, vom Gefängnis in ein Spital gebracht worden. Während einem Fluchtversuch seien alle drei erschossen worden. Zu jedem Opfer fanden sich Altersangaben. Davud war knapp dreissig Jahre alt geworden. Der Zeitungsbericht stellte die Polizeiversion in Frage und schrieb von einem heimtückischen Mord.

An Davuds Beerdigung hatten mehr als zweihundert Menschen teilgenommen. Man hatte ihn im Friedhof von Hêlineqertel bestattet, obwohl Hêlineqertel in Schutt und Asche lag. Das Gefängnis war nach der Erschiessung von den Sicherheitskräften abgeriegelt worden. An diesen Ereignissen konnte Mehmet ermessen, wie bestürzt die Menschen zu Hause gewesen sein mussten.

Mehmet war erschüttert. Er legte die Zeitung beiseite, stützte die Ellbogen auf den Tisch und legte den Kopf in seine Hände. Es war eine unfassbare Nachricht. Ein kalter Schauer lief ihm den Rücken hinunter, als er daran dachte, dass ihn dasselbe Schicksal ereilt haben könnte, wenn er gefasst worden wäre. Er versuchte, sich das Bild von Davud ins Gedächtnis zu rufen, wie Davud an Birgüls Hochzeit auf ihn eingeredet hatte, wie sie beide später verschwörerisch den Pakt in seiner Werkstatt besiegelt hatten. Er sah Davud, wie er das grosse Paket Schuhe jeweils aus der Werkstatt getragen hatte. Dann fielen ihm Davuds unersättlicher Appetit und seine unverschämte Art ein, nach jedem essbaren Brocken zu greifen. Schliesslich erinnerte sich Mehmet an die widersprüchlichen Gefühle, die ihn seit der Fahndung nach ihm beim Gedanken an seinen Cousin befallen hatten. Jetzt war er tot. Der schmutzige Krieg hatte ein weiteres Opfer in seiner Verwandtschaft gefordert.

Warum Mehmet plötzlich das unaufschiebbare Verlangen hatte, mit Ayşe zu sprechen, begriff er nicht. Vielleicht war es einfach die Tatsache, dass er jetzt einen Menschen in seiner Nähe brauchte, der ihm die Gewissheit gab, dass er nicht ganz alleine war.

Mit einem Blick auf die Uhr stellte er fest, dass es halb elf Uhr war. Und Donnerstag. Ziemlich sicher war Ayşe zu Hause. Cumhur arbeitete wahrscheinlich. Mehmet ging zum Telefonapparat. Es läutete fünf mal, dann wurde der Hörer abgenommen. Es war Ayşe. Mehmet war so erregt, dass er vergass, sie zu begrüssen.

«Mein Cousin … Davud … ist tot», schrie er atemlos in den Hörer. «Soeben habe ich in der Zeitung einen Bericht über sein Begräbnis gelesen.»

«Warum steht denn so etwas in der Presse?»

«Er wurde umgebracht. Er sei mit zwei anderen Häftlingen in ein Krankenhaus eingeliefert worden … Ein Offizier habe alle drei beim Fluchtversuch erschossen.»

«Er war doch bei der PKK?», fragte Ayşe mit fast versagender Stimme. «Wie war sein Deckname?»

Die Frage überraschte Mehmet.

«Das weiss ich nicht. Ich war nicht bei der Partei, das weisst du doch.»

«Kann ich die Zeitung sehen, ist dort ein Bild von ihm?»

«Ja.»

«Ist er wirklich aus dem Spital geflohen?»

«Natürlich nicht. Es ist eine dreckige Lüge. Die haben ihn

doch gefoltert, wenn sie ihn überhaupt je ins Krankenhaus eingeliefert haben. Wie kann ein Patient nach der Folter so rasch fliehen, dass man ihn erschiessen muss?»

«Wo steht das?»

«In der Özgür Politika.

«Hast du die Zeitung aufbewahrt?»

«Sie gehört nicht mir. Ich habe sie zufällig gelesen. Aber ich werde mal fragen, wem sie gehört.»

«Du musst sie unbedingt aufbewahren. Du hast jetzt ein neues Beweismittel für dein Asylverfahren.»

«Daran habe ich noch gar nicht gedacht.»

«Ich möchte die Zeitung auf jeden Fall lesen. Steht drinnen, dass Davud zur PKK gehörte?»

«Ja, natürlich.»

«Steht auch, wo er verhaftet wurde?»

«Nein.»

«Ich werde dir eine Übersetzung machen. In zwei Tagen kommen deine Sachen. Dann müssen wir sowieso wieder zu Ferrier. Wir können dann die Zeitung mitnehmen.»

«Vielen Dank, Ayşe, du bist so hilfsbereit», sagte Mehmet gerührt.

«Für dich mache ich alles, das weisst du doch. Ich werde dich anrufen, wenn ich von Cumhurs Kollege höre. Wir können uns dann zu dritt im ‹Roma› treffen.»

«Gerne, einverstanden.»

Mehmet hängte den Hörer langsam auf, als wolle er den Abschied von Ayşe hinauszögern. Dann ging er in sein Zimmer zurück und legte sich aufs Bett. Es hatte wieder zu regnen angefangen. Von irgendwoher ertönte das Trommeln eines Spechts.

Wenigstens hilfst du mir nach deinem Tod, murmelte Mehmet leise vor sich hin, bedrängt von Schuldgefühlen wegen seiner Wut, die er gegenüber Davud hegte. Bilder von schweren Folterungen zogen vor seinem inneren Auge vorüber: Wie Davud an den Handgelenken, die hinter dem Rücken gefesselt sind, an einem Seil in die Höhe gezogen wird, wie die Hoden zuerst mit Elektroschocks behandelt und dann zerquetscht werden und wie ihm die Soldaten Knebel in den After schieben. Mehmet wälzte sich hin und her. Als er es auf dem Bett nicht mehr aushielt, ging er in die Küche und rauchte eine Zigarette.

Dann ging er ins Zimmer zurück und setzte sich auf den Bettrand. So konnte er seine Gedanken ordnen. Dass der Zeitungsbericht auf eine unerwartete Art und Weise einen Teil seiner Fluchtgründe bestätigte, erfüllte ihn mit Hoffnung auf einen Erfolg des hängigen Rekurses. Nun konnte er schwarz auf weiss seinen Richtern beweisen, dass Davud zur PKK gehört hatte, dass er ein politischer Häftling gewesen und kaltblütig liquidiert worden war. Es stand ab jetzt ausser Zweifel, dass er mit einem PKK-Kämpfer verwandt war.

Jetzt fehlt nur noch der Beweis, dass ich ihm die Schuhe geliefert habe. Wenn ich zufällig jemanden treffen würde, der meine Schuhe in den Bergen Kurdistans getragen hat, fantasierte Mehmet.

Er richtete sich auf und nahm das Tagebuch zur Hand. Er begann, Notizen zu machen. Über die Nachricht von Davuds Ermordung und was er dabei dachte und empfand. Zum ersten Mal seit er schreiben konnte, brachte er seine eigenen Gefühle auf Papier und dachte über Ayşes sonderbare Fragen betreffend Davud nach. Warum fragte sie, ob Mehmet seinen Decknamen wusste, ob es in der Zeitung ein Bild von Davud gab und wo er verhaftet worden war? Hat Ayşe mich im Verdacht, in den Reihen der PKK gekämpft zu haben?

Zum ersten Mal zeigte Ayşe eine rätselhafte Seite.

Wie angekündigt, kehrte Cumhurs Kollege am Sonntag aus seinen Ferien in Otuzgöl zurück. Er war zwei Tage und eine Nacht praktisch durchgefahren. Am Sonntag schlief er den ganzen Tag. Am Montagvormittag rief er Ayşe an und verabredete sich mit ihr um zwei Uhr im Café Roma. Ayşe bestellte Mehmet auf drei Uhr ins Café Roma.

Als Erste wartete Ayşe am Tisch vor dem roten Vorhang. Das Café war ziemlich voll. Viele lasen Zeitung, während aus den

Lautsprechern die Lieder italienischer Cantatori erklangen. An Ayşes Nebentisch sass ein kräftig gebauter Mann mit buschigen Augenbrauen. Er sah unentwegt zu ihr hinüber, während er ein Sandwich ass. Zum Glück tauchte Cumhurs Kollege bald auf. Ayşe hatte ihn nicht gleich erkannt. Er hatte schon eine Weile an der Bar gestanden, einen kleinen Koffer in der Hand. Er war unrasiert, und unter den Augen sah man schwarze Ringe. Ayşe winkte ihm zu.

«Hier sieht es gemütlich aus», begrüsste er sie mit einem verlegenen Lächeln auf den Lippen.

«Guten Tag. Das ist aber wirklich ein perfekter Service, den …»

«Ach, nicht der Rede wert.»

«Und wie waren Ihre Ferien?»

«Nichts Besonderes.» Er bestellte einen Café Roma, aufs Geratewohl wie es Ayşe erschien. «Seit Jahren fahre ich dorthin und besuche meine ganze Verwandtschaft, immer in der gleichen Reihenfolge: zuerst meine Eltern, wo auch die jüngste Schwester wohnt. Sie geht ins Gymnasium. Dann die Onkel, Tanten … Es hat kein Ende. Die Besuche beschäftigen mich jeweils die ganzen Ferien. Alle wollen mich sehen.»

«Dieses Mal habe ich Ihnen zu einer Abwechslung verholfen, nicht wahr?», fragte Ayşe gespannt, um das Gespräch auf Mehmets Schuhmacher-Werkzeuge zu lenken.

«Ganz bestimmt. … Ich soll übrigens Mehmet von seinem Vater … Hasan, glaub ich, der Mutter und seinen Geschwistern … , ich glaube, sie heissen Reçep, Güldeniz und Cemile, Grüsse überbringen. Sie haben mich sogar zum Essen eingeladen.»

«Mehmet wird sich freuen, wenn er von den Grüssen erfährt und sieht, was Sie ihm mitgebracht haben», sagte Ayşe, den Blick auf den Koffer gerichtet. «Ich weiss nicht einmal, wie Sie heissen.»

«Murat Ceylan.»

«Angenehm. Meinen Namen kennen Sie bestimmt.»

«Cumhur hat schon oft von Ihnen erzählt.»

Die Kellnerin servierte Ceylan Kaffee mit Schlagrahm. Vorsichtig liess er den Löffel um den schwimmenden Schlagrahm herumkreisen. Dann nahm er einen Schluck. Ein Teil des Rahms blieb an seinem Schnauzbart hängen. Ayşe lachte.

«Der Kaffee schmeckt nach Alkohol.»

«Da ist Bailey darin.»

«Das habe ich nicht gewusst.»

In diesem Augenblick trat Mehmet hinzu. Ayşe stellte sie einander vor.

«Sie sind also der freundliche Mann, dem ich es verdanke, dass ich meine Asylakte verbessern kann», sagte Mehmet.

Ayşes entsetzte Miene sah er zu spät. Zu spät bemerkte er, dass er aus lauter Freude darüber, dass er die Werkzeuge nun hatte, vergessen hatte, dass Ceylan über den wahren Zweck seiner Hilfeleistung nicht ins Bild gesetzt worden war. Dieser sah verwirrt zuerst Mehmet, dann Ayşe an. Bald fasste er sich und sagte mit grossem Ernst:

«Jetzt, da ich Ihnen die Sachen gebracht habe, können Sie mir ja die wahre Geschichte erzählen.»

«Wie kommen Sie denn darauf?», stotterte Ayşe.

«Irgendwie hatte ich seit dem Moment, als mir der Vater die Sachen übergab, ein eigenartiges Gefühl, ohne dass ich damals hätte sagen können, was es war» erklärte sich Ceylan. «Sein Vater sprach mit mir darüber fast nur im Flüsterton.»

Mehmet schaute Ayşe irritiert an.

«Sie haben … ein bisschen … Recht», sagte Ayşe mit einer leicht flatternden Stimme. «Ich habe Sie ein bisschen beschummelt, als ich Sie um den Gefallen bat», gestand sie, Mehmet einen kurzen Blick zuwerfend.

«Mein Gefühl war also richtig», sagte Ceylan, ohne dabei unfreundlich zu klingen.

«Ja, … Mehmet ist Kurde», fuhr Ayşe ermutigt fort. «Er musste fliehen und braucht diese Sachen, um gegenüber den Asylbehörden zu beweisen, dass er ein Schuhmacher ist.»

«Sind Sie verwandt mit ihm?»

«Nein», erwiderte Ayşe.

«Das hört sich aber sehr interessant an.» Sein Blick wanderte

302

von Ayşe zu Mehmet. «War ich demzufolge ein Kurier mit heisser Ware? Steckt da was Politisches dahinter?», fragte er.

Der Kellner kam und nahm Mehmets Bestellung auf. Mehmet blickte ihm ein wenig benommen hinterher. Er war ganz in Schwarz gekleidet. Auf seinem breiten Gurt glänzten silberne Knöpfe.

Nun erzählte Ayşe Ceylan, worum es wirklich ging. Als sie zu Ende war, sagte Ceylan:

«Machen Sie sich deswegen keine Sorge. Ich habe das Schweizer Bürgerrecht. Deshalb hätten mich die Türken nicht so einfach schlecht behandeln können.»

Ayşe war erleichtert. Sie blickte Ceylan dankbar, beinahe zärtlich an. Mit der Hand machte sie eine Bewegung, als wolle sie seine Hand berühren, die er auf den Tisch gelegt hatte. Ceylan senkte die Augen und nahm einen Schluck Kaffee. Der letzte Teil des Schlagrahms versank in der halbvollen Tasse.

«Ich selbst kümmere mich nicht um Politik. Ich bin Türke, habe aber auch kurdisches Blut in mir. Ich habe selbst einmal erlebt, wie man bei uns mit den Kurden umgeht», sagte Ceylan leise, als würde seine Stimme jeden Augenblick versagen.

«Ja», warf Ayşe ein und nickte Ceylan zu.

In der Geste lag eine Aufforderung, weiterzufahren.

«Einmal war ich in einem kurdischen Dorf und habe dort den Bruder eines Freundes besucht. Am frühen Morgen weckte das Militär die Bewohner. Alle Männer ab sechzehn mussten in Einerkolonne auf ein Feld. Dort entstand eine ziemliche Aufregung. Vor einem Erdloch mussten wir uns in einer Linie aufstellen. Der Kommandant schritt die Reihe ab und fragte, wem das Grundstück, auf dem wir standen, gehöre. Eisiges Schweigen schlug ihm entgegen. Dann trat ein Mann vor. Ich kannte ihn nicht. Ich erinnere mich nur noch an sein dichtes schwarzes Haar und dass er nicht mehr ganz jung war. Er sagte: ‹Dieses Land gehört mir.›

Uns allen fiel ein Stein vom Herzen, denn die Aufrichtigkeit und der Mut retteten alle vor unabsehbaren Folgen. Sofort fielen die Soldaten über den Mann her. Er war tapfer. Wir hörten keine Schreie, nur Keuchen und dumpfe Schläge. Nur ein Mal, als ihn ein Fusstritt an den Hoden traf, schrie er laut auf. Dann schleppten sie ihn zu einem Fahrzeug und brachten ihn weg.»

Die Hintergrundmusik wurde lauter. Mehmet rückte den Stuhl näher zu Ceylan heran.

«Wir konnten gehen», fuhr Ceylan fort. «Erst im Verlaufe des Tages erfuhr ich, dass auf dem Grundstück irgendwelche Leute, die sich im Untergrund bewegten, in einer Erdhöhle lebten. Jemand hatte sie denunziert. Bevor wir aus den Betten geholt wurden, hatten die Soldaten einen regelrechten Angriff unternommen. Sie hatten Granaten und Rauchbomben in das Versteck geworfen. Nachdem sie es zerbombt hatten, stellten sie fest, dass gar niemand drin war. Aus Wut und Frustration liessen sie uns, die Männer im Dorf, antreten. Sie hatten natürlich vom Denunzianten schon gewusst, wem das Land gehörte. Seit diesem Erlebnis habe ich grosses Mitgefühl mit den Kurden.»

«Ich bin von der Geschichte ganz berührt», sagte Ayşe.

«Ja, eigentlich sind wir jetzt eine verschworene Gemeinschaft», ergänzte Mehmet. «Ich danke Ihnen für Ihre Hilfe.»

Ceylan sah Ayşe zufrieden an. Im Café sassen nur noch wenige Gäste. Die Mittagspause war vorüber. Dort, wo der Mann mit dem Sandwich gesessen hatte, hatten drei junge Frauen Platz genommen. Sie streckten ihre Köpfe zusammen und kicherten.

«Dann sind Sie mir nicht allzu böse wegen meiner Notlüge?», fragte Ayşe Ceylan, als das Gelächter der Teenager verklungen war. «Hätten sie mir den Gefallen auch gemacht, wenn ich Ihnen am Anfang die Wahrheit gesagt hätte?»

Schnell, wie aus der Kanone geschossen, und entrüstet antwortete Ceylan:

«Ja, sicherlich hätte ich das. Ich wäre nur bei der Übergabe der Werkzeuge vorsichtiger vorgegangen.»

Ayşe und Mehmet waren erleichtert. Ayşe bot Ceylan an, sie zu duzen. Ceylan war einverstanden, und Mehmet schloss sich an. Sie tranken den Kaffee fertig. Ceylan richtete Mehmet die Grüsse seiner Familie aus. Mehmet wollte wissen, wie es ihnen

APPENZELLER VERLAG

Gerne informieren wir Sie über unsere weiteren Programmbereiche und senden Ihnen unsere Verlagsprospekte zu.

Diese Karte habe ich dem Buch

....

entnommen.

ADRESSE

Vorname ....

Name ....

Strasse ....

PLZ/Ort ....

E-Mail ....

Wodurch wurden Sie zum Kauf angeregt?

☐ Besprechung in Tages- oder Wochenzeitung

☐ Besprechung in Fachzeitschrift

☐ Hinweis im Radio oder Fernsehen

☐ Prospekt

☐ Empfehlung durch Buchhändler

☐ Anzeige in ....

☐ Als Geschenk bekommen

☐ Internet

☐ ....

Wir danken Ihnen für Ihr
Interesse an unseren Büchern.
Für uns als Verlag ist der
Kontakt zu den Leserinnen
und Lesern ganz besonders
wichtig. Deswegen freuen
wir uns, wenn Sie diese Karte
zurücksenden.

Besuchen Sie uns im Internet:
www.appenzellerverlag.ch

Appenzeller Verlag
Kasernenstrasse 64
Postfach
CH-9101 Herisau

ging. Ceylan konnte nicht viel sagen. Mehmets Familie hatte sich ihm wohl von der besten Seite gezeigt.

Dann verabschiedete sich Ceylan. Er brauche den Koffer erst wieder für seine nächsten Ferien, erklärte er Ayşe und verschwand. Ayşe und Mehmet blieben sitzen.

Mehmet stellte den Koffer auf den Tisch, öffnete ihn und betrachtete den Inhalt. Er war überrascht, als er ein Foto fand, das ihn in seiner Werkstatt an der Arbeit zeigte. Darauf sah er jünger aus. Er gab das Bild Ayşe weiter, die es interessiert betrachtete.

«Du siehst zufrieden ... irgendwie stolz aus», sagte sie mit einer Stimme, die liebevoll klang. «Ich mag dein offenes Gesicht.»

Mehmet errötete. Aus ihrer Tasche zog Ayşe einen Umschlag und legte ihn auf den Tisch. Es war die Übersetzung des Zeitungsberichts über Davuds Tod.

Als sie die Papiere zu Mehmet hinüberschob, nahm Mehmet in ihren Augen einen traurigen Schimmer war. Es war nicht mehr als ein flüchtiger Eindruck. Ob die Nachricht von Davuds Tod sie bewegte? Mehmet wagte nicht nachzufragen.

«Als Nächstes müssen wir unseren Anwalt treffen», sagte Ayşe nach einer Weile.

«Telefonierst du ihm?», fragte Mehmet.

«Ja.»

Mehmet bedankte sich. Er würde nun den Tatbeweis antreten können, dass er ein Schuhmacher war. Davon war er überzeugt. Im Hintergrund sang Francesco de Gregori «I muscoli del capitano».

Schon am Mittwoch rief Ayşe Mehmet an. Sie hatte mit Ferrier für Montag um zehn Uhr einen Termin abgemacht. Ferrier habe vorgeschlagen, dass sie während der Besprechung Mehmets Vater anrufen sollten, um ihn über die Herkunft des Papiers aus der Staatsanwaltschaft zu befragen. Mehmet solle dafür sorgen, dass sein Vater zwischen zehn und zwölf Uhr erreichbar sei. Er habe auch den Bericht der Zahnärztin bekommen.

Am nächsten Tag rief Mehmet Mustafa von seiner Unterkunft aus an. Er wollte nicht schon wieder seiner Familie telefonieren. Das letzte Mal war es vor Ceylans Abreise nach Kurdistan gewesen. Zudem hatte Mehmet das Bedürfnis, mit seinem Freund Mustafa zu sprechen. Seit langem hatten sie nicht mehr miteinander telefoniert. Mustafa bedankte sich sofort für Mehmets erste Rate zur Rückzahlung des Darlehens. Mehmet erzählte kurz von Martha Hugentobler und ihrer Liebe für Kurdistan, das sie als die Schweiz Asiens bezeichne. Dann bat Mehmet Mustafa, dafür besorgt zu sein, dass sein Vater sich am nächsten Montag zwischen zehn und zwölf Uhr vormittags für ein Telefongespräch mit ihm bereithalten solle.

Noch am gleichen Abend rief Mustafa zurück und gab Mehmet die Telefonnummer durch, unter welcher sein Vater erreichbar sein würde. Alles war nun vorbereitet für die nächste Besprechung mit Pierre Ferrier.

Berns Altstadt kam Mehmet weniger hektisch vor, als er mit Ayşe von der Loebecke zu Ferriers Büro ging. Sie nahmen den Weg durch die Einkaufsstrasse und kamen am Zytglogge vorbei. Sie mussten sich den Weg durch eine dicht gedrängte Touristengruppe bahnen, welche vor dem Turm stand und auf den Glockenschlag um zehn Uhr wartete, um die Figuren zu sehen, die zu jeder vollen Stunde zum Vorschein kommen. Ayşe und Mehmet mussten sich beeilen. Mehmet hielt Ceylans Koffer mit festem Griff. Es war zehn vor zehn.

Sie wurden sofort von Rechtsanwalt Ferrier hereingebeten. Es war Mehmets Stunde. Er packte den Koffer aus und bat Ferrier um ein paar alte Zeitungen. Geschickt breitete er das Papier auf der Tischplatte als Unterlage für seine Demonstration aus. Sorgfältig legte er die Werkzeuge vor sich hin: zwei verschiedene Zangen, zwei Flaschen mit Leim, einen Pinsel, einen mittelgrossen Hammer, eine Feile, ein scharf geschliffenes Messer, eine Gummisohle, eine Leiste aus grünem Kunststoff und

306

Nägel. Dann kam das Material für den Schuh: ein vorgefertigtes Oberteil für einen Halbschuh, eine Gummisohle und verschiedene Einlagen, ein Eisen und drei andere Teile aus weichem Material.

«Sie machen nicht den ganzen Schuh selbst?», fragte Ferrier erstaunt, da gemäss einem Protokoll Mehmet ausgesagt hatte, er habe seine Schuhe von A bis Z selbst gemacht.

Ayşe übersetzte.

«Nein, wir kaufen auch vorfabrizierte Teile ein.»

Ferrier stellte das Thema zurück, obwohl in ihm ein erster leiser Zweifel an Mehmets Ehrlichkeit aufgekommen war. Er wollte aber zuerst abwarten, was bei der heutigen Zusammenkunft herauskommen würde.

Nach zehn Minuten hatte Mehmet seine improvisierte Werkbank eingerichtet. Zuletzt zeigte er Ferrier stolz das Foto, auf dem man ihn in seiner ehemaligen Werkstatt in Tilkini sehen konnte.

Ferrier schaute das Bild lange an. Er erhob sich und betrachtete dann die Sachen, die auf dem Tisch lagen, notierte jeden Gegenstand genau und nahm behutsam die Fotokamera vom Büchergestell. Als Mehmets Blick von der Bücherwand zu seinem Werkplatz fiel, dachte er daran, welche gegensätzliche Welten an diesem Tag im Anwaltsbüro vereinigt waren. Nach zweijähriger Zwangspause nahm er seine Arbeit wieder auf, um einen Schuh herzustellen.

Ferrier gab die Zeit bekannt: «Zwanzig nach zehn.»

Als er mit der Hand das Zeichen zum Start gab, hatte Mehmet das Gefühl, an einem Wettkampf teilzunehmen. Die Demonstration begann. Ferrier notierte sich die Zeit. Mit dem Messer schnitt Mehmet aus den Scheiben den verstärkenden Teil der Gummisohle und das Polster für den Schuhoberteil heraus. War eine Form fertig gestellt, verleimte er sie. Bis der Leim trocken war, musste er untätig warten. In dieser Zeit gab er dem Anwalt Erklärungen, die Ayşe übersetzte. Ferrier pirschte mit der Kleinbildkamera wie ein Jäger um den Tisch, brachte sich und seine Kamera in Stellung, zoomte durch das

Suchfenster das Objekt herbei, drückte ab. Klick, klick tönte es immer wieder.

Nun war Mehmet in Fahrt. Er steckte einige Nägel zwischen die Zähne. Er sah wie ein ausgekochter Bösewicht. aus. Den Leist führte er in den Schuhoberteil ein, drehte die Unterseite des entstehenden Schuhes nach oben und legte das Sohlenzwischenstück darauf. Geschickt hielt er mit zwei Fingern einer Hand Nagel um Nagel auf den Leist und schlug gezielt und mit dosierter Kraft mit dem Hammer drauf. Als die Zwischensohle mit dem Oberteil vernagelt war, leimte er die Gummisohle auf das Zwischenstück. Mit glänzenden Augen streckte er den fertigen Schuh Ferrier entgegen. Dieser blickte auf die Uhr.

«Elf Uhr. Vierzig Minuten haben Sie gebraucht.»

Mehmet verstand auch ohne Übersetzung. Er schnitt eine lustige Grimasse und erklärte:

«Natürlich brauche ich hier länger als in meiner Werkstatt, weil ich immer wieder warten musste, bis der Leim trocken war. Zudem habe ich Ihnen meine Arbeit fortlaufend erklärt. Hinzu kommt, dass ich zu Hause schneller arbeiten konnte, weil meine Werkbank niedriger war als dieser Tisch hier.» Er griff nach dem Foto aus Tilkini. «Dort ist der Schuh auf Kniehöhe», sagte er. «Die Proportionen stimmen hier nicht, was mich bei der Arbeit behindert. Diese Umstände haben die Zeit verdoppelt», rechtfertigte er den grösseren Zeitbedarf.

«Das leuchtet ein», sagte Ferrier und legte die Kamera auf das Büchergestell zurück.

«Haben Sie inzwischen Ihren Vater fragen können, wie er zum Papier des Staatsanwaltes gekommen ist», wollte er wissen, während der Film zurückspulte.

«Nein, das müssen Sie ihn selbst fragen.»

«Können wir das jetzt machen?»

«Ja, selbstverständlich. Hier ist die Telefonnummer, mit der Sie ihn erreichen können. Ich habe meinem Vater angekündigt, dass Sie um diese Zeit anrufen werden. Das Telefon befindet sich bei einem Bekannten meines Vaters.»

Mehmet gab Ferrier den Zettel, mit der Nummer.

«Gut, ich rufe ihn an», sagte er. «Zuerst soll Herr Kayguzuz mit seinem Vater sprechen und uns kurz vorstellen», wies er Ayşe an.

Ferrier setzte sich an seinen Schreibtisch und gab Ayşe ein Zeichen, neben ihm Platz zu nehmen. Sie schob den Stuhl an seine rechte Seite. Mehmet stand hinter Ayşe.

«Sagen Sie zuerst Herrn Kayguzuz, er müsse die Wahrheit sagen. Machen Sie ihm auch klar, dass seine Aussagen auf Tonband aufgenommen werden.»

«Gut, werde ich machen.»

Der Anwalt setzte das Tonbandgerät in Betrieb und wählte die Nummer. Die Verbindung kam sofort zustande. Eine Männerstimme meldete sich. Ayşe fragte nach Hasan Kayguzuz. Nach einer Weile ertönte die Stimme von Mehmets Vater.

Ayşe gab den Hörer Mehmet. Er war ziemlich nervös, als er mit seinem Vater sprach.

«Es ist mein Vater, du kannst sprechen», sagte er mit gepresster Stimme zu Ayşe. Ayşe nahm den Hörer.

«Guten Tag, wer sind Sie?»

«Hasan Kayguzuz.»

Ayşe ermahnte Mehmets Vater zur Wahrheit, wie Ferrier ihr aufgetragen hatte. Ein deutliches «Ja, selbstverständlich» war aus dem Lautsprecher zu vernehmen.

Ferrier stellte Fragen, die Ayşe übersetzte. Er ging systematisch vor und fragte nach seinem Beruf, bei wem er arbeite, was sein Sohn Mehmet beruflich gemacht habe und wie es dem Geschäft gehe. Mehmet hörte, wie sein Vater erklärte, das Geschäft sei geschlossen worden. Ferrier erkundigte sich nach dem Preis für ein paar Schuhe, die Höhe der Selbstkosten, den Zeitbedarf.

Es kam Mehmet vor, als ob Spuren, die sein Leben hinterlassen hatte, in Sprüngen von hinten nach vorne zurückverfolgt würden. Und überall stellte er die Neugierde nach Einzelheiten fest. Seit ihm Ayşe im Café Roma einmal eine Zeitungsmeldung vorgelesen hatte, wonach das Landwirtschaftsministerium in der Schweiz sogar zählt, wie viele Eier die Hühner pro Jahr legen, hatte er sich an diesen Drang nach dem Detail gewöhnt.

Jetzt schnitt Ferrier das Thema Davud an. Dieser sei vom Militär erschossen worden, erklärte der Vater.

Nun kam die Sprache auf die Schuhe. Ob Schuhe im Leben eines anderen Menschen jemals eine derart schicksalhafte Rolle gespielt haben?, wunderte sich Mehmet.

Er hörte genau hin, als Ferrier fragte, ob es zutreffe, dass der PKK eintausendfünfhundert Paare oder Stücke hätten übergeben werden sollen. Für einen Moment war die Übertragungsqualität schlecht.

«Ja, so viele Paare», antwortete Hasan.

Ferrier sprach das Dokument des Staatsanwaltes an.

«Dieses habe ich bekommen, ohne dafür etwas bezahlt zu haben», sagte Mehmets Vater. «Ich habe lange darauf warten müssen. Ein paar Mal bin ich zur Polizei gegangen, bis ich es endlich bekommen habe. Andere Leute – einmal ein Cousin – haben mir dabei geholfen.»

«Haben Sie es wirklich nicht gekauft?», fragte Ferrier.

«Wenn ich es gekauft hätte, hätte ich es schneller bekommen.»

«Mit wem sind Sie zur Polizei gegangen?»

«Das ist zu gefährlich für die Leute, die auch bei der PKK sind. Ich will die Namen lieber nicht nennen.»

«Sagt Ihnen der Name des Staatsanwaltes, der unterschrieben hat, etwas?», fragte Ferrier weiter und tippte für Ayşe auf den Namen des Staatsanwaltes.

Kaum hatte Ayşe den Namen Hasan Kolusari ausgesprochen, wurde das Telefon unterbrochen. Das Besetztzeichen ertönte.

«Was hat das nun zu bedeuten?», fragte Ferrier irritiert.

«Der Vater hat vorhin die PKK erwähnt. Sicherlich ist die Verbindung deshalb unterbrochen worden. Das Gespräch muss abgehört worden sein», antwortete Ayşe erschrocken.

Ferrier drehte den Stuhl zu Mehmet.

«Soll ich nochmals anrufen?», fragte er und blickte in das blasse Gesicht seines Klienten.

«Wenn es geht … lieber nicht, mein Vater ist schon weit gegangen, mehr können wir ihm nicht zumuten», bat Mehmet.

«Gut, dann lassen wir das», entschied Ferrier.

Erst jetzt schaltete er das Tonbandgerät ab. Er kehrte zum Tisch zurück. Ayşe blieb vor dem Schreibtisch sitzen.

«Wie stehen nun meine Chancen?», wollte Mehmet wissen. Ayşe übersetzte rasch.

«Sehen Sie. Wir haben nun fünf neue Karten: das Zeugnis der Zahnärztin, Ihren Tatbeweis, den ich sehr überzeugend finde, das Foto, das Sie in der Werkstatt in Tilkini zeigt, den Bericht über den Tod Ihres Cousins und seine Zugehörigkeit zur Guerilla und schliesslich noch dieses Telefongespräch mit Ihrem Vater. Mit Sicherheit kann man jetzt an Ihrem Beruf nicht mehr zweifeln.»

«Und am Rest?», fragte Ayşe. «Ist unter den neuen Karten ein Joker, der die zwölf Zweifel des Flüchtlingsamtes aussticht?»

Ferrier antwortete nicht sofort. Man sah, dass er überlegte.

«Ich weiss nicht, wie ich Ihnen das erklären soll», sagte er. Umständlich klaubte er aus seiner Hosentasche eine kleine Blechdose, die er nur mit Mühe öffnete. Daraus entnahm er ein schwarzes Bonbon und schob es ihn den Mund. «Die Frage ist, ob das Asylgericht im Lichte der neuen Beweismittel eine Gesamtbeurteilung vornimmt oder wieder – wie Rudolf Klingler es schon gemacht hat – eine Liste zusammenstellt, die nur gegen Sie spricht. Vielleicht ändern sich die Dinge. In diesem Verfahren ist das Flüchtlingsamt Partei. Die andere Partei sind Sie. Ein Gericht steht über beiden. Bei der Beurteilung der Glaubhaftigkeit von Aussagen müssen immer alle Gesichtspunkte berücksichtigt werden.»

«Warum muss man ein Gericht anrufen, bis diese Gesamtbeurteilung vorgenommen wird?», wollte Ayşe wissen. «Warum hat dies nicht schon der Beamte, der Mehmets Fall geprüft hat, getan?»

«Das ist eine schwierige Frage. Es gibt vieles, das sich dazu sagen lässt. Es ist wohl einfach, vom Bild eines vollkommenen Menschen mit einem perfekten Gedächtnis auszugehen. Die Methode, die einzelnen Aussagen, die im Verlaufe des Verfahrens protokolliert werden, isoliert zusammenzustellen und sie

nach einem strengen Massstab miteinander auf ihre Überein-
stimmung zu vergleichen, ist eine Weiterführung dieses Bildes
vom vollkommenen Menschen.»

«Mir kommt das grob geschnitzt vor» sagte Ayşe. «Irgendwie
erinnert mich dieses Denken an eine Schreinerei. Man legt einzelne Sätze aus den Protokollen wie Holzstücke nebeneinander,
vergleicht sie miteinander, und wenn sie nicht aufs Wort übereinstimmen, werden sie als Widersprüche bezeichnet.»

«Richter sollten eigentlich wie der Kunstmaler Paul Cézanne
sein. Er hat sich als Erster von der detailgetreuen Wiedergabe
von Natur und Mensch abgewandt und hat die Farbe zum Mass
aller Dinge gemacht. In einem Portrait, das er von seinem Gale-
risten Ambroise Vollard angefertigt hat, gibt es zwei weisse
Flecken, sodass man dort die nackte Leinwand sieht. Ist es deshalb kein Portrait? Hat Herr Kayguzuz wegen seinen Gedächtnislücken nicht die Wahrheit gesagt?»

Ferrier schwieg einen Moment. Ayşe versuchte, Ferriers
Assoziationen Mehmet zu übersetzen. Dieser konnte mit der
Metapher nicht viel anfangen. Er begriff nur, dass alles in der
Luft hing, dass man den Erfolg des Rekurses nicht voraussagen
konnte.

Als Mehmet mit Ayşe das Anwaltsbüro verliess, war er
bedrückt. Er hatte sich gedacht, Ferrier würde ihm die Anerkennung als Flüchtling in Aussicht stellen. Statt dessen wurde ihm
gesagt, dass in den Flüchtlingsämtern im schlechtesten Fall
Schreiner und im besten Fall Maler am Werk waren. Mehmet
hatte ein leichtes Schwindelgefühl. Nur eines wusste er mit
Sicherheit:

Er blieb ein schwebender Fall.

Nach einer Woche bekam Mehmet wieder einen Brief von
Pierre Ferrier. Es war eine Kopie der neuesten Rechtsschrift,
welche die Beweislage, wie sie sich nun dem Anwalt präsentierte,
auf den neuesten Stand brachte. Ferriers leiser Zweifel, den er
an Mehmets Glaubwürdigkeit gehegt hatte, weil dieser für die

Schuhherstellung vorfabrizierte Teile gebrauchte, waren nun der gefestigten Überzeugung gewichen, dass Mehmet ein Schuhmacher sein musste, der sich nicht immer genau auszudrücken vermochte.

Mehmet war zufrieden. Er gab sich der Gewissheit hin, dass man beim Gericht wusste, dass er ein Schuhmacher war, dass seine Asylgründe nun auf einem soliden Fundament standen.

Anfang September hatte Mehmet einen zweiten Termin bei seiner Zahnärztin. Die Entzündung des Zahnfleisches war abgeklungen und die Eiterung um die Wurzel ausgeheilt. Die Schmerzen, die ihn immer wieder geplagt hatten, waren verschwunden. Doktor Cavalli konnte nun den toten Zahn endgültig im Zahnfleisch verankern. Und Mehmet konnte beim Essen wieder beissen, ohne an den wackligen toten Zahn zu denken.

Die Rechnung für die Zahnbehandlung übernahm das Sozialamt. Die Sanierung seines Gebisses war ein angenehmer Nebeneffekt seines Rekurses.

Mehmets dritter Herbst in der Schweiz hatte sich wie üblich angekündigt. Für ihn war das erste Anzeichen des Herbstes das veränderte Sonnenlicht. Plötzlich war es ein wenig fahler, weniger gleissend und irgendwie ein bisschen bedrückend, weil der Sommer zu Ende war. Die Pflanzenwelt veränderte sich. Das grüne Laub verwandelte sich in ein prachtvolles Meer von roten, gelben und braunen Farbtönen.

Nach den aufregenden Ereignissen des Sommers kehrte bei Mehmet eine Phase der relativen Ruhe ein. Er schrieb seiner Cousine Khesal einen Beileidsbrief wegen Davuds Tod. Es war schwierig, die richtigen Worte zu finden. Davud hatte ungleich grössere Opfer auf sich genommen als er. Nun war er tot. Und er, Mehmet, hatte sich ins Exil gerettet. Manchmal fragte er sich, ob Khesal ihn deswegen verachtete. Die Wut, die er gegenüber Davud empfunden hatte, erwähnte er nicht.

Mehmets Warten ging weiter. Für ein paar weitere Tage konnte er bei Martha Hugentobler wieder Gartenarbeiten erledigen. Sonst war er wie eh und je zur Untätigkeit verurteilt.

Mehmets drittes Jahr in der Schweiz wurde bestimmt durch

die Veränderungen in Ayşes Leben. Obwohl es für Mehmets Asylverfahren nichts mehr zu tun gab, pflegten sie weiterhin Kontakt miteinander. Die Vertrautheit, die sich zwischen ihnen eingestellt hatte, führte zu einer Vertiefung ihrer Beziehung. Die Rollen zwischen Ayşe und Mehmet vertauschten sich. Hatte im vergangenen Jahr Mehmet Ayşe sein Leben anvertraut, so tat sie es jetzt ihm gegenüber. Ayşe erzählte immer freimütiger über das, was sie beschäftigte. Dazu gehörten auch ihre Schwierigkeiten mit Cumhur. Sie beklagte sich, dass er sie zunehmend kontrolliere. Einmal sei er in einem Laden, in welchem sie gerade eingekauft habe, unter dem Vorwand aufgetaucht, er habe vergessen, ein Gewürz auf die Einkaufsliste zu setzen.

Im Januar erfuhr Mehmet, dass Ayşe heimlich eine Arbeitsstelle in einer Quartierbäckerei angetreten hatte. Sie war ganz verzweifelt, als sie Mehmet an einem kalten Abend zufällig im Berner Bahnhof antraf. Am Nachmittag war Mehmet in seiner ehemaligen Unterkunft Dreispitz gewesen, um günstig einzukaufen. Er fand den Mann, der billige Kleider verkaufte, in der Küche. Und er hatte für Mehmet eine passende Hose, für nur fünfundzwanzig Franken. Zwar hatte Mehmet ein schlechtes Gewissen, da er wusste, dass er Hehlerware erwarb. Aber er setzte sich über seine Bedenken hinweg und verliess die Unterkunft rasch wieder, um sich keine Schwierigkeit mit der Polizei einzuhandeln.

Ayşe und Mehmet gingen ins Café Roma. Dort erzählte Ayşe Mehmet aufgeregt, sie habe beinahe ihre Stelle verloren.

«Was, du arbeitest!», stiess Mehmet überrascht hervor.

«Ja, ich habe es bisher niemanden gesagt», gestand Ayşe erschrocken, wie jemand, der auf frischer Tat ertappt wird.

Und dann erzählte sie Mehmet die ganze Geschichte. Frau Borsellino, Ayşes Chefin, habe vergessen, sie auf die erstmals ins Sortiment aufgenommenen Urbrote aufmerksam zu machen. Als eine Stammkundin ein Urbrötli verlangt und dabei eine Handbewegung in Richtung des Gipfelkorbes gemacht habe, habe sie ihr einen Gipfel gegeben. Sie habe gedacht, ein Gipfel sei ein Symbol für einen Uhrzeiger, der etwa auf neun Uhr stehe. Sie habe erst nach einem Blick ins Lexikon gelernt, dass ur gleichbedeutend mit alt sei. Die Kundin habe sich entsetzlich über diesen Fehler aufgeregt und dabei über die Ausländer geschimpft. Zum Glück habe ihre Chefin zu ihr gehalten.

Nun war es Mehmet, der Ayşe aufmunterte. Ayşe hatte grosse Angst, ihre Unerfahrenheit und mangelnde Kenntnis von wichtigen deutschen Wörtern könnten erneut die Kundschaft gegen sie aufbringen und sie in der Bäckerei untragbar machen. Ayşe schärfte Mehmet ein, Cumhur davon kein Wort zu sagen. Mehmet winkte ab. Diese Gefahr bestand nicht im Geringsten, denn er hatte Cumhur seit jenem Abend, als sie die Ablehnung seines Asylgesuches besprochen hatten, nicht mehr gesehen. Und das war im Mai des vergangenen Jahres gewesen.

Ayşe sah sich bald gezwungen, infolge ihrer zerrütteten Beziehung zu Cumhur eine weitere Entscheidung zu treffen.

Ihre regelmässige Abwesenheit von zu Hause fiel ihrem Mann nicht auf. Nach dem zweiten Zahltag Ende Februar brauchte Ayşe kein Haushaltungsgeld mehr. Die laufenden Ausgaben wie Mietzins, Telefonrechnung und Krankenkassenprämien bezahlte Cumhur. Erst Mitte März fiel es ihm auf, dass Ayşe noch kein Geld von ihm verlangt hatte.

An einem Sonntagabend fragte Cumhur beim Nachtessen seine Frau, weshalb sie so lange kein Geld mehr von ihm gebraucht habe. Sie hatten sich den ganzen regnerischen Tag gestritten, und die Stimmung zwischen ihnen war gereizt. Anstelle einer Antwort schob Ayşe ihrem Mann wortlos die letzte Lohnabrechnung über den Tisch. Cumhur erbleichte. Dann bekam er einen Wutanfall und beschuldigte seine Frau, ihn zu hintergehen.

Ayşe begriff, dass sie mit ihrem Schritt Cumhurs Stolz verletzt hatte. Aber seine Empfindlichkeit kümmerte sie wenig. In ihren Augen lebte er sowieso wie jemand, der durch den Schnee ging und mit einem Zweig die Spuren hinter sich zudeckte. Er blickte weder zurück, noch um sich, sondern immer nur vorwärts, in die eigene Zukunft. Er war nur bestrebt, die Stellung, die er in der Türkei verloren hatte, hier wieder zu erlangen. Ayşe hatte Cumhurs Reaktion auf ihren Schritt in die Autonomie vorausgesehen und einen Plan gefasst. Die letzten Wochen und Tage hatten den Kern ihrer Beziehung blossgelegt: Dort gab es nichts mehr, das sie verband!

Mit einem Ruck stand Ayşe auf und verschwand wortlos im Schlafzimmer. Mit einem reisefertigen Bündel in der Hand kehrte sie nach wenigen Minuten zurück. Sie stellte sich vor ihren Mann, stemmte die Hände in die Hüfte und sagte mit gefasster Stimme:

«Machen wir es kurz, Cumhur. Unsere Ehe ist sowohl für dich wie für mich die Hölle. Das Beste ist, wir trennen uns … gleich jetzt, um die endgültige Scheidung vorzubereiten. Ich ziehe aus, ich gehe in ein Hotel und werde mir von dort aus ein Zimmer suchen. Ich hoffe, du bist so einsichtig und vernünftig, die Scheidung zu akzeptieren. Wir leben nicht mehr in unserem Land, hier gelten andere Regeln als in der Türkei.»

Ayşe hielt inne und atmete schwer, als ob sie lange gerannt wäre.

Cumhur sass erstarrt auf seinem Stuhl.

«Du bist wohl übergeschnappt, Ayşe. Du bleibst hier, ich werde dich nicht ziehen lassen.»

«Du kannst es nicht mehr verhindern», sagte sie mit grimmiger Entschlossenheit. «Meine Entscheidung ist endgültig. Sie ist nicht umkehrbar. Ich werde unseren Rechtsanwalt aufsuchen. Er wird mit uns eine Konvention ausarbeiten, vorausgesetzt, du hast noch einen Funken von Vernunft in dir. In einem halben Jahr können wir uns scheiden.»

«Hätte ich deinen Mehmet von Anfang an aus dieser Wohnung ausgesperrt, dann wäre unsere Ehe nicht zerbrochen», brüllte Cumhur.

«Lass gefälligst Mehmet aus dem Spiel. Er hat mit dieser Sache nichts zu tun. Wir beide haben uns auseinander entwickelt. Wir, wir …», sagte Ayşe wütend. «Nicht nur ich habe mich von dir entfernt, auch du hast dich immer mehr von mir entfremdet. Du siehst nur dich und leckst unablässig deine

316

Wunden. Ich bin auch ein Mensch, nicht ein Teil deiner Wohnungseinrichtung.» Ayşe unterstrich ihre Worte mit einer Gestik, als gälte es, ihren Ehemann vor einer unsichtbaren Richterbank eines schweren Verbrechens zu beschuldigen. «Ich wünsche uns beiden viel Glück.»

In Sekundenschnelle verliess sie die Wohnung. Cumhur blieb bewegungslos sitzen.

Bald fand sie eine Pension. Eine schmale steile Treppe führte zur Rezeption und zum Frühstückzimmer. Die Wirtin, eine Asiatin, sass an einem kleinen Tisch und ass, während sie fernsah. Das Gerät befand sich über einem grossen Aquarium mit winzigen bunten Zierfischen.

Die Asiatin liess ihren halb gefüllten Teller stehen, schrieb Ayşe ein und gab ihr den Schlüssel zu einem Einzelzimmer mit Etagendusche im vierten Stock. Die Rechnung für die erste Nacht musste Ayşe im Voraus begleichen. Für die restliche Zeit einigten sie sich auf die Bezahlung zu Beginn jeder Woche. Ayşe erreichte ihr Zimmer mit einem engen Lift, der zwei schlanken Menschen knapp Platz bot. Für den Rest des Abends schloss sie sich in dem nüchtern eingerichteten Zimmer ein. Sie warf sich auf das Bett und presste ihr Gesicht in das Kopfkissen, damit niemand ihr Schluchzen hörte. Am nächsten Morgen wachte sie mit rot geweinten Augen und feuchtem Kopfkissen auf.

Ayşe hatte sich für einen längeren Aufenthalt in der Pension eingerichtet. Aber schon ein paar Tage später entdeckte sie in der Mittagspause am Anschlagbrett eines Supermarktes eine Annonce für ein Estrichzimmer. Sie meldete sich bei der Besitzerin. Es war noch frei und sie mietete es auf der Stelle. Sofort konnte sie einziehen, da es schon seit Monaten leer stand.

Ayşe behielt ihren Auszug aus der Wohnung für sich. Sie brauchte Zeit, um ihren Entscheid innerlich zu festigen. Sie war sich bewusst, dass sie sich zu einem Schritt entschlossen hatte, der im kurdisch-türkischen Milieu allgemein und besonders bei den Männern missbilligt würde. Sie hatte gegen die Unverbrüchlichkeit der Ehe verstossen.

Mehmet erfuhr es durch Zufall.

Zwei Wochen, nachdem sie ausgezogen war, verabredete sie sich mit ihm im «Roma». Als Ayşe nach fast einer Stunde nicht erschien, wählte Mehmet ihre Nummer, obwohl sie ihm dies deutlich verboten hatte. Cumhur kam ans Telefon und teilte Mehmet mit unverhohlenem Ärger mit, Ayşe sei ausgezogen. Er verbarg seinen Zynismus nicht, als er hinzufügte, Ayşes Wegzug dürfte Mehmet kaum entgangen sein. Bevor Mehmet etwas sagen konnte, hängte er auf.

Verwirrt legte Mehmet den Hörer auf und kehrte an seinen Platz vor dem roten Vorhang zurück. Sein erster quälender Gedanke war, Ayşe habe einen Liebhaber. Sofort hatte er Ceylan Murat, den Mann, der ihm die Schuhmachersachen aus Kurdistan mitgebracht hatte, im Verdacht. Er hatte ihn nur an jenem Montag gesehen, als er den Koffer übergeben hatte. Jetzt glaubte er, schon damals Zeichen gesehen zu haben, dass zwischen den beiden etwas im Gange war. Und zum ersten Mal, seit er Ayşe näher kannte, war Mehmet eifersüchtig.

Bald darauf kam Ayşe ins «Roma». Zuerst war sie wütend auf Mehmet, weil er ihre alte Nummer angerufen hatte. Dann aber bestätigte sie ihm, Cumhur verlassen zu haben. Sie sprach dann lange von einer Art Kulturkonflikt, der sich zwischen ihr und Cumhur abspielte. Er ertrage es nicht, dass sie als Frau ihren eigenen Weg gehe.

Mehmet war über diese Neuigkeit verblüfft, sogar schockiert. Zum ersten Mal in seinem Leben erlebte er hautnah, wie eine Frau in einer wichtigen kulturellen Frage ihren eigenen Weg ging. Obwohl er ihren Entschluss intuitiv nur mit Mühe verstehen konnte, drückte er kein Wort der Missbilligung aus. Er wagte es auch nicht, sie zu fragen, ob sie einen Freund oder Liebhaber habe. Plötzlich erschienen ihm diese Fragen unwichtig. Ayşe war für ihn längst zur wichtigsten Bezugsperson und – zu einem Vorbild geworden.

An unserer Freundschaft wird auch eine neue Beziehung nichts ändern, war er überzeugt. Gedacht, und schon packte ihn die uneingestandene Eifersucht.

Im Gegensatz zu Ayşe hatte sich Mehmets Leben eine Zeit lang ohne grosse Höhenflüge und Tiefschläge abgespielt. Er genoss, so gut es ging, den Rhythmus, der den Dingen innewohnte. So hatte er das dritte Jahr in der Schweiz hinter sich gebracht. Der Mexikaner hatte ihm am Flüchtlingstag auf seinem Armband die dritte Linie neben der Aufschrift 15. April, 1-Schilfrohr gestickt. Mehmet hatte im Beisein von Ayşe rot, die Farbe der Liebe, gewählt.

Anfang Sommer schlug die Stimmung um. Mehmet hatte gehofft, er würde das Ergebnis von Ferriers Beschwerde innerhalb eines Jahres erfahren. Als im Juni immer noch keine Antwort vom Asylgericht eintraf, war er monatelang bedrückt. Alles erschien ihm auf einmal wieder hoffnungslos. Das Gefühl, seinen Asylantrag wie glühende Kohlen in Händen zu halten, wurde von Tag zu Tag bedrängender. Er hatte keine Lust zu essen, und wenn er etwas zu sich nahm, begnügte er sich vielfach mit Sandwiches. Brot und Käse zum Beispiel. Eintönigkeit, Lustlosigkeit und Niedergeschlagenheit prägten seinen Alltag. Immer häufiger starrte er vor sich hin.

Auch Konflikte stellten sich ein. Mehmet verwickelte sich häufiger als sonst in Streitereien um alltägliche Angelegenheiten in der Wohngemeinschaft. Die aufreibendsten Konflikte focht er mit seinem Anwalt aus. Weil er auch Ayşe hineinzog, geriet er mit ihr in einen handfesten Streit.

Mehmet hatte plötzlich das Gefühl, dass Pierre Ferrier nicht alles unternahm, was in seiner Macht stand. Zuerst dachte er, es liege am Geld. Er brachte die widerstrebende Ayşe dazu, Ferrier zu drängen, gegenüber dem Asylgericht härter aufzutreten. Ferrier sollte mehr Druck ausüben, damit sein Fall positiv entschieden würde. Mehmet stand neben Ayşe, als sie telefonierte. Zu Ayşes Überraschung befahl er ihr, ohne es ihr vorher angekündigt zu haben, Ferrier auszurichten, er wolle ihm für den Fall, dass er bald als Flüchtling anerkannt werde, nicht nur das Honorar bezahlen, sondern darüber hinaus eine bedeutende Geldsumme überweisen. Er sprach von fünftausend Franken. Obwohl Ayşe eine grimmige Grimasse aufsetzte, dolmetschte sie, um Mehmet nicht der Lächerlichkeit preiszugeben. Ferrier lehnte das Angebot sofort ab und erklärte, es sei üblich, dass Beschwerden ein Jahr oder mehr hängig seien. Er könne und wolle jetzt nicht bei dem Gericht intervenieren. Als das Gespräch beendet war, warf ihm Ayşe vor, sie überfallartig mit dem Angebot an Ferrier in eine unmögliche Situation gebracht zu haben. Es sei eine typisch türkische Mentalität, zu meinen, dass ein Anwalt mit Geld alles erreichen könne.

«Und woher willst du fünftausend Franken nehmen?», fragte Ayşe gereizt.

«Das geht dich nichts an.»

Ayşe gab ihm eine Ohrfeige.

«So gehst du nicht mit mir um!», schrie sie.

Der Streit eskalierte. Mehmet beschwerte sich bitter, niemand verstehe ihn. Er halte das Warten und untätige Herumsitzen nicht mehr aus. Schliesslich deutete er an, dass er Wege wisse, wie man hier zum schnellen Geld komme, mit dem er Ferrier Beine machen wolle. Ayşe war nicht auf den Kopf gefallen und wusste, dass Mehmet an Drogen dachte. Als sie sich trennten, gestand er ernüchtert ein, aus Verzweiflung so geredet zu haben, und versprach, die Gedankenspiele mit illegalen Geschäften aufzugeben.

Mitten im Hochsommer arrangierte Mehmet ein weiteres Treffen mit Pierre Ferrier. Es war das einzige ohne Ayşe. An ihrer Stelle hatte er einen Kurden engagiert, dessen Adresse ihm Kurt gegeben hatte. Man erzählte sich, dass Asylbewerber einen Ausweis bekommen konnten, wenn ein Psychiater ein Gutachten erstellte. Er hatte eine Adresse von einem Psychiater ausfindig gemacht, der gegen Geld Gefälligkeitsgutachten schrieb. Man hatte ihm gesagt, er solle angeben, er fühle sich beständig von Agenten der türkischen Polizei verfolgt.

Mehmet schilderte Ferrier, in welch schlechter psychischer Verfassung er sich befinde. Als er aber dem Anwalt gegenüber sass, gab er sein Vorhaben auf, seinen Zustand zu dramatisieren und ihm einen Verfolgungswahn vorzugaukeln. Es wurde ihm plötzlich bewusst, dass er mit dem Feuer spielte und seine ganze Glaubwürdigkeit aufs Spiel setzen würde, wenn er seinem Anwalt diese Lügengeschichte auftischen würde. Ferrier könnte sich bei Ayşe erkundigen, und sie würde das Täuschungsmanöver entlarven. So erzählte er ihm zerknirscht von seiner Essunlust, seinen extremen Stimmungsschwankungen und seinen aggressiven Impulsen. Schliesslich wollte er wissen, ob Ferrier ihm ein psychiatrisches Gutachten verschaffen könne.

Der Anwalt winkte ab und erklärte, er müsse warten, auch wenn es für ihn schwierig sei. Er sei nicht der Einzige. Dann forderte Mehmet Ferrier auf, eine Gerichtsverhandlung zu verlangen, an welcher er hart auftreten solle. Auch in dieser Beziehung hatte der Anwalt nichts ausser einer weiteren Enttäuschung zu bieten. Er könne Mehmets Wunsch nach einer förmlichen Gerichtssitzung nicht wahr werden lassen, weil diese nicht zwingend vorgesehen sei und nach dem Ermessen der Richter anberaumt werde, was nur selten der Fall sei.

Die Besprechung mit dem Anwalt hatte Mehmet auf den Boden der Realität zurückgeholt. Im Schlaf wurde er eine leichte Beute seiner lebhaften, quälenden Träume. Er träumte, wie sein eigener Fall behandelt wurde:

Kurt, der Betreuer in seiner ehemaligen Flüchtlingsunterkunft, führt ihn zu einem grossen Gebäude, das auf einem Hügel steht und dessen Eingang mit mächtigen griechischen Säulen geschmückt ist. Beide sind müde, als sie die zahlreichen Treppen bis zum Säuleneingang hinaufsteigen. Ein Gerichtsdiener in einer bunten, mit Goldknöpfen verzierten Uniform, geleitet sie in den Gerichtssaal. Dort setzt er Mehmet vor einen Roboter. Es ist ein grosser Maschinenmensch, der auf einer Art Thron sitzt. Aber das Gesicht besteht aus einem Bildschirm. Sonst ist niemand im Raum. Nur Kurt sitzt auf der Zuschauertribüne. Dann unterzieht der Roboter Mehmet einem Verhör über seine Flucht. Mit einer monotonen Stimme stellt er präzise Fragen. Seine eigenen Antworten kann Mehmet fortlaufend auf dem Bildschirm mitlesen. Sobald er eine Antwort gegeben hat, erscheinen auf der rechten Seite seine früheren Aussagen zum gleichen Thema. Wenn die Antworteten nicht miteinander übereinstimmen, klingelt es, und die Stimme sagt, dass und wie sich Mehmet eben widersprochen habe. Es klingelt oft, und am Schluss leuchtet die Punktzahl sechzehn auf.

«Mehmet Kayguzuz», sagt die Stimme. «Du hast das Geschenk beim Auspacken noch mehr zerbrochen. Schäme dich. Mit deinen sechzehn Widersprüchen und Ungereimtheiten hast du die Chance, dass man dir glaubt, verspielt.»

Mehmet wachte schweissgebadet aus dem Traum auf. Er erzählte ihn Ayşe, als sie sich das nächste Mal im «Roma» trafen. Sie sagte ihm, dass er abgemagert und ungesund aussehe.

Ein Lichtblick in dieser seelischen Not war für Mehmet der Prozess um den türkischen Phantomspion. Die schweizerische Presse berichtete breit darüber, ohne je einen Namen zu nennen oder ein Bild des Angeklagten zu zeigen. Als Mehmet Ayşe im Café Roma traf, lasen sie einen Bericht über den Prozessverlauf in einer schweizerischen Zeitung. Es wurde über die Aussage des türkischen Experten berichtet, der vom Gericht auf Antrag des Anwaltes des Mannes angehört wurde, dessen Telefon hätte abgehört werden sollen. Der Experte war ein kurdischer Journalist aus Deutschland, der ein Buch über die türkische Konterguerilla geschrieben hatte. Nach der Darstellung des Mannes, der das Ziel der missglückten Telefonabhörungsaktion gewesen war, wollte ihn der türkische Geheimdienst ermorden, weil im Notizbuch des Geheimdienstagenten ein Halbmond neben seinem Namen stand.

Der Experte schilderte mit Zahlen und Beispielen die Praktiken der türkischen Sicherheitsdienste im In- und Ausland. Der Leser erfuhr von den Zwangsumsiedlungen, den Foltermethoden an den politischen Gefangenen und dem Verschwindenlassen von Leuten. Mehmet selbst war sich nicht bewusst gewesen, dass zwischen zweitausend und dreitausend Dörfer in Kurdistan entvölkert worden waren. Betroffen von den Zwangsumsiedlungen waren drei Millionen Kurden. Selbst nach den untertriebenen Angaben des türkischen Innenministeriums gab es Anfang der Neunzigerjahre achtzigtausend politische Gefangene in der Türkei. Der Experte zitierte auch den Bericht des türkischen Menschenrechtsvereins, wonach allein 1995 hundertsechsundsechzig Menschen einfach verschwunden waren. Als Reaktion auf dieses Phänomen liess die Regierung Stadtpläne verteilen, damit die Menschen wieder den Weg nach Hause finden würden. Es war, als ob die Regierung ihnen den Verstand von Hühnern zuschrieb.

Als Mehmet das Café verliess, kaufte er an einem Kiosk die Zeitung, die sie eben gelesen hatten, und schickte den Artikel am folgenden Tag seinem Anwalt. Er schrieb ihm, er solle den Artikel dem Gericht schicken, das seine Beschwerde behandle, damit man dort wisse, wie es um sein Land stehe. Dass die schweizerische Presse darüber berichtete, erfüllte ihn mit grosser Genugtuung.

Im Verlaufe des Sommers erfuhr Mehmet auch, dass Birgül ein Kind bekommen hatte. Er dachte an die schwarzen Möbel in dem Zimmer, in welchem er die Wartezeit in Istanbul verbracht hatte und wie ihm Birgül mit strahlendem Gesicht verraten hatte, dass das Zimmer für ihr zukünftiges Kind bestimmt sei. Er schrieb ihr einen kurzen Brief.

Langsam erholte sich Mehmet von seiner depressiven Verstimmung. Als sich wieder die ersten Zeichen des Herbstes bemerkbar machten, lud Ayşe Mehmet zu einem Konzert mit einer Musikergruppe aus Kurdistan ein. Ayşe wollte ihm mit ihrer Einladung wieder in den Sattel helfen.

Das Konzert fand im Radiostudio statt. Der Saal war bis auf den letzten Platz besetzt. Unter den kurdischen Zuhörern aus der Türkei, Syrien, Irak und Iran waren auch viele Schweizer und Schweizerinnen. Ayşe und Mehmet sassen in der Mitte der drittvordersten Reihe.

Die Mitglieder der Gruppe, deren Star Perwer Sivan war, kamen Mehmet wie magische Botschafter vor, welche den Exilkurden und -kurdinnen Hoffnung vermittelten, dass der Traum vom unabhängigen, vereinten Kurdistan eines Tages wahr wer-

323

den könne. Als Mehmet die Gruppe sah und die ersten Takte hörte, wurde ihm bewusst, wie wenig Zeit er sich nahm, sich von Musik berauschen zu lassen. Er erinnerte sich an den letzten Abend in Istanbul, als die Zigeunergruppe ihre wehmütigen Melodien gespielt hatte.

Mehmet war sofort hingerissen von Perwer Sivans Gruppe. Mit ihren grasgrünen, von schwarzen Tupfen durchsetzten Overalls, die ein kämpferisches Flair hatten, musizierten sie in einem Halbkreis. In der Mitte sass Perwer Sivan. Sein pechschwarzer Vollbart und der grauschwarz karierte Turban verliehen ihm eine besondere Würde. Seine Lieder begleitete er mit der Saz. Mit einem milden, wehmütigen Klang in der Stimme erzählte er in seinen Liedern Liebesgeschichten und beklagte sein Heimweh nach Kurdistan. Wenn er Themen vom kurdischen Freiheitskampf und der Unterdrückung seines Volkes aufnahm, donnerte seine Stimme über die Köpfe der Zuschauer hinweg.

Erst mit der Zeit wandte Mehmet den Blick von Perwer Sivan ab und entdeckte den Rest der Gruppe: den dicken Geiger, den dünnen Kanunspieler, den krausköpfigen Interpreten mit der Blockflöte und den edel wirkenden Defspieler. Die blonde Geigerin stand am Rand.

Für zwei Stunden kam Mehmet das Leben sorgenfrei vor. Er liess sich von der Stimme, den Klängen der Musik und den Bildern, die vor seinem inneren Auge auftauchten, tragen, manchmal mit geschlossenen Augen. Ab und zu blickte er verstohlen zu Ayşe.

Sein Blick haftete oft an den Händen des Kanunspielers. Das Instrument hatte ihn schon in Istanbul fasziniert. Ayşe kannte sich in der Musik gut aus und erklärte Mehmet die Instrumente. Mit silbern glänzenden Verlängerungen seiner Finger zupfte der Musiker die Saiten, die über den Resonanzkörper gespannt waren. Mehmet konnte sich nicht erinnern, wann er das letzte Mal eine Def gesehen hatte. In blütenweisser Hose und Hemd, mit dem kleinen schwarzen Schnurrbart und den streng nach hinten gekämmten, vollen schwarzen Haaren strahlte der Defspieler etwas geradezu Fürstliches aus. Im Rhythmus der Musik hob und senkte er die Def, die er mit einer Hand umfasste, während er mit der anderen auf die Trommel schlug.

Vor der Pause stellte Perwer Sivan die Gruppe vor. Jedes Land im kurdischen Siedlungsgebiet war vertreten. Als das Konzert beendet war, liess das Publikum mit seinem lebhaften Beifall die Musiker nicht gehen. Immer wieder wurden sie zurückgeklatscht. Plötzlich strömten Frauen und Männer auf die Bühne und tanzten. Als Mehmet Ayşe von der Seite fragend anschaute, begegnete er ihrem Blick. Wortlos fanden sich ihre Hände, und Hand in Hand eilten sie auf die Bühne. Noch nie waren sie sich so nahe gewesen. Beim Abschied dann die ersten Küsse auf die Wangen.

Mehmet hatte an diesem Abend das Gefühl, als hätte er schon immer hier gelebt, als ob er nicht auf einen Asylentscheid wartete.

Neue Widersprüche

Am fünfzehnten September, punkt neun Uhr vormittags, versammelten sich vier Männer in einem fensterlosen Raum. Es waren drei Richter und ein Sekretär einer Kammer des nationalen Asylgerichts, einem Fachgericht, das die Amtsbezeichnung «Schweizerische Asylrekurskommission» trägt. Sie tun es nicht oft, weil die überwiegende Zahl der Fälle auf dem Zirkulationsweg entschieden wird. Mündliche Beratungen finden nur statt, wenn es um grundsätzliche Fragen geht. Der Vorsitzende, Fritz Tschümperli, eröffnete die Zusammenkunft der vier Juristen. Er war ein bulliger Mann und trug eine Krawatte aus grauer Seide, darauf waren zwei rote Libellen gestickt. Die Richter sassen um einen Tisch. Hinter Tschümperli, an der Wand, hing ein Porträt von Paul Cézanne. Es zeigte Gustave Geffroy an seinem Schreibtisch. Hinter ihm ein Büchergestell. Das Bild war in vollkommener Harmonie mit der Atmosphäre im Versammlungsraum. Hier wie dort über Akten und Bücher gebeugte Männer am Schreibtisch. Der Mann auf dem Porträt war nur altmodischer gekleidet, da ihn Cézanne vor hundert Jahren gemalt hatte.

«Meine Herren», eröffnete der Kammerpräsident die Sitzung, während er die Armbanduhr vom Handgelenk streifte und vor sich auf den Tisch legte. «Wir haben heute wie gewöhnlich viel zu tun. Jeder von uns hat vier Dossiers vorbereitet. Unsere Sitzung sollte wie immer nicht mehr als drei Stunden dauern. Für den Notfall habe ich eine Reservestunde – allerdings in die Mittagszeit hinein – vorgesehen. Alle Akten mit den Anträgen der Richter, welche die Rekurse vorbereitet haben, haben bei uns allen zirkuliert. Wir beginnen mit dem Dossier Mehmet Kayguzuz. Ich übergebe dem Referenten das Wort.»

Walter Zimmermann, dem die Instruktion des Falles übergeben worden war, räusperte sich.

«Danke, Herr Präsident. Ich nehme an, dass Sie meinen Antrag auf Ablehnung der Beschwerde gelesen haben. Es handelt sich – vereinfachend zusammengefasst – um einen kurdischen Asylbewerber, der von sich behauptet, ein Schuhmacher zu sein. Wegen einer grossmütigen, erst teilweise ausgeführten Lieferung von tausendfünfhundert Paar Schuhen an die PKK, soll er nach eigenem Bekunden in Schwierigkeiten geraten sein. Sein Cousin, ein Militanter der PKK und einer der Empfänger der Schuhe, soll dann verhaftet worden sein. Ob in flagranti, als er eben diese Schuhe an das Dorfvolk verteilte und damit für seine Organisation Propaganda machte, oder später, aufgrund einer Denunziation, ist unklar geblieben. Jedenfalls behauptet der Beschwerdeführer Kayguzuz, der gefangene Verwandte habe ihn als Lieferant der Schuhe verraten. Er sei jedoch einer Verhaftung knapp entkommen, angeblich, weil ihn die Polizei zuerst am falschen Ort gesucht habe, nämlich bei einem Onkel mit dem gleichen Familiennamen. Somit habe ihn dieser rechtzeitig telefonisch warnen können. So weit in Kürze die Aussagen des Rekurrenten.»

Zimmermann wendete das Blatt seines Referats und nahm bedächtig einen Schluck Mineralwasser.

«Viel hat der Mann selbst nicht erlebt», fuhr er fort. «Das heisst, er war nicht das Opfer eines ernsthaften Übergriffs von Seiten des Staates. Aber das will noch nichts heissen, denn es geht natürlich um die Frage, ob er eine begründete Furcht vor einer weiteren politisch motivierten und ernsthaften Verfolgung hat. Das zuständige Bundesamt hat ihn dreimal angehört, mit dem Resultat, dass er sich vier Mal widersprochen hat. Hinzu kommt, dass er sechs Sachen behauptet hat, auf welche sich unsere Vorinstanz keinen Reim machen konnte. Das Bundesamt nimmt ihm unter anderem seinen Beruf nicht ab. Mir erscheinen die dazu angeführten Gründe einleuchtend, wie Sie ja selbst nachlesen konnten. Schlagwortartig könnte man sagen, dem Mann fehlen die Branchenkenntnisse. Zudem hat er die Schuhe zu schnell gemacht und sie zu billig verkauft. Ich muss Ihnen die übrigen, einleuchtenden Erwägungen unserer Vorinstanz nicht im Einzelnen wiederholen.»

Der Vorsitzende Tschümperli nickte zustimmend und warf gleichzeitig einen unauffälligen Blick auf die Armbanduhr vor sich. Mit einem gelben Filzstift markierte er einzelne Passagen auf dem Referat, das ihm schriftlich vorlag.

«Nachträglich hat der Schuhmacher noch ein gefälschtes Dokument eingereicht. Schliesslich ist er in seinem Land nicht fichiert, wie das Bundesamt zuverlässig vor Ort abklären liess. Sie sehen, seine Aussagen wimmeln von Widersprüchen, Ungereimtheiten und Unwahrheiten.»

Der Vorsitzende nickte nochmals, während sein Kollege Messerli, der zu seiner Linken sass, die Stirn nachdenklich in Falten legte. Der Referent fuhr fort:

«In der Beschwerdeschrift behauptet der Anwalt, der Beschwerdeführer sei tatsächlich ein Schuhmacher.» Zimmermann wandte den Blick vom Blatt und dann in die Runde. «Weiter wird vorgetragen, Kayguzuz habe eine Geschichte vorgebracht, die im Wesentlichen einleuchtend und – abgesehen von verständlichen Gedächtnislücken – in sich stimmig sei. So müsse das Schreiben der Staatsanwalt als echt bezeichnet werden. Mit dem Rekurs, den wir zu beurteilen haben, werden fünf neue Beweismittel eingereicht. Nun stellt sich die Frage, wie der Fall zu beurteilen ist.»

Zimmermann machte eine Pause und sah den Vorsitzenden an. Dieser reagierte – nach einem Blick auf die Uhr als Zeichen der Ungeduld – mit einer Geste der Hand, fortzufahren. «Mein Sekretär und ich haben die Akten eingehend studiert und haben noch weitere Widersprüche entdeckt», fuhr Zimmermann fort. «Der Mann hat nämlich immer behauptet, er habe die Schuhe von A bis Z selbst hergestellt. Beim Anwalt hat er eine neue Version vorgebracht, warum er ein Paar Schuhe in so kurzer Zeit anfertigen konnte: Er habe vorgefertigte Bestandteile erhalten und sie zu Schuhen verarbeitet. Er hat also nach dieser Version sozusagen nach dem Prinzip des Outsourcings gearbeitet.»

Der Vergleich erregte Heiterkeit. Angeregt setzte Zimmermann seinen Vortrag fort:

«Dann haben wir eine weitere Überlegung angestellt. Kayguzuz müsste imstande gewesen sein, riesige Pakete mit enormen Gewichten von Hand wegzutragen, wenn seine Geschichte stimmen würde. Er hat nämlich behauptet, sein Cousin und ein anderer PKK-Kämpfer hätten jeden Samstag abwechslungsweise ein Paket Schuhe abgeholt. Wir haben nun ausgerechnet, dass die maximale Ladung aus achtzig Paar Schuhen bestanden hätte, und zwar nicht nur Halbschuhe, wie sein Anwalt behauptet, sondern auch Bergschuhe, die zehn Zentimeter über die Knöchel hinausgeragt haben sollen. Der Schuhmacher hat nämlich ausgesagt, es sei vorgekommen, dass er seine gesamte Wochenproduktion verschenkt habe. In der Woche habe er, wie gesagt, bis zu achtzig Paar Schuhe hergestellt», schloss Richter Zimmermann, nicht ohne zum Zeichen, dass ernsthafte Zweifel angebracht sind, seine Stirne zu runzeln.

Er nahm einen kräftigen Schluck Wasser und blickte kurz in erstaunte und nachdenkliche Gesichter.

«Meine Herren, wir haben keine Argumente gefunden, welche die Geschichte dieses Mannes als glaubhaft erscheinen lassen», fasste er seine Erkenntnisse mit ernster Miene zusammen. «Im Gegenteil», fügte er hinzu und klappte den Deckel des Dossiers zu. Von seinem Aktenberg entnahm er eine weitere dicke Aktenmappe.

«Wird dazu eine Diskussion gewünscht?», fragte der Vorsitzende mit einer Stimme, die Normalität signalisierte.

Richter Arthur Messerli machte sich mit einem Räuspern bemerkbar. Die Faust der rechten Hand hielt er vor seinen Mund, als er sich zu Wort meldete.

«Für mich stellt sich die Frage, ob wir den Mann nicht doch selbst noch anhören müssten. Ausserdem wurden noch Beweisanträge gestellt, unter anderem will der Anwalt die Berichte unserer Botschaft einsehen.»

Die Wimpern des Vorsitzenden hoben sich langsam, als er nach der Uhr griff. Zimmermann öffnete mit einem dürftigen Lächeln die Akte Kayguzuz wieder. Alle Blicke ruhten auf Messerli. Seine Stimme klang ein wenig gepresst, als er zu einem ausführlichen Votum ausholte:

«Unsere Vorinstanz hat dem Anwalt den Inhalt des Botschaftsberichtes zwar vollständig bekannt gegeben. Um aber mehr Vertrauen in unsere Entscheidfindung zu schaffen, ist es meines Erachtens notwendig, den Botschaftsbericht dem Beschwerdeführer und seinem Anwalt zu zeigen. In der Beschwerdeschrift wird meines Erachtens anhand einer Reihe von Fotos überzeugend dokumentiert, dass Herr Kayguzuz das Handwerk des Schusters beherrscht. Angesichts dieser Bilder ist es nicht mehr angebracht, an seinem Beruf zu zweifeln. Zudem kann er nachträglich den Beweis dafür antreten, dass sein Cousin bei der PKK gewesen und deswegen sogar umgebracht worden ist.» Zimmermanns Augen funkelten. Messerli liess die Stimme leiser werden. «An der Geschichte mit der PKK muss etwas Wahres sein, ... denn er konnte bis vor kurzem nicht wissen, dass er einen Teil seiner Geschichte beweisen kann. Zudem schreibt die Zahnärztin, dass ein Zahn durch Gewalteinwirkung beschädigt worden ist. Das Mindeste, was wir nach meinem Dafürhalten tun müssten, besteht darin, ihn anzuhören. So können wir einen persönlichen Eindruck von ihm erhalten, um die Glaubhaftigkeit seiner Geschichte mit gutem Gewissen beurteilen zu können.»

Messerli warf Zimmermann einen fragenden Blick zu.

«Die Aussagen wimmeln insgesamt von Widersprüchen», verteidigte dieser seinen Antrag sichtlich irritiert. «Dieser Mann ist wirklich nicht mit Wahrheitsliebe gesegnet. Wenn unsere Vorinstanz bloss Kayguzuz' gewerbliche Fähigkeiten bezweifelt hätte, könnte ich der Haltung von Kollege Messerli etwas abgewinnen. Aber die Zweifel stützen sich ja nicht nur auf den Beruf. Zudem, und das möchte ich mit dem allergrössten Nachdruck in die Waagschale werfen, habe ich schon eingangs erwähnt, müsste über ihn ein politisches Datenblatt existieren, wenn seine Geschichte wahr wäre, was aber gerade nicht der Fall ist, werter Kollege Messerli.»

«Aber Herr Kollege, überlegen Sie mal!», rief dieser aus und bohrte im Takt den Zeigefinger in die Luft: «Wenn das Bundesamt der Frage, Schuster ja oder nein, ein so grosses Gewicht einräumt und nicht weniger als drei Gründe dagegen anführt, ist es wahrlich nicht verständlich, weshalb es ihm nicht gestattet hat,

sein berufliches Können vorzuführen. Auf die Idee, diesen Tatbeweis anzutreten, ist Kayguzuz von alleine gekommen, da er
damals noch nicht von einem Anwalt vertreten war. Warum soll
die Geschichte mit den Schuhen für die PKK, mithin die Verhaftung des Cousins, erfunden sein?», fragte Messerli scharf.

Zimmermann legte den Zeigefinger horizontal auf den Daumen und spreizte die restlichen Finger in die Höhe, als wolle er
die Feinheit seiner Gedankenführung mit dieser Gestik unter-
streichen.

«Dass Kayguzuz mit den Terroristen nichts am Hut hat»,
erwiderte er, «geht klar und unangreifbar daraus hervor, dass es
über ihn keine Fiche gibt!»

Zimmermann schüttelte den Kopf. Messerli erkannte, dass er
mit seiner Beweiswürdigung nicht durchdringen würde. Er
änderte deshalb seine Taktik.

«Müssen wir nicht genauer untersuchen, ob unsere Verwal-
tungsgesetze Nachforschungen vor Ort überhaupt erlauben?»,
fragte er mit leiser Stimme, im Kreis seiner Kollegen nach einer
zustimmenden Geste suchend. Der Kollege, der ihm gegenüber
sass, schenkte sich Mineralwasser ein. Da Messerli nirgends ein
Echo fand, gab er sich die Antwort gleich selbst: «Mir scheint,
wir müssen, … zwingend.» Dann schlug er einen schärferen
Tonfall an: «Immerhin gibt das Bundesamt das Heft aus den
Händen, sodass keiner von uns weiss, wen unsere Botschaft mit
den Abklärungen beauftragt und wie das Ganze überhaupt vor
sich geht. Vermutlich ist sogar die Botschaft selbst schlecht bis
gar nicht darüber informiert. In jedem Fall stellt sich die Frage,
ob die Auskünfte der angefragten türkischen Polizei über die
Fichen und die Fahndungsliste glaubhaft sind. In der Rekursschrift werden gute Gründe angeführt, weshalb im Lande des
Herrn Kayguzuz niemand den Überblick über all die regulären
und irregulären Geheim- und Sicherheitsdienste haben kann.
Zudem gibt es vielfältige Geheimhaltungsinteressen, die uns
vorsichtig machen müssen.»

Tschümperli warf nochmals demonstrativ einen Blick auf
seine Armbanduhr, die er in immer grösseren Kreisen auf der

Tischplatte hin- und herschob, als träfe sie die Schuld an der Situation. Dann tastete seine Hand über den unerledigten Aktenberg links neben ihm. Über diese unerwartete Ausweitung des Verhandlungsgegenstandes durch Messerli war er äusserst ungehalten.

«Es ist uns von Gesetzes wegen nicht erlaubt, die Sache so weit zu untersuchen, wie es dem Wunsch von Kollege Messerli entspricht», verkündete er mit mächtiger Stimme. «Wie unsere Vorinstanz vorgeht, wenn sie ein Asylgesuch auf seinen Wahrheitsgehalt hin überprüft, darf und kann uns nicht interessieren.»

«Wo kämen wir bei diesen Asylbewerberzahlen hin», kam ihm Richter Donat Kamber zu Hilfe, «wenn wir nachprüfen wollten, ob das stimmt, was man unseren Diplomaten sagt! Die Mitarbeiter in der Botschaft sind näher an der Sache als wir. Sie können besser beurteilen, wen sie was bei Sachabklärungen zu fragen haben. Für mich gibt es nicht den geringsten Grund, an der Arbeit unserer Vertretung im Ausland zu zweifeln. Wir können nicht klüger sein als die», sagte er, Messerli einen missbilligenden Blick zuwerfend. «Ich beantrage Schluss der Debatte.»

Der Vorsitzende Tschümperli nickte zustimmend.

«Es steht also ein Antrag zur Diskussion, nämlich die Anhörung des Herrn Kayguzuz. Sind Sie damit einverstanden, Kollege Messerli?», fragte er.

«Nicht ganz, es fehlt mein Antrag, auch darüber abzustimmen, ob wir das Vorgehen der Diplomaten selbst untersuchen sollen», rief Messerli in Erinnerung.

Sein Vorhaben, auch die Akteneinsicht in den Botschaftsbericht zur Abstimmung zu bringen, liess er fallen, um diesem Antrag grössere Chancen zu geben.

«Als Vorsitzender dieses Gremiums lasse ich eine Abstimmung über diese Frage nicht zu», erklärt Tschümperli freundlich, aber mit grosser Entschiedenheit und erläuterte seinen Standpunkt: «Wir sind in unserer Prüfungsbefugnis nämlich beschränkt. Von Gesetzes wegen sind wir zu solchen Untersuchungen gar nicht berechtigt, wie ich schon vorhin sagte. Ich bringe deshalb nur den Anhörungsantrag betreffend Herrn Kayguzuz zur Abstimmung. Herr Sekretär, halten Sie das Resultat in den Akten fest!», ordnete Tschümperli an.

«Ich protestiere gegen diese richterliche Selbstbeschränkung», sagte Messerli.

«Gut, halten Sie den Protest formell im Protokoll fest, Herr Sekretär», befahl Tschümperli kurz. «Wir stimmen jetzt über den Verfahrensantrag ab. Wer ist dafür, dass Kayguzuz vorgeladen wird?»

Messerli votierte dafür, Tschümperli und Zimmermann dagegen. Der Sekretär hielt das Abstimmungsergebnis fest, ohne anzuführen, wer wie entschieden hatte.

«Ich ordne nun die Schlussabstimmung an. Wer stimmt dem Antrag des Kollegen Zimmermann zu, die Beschwerde abzuweisen? Wird ein anderer Antrag gestellt?»

Alle Blicke ruhten auf Richter Messerli, der nervös in seinen Unterlagen blätterte.

«Sie bringen mich in eine schwierige Lage. Ich bin der Meinung, dass die Entscheidungsunterlagen nicht genügen. Ich stelle keinen Antrag, enthalte mich aber der Stimme», erklärte er, wohl wissend, dass es für Mehmet Kayguzuz keinen Unterschied machte, da er ohnehin verloren hatte.

«Gut dann stimmen wir ab», entschied der Vorsitzende.

Wieder stimmten die anderen geschlossen für die Ablehnung der Beschwerde. Messerli enthielt sich der Stimme.

«Damit ist der Fall entschieden. Der Gerichtsschreiber wird beauftragt, das Urteil zu begründen und dem Instruktionsrichter Zimmermann zur Unterschrift vorzulegen.»

Der Sekretär nickte stumm. Richter Zimmermann übergab ihm die dicke Aktenmappe, den Fall Mehmet Kayguzuz. Mit einem Blick auf die Uhr, die er spielerisch vom Rand in die Mitte des Tisches schob, leitete Tschümperli zum nächsten Verhandlungsgegenstand über.

Mehmets Kayguzuz' Schicksal ist besiegelt, seine Akte bereit für das Archiv, dachten Kammerpräsident Tschümperli und sein Kollege Zimmermann.

Die erträgliche Schwere des Seins

Unschlüssig stand Mehmet vor der Haustüre. Seit dem Konzertbesuch hatte er Ayşe nicht mehr gesehen. Ihren Kuss spürte er immer noch auf seiner Wange, so frisch, als ob es gestern gewesen wäre. Auch an ihren Atem und den Geruch ihrer Haut erinnerte er sich. Das Holz der Türe war verwittert. Nur an einigen Stellen war zu erkennen, dass sie einmal rostrot lackiert worden war. In der Mitte gab es ein kopfgrosses, vergittertes Guckfenster, das man von innen öffnen konnte. Das Haus befand sich gegenüber der Endstation einer Tramlinie. Daneben stand das Restaurant Zur schönen Aussicht. Ein kleiner, mit Kies ausgelegter Garten davor. An der Wand standen ein paar aufgestapelte Stühle. Mehmet war völlig niedergeschlagen. Jetzt zog ihn alles, nicht nur sein Stimmungstief, zu Ayşe. Der Wunsch, sie zu sehen, hatte sich tief in seine Seele gegraben.

Kurz vor Mittag hatte er den Umschlag aus dem Briefkasten genommen. Noch bevor er auf den Absender geschaut hatte, hatte er geahnt, dass die Post von seinem Anwalt stammte. Niemand ausser ihm schickte ihm Briefe im A4-Format. Seine Hände hatten gezittert, als er den Umschlag aufgerissen hatte.

Zuerst hatte er Ferriers Brief gelesen. Der Anwalt schrieb, dass er Mehmet eine schlechte Nachricht überbringen müsse. Seine Beschwerde sei vom Asylgericht abgelehnt worden. Das Urteil sei endgültig. Mehmet müsse in Kürze damit rechnen, seine Ausreisefrist zu erhalten. Dem kurzen Brief lag das Urteil bei. Es umfasste zwanzig Seiten, geschrieben auf Umweltschutzpapier. Den ganzen Tag über hatte Mehmet sich in seinem Zimmer eingeschlossen. Er war am Boden zerstört. Die meiste Zeit lag er bewegungslos auf dem Bett. Eine Weltuntergangsstimmung drückte ihn nieder, und es war ihm, als sei er erneut aus seinem Leben gefallen, wie damals, als sein Onkel ihn angerufen und vor der Polizei gewarnt hatte. Erst gegen Abend raffte er sich auf und ging spazieren. Dann setzte er sich in ein Restaurant, bestellte Bier und beschloss, Ayşe den Brief zu bringen. Er spürte den Alkohol.

Er verharrte unschlüssig vor dem Haus, in welchem sie wohnte. Von einer Turmuhr schlug es zehn Uhr. Es war dunkel. In der Nähe brannte eine Strassenlaterne. Sie hing leicht schaukelnd an einem Drahtseil mitten über der Strasse. Gelegentlich fuhr ein Auto vorbei.

Es war kalt und Mehmet fror. Er wusste nicht, ob er Ferriers Brief und das Urteil bloss in ihren Briefkasten werfen oder sie in ihrem Zimmer aufsuchen sollte. Er spürte, dass sein Herz beim Gedanken, plötzlich vor ihrem Dachzimmer zu stehen, pochte.

Mehmet suchte die Briefkästen. Draussen gab es keine. Und die Haustüre war verschlossen. Er suchte Ayşes Namen auf den Schildern neben den Klingeln. Er fand ihn nicht. Offensichtlich hatte ihr Dachzimmer keine eigene Klingel.

Mehmet überlegte, ob er die unterste drücken solle, damit ihm jemand die Türe aufmache. Dann sah er, dass auf der linken Seite des Erdgeschosses das zweite Fenster beleuchtet war. Es war ein unruhiges Licht. Vorsichtig schlich sich Mehmet ans Fenster. Durch den Schlitz des Vorhanges sah er eine gebückte Frauengestalt mit einem Rossschwanz. Er sah sie von hinten. Sie sass vor dem Fernseher. Auf dem Bildschirm schlich ein Mann mit vorgehaltener Schusswaffe einen finsteren Gang entlang.

Mehmet kehrte zum Hauseingang zurück. Als er mit der Fingerspitze schon die Klingel berührte, zog er seine Hand wieder zurück. Er befürchtete, dass die Frau ihm nicht öffnen würde, wenn sie zum Fenster hinaussehen und ihn sehen würde.

«Wo ist mein verfluchter Schlüssel?», hörte Mehmet eine Stimme hinter seinem Rücken. Überrascht drehte er sich um. Es war ein heimkehrender Betrunkener. Der Mann wurde von einem Hustenanfall geschüttelt, bevor er schwankend an den Strassenrand spuckte. Dann machte er sich schwerfällig in der Hosentasche zu schaffen. Es war eine hagere Gestalt, die einem geknickten Strohhalm glich. Mehmet verstand nicht alles, was er murmelte. Er nahm nur den Geruch seiner Alkoholfahne wahr. Plötzlich fiel etwas klirrend auf den Boden. Im Scheinwerferlicht eines herannahenden Autos erkannte Mehmet, dass es ein Schlüssel war.

«Ich helfen?», fragte er und hob ihn auf.

«Hast du auch ein wenig über die Schnur gehauen?», fragte der Betrunkene und gab Mehmet einen kumpelhaften Klaps auf die Schulter. Mehmet steckte mit einem Augenzwinkern, das der andere wegen der Dunkelheit nicht sehen konnte, den Schlüssel ins Schloss, drehte ihn zweimal nach rechts und drückte die Klinke hinunter. Es kam Mehmet wie ein Wunder vor, als sich die Haustüre öffnete. Mehmet gab den Schlüssel seinem Besitzer zurück und liess ihn zuerst eintreten. Der Betrunkene vergass, die Türe abzuschliessen, genau wie Mehmet gehofft hatte, und verschwand in der Wohnung, in der die Frau fernsah. Einen kurzen Moment flackerte das Fernsehblau im Flur auf. Gleichzeitig ertönten aus der Wohnung Schüsse aus dem Kriminalfilm. Sogleich mischte sich eine schrille Frauenstimme in die Geräuschkulisse. Sie galt dem angetrunkenen Ehemann.

Mehmet stand vor den Briefkästen im Hausflur. Es waren alte Holzkästen mit Löchern, die nicht abgeschlossen waren. Hier wollte er die Post nicht einwerfen und entschied sich, den Brief Ayşe unter der Türe durch ins Zimmer zu schieben. Als er die letzten Stufen zum Dachgeschoss hinaufstieg, verlor sich die kreischende Stimme der Frau im Erdgeschoss in der Stille des Abends.

Der Korridor des Dachgeschosses hatte einen Holzboden. Es brannte schummriges Licht. Auf Zehenspitzen bewegte sich Mehmet vorwärts, zuerst die linke Hälfte inspizierend. Nach ein paar Schritten knarrte es, und er blieb stehen, während ihm ein Schauder über den Rücken lief. Die Tür zur Toilette stand ein wenig offen. Sie war eben benutzt worden. Es stank, und der Spülkasten füllte sich geräuschvoll mit Wasser. Aus dem Zimmer gegenüber ertönte Radiomusik. Nochmals erschrak Mehmet, als er den gelben Kleber «Stadtpolizei» erblickte. Jetzt vernahm er Lustschreie hinter der gleichen Türe. Mehmet sah keine weiteren Zimmertüren mehr und zog sich zurück, um die andere Hälfte des Korridors zu erkunden.

Hier gab es vier Türen. An drei klebten kleine Zettel. Darauf standen nur Familiennamen: Kasippippilai, Ponto und Bartel.

Die Vornamen waren immer abgekürzt, sodass man nicht wusste, ob Frauen oder Männer dahinter hausten. Mehmets Beine fühlten sich müde an. Obwohl sie zitterten, ging er immer noch auf den Zehen. Sein Blick fiel auf die letzte Türe. Auf einer gelben Sonnenblume aus Karton, die mit einem kleinen goldenen Nagel an der Türe befestigt war, stand: A. Demioğlu.

Mehmet stand vor Ayşes Türe. Er atmete kaum und sein Herz schlug in rasendem Tempo. Das Blut raste mit solcher Macht durch seine Adern, dass er sich an die Brust griff. Er zog Ferriers Brief und den Kugelschreiber aus der Brusttasche seiner Jacke, drückte den Umschlag an die Wand und schrieb mit zittriger Hand: «Ayşe, lies das Urteil bitte durch. Ruf mich möglichst schnell an und sag mir, was drin steht.» Eine Weile überlegte er sich, welche Worte er für den Gruss wählen sollte. Er schwitzte. Die Finger, mit denen er den Kugelschreiber festhielt, waren nass. Am liebsten hätte er «in Liebe» geschrieben. Aber er getraute sich nicht und kritzelte ein verzittertes «Danke, bis bald, Mehmet» hin.

Zwischen Türe und Boden war ein kleiner Spalt. Mehmet konnte nicht sehen, ob drinnen Licht brannte. Kein Geräusch drang an sein Ohr. Er überlegte sich, ob er von aussen schauen sollte, ob im Zimmer Licht brannte. Er blickte auf die Uhr. Es war inzwischen fast halb elf. Er verwarf den Gedanken, denn Ayşe schlief vielleicht bereits.

Mehmet hielt den Atem an. Er bückte sich und schob den Umschlag unter der Tür hindurch. Was ihn zum nächsten Schritt veranlasste, wusste er nicht. Er war zu aufgeregt. Vielleicht befürchtete er, Ayşe habe vergessen, die Türe abzuschliessen und ein Eindringling könnte sich seines Umschlages bemächtigen. Mehmet griff nach der Türklinke und drückte sie nieder. Die Tür gab nach und – öffnete sich weit.

Er sah Ayşe. Sie lag im Bett, den Kopf auf dem weissen, zusammengerollten Kopfkissen, das grüne Leintuch und die blaue Federdecke reichten bis zu ihrem Bauch. Das Buch, das sie in den Händen hielt, fiel lautlos auf das Bett. Ayşe zuckte zusammen und stiess einen Schrei aus.

«Mehmet, du bist es», sagte sie mit weit aufgerissenen Augen und die Hand auf den Mund haltend.

«Ja, entschuldige, es ist auch für mich ein bisschen plötzlich ..., dass ich einfach da bin», stammelte Mehmet und blieb wie angenagelt vor der Türe stehen.

Sein Blick pendelte zwischen Ayşe und dem Umschlag auf dem Boden hin und her. Bevor er weiterreden konnte, nahm Mehmet in den Augenwinkeln eine Gestalt war, die schnell auf ihn zukam. Es war ein Mann, der nur mit einer Unterhose bekleidet war. Seine Haare waren verklebt und ragten in alle Richtungen. Mit einem Blick dem Korridor entlang stellte Mehmet fest, dass vor dem Zimmer, aus dem eben das Liebesgeflüster zu hören war, eine Frau in einem Morgenrock stand und zu ihnen spähte. Der Stadtpolizist!, ging es Mehmet durch den Kopf.

Jetzt stand der Mann dicht vor Mehmet. Mit dem Handrücken wischte er sich den Schweiss von der Stirne.

«Was machen Sie hier ...!», fragte er, den Hals herausfordernd nach vorne reckend, die rechte Hand gespreizt, als hole er zum Schlag aus.

Ayşe schlug die Decke zurück und sprang aus dem Bett.

«Guten Abend, Herr Wackernagel», sagte sie unter dem Türrahmen. «Vielen Dank, dass Sie mir zu Hilfe kommen wollen. Es besteht aber kein Grund zur Unruhe. ... Es ist ... ich habe Mehmet nur nicht erwartet. Ich bin wohl ein wenig schreckhaft. Man weiss heute nie. Es ist nichts ...», stotterte sie mit einem Lächeln, das keines war.

«Dann bin ich ja beruhigt ...», sagte der Mann, nicht ohne einen misstrauischen Blick auf Mehmet zu werfen. «Na, dann gute Nacht», sagte er und wandte sich ab.

Ayşe und Mehmet sahen sich an. Beide stiessen gleichzeitig die angehaltene Luft aus. Ayşe machte einen Schritt gegen Mehmet und fiel ihm um den Hals, als hätte sie ihn von einer langen Reise sehnlich zurückerwartet. Zwischen der Türe und der Schlafstatt, einer Matratze auf einem Holzgestell, gab es nur ein Zwischenraum von zwei Schritten. Ayşe zog Mehmet in das

338

Zimmer und gab der Türe mit dem Fuss einen Stoss. Sie fiel krachend ins Schloss. In dem engen Raum stiess Ayşe beim Rückwärtsgehen an das Bett, verlor das Gleichgewicht und fiel auf die Matratze. Da sie Mehmet festhielt, landete er neben ihr. Ayşe bedeckte seinen Mund und sein ganzes Gesicht mit Küssen, strich ihm durch das schwarze, strähnige Haar. Ihre Hand glitt langsam über seine Schultern und seinen Rücken.

Ayşes unerwartete, stürmische Begrüssung durchflutete Mehmet mit einem unendlichen Gefühl des Glücks. Er erwiderte ihre Zärtlichkeiten und kam sich wie in einem Traum vor, unwirklich, leicht, als schwebe er durch den Weltraum, an fallenden Sternschnuppen vorbei.

Mehmet spürte, wie Ayşes warme Hand über seine Brust fuhr. Er umarmte sie, und ihre Körper schmiegten sich eng aneinander. Es war ihm, als ob sein drückendes Weltuntergangsgefühl, das an diesem Tag so schwer auf ihm lastete, weggeschoben würde und sich eine Öffnung auftat, durch die ein Lichtstrahl fiel. Er umflutete ihn, hauchte die Schwere aus seinem Leib, hob ihn empor und trug ihn sanft durch einen zeit- und schwerelosen Raum, weit weg, in die Unendlichkeit. Der letzte Rest seiner Schwermut begann sich aufzulösen wie Wasserdampf. Um ihn breiteten sich Düfte von Rosmarin und Thymian aus, und eine geheimnisvolle, unsichtbare Kraft trug Mehmet in seine Kindheit und damit in die Geborgenheit seines Bergdorfes, seiner Familie und seiner Bewohner zurück. Wenn die Liebe nicht mehr zwischen du und ich unterscheidet, steht die Zeit still, das Gefühl für Raum und Zeit geht verloren. Es gibt weder Gestern, noch Heute oder Morgen, nur noch das Jetzt.

Als Mehmet aus seiner glückseligen Welt wieder auftauchte, lag er im Bett neben Ayşe, ihr so nah, dass er den Rhythmus ihres Atems wahrnahm. Er öffnete die Augen. Sie schenkte ihm ein strahlendes Lächeln. Sie lagen nackt in einem schmalen Bett. Mehmet liess seinen Blick wandern. Das Bett stand in der Ecke eines kleinen Zimmers. Ein grasgrünes Leintuch, eine Wolldecke und ein blaues, mit Federn gefülltes Kissen bedeckten es. Der Schein des Mondes fiel auf das Bild eines Jahreskalenders über einem kleinen Tisch, auf dem sich einige Bücher, eine Kaffeetasse und Schreibblöcke befanden. Das Kalenderbild zeigte einen grob gezimmerten Tisch, überspannt mit einem vielfach geflickten Tuch. Auf jeder Seite des Tisches sassen vier mit indianische Kinder, ihre schwarzen Haare mit zerknitterten, farbigen Hüten bedeckt. Sie blickten in die Ferne. Nur ein kleines, neugierig blickendes Mädchen, neben dem Tisch kauernd, schien den Fotografen zu bemerken, der die Szene der jungen Arbeiterinnen, die Bananen und Avocados verkauften, mit der Kamera festgehalten hatte. Das Mädchen lächelte dem Fotografen zu, als ob es ahnte, dass er die Botschaft ihrer Armut in die europäischen Stuben tragen würde. Der Verkaufsstand befand sich auf einem Berg, am Rande eines Abhangs. Der Blick fiel auf eine verschwommene, blauweisse Bergkette, über die weisse Wolken hinwegzogen. Ayşe bemerkte Mehmets Interesse an dem Schnappschuss aus dem fernen Südamerika.

«Das Bild gefällt mir auch», murmelte sie. «Es stammt aus Bolivien, von hoch oben in den Anden. ... Du weisst ja, als ich mit Cumhur zusammenlebte, konnte ich kein Bild in unserer Wohnung ertragen. Bei deinem ersten Besuch hast du das bemängelt. Ich habe den Kalender später im Schaufenster eines Dritte-Welt-Ladens gesehen», sagte Ayşe, während Mehmet nickte.

«Dieses Bild gefiel mir auf Anhieb. Ich liebe es, in diesen kalten Tagen von diesen Kindern begleitet zu werden. Wenn ich an meinem Tisch sitze, lese, Hausaufgaben erledige, bleibt mein Blick immer auf einem dieser ausdrucksvollen Kindergesichter haften. Dann schweife ich ab, blicke auf den Hintergrund, meine Gedanken tauchen in die Welt der Berge, der Wolken ein.»

«Ja, es ist eine wunderbare Fotografie», stimmte Mehmet bei.

«Schön, dass du zu mir gekommen bist», sagte Ayşe. «Wie bist du überhaupt ins Haus gelangt? Die Haustüre wird am Abend um acht Uhr geschlossen.»

«Ich hatte Glück», schmunzelte Mehmet und richtete sich auf. «Ein Betrunkener liess mich eintreten. Ich fand den Schlüssel, den er fallen gelassen hatte.» Beide lachten. «Weisst du, warum ich eigentlich gekommen bin?», fragte Mehmet.

«Aus Liebe zu mir, … nehme ich an.»

«Ehrlich gestanden», drangen kaum hörbar Mehmets Worte über seine Lippen, «hätte ich unter normalen Umständen nicht den Mut gehabt, dich um diese Zeit aufzusuchen.»

«Was führte dich dann her?», fragte Ayşe enttäuscht und mit einem leicht vibrierenden Ton in ihrer Stimme.

Mehmet streckte den Arm nach dem Umschlag aus, der unter seiner Hose auf dem Fussboden hervorschaute.

«Heute habe ich diesen Brief von Ferrier erhalten. Ich habe ihn dir unter der Türe durchgeschoben.»

«Wann?», fragte Ayşe erstaunt.

«Bevor ich die Türe aufgestossen habe. Hast du nichts bemerkt?»

«Nein. Ich war in meine spannende Lektüre vertieft.»

«Was liest du?»

«Es ist die Geschichte eines Erotomanen, eines Liebeswahnsinnigen, … von Jan McEwan.»

«Die brauchst du jetzt nicht zu Ende zu lesen. Jetzt hast du ja mich.»

Sie lachte, suchte das Buch und fand es schliesslich eingeklemmt zwischen Bettstatt und Wand. Sie legte es auf den Harass, der neben dem Bett stand und als Nachttisch diente.

«Warum hast du mir nicht gleich gesagt, dass du wegen einem Brief in deiner Sache zu mir gekommen bist?» Ayşe sah Mehmet vorwurfsvoll an. Mehmet lachte leise und gab ihr einen Kuss auf die Lippen.

«Komm, ich mach uns einen Tee, um zum geschäftlichen Teil unseres Abends überzuleiten», sagte Ayşe.

Sie schlug die Decken zurück, stieg über Mehmet aus dem Bett und schlüpfte in die Kleider. Mehmet schwieg, genoss die Bettwärme und den Blick auf Ayşes nackte Hüften, die sich hin und her wippend in die engen Hosen zwängten. Sie nahm den

Wasserkocher von einem Gestell an der Wand herunter und verliess das Zimmer, um Wasser zu holen. Als sie zurückkam, zündete sie das Gasrechaud an. Der winzige Gasherd stand auf einer Tannenholzkiste, die neben der Gasflasche einer geschwärzten Pfanne und einem Kochtopf, die an Nägeln an der Seitenwand der Kiste hingen, Platz bot.

Nochmals verschwand Ayşe, um das Geschirr abzuwaschen. Wieder zurück, setzte sie sich an ihren kleinen Arbeitstisch, der aus einer Holzplatte bestand, die von zwei Holzböcken getragen wurde.

«Also was ist mit dem Brief?», fragte sie zerstreut.

«Ayşe, … es ist aus …» Mehmet brachte die Antwort kaum über die Lippen, so unpassend erschien ihm der Moment, seine Geliebte mit der niederschmetternden Nachricht zu konfrontieren.

«Was meinst du mit ‹Es ist aus›?»

«Meine Beschwerde ist abgelehnt worden.»

«Ist das wahr? … Hast du das Urteil schon gelesen?»

«Eigentlich nicht. Ferrier hat es so geschrieben.»

«Gib mir die Post!»

Mehmet reichte ihr den Umschlag samt Inhalt. Ayşe las Mehmets Botschaft, die er auf die Rückseite des Umschlags geschrieben hatte. Ein Lächeln glitt über ihr Gesicht, als sie den Gruss «… bis bald» las.

«Du hast Recht», murmelte sie. «Deine Beschwerde ist abgelehnt, der Brief des Staatsanwaltes beschlagnahmt worden, und du musst die Verfahrenskosten bezahlen.»

Mehmet spürte plötzlich, wie ihm die Kälte bis ins Mark kroch, obwohl er immer noch unter der warmen Decke lag.

«Die Begründung ist zwanzig Seiten lang. Willst du, dass ich sie lese und übersetze?»

Mutlos liess Ayşe das Urteil auf die Holzplatte fallen, stützte die Ellbogen darauf und legte ihr Gesicht in die Hände. Für eine Weile herrschte Schweigen. Dann sah Ayşe Mehmet an. Er nickte. Sein erster Gedanke war, dass ihre gemeinsame Arbeit, sein Tagebuch zu schreiben, vergebens gewesen war. Ayşe las das

Urteil, manchmal griff sie zum Wörterbuch und machte sich Notizen.

«Die Rekurskommission», begann sie, «schreibt, das nationale Flüchtlingsamt habe zu Recht befunden, dein Asylgesuch sei unglaubhaft. Die Einwendungen des Rechtsanwaltes seien in keiner Weise überzeugend. Im Gegenteil, sogar die Beschwerde enthalte Behauptungen, die sich mit früheren Aussagen im Widerspruch befinden würden.»

«Hat der Anwalt überhaupt nichts erreicht? Nützte mein Telefongespräch mit meinem Vater nichts?»

«Zum Telefon schreiben die Richter, die Aussagen deines Vaters seien vage und unverständlich geblieben. Auch der plötzliche Unterbruch der Fernverbindung beweise nichts zu deinen Gunsten. Du habest selbst einmal gesagt, bei euch könne man leicht Fälschungen bekommen.»

«Also kein einziger Punkt, der für mich spricht? Die Zahnärztin konnte auch nichts ausrichten?»

«Das Gericht anerkennt das Zeugnis, so weit Zahnschäden festgestellt werden. Du seist bezeichnenderweise ... ja so heisst es hier ... nicht in der Lage gewesen, das Ereignis, das zum Zahnschaden geführt habe, immer gleich zu schildern.»

«Bezeichnenderweise? Was soll das heissen?»

«Mir kommt das Wort wie ein unausgesprochener Vorwurf vor», sagte Ayşe. «Es heisst wohl, du habest deine Unwahrheiten auch gegenüber der Zahnärztin und dem Anwalt wiederholt.»

«Nicht einmal in meiner Ehre als Schuhmacher bin ich rehabilitiert?»

«So weit ich bis jetzt gelesen habe ... nein. Im Gegenteil, das Gericht wirft dir weitere Ungereimtheiten vor.»

Ayşe goss Tee in zwei Tassen, von denen sie eine Mehmet reichte, der auf dem Rand der Bettstatt sass. Mehmet nahm einen Schluck.

«Tut gut. Es ist Pfefferminztee», sagte Ayşe und trank ebenfalls.

«Welche weiteren Ungereimtheiten ...?»

«Gerade deine neue Version, wonach die Schuhherstellung

in einer halben Stunde möglich sei, weil die Bestandteile bis ins Detail vorgefertigt angeliefert worden seien, widerspreche diametral deiner früheren Behauptung, du habest alles von A bis Z selbst gemacht. Weiter habest du behauptet, eine einzige Person habe zwei Pakete mit je vierzig Paar Schuhen, also insgesamt achtzig Schuhe, aus deiner Werkstatt mitgenommen. Eine derartige Last könne niemand auf ein Mal tragen.»

«Ich kann mich nicht daran erinnern, diese Zahl genannt zu haben», sagte Mehmet.

«Ich mich auch nicht. Wir können ja Ferrier fragen, ob das so in den Protokollen steht.»

«Ist nicht mehr wichtig», winkte Mehmet ab. «Ich bin jetzt ein amtlich geprüfter Lügner und habe es in meinen Aussagen auf vierzehn Widersprüche und Ungereimtheiten gebracht, wenn ich es richtig sehe.»

«Ja, diesen Eindruck muss man haben, wenn man das Urteil liest.»

Mehmet rutschte nach hinten und lehnte den Rücken an die Wand.

«Ganz am Schluss wird noch Folgendes gesagt», fuhr Ayşe fort. «Wenn du wegen dem Bürgerkrieg nicht in die Gegend von Tilkini zurückkehren könnest, so seist du auf jeden Fall in der Lage, dich in einem anderen Teil, zum Beispiel dem Westen, der Türkei neu anzusiedeln. Für dich bestünde eine innerstaatliche Fluchtalternative, heisst es da. Sie sagen, du hättest eine Grundschulbildung, würdest Türkisch sprechen und hättest Erfahrungen im Bereich des Schuhmacherhandwerks.»

«Aber das ist doch ein augenfälliger Widerspruch!», rief Mehmet erregt aus. «Wenn es darum geht, meinen Beruf im Rahmen der Asylgeschichte zu beurteilen, glaubt man mir kein Wort. Andererseits, mit Blick auf die Rechtfertigung meiner Abschiebung, bin ich doch wieder ein Schuhmacher, der sich im Westen der Türkei eine neue Existenz aufbauen kann. Das ist doch unerhört.»

«Da hast du vollkommen Recht», stimmte Ayşe zu und schaute auf die Uhr. Es war kurz nach Mitternacht. «Ich brauche ein wenig Bewegung an der frischen Luft», sagte sie. «Ich halte es hier nicht mehr aus. Lass uns einen Spaziergang machen.»

«Das ist eine gute Idee. Mir geht es genau so.»

Mehmet zog sich an, und sie gingen nach draussen. Im Haus war es ruhig. Die Haustüre war immer noch nicht abgeschlossen. Alles machte einen friedlichen Eindruck.

Nur in Mehmet brodelte es wie in einem Dampfkessel.

Als sie vor das Haus traten, schlug die Turmuhr Viertel nach zwölf. Es war eine milde Herbstnacht. Mehmet betrachtete die dünne Mondsichel, vor der eine durchsichtige Wolke wie ein Schleier vorüberzog. In weiten Abständen funkelten ein paar Sterne am Firmament. Ein Mann rannte keuchend zum Tram. Als es ohne ihn abfuhr, stiess er lautstark einen Fluch aus.

Mehmet atmete tief ein.

«Das ist die Luft der Freiheit», sagte er. «Ich glaube, ab jetzt ist sie für mich rationiert.»

«Die Luft oder die Freiheit?», fragte Ayşe.

«Die Luft der Freiheit. Wie viel ich bisher davon eingeatmet haben mag?»

«Meine Yogalehrerin sagt, bei einer Vollatmung nehme man vier Liter davon in die Lunge auf. Wenn man pro Minute, einmal angenommen, viermal atmet, sind es sechzehn Liter, … gibt pro Stunde … neunhundertsechzig Liter, also fast tausend, macht pro Tag, grob gerechnet, vierundzwanzigtausend Liter aus, pro Monat … siebenhundertzwanzigtausend, pro Jahr acht Millionen … sechshundertvierzigtausend, … es müssen um die dreissig Millionen sein in dreieinhalb Jahren …»

«Du bist gut im Kopfrechnen», sagte Mehmet bewundernd.

Noch immer standen sie vor der Haustüre, unschlüssig, wohin sie gehen sollten.

«Du hast übrigens einen berühmten Vorgänger, der auch von der Luft der Freiheit gesprochen hat», sagte Ayşe.

«Wen meinst du?»

«Alexander Hamilton, wenn ich mich nicht irre. Ein

berühmter Emigrant, einer der Gründer der USA. Ich weiss nicht viel über die Geschichte Amerikas. Nur so viel, dass er nach der Landung gesagt hat: ‹Das ist die Luft der Legitimität.›»

«Wollte man ihn auch in das Land, in dem er aufgewachsen war, abschieben?»

«Nein, er wusste nach dem ersten Schritt, den er auf den Boden Amerikas gesetzt hatte, dass er für den Rest seines Lebens bleiben durfte. Er war Flüchtling wie wir. Damals gab es keine Asylverfahren und keine Leute mit Platzangst wie hier.»

Im Haus auf der gegenüberliegenden Strassenseite stiess jemand die Balkontüre auf. Klaviermusik ertönte.

«Was geschieht mit mir?», murmelte Mehmet.

«Mit uns», korrigierte Ayşe.

Sie sahen sich voller Liebe an. Mehmet legte den Arm um Ayşes Hüfte. Er war beglückt und verzweifelt zugleich. Vor zwei Stunden bin ich gekommen, um Ayşe die Ablehnung meiner Beschwerde mitzuteilen. Und jetzt sind wir uns auf unerwartete Weise so nah. Wirklich so unerwartet?, fragte er sich. Aber nicht einmal darauf wusste er in seiner Verwirrung eine Antwort.

«Gehen wir», sagte sie leise. Sie gingen die Strasse mit dem Tramgleis entlang. «Ich telefoniere morgen Ferrier. Vielleicht lässt sich noch etwas machen. Ansonsten gibt es ein anderes Land für dich», gab sich Ayşe überzeugt, nachdem sie wortlos nebeneinander hergegangen waren.

«Dann würde alles nochmals von vorne beginnen», wehrte Mehmet ab. «Neue Befragungen ohne Ende. Dabei habe ich immer gehofft, es würde eine Gerichtsverhandlung stattfinden. Keiner der Richter hat mich gesehen und konnte sich sein eigenes Bild von mir machen. Ich hätte doch mit meinen Worten erklären können, wie es zu den Widersprüchen in den Protokollen gekommen ist und dass ich nichts Ungereimtes erzählt habe.»

«So geht man mit den Ausländern um. Ab einer bestimmten Stufe wird alles nur noch schriftlich abgehandelt.» Ayşes Stimme klang ebenso bitter wie jene von Mehmet.

«Wie lange kann ich noch bleiben?» Mehmet wusste, dass Ayşe keine Antwort darauf haben würde.

«Das werden wir noch früh genug erfahren.»

Sie schmiegten sich enger aneinander, kamen zur Monbijou-brücke und stiegen die Treppen zum Marziliquartier hinunter. Bald kamen sie an die Aare. Das Licht der Strassenlampen spiegelte sich auf dem Fluss. Das Wasser floss leise vorüber, die verschwommenen Lichtbilder blieben am gleichen Ort, schienen im Wasser auf und nieder zu hüpfen. Da und dort ertönte ein klatschendes Geräusch. Mehmet war immer zu spät, um einen Blick auf die springenden Fische zu erhaschen. Er hing seinen Gedanken nach. Er suchte einen Weg in seine Zukunft. Nichts war in Sicht.

Da hörte er, wie Ayşe leise schluchzte.

«Warum weinst du?» Er hielt inne und streichelte ihr über die Haare von jenem tiefen Schwarz, das nur Kurdistan aus einer Mischung aus kühlem Schatten und verbrannter Erde hervorzubringen vermag. Langsam hob sie den Kopf und wischte sich mit einem Taschentuch die Tränen von den Wangen.

«Ich muss dir etwas sagen», kam es stockend über ihre Lippen.

«Was musst du mir sagen?», fragte er und dachte an eine schwere Krankheit oder einen Liebhaber.

«Ich kann nicht mehr länger schweigen.» Aufschluchzend lehnte sie ihren Kopf an Mehmets Brust, am ganzen Körper bebend. «Erinnerst du dich an unsere erste Begegnung in der Schweiz? Damals wolltest du meine Geschichte hören, warum ich hierher gekommen bin.»

«Ja, ich erinnere mich gut, als ob es gestern gewesen wäre.»

«Ich habe dir – wie auch allen anderen – damals nicht die ganze Wahrheit gesagt.»

«Nicht einmal Cumhur?»

«Nein, auch ihm nicht», antwortete Ayşe mit festerer Stimme. «Nur meine Eltern und meine Geschwister kennen die wahre Geschichte. Jetzt will ich sie dir erzählen. Ich ertrage es nicht, meine Erfahrung, die damit verbundenen schrecklichen

Gefühle, noch länger alleine – dazu noch in der Fremde – mit mir herumzuschleppen.»

Mehmet liess Ayşe los. Schlagartig erinnerte er sich an das sonderbare Gefühl, das er ihr gegenüber gehabt hatte, als er ihr von der Zeitungsmeldung über Davuds Ermordung erzählt hatte. Mit einem Schlag wusste er: Ayşe hat mir die ganze Zeit etwas verheimlicht. Es muss etwas mit Davud zu tun haben!

Sie gingen über die Marzilibrücke. Ein Auto mit Scheinwerferlicht kam ihnen entgegen. Mehmet hielt die Hand vor die Augen, weil ihn das Licht blendete.

«Als ich damals», hörte er Ayşe sagen, «mitten in der Nacht, aus dem Dorf, wo ich als Lehrerin gearbeitet habe, geschlichen bin und meine Schulklasse im Stich gelassen habe, da bin ich nicht nach Hause gegangen.»

Mehmet spürte, wie sich seine Kehle zuschnürte.

«Ich habe dir gesagt», fuhr sie fort. «ich sei mir wegen der heimlichen Flucht so feige vorgekommen. Ich war nicht feige. Im Gegenteil, ich redete mir ein, tapfer und todesmutig zu sein. Ich wollte eine Heldin im kurdischen Befreiungskampf werden.» Ayşe schneuzte in ihr Taschentuch. «Ich habe dir erzählt, dass einer meiner Schüler von den Militärs erschossen worden ist», sagte sie mit tonloser Stimme. «Er war bei der PKK gewesen. Der Anblick des zerschossenen Leichnams hat sich unauslöschlich in meiner Erinnerung eingegraben. Als Strafe dafür, dass die Bevölkerung die Beerdigung mit einem politischen Protest verbunden hatte, trieben die Sicherheitskräfte alle Einwohner auf dem Dorfplatz zusammen. Wahllos griffen sie einen jungen Mann heraus und prügelten ihn zu Tode. Am Schluss stachen sie ihm die Augen aus. Die ganze Grausamkeit war als Warnung für die Leute gedacht. Die Mutter ging wehklagend zu ihrem toten Sohn und umklammerte den verstümmelten Leichnam. Ich musste mir diesen entsetzlichen Mord mit ansehen wie alle anderen Mütter, Kinder, Greise und Greisinnen.»

Sie überquerten die Nydeggbrücke und setzten den Weg auf der anderen Seite des Flusses fort. Hinter einem Baum stand ein sich küssendes Liebespaar.

«Das brutale Vorgehen der Sicherheitskräfte brachte mich zum Entschluss, selbst zur Guerilla zu gehen. Ich ertrug die Ungerechtigkeit nicht länger.»

«Gingst du zur PKK, in die Berge?», fragte Mehmet ungläubig.

«Genau so war es. Ein Kollege meiner Gewerkschaft gab mir eine Kontaktadresse in Küçükköy. Ich gab vor, zu meinen Eltern zu fahren, und suchte den Ort auf. Ich kam sogleich in ein Ausbildungslager im Gebirge. Dort unterrichtete man mich einen Monat lang in Waffentechnik und Guerillataktik. Daneben gab es ziemlich viel politische Indoktrination. Bald aber bekam ich Typhus. Vermutlich hatte ich verseuchtes Wasser getrunken. Deswegen wurde ich versetzt und in ein Tal geschickt, wo ich mich an politischen Bildungs- und Propagandaarbeiten beteiligte. Ich verbrachte viel Zeit damit, Geld für die PKK zu sammeln und mit den Leuten zu sprechen. Es brauchte nicht lange, bis ich einer Untergrundzelle von drei Frauen vorstand. Mein Gesundheitszustand verschlechtere sich jedoch.»

In der Nähe raschelte es im Gebüsch. Mehmet zuckte leicht zusammen, während er überlegte, warum Ayşe keine Ortsnamen nannte. Unmöglich, sich vorzustellen, wo sich alles abgespielt hat. Dann lenkten ihn Flügelschläge ab. Es war eine Ente, die aufgeschreckt worden war und sich in die Aare flüchtete. Es roch nach nasser Erde. Ayşe beachtete den Vogel nicht und erzählte weiter:

«Eines Tages fand ich eines der Flugblätter, das die Militärs aus Flugzeugen abgeworfen hatten. Darauf wurden die PKK-Kampfeinheiten aufgefordert, sich aufgrund des Reuegesetzes der Gendarmerie zu ergeben. Es wurde allen Reumütigen Straffreiheit zugesichert. Ich begann daran zu denken, mich aus dem Staub zu machen. Ich fühlte mich furchtbar elend und fürchtete um mein Leben. Im militärischen Kampf sah ich keine Zukunft mehr.

Eines Tages besuchten wir ein kleines Bergdorf, um Geld zu sammeln. Da es länger als vorgesehen dauerte, beschlossen wir, die Nacht dort zu verbringen. Wir fühlten uns ziemlich sicher, denn es war ein Versteck unserer Organisation. Es gab einen unterirdischen, geheimen Keller. Wir bewegten uns wie Fische im Wasser. Wir verkleideten uns ... als Bäuerinnen», sagte Ayşe und brach in ein gepresstes Lachen aus.

«Es fällt mir schwer, dich ... die Lehrerin, als Bäuerin vorzustellen», warf Mehmet ein und war gleichzeitig erstaunt, wie schalkhaft sie beide für einen Augenblick bei diesem ernsten Gespräch waren.

«Ja, wir trugen Kopftücher, Röcke und darunter Pluderhosen. Tagsüber arbeiteten wir gelegentlich sogar auf den Feldern.» Ayşe, nachdem sie das Nastuch in die Tasche gesteckt hatte, machte eine Bewegung, um die Arbeit auf dem Felde anzudeuten: «In der Nähe dieses Dorfes gab es eine kleine Gendarmeriestation. An jenem Abend beauftragte ich meine beiden Kolleginnen, eine Liste der Dorfbewohner zu erstellen. Am nächsten Tag wollten wir mit der Geldsammelaktion beginnen. Als es schon längst dunkel war, kurz nach Mitternacht, fasste ich den Entschluss, mich den Behörden zu stellen und sagte zu meinen Gefährtinnen, ich würde aufs Klo gehen.

Ich ging hinaus und machte mich sofort auf den Weg zu den Gendarmen. Es war eine Vollmondnacht. Diesen Gang werde ich nie vergessen. Der Fussweg war gesäumt mit Bäumen, die im fahlen Licht des Mondes wie geisterhafte Gestalten auf der Lauer lagen. Es war alles unheimlich, wie mein ganzes damaliges Leben und der Plan, den ich gerade auszuführen begann. Ich achtete auf jeden Laut, das Zirpen der Grillen, das Quaken der Frösche ... Es war ein gefährlicher Entschluss, nachts allein das Dorf zu verlassen. Ich war wahnsinnig aufgeregt. Mein Herz hämmerte, als ob es zerspringen würde. Als ich mich dem Posten näherte, sah ich zwei Gendarmen, die Wache hielten. Einer war sehr nachlässig. Zwischen seinen Lippen tanzte eine Zigarette. Man sah, wie sie glühte, wenn er den Rauch einzog.»

Mehmet schluckte ein paar Mal leer, sein Mund war trocken. Er dachte an jene Zeit, als er sich selbst immer wieder ausmalte, wie die Guerilleros, mit seinen Schuhen bekleidet, Krieg machten. Ayşe blieb stehen. Mehmet warf einen verstohlenen Blick auf ihre Schuhe, die in nichts denen glichen, die er einst der Guerilla gegeben hatte. Sie standen vor einer schmalen Treppe, die zu einer Brücke hinaufführte.

«Hier sollten wir umkehren. Wir können auf der anderen Seite den Weg zurücknehmen», schlug Mehmet vor.

Er sah im Widerschein der Strassenlampe, dass Ayşe nickte. Mehmet stieg als Erster die Treppe hinauf. Ayşe fürchtete sich und ergriff Mehmets Hand. Die Brücke vibrierte leicht unter ihren Schritten. Ayşe warf einen Blick über das Geländer. Der tosende Wasserfall direkt unter ihnen, dessen weisser Schaum im Licht der Strassenlampen schimmerte, war in der Nacht furchteinflössend. Als sie wieder auf dem Rückweg waren, fuhr Ayşe fort: «Ich war an einem Punkt angelangt, wo der nächste Schritt entscheidend war. Sollte ich ihn tun?»

«Was hast du gemacht? Du spannst mich irrsinnig auf die Folter.»

«Ich kehrte um und schlug mich bis nach Hause durch», antwortete Ayşe mit merkwürdig zittriger Stimme.

«Du bist also desertiert, ohne dich den Sicherheitskräften zu stellen?»

«Ja. Jetzt verachtest du mich wegen meiner Fahnenflucht?»

Mehmet schüttelte den Kopf. «Im Gegenteil. Für mich bist du eine Heldin. Ich habe kein Recht, dich zu verachten. Ich habe mich nicht so weit mit der Guerilla eingelassen wie du.»

«Es war auch kein ungefährlicher Entschluss. Ich geriet zwischen die Fronten. Einmal kam ein Parteimitglied zu mir und verlangte, ich müsse zur Partei zurückkehren. Andernfalls würde ich als Verräterin betrachtet.»

«Das klingt nach Drohung. Hast du nachgegeben?»

Ayşe beantwortete die Frage nicht. Sie starrte vor sich hin.

«Ich kam bald danach hierher», sagte sie stattdessen.

«Und trotz dieser Geschichte hast du kein Asyl erhalten?»

«Ich habe kein Asylgesuch stellen müssen. Cumhur hatte eine Aufenthaltsbewilligung, und ich bin im Familiennachzug hierher gekommen. Ich wusste von Anfang an, dass ich bleiben konnte. Deshalb habe ich auch gleich Deutsch gelernt.»

«Ich beneide dich ein wenig darum, dass du von allem Anfang an eine Zukunft in diesem Land vor dir gehabt hast.»

«Ich verstehe das gut. Cumhur ist es genau so ergangen wie dir jetzt. Er war auch jahrelang ein schwebender Fall.»

«Nur mit einem anderen Ausgang. Er durfte bleiben. Ich soll jetzt gehen.»

Ayşe rückte näher zu Mehmet und legte ihren Arm um seine Taille.

«Vielleicht gibt es ja noch Hoffnung. Mal sehen, was Ferrier sagt.»

Mehmet versuchte sich Ayşe in den Bergen bei der Guerilla vorzustellen.

«Eigentlich könntest du ein Paar von meinen Schuhen getragen haben», sagte er. Bisher hatte er nie ernsthaft daran gedacht.

«Wir haben uns nicht darum gekümmert, von wo unsere Ausrüstung stammte», entgegnete Ayşe, als ob ihr das Thema unangenehm wäre. «Wie kam es eigentlich dazu, dass du angefangen hast, der Guerilla Schuhe zu liefern?», fragte sie schnell.

«Interessiert dich das persönlich oder willst du damit erreichen, dass ich meine Geschichte für das Asylverfahren aufschreibe?»

«Beides. Ich möchte mehr von dir wissen, und ich wünsche mir auch, dass du deine Geschichte vollständig in den Griff bekommst.»

«Ich könnte dir diesen Teil meines Lebens in deinem Zimmer erzählen, dann könntest du wieder mitschreiben. An Schlaf ist bei mir ohnehin nicht mehr zu denken.»

Ayşe nickte und drückte Mehmet die Hand. Auf dem letzten Wegstück, das sie schweigend zurücklegten, fragte sich Mehmet, ob es Menschen gebe, die für immer Geheimnisse mit sich herumtrugen. Er überlegte, wie erleichtert Ayşe sein musste, nachdem sie ihm von ihrer Mitarbeit bei der PKK erzählt hatte. Er erinnerte sich, wie schwer es ihm gefallen war, seine Lieferungen an die Guerilla für sich zu behalten. Wie hatte er sich mit Mustafa verbunden gefühlt, als er ihm sein Geheimnis erzählte. Und nun fühlte er sich Ayşe tiefer verbunden als zuvor.

Es wurde eine lange Nacht, in welcher Mehmet Ayşe sein sorgsam gehütetes Geheimnis anvertraute. Diese schicksalhafte Episode seines Lebens zu erzählen, fiel ihm viel leichter, als über seine Verhöre und die Gefangenschaft in der Gendarmerie zu berichten. Die Zeitspanne zwischen dem Auftauchen des Fremden in seiner Werkstatt und seiner Flucht aus Tilkini war auf ihre Art eine leidenschaftliche Zeit gewesen, eine Zeit des Engagements für die Guerilla, eine Zeit, in welcher er in der Hoffnung auf eine bessere Welt gelebt hatte.

Und Ayşe als Mehmets Chronistin schrieb wieder mit, als sie zusammen auf ihrem Bett sassen und er im Album seiner Erinnerungen blätterte.

Mehmet Kayguzuz: Tagebuch (aufgeschrieben von Ayşe Demioğlu)

Bern, 20. September

Irgendwann, nachdem Mehmet das zweite Mal zum Verhör in die Gendarmerie abgeführt worden war, kehrte ein Stück weit die Hoffnung zurück, ein normales Leben führen zu können. Er begriff, dass es nur möglich war, wenn er sich so gut wie möglich von Nachrichten über das schreckliche Schicksal seines Volkes abschirmte, keine Zeitungen las, sich politische Nachrichten weder im Radio anhörte noch im Fernsehen ansah.

Sein Einsatz in der Schuhmacherwerkstatt wurde für das Überleben seiner Familie zu einer Notwendigkeit. Sein Vater übertrug ihm zunehmend mehr Verantwortung. Zuerst sträubte sich Mehmet dagegen. Oft ertappte er sich dabei, wie er geschäftliche Obliegenheiten vor sich herschob. Einmal liess er den ganzen Materialvorrat zur Neige gehen, bevor er Leder, Leim, Nägel, Schnürsenkel und dergleichen mehr bei seinem Vater bestellte. Es brauchte viel Zeit, bis sein Vater ihn zu einem planmässigen Geschäftsgebaren gebracht hatte. Die Bestellungen bei den Lieferanten besorgte weiterhin Hasan selbst.

Seinen Arbeitsplatz hatte Mehmet mit Blick auf die Türe eingerichtet. So sah er immer sofort, wer hereinkam, wie jener fremde Mann, der Mehmets Leben nochmals eine brüske Wendung geben sollte. Ein paar Tage zuvor war Mehmet zweiundzwanzig Jahre alt geworden.

An diesem Nachmittag im Januar öffnet sich die Türe und ein etwas gebeugter Mann schiebt sich vor das grelle Sonnenlicht, das von draussen in den Raum flutet und der Schuhauslage einen ungewöhnlichen Glanz verleiht. Mehmet schätzt den Eintretenden auf etwas über dreissig. Bevor der Fremde den Fuss auf die oberste Stufe der kleinen Treppe setzt, die vom Eingang in die Werkstatt hinabführt, wendet er sich kurz nach links um und wirft einen prüfenden Blick auf die belebte Strasse, so als ob er sicher sein will, dass ihm niemand folgt. Hat Mehmet gerade noch an die Möglichkeit neuer Kundschaft gedacht, so verflüchtigt sich diese Hoffnung aus einem Gefühl heraus, das er nicht einordnen kann. Etwas an diesem Menschen ist ungewöhnlich. Was es ist, weiss Mehmet nicht.

Während der Fremde die drei Stufen hinuntersteigt, betrachtet ihn Mehmet aufmerksam. Er hat einen schleppenden Gang und keucht, als ob er von weither hierher gehetzt worden sei. Sofort fallen Mehmet die Erdklumpen auf, die unterhalb der Knie an der schwarzen Leinenhose und an den terrakotafarbenen, ausgetretenen Lederschuhen kleben. Fast vergisst der in Gedanken versunkene Mehmet, ihn zu begrüssen.

«Willkommen», sagt er erst, als der Fremde schon vor ihm steht.

«Sei gegrüsst, Genosse», erwidert dieser trocken.

Er betrachtet Mehmets Gesicht, als ob er die feinste und verborgenste Regung erforsche. Mehmet fühlt sich unbehaglich. Er ist noch nie mit Genosse angeredet worden. Der Fremde erklärt, jeder müsse etwas zum Kampf des kurdischen Volkes gegen die Staatskräfte beitragen. Mehmet sei ein guter Schuhmacher und ein glühender kurdischer Patriot. Die Guerilla sei arm und brauche für den Kampf in den Bergen Schuhe, und zwar tausendfünfhundert Paare.

Mehmet ist erst nach einem heftigen inneren Ringen bereit, sich auf das Begehren des Fremden einzulassen. Irgendwie kommt ihm der Vorschlag des Fremden wie ein Befehl vor. Er hat Angst, sich zu widersetzen. Seine schrecklichen Erlebnisse mit den Sicherheitskräften gehen ihm durch den Kopf und er sieht das Bild seines halbtoten Vaters vor sich. Die Erinnerung daran entfacht seine revolutionäre Glut.

Er sagt zu. Es ist ein folgenschwerer Entschluss.

Im Nachhinein kommen ihm Zweifel, ob der Fremde wirklich bei der Guerilla ist. Auf Drängen seines Vaters, dem er sich als Einzigem anvertraut, ruft er seine Tante Khesal an und erkundigt sich nach Davud, seinem Cousin, der ihm an Birgüls Hochzeit vor seinem Militärdienst einen wortreichen Vortrag über den kurdischen Befreiungskampf gehalten hat. Es stellt sich heraus, dass der Fremde tatsächlich die Guerilla vertritt.

Von da an kam entweder Davud oder der Fremde jeweils am Samstag und holten Schuhe ab. Dabei war Mehmet sich bewusst, dass ihm die Gefahr polizeilicher Verfolgung drohte. Er hatte einen Schritt in verbotenes Terrain gemacht. Es gab keine Umkehr mehr.

Sein Entschluss hinterliess einen Zwiespalt, wie Ayşe in ihrem Tagebucheintrag hervorhob. Einmal betrachtete Mehmet seine neue Aufgabe als patriotische Pflichterfüllung, getragen vom inneren Sturm der Begeisterung. Gleichzeitig ärgerte es ihn, dass es einem selbst ernannten, mit einer unheimlichen Macht ausgestatteten Exponenten eines utopischen Kurdenstaates gelungen war, ihm eine Art Kriegsabgabe aufzuzwingen.

Die Dinge nahmen ihren Lauf, die Ayşe mit grosser Liebe für das Detail festhielt. Jeden Samstagvormittag sonderte Mehmet eine Anzahl Schuhe aus, legte sie sorgsam in Schachteln und band sie zu einem Paket zusammen. Vielfach waren es acht Paare, je nach der Grösse des Lagers konnten es auch mehr sein. Es kam auch vor, dass er weniger mitgab. Wenn Davud oder der Fremde, dessen Name Mehmet nie erfuhr, eintrat, standen die Schuhe abholbereit zwischen dem Schuhgestell und der Wand. Nie äusserte einer der beiden besondere Wünsche, weder in

Bezug auf die Menge, noch hinsichtlich der Grösse. Berufsbedingt schätzte Mehmet die Masse der Soldatenfüsse richtig ein. In dieser Beziehung war er ein ausgewiesener Fachmann. Nur einmal verlangte Davud die Schuhgrösse Nummer achtunddreissig. Mehmet dachte, dass dieses Paar für eine Frau bestimmt sein musste! (Beim Durchlesen wird sich Mehmet wundern, warum Ayşe hier ein Ausrufzeichen setzte.)

Mehmet lässt sich von grosser Vorsicht leiten. Streng hütet er sich, irgendwelche Spuren in seinen Geschäftsunterlagen zu hinterlassen: keine Namen, keine das Geheimnis andeutenden Stichworte, weder Zahlen noch Daten. Lediglich einen kleinen senkrechten Strich, von denen er vier mit einem Schrägstrich verbindet, kritzelt er auf die Rückseite eines Briefes, den ihm einmal ein zufriedener Kunde von weither geschickt hat und den er wie eine Votivtafel an die Wand gehängt hat. Wer immer sich über die Bedeutung der Zeichen Gedanken machen würde, sollte im Glauben gelassen werden, es handle sich um Aufzeichnungen eines Kartenspiels.

Mit grosser Aufmerksamkeit verfolgt er die Aktivitäten der kurdischen Guerilla. Er hört wie nie zuvor Radio, besucht Kaffeehäuser mit Fernsehern und liest öfters auch den politischen Teil der Zeitungen. Manchmal kauft er auch eine Ausgabe, wenn im Aushang beim Kiosk die Guerilla in den Schlagzeilen erscheint.

Von da an nimmt das Schicksal der Aufstandsarmee breiten Raum in Mehmets Gedankenwelt ein. Die Gedanken an den Kampf beschäftigen ihn und rufen verschiedene Gefühle hervor: glühenden Stolz, aufkeimenden Nationalismus, Hoffnung auf einen militärischen Sieg, aber auch nagende Furcht vor Gefangennahme, Verhören, Folter und Tod. Schliesslich finden sie Eingang in seine Traumwelt. Zuerst am Tag, dann in der Nacht.

Vernimmt er von geglückten Angriffen gegen die Stützpunkte der Regierung, freut er sich, obwohl die Anschläge für die starke Armee und Gendarmerie nur Nadelstiche sind. Er schreibt die militärischen Erfolge der kurdischen Kämpfer und Kämpferinnen auch ihrer verbesserten Ausrüstung zu. Sicherlich können sie dank seinen Schuhen, die ihnen einen besseren Halt gaben, rascher vorankommen, ihre Anmarsch- und Rückzugszeiten entscheidend verkürzen. Erfährt er von Gefallenen oder Gefangenen, schrecken ihn Alpträume auf und hindern ihn stundenlang am erholsamen Schlaf.

In seinem Kopf geraten seine Schuhe durcheinander. Vor seinen schlummernden Augen tauchen Schuhe auf, die aus seiner Werkstatt stammen und von Soldaten der türkischen Armee getragen werden. Sie folgen den Spuren fliehender Mitglieder der kurdischen Aufstandsarmee. Seine Schuhe versetzen den gefesselten Gefangenen schmerzliche Fusstritte, bevor sie triumphierend auf den verstümmelten Leichen der getöteten ruhen.

In seinen nächtlichen Welten geraten seine Schuhe nicht nur auf dem Feld ins feindliche Lager. Er träumt von Regierungssoldaten, die mit geschulterten Gewehren in breiten Reihen, als wären die Körper miteinander verklebt, und endlosen Kolonnen an Generälen und Staatsführern vorbeiparadieren, während ihnen die in ein Fahnenmeer getauchte Volksmasse frenetisch zujubelt. Die in makellosen, frisch gebügelten Uniformen eingekleideten Krieger werfen der Ehrentribüne triumphierende Blicke zu. Die Stechschritte lassen seine auf Hochglanz polierten Schuhe in der Sonne aufblitzen.

Einmal sieht Mehmet den Grund für die Misserfolge der Guerilla in einer Serie missratener Schuhe. Dann glaubt er, die Polizei habe ihn enttarnt und warte nur auf die Gelegenheit, ihn zu schnappen. Er hört Stimmen, die ihn beschuldigen und ihm Beweise vorhalten. Er gewöhnt sich daran, aus dem Fenster vor den Eingang zu blicken, bevor er von zu Hause weggeht.

Er weiss, dass er immer tiefer und tiefer in das verbotene Terrain hineinreitet. Zu den Schreckbildern kommt das Gefühl des Alleinseins hinzu. Niemandem, ausser seinem Vater, kann und will er über den Fortgang der Dinge auch nur ein Sterbenswörtchen erzählen.

Seit dem ersten Besuch des Unbekannten war ein gutes Vierteljahr verflossen. Es war an einem regnerischen Vormittag im anbrechenden Frühling, als Mehmet den schicksalhaften Telefonanruf in seiner Werkstatt erhielt. Mehmet erzählte Ayşe von diesem Tag und den folgenden zwei Wochen, als ob es gestern gewesen wäre.

«Ich bin Sedrettin», meldet sich sein Onkel, der in der gleichen Stadt ein Möbelgeschäft betreibt. «Du musst sofort abhauen, die Polizei war eben bei mir und sucht dich. Sie will dich verhaften», presst der Onkel hervor.

Die Worte lassen Mehmet erschaudern, so stark, dass seine Angst zu einem unendlichen Schrecken auswächst. Er denkt, die Polizei sei schon da. Es ist ihm, als habe sich sein Fuss bereits in einer Fussangel verfangen und es sei nur noch eine Frage von Augenblicken, bis er stürzen und gefasst werde. Er gerät in Panik und hat das Gefühl, um zehn Jahre älter zu sein. Seine Furcht steigert sich ins Unermessliche, als ob bereits Gewehrläufe auf ihn gerichtet wären. Er starrt zur Türe. Seine Stirn bedeckt sich mit kaltem Schweiss, und sein Herz hämmert rasend.

«Diese verdammten Schuhe», stammelt er und lässt den Hörer wie ein heisses Eisen fallen und rennt zum Ausgang, um draussen nachzusehen, ob die Polizei im Anmarsch sei. Er späht zur Türe hinaus und sieht weder Uniformen noch Autos, die ihm verdächtig erscheinen. Dann schliesst er die Türe wieder. Sein Herzklopfen ist so stark, dass er fürchtet, sein Herz sei am Zerspringen. Das Kabel des Wandtelefons baumelt wie das Pendel einer Kuckucksuhr, während aus der Hörmuschel Worte wie «Was ist los? Warum antwortest du nicht?» an seine Ohren dringen.

Mehmet handelt sofort, obwohl er benommen schwankt, als er seine Schürze eilig ablegt und sie an den krummen, wackligen Nagel hängt, den sein Vater einst in die Mauer geschlagen hat. Er wirft einen Blick in die Werkstatt.

Dann trat er auf die Strasse. Es war lärmig wie immer. Autos fuhren vorbei, einige hupten, ein Pferdegespann, das einen Wagen zog, trabte dicht an ihm vorüber. Mehmet nahm den Pferdegeruch wahr und überlegte, ob er den Rolladen hinunterlassen sollte. Er verwarf die Idee sofort wieder. Das wäre zu auffällig gewesen um diese Tageszeit. Es hätte als überstürzte Flucht erscheinen können. So schloss er die Türe mit dem Schlüssel ab. Er ging weg. Nach drei ausholenden Schritten hielt er inne und kehrte in die Werkstatt zurück. Von der Wand riss er den Brief herunter, auf dessen Rückseite er die Zahl der Schuhe, die er bisher aufgrund seines geheimen Paktes abgeliefert hatte, mit seinen Strichen dokumentiert hatte. Plötzlich erschienen sie ihm als verräterisch. Er steckte den Bogen in die Tasche. Bevor er den Raum verliess, warf er einen Blick auf seinen Arbeitsplatz. Es war sein letzter Blick in seine Werkstatt.

Bald rannte er, dann verlangsamte er seine Schritte wieder. Es war ihm, als ginge nicht er, sondern als ginge es mit ihm. Bei jedem Blick, den ein Passant zufällig auf ihn warf, zuckte er zusammen, als wäre er ein Polizist oder ein Gendarm in Zivil, der ihn ergreifen wollte. Die Menschen zogen ihres Weges, ohne der grossen Veränderung in Mehmets Leben inne zu werden. Er sah keine Uniformen und hörte keine heulenden Sirenen von Polizeifahrzeugen.

Er zermartert sich das Gehirn und versucht, sich vor Augen zu führen, was geschehen ist. Sein Onkel Sedrettin hat ihn gewarnt. Er solle von der Polizei verhaftet werden. Aber warum hat man ihn bei seinem Onkel gesucht? Warum will die Polizei ihn verhaften? Mit Sicherheit kann es nicht mehr nur um Ömer gehen. Also muss der Grund für die Fahndung im Zusammenhang mit den Schuhen für die Guerilla stehen. Ist er verraten worden? Von wem? Vom Fremden oder von Davud? Hat ihm der Geheimdienst eine Falle gestellt? Ist der Fremde ein Agent des Staates? Dann, oh weh, hat er den Beweis, dass er mit den Terroristen zusammenarbeitet.

Mehmet ärgert sich, dass er seinen Onkel Sedrettin nicht gefragt hat, wie die Polizisten ausgesehen haben. Vielleicht sind es dieselben Gendarmen, die ihn zweimal von zu Hause abgeholt haben. Wer sucht ihn überhaupt, die Polizei oder die Gendarmerie? Verflucht, was macht es für einen Unterschied, Polizei oder Gendarmerie? Sie machen beide das Gleiche: den Staat schützen, schnüffeln, verfolgen, quälen, töten.

Mehmets Magen zieht sich zusammen, als er daran denkt, dass die Polizei nun gegen ihn vorgeht, nicht im Namen der Sippenhaft, sondern wegen seinen eigenen Taten. Schon hört er Stimmen, die ihn anschuldigen, glaubt die Schläge der Polizeistöcke zu spüren. Er sieht vor sich Staatsanwälte und dann Richter, welche den Schuldspruch verkünden: jahrelange Kerkerhaft. Was hat er an dem Fremden übersehen? Ist die Guerilla vom Geheimdienst infiltriert, ohne dass es Davud weiss? Aber nein, das ist unmöglich. Wenn der Fremde ein Spion der Polizei wäre, hätte er die Polizei direkt in seine Werkstatt geführt.

Ist einer der beiden mit den Schuhen verhaftet worden? Ist es Davud oder der Fremde? Das Naheliegendste ist, dass Davud verhaftet worden ist, denn nur er kennt Mehmets Verwandte. Der Fremde kennt seinen Onkel Sedrettin nicht.

Mehmet bleibt stehen. Er lehnt sich an eine Hauswand und blickt unruhig die Strasse auf und ab. Ein Mann fragt ihn, ob er Feuer habe. Mehmet erschrickt und überlegt, ob die Frage eine List sei, ihn aufzuhalten. Ohne eine Antwort zu geben, lässt er den verdutzten Mann stehen und geht weiter.

Auf die Fragen folgen Selbstvorwürfe. Hätte er damals, als er an Birgüls Hochzeit Davud getroffen und ihm vom Schuhgeschäft erzählt hatte, nicht besser geschwiegen? Stürzt ihn seine eigene Geschwätzigkeit ins Verderben? Wut kommt auf. Davud ist an allem schuld, er hat seiner Organisation den Floh ins Ohr gesetzt, sich in seinem Geschäft zu bedienen!

Mehmet steht vor Mustafas Wohnhaus. Ihm ist, als ob er von einem Gummiband hierher gezogen worden sei. Es ist ein heruntergekommener, dreistöckiger Holzbau. Langsam steigt er die Treppe in den obersten Stock hoch. Er merkt, wie seine innere Anspannung zunimmt. Ist Mustafa zu Hause? Wohin könnte er gehen, wenn er nicht hier ist? Im fensterlosen Aufgang ist es finster, das Treppenhaus nur spärlich von nackten Glühbirnen beleuchtet. Nun weiss er, warum es ihn hierher gezogen hat. Finsternis, Verstecken, Nicht-Gesehen-Werden, ja er muss sich verbergen, abtauchen. Als er bei Mustafa anklopft und dieser «Herein» ruft, trifft er ihn beim Kaffeetrinken und Zeitungslesen an.

«Du bist es, Mehmet, zu dieser Tageszeit?»

«Ich muss ein paar Tage hier bleiben», sagt Mehmet voller Hast, nachdem er die Türe vorsichtig hinter sich zugestossen hat. «Ein kleines Problem mit der Polizei», fügt er bei und macht eine hilfesuchende Handbewegung.

Es gelang Mehmet, sich zwei Wochen lang unentdeckt in Mustafas Wohnung zu verstecken. So lange brauchte Mustafa, um Mehmets Flucht zu organisieren. Er lieh ihm die siebentausend deutschen Mark, welche der Schlepperring verlangte, um Mehmet mit einem falschen Pass aus der Türkei nach Europa zu schleusen.

Während Mehmet sich bei Mustafa versteckte, fand Newroz, das kurdische Neujahrsfest, statt. Um die Mittagszeit, zwei Tage vor dem Fest, stand Mehmet hungrig vor dem Gaskochherd und rührte mit einem Löffel im Kochtopf. Er bereitete eine Gemüsehühnersuppe zu. Mustafa sass am Küchentisch und studierte das Kochbuch. Da klopfte jemand heftig an die verschlossene Wohnungstür.

«Erwartest du jemanden?», fragt Mehmet.

«Nein, bleib du hier. Ich gehe nachschauen.»

Mehmet fährt zusammen. Mustafa eilt zur Türe. Mehmet hört, wie er den Riegel zurückschiebt und die Wohnungstür öffnet.

«Polizei», sagt eine Stimme.

Mehmet hat einen Schreck. Es ist ihm, als sei er unvermittelt in eine andere, kältere Klimazone geraten. Er friert und zittert am ganzen Leib. Er glaubt, seine Knie werden jeden Moment einknicken. Der Gedanke, dass die Polizei ihn nun doch aufgespürt habe, zuckt wie ein Blitz durch sein Gehirn. Sofort weg von hier, denkt er. Von der Türe aus kann man ihn nicht sehen. Er tritt zum Fenster und schaut hinab. Mustafas Wohnung befindet sich im dritten Stock. Mehmet starrt unschlüssig auf den Vorplatz hinunter, wo ein rotes Auto steht. Ein Mann in einem schmutzigen blauen Overall kriecht unter dem Chassis hervor und wischt sich den Schweiss von der Stirne. Mehmet sieht ein, dass ein Sprung aus dem Fenster selbstmörderisch wäre. Er würde womöglich den Mechaniker erschlagen oder das Dach des Autos eindrücken.

Er spürt, dass die Männer in die Wohnung treten und sich umsehen. Gleich werden sie ihn entdecken. Er dreht sich um und geht ein wenig zur Seite, sodass er hinter einem Stützpfeiler steht. Es sind zwei Männer mit schwarzen Lederjacken. Von Uniformen keine Spur. Mehmet beobachtet sie genau.

Jetzt steht einer der Lederjackentypen in der Wohnung. Er ist gross und dünn. Die Haare schwarz und strähnig, auffällige Kopfform. Gegen oben wird sie schmaler. Der andere steht unter der Türe und spricht mit Mustafa. Das genaue Gegenstück zu seinem Kollegen: klein und breit, mit gewölbtem Bauch. Die Haare braun, fein gekräuselt, als seien sie vom Feuer versengt worden, und sein Kopf verjüngt sich gegen den Hals.

Der grosse Dünne inspiziert die Wohnung derart lässig und ziellos, dass Mehmet erleichtert hofft, sie suchten nichts Bestimmtes. Also auch nicht ihn. Trotzdem hat er entsetzliche Angst vor dem Augenblick, in welchem er entdeckt wird. Intuitiv nimmt er den Besen, der neben ihm an der Wand lehnt, zur Hand und beginnt zu wischen.

«Da ist ja noch einer», sagt der Dünne erstaunt, als er Mehmet erblickt.

«Die Hühnersuppe riecht schon wunderbar», ruft Mustafa fröhlich dazwischen.

Mit dem rechten Auge blinzelt er Mehmet zu. Dieser deutet das Signal richtig. Sie suchen nicht ihn, sondern wollen etwas anderes. Er denkt an die Zeit, als Mustafa marxistische Bücher verkauft hat. Vielleicht wollen sie kontrollieren, ob er von diesen Ideen abgekommen ist.

«Das ist ein Freund von mir», fährt Mustafa weiter. «Er ist von Beruf Koch in einem Restaurant. Er hat heute Nachtschicht. Ich bin sein Versuchskaninchen für die neuen Menüs.»

«Guten Tag», sagt Mehmet in gleichgültigem Ton und stellt

362

den Besen wieder an die Wand zurück. Dann macht er ein paar Schritte zum Kochherd zurück. Mit der Gabel zieht er einen mageren Pouletschenkel aus der Pfanne und beisst ab. Er bringt kein weiteres Wort mehr heraus. Er spürt, wie sich seine Kehle zuschnürt und die Kinnmuskeln sich verspannen.

Mustafa scheint Mehmets Schock zu bemerken.

«Leider dauert es noch eine Weile, bis die Suppe bereit ist», sagt er im leichtem Plauderton weiter, und zu Mehmet gewandt, fügt er bei: «Die Herren sind von der Polizei und dienstlich hier. Deshalb haben sie wenig Zeit, sonst wären sie unsere Gäste.»

«Wie viel Zeit wir dir und deinem Freund widmen, hängt ganz von euch selbst ab», erklärt der Dünne und mustert Mehmet scharf.

Mit der letzten Kraft, die er aufbringen kann, hält Mehmet dem Blick des Polizisten stand. Dann rührt er wieder mit dem Löffel in der Suppe. Der Polizist macht einige Schritte gegen Mehmet und schnuppert.

«Es riecht gut aus deiner Pfanne. Schade, dass wir eben gegessen haben. Wir sind uns üppigere Mahlzeiten gewohnt. Wenn wir tatsächlich eure Gäste wären, müsstest du dir schon noch etwas anderes einfallen lassen.»

«Interessierst du dich für Politik?», fragt der magere Polizist scheinbar beiläufig.

Der lauernde Unterton entgeht Mehmet nicht.

«Für Politik habe ich nichts übrig. Das Wichtigste im Leben ist die Arbeit.»

«Zumindest für einen Junggesellen», ergänzt Mustafa und verzieht amüsiert das Gesicht.

Der kleine Polizist, der in alle Winkel der Wohnung schaut, grinst missmutig zurück.

«Du hörst doch wohl die Worte eures grossen Vorsitzenden», beharrt der andere, Mehmet wieder mit den Augen fixierend.

«Nur Allahs Lehre bedeutet mir etwas», erwidert Mehmet, von seiner eigenen Schlagfertigkeit überrascht. Er kostet von der kochenden Hühnersuppe.

Der magere Polizist schneidet eine säuerliche Grimasse, wendet sich von Mehmet ab und fragt seinen Kollegen:

«Hast du was gefunden?»

«Nein.»

Die beiden gehen zum Ausgang. Unter der Türe dreht sich der Dünne um und sagt:

«Ihr wisst, dass ihr die nächsten paar Tage am besten zu Hause oder bei der Arbeit verbringt. Andere Freizeitbeschäftigungen würde ich euch nicht empfehlen. Ihr versteht schon, Jungs.»

Es war eine deutliche Anspielung auf das bevorstehende kurdische Neujahrsfest. Mit der rechten Hand machte er die Bewegung des Halsabschneidens. «Raaatsch!» Es war eine deutliche Todesdrohung. Mit einem herablassenden Lächeln drehte sich der magere Polizist um, verliess die Wohnung und eilte mit seinem Kollegen polternd die Treppe hinunter.

Nachdem Mustafa die Türe geschlossen und den Riegel vorgeschoben hatte, liess sich Mehmet erschöpft auf das Sofa fallen.

«Wie schade, dass wir unsere schauspielerischen Fähigkeiten nicht anders einsetzen können», sagte er.

Mehmet war bleich und lächelte müde, aber erlöst. Der Appetit auf Hühnersuppe war ihm gründlich vergangen. Er legte sich auf das Sofa und zündete sich eine Zigarette an.

Als Mehmet mit dem Erzählen seiner Erinnerungen zu Ende war, schlug es vom Kirchturm vier Uhr. Ayşe schlief bald ein, erschöpft vom Schreiben, Nachfragen und Mitdenken.

Ob es ihm etwas bringen wird?

Die letzte Chance

Die erste Nacht, die Mehmet und Ayşe gemeinsam verbracht hatten, war gewesen. Ayşe musste um sieben Uhr wieder aufstehen. Mehmet blieb im Bett und verliess ihr Zimmer erst gegen Mittag.

Noch bevor Ayşe Ferrier anrief, erhielt Mehmet einen neuen Brief von ihm. Er konnte ihn selbst lesen, denn er war kurz. Und wichtig war nur das Datum. Mehmet hatte diese Art von Briefen schon bei anderen abgewiesenen Flüchtlingen gesehen.

Das Flüchtlingsamt schrieb ihm, er müsse die Schweiz bis spätestens am dreissigsten November verlassen. Es drohte ihm für den Fall, dass er seiner Verpflichtung nicht rechtzeitig nachkam, mit Zwangsmassnahmen. Mehmet wusste, was darunter zu verstehen war: Abschiebehaft und Deportation mit dem Flugzeug nach Istanbul. Die Verunsicherung steigerte sich ins Unerträgliche.

Zwei Tage später rief Ayşe an. Sie habe mit dem Anwalt gesprochen. Ferrier sei sehr verständnisvoll gewesen. Er sei vom Urteil ebenfalls enttäuscht, da das Gericht die Beweise in ihrer Gesamtheit nicht gewürdigt habe. Vor allem habe ihn geärgert, dass die Richter Mehmets Beruf nicht anerkannt hätten.

Als Ayşe wissen wollte, ob man gegen das Urteil noch etwas unternehmen könne, habe der Rechtsanwalt nicht einfach nein gesagt. Er habe gezögert. Er habe erklärt, er sei von der Ehrlichkeit des Herrn Kayguzuz überzeugt und würde gerne etwas tun, um ihn vor der Abschiebung zu bewahren. Es gebe in Genf eine Kommission der UNO, die so genannte Antifolterkommission, an die man sich wenden könne. Es sei eine neue Einrichtung, die erst seit einigen Jahren existiere. Sie habe den Auftrag, Leute davor zu schützen, in Länder abgeschoben zu werden, wo sie ziemlich sicher von staatlichen Stellen gefoltert oder sogar ermordet würden. Das Verfahren habe grosse Risiken, vor allem könne man nicht automatisch mit der Erlaubnis rechnen, den Ausgang des Verfahrens in der Schweiz abzuwarten. Dieser Entscheid hänge vom Richter ab, der den Fall vorbereite.

Es gab also für Mehmet noch eine allerletzte Chance. Er schöpfte wieder Hoffnung. Das Problem war das Geld. Das Verfahren selbst kostete nichts. Finanziert werden musste nur der Anwalt. Ayşe sagte, Cumhur würde sicherlich nichts mehr für Mehmet zahlen. Sie selbst einiges, wenn auch nicht alles, aufbringen. Sie hatte die Idee, bei Murat Ceylan, dem Mann, der Mehmet die Werkzeuge aus Kurdistan gebracht hatte, ein Darlehen aufzunehmen. Als Ayşe noch am gleichen Tag Ceylan kontaktierte, erklärte er sich dazu bereit.

So beauftragten Ayşe und Mehmet Ferrier mit der Ausarbeitung der Beschwerde an die UNO. Zu diesem Zweck begleitete Ayşe Mehmet ein drittes Mal zu ihm. Mehmet fühlte sich diesmal gut vorbereitet. Er hatte das Tagebuch bei sich.

Dieses Mal gab es jedoch nicht mehr viel zu besprechen. Der Anwalt hatte keinen Informationsbedarf, da alles in den Akten stehe. Er müsse alles nochmals aufarbeiten, ordnen und aufschreiben, meinte er. Ayşe aber hatte eine Menge Fragen zum Urteil und zum weiteren Vorgehen. Sie wollte wissen, ob Mehmet die Verfahrenskosten bezahlen müsse, die der Asylrichter ihm auferlegt hatte. Ferrier gab den Rat, der Kommission ein Gesuch einzureichen, Mehmet die Schuld vorläufig zu erlassen. Ebenso griff Ayşe die Frage auf, warum die Richter gegen Mehmets Glaubwürdigkeit anführten, er habe behauptet, ein einzelner Mensch könne auf einmal achtzig Paar Schuhe tragen. Mehmet könne sich nicht erinnern, diese Zahl je genannt zu haben. Es stellte sich heraus, dass Rudolf Klingler beim dritten Verhör Mehmet folgende Frage gestellt hatte:

«Wie wusste diese Person, wann Ihre ersten Schuhe fertig waren?»

Darauf hatte Mehmet geantwortet: «Im Tag konnten wir sechzehn Paare machen. Sie kamen abwechslungsweise wöchentlich, um die fertigen Schuhe abzuholen. Wir haben die Schuhe ganz normal paarweise in Schuhschachteln verpackt.»

Aus dieser Antwort, die eigentlich keine war, machten die Richter achtzig Paar Schuhe, indem sie die tägliche Produktion von sechzehn Paar mit fünf, entsprechend den Werktagen einer

Woche, multiplizierten. Fünf mal sechzehn ergibt achtzig. Ferrier sah Mehmets Aussageprotokoll nochmals durch und fand keine Aussage, wonach alle Schuhe, die in einer Woche produziert worden sind, Davud oder dem Unbekannten übergeben worden wären.

Für Mehmet begann eine Zitterpartie. Ende Oktober erhielt er die Kopie von Ferriers Beschwerde an die UNO. Diesmal gab es für Ayşe nichts zu übersetzen, weil sie in Englisch abgefasst war, einer Sprache, die Ayşe nicht verstand. Die Beschwerde umfasste sechsunddreissig Seiten.

«Hoffentlich ist der Umfang kein schlechtes Vorzeichen», sagte Mehmet, «Sechsunddreissig liegt wieder in der ominösen Zwölferreihe: zwölf Sätze zur Sache im ersten Aussageprotokoll, zwölf Widersprüche ... »

«Sei kein Miesmacher», fiel ihm Ayşe entrüstet ins Wort. «Wenn du mit diesem Schritt keine Hoffnung verbindest, hätten wir gar nicht anfangen sollen, und ich hätte mein Geld für etwas anderes ausgeben können.»

Zwei Wochen gingen vorbei, ohne dass Mehmet etwas von seinem Anwalt vernahm. Es blieben ihm nur noch zwei weitere Wochen. Er wurde mit jedem Tag nervöser und schlief schlecht. Der dreissigste November erschien ihm wie der Tag des Weltunterganges.

Dann, am Freitag dem zweiundzwanzigsten November lag ein Schreiben von Pierre Ferrier in Mehmets Briefkasten. Dazu ein auf Englisch geschriebener Brief aus Genf. Im Begleitschreiben erklärte der Anwalt, der mit der Vorbereitung befasste UNO-Richter lade den schweizerischen Justizminister ein, Mehmet so lange nicht aus dem Land zu schaffen, als die Beschwerde hängig sei. Auch müsse das Justizdepartement bis Mitte Mai des kommenden Jahres eine Stellungnahme zur Beschwerde einreichen. Dann werde eine Gruppe von Juristen aus verschiedenen Ländern die Angelegenheit beraten und einen Bericht verfassen. Erst dann wisse man, wie es weitergehe, ob Mehmet endgültig bleiben dürfe oder nicht.

Mehmet fiel Ayşe vor Freude um den Hals, als sie ihm Ferriers Brief zwei Tage später übersetzte. Auch sie war erleichtert und zufrieden. Aus dem Umstand, dass der schweizerische Justizminister ein halbes Jahr Zeit hatte, zu Ferriers Beschwerde Stellung zu nehmen, sahen beide, dass erneut ein langwieriges Verfahren bevorstand.

Am fünfundzwanzigsten November erhielt Mehmet wieder einen Brief von seinem Anwalt. Als Beilage schickte er ein Schreiben des Flüchtlingsamtes, wonach der Fremdenpolizei des Kantons Bern untersagt wurde, Mehmet abzuschieben, so lange der Fall in Genf hängig sei. Das Schreiben der Flüchtlingsbehörde war vom Sachbearbeiter Rudolf Klingler unterzeichnet.

Die Nacht vom dreissigsten November verbrachte Mehmet vorsichtshalber bei Ayşe. Er misstraute der Polizei. Vielleicht war der Befehl aus Genf beziehungsweise aus dem nationalen Regierungsgebäude nicht bis zur Berner Polizei durchgedrungen, argwöhnte er. Am nächsten Nachmittag rief er in der Wohngruppe an. Rava nahm das Telefon ab.

«Polizei dort gekommen für mich?»

«Nein, Polizei nix hier», antwortete Rava.

Dann kam Mohan ans Telefon. Er sprach ein wenig besser Deutsch als seine Mutter.

«Mehmet, du kommen musst. Wir eine Katze mit fünf Jungen im Keller gefunden haben.»

Das Leben ging also weiter, und Mehmet wartete auf den Ausgang der dritten Etappe in seinem Ringen um die Anerkennung als politischer Flüchtling. Kurz nach Weihnachten erhielt er einen Brief von seiner Familie. Er enthielt die Nachricht vom Tode seines Grossvaters. Er sei in Hêlineqertel beigesetzt worden. Die Nachricht machte Mehmet traurig. Sein Grossvater hatte in seinem Leben einen wichtigen Platz eingenommen. Nun war er tot, ohne dass Mehmet sich von ihm hätte verabschieden können.

Kurz vor dem Flüchtlingstag im Juni erfuhr Mehmet von einem Kurden, den er im «Zentrum 5» traf, dass eine Schreinerei eine Hilfskraft suche, weil ein Mitarbeiter wegen einem Unfall ausfalle. Mehmet meldete sich und konnte eine Woche lang zur Probe arbeiten. Die Schreinerei stellte Küchenmöbel her. Die Arbeit gefiel Mehmet. Nach der ersten Woche beschied ihm der Meister, er könne so lange bleiben, wie der verunfallte Mitarbeiter ausfalle. Die Fremdenpolizei stimmte Mehmets temporärem Einsatz zu.

An Mehmets drittem Flüchtlingstag, den er wieder mit Ayşe besuchte, liess er sich vom Mexikaner in Erinnerung an den Tod seines Grossvaters einen schwarzen Strich auf seinem Armband anbringen. Jetzt konnte man dort lesen: 15. April 1-Schilfrohr III. Die Striche waren grün, orange und schwarz.

Mitten im Hochsommer wurden Ayşe und Mehmet zu Ferrier gerufen, weil das schweizerische Justiz- und Polizeidepartement der UNO eine Stellungnahme zu Mehmets Beschwerde eingereicht hatte. Es müsse repliziert werden, erklärte Rechtsanwalt Pierre Ferrier Ayşe am Telefon.

In Ferriers Büro erfuhren Ayşe und Mehmet, das eidgenössische Justiz- und Polizeidepartement habe in Genf nochmals neue Zweifel am Wahrheitsgehalt von Mehmets Aussagen angemeldet. Sie konnten es kaum fassen. Seine Aussagen entwickelten auf jeder neuen Verwaltungsstufe eine für ihn unheilvolle Dynamik.

Als Ferrier Ayşe und Mehmet die erste Ungereimtheit mitteilte, hatte Mehmet nicht nur das Gefühl, dass man erneut über ihn in einer ungerechten Art und Weise richtete. Er empfand es als empörend, dass man in der Schweiz die Sprache der türkischen Regierung übernahm.

«Es erscheint mindestens überraschend», schrieb Franz Gyger, der Chef der Sektion, die im Bundesamt für Justiz für Menschenrechtsbelange zuständig war, «dass ein Mitglied einer Terrororganisation, die sich im Krieg mit dem Regime befindet und gegen welche die Sicherheitskräfte mobilisiert werden, eines Tages bei Unbekannten auftaucht, um sie um Hilfe für den bewaffneten Kampf anzugehen, dies am helllichten Tage und ohne die geringste Vorsichtsmassnahme.»

Mehmet verstand nicht, warum man nicht glaubte, dass die Guerilla ihn in Absprache mit seinem Cousin Davud als Lieferant aufgesucht hatte.

«Es ist überraschend», schrieb Franz Gyger weiter, «dass eine Person, die im Sommer vor der Flucht festgenommen worden war, Anfang des nächsten Jahres spontan zusagte, einem Unbekannten Schuhe zu liefern, ohne auch nur einen einzigen Augenblick in Betracht zu ziehen, dass die Sicherheitskräfte verdeckt versucht haben könnten, ihren Verdacht zu bestätigen.»

Als Pierre Ferrier den Satz vorlas, dachte Mehmet an jenes Gespräch, das er mit seinem Vater am Abend des Tages, als ihn der Fremde zum ersten Mal aufgesucht hatte, geführt hatte. Sein Vater hatte ihn auf diese Gefahr aufmerksam gemacht. Deshalb hatte Mehmet durch Khesal Davud kontaktiert.

Die weiteren Zweifel fussten auf dem Umstand, dass die Polizei nur Mehmet, nicht aber seinen Vater gesucht hatte. «Diese Milde der türkischen Behörden gegenüber dem Vater ist vollständig unerklärlich», hiess es in der Stellungnahme.

Im Weiteren bemängelte man im Justiz- und Polizeidepartement, dass Mehmet nicht versucht habe, in den Besitz von Davuds Strafakten zu gelangen. So hätte er beweisen können, dass Davud ihn verraten habe.

Schliesslich sah der Sektionschef ein neues Durcheinander darin, dass Mehmet insgesamt vier verschiedene Zeitpunkte angegeben habe, an denen sein Cousin Davud verhaftet worden sei.

«Ein neuer Datenwirrwarr?», fragte Ayşe ungläubig.

«Jedenfalls für Kalenderrechner», antwortete Ferrier. «Das Justizministerium hat immer dann im Kalender nachgerechnet, wenn Herr Kayguzuz ungefähre Zeitangaben in den verschiedensten Zusammenhängen gemacht hat. So sagte er zum Beispiel, sein Cousin sei einen Monat vor seiner Flucht nach Istanbul festgenommen worden. Das Abreisedatum hat Herr Kayguzuz präzis angegeben. Also konnte man nachschauen, wann

Davud laut dieser Angabe verhaftet worden sein musste. Dann sagte Herr Kayguzuz an anderer Stelle, er sei etwa zwei Wochen bei Mustafa versteckt gewesen. Da er sich die ganze Zeit über versteckt hatte, wäre die Verhaftung ungefähr zwei Wochen später als nach der ersten Version erfolgt. Ich gehe davon aus, dass Herr Kayguzuz in allen Aussagen Zeitangaben nach Gefühl und Augenmass gemacht hat, ohne im Kalender die Daten nachzusehen», schloss Ferrier, Ayşe zugewandt.

Niedergeschlagen verliess Mehmet das Büro. Mit grosser Furcht sah er dem Tag des letzten Urteilsspruches entgegen. Wenn man jedes Mal neue Zweifel an meinen Aussagen hegt, wie lange wird diese Liste am Ende noch werden, wenn sie jetzt schon bei fünfzehn Punkten angelangt ist?, fragte er sich bange.

In diesem Stadium des Verfahrens fühlte er sich noch orientierungs- und hilfloser als früher. Ayşe konnte die Rechtsschriften, die für Genf geschrieben wurden, nicht für ihn übersetzen. Franz Gyger hatte auf Französisch geschrieben. Pierre Ferrier verfasste seine Antwort auf Englisch. Sie trug das Datum vom fünfzehnten Dezember.

Eine Woche später machte Mehmet eine Entdeckung.

Es war an einem angenehm milden vorweihnächtlichen Wintertag, als er in der Stadt auf ein Plakat stiess, das an der Wand eines Supermarktes angebracht war. Die Ecke war überfüllt mit Aushängezetteln, die für Konzerte, Meditationskurse, Sportveranstaltungen und politische Anlässe warben. Das grösste Plakat warb für ein Konzert einer Harfenspielerin. Ihr Bild lachte Mehmet an, und ihr Gesicht gefiel Mehmet, sodass er sich überlegte, das Konzert mit Ayşe zu besuchen. Jetzt, da er ein eigenes Einkommen hatte, konnte er sich diese Sonderausgabe leisten. Fast hätte er den Aufruf zu einer Demonstration gegen die Kurdenpolitik der türkischen Regierung übersehen. Es war nur ein Handzettel, der über ein Plakat geklebt war, das für einen längst gespielten Fussballmatch warb.

Mehmet entfernte sich ein paar Schritte. Der Aufruf beschäftigte ihn. Weil er das Datum vergessen hatte, kehrte er zur Plakatwand zurück. Inzwischen hatte sich ein Mann eingefunden, dessen graue, zerknitterte Hosen nur bis knapp über die Fussknöchel reichten. Er hielt seinen Taschenkalender an die Wand und schrieb etwas auf, den Blick immer wieder auf den Aushang für einen Aikido-Kurs gerichtet. Die Kurdendemonstration war auf heute Samstag, den siebzehnten Dezember, um zwei Uhr nachmittags angesagt. Mehmet schaute auf die Uhr. Es war drei Uhr nachmittags.

Warum er gerade jetzt an jenen Augenblick dachte, als der Unbekannte von ihm verlangte, für die Guerilla Schuhe zu machen, wusste er nicht genau. Aber seine Gedanken kreisten um jenen Moment, als er mit sich gerungen und gehadert hatte, sich in die Politik hineinziehen zu lassen. Er sah seinen verletzten Vater vor sich genauso wie damals.

Mehmet eilte zur nächsten Haltestelle und stieg in das Tram. Treffpunkt der Demonstration war der Bundesplatz. Die Strassen in der Altstadt waren überfüllt von Menschen mit vollen Einkaufstaschen.

Als das Tram in eine Strasse einbog, hielt es an, obwohl keine Haltestelle in Sicht war. Einige Fahrgäste wurden unruhig. Ein Mann legte ungehalten und geräuschvoll die Zeitung zusammen, hob den linken Arm in die Höhe, zog den Ärmel des blütenweissen Hemdes zurück, bis eine goldene Uhr zum Vorschein kam. Dann blickte er vorwurfsvoll zuerst nach hinten und dann nach vorne zur Kabine des Tramführers. Ein junger Mann in einer Armeeuniform stand auf, stellte sich vor den mittleren Ausgang und spähte hinaus. Draussen waren Polizisten, die die Strasse, in welche das Tram einbiegen sollte, absperrten. Sprechchöre, die näher kamen, waren zu hören.

«Nieder mit dem Faschismus! Es lebe das kurdische Volk!»

«Und das mitten am Samstagnachmittag», empörte sich der Herr mit der goldenen Uhr. «Das sollte man verbieten. Wie dumm ist unsere Polizei eigentlich?»

Der kurdische Demonstrationszug zog lärmend, aber geordnet, vorüber. Überall ragten bunt bemalte Spruchbänder und

Plakate über die Köpfe der Demonstranten. Viele Frauen und Männer trugen Kopftücher.

«Freiheit für Kurdistan. Keine Waffen mehr an unsere Unterdrücker!», tönte es in Sprechchören.

Manche reckten dabei die Fäuste in die Luft. Nach ein paar Minuten öffnete der Tramführer die Türen. Mehmet sprang aus dem Wagen, dicht hinter dem Herr mit goldenen Uhr. Als er sich dem Zug näherte, winkten ihm mehrere Hände zu.

«Komm, schliess dich uns an!», rief ein Mann lachend.

Mehmet kannte niemanden. Er mischte sich unter die sich langsam vorwärts bewegende Masse und warf einen letzten Blick auf den Mann mit der goldenen Uhr. Mehmet sah, wie er heftig und gestenreich auf einen Passanten einredete.

«Woher kommst du?», fragte ihn der Mann, der ihn herbeigerufen hatte.

«Aus Tilkini.»

«Und du?»

«Aus Otuzgöl.»

Mehmet war erfreut, einen Landsmann aus der Stadt, in der er gelebt hatte, zu treffen. Er war jung, von zartfühlender Art und überragte Mehmet um einen Kopf. Er trug ein kleines, selbst gebasteltes Plakat: «Unsere Rechte jetzt!», stand über einer Handzeichnung, die an naive Malerei erinnerte. Es stellte einen Soldaten in Kampfuniform und Stiefeln dar. Er feuerte mit einem Maschinengewehr auf eine schwangere Frau, die hinter einer grossen Taube stand und aus einer grossen Wunde blutete. Im Bauch der Frau lag ein ungeborenes Kind.

«Hast du dem Mann schon gesagt, dass die Zeichnung von mir ist?», sagte der Knabe, den der Plakatträger an der Hand führte.

«Nein, sag es ihm selber!»

«Jetzt weiss ich es schon», sagte Mehmet zu ihm. «Du bist ein wahrer Künstler.»

Der Junge strahlte, löste die Hand vom Griff seines Vaters und verschwand in der Menge, um bald an einer unerwarteten Stelle wieder aufzutauchen.

Der Zug verliess die Innenstadt und setzte seinen Weg über die Kirchenfeldbrücke fort. Das Ziel war die türkische Botschaft. Mehmet wusste nicht, wo sie sich befand. Er war noch nie dort gewesen. Als sie in eine Seitenstrasse einbogen, verstummten die Sprechchöre plötzlich. Die Atmosphäre änderte sich. Eine Spannung legte sich über die Menge.

«Wir sind da. Jetzt aufgepasst», hörte Mehmet jemanden sagen. Er zeigte auf ein Gebäude, welches der Sitz des Botschafters war. Sie waren nicht mehr weit davon entfernt. Auf der Strasse davor standen ein paar uniformierte Polizisten. Bald verschwanden sie in der herandrängenden Masse. Mehmet stand in der Mitte der Strasse. Durch das schwarze, hohe Gittertor sah er in den Hof der Botschaft. Keine Menschenseele zeigte sich dort.

Der Vorstoss erfolgte blitzschnell. Mehmet sah sie überall, es war, als ob Artisten an der Arbeit wären. Junge Frauen und Männer sprangen auf die Rücken und Schultern anderer und kletterten auf die Mauer hinauf. Von dort liessen sie sich in den Garten fallen. Ein langes Spruchband verschwand in der Menge. Rasch rissen einige den Stoff vom Gestänge und stellten es als Leiter an die Wand. Ein Strom von Menschen kletterte hinauf und verschwand hinter der Mauer. Bald sah Mehmet durch das Eingangstor die ersten Demonstranten im Botschaftsvorgarten. Sie näherten sich vorsichtig dem Eingang. Einige machten sich am Tor zu schaffen.

Bevor Mehmet die Leiter ergreifen konnte, schubste ihn die Masse gegen das Tor. Dieses stand plötzlich weit offen. Alle strömten hinein und schrien:

«Nieder mit den Faschisten!»

Die ersten Steine flogen gegen die Residenz. Einige Menschen fingen an zu jauchzen. Irgendwo klirrte eine zerbrochene Scheibe.

War da nicht eine Bewegung hinter einem Fenster? Waren die Ersten durch die Fenster in das Gebäudeinnere gedrungen? Zuerst tönte es, als ob jemand mit einem grossen Hammer auf ein Metall geschlagen hätte. Mehmet befand sich etwa zehn

Meter vom Hauseingang entfernt. Die kurzen Geräusche wiederholten sich fast ohne Unterbruch.

«Schüsse! Sie schiessen!», schrie jemand. «Zu Boden!» Die Stimme tönte wie ein Kommando. Mehmet warf sich auf die Erde und hielt die Hände vor den Kopf. Als er aufblickte, sah er, dass alle flach auf dem Boden lagen. Jetzt sah er die Männer hinter den offenen Fenstern und auf den beiden Balkonen des Botschaftsgebäudes. Mit beiden Händen hielten sie die Pistolen und feuerten in die Menge. Der Zustrom der kurdischen Demonstranten war zum Stillstand gekommen. Unter dem Eingang stand ein Mann mit einem weissen Hemd mit einem Pistolenhalter. Mehmet hatte den Eindruck, dass er die Pistole gegen ihn richtete. Es wurde ihm eiskalt und er presste seine Brust gegen den Boden.

Es herrschte ein grosses Durcheinander. Die meisten, die sich im Garten befanden, lagen flach auf Kies und Rasen. Einige krochen vor- und rückwärts. Jene in der Nähe des Tores rannten weg. Man hörte Rufe, Weinen und zwischendurch Befehle. Mehmet bewegte sich auf allen Vieren rückwärts und schaute zum Botschaftsgebäude. Er sah einen reglosen Körper am Boden liegen, einige Meter von ihm entfernt. Der Kiesboden darunter verfärbte sich rot. Die Schiesserei hatte aufgehört. Plötzlich rannte eine Frau zum reglosen Körper.

Es war Ayşe.

«Ayşe!», rief Mehmet erstaunt und atemlos aus.

Sie starrte ihn an. Jetzt kniete sie nieder und versuchte, den reglosen Körper auf den Rücken zu drehen. Benommen richtete sich Mehmet auf und stürzte in ihre Richtung.

«Taube, geh zu Anaconda. Er hat ein Handy. Er soll die Sanität anrufen!», befahl ein fremder Mann Ayşe.

Er stand auf der anderen Seite des reglosen Körpers, war mit Blut bespritzt und zeigte nach links. Dort stand ein weiterer Mann, der telefonierte. Ayşe sah bleich aus. Jetzt hatte Mehmet sie erreicht. Keuchend fragte er sie:

«Taube… , bist du Taube?»

«Mehmet», antwortete Ayşe gedehnt, als laste ein tonnenschweres Wort auf ihrer Zunge. «Wir sprechen uns später. Geh zurück auf die Strasse, hinter die Mauer, schnell, schnell!»

Sie sah ihn mit einer Mischung aus Liebe und Unruhe an. Dann drehte sie sich um und rannte zu dem Mann mit dem Mobiltelefon. Jetzt drängte alles zum Ausgang. Es war, als ob eine Brandung, die eben auf eine Felsenklippe zugeschossen war, mit der gleichen Wucht ins offene Meer zurückgeworfen würde. Die Fenster der Botschaft waren wieder mit den Rolläden verriegelt. Die beiden Balkone der Botschaft waren leer.

Seit Mehmet Ayşe hinter sich entdeckt hatte, waren erst ein paar Augenblicke vergangen, die ihm jetzt wie eine Ewigkeit erschienen. Wie angewurzelt blieb er stehen, Todesangst im Nacken, ungläubig, dass er die Schüsse unbeschadet überstanden hatte. Er schaute auf den blutenden Menschen, der reglos am Boden lag. Sie hatten ihn umgedreht. Die Kugel hatte ihn mitten in die Stirn getroffen und die obere Kopfhälfte gespalten. Er sah eine breiige Masse.

Mehmet spürte, wie sich sein Magen zusammenzog. Er war drauf und dran, sich zu übergeben. Er rannte in die Richtung, in welche Ayşe sich entfernt hatte. Der Mann mit dem Handy und sie waren verschwunden. Mehmet schaute um sich. Hinter sich hörte er ein Stöhnen. Ein uniformierter Schweizer Polizist lehnte an der Wand und hielt mit schmerzverzerrtem Gesicht seinen Oberschenkel fest. Von der Strassenmitte zog sich eine Blutspur zu dem Beamten. Die blaue Uniformhose des Beines, das er umklammerte, war rot verfärbt. Er hatte einen Beinschuss erhalten. Jemand kümmerte sich um ihn.

Die letzten Kurden hatten den Hof des Botschaftsgebäudes verlassen und rannten auf der Strasse in beide Richtungen. Mehmet wandte sich nach links. An einer Strassenbiegung traf er auf eine Menschenmenge. Vom anderen Ende der Strasse hörte er Sirenen. Er sah das blinkende Blaulicht eines Polizeiwagens, der in der Menge nur langsam vorankam.

Er rannte an einer Gruppe von Kurden vorbei, die vor einem wütend bellenden Hund flüchteten, der sie vom Vorplatz eines Hauses vertrieb. Von weitem sah er, wie aus den Polizeiautos

Beamte mit Schlagstöcken ausschwärmten. Das Tor zur Botschaft war wieder geschlossen. Ein Polizist stand davor und drückte mit dem Finger gegen etwas, das Mehmet als Klingel deutete. Im Botschaftsgebäude blieb alles ruhig.

«Holt die Mörder raus!», schrie jemand aus voller Kehle und hielt die Faust in die Höhe.

Mehmet ging weiter. Als die Strasse nach rechts abbog, versperrte ihm plötzlich eine Frau, die mit dem Rücken zu ihm stand, den Weg. Sie diskutierte mit einem Mann, der breitbeinig vor ihr stand. Er erkannte ihre Stimme.

Es war Ayşe.

«Es war eine Provokation, Genossin», sagte der Mann erregt zu ihr. «Sie haben auf uns gewartet, uns hereingelassen und den Genossen abgeknallt.»

Der Mann blickte erstaunt Mehmet an. Ayşe bemerkte den veränderten Gesichtsausdruck und drehte sich um.

«Ayşe, ich muss mit dir sprechen», sagte Mehmet mit einer Entschiedenheit, die sie nicht ignorieren konnte.

«Ich komme.»

Ayşe raunte dem Mann etwas zu, das Mehmet nicht verstand, und ging zu ihm.

«Was soll das alles bedeuten? Ich meine nicht die Schiesserei, sondern … Taube … Anaconda diese seltsame Tierwelt», fügte er sarkastisch bei.

«Mehmet, ich weiss nicht, ob du es verstehen kannst. Ich mache hier bei der Organisation mit.»

«Hinter meinem Rücken!»

Ayşe antwortete nicht. Sie fasste ihn an der Hand und zog ihn mit sich. Unsicher sah sie sich um. Es waren immer noch viele Menschen auf der Strasse. Manche starrten vor sich hin. Eine junge Frau weinte. Andere standen in Gruppen beisammen, sprachen und gestikulierten erregt.

«Ich muss jetzt reinen Tisch mit dir machen», sagte sie nach ein paar schnellen Schritten. «Ich bin in Kurdistan zur Organisation gegangen, dann desertiert, das weisst du und jetzt muss … ach was … will ich hier wieder Terrain gutmachen.»

«Wie interessant, Genossin Taube. Welch zärtlicher Deckname», sagte Mehmet aufgebracht. «Tauben stehen für den Frieden, und du übst das Kriegshandwerk.»

Ayşe lachte kurz auf, aber Mehmets entschlossener Blick brachte sie sofort wieder zum Schweigen.

«Nein, ich mache nur politische Arbeit, und auch nur dann, wenn es unbedingt sein muss.»

«Warum so minimalistisch?»

Ayşe blieb stehen und fasste Mehmet an den Hüften. Mehmet stiess sie brüsk von sich weg.

«Ich bin desertiert. Fahnenflucht ist Hochverrat. Verstehst du. Hier haben sie es herausgefunden und mich vor die Alternative gestellt, entweder du machst mit oder wir machen dich fertig. Nicht zuletzt wegen dir habe ich zugestimmt, wieder aktiv zu werden. Sonst hätte ich hier abhauen müssen.»

Mehmet blickte Ayşe in die Augen. Er hatte einen fanatischen, entschlossenen Ausdruck erwartet. Statt dessen entdeckte er etwas Flehendes. Er scharrte unentschlossen und verlegen mit einem Schuh. Die Wut war weg.

«Hast du mir jetzt alles gesagt?», fragte er versöhnlich. Er dachte an das Telefongespräch, als er ihr den Zeitungsbericht über Davuds Ermordung mitgeteilt hatte. Ayşes Betroffenheit und ihre Frage nach Davuds Deckname hatten ihn seither nicht mehr losgelassen. «Ayşe, hast du jetzt keine Geheimnisse mehr vor mir?» Seine Frage klang wie ein Ultimatum.

«Mehmet, ich liebe dich», sagte sie und machte einen Schritt auf ihn zu.

Mit den Händen hielt sie Mehmet auf Distanz. Er wich einen Schritt zurück. Ein Sanitätswagen fuhr dicht an ihnen vorbei.

«Antworte auf meine Frage», fuhr er sie mit einem misstrauischen Blick an.

«Also gut, … dann sage ich dir jetzt alles», antwortete sie, seinem Blick standhaltend. «Als ich in Kurdistan in der Organisation war, habe ich auch ein Paar von deinen Schuhen getragen, die du Davud und dem Fremden, wie du ihn nennst, gegeben hast.»

378

«Dann hast du die ganze Zeit gewusst, dass ich die PKK beliefert habe?», fragte Mehmet, völlig aus der Fassung geratend, obwohl ihm im selben Augenblick klar wurde, dass er schon seit einiger Zeit in dieser Richtung eine vage Vermutung hegte.

«Nein, dass du es warst, der uns die Schuhe gegeben hat, habe ich erst hier erfahren», antwortete Ayşe schnell.

«Wann?»

«Du hast mir den Zeitungsbericht über Davuds Tod zum Übersetzen gegeben. Da sah ich das Foto. Ich erkannte ihn sofort. Bis zu diesem Moment hatte ich allerdings nicht gewusst, dass er Davud Kayguzuz hiess. Ich hatte ihn nur unter seinen Parteinamen Mao gekannt. Ich hatte keine Ahnung, dass er dein Cousin war ...»

«... Er war auch an Birgüls Hochzeit», fuhr Mehmet dazwischen.

«Schon möglich, damals war ich nicht bei der Organisation. Erst als ich das Bild sah, ging mir auf, dass ich deine Schuhe getragen haben muss. Du hast uns so viel geholfen. Viele von uns haben wie Tiere in Höhlen gehaust.»

Ayşe sprach nicht weiter, sondern machte einen wackligen Schritt auf Mehmet zu. Ihr Gesichtsausdruck war plötzlich verändert. Ein tiefer Schmerz zeichnete sich darauf ab. Tränen rannen aus ihren Augen. Mehmet ging auf sie zu und umarmte sie. Sie klammerte sich an ihn und schluchzte wie damals, als sie Mehmet ihr erstes Geheimnis preisgegeben hatte.

«Als ich schon von der kämpfenden Truppe weg war ... wegen der Krankheit ...», sagte Ayşe mit erstickter Stimme, «hatten wir eine Versammlung in einem unserer Sicherheitshäuser. Wir waren fünf Leute. Ich vertrat unsere Zelle. Einer der Versammlungsteilnehmer war Mao ... eben Davud. Er kam im direkten Auftrag des Regionalkommandanten. Und er brachte mir ein Paar Schuhe. Jetzt weiss ich, dass es aus deiner Werkstatt stammte.»

Ayşe nahm die Arme von Mehmets Schulter weg. Ein Polizeiauto fuhr vorbei.

«Mao war sehr populär», fuhr sie fort und wischte sich mit dem Taschentuch die Tränen vom Gesicht. «Er war sehr leutselig und umgänglich. Wir alle mochten ihn sehr. Du hast ihn ja selbst gekannt ... Es war am späten Nachmittag, als ich auf die Toilette ging. Neben dem Haus stand ein Plumpsklo, etwa fünfzig Meter entfernt. Als ich mein Geschäft beendet hatte, hörte ich plötzlich laute Männerstimmen vor dem Haus. Ich spähte durch den Türspalt und sah, wie das Sicherheitshaus von Gendarmen und Soldaten umstellt war. Es dauerte nur einige Augenblicke, bis sie Mao und die anderen herausbrachten. Mao war der älteste. Er musste auf den Boden knien. Sie machten einen Kreis um ihn und schlugen ihn, mit den Stiefeln und den Gewehrkolben. Davud gab keinen Laut von sich, obwohl er übel zugerichtet wurde. Ein Gendarm trug deine beiden Schuhschachteln. Wir waren verraten worden und mit Maos Folterung sollten die anderen, die festgenommen worden waren, weich geklopft werden. Eine Zeitlang passierte dann nichts. Ein Gendarm forderte Verstärkung an. Nach einer Weile, vielleicht einer Viertelstunde, stiess ein weiterer Jeep mit ein paar Männern dazu. Dann ...» Ayşe verfiel in heftiges Weinen. «Dann», fuhr sie mit schwerer Zunge fort, «... erschossen sie Zeki und Hatiçe vor Mao und den anderen ...» Ayşe fasste Mehmets Hand und zog ihn näher zu sich heran. «Die Gendarmen zogen ab, ohne mich entdeckt zu haben. Warum habe ich Glück gehabt? Warum bin ich so glimpflich davon gekommen? Das frage ich mich beständig. Dem Schmerz über die Ermordung von Zeki und Hatiçe bin ich seither ausgewichen. Deshalb konnte ich dir bisher nicht die volle Wahrheit sagen.»

«Warum hast du mir nichts davon gesagt, dass du hier wieder für die PKK arbeitest?»

«Wir müssen das geheim halten. Ausserdem hast du mir bei unserem Wiedersehen deutlich zu verstehen gegeben, dass du nichts von der Arbeit für diese Organisation hältst. Ich wollte unsere Beziehung nicht gefährden.»

Mehmet war gerührt.

«Welche Schuhnummer hast du eigentlich?», fragte er.

«Achtunddreissig. Warum interessiert dich das?»

«Davud hat nie spezielle Schuhgrössen verlangt», antwortete Mehmet. «Er hat die Auswahl immer mir überlassen. Nur einmal, das letzte Mal, wenn ich mich richtig erinnere, wollte er ein Paar Schuhe mit der Nummer achtunddreissig. Ich habe mich damals über diese kleine Schuhnummer gewundert.»

«Ich weiss, ich habe diesen Sachverhalt ja selbst in dein Tagebuch geschrieben. Du hast mir ein so schönes Geschenk gemacht, ohne es zu wissen», sagte Ayşe mit kraftvollerer Stimme und küsste Mehmet auf den Mund.

Sie standen immer noch in der Nähe des Ortes, wo sie nach der Schiesserei vor der Botschaft aufeinander gestossen waren. Schweigend bogen sie nach links in einen kleinen Weg ein. Sie erreichten den Dählhölzliwald.

«Wie viele Schuhe hatte Davud dabei, als er erwischt wurde?», fragte Mehmet weiter.

«Nur die beiden Paare, von denen ich schon gesprochen habe. Ich hatte das Paar, das er mir gegeben hatte, sofort angezogen, weil meine Sohlen abgelaufen waren.» Nach einer Pause fügte Ayşe bei: «Deine Schuhe waren wirklich gut, sie hielten warm.»

Sie gingen auf einen Drahtzaun zu. Dahinter stand ein Hirsch. Vor dem Gitterzaun fragte Mehmet:

«Wer war eigentlich der Fremde, der abwechslungsweise mit Davud die Schuhe abgeholt hat?»

«Ich habe keine Ahnung. Ich kannte damals nur unsere Zelle und ein paar Verbindungsleute zum Regionalkommandanten. Diese traf ich im Sicherheitshaus, als wir erwischt wurden.»

«Warum sagst du mir das alles erst jetzt?», fragte Mehmet vorwurfsvoll. «Du hättest mir im Asylverfahren als Zeugin beistehen können.»

«Zwei Gründe habe ich dir eben genannt. Hinzu kommt noch einer. Kein Beamter hätte mir auch nur ein Wort geglaubt. Ich habe dich zu deiner dritten Befragung begleitet. Später hast du mir den Bericht über Maos Begräbnis und sein Foto gezeigt. Also hätte ich erst ab diesem Zeitpunkt zu deinen Gunsten aussagen können. Wie hätte ich da plausibel erklären können, warum ich nichts gesagt habe? Man hätte mir vorgeworfen, ich hätte meine Aussage erfunden, um dir eine Gefälligkeit zu erweisen. Sicherlich hätte der Beamte auch einen Blick in Cumhurs Asyldossier geworfen. Er hat über mich einiges gesagt. Von dem, was ich dir erzählt habe, steht natürlich kein Wort drin.»

Mehmet schwieg. Er wusste nichts entgegenzusetzen. Er betrachtete mit halbgeschlossenen Augen den Hirsch, der sein Geweih gegen einen Baumstamm stiess.

«Es ist mir die ganze Zeit nicht leicht gefallen, diese Geheimnisse mit mir herumzutragen und dich anzulügen. Kannst du mich verstehen? Verzeihst du mir, dass ich dich an der Nase herumgeführt und dir nicht als Zeugin geholfen habe?», fragte Ayşe leise, mit einem Blick, der zärtlich war und Zärtlichkeit suchte.

Mehmet sagte nichts. Er überlegte, ob Ayşe ihm nun wirklich die ganze Wahrheit gesagt hatte. In Gedanken ging er nochmals alles durch, was er von Ayşe wusste. Er kam zum Ergebnis, dass er ihr vertrauen konnte. Bewegt vom Gedanken, dass auch sie unter der Last ihrer Vergangenheit mehr litt als er geahnt hatte, trat er zu ihr, umarmte sie und sah sie zärtlich an.

«Ich verzeihe dir», flüsterte er, mit dem Zeigfinger eine Träne von seiner Wange wegwischend. «Das Schicksal hat unsere Wege schon früh zusammengeführt. Zuerst an Birgüls Hochzeit, dann indirekt via Davud und meine Schuhe. Wie soll ich da nachtragend sein?»

Sie sahen dem Hirsch zu. Er stand immer noch in der Nähe, als würde er sich für das Gespräch zwischen Ayşe und Mehmet interessieren. Wiederholt stiess er sein mächtiges Geweih gegen den Baumstamm, der deutliche Schürfspuren zeigte. Einen kurzen Augenblick sah Mehmet anstelle des Tieres sich selber, wie er gegen eine mächtige Bürokratie ankämpfte.

Es war ruhig. Niemand war in der Nähe. Nur die Stösse des Geweihs gegen den Baumstamm waren zu hören. In der Ferne das kurze, heitere Lachen eines Kindes.

«Gehen wir», sagte Ayşe leise. «Lass uns an etwas anderes denken.»

Mehmet nickte und freute sich auf die gemeinsame Nacht nach diesem Tag voller schicksalhafter Prüfungen.

Die turbulenten Ereignisse vom Samstag liessen Mehmet lange nicht zur Ruhe kommen. Am Montagvormittag arbeitete er in der Schreinerei so unkonzentriert, dass er sich mit der Sägemaschine in einen Finger schnitt. Beinahe hätte er ihn durchtrennt. Notfallmässig musste er in das Spital eingeliefert werden. Die Ärzte nähten den Finger sofort zusammen. Kurz vor Mittag wurde Mehmet wieder entlassen. Sofort rief er Ayşe in der Bäckerei Borsellino an. Sie verabredeten sich auf ein Uhr im Café Roma. Dort lasen sie die Schweizer Zeitungen. Sie waren voll von Berichten über die samstägliche Schiesserei vor der türkischen Botschaft. Der Botschafter liess verlauten, die tödlichen Schüsse seien von Demonstranten abgefeuert worden, da es in der Botschaft keine Waffen gebe. Von dieser Version musste er später abrücken, als ein kurdischer Journalist der Polizei die Bilder übergab, die er am Ort des Geschehens gemacht hatte. Sie zeigten unter anderem den Botschafter höchst persönlich mit einer Waffe, mit der er auf die Demonstranten zielte.

Weder Ayşe noch Mehmet hatten an diesem Tag grosse Lust zu sprechen. Ayşe erwähnte nur, sie habe die gerichtliche Scheidung eingeleitet. Mehmet hatte sein Tagebuch dabei und machte einen langen Eintrag. Zum Glück war der Finger der linken Hand verletzt. Als er mit dem Schreiben fertig war, ging er zum Bahnhofkiosk, um eine türkische Zeitung zu kaufen. Auch sie berichtete ausführlich über die Ereignisse am Samstag vor der Botschaft.

Nach zwei Uhr, als die meisten Gäste wieder gegangen waren, verabschiedete sich Mehmet von Ayşe. Er fühlte sich erschöpft und wollte in seine Wohngruppe zurückgehen, um sich auszuruhen. Ayşe blieb, weil sie einen freien Nachmittag hatte. Als er das Lokal verliess, hörte er sehnsüchtige Klezmer Musik.

Ayşe ging auf die Toilette. Als sie zu ihrem Platz zurückkehrte, sass dort ein Mann. Sie sah sein Gesicht nicht, weil er eine grosse Zeitung davor hielt und aufmerksam darin las.

«Entschuldigen Sie, Sie sitzen an meinem Platz», sagte Ayşe ungehalten.

Als der Mann die Zeitung zusammenfaltete, erschrak Ayşe. Es war ihr Anwalt Pierre Ferrier.

«Ach Sie sind es ... !», platzten beide gleichzeitig und gleichermassen verblüfft heraus.

«Ich bin schon eine Weile hier. Ich war nur eben auf der Toilette und habe meinen Kaffee noch nicht ausgetrunken», sagte Ayşe. «Ihr Gesicht war hinter der Zeitung gänzlich verschwunden, sodass ich Sie gar nicht erkannt habe.»

«Es tut mir schrecklich leid. Es sieht so aus, als ob ich Sie vertreiben wollte. Das liegt aber nicht in meiner Absicht, ich dachte, der Stuhl sei frei», stammelte Ferrier.

«Das wäre eine besonders gelungener Streich des Schicksals, wenn Sie mich zum Flüchtling machen würden», scherzte Ayşe. «Sie gestatten, dass ich mich zu Ihnen setze?»

Bevor Ferrier antworten konnte, sass Ayşe ihm gegenüber. Ferrier legte die Zeitung auf den Tisch.

«Ich dachte, ein Anwalt könne nicht mitten am Nachmittag gemütlich in einem Café sitzen», begann Ayşe, um irgendetwas zu sagen.

«Ich hole nur meine Mittagszeit nach. Richter haben die Unart, den Sitzungsplan gegen alle Ruhezeitregeln durchzuziehen. Seit halb neun Uhr morgens hat eine Serie von Zeugenverhören stattgefunden ohne Unterbruch, wenn man von den Verschnaufpausen zwischen den Anhörungen absieht.»

«Ich verstehe. Sie scheinen sehr beschäftigt zu sein.»

«Leider.»

«Sind Sie nicht froh, ausreichend Arbeit zu haben. Sie können Aufträge ablehnen, wenn Sie darunter leiden.»

«Theoretisch haben Sie Recht. Aber Sie kennen mich ja, ich kann nicht nein sagen», stöhnte Ferrier.

«Haben Sie schon etwas gehört aus Genf?»

«Nein, bis jetzt noch nicht. Die Sache wird frühestens an der nächsten Sitzung im neuen Jahr entschieden.»

«Mehmets Schwebezustand dauert schon lange. Im nächsten Frühling werden es fünf Jahre sein, fünf Jahre Ungewissheit.»

«Die Kommission in Genf tagt nicht permanent, sondern nur zwei- bis dreimal pro Jahr während weniger Wochen. Deshalb zieht sich dieses Verfahren in die Länge.»

«Ach, wie wäre es schön, im Frühling zum Vergnügen in Genf zu sein», schwärmte Ayşe. Sie bestellte einen Capuccino bei der rothaarigen Serviertochter. Ferrier bestellte einen gewöhnlichen Kaffee. «Letzthin sah ich Bilder von der Stadt, weil irgendeine wichtige internationale Konferenz dort stattgefunden hat. Was für eine schöne und reiche Stadt am See, mit der riesigen Wasserfontäne, die wie ein Geisir aus dem Seebecken emporschiesst, und die Prachtbauten und blumenverzierten Gartenanlagen an beiden Ufern, wo man so schön promenieren kann!» Ayşes Augen glänzten vor Sehnsucht nach etwas Schönem und Unbeschwerten.

«Genf ist das Schaufenster der Schweiz. Und was für eine aufregende Geschichte Ihr Land hat», fuhr Ayşe fort. «Ein tapferes Volk, dessen Vorfahren sich gegen ihre Tyrannen erhoben haben. Ich habe letzthin einen Bericht über den Nationalfeiertag der Schweizer gelesen. Dass sich dieser Wilhelm Tell die Erniedrigung mit dem Gessler-Hut auf der Stange nicht gefallen liess und sich weigerte, die Kopfbedeckung zu grüssen, hat mich tief beeindruckt. Und welchen Mut er bewies, nach seinem Meisterschuss knapp über den Kopf seines Sohnes, mitten in den fruchtigen Apfel, dem Vogt die Wahrheit ins Gesicht zu sagen, dass er ihn mit dem zweiten Pfeil im Köcher umgebracht hätte, wenn er sein Ziel verfehlt und seinen Sohn erschossen hätte! Ach, wissen Sie Herr Ferrier, ich wünschte, das kurdische Volk hätte auch solche Wilhelm Tells, um sich vom Joch all seiner Unterdrücker zu befreien.»

«Wenn Sie Tells Schiesskunst und Mut bewundern, befürworten Sie auch den Tyrannenmord. Er ist ja aus der Gefangenschaft ausgebrochen und hat Gessler aus einem Hinterhalt umgebracht. Es ist erstaunlich, dass ein so friedfertiges Volk, wie wir Schweizer es sind, das den Gründer des Roten Kreuzes hervorgebracht hat und als neutrales Land zahlreiche internationale Organisationen beherbergt, seine Staatsgründung mit so viel Stolz auf einen politischen Mord zurückführt. Für die machthabenden Habsburger war er doch schlicht ein Terrorist.»

Ayşe betrachtete überrascht Ferriers ernstes Gesicht.

«Nein, er war ein Held», widersprach sie heftig. «Jedes unterdrückte Volk hat ein Recht, sich gegen seine Tyrannen zu erheben und sich ihrer zu entledigen. Auch mein Volk befindet sich in einem Befreiungskampf.»

«Die Schweiz ist ein schlechtes Beispiel für einen Befreiungskampf, wie ihn zurzeit Ihre Bauern- und Arbeiterpartei Kurdistans führt», beharrte Ferrier. Die rothaarige Kellnerin brachte die Getränke.

«Wie kommen Sie denn darauf?», wunderte sich Ayşe. «Ich habe gedacht, Sie hätten Verständnis für solche revolutionären Vorgänge», fügte sie enttäuscht hinzu. Sie senkte den Blick und sah auf den Milchschaum ihres Capuccino. Die feinen Schokoladenstreusel formten ein Herz.

«Sehen Sie. Viele Schweizer sind stolz auf ihre Befreiungstradition. Aber sie ist eine Illusion, ein Mythos.»

«Aber es wird doch ganz anders in jedem Geschichtsbuch beschrieben», beharrte Ayşe ungläubig. Sie zwang sich zu einem Lächeln, als sie den Schaum auf den Löffel schob und mitsamt dem Schokoladenstreuselherzen in den Mund steckte.

«Vorerst einmal hat es diesen Wilhelm Tell nie gegeben», sagte der Anwalt. «Im dreizehnten Jahrhundert gab es im nordwestlichen Alpenvorraum auch keinen Grund, die Obrigkeit umzubringen. Im nordwestlichen Europa des zehnten und elften Jahrhunderts zirkulierten drei verschiedene Versionen eines Meisterschützen, der auf Geheiss eines Königs oder eines sonstigen Herrschers einen Apfel oder eine Nuss vom Kopf eines nahen Verwandten herunterschiessen musste. Erst hundertachtzig Jahre nach dem angeblichen Apfelschuss des helvetischen Wilhelm Tell schrieb ein Mitglied der Regierung eines eidgenössischen Urkantons das erste Mal diese Apfelschussgeschichte handschriftlich in ein Buch mit einem Schweinsledereinband. Der erste urkundlich erwähnte Schütze hatte noch nicht einmal einen Vornamen. Den bekam er erst fünf Jahre später in einem Lied, das den angeblichen Befreiungskampf der Schweizer besang.»

«Wie können Sie sich erlauben, so von einem Befreiungskampf zu sprechen! Sie kommen mir vor wie die Regierung meines Landes, die auch nicht von Befreiungskämpfern, sondern von Banditen spricht.» Ayşes Hand zitterte, als sie die Kaffeetasse hob.

«Die Schweiz ist nicht einem Befreiungskampf entsprungen. Der angebliche Tyrann, Rudolf von Habsburg, der spätere deutsche Kaiser, der in der heutigen Schweiz viele Ländereien, Städte und Klöster besass, war im Gegenteil ein Freund der Urschweizer. Als sich beispielsweise in Uri zwei einflussreiche Familienclans bekämpften, rief die Talschaft ihn als Schiedsrichter zu Hilfe. Gegen einen derartigen Herrscher führt kein Untertan Krieg. Nicht vergeblich hat ein späterer helvetischer Chronist, Ägidius Tschudi, im sechzehnten Jahrhundert die Gründung der Eidgenossenschaft vom Jahr 1291 auf das Jahr 1307 verschoben. Damals war Rudolf bereits tot. An der Spitze der Habsburger stand sein Sohn Albrecht, der wegen seiner Raffgier bei seinen Zeitgenossen in schlechtem Ruf stand. Zu ihm und seiner Zeit passen Tyrannenbild und Befreiungskampf besser als zur Regentschaft seines Vaters.»

«Schade, ich hätte von Ihnen gerne mehr über die gewaltsame Erhebung der Urschweizer gegen das Haus Habsburg erfahren, um den Kampf meines Volkes gegen seine Unterdrücker zu rechtfertigen, jetzt, wo ich nicht mehr dabei bin. Warum gönnen Sie mir nicht diese Freude?» Ayşe erschrak, da ihr in den Sinn kam, dass Ferrier ihre Biographie nur unvollständig kannte.

«Vielleicht bin ich mit meinem eigenen Volk und seiner Geschichte zu streng», sagte Ferrier und rührte gedankenverloren in der Kaffeetasse. «Jedes Volk hat einen Ursprungsmythos und braucht ihn. Als die helvetische Staatsidee in einer Krise war, brauchte es eine zündende Geschichte, einen einheitsstiftenden Mythos, um das ganze Volk zusammenzuhalten, das in städtische und ländliche Interessengruppen aufgespalten war.»

Beide schwiegen. Ferrier hielt mit dem Rühren inne und warf zwei Würfelzucker in die Tasse. Giora Feidmans Klarinette war abgeklungen. Portugiesische Fadomusik folgte.

«Ich verstehe die Schweizer gut», nahm Ayşe das Gespräch wieder auf.

«Hat das kurdische Volk einen ähnlichen Mythos?», fragte Ferrier neugierig.

«Es gibt Leute, die das kurdische Volk als das älteste der Welt betrachten. Die Rede ist von fünftausend Jahren.»

«Ein höchst beachtliches Alter», staunte Ferrier.

«Bei uns wird die Geschichte von König Zohak erzählt. Er war ein wahres Monster, der die Völker in Mesopotamien unterdrückt hat, unter anderem auch das Kurdische. Er hatte seinen Vater umgebracht, um den Thron zu besteigen. Dazu hatte er als Königsmörder mit dem Teufel einen Pakt geschlossen. Als er nun selbst Herrscher geworden war, verabschiedete sich der Teufel von ihm mit einem Kuss auf seine Schultern zum Dank. Auf der Stelle, auf welche der Teufel den Kuss aufgedrückt hatte, wuchs bald ein Geschwür, das sich in Schlangen verwandelte. Die Ärzte operierten die Reptilien heraus, aber es wuchsen neue nach, viel grössere. Dann verwandelte sich der Teufel in einen Arzt und wandte sich an den Tyrannen:

‹Der einzige Weg, dich von diesem Übel zu befreien, besteht darin, den Schlangen die Gehirne von Jünglingen zu fressen zu geben.›

Zohak befolgte den Rat. Jede Nacht liess er zwei junge Männer in sein Schloss bringen, wo sie der Koch tötete und die Gehirne den Schlangen vorsetzte. Zohak erfreute sich so eines langen Lebens. Noch tausend Jahre lebte dieser Massenmörder weiter. Siebenhunderttausend Jünglinge liess er entführen und töten. Doch als er einem Mann namens Kawa die letzten zwei Söhne entreissen liess, leistete Kawa Widerstand. Mit Hilfe seines Nachbarn, dem Prinz Fereidan, stachelte er das ganze Volk auf, sich gegen den Tyrannen zu erheben. Zohak wurde getötet und seine Herrschaft über die Kurden wurde zerschlagen.» «Zum Glück», rief Ferrier erleichtert.

«Das kurdische Volk gedenkt am einundzwanzigsten März jeden Jahres dieses Aufstandes. Es ist das Newroz-Fest oder Neujahrsfest. In Soleimania haben wir eine Statue von Kawa. Er ist Schmied, in der linken Hand hält er einen Schlaghammer, in der rechten Hand den Kopf Zohaks. Eine Schlange, die mit Zohaks Kopf verwachsen ist, windet sich um seinen rechten Arm.»

Mit verschmitztem, auf den Boden gerichteten Blick, als stehe er in Sichtkontakt mit einem versteckten Souffleur, suchte Ferrier nach Worten.

«Warum muss auch das Volk wegen einem Familienzwist derart leiden? Gibt es daran etwas Wahres?»

«Ja natürlich. Tyrannische Macht entsteht immer aufgrund eines Paktes mit dem Bösen», gab Ayşe mit grosser Bestimmtheit zur Antwort.

«Ich meine nicht diese Wahrheit. Sie riecht mir zu sehr nach Moral. Ich denke an die historische Wahrheit.»

«Ich verstehe. Jene Wahrheit, die Sie bei Ihrem Wilhelm Tell vermissen.»

«Es ist nicht mein Tell.» Ferrier machte eine wegwerfende Handbewegung. Fast hätte er dabei die Kaffeetasse umgestossen.

«Wenn Ihnen dieser Ursprungsmythos zuwider ist, können sie die Kawa-Geschichte vergessen. Es gibt nämlich noch eine andere Sage», bemerkte Ayşe mit einem Augenaufschlag.

«Interessant. Sie liefern mir ja selbst den Beweis, dass es bloss Geschichten sind.» Ferriers Lippen deuteten den Anflug eines Lächelns an.

«Eine andere Version, vielleicht die hier bekanntere, bezieht sich auf die christliche Sintflut. Nachdem das Hochwasser zurückgegangen war, strandete Noahs Arche bekanntlich am Fuss des Berges Ararat. Der von der Sünde frei gebliebene Retter der Menschheit sandte eine Taube aus. Sie aber kehrte nicht mehr zurück, weil sie das Volk der Kurden entdeckt hatte und fortan bei ihm blieb.»

«Das tönt wenigstens positiv. Als Angehöriger Ihres Volkes hätte ich an dieser Version die grössere Freude als an diesem entsetzlichen Kannibalismus, dem Macht- und Blutdrama im Königshaus und dem Kawa-Aufstand.»

Das Café hatte sich inzwischen wieder mit Gästen gefüllt. Um Ayşe und Ferrier entstand eine zunehmend lauter werdende Geräuschkulisse, sodass sie die Köpfe näher zueinander halten mussten.

«Worin liegt jetzt die historische Wahrheit der Kawa-Version?», wiederholte Ferrier.

«Die Geschichte entstand nach dem Fall der assyrischen Stadt Ninive im Jahre 612 vor Christus. Das tausendjährige Assyrerreich war durch die Rebellion der Medier und Babylonier besiegt worden.»

Pierre Ferrier sprang abrupt auf, als ob jemand unter seinem Sessel Feuer gelegt hätte.

«Es ist ja schon bald vier Uhr. Ich habe einen Besprechungstermin, den ich völlig vergessen habe. Vielen Dank für die anregende Unterhaltung.» Er warf eine Banknote auf den Tisch. «Auf Wiedersehen, Frau Demioğlu. Bezahlen Sie für mich bitte! Was zu viel ist, kommt Ihnen zugute.»

«Der Schein ist zu gross. Haben Sie sich nicht geirrt?»

«Wenn schon, dann bestellen Sie sich noch etwas.» Ferrier eilte davon.

«Das Vergnügen war ganz meinerseits», rief Ayşe verdutzt hinterher. Sie sah Ferrier nach, wie er hinter der Rothaarigen im Gewühl der Menschen verschwand.

Ayşe zahlte die Konsumation. Die Rothaarige fragte, ob sie die Zeitungen wegräumen könne. Natürlich. Da sah Ayşe, dass Mehmet sein Tagebuch vergessen hatte. Sie unterdrückte ihre Neugierde, jene Teile zu lesen, die nicht sie geschrieben hatte und steckte es in ihre Tasche. Sie ging in das Büro ihrer Organisation, um nach Neuigkeiten zu fragen. Kaum fünf Minuten später traten zahlreichen Polizisten in das Büro. Sie durchsuchten alle Anwesenden, eingeschlossen ihre Taschen, nahmen die Personalien auf und beschlagnahmten zahlreiche Unterlagen. Die Razzia stand im Zusammenhang mit den Ereignissen vom Samstag. Ayşe war über das Vorgehen der Polizei empört und erklärte ihr, die Kurden seien am Samstag die Opfer der Gewalt gewesen. Sie sehe nicht ein, warum jetzt wieder sie als Täter verdächtigt würden.

Ayşe konnte Mehmets Tagebuch nicht vor der Beschlagnahmung retten.

Mehmet hatte sein Tagebuch mit seinem Namen und seiner Adresse versehen. Die Polizei fand bald heraus, wer Mehmet Kayguzuz war. Sie schickte das Tagebuch dem Flüchtlingsamt in Bern mit der Bemerkung, vielleicht liessen sich daraus Erkenntnisse für das Asylverfahren gewinnen.

Das Tagebuch landete auf Rudolf Klinglers Schreibtisch. Obwohl ungefähr drei Jahre verstrichen waren, seit er das Dossier bearbeitet hatte, konnte er sich an den Schuhmacherfall erinnern. Das Tagebuch umfasste siebzig Seiten. Klingler blätterte darin. Einen Teil der Eintragungen verstand er nicht. Er las jene Passagen, die in Deutsch geschrieben waren. Er wunderte sich, warum es zwei verschiedene Handschriften gab, weshalb Teile in der dritten Person geschrieben waren, dazu noch in Gegenwart und Vergangenheit, scheinbar ohne Konzept.

Rudolf Klingler behielt das Tagebuch mehrere Wochen in seinem Büro. Immer wieder las er darin. Wenn eine Anhörung früher als geplant beendet war, sass er mit dem Übersetzer zusammen, damit ihm dieser die in Türkisch geschriebenen Text übersetzte.

Rudolf Klingler las über Mehmets Kindheit in Hêlineqertel, den Tag, als Ömer gefoltert wurde, den Umzug nach Otuzgöl, das Pogrom gegen die Kurden und Mehmets Vater und die Übersiedlung nach Tilkini. Er las über Mehmets Verhöre im Gendarmerieposten und seine Flucht in die Schweiz. Mehmet hatte auch über die drei Anhörungen im Asylverfahren geschrieben. Am meisten schrieb er über die Anhörung, die er, Rudolf Klingler, durchgeführt hatte und welch unvorteilhaftes Bild jener von ihm malte. Er las auch Intimes, über die Beziehung zu Ayşe, die Gespräche, die der Schuhmacher mit ihr geführt hatte.

Zu Beginn las Rudolf Klingler aus reiner Neugierde, weil der Schuhmacherfall sein Musterfall für die Abklärungen durch die schweizerische Botschaft in Ankara gewesen war. Inzwischen waren solche Anfragen im Bundesamt etwas Alltägliches geworden. Klingler las die Tagebucheintragungen stets mit grosser Skepsis, weil er immer daran dachte, Mehmet Kayguzuz könnte mit dem Tagebuch einen ganz bestimmten Zweck verfolgt haben. Warum tauchte es plötzlich in seinem Amt auf?

Mit der Zeit merkte Rudolf Klingler, dass ihn die Notizen beschäftigten. Als er einmal mit seinem Chef, Edgar Goldmann, darüber sprach, warf dieser die Frage auf, ob das Tagebuch nicht der UNO-Kommission zur Verfügung gestellt werden müsste.

Rudolf Klingler argumentierte gegen die Übersendung des Tagebuches nach Genf, weil die Anerkennung eines Tagebuches als Beweismittel seiner Meinung nach ein gefährliches Präjudiz geschaffen hätte. «Wenn wir Tagebücher, die in der Schweiz von Asylbewerbern geschrieben werden, als Beweismittel anerkennen», focht er gegenüber Goldmann, «wird das Schule machen. Dann wird jeder Asylbewerber versuchen, mit einem Tagebuch, das man dann zufällig irgendwo findet, unseren Asylentscheid zu beeinflussen. Zudem wäre damit ein ungeheurer Übersetzungsaufwand verbunden.»

Rudolf Klingler setzte sich mit seiner Auffassung durch. Er liess das Tagebuch am achtundzwanzigsten Februar in Mehmets Asylakte legen.

Sie war bereits archiviert.

Ende und Anfang

In dem getäfelten Saal, der dreimal so hoch war wie ein gewöhnliches Wohnzimmer, sassen zwölf Männer um einen grossen Tisch. Die zurückgezogenen, kastanienbraunen Samtvorhänge verliehen dem Raum Respektabilität. Draussen, ein Steinwurf entfernt, erhob sich eine metallene Weltkugel aus dem ruhigen Wasser eines kleinen Teiches. Dahinter stand eine blanke, monumentale Eisenplastik, die wie ein Kometenschweif dem Himmel entgegenragte, ein Geschenk der kommunistischen Sowjetunion an den Völkerbund. Der Versammlungsraum befand sich im dritten Stock des ehemaligen Völkerbundpalastes in Genf. Das Gebäude mit einem Gewirr von Räumen, Gängen und Stockwerken ist von monumentaler Grösse und wird nur durch ein Nummerierungssystem überschaubar gemacht. Der Tagungsraum wies die Nummer neun auf und war durch den Eingang Nummer sechs erreichbar.

Das UNO-Komitee gegen die Folter versammelte sich am fünfzehnten März zum dreiundzwanzigsten Mal seit seinem Bestehen. Der Vorsitzende, bekleidet mit einem weissen Hemd und einem schwarzen Anzug, die grauen, schütteren Haare messerscharf gescheitelt, blickte in die kosmopolitische Runde von Männern, alle herausragende Juristen, von ihren Regierungen zum Schutz der Menschenrechte nach Genf beordert worden waren: fünf Europäer, zwei Afrikaner, ein Chinese und zwei Nordamerikaner. Den Vorsitz führte ein Nordamerikaner. Alle ausser einem, der einen Rollkragenpullover trug, waren mit Hemden, Krawatten und dunklen Anzügen bekleidet. Der Kommission assistierten der Sekretär und der Protokollführer. Vor den Teilnehmern standen bewegliche Mikrophone, die aussahen wie schwarze Eiskugeln auf silbernen Stängeln. Der Saal und die Tribüne waren so gross, dass ohne Lautsprecher-anlage nicht auszukommen war. Zudem mussten die Wortmeldungen übersetzt werden. Die Dolmetscher sassen in kleinen Kabinen unter der Tribüne und hatten Blickkontakt zu den Rednern.

Die Kommission tagte geheim. Ausser ihren Mitgliedern, dem Sekretär und dem Protokollführer befanden sich drei Techniker in Überkleidern auf der Tribüne. Sie nahmen die Voten auf Tonband auf. In Englisch kündigte der Vorsitzende den Fall Nummer 105 an. Einige Mitglieder stülpten sich die Kopfhörer über. Das Wort hatte der Vertreter Ägyptens. Er zog das Mikrophon zu sich heran, klopfte darauf, um sich zu vergewissern, dass die Anlage eingeschaltet war, und neigte sich über die Tischplatte.

«Wie üblich verweise ich auf den schriftlichen Entwurf und will mich mit ein paar wenigen Bemerkungen begnügen», erklärte er. «Die Regierung auf der einen Seite macht eine grosse Zahl von Widersprüchen geltend. Der Anwalt anderseits hat dagegen detaillierte Klarstellungen ins Feld geführt. In diesem Gestrüpp von amtlichen Feststellungen, anwaltlichen Behauptungen und gegenseitigen Erklärungen ist es für uns unmöglich, sich zurechtzufinden. Es gibt jedoch vier Überlegungen, welche ein Verfolgungsrisiko ausschliessen. Herr Kayguzuz hat nicht beweisen können, dass das Schreiben des Staatsanwaltes echt ist. Es gibt über ihn keine Fiche. Seit seiner Flucht ist niemand von seiner Familie gesucht oder irgendwie von der Polizei behelligt worden. Schliesslich hat Herr Kayguzuz im Exil nicht für die aufständische Kurdenpartei gearbeitet.»

«Danke», sagte der Vorsitzende. «Wünscht noch jemand das Wort?»

Der Vertreter Chinas meldete sich. Zwar stimme er seinem Vorredner zu, aber er habe für die Geschichte des Mehmet Kayguzuz auch einiges Verständnis. Er wolle zwar die nationale Regierung nicht kritisieren und ihr vorwerfen, das Asylverfahren mit Fussangeln ausgelegt zu haben. Es gehe ihm allein darum, auf die Schwierigkeiten hinzuweisen, die mit wenig Schulbildung ausgestattete Menschen aus fremden Kulturen hätten, in Europa ihre Geschichten widerspruchsfrei vorzutragen.

Einige Mitglieder nickten. Weil niemand mehr das Wort verlangte, liess der Vorsitzende abstimmen. Mit der Enthaltung des Vertreters aus China wurde Mehmets Beschwerde abgewiesen.

394

Am dreiundzwanzigsten März erhielt Mehmet die UNO-Entscheidung. Ein paar Tage früher hatte ihn der Arzt aus der Behandlung wegen dem Schnitt in seinen Finger entlassen. Der Finger war wieder gut zusammengewachsen. Die UNO-Entscheidung war in Französisch abgefasst. In seinem Begleitbrief an Mehmet fasste der Anwalt die vier wesentlichen Überlegungen der Kommission zusammen. Wenigstens sei Mehmet als Schuhmacher endgültig rehabilitiert worden, schrieb er am Schluss. Die hohen Richter hätten sich nicht auf das kleinliche Spiel um Widersprüche und Ungereimtheiten eingelassen.

Die Wiederherstellung seiner Berufsehre war für Mehmet ein Trost, wenn auch nur ein kleiner. Er durfte sich wieder als Schuhmacher bezeichnen, ohne dabei das Gefühl zu haben, dem helvetischen Staat, der fünf Jahre lang an seiner Handwerkskunst gezweifelt hatte, zu widersprechen. Das Völkerrecht stehe über dem Landesrecht, hatte Ferrier gesagt.

Mehmet ärgerte sich, dass er seinen Anwalt nie auf die Pressionen aufmerksam gemacht hatte, denen sein Bruder Reçep seit seiner Flucht in die Schweiz unterworfen war. Er erfuhr nie, dass Ferrier sich selbst Vorwürfe machte, dass er vergessen hatte, ihn danach zu fragen. Auch haderte Mehmet mit dem Schicksal. Hätte er früher gewusst, dass Ayşe in der Schweiz für die PKK arbeitete, wäre er vielleicht auch motiviert gewesen, etwas für die Partei zu tun.

Allerdings hatte ihm auch die Genfer Kommission auf dem Weg zur Anerkennung als politischer Flüchtling in der Schweiz Hürden gebaut, über die er auch dann nicht hätte springen können, wenn er Reçeps Anschlussverfolgung in die Verfahren eingebracht und bei der PKK mitgemacht hätte. Wie hätte er beweisen können, dass er in der Türkei fichiert und dass das Schreiben von Staatsanwalt Hasan Kolusari echt ist? Mehmet kam zum Schluss, dass es ein Fehler gewesen war, seinen Vater um Hilfe zu bitten. Er dachte daran, wie er sich wochenlang mit dem Gedanken gequält hatte, seine Asylgeschichte zu beweisen, bis er auf die Idee gekommen war, seinen Vater via Mustafa zu kontaktieren. Er erinnerte sich, wie das

Wort Beweis seit der zweiten Befragung in jenem altmodischen Zimmer, hoch über der Aare, in seinem Kopf herumgegeistert war. Aber auch wenn er damals diesem Impuls, einen Beweis zu organisieren, nicht nachgegeben hätte, wären die letzten Hindernisse, die fehlenden Fichen, das nicht existente Passverbot und die fehlende aktive Fahndung nach ihm, übrig geblieben.

Mehmet wurde von Rachefantasien gepackt. Irgendwann, so wünschte er sich, würde das kemalistische System der Türkei zusammenbrechen, genauso wie die DDR. Dann würde er Einsicht in alle Fichen nehmen, die man über ihn in der Türkei angelegt hatte. Irgendwann muss die Wahrheit über die verbrecherischen Praktiken der Sicherheitskräfte ans Licht kommen, zürnte er und dachte an die Holocaust-Debatte, die in der Schweiz gerade geführt wurde.

Die positive psychologische Wirkung der Entscheidung aus Genf auf Mehmets wiederhergestellte Ehre als Schuhmacher konnte jedoch nicht darüber hinwegtäuschen, dass seine Hoffnung, von der Schweiz als politischer Flüchtling anerkannt zu werden, endgültig zerschlagen war. Zwar nicht unerwartet, aber wegen ihrer Unverrückbarkeit doch gleichsam schlagartig, zog das Verdikt aus Genf Mehmet den Boden unter den Füssen weg. Das Geschenk, von dem Klingler in seinem Traum gesprochen hatte, war unrettbar zerbrochen.

Schon nach ein paar Tagen bekam er wieder Post von seinem Rechtsanwalt. Das Bundesamt hatte seinen endgültigen Ausreisetermin festgelegt. Spätestens bis zum dreissigsten April müsse er die Schweiz verlassen, ansonsten er mit Zwangsmassnahmen zu rechnen habe, hiess es. Mehmet kannte die Drohung. Sie war ihm schon einmal, nach dem Urteil des Asylgerichts, schriftlich mitgeteilt worden. In einem Monat würde er für die Polizei gewissermassen vogelfrei sein. Sollte man ihn danach noch in der Schweiz antreffen, würde er gleichsam vom Drahtseil stürzen, ohne von einem Netz gerettet zu werden.

Am dreissigsten April würde er auf den Tag genau fünf Jahre und zwei Wochen in der Schweiz sein.

Für Mehmet war klar, dass er nicht freiwillig in die Türkei

zurückkehrte. Um keinen Preis. Es wäre zwar das erste Mal in seinem Leben, dass er mit einem Flugzeug, sogar noch gratis, reisen würde, sollte die Fremdenpolizei ihn nach dem ersten Mai noch in der Schweiz antreffen. Aber mit der Aussicht, in die Fänge der politischen Polizei in der Türkei zu geraten, hatte Mehmet keine Lust auf den Flug zum Nulltarif.

Ayşe kam Mehmet zu Hilfe. Sie kontaktierte eine christliche Basisgruppe, die versprach, Mehmet in die Ferien zu schicken, was bedeutete, ihn in einem Kloster zu verstecken. Bald holte ihn ein magerer Mann mit einem Bürstenschnitt, der ungewöhnlich schnell sprach, ab. Am Bahnhof nahmen sie den Zug. Während der Fahrt las der Begleiter ein schmales Buch mit dem Titel «Der anarchistische Bankier» von Fernando Pessôa. Er arbeite in der Börsenabteilung einer global tätigen Bank, erklärte er Mehmet umständlich.

«Auf dieser Welt stehe ich in der Sonne, und du befindest dich auf der Schattenseite des Lebens», meinte er, als der Schaffner die Fahrscheine kontrolliert hatte. «Deshalb mache ich in der Basisbewegung mit, um mit meinem Gewissen ins Reine zu kommen.»

In einem weiten Tal, am Fusse einer Gebirgskette, deren Gipfel auch im Frühling noch mit Schnee bedeckt waren, stiegen sie in eine Zahnradbahn um. Auf dem leeren Platz vor dem kleinen Bahnhof stand nur ein roter Schienenwagen, auf dem Mehmet keine Ortschaftsnamen erkannte, sondern nur die Aufschrift «60 Jahre in Ihrem Dienste». Das Gefährt war dementsprechend alt. Die meiste Zeit wackelte es fürchterlich, während es am Rande einer kurvenreichen Strasse den Berg hinauffuhr. Die Strassen waren manchmal so steil, dass die Häuser, an denen die Bergbahn vorbeikam, aussahen, als ob sie schief erbaut worden wären. Als sie auf einem Bahnhof, der mehr als tausend Meter über Meer lag, angekommen waren, stiegen Mehmet und sein Begleiter aus.

Während der Banker in seinem Ferienhaus etwas erledigte, wartete Mehmet beim Bahnhof. Er setzte sich neben einen Steinbrunnen auf eine Bank. Er genoss die prachtvolle Aussicht auf das Tal und die Bergkette. Es war ihm, als sässe er in einem riesigen Amphitheater. Vor seinem geistigen Augen tanzten die Figuren, die sein Leben in den vergangenen fünf Jahren geprägt hatten, vorbei: links die Gutmenschen: Ayşe, sein Anwalt Pierre Ferrier, Murat Ceylan, der Chauffeur, Kurt und Annemarie vom Durchgangsheim, Ravi, Ravona, ihre Mutter Rava, Martha Hugentobler. Rechts die Widersacher: leibhaftig sah er nur Rudolf Klingler, den Befrager. Die anderen sah er nur als verschwommene Gestalten. Er kannte nur ihre Unterschriften. Dazwischen: Cumhur und Perreta A.

Dann sah sich Mehmet die Umgebung an. Alle Häuser bestanden aus dunkelbraunem Holz, auch das kleine Bahnhofsgebäude. Nur die Fahnenstange, auf deren Spitze ein Vogelhäuschen war, war rotweiss bemalt. Mehmet betrachtete den dünnen Wasserstrahl, der in den steinernen Brunnen floss. Ein Windstoss verwehte ihn, und einige Tropfen benetzten das Wappen des Dorfes, das an der Wand des Bahnhofes angebracht war: zwei gekreuzte grüne Äxte auf blauem Hintergrund. Daneben ein Pfahl mit handgemalten Inschriften, der den Weg zu den Ferienhäusern wies: die Wiege, Sing-das-Leben, Geldstern, Montesano, Monrepos. Mehmet dachte an seine Werkstatt, der er nie einen Namen gegeben hatte. Hier haben sogar Ferienhäuser Namen. Es war Mehmet, als wären ihm die letzten Minuten vor einer Art Gefangennahme gegönnt.

Das kleine Kloster lag in einer Waldlichtung, am Ufer eines kleinen Flusses, der sich im Laufe der Jahrtausende tief in die hügelige Landschaft eingegraben hatte. Mehmet half den wenigen Mönchen, die sich in einer Zeit, in welcher Geld, Macht, Sex und Vergnügen herrschten, dem beschaulichen und bescheidenen Leben hinter Mauern verschrieben hatten, wo immer er konnte: in der Küche, in der Wäscherei und beim Putzen. Oft lauschte er ihren Gesängen und Gebeten, die alle paar Stunden von morgens früh bis abends spät in der Kirche erklangen und ganz anders waren als die Rufe der Imame. Meistens waren Gott und er die einzigen Zuhörer.

Sein Territorium, in dem er sich ohne Furcht bewegen konnte, hatte sich auf eine Waldlichtung reduziert. Zudem lebte er hinter Mauern, welche die klösterlichen Gebäude, einen Gemüsegarten und einen grosszügigen Platz umschlossen.

«Hierher kommt kein Uniformierter ausser dem Postboten», hatte ihm der Abt des Klosters nach seiner Ankunft versichert. Post bekam Mehmet nicht mehr. Nur eine Handvoll Menschen wusste, wo er war. Nicht einmal Ferrier war eingeweiht. Er schickte seine Korrespondenz zu Ayşe. Nur sie besuchte Mehmet. Die Basisgruppe hatte mit den Mönchen vereinbart, dass Mehmet so lange bleiben sollte, bis eine Lösung für ihn gefunden war. Die Gruppe drängte Ayşe und Mehmet sofort zu heiraten, weil Ayşe vor kurzem gerichtlich geschieden worden war. Die Hoffnung, mit einer Heirat vor der Abschiebung gerettet zu werden, verflüchtigte sich aber rasch. Ayşes Aufenthaltsstatus verleihe ihr kein Recht, mit ihrem Mann in der Schweiz zu leben, liess die Fremdenpolizei auf Ayşes Anfrage verlauten.

Drei Monate vergingen in der erzwungenen Einsamkeit des Klosters. Als Ayşe Mehmet Ende Juli besuchte, sagte er ihr zum Abschied:

«Ich kann nicht länger an diesem Ort bleiben. Ich ... wir ... haben in der Schweiz keine Zukunft. Ich will von hier weggehen und in ein anderes Land ziehen. Frag doch bitte die Basisgruppe, ob es für mich irgendwo in Europa noch Platz geben könnte.»

Ayşe nickte. Ihre Blicke begegneten sich. Als sie sich umarmten, befiel beide eine erdrückende Schwermut. Sie wussten nicht, ob und wann sie sich wiedersehen würden. Sie konnten auch nicht darüber sprechen. Es war Ayşe, als ob sie sich von einem Soldaten verabschiedete, der an die Front abkommandiert war. Sie weinte. Mehmet gelang es, tapfer zu sein. Seine Vorstellung, dass ein Mann stark sein müsse, liess keine Tränen zu.

Ein paar Tage später, gegen Abend, kamen zwei junge Männer in einem Auto und holten Mehmet ab. Sie waren von einer anderen Gruppe.

«Die christliche Gruppe hat keine Leute, die in der Nacht

Auto fahren können», sagte der Wagenlenker. «Die sind für das Prinzip Hoffnung zuständig, wir für das Handfeste.»

Er sei, so erläuterte er Mehmet und dem Beifahrer, der meist stumm blieb, Student der Pädagogik im Hauptfach. Als Nebenfach studiere er Ökonomie mit Schwerpunkt Agrarpolitik. Es sei seine zweite Ausbildung, früher habe er eine Praxis für Sportmassage betrieben. Bei ihm seien Sportkoryphäen ein- und ausgegangen. Jetzt sei es für ihn Zeit, seine geistigen Fähigkeiten aufzubauen, nachdem er zum Ruhm der Nation seinen Betrag geleistet habe.

Mehmet verliess die Schweiz so, wie er gekommen war – zu Fuss. Nach zwei oder drei Fahrstunden, meist auf abgelegenen Überlandstrassen und in der Dunkelheit, hielt der Wagen in der Nähe einer schmalen Holzbrücke, die über einen kleinen Fluss führte. Mehmet und sein Begleiter, ein grosser, schweigsamer Mann, stiegen aus und gingen darüber.

In der Mitte blieb Mehmet stehen, den rechten Fuss in der Schweiz, den linken im neuen fremden Staatsgebiet. Er fühlte sich schlecht. Sein Besuch war beendet, der Besuch des Schuhmachers, der nach amtlichem Befund keiner war. Er kam sich als Versager vor. Er hatte seinem Leben keine neue Gestalt, keine neue Richtung geben können. Aus dem Traum vom Asyl und der Hoffnung auf eine neue Zukunft war nichts geworden. Er war nur ein Besucher gewesen und seine Visite war nun endgültig vorbei.

Die Gegend war menschenleer. Keine Lichter waren zu sehen, da sich das Flussbett in einer Senke befand. Neben einem Baum stand regungslos ein Pferd mit gesenktem Kopf.

«Pferde schlafen stehend», bemerkte der Begleiter. Das Auto wendete und fuhr weg.

Mehmet ging etwa eine Stunde hinter dem Mann her. Er dachte an die vier Begleiter, vor allem an Vierfinger, mit denen er vor fünf Jahren durch einen Wald in die Schweiz gestapft war. Genau so wie damals tauchte auch jetzt wieder ein Auto auf.

Mehmet und der schweigsame Beifahrer stiegen ein. Um Mitternacht erreichten sie eine Stadt. Mehmet wurde in einem

Haus neben einer grossen mittelalterlichen Kirche, deren Fassade beleuchtet war, abgeladen. Eine alte Frau mit einer altmodischen Brille empfing ihn. Am nächsten Tag werde man weitersehen, sagte der Fahrer und drückte Mehmet einige fremde Banknoten und Münzen in die Hand. Die Frau führte ihn in ein kleines, sauberes Dachzimmer mit einem runden Fenster. Als sie redete, fiel Mehmet die neue Sprache auf. Sie klang weicher und melodiöser als das Deutsche und Türkische. Mehmet verstand nichts.

Kaum war der nächste Tag angebrochen, stand er auf und kaufte an einem Kiosk um die Ecke eine Ansichtskarte der Stadt. Das Foto der grossen Kirche gefiel ihm am besten. Er setzte sich auf eine Mauer und schrieb: «Liebe Ayşe, für die nächsten Tage, vielleicht auch Wochen, Monate, bin ich an dieser Adresse.» Für die Anschrift, die er nicht kannte, liess er genügend Platz frei. «Ich liebe dich. Kommst du mich nächstes Wochenende – oder wann du willst – besuchen? Warte auf keinen Fall zu lange. Eine innige Umarmung mit tausend Küssen. Mehmet.»

Dann kehrte er zurück. Er zeigte der Frau die Ansichtskarte, hielt den Zeigefinger auf den leeren Platz und fragte: «Adress…?»

Die Frau lachte und nickte. Sie ergänzte den Kartengruss, den sie nicht verstand, mit ihrer Postanschrift. Sie schrieb langsam in Blockschrift. Wenigstens die Schriftzeichen haben sich nicht verändert, seufzte Mehmet.

Als Ayşe zwei Wochen später am Samstag in der Frühe sich auf die Reise machte, hüllte ein schwerer Nebel die Stadt ein. Zwei rabenschwarze Krähen flogen dicht an Ayşe vorüber, als sie aus dem Tram stieg. Es begann heftig zu regnen. Im Zug setzte sie sich in ein leeres Abteil und sah zum Fenster hinaus in den noch jungen Tag. An der Aussenseite des Glases hafteten Regentropfen. Um sich von ihrer Schwermut abzulenken, begann sie zu zählen. Bald verlor sie sich in der Vielzahl der Tropfen und gab auf. Langsam setzte sich der Fernzug in Bewegung. Die Regentropfen, zuerst wenige, dann immer mehr, glitten im Gegenwind über die Scheibe, als würden sie um die Wette laufen. Ayşe dachte an Mehmet. Wird er da sein, wenn ich an seine Türe klopfen werde? Ihre Gedanken hingen auch Frau Borsellino, der Bäckersfrau, nach. Auch ihren Mann sah sie vor sich. Sie liebte seine listigen, wachen Augen, die unter dem kahlen Schädel stets nach Kundschaft Ausschau hielten, wenn er aus seiner Backstube trat. Werde ich an meinen Arbeitsplatz, der mir lieb geworden ist, zurückkehren, oder werde ich den nach Brot duftenden Laden nie wieder sehen? Ist es ein Abschied von einem Stück meines Lebens? So wie damals, als ich meine Schulklasse nie mehr zu Gesicht bekommen habe, nachdem ich heimlich aus dem Dorf weggeschlichen bin?

Als der Zug in voller Fahrt durch die Nacht brauste, war die Scheibe klar, wie von einer unsichtbaren Hand getrocknet. Ayşe starrte mit leerem Blick hinaus. Das Einzige, was sie sah, wenn sie ihr eigenes Spiegelbild nicht beachtete, waren schattenhafte Umrisse von Gebäuden, Bäumen und Fahrzeugen, deren gelbe und rote Lampen wie Irrlichter tanzten in der nebligen Dämmerung.

Es kam Ayşe vor, als gehöre das Da-draussen-vor-dem-Zug einer anderen, unwirklichen Welt an.

Inhaltsverzeichnis

«Mord in der Fremdenlegion» ist ein spannender Kriminalroman. Doch nicht nur das: Ebenso spannend und raffiniert erzählt Autor Peter Eggenberger autobiografische Geschichten aus seinem eigenen Legionärsleben in den Sechzigerjahren. Wie wars wirklich in der berühmt-berüchtigten Fremdenlegion?

Peter Eggenberger · **Mord in der Fremdenlegion**
368 S., ISBN 3-85882-298-1

Lukas Zangger ist Psychiater in Zürich. Die Praxis läuft gut, die eigene Schule hat einen guten Ruf und auch mit der Familie gibts keine Probleme. Mit dem Eintritt von Ellen McGraw in Zanggers Seminar ists mit der Ruhe vorbei, der Alltagstrott des sonst so souveränen Kursleiters ist gestört. Was will diese geheimnisvolle junge Frau in dem Psychotherapiekurs?

Kaspar Wolfensberger · **Zanggers Seminar**
268 S., ISBN 3-85882-311-7

In expressionistischer, halb dokumentarischer Weise erzählt Enrico Danieli die erschütternde Geschichte von Michaeles letztem Lebensjahr. Kapitel um Kapitel, Monat um Monat. Ein menschliches Schicksal gefriert in unvergesslichen Bildern vor den Augen der Leserinnen und Leser.

Enrico Danieli · **Michaele oder Der Himmel ist ein grosses Loch**
144 S., ISBN 3-85882-322-8

Unruhen, innere und äussere, dies ist das Thema dieses faszinierenden Buches. Kaum je dürfte in der neueren Literatur das Denken, Fühlen, Hoffen und Leiden eines Pfarrers so unmittelbar ins Wort umgesetzt worden sein. Mit Unruhen ist Werner Bucher ein Dokument über die Zürcher Jugendunruhen gelungen.

Werner Bucher · **Unruhen**
544 S., ISBN 3-85882-209-4

Andreas Köhler erzählt eine fiktive Geschichte. Nicht fiktiv ist allerdings die Thematik seines Romans. Er nimmt das elitäre Gebaren vieler Therapiegruppen gleichermassen aufs Korn wie die eigenartige Mischung von Therapie und Streben nach höherem Bewusstsein und höherer Existenz.

Andreas Köhler · **Zur Quell**
360 S., ISBN 3-85882-314-7

Noch keine zwanzig Jahre alt, beschliesst Othmar Herzig, Opeli genannt, in fremde Kriegsdienste zu treten. Getrieben von Abenteuerlust schliesst sich Opeli einer Freischar an, um in den Mailänder Kriegen zu kämpfen. Jahrelang zieht Opeli von Lager zu Lager durch die Poebene, bis es 1515 zur Schlacht bei Marignano kommt.

Walter Züst · **Der fromme Krieger**
340 S., ISBN 3-85882-341-4